KB0006338

6

STEPHEN KING

Green Mile

스티븐 킹 | 그린 마일

6

STEPHEN KING

Green Mile

스티븐 킹 | 그린 마일

이희재 옮김

황금가지

THE GREEN MILE
by Stephen King

차 례

1

THE GREEN MILE

두 소녀의 죽음

사건은 1932년에 일어났다. 당시만 하더라도 주 형무소는 콜드마운틴에 있었다. 그곳에는 당연히 전기의자도 있었다.

재소자들은 그 의자를 두고 농담을 던졌다. 그것은 두렵지만 달아날 길이 없는 흉물 앞에서 늘 해 대는 농담이었다. 사람들은 그것을 고철 스파크 아니면 대형 녹즙기라고 부르면서, 전기료가 어떻느니, 그해 가을 무어스 교도소장이, 골골해서 요리조차 할 수 없는 마누라를 데리고 추수 감사절 요리를 어떻게 만들었느니 하면서 우스갯소리를 잘도 만들어 냈다.

하지만 정작 그 의자에 앉아야 할 처지가 되면 그런 농담은 순식간에 사라졌다. 나는 콜드마운틴에 근무하는 동안 형 집행을 일흔여덟 번 주관했다(이것은 확실한 숫자다. 아마 죽을 때까지 기억할 것이다). 대개의 경우 사형수가 자기에게 닥칠 일을 실감하는 것은 발목이 고철 스파크의 단단한 떡갈나무 다리에 고정되는 순간이다. 얼마 안 가서 내 다리의 생애도 종착점에 이르렀다는 사실을 깨닫는다(일종의 담담한 체념이라고나 할까, 사형수의 눈빛에서 고개를 드는 그런 깨달음을 읽는다). 아직도 피가 통하고 근육도 탄탄하지만, 다리의 역할은 끝난 것이다. 다시는 시골길을 못 걷고 동네 잔치에서 어여쁜 처녀와 춤도 못 출 것이다. 고철 스파크의 고객은 자기가 죽는다는 사실을 발목에서부터 알아차렸다. 두서없고 대개는 지리멸렬한 최후의 발언이 끝나면 사형수의 머리에 검은 비단 자루를 씌웠다. 사형수를 위한 것이라고 말들 하지만 나는 이 자루가 실은 우리를 위해서 있는 것일지 모른다는 생각을 전부터 했다. 우리는, 무릎을 구부린 채로 죽는다는 사실을 자각할 때 사형수의 눈에 떠오르는 무서운 낙망의 빛을 보는 것이 죽기보다 싫었다.

콜드마운틴에는 사형수 동이 없었다. 대신 다른 네 동으로부터 떨어져 있고, 여름 뙤약볕 아래 광기를 머금은 눈알처럼 이글거리는 양철 지붕이 흉측하게 맨살을 드러낸 E동이 있었다. E동은 크기가 다른 동의 사 분의 일쯤 되었고, 목재가 아니라 벽돌로 지은 건물이었다. 감방은 모두 여섯 개였는데, 중앙의 널찍한 복도 양쪽으로 세 개씩 나란히 붙어 있었다. 감방 하나의 크기는 다른 네 동에 있는 감방의 갑절이었다. 게다가 독방이었다. 감방치고는 호화판이었지만(30년대의 기준으로는 더 더욱 그랬다) 그 방에 갇힌 죄수는 자기 방을 다른 네 동의 어느 감방하고도 바꿀 마음이 있었을 것이다. 믿어 달라, 그들은 기를 쓰고 바꾸려 들었을 것이다.

내가 그 동 책임자로 있는 동안 감방 여섯 개가 동시에 찬 적은 한번도 없었다. 그렇게라도 나의 처지를 배려해 주신 하느님께 감사드린다. 가장 많았을 때가 네 명이었다. 흑인과 백인이 섞여 있었는데(콜드마운틴에서는 사형수를 피부색으로 나누지 않았다)

그게 은근히 사람의 애를 먹였다. 비벌리 매컬이라는 여자가 있었다. 스페이드의 에이스처럼 새까맣고, 우리가 감히 실천에 옮기지 못하는 죄악처럼 매혹적인 흑인 여자였다. 그녀는 남편의 구타는 6년 동안이나 참았으면서도 남편이 딴 짓 하는 꼴은 단 하루도 참지 못했다. 남편이 바람 피운 걸 알게 된 날 밤, 비벌리는 남편의 이발소와 집 사이에 있는 계단 꼭대기에서, 친구들 사이에서는(그리고 아마도 잠시 사귀었던 애인에게도) 그냥 '단칼'로 불렸던 불행한 레스터 매컬을 기다리고 있었다. 남편이 외투를 절반쯤 벗었을 때 그녀는 그 난봉꾼을 고꾸라뜨렸다. 범행에 사용된 것은 단칼이 애용하던 면도칼이었다. 고철 스파크에 앉기로 정해진 날을 이틀 앞두고 그 여자는 나를 감방으로 부르더니 꿈속에서 아프리카 영부(靈父)의 방문을 받았다고 말했다. 영부가 자기더러 노예 성을 버리고 마투오미라는 자유인의 성으로 죽으라고 했다는 것이다. 사형 집행장을 낭독할 때 자기를 비벌리 마투오미라고 불러 달라는 것이 그녀의 마지막 부탁이었다. 나는 영부가 그녀에게 이름을 주지 않았거나, 주긴 주었는데 그녀가 제대로 알아듣지 못한 거라고 생각했다. 그러나 나는 선선히 응락했다. 사형 집행관으로 있으면서 내가 깨달은 것 하나는 피치 못할 사정이 없는 한 사형수의 부탁을 거절해서는 안 된다는 것이었다. 그런 청을 들어주든 안 들어주든 비벌리 마투오미의 처지가 달라질 리는 없었다. 그런데 다음 날 오후 3시쯤 주지사가 전화를 걸어 그녀를 무기수로, 그 당시 우리끼리 농담 삼아 고추 없는 동네라고 불렀던 그래시밸리 여자 형무소로 이감하라는 지시를 내렸다. 나는 비벌리의 둥근 엉덩이가 교도관 책상 앞에서 오른쪽이 아닌 왼쪽으로 꺾이는 모습을 보면서 참 잘된 일이라고 솔직히 생각했다.

그로부터 내 기억이 정확하다면 적어도 한 35년은 지난 다음에, 나는 신문 부고란에서 구름 같은 백발에 모조 다이아몬드가 귀퉁이에 박힌 안경을 쓴 비쩍 마른 흑인 여자의 사진 밑에서 그 이름을 보았다. 비벌리였다. 부고란에는 그녀가 생의 마지막 10년을 자유인으로 지냈으며 레인스펄스의 작은 시립 도서관을 거의 혼자 힘으로 살려 냈다고 적혀 있었다. 비벌리는 또 주일학교에서 학생을 가르쳐 낙후된 소도시 주민들의 사랑을 한 몸에 받았다. '사서 심장마비로 사망'이라는 굵은 제목 밑에 마치 뒤늦게 생각났다는 듯 '살인죄로 감옥에서 20년 복역'이라는 작은 활자가 덧붙여져 있었다. 모조 다이아몬드가 박힌 안경 뒤에서도 이글거리는 커다란 눈은 예전 그대로였다. 절박한 상황에 몰렸다 싶으면 일흔이 넘은 나이에도 파란 소독병에서 안전 면도칼을 서슴없이 뽑아 들 눈이었다. 한적한 소도시에서 늙은 사서로 인생을 외롭게 마감했어도 살인자는 한눈에 알아볼 수 있다. 나처럼 살인범을 지키면서 한평생을 보낸 사람이면 적어도 그 정도는 안다. 내가 내 직업의 본질에 대하여 의문을 품은 건 딱 한 번뿐이었다. 실은 그래서 지금 이 글을 쓰고 있다.

E동 한복판의 넓은 복도 바닥은 녹색의 낡은 리놀륨이었다. 그래서 다른 교도소에서는 라스트 마일(마지막 길)이라고 부르는 곳을 콜드마운틴에서는 그린 마일(푸른 길)이라고 불렀다. 남쪽에서 북쪽까지, 아래에서 위까지, 내 계산으로 예순 걸음은 된다. 아래에는 구금실이 있었고 맨 위는 T자로 갈렸다. 왼쪽으로 꺾어

지면 살았다. 뙤약볕이 내리쬐는 운동장에서 부대끼는 것도 사는 것이라고 부를 수 있다면 말이다. 하지만 많은 사람들이 그렇게 살았다. 이렇다 할 부작용 없이 많은 사람들이 오랜 세월을 그렇게 잘도 살아 냈다. 절도범, 방화범, 강간범은 자기네끼리 나불거리고 걸어다니고 뒷거래를 했다.

그러나 오른쪽으로 꺾어지면 사정이 달라졌다. 사형수는 내 방 (여기도 카펫이 녹색인데 바꿔야지 바꿔야지 하다가 결국 못 바꾸고 말았다)으로 들어와 책상 앞까지 왔다. 책상 왼쪽에는 미국 국기가 있고 오른쪽에는 주기가 있었다. 양 옆으로 더 멀리 두 개의 문이 있었다. 하나는 나와 E동 간수들이(가끔은 무어스 교도소장도) 사용하던 조그만 화장실로 들어가는 문이었다. 또 하나는 창고 같은 곳으로 통했다. 그린 마일로 걸어온 사형수가 마지막에 도달하는 문이었다.

그 문은 작았다. 나는 머리를 숙이고 들어가야 했으며, 실제로 존 커피도 앉은 채 빠져나가야 했다. 안으로 들어가면 작은 층계참이 있었다. 다시 시멘트 계단을 세 단 내려가면 바닥이었다. 온기라곤 전혀 없고 그 방이 딸린 동과 마찬가지로 양철 지붕으로 덮인 형편없는 방이었다. 겨울에는 그 안에서 입김이 보일 정도로 추웠지만 여름에는 찜통이었다. 엘머 맨프리드의 형을 집행할 때는, 30년 7월이나 8월로 기억하는데 아홉 명의 증인이 졸도했다.

헛간의 왼쪽엔, 다시금 삶이 있었다. 연장(삽과 곡괭이가 아니라 마치 카빈 소총이라도 되는 것처럼 궤짝에 넣어 자물쇠를 채우고 쇠사슬로 친친 감은), 작업복, 봄에 교도소 정원에 뿌릴 씨앗이 든 자루, 화장지통, 교도소 공사장에서 쓸 철물이 어지럽게 실린 납작한 상자……, 심지어 야구장 내야나 미식축구장을 그리는 데 쓸 석회 자루까지 그 안에 있었다. 죄수들은 목초지라고 불리는 곳에서 시합을 했다. 그래서 콜드마운틴에서는 가을날의 오후를 애타게 기다렸다.

오른쪽엔, 다시금 죽음이 있었다. 고철 스파크는 헛간 남쪽 한 구석의 높은 널빤지 위에 튼튼한 떡갈나무 다리로 버티고 있었다. 폭이 넓은 떡갈나무 팔걸이는 생의 마지막 몇 분 동안 수십 명이 흘린 공포의 땀을 빨아들였으며, 평상시에는 의자등 위에 태연자약하게 매달린 금속 모자는 버크 로저스의 만화에 나오는 어린 로봇의 두건처럼 보였다. 거기서 나온 전기선은 의자 뒤편의 콘크리트 블록에 뚫린, 패킹 처리된 구멍으로 빠져나갔다. 한쪽 옆에는 전기가 통하는 양동이가 있었다. 그 안을 들여다보면 금속 모자에 딱 맞게 잘라 낸 스펀지 고리가 있었다. 형을 집행하기 전에 전기가 잘 통하라고 스펀지를 소금물에 적셨다. 전선을 타고 온 직류 전기는 스펀지를 통하여 사형수의 뇌를 후벼 팠다.

1932년은 존 커피의 해였다. 조지아의 양로원에서 여생을 갉아
먹고 있는 이 늙은이보다 기운이 좋고 관심도 있는 사람이라면
지금이라도 자세한 내용을 신문에서 찾아볼 수 있을 것이다. 무
더운 가을이었던 것으로 기억한다. 아무튼 무지무지 더웠다. 10월
이 마치 8월 같았고 교도소장의 부인 멜린다는 병이 도져 인디애
놀라의 병원에 잠시 입원해야 했다. 그해 가을엔 나의 요도염도
최악이었다. 병원에 입원할 정도는 아니었지만 오줌이 샐 때마다
차라리 죽어 버리고 싶다는 생각이 들 만큼 참담한 상황이었다.
머리가 살짝 벗겨진 프랑스 인 들라크루아도 있었다. 여름에 들
어온 그 친구는 실패로 재주를 부리던 쥐 한 마리를 길렀다. 하지
만 그해 가을 하면 뭐니 뭐니 해도 데트릭 쌍둥이 자매의 강간 살
해범으로 사형 선고를 받고 E동에 들어온 존 커피가 떠오른다.

　E동은 간수들이 네댓 명씩 교대 근무를 했는데 대부분은 뜨내
기였다. 딘 스탠턴, 해리 터윌리거, 브루터스 하월(사람들은 이 친
구를 브루털이라고 불렀지만 그건 농담이었다. 덩치만 컸지 부득이
한 경우가 아니면 파리 한 마리 해치지 못하는 성미였으니까)은 지

15

금은 모두 고인이 되었다. 퍼시 웨트모어도 죽었다. 그는 정말로 잔인했다······, 멍청한 건 말할 필요도 없고. 퍼시는 E동에 어울리지 않았다. 그곳에서는 그렇게 더러운 성질이 쓸모 없었다. 때로는 위험했다. 하지만 퍼시는 주지사의 처가 쪽 사람이었으므로 그대로 눌어붙어 있었다.

"송장이 납신다! 여기 송장이 납신다!"

언제부터인가 전통처럼 자리 잡은 고함을 치면서 커피를 E동으로 데려온 것도 퍼시 웨트모어였다.

10월이라는 말이 무색하게 지옥의 한복판처럼 아직도 무더웠다. 운동장 쪽 문이 열리고 눈부신 빛줄기가 쏟아져 들어오더니 거인이 나타났다. 내 인생의 종착역이 되고 만, 오갈 데 없는 늙은이들을 위한 이 양로원의 오락실 한구석에 놓인 텔레비전에서 본 농구 선수 몇몇을 빼놓고는 내 평생 그렇게 큰 사람은 본 적이 없었다. 커피의 팔과 드럼통 같은 가슴은 쇠사슬에 묶여 있었다. 발목에도 족쇄가 채워져 있었다. 커피가 걸어가자 감방 사이의 녹색 복도에 쇠사슬이 질질 끌리며 동전이 와르르 쏟아질 때와 같은 소리를 냈다. 퍼시 웨트모어가 커피의 한쪽 옆에 있었고 말라깽이 해리 터월리거가 맞은편에 있었는데, 마치 사로잡은 곰을 어린애들이 졸졸 따라가는 것 같았다. 브루터스 하월도 커피 옆에서는 영락없는 꼬마였다. 육척 장신에 가슴이 떡 벌어진 브루털은 미식축구 선수로 루이지애나 주립 대학까지 진출했다가 성적이 나빠 제적당하고 산촌으로 낙향한 친구였다.

잠시 E동에 머물다가 고철 스파크의 무릎에 앉아 죽는 사람들이 대부분 그렇듯이 커피도 흑인이었다. 키가 2미터였지만 텔레비전에 나오는 농구 선수처럼 호리호리하지도 않았다. 어깨가 떡 벌어지고 가슴팍이 두툼했으며 사방으로 우람한 근육이 불거져 있었다. 헛간에서 가장 큰 작업복을 찾아서 입혔지만 바짓단은 울퉁불퉁한 흉터투성이의 장딴지 위에 머물러 있었다. 윗옷은 가슴만 겨우 가렸으며 소매는 팔뚝 어디쯤에 와 있었다. 모자는 솥뚜껑만 한 손에 쥐고 있었는데, 차라리 그러는 편이 나았다. 마호가니처럼 반질반질한 머리통 위에 그게 얹혔더라면 색깔만 빨강 아닌 파랑이어서 그렇지 영락없이 풍각쟁이가 데리고 다니는 원숭이의 모자처럼 보였을 것이다. 그는 자신을 묶은 쇠사슬을 크리스마스 선물을 싼 리본을 풀듯이 툭 끊어 버릴 수 있을 것 같았지만, 얼굴을 들여다보면 결코 그럴 사람이 아니란 걸 알 수 있었다. 우둔해서는 아니었고 정신이 딴 데 가 있는 사람 같았다. 퍼시는 커피가 우둔하다고 생각했고 얼마 안 가서 그를 천치라고 부르기 시작했지만 말이다. 커피는 자기가 어디에 와 있는지를, 심지어는 자기가 누구인지를 알아내려는 듯 자꾸 사방을 두리번거렸다. 그에 대한 첫 느낌은 검은 삼손 같다는 것이었다……. 비록 한창 때의 삼손이 아니라 데릴라의 부정한 작은 손에 머리털을 깎이고 인생의 모든 낙을 잃어버린 삼손일망정.

"송장이 납신다!" 퍼시는 마치 커피가 더 이상 자진해서 움직이지 않겠다고 결심하더라도 그를 움직일 수 있다고 자신하는 것처럼 그 곰의 수갑을 잡아당기며 나팔을 불었다. 해리는 잠자코 있었지만 곤혹스러운 표정을 지었다. "송장이……."

"그 정도면 됐어." 내가 말했다. 나는 커피가 쓸 감방 안의 침상에 걸터앉아 있었다. 물론 커피가 온다는 걸 알고 그를 맞아들이고 인계받기 위하여 그 자리에 있었지만 실물을 보기 전까지는 그렇게 거구인 줄 몰랐다. 퍼시는 내게 당신이 재수 없는 인간이라는 건 우리 모두(물론 계집아이들을 강간하고 죽이는 것 말고는 아는 게 없는 덩치 큰 머저리 녀석만 빼놓고는) 잘 알고 있다는 듯한 표정을 지었지만 입은 다물었다.

세 사람은 통로 위에 열려 있는 감방 문 앞에 멈추어 섰다. 내가 고개를 끄덕이자 해리가 입을 열었다. "이 친구하고 같이 안에 있어도 괜찮으시겠어요?" 평상시에 해리 터월리거의 목소리가 떨리는 적은 거의 없었다. 육칠 년 전쯤 폭동이 일어났을 때 폭도들이 총을 가지고 있다는 소문이 나돌았음에도 해리는 눈 하나 깜짝하지 않고 내 옆에 있었다. 하지만 지금은 분명히 떨리는 목소리였다.

"이봐, 덩치. 자네 옆에 있다가 내가 봉변을 당할 것 같은가?" 나는 불편한 느낌을 표정이나 말투에서 드러내지 않으려고 애쓰면서 침상에 앉아 물었다. 앞서 말한 요도염은 그 당시만 해도 못 견딜 정도는 아니었지만 솔직히 즐거운 기분은 아니었다.

커피는 천천히 고개를 흔들었다. 처음에는 왼쪽으로, 다시 오른쪽으로, 그리고 정중앙에 가서 멎었다. 한번 나를 발견한 그의 눈은 떠나려 하지 않았다.

해리는 커피의 신상 기록서가 꽂힌 서류철을 한 손에 들고 있었다.

"그 친구한테 넘겨." 나는 해리에게 말했다. "손에 쥐어 주라고."

해리는 서류철을 넘겼다. 덩치 큰 얼간이는 몽유병자처럼 그것을 받았다.

"이제 그걸 나한테 가져와, 덩치." 커피는 내 지시에 따랐다. 쇠사슬이 철커덕 덜커덩거렸다. 커피는 고개를 숙이고서야 간신히 감방 안으로 들어올 수 있었다.

혹 내가 잘못 본 것이 아닌지 그의 키를 사실대로 확인하기 위해 눈을 위아래로 움직였다. 사실이었다. 2미터였다. 체중은 130킬로그램이라고 적혀 있었지만 그것은 어림짐작이었으리라. 150킬로그램은 족히 되어 보였고 어쩌면 160킬로그램까지 나갈 것도 같았다. 흉터와 특기 사항을 적어 넣는 난에 기록계의 장기 모범수 맥너슨의 공들인 솜씨로 한 단어가 지워져 있었다. 그 위에는 '부지기수'라고 적혀 있었다.

나는 고개를 들었다. 커피는 약간 옆으로 비켜섰다. 들라크루아의 감방 앞 복도에 서 있는 해리가 보였다. 들라크루아는 커피가 들어왔을 때 E동에 있던 유일한 죄수였다. 가냘픈 몸매에 머리가 벗겨졌으며 조만간 횡령 사실이 들통 나리라는 걸 알고 안절부절못하는 경리 사원 같은 표정을 하고 다니는 친구였다. 길이 잘 든 쥐가 그의 어깨에 앉아 있었다.

퍼시 웨트모어는 조금 전부터 존 커피의 차지가 된 감방의 문턱에 기대어 있었다. 수제 케이스에서 빼낸 호두나무 곤봉을 들고 마치 만만한 장난감이 나타났다는 듯이 손바닥을 탁탁 두드렸다. 갑자기 나는 퍼시라는 존재가 역겨워졌다. 아마 그것은 계절을 무시하고 찾아든 더위 때문이거나, 가랑이에서 달아오르면서 모직 속옷의 감촉을 거의 참기 어려운 수준으로 악화시켰던 요도염 때문이거나, 주 정부가 보낸 백치나 다름없는 흑인한테 퍼시가 한발 앞서 손장난을 치고 싶어하는 것을 눈치 챘기 때문이었으리라. 어쩌면 이런 이유들이 모두 작용했던 것 같다. 아무튼 나는 퍼시의 정치적 연줄에 대한 배려를 잠시 무시했다.

"퍼시…… 의무실이 이사하는 것으로 아는데." 내가 말했다.

"그건 빌 도지가 어련히 알아서……."

"나도 알아. 가서 도우란 말이야."

"내 업무가 아닌데요." 퍼시가 대꾸했다. "이 덩치 큰 굼패가 내 소관이에요."

'굼패'는 몸집이 큰 사람을 퍼시가 비꼴 때 쓰는 말로 굼벵이와 깡패의 결합어였다. 놈은 몸집이 큰 사람을 못마땅하게 여겼다. 해리 터윌리거처럼 말라깽이는 아니었지만 퍼시는 몸집이 작았다. 상황이 절대적으로 자기한테 유리할 때만 싸움을 거는 치사한 인간형이었다. 그 친구는 자기 머리카락이 대단한 줄 알았다. 머리에 손이 안 가 있을 때가 드물었다.

"그럼 자네 일은 끝났군. 의무실에나 가 보라고." 내가 말했다.

퍼시의 아랫입술이 부어올랐다. 빌 도지와 부하 직원들은 상자와 시트 더미, 심지어는 침대까지 나르고 있었다. 교도소 서쪽에 새로 지은 목조 건물로 진료소 전체가 옮겨 가는 것이다. 더위와 싸우면서 무거운 짐을 날라야 했다. 퍼시 웨트모어는 더위도 육체 노동도 내키지 않았다.

"인원은 충분하다니까요." 그가 말했다.

"그럼 가서 감독 조수라도 해." 나는 약간 언성을 높였다. 해리가 신경 쓰는 듯했지만 나는 모른 척했다. 애꿎은 부하 직원을 괴롭혔다고 나를 파면하라는 지시를 주지사가 무어스 교도소장에게 내린다 한들, 핼 무어스가 내 자리에 누구를 앉히겠는가 말이다.

퍼시? 웃기는 소리였다.

"자네가 무슨 일을 하든 난 관심 없으니까 그저 여기서 좀 사라져 달라니까."

잠시, 나는 그가 버틸 거라고 생각했다. 그러면 진짜 골치 아플 것 같았다. 세상에서 가장 큰 시계가 멎은 것처럼 커피가 꼼짝 않고 서 있었으니 말이다. 이윽고 퍼시가 곤봉을 정말 한심하고 허영으로 뭉친 수제 케이스에 쑤셔 넣더니 복도를 따라 뚜벅뚜벅 걸어갔다. 그날 근무석에 앉아 있던 간수가 누구였는지, 혹시 뜨내기 가운데 하나가 아니었는지 잘 기억나지 않지만, 퍼시는 그 친구의 눈초리가 달갑지 않았음에 틀림없었다. "그 더러운 상판으로 자꾸 히죽거리면 확 뭉개 버린다." 그렇게 성질을 부리며 지나갔던 것이다. 열쇠가 덜그럭거리더니 무더운 여름 햇살이 운동장에서 잠시 쏟아져 들어왔고 퍼시 웨트모어는 적어도 한동안 눈앞에서 사라졌다. 들라크루아의 쥐가 가는 수염을 씰룩이면서 주인의 작은 어깨에서 왔다 갔다 했다.

"얌전히 있어요, 딸랑 씨." 들라크루아가 말하니 쥐는 알아들었다는 듯이 왼쪽 어깨에서 가만히 있었다. "그렇게 조용히, 얌전히 있어요." 들라크루아의 경쾌한 남부 억양에서 '얌전히'는 '얌저니'처럼 색다르고 이국적으로 들렸다.

"자넨 드러누워 있어." 내가 퉁명스럽게 말했다. "쉬라고. 자네가 나설 일이 아니니깐."

들라크루아는 내 말에 따랐다. 그는 어린 소녀를 범하고 살해한 뒤 시체를 소녀의 집 뒤뜰로 옮긴 다음 석유를 끼얹어 불을 질렀다. 범행 증거를 어물쩍 없애려 했던 것이다. 불은 그대로 번져

집을 삼켜 버렸다. 여섯 명이 더 죽었는데 그중 둘은 아이였다. 그것이 그가 저지른 유일한 범죄였다. 이제 들라크루아는 근심스러운 표정을 짓고 살아가는 얌전한 사내였다. 머리는 벗겨졌지만 목 뒤로는 길게 자란 머리카락이 어지럽게 흩어져 있었다. 얼마 뒤 고철 스파크에 앉으면 그것으로 그의 인생에도 마침표가 찍힐 것이다……. 하지만 그 끔찍한 짓을 자행한 주역은 이미 사라졌고, 이제 그는 침상에 누워서 작은 친구가 찍찍거리며 손 위로 기어다니도록 내버려 두고 있었다. 어떻게 보면 문제의 핵심은 바로 그것이었다. 고철 스파크가 태우는 것은 사형수 안에 있던 범행의 주역이 아니다. 요즘은 약물을 주입하지만 그런다고 해서 범행의 주역이 잠드는 것은 아니다. 범행의 주역은 잠시 자리를 비웠다가 다른 범죄자의 몸속으로 피신하므로, 결과적으로 우리는 살아 있는 송장이나 다를 바 없는 엉뚱한 사람을 죽이고 마는 것이다.

나는 거인에게 관심을 돌렸다.

"해리를 시켜 사슬을 벗겨도 얌전히 있겠나?"

그는 고개를 끄덕였다. 머리를 흔들 때와 비슷했다. 아래로, 위로, 다시 가운데로 돌아왔다. 낯선 눈이 나를 응시하고 있었다. 그의 눈은 평화로워 보였지만, 내가 안심하고 믿을 수 있는 평화는 아니었다. 내가 손가락을 굽히자 해리가 들어와서 쇠사슬을 벗겼다. 그는 이제 더 이상 떨지 않고 커피의 굵은 나무통만 한 다리 사이에 무릎을 꿇고 앉아 발목의 사슬을 벗겼다. 나도 한결 마음이 가벼워졌다. 해리를 초조하게 만든 것은 퍼시였던 것이다. 해리의 육감은 틀림없었다. 나는 매일 E동에서 근무하는 간수들의 육감을 믿었다. 퍼시만 빼놓고.

　보통 때는 이곳에 새로 입소한 죄수에게 판에 박힌 짧은 훈시를 하는데 커피 앞에서는 왠지 그러기가 싫었다. 단순히 체구가 커서는 아니었다. 아무튼 너무 어색했다.

　해리가 뒤로 물러서자(쇠사슬을 벗기는 의식이 진행되는 동안 커피는 내내 짐말처럼 온순하고 얌전하게 있었다), 나는 엄지로 서류철을 톡톡 두드리면서 새로운 수감자를 올려다보았다.

　"자네, 벙어리는 아니지?"

　"예, 나리, 아닙니다." 그가 입을 열었다. 나지막이 울리는 조용한 목소리였다. 모음을 온전하게 발음하는 것으로 보아 느릿느릿한 진짜 남부 사투리는 아니었지만 그의 말씨에 일종의 남부 억양이 배어 있다는 것을 나는 뒤에 가서 깨달았다. 남부 '출신'이지만 남부 '토종'은 아닌 느낌. 말투로 보아 일자무식 같지는 않았지만 그렇다고 학교물을 먹은 것 같지도 않았다. 묘한 구석은 한둘이 아니었지만, 말하는 투도 그랬다. 그의 눈을 바라보고 있노라면 방심에서 오는 평화로움 같은 것이 느껴졌다. 그의 몸은 여기 있지만 그의 마음은 멀리 다른 데 가 있는 듯했다.

　"이름이 존 커피라고."

　"예, 나리, 마시는 커피하고 같지만 글자는 다릅니다."

　"글을 안단 소린데. 읽고 쓸 줄 아나?"

　"겨우 이름자나 쓰죠." 그는 침착하게 말했다.

　나는 한숨을 내쉰 다음, 짧은 훈시를 더욱 줄여서 끝냈다. 골치를 썩일 친구가 아니란 걸 대번에 알아차렸다. 그 판단은 맞기도 했고 틀리기도 했다.

"나는 폴 에지콤일세. E동 책임자야. 간수장이지. 내가 자리에 없을 땐 이 친구, 해리 터월리거에게 문의하게. 아니면 스탠턴 간수나 하월 간수에게 말해도 좋고. 알겠나?"

커피는 고개를 끄덕거렸다.

"우리가 자네에게 필요한 물품이라고 판단했다면 모를까, 원하는 것을 척척 얻으리라고 기대해선 안 돼. 여긴 호텔이 아니거든. 내 말 알아듣겠나?"

그는 다시 끄덕거렸다.

"여긴 조용하다네……. 다른 동과는 달라. 지금은 자네와 저기 들라크루아 둘뿐이야. 사역에 동원되지는 않을 거야. 주로 앉아 있으면 돼. 지난 일을 곰곰이 반성할 수 있는 기회로 삼으라고."

그러기에는 시간이 너무 남아돌 거라는 말은 하지 않았다.

"규정을 잘 준수하면 가끔은 라디오도 틀어 주지. 라디오 좋아하나?"

그는 마치 라디오가 뭔지 모르는 사람처럼 애매하게 끄덕거렸다. 어느 정도는 그 판단이 옳았다는 것을 나는 뒤늦게 알아차렸다. 커피는 사물과 다시 대면했을 때는 그것을 알아보지만, 그동안은 잊고 지냈다. 그는 「일요일의 아가씨」에 나오는 등장인물들은 알았지만 그들이 지난번까지 무슨 행동을 했는지에 대해서는 어렴풋한 기억밖에 갖고 있지 않았다.

"얌전히 지내면, 끼니는 찾아 먹을 수 있고, 저쪽 끝의 독거실은 생전 가 볼 일이 없고, 등 뒤로 단추를 채우는 결박복은 입지 않아도 된다. 오후 4시에서 6시까지 운동장에도 나갈 수 있다. 다른 재소자들이 포석 위에서 미식축구 시합을 벌이는 토요일은 곤란하지만. 일요일 오후에는 면회도 할 수 있다. 찾아올 사람이 있는지는 몰라도. 있나?"

그는 고개를 흔들고 대꾸했다. "없습니다."

"변호사가 있잖나."

"그분은 이제 두 번 다시 못 볼 것 같습니다. 저한테 돈을 빌려주어야 할 판이니까요. 이런 산자락까지 올 리가 만무하지요."

나는 이 친구가 농담하자는 건가 싶어 빤히 쳐다보았지만 그런 것 같지는 않았다. 실은 나도 비슷한 생각을 하고 있었다. 그 당시만 하더라도 존 커피 같은 친구에게 항소란 과분했다. 재판을 받으면 그걸로 끝이었다. 아무개가 자정 무렵 약간의 전기를 먹었다는 토막 기사가 신문에 실릴 때까지 세상은 그를 까맣게 잊었다. 일요일 오후에 아내나 자식, 친구의 면회를 기대할 수 있는 이들은 오히려 통제하기가 더 쉬웠다. 통제를 문제로 삼는다면 말이다. 이번 경우에는 그렇지 않았고, 그 점이 천만다행이었다. 커피는 무식하리만큼 체구가 컸으니까.

나는 침상에서 약간 고쳐 앉았다. 그리고 차라리 일어서면 아랫도리가 약간이라도 편해질지 모른다는 결론을 내리고 그 생각을 실천에 옮겼다. 커피는 공손히 뒤로 물러서면서 두 손을 앞으로 모았다.

"여기서 편히 지내느냐 고생스럽게 지내느냐는 자네 하기에 달렸어. 내가 이 자리에 온 것은 우릴 편하게 해 주는 것이 자네 신상에도 좋을 거란 말을 하기 위해서야. 꼬장을 부려도 소용없어. 우린 자네한테 응분의 대우를 해 줄 거다. 질문 있나?"

"밤에도 불을 켜 둡니까?" 마치 기회만 노리고 있었던 것처럼 바로 질문이 튀어나왔다.

나는 정색을 했다. E동에 새로 들어온 죄수들한테서 별별 해괴 망측한 질문을 다 들어 보았고, 한번은 내 마누라의 가슴 크기를 물어 온 놈도 있었지만, 이런 질문은 처음이었다.

커피는 겸연쩍게 웃었다. 한심한 놈으로 보이리라는 걸 자기도 잘 알지만 어쩔 수 없다는 표정이었다.

"밤에 좀 겁이 날 때가 있어서요. 잘 모르는 데 가면." 그가 말했다.

나는 그 무지막지한 체구를 쳐다보았고, 이상한 감동을 받았다. 누구라도 나처럼 감동을 받았으리라. 아주 악질이라면 대장간에서 망치를 휘두르는 악마처럼 공포심을 뭉개 없애느라 저렇게 애쓰지는 않으리라.

"여긴, 밤새 아주 환해. '그린 마일'의 전등 가운데 절반은 9시부터 새벽 5시까지 매일 켜 두니까." 그러고 나서야 나는 미시시피의 밑바닥에서 굴러먹던 친구가 내 말을 알아들었을 리 만무하다고 여기고 서둘러 덧붙였다. "복도 말이네."

그는 살았다는 듯이 고개를 끄덕였다. 복도라고 해도 과연 알아들었는지 모르지만 옥사 철조망에 달린 200와트 전구들은 볼 수 있었으리라.

그런 다음 나는 죄수에게 한번도 하지 않았던 행동을 했다. 악수를 청한 것이다. 지금도 나는 내가 왜 그랬는지 모른다. 불에 대해서 그가 물었기 때문이었는지도 모르겠다. 해리 터윌리거의 눈이 휘둥그레졌다. 정말이었다. 커피는 의외로 부드럽게 내 손을 맞아들였다. 내 손은 그의 손에 파묻히다시피 했다. 그게 다였

26

다. 나는 포충병에 나방 한 마리를 새로 집어넣은 것이다. 우리의 용건은 그것으로 끝났다.

　나는 감방에서 나왔다. 해리가 문을 옆으로 당겨 닫고 자물쇠 두 개를 모두 채웠다. 커피는 그 다음에 무슨 행동을 해야 할지 몰라 그 자리에 잠시 엉거주춤 서 있더니, 이윽고 침상에 앉아 커다란 두 손을 깍지 끼어 무릎 사이에 두었다. 그리고 뉘우치거나 기도하는 사람처럼 고개를 숙였다. 그러더니 거의 남부 사투리에 가까운 이상한 말투로 무어라고 웅얼거렸다. 나는 너무나 분명하게 들었다. 그 당시에는 그가 어떤 일을 저질렀는지 몰랐고, 응징을 받는 날이 올 때까지 죄수를 먹이고 돌보기 위해서 그가 한 짓을 반드시 알아야 할 필요는 없었지만, 그래도 소름이 오싹 돋았다.

　"어쩔 수 없었습니다, 나리." 그가 중얼거렸다. "돌이키기에는 이미 늦어 있었어요."

"퍼시 때문에 골치 좀 썩이시겠네요." 복도를 따라 내 방으로 돌아오면서 해리가 말했다. 나의 왼팔이라고 할 수 있는 딘 스탠턴이 내 책상에 앉아서 서류철을 정리하고 있었다. 물론 왼팔 어쩌고 하는 게 정해진 것은 아니었다. 퍼시 웨트모어 같으면 귀신처럼 그런 걸 만들었겠지만. 나는 서류 일하고는 담을 쌓고 지냈던 것 같다. 딘은 우리가 들어갔어도 엄지손가락 끝으로 작은 안경을 살짝 밀 뿐 고개를 드는 둥 마는 둥 하고는 하던 일을 계속했다.

"그 촌놈이야 첫날부터 내 속을 썩였지." 내가 말했다. 나도 모르게 움찔하면서 가랑이에 닿았던 바지를 살며시 당겼다. "그 미련퉁이 곰을 데리고 가면서 놈이 떠드는 소리 들었나?"

"왜 안 들었겠습니까." 해리가 대답했다. "저도 거기 있었잖아요."

"저는 변소에 있었는데도 무지 잘 들리던데요." 딘이 말했다. 그는 종이 한 장을 뽑더니 높이 쳐들어 거기에 박힌 글씨와 커피 얼룩을 나한테 확인시키고는 쓰레기통으로 던졌다. "'송장이 납신다.' 열심히 읽어 대는 잡지 어디에선가 봤을 거예요."

아마 그랬을지도 모른다. 퍼시 웨트모어는 《대모험》, 《수컷》, 《남성 탐험》의 열렬한 애독자였다. 매호 교도소에 관한 글이 실리는 모양이었는데 퍼시는 마치 연구에 몰입한 사람처럼 집요하게 거기 실린 글을 읽어 댔다. 제대로 처신하는 법을 알아내기에 혈안이 된 것 같았고 그런 잡지들에서 필요한 정보를 얻을 수 있다고 믿는 눈치였다. 퍼시는 살인 청부업자 앤터니 레이의 형을 집행한 직후에 들어왔으므로 아직 형 집행에 참가한 적은 없었다. 조작실에서 딱 한 번 구경한 적은 있었다.

"그 친구는 발이 넓어요." 해리가 말했다. "연줄이 있다고요. 왜 E동 밖으로 몰아냈는지 해명하는 것도 골치 아프겠지만 뭣 때문에 힘든 일을 시켰는지 책임 추궁도 만만치 않을 걸요."

"힘든 일은 무슨." 나는 심드렁하게 대꾸했다. 퍼시가 힘든 일을 했으리라 기대하지도 않았지만……, 한 가닥 희망은 있었다. 빌 더지는 빈둥거리며 줄곧 구경만 하게 방치할 친구가 아니었다. "지금 내 관심은 아까 그 친구한테 더 가 있어. 우리 속 좀 썩이지 않을까?"

해리는 단호히 고개를 저었다.

"트라핑거스 군 재판정에서도 얼마나 순했는데요." 딘이 나섰다. 그는 작은 무테 안경을 벗어 조끼에다가 닦기 시작했다. "물론 스크루지가 유령한테서 본 것보다 더 많은 쇠사슬에 꽁꽁 묶여 있긴 했지만서도요. 마음만 먹으면 마귀라도 때려눕힐 놈입니다. 과장 좀 섞어서요."

"나도 알아." 나는 몰랐지만 그렇게 말했다. 딘 스탠턴한테 지는 것 같아 왠지 약이 올랐다.

"되게 크죠?" 딘이 말했다.

"크더만." 나는 맞장구쳤다. "엄청 크더라고."

"그 녀석 똥창을 구우려면 고철 스파크를 왕창 끌어올려야겠던데요."

"고철 스파크 걱정을 왜 하나." 나는 무심하게 내뱉었다. "아무리 커도 거기선 바짝 오그라들어."

딘은 안경에 눌려 발갛게 된 콧날 양쪽을 살짝 집으면서 끄덕거렸다. "하긴, 그렇네요."

"그 친구가⋯⋯, 테프턴에 나타나기 전에 어디서 살았는지 자네들 혹시 아나? 테프턴이 맞지?" 내가 물었다.

"맞아요." 딘이 말했다. "트라핑거스 군에서 쑥 들어가죠. 거기 나타나서 일을 저지르기 전의 행적은 아무도 모르는 것 같던데요. 그저 여기저기 떠돌아다녔겠죠, 뭐. 정말로 관심이 있으시면 소 내 도서실에 비치된 신문에서 조금은 알아낼 수 있을지 모릅니다. 아마 다음 주까지는 신문을 가져가지 않을걸요." 딘은 히죽 웃었다. "그 꼬마 놈이 위층에서 내뱉는 욕지거리와 엄살 때문에 귀는 좀 따가울 테지만 말입니다."

"한번 들여다봐야겠군." 나는 그렇게 말했고, 그날 오후 행동에 옮겼다.

도서실은 소 내 카센터로 개조하기로 계획이 잡혀 있던 건물의 안쪽에 있었다. 남의 돈을 가지고 누가 또 생색을 내는구나 싶었지만, 대공황기였다. 나는 잠자코 있었다. 퍼시에 대해서 주둥이를 꾹 닫고 지냈던 것처럼. 하지만 가끔은 도저히 입을 다물 수 없을 때가 있다. 남자는 물건보다 주둥이 때문에 곤욕을 치를 때가 사실은 더 많다. 어쨌든 카센터가 세워지는 일은 없었고, 이듬해 봄 교도소는 100킬로미터 떨어진 브라이턴으로 이전했다. 또다시 물밑 거래가 있었고 또다시 누군가가 생색을 냈지만, 내가 상관할 문제는 아니었다.

행정 부서는 구내 오른편에 자리한 신축 건물로 옮겼다. 진료소도 이사 중이었다(도대체 어떤 멍청이가 애당초 진료소를 2층에 두자는 발상을 내놓았는지 정말 알다가도 모를 일이었다). 도서실엔 아직 자료가 일부 남아 있었지만 그래도 썰렁했다. 그렇다고 해서 자료가 언제 한번이라도 제대로 채워진 적이 있었는가 하면 그건 아니었다. 그 낡은 건물은 마치 A동과 B동 사이에 낀 사과 궤짝 같았다. 양쪽 감방의 변소들이 모두 그쪽으로 나 있어 건물 전체에서 늘 지린내 같은 것이 감돌았다. 아마 이전을 결정한 주된 이유도 거기에 있는지 모른다. 도서실은 L자형이었으며 내 방보다 약간 컸다. 나는 선풍기를 찾았지만 이미 모두 옮겼는지 없었다. 실내 온도가 37도는 족히 되었나 보다. 의자에 앉으니 가랑이에서 뜨거운 맥박이 느껴질 정도였다. 이빨이 썩어 갈 때의 느낌이라고나 할까. 부위가 서로 다르기 때문에 터무니없는 비유라는 건 나도 알지만 그것이 내가 떠올릴 수 있는 유일한 비유였다. 특히 걸음을 내딛기 직전 오줌이 새는 동안이나 새고 난 다음에는 말할 수 없이 불쾌한 느낌이 들었다.

도서실에는 나 말고 한 사람이 더 있었다. 기번스라는 왜소한 장기 모범수가 서부 소설을 무릎 위에 펴 놓고 모자를 눈 밑까지 내려쓴 채 한구석에서 꾸벅꾸벅 졸고 있었다. 더위쯤은 아랑곳하지 않는 듯했다. 2층 진료소에서 들려오는 불평과 충격음과 간간이 섞여 드는 욕설(위층은 최소한 10도는 더 더웠을 테고 퍼시 웨트모어는 은근히 그걸 즐겼을 것이다)도 그의 잠을 깨우지는 못했다. 나도 깨울 생각은 없었던지라 L자의 짧은 곳으로 갔다. 신문은 그곳에 보관되어 있었다. 딘은 있다고 했지만 나는 선풍기와 함께 벌써 신문을 치웠을지도 모른다고 생각했다. 다행히 신문은 있었다. 데트릭 자매에 관한 기사는 쉽게 찾을 수 있었다. 범행이 일어난 6월부터 재판이 있었던 8월 말과 9월까지 줄곧 1면을 장식하고 있었다.

나는 더위와 2층의 소음, 그리고 늙은 기번스가 씨근거리며 코고는 소리를 금세 잊어버렸다. 아홉 살짜리 계집아이들, 그 보송보송한 금발 머리와 앙증맞은 미소와 우락부락하고 시커먼 커피를 한꺼번에 떠올리는 것은 달갑지 않았지만, 머리에서 지운다고 지워질 일이 아니었다. 커피의 몸집을 생각하면, 동화에 나오는 거인처럼 계집아이들을 잡아먹었다고 해도 곧이들릴 것 같았다. 그가 한 짓은 더 끔찍했다. 운이 좋았기에 망정이지 안 그랬으면 강둑에서 몰매를 맞아 죽었을 것이다. 그린 마일로 걸어가서 고철 스파크의 무릎에 앉을 날을 기다리는 것도 운이 좋다고 말할 수 있을는지는 모르겠지만.

이 모든 일이 터지기 이미 70년 전에 면화 왕(王)은 남부에서 폐위되었고 다시는 왕위에 오르지 못했다. 그러나 1930년대에는 소생의 기미가 보이는 듯도 했다. 기업 규모의 면화 재배 단지는 사라졌지만 우리 주의 남부에는 면화 농사로 재미를 보는 농가가 사오십 군데 있었다. 클라우스 데트릭도 그런 사람이었다. 50년대의 기준으로 보자면 밥술이나 먹고 사는 정도겠지만, 30년대의 기준으로는 부유층에 들었다. 주로 월말에 몰리는 계산서를 꼬박꼬박 현찰로 처리했을 뿐 아니라 어쩌다 길에서 만난 은행장의 눈도 당당히 쳐다볼 수 있는 사람이었다. 농가는 깨끗하고 넓었다. 그는 면화 말고도 닭과 소를 길렀다. 부부에게는 아이가 셋 있었다. 열두엇 된 하워드와 쌍둥이 자매 코라와 캐시였다.

그해 6월의 어느 포근한 여름 밤, 두 계집아이는 부모를 졸라 집 가장자리에 붙어 있던 방충망이 쳐진 베란다에서 자도 좋다는 허락을 받아 냈다. 자매에게 주어진 모처럼의 특전이었다. 하늘에서 마지막 빛이 사라졌을 때 엄마는 아직 아홉 살이 채 안 된 두 딸에게 잘 자라고 입맞춤을 했다. 그것이 장의사의 손으로 겨우 추슬러져 관 속에 누운 모습으로 나타나기 전까지 엄마가 본 두 딸의 마지막 모습이었다.

나의 어머니는 저녁 해만 지면 "이제 탁자 밑이 어두워졌다."고 말씀하셨지만, 그 시절 농촌에서는 일찍 잠자리에 들어 세상 모르고 깊이 잤다. 쌍둥이가 사고를 당한 날 틀림없이 클라우스, 마저리, 하워드 데트릭도 깊은 잠에 빠졌으리라. 집에서 키우던 늙은 콜리 잡종 바우저가 짖었더라면 클라우스는 십중팔구 눈을 떴을 테지만 바우저는 짖지 않았다. 그날 밤만이 아니라 그 뒤로도 영영 짖지 않았다.

클라우스는 첫새벽에 우유를 짜기 위해 일어났다. 베란다와 외양간은 제법 떨어져 있었으므로 클라우스는 두 딸을 들여다볼 생각은 하지 않았다. 바우저가 따라나서지 않았지만 그저 그러려니 했다. 그 개는 소와 닭을 똑같이 무시했기 때문에 주인이 궂은 일을 하는 동안에도 일부러 부르지 않으면, 그것도 아주 큰 소리로 부르지 않으면 대개는 개집 안에 처박혀 있었다.

마저리는 남편이 쪽방에서 장화를 신고 외양간으로 힘차게 걸어가고 나서 15분쯤 뒤에 아래층으로 내려왔다. 그녀는 커피를 끓이고 베이컨을 불 위에 올려놓았다. 구수한 음식 냄새에 하워드도 지붕 밑 자기 방에서 내려왔다. 하지만 베란다에서 잠든 딸들은 감감무소식이었다. 엄마는 베이컨 기름 위에다 달걀을 깨뜨리면서 하워드에게 동생들을 깨워 오라고 일렀다. 아빠는 아침 식사가 끝나는 대로 두 딸을 시켜 신선한 달걀을 가져오게 할 참이었다. 그날 아침 데트릭 일가는 아침을 먹지 못했지만 말이다. 하워드가 베란다에서 돌아왔다. 얼굴은 하얗게 질려 있었고 방금 전까지 졸음기가 가득하던 눈을 이제는 동그랗게 뜨고 있었다.

"없어졌어요."

마저리는 베란다로 갔다. 처음에는 놀랐다기보다는 짜증부터 났다. 나중에 그녀는, 아들의 말을 들었을 때 그 애들이 새벽같이 꽃을 따러 산책을 나갔으려니 생각했던 것 같다고 진술했다. 철부지 소녀가 곧잘 저지르는 왜 그 엉뚱한 짓 있잖은가. 직접 가 보고서야 그녀는 아들의 얼굴이 왜 질려 있었는지 알았다.

그녀는 남편을 미친 듯이 불렀다. 악을 쓰다시피 했다. 클라우스는 한달음에 달려왔다. 들통에 절반쯤 차 있던 우유를 쏟는 바람에 작업화가 하얘져 있었다. 아무리 담력 있는 부모라도 그가 베란다에서 목격한 것을 보았더라면 다리가 굳었을 것이다. 밤이 으슥해지고 점점 추워지면서 두 딸이 몸에 폭 감았을 담요는 한쪽 구석에 팽개쳐져 있었다. 방충망 문은 윗부분이 떨어져 나간 채 술에 취한 것처럼 앞마당 쪽으로 너덜너덜 매달려 있었다. 베란다 바닥과 망가진 방충망 문 너머의 계단 위에는 핏자국이 튀어 있었다.

마저리는 남편에게 혼자서 두 딸을 찾아 나서지 말라고, 정 가야겠으면 아들은 두고 가라고 사정했지만 차라리 입을 다무는 편이 나을 뻔했다. 남편은 아이들 손이 닿지 않도록 쪽방 높이 두었던 장전된 엽총을 들고, 아들에게는 7월에 생일이 되면 주려고 했던 22구경 총을 주었다. 그들은 떠났다. 뜨내기 부랑자 집단이나 라두크의 시골 농장에서 도망 나온 질 나쁜 검둥이 패거리를 만나면 어떻게 할 셈이냐며 불안에 떠는 여인의 절규와 흐느낌을 그들은 못 들은 척했다. 그 점에서는 남자들의 판단이 옳았다고

나는 생각한다. 피는 더 이상 흐르지 않았지만 이제 막 끈적끈적
해진 정도였고 빛깔도 피가 어지간히 말랐을 때 나는 적갈색이
아니라 선혈에 가까웠다. 유괴는 그리 오래전에 발생하지 않았
다. 클라우스는 아직 두 딸을 찾을 가능성이 있다고 판단한 게 틀
림없었다. 그는 각오를 단단히 했다.

　두 사람은 이렇다 할 흔적을 찾아내지 못했다. 그들은 농부였
지 사냥꾼은 아니었다. 사냥철에는 너구리와 사슴을 쫓아 숲으로
들어갔지만 그들이 아주 원해서 하는 일이 아니라 다들 하기 때
문에 하는 행동이었다. 앞마당에는 말라붙은 진흙 위로 여러 개
의 발자국이 어지럽게 찍혀 있었다. 부자는 외양간을 돌아갔다.
그리고 잘 물지는 못해도 짖는 데는 일가견이 있던 바우저가 왜
사람들을 깨우지 않았는지 알아차렸다. 개는 외양간에서 남은 판
자로 지은 자기 집(앞부분의 둥그스름한 구멍 위에 '바우저'라고
또렷이 적힌 문패까지 붙어 있는 것을 나는 신문에 실린 사진에서 보
았다) 안팎에 몸을 걸친 채 쓰러져 있었다. 바우저의 머리는 거의
목 뒤로 돌아가 있었다. 엄청난 괴력의 소유자만이 이 커다란 동
물한테 그런 짓을 할 수 있었을 거라고 나중에 검사는 존 커피의
배심원들 앞에서 말했다……. 그런 다음 검사는 그 자체가 악의
화신처럼 보이며, 주에서 지급한 작업복을 입은 채 눈을 내리깔
고 앉아 있는 우락부락한 피고를 한참 동안 의미심장한 눈빛으로
바라보았다. 클라우스와 하워드는 먹다 남은 구운 소시지 토막을
죽은 개 옆에서 발견했다. 처음에 바우저를 먹을 것으로 유인한
다음 개가 마지막 소시지를 먹으려는 찰나 두 손을 뻗어 한 번에
무시무시한 힘으로 손목을 홱 꺾어 개의 목을 부러뜨렸다는 정황

36

이 제시되었다. 흠잡을 데 없는 설명이었다.

외양간 너머는 데트릭의 북쪽 목초지였다. 그날은 소들이 그곳에서 풀을 뜯지 않았다. 아침 이슬로 촉촉이 젖은 목초지를 가로지르다가 다시 북서쪽으로 비스듬히 꺾어지면서 남자가 풀을 짓밟고 간 흔적이 대낮처럼 뚜렷하게 남아 있었다.

거의 제정신이 아니었지만 클라우스 데트릭은 처음에는 따라가지 않고 머뭇거렸다. 딸들을 납치한 자 또는 패거리에 대한 두려움 때문은 아니었다. 유괴범과 반대 방향으로 가게 될지도 모른다는 두려움이 그의 발목을 잡았다…… 일각이 여삼추 같은 상황에서 엉뚱한 방향으로 가게 될까 봐 불안했던 것이다.

난국을 해결한 것은 하워드였다. 마당가 바로 너머로 자라난 덤불에서 노란 면직물 조각을 뜯어낸 것이다. 클라우스는 증인석에서 똑같은 천 조각을 제시받자 딸아이 캐시의 잠옷 바지 일부임을 확인하고는 흐느끼기 시작했다. 다시 20미터를 더 나아가 그들은 키 작은 노간주나무의 삐죽 솟은 돌기에서 엄마와 아빠에게 밤인사를 할 때 코라가 입고 있던 잠옷에서 찢겨져 나온 빛바랜 녹색 천 조각을 찾아냈다.

데트릭 부자는 집중 포화를 받으면서 앞으로 돌격하는 군인들처럼 총을 앞으로 들고 뛰다시피 하기 시작했다. 무엇보다도 나는 그날 벌어진 사건 중에서, 아버지 뒤를 필사적으로 뒤쫓던 소년이(완전히 뒤처질 뻔한 위기 상황이 그렇게 많으면서도) 넘어지면서 클라우스 데트릭의 등에 총을 쏘는 실수를 범하지 않았다는 것이 신기하기만 하다.

데트릭네는 전화 교환국에 연결되어 있었다. 이것은 이웃들이

고달픈 시대에 데트릭 일가가 아주 떵떵거리지는 못해도 형편이 괜찮다고 여긴 또 하나의 이유였다. 마저리는 교환국을 통해 역시 교환국에 연결되어 있던 이웃들에게 가급적 많이 연락하여 마른하늘에 날벼락처럼 자기 집에 닥친 재앙을 알렸다. 자기가 거는 전화 한 통 한 통이 잔잔한 연못에 피융 던져 넣은 조약돌처럼 파문을 일으키리라는 것을 그녀는 알고 있었다. 이윽고 그녀는 마지막으로 수화기를 한 번 더 들어, 적어도 남부 시골에서는 초창기의 전화망에서 거의 관용구처럼 쓰이던 말을 꺼냈다.

"여보세요, 교환, 나왔습니까?"

그러나 교환은 잠시 아무 말도 못 했다. 그 덕망 높은 여인은 흥분으로 몸을 가누지 못했다. 마침내 교환이 어렵게 입을 열었다.

"예, 데트릭 부인, 나왔습니다. 이를 어쩌면 좋을꼬, 따님들이 안전하기를 저도 하느님께 손 모아 기도 드릴게요……."

"고맙군요." 마저리가 말했다. "하느님께는 잠시만 기다려 달라시고, 테프턴의 고등 보안관실로 좀 연결해 주시겠어요?"

트라핑거스 고등 보안관은 배불뚝이에다 파이프 청소용구의 솜뭉치처럼 보풀보풀한 백발을 하고 위스키에 절어 딸기코가 된 노인이었다. 나는 그를 잘 알았다. 자기가 '내 아이들'이라고 부르는 사람들이 저 너머의 세계로 사라지는 모습을 지켜보기 위해 그는 콜드마운틴에 이따금 나타났다. 형 집행 참관인들은 장례식이나 교회 만찬회에서 또는 농장에서 빙고 게임을 할 때 누구나 한두 번은 앉아 보았을 접의자(실제로 그 무렵 우리는 미스틱타이 44번 농장에서 의자를 빌려 썼다)에 앉았는데, 호머 크리버스 보안관이 착석할 때마다 우지직 소리가 나면서 의자가 부서지지 않을까 신경이 쓰였다. 걱정이 되면서도 나는 한편으로 그런 날이 오기를 은근히 바랐다. 그러나 그런 날은 오지 않았다. 얼마 안 가서, 데트릭 자매가 납치되고 한 해가 더 지나지는 않았을 때 그는 집무실에서 대프니 셔틀리프라는 열일곱 먹은 흑인 소녀와 정사를 나누다가 심장마비로 죽었다. 당시만 하더라도 공직에 입후보하려면 독실한 신앙인임을 내세워야 했다. 선거 때만 돌아오면 자기 아내와 여섯 아들을 대동하고 늘 빼겨 댄 터라 그 사건을 두고 말들이 많았다. 자고로 사람들은 위선자를 좋아한다. 자기한테도 다분히 그런 성향이 있다는 건 알지만, 누군가가 바지를 내리고 물건을 세운 채 요상한 짓을 하다가 붙들렸는데 그게 자기가 아니면 그렇게 신이 날 수가 없는 것이다.

위선은 둘째치고라도 그는 무능했다. 사진에 나오려고 일부러 어떤 귀부인의 고양이를 쓰다듬었는데 그게 사실은 다른 사람의, 가령 로브 머기 부보안관의 고양이였다는 식의 어처구니없는 실수를 연발하는 타입이었다. 한번은 나무에 올라간 귀부인의 고양이를 끌어내리려다가 쇄골이 부러지는 중상을 입을 뻔하기도 했다.

머기는 마저리가 따발총처럼 쏟아 붓는 말을 2분 가까이 듣고 있다가 네댓 가지의 질문으로 그녀의 말을 끊었다. 그것은 노련한 권투 선수가 얼굴에 전광석화처럼 먹이는 가벼운 잽처럼 빠르고 짧았다. 아주 작으면서도 묵직해서 아픔을 느끼기 전에 피부터 번지는 그런 주먹이었다. 마저리의 답변을 듣고 그는 이렇게 말했다. "내가 보보 마천트한테 전화를 걸지요. 그 집에 개가 있거든요. 부인은 꼼짝 말고 계십시오. 남편과 아드님이 돌아오거든 꼼짝 말고 계시라고 하세요. 집에 붙들어 놓으셔야 합니다."

그동안 남편과 아들은 북서쪽으로 5킬로미터 떨어진 곳에서 유괴범의 뒤를 쫓고 있었다. 그러나 탁 트인 벌판으로 나왔다가 다시 소나무 숲으로 들어가면서 그만 꼬리를 놓치고 말았다. 앞에서도 말했지만 그들은 사냥꾼이 아니라 농부였다. 그리고 그때쯤 그들은 자기네가 짐승의 뒤를 쫓고 있다는 것을 깨달았다. 추격 과정에서 그들은 캐시의 바지와 짝을 이룬 노란 윗옷과 코라의 잠옷 조각을 새로 발견했다. 둘 다 피에 절어 있었다. 클라우스도 하워드도 이제는 출발할 때처럼 서두르지 않았다. 무겁기 때문에 찬물이 아래로 가라앉듯이, 어느덧 모종의 서늘한 확신이 그들의 더운 희망 안으로 스며들었으리라.

그들은 단서를 찾아 숲을 뒤졌지만 아무런 흔적도 없었다. 다른 곳을 뒤졌지만 역시 소득이 없었다. 또 다른 곳을 살폈다. 이번에는 미송의 뾰족한 잎에 튄 부채꼴의 핏자국을 발견했다. 그들은 좁은 길이 난 것처럼 보이는 쪽으로 가서 다시 부근을 뒤지기 시작했다. 어느새 오전 9시가 되어 있었다. 뒤에서 사람들의 고함과 개 짖는 소리가 들려 왔다. 크리버스 보안관이 브랜디를 탄 커피 첫 잔을 비웠을 시간에 로브 머기는 어설픈 민병대를 소집했고, 9시 15분에는 데트릭 부자를 따라잡았다. 두 사람은 숲 언저리에서 돌부리에 채며 필사적으로 사방을 뒤지고 있었다. 개들을 앞장세우고 일행은 다시 전진했다. 머기는 데트릭 부자가 동행하는 것을 허락하는 대신 총알은 빼게 했다. 아무리 끔찍한 결과가 기다리고 있다고 해도 그들이 돌아가지 않으리란 걸 머기는 알았던 모양이다. 다른 사람들도 안전을 위해 그렇게 했다고 머기는 말했다. 그러나 머기는 총알을 자기한테 넘기도록 요구한 것은 데트릭 부자뿐이었다는 사실을 두 사람은 물론 어느 누구에게도 말하지 않았다. 어지간히 얼도 나갔고 이 악몽의 끝까지 어서 헤치고 가서 매듭을 짓고 싶다는 일념에 두 사람은 머기의 지시에 따랐다. 데트릭 부자가 빼낸 총알을 받아 든 순간 로브 머기는 존 커피의 구차한 목숨을 살려 준 것인지도 모른다.

사냥개들은 맹렬히 짖어 대면서 줄곧 험한 북서쪽 방향으로 소나무 숲을 헤치며 3킬로미터를 더 갔다. 이윽고 그들은 트라핑거스 강기슭으로 나왔다. 아직도 자기네 손으로 만돌린을 만들고 밭을 갈다가 썩은 이빨을 뽑아 내던 크레이, 로비넷, 더플리시 일가가 사는 남동쪽의 숲이 우거진 낮은 구릉을 관통하는 강이 그 지점에서는 폭도 넓어졌고 물살도 느려졌다. 그 깊은 오지에서 사람들은 일요일 아침에 걸핏하면 뱀을 만졌고 일요일 밤에는 딸자식과 뒹굴며 욕정을 불태웠다. 나는 그 집안 사람들을 안다. 그들은 고철 스파크의 먹잇감이었다. 민병대원들은 강 맞은편에 대남부 지선의 철로에 반사되는 6월의 햇살을 보았다. 1킬로미터 남짓 오른쪽 하류로 내려가니 웨스트그린 탄전으로 건너가는 구각교가 놓여 있었다.

여기서 일행은 숲과 낮은 덤불이 넓게 짓이겨진 자리를 발견했다. 어찌나 피가 흥건한지 많은 민병대원들이 숲으로 되돌아가 아침에 먹은 음식을 게워 내야 했다. 그들은 피 칠갑한 수풀 바닥에서 코라의 잠옷 나머지 부분도 발견했다. 여태까지 꿋꿋하게 버텨 온 하워드도 아빠 쪽으로 휘청거리더니 정신을 잃을 뻔했다.

보보 마천트의 개들이 그날 처음이자 마지막으로 의견이 갈린 것도 그 자리에서였다. 개는 모두 여섯 마리였는데, 블러드하운드 두 마리, 블루틱하운드 두 마리, 남부 사람들이 너구리 사냥개라고 부르는 테리어 비슷한 잡종 개 두 마리였다. 잡종 개들은 트라핑거스 강 상류를 따라 북서쪽으로 가려고 했다. 나머지 개들은 그 반대편인 남동쪽으로 가려고 했다. 개들은 서로 앞장서려다 이리저리 뒤엉켰다. 이 부분에 대한 기사는 신문에 나와 있지 않지만 보보가 개들을 다시 정렬시키기 위하여 그의 장기인 주먹세례와 입에 못 담을 욕지거리를 퍼부었으리라는 것은 능히 짐작이 갔다. 한창 때 나도 사냥개 주인 몇 사람과 알고 지냈는데 내가 경험한 바로 그들은 하는 짓이 똑같았다.

보보는 가죽 끈을 짧게 잡아당겨 개들을 한 군데로 모으더니 코라 데트릭의 찢겨 나간 잠옷을 개들의 코 밑에 들이밀었다. 정오가 되면 기온이 섭씨 40도를 웃돌고 무리를 지은 민병대원들의 머리 위로 어느새 모기가 떠도는 그런 날, 그들이 무엇을 하러 나와 있는지 다시금 일깨우는 조치였다. 잡종 개들은 다시금 냄새를 맡더니 표를 몰아 주기로 결심한 듯 우렁차게 짖으면서 쏜살같이 하류로 달려갔다.

그러나 겨우 10분 만에 일행은 걸음을 멈추었다. 개 짖는 소리가 아닌 이상한 소리가 들려 온 것이다. 그것은 울부짖음이었다. 아무리 죽음의 단말마 앞에서 터져 나오는 비명일지언정 도저히 개의 입에서 나올 수 있는 소리는 아니었다. 동물이 그런 소리를 내는 것을 그들은 한번도 들어 본 적이 없었다. 그 주인공이 사람이라는 것을 그들은 너나없이 금세 깨달았다. 그들이 한 말이니까 나는 그렇게 믿었다. 내가 그 자리에 있었어도 깨달았을 거라고 생각한다. 나는 사람들이 전기의자로 가면서 그런 식으로 울부짖는 소리를 들었던 것 같다. 대개는 옷깃을 여미고 학교 소풍이라도 가는 것처럼 가만히 있거나 농담을 했지만, 극소수는 울부짖었다. 지옥이 정말로 있다고 믿고 그린 마일이 끝나는 곳에서 지옥이 자기를 기다린다고 생각하는 사람이 그렇게 울부짖었다.

보보는 개들의 가죽 끈을 다시 바짝 당겼다. 엎어지면 코 닿을 거리에서 괴성을 지르고 넋두리를 내뱉는 미치광이한테 아까운 개들을 잃고 싶은 생각은 추호도 없었던 것이다. 다른 대원들은 탄창을 찰칵 끼웠다. 울부짖음에 모두 소름이 돋아 있었다. 팔과 등을 따라서 흘러내리는 땀방울이 마치 얼음물처럼 차가웠다. 그렇게 모두들 겁에 질려 있을 때는, 어차피 가야 할 길이라면 지도자가 필요하다. 머기 부보안관이 총대를 멨다. 그는 앞으로 나서더니 오른쪽 숲에서 비어져 나온 오리나무 군락을 향해 씩씩하게 걸어갔고 나머지 대원들은 다섯 걸음가량 떨어져 불안하게 그 뒤를 따랐다. 머기는 단 한 번 멈추어 섰다. 가장 건장한 샘 홀리스에게 클라우스 데트릭 옆에 바짝 붙어 있으라는 신호를 보내기 위해서였다.

오리나무 군락 너머 오른쪽으로는 개활지가 다시 숲으로 이어졌다. 왼쪽은 완만한 경사를 이룬 강둑이었다. 일행은 벼락을 맞은 듯 그 자리에 섰다. 눈앞의 광경을 보지 않을 수만 있다면 그들은 어떤 손해든 감수했을 거라고 생각한다. 그들 중 아무도, 교회 만찬장에서도 시골길을 걸어가면서도 자랑스러운 일을 하면서도 침대에서 사랑의 입맞춤을 나누면서도, 영원히 그 장면을 잊지 못할 것이다. 그것은 행복한 일상의 삶에 드리운 휘장과 장식물 너머에 있는, 마치 태양 아래 피어오르는 연기처럼 적나라한 악몽이었다. 누구에게나 해골이 있듯 모든 인간의 삶 속에는 해골이 있다는 점을 나는 강조하고 싶다. 그날 사람들은 그것을 보았다. 웃음 뒤에서 가끔씩 헤벌쭉 웃는 해골을.

핏자국이 번진 빛 바랜 점퍼 차림으로 강둑에 앉아 있는 것은 그들이 이제까지 보았던 사람들 중에서 가장 큰 존 커피였다. 발가락이 볼품없게 달린 그의 거대한 발은 맨발이었다. 머리에는 시골 아낙네들이 교회에 갈 때 쓰는 빛 바랜 붉은 수건을 뒤집어 쓰고 있었다. 각다귀들이 먹구름처럼 그의 주위를 빙빙 돌았다. 그는 양팔에 벌거벗은 소녀의 시체를 하나씩 감아 안고 있었다. 한때는 곱슬곱슬하고 솜털처럼 가벼웠을 금발이 머리에 엉겨 붙어 붉은 줄무늬처럼 갈라져 있었다. 사내는 소녀들을 품에 안고 앉아 달빛에 홀린 송아지처럼 하늘을 향해 울부짖었다. 흑갈색 뺨이 눈물로 번들거렸고 얼굴은 비통함으로 실룩실룩 경련을 일으켰다. 후욱 숨을 들이쉬면 점퍼 끈을 고정한 단추가 팽팽해질 때까지 가슴이 부풀어 올랐고 다시 한번 울부짖으면 품안에 담아두었던 어마어마한 공기가 빠져나왔다. '그 살인마는 뉘우치는 빛이 전혀 없었다'는 보도가 산문에 뻔질나게 실렸지만 거기서는 달랐다. 존 커피는 자기가 저지른 짓으로 억장이 무너지고 있었다……. 하지만 그는 살아날 것이다. 소녀들은 그렇지 못했다. 자매는 더 근본적인 방식으로 무너진 지 오래였다.

울부짖는 사내를 얼마 동안 그 자리에 서서 바라보았는지 아무도 기억하지 못하는 것 같았다. 이번에는 그 사내가 강을 가로지르는 다리를 향해 철길을 따라 돌진하는 강 맞은편의 기차를 잔잔하고 거대한 수면 너머로 바라보았다. 그것은 한 시간일 수도 있었고 영원할 수도 있었지만 기차는 앞으로 나아가지 않았다. 마치 심통을 부리는 아이처럼 기차는 한자리에서만 열을 내는 것 같았다. 해가 구름 뒤로 숨지 않았으므로 그 모습은 눈에서 지워지지 않았다. 그것은 개에게 물린 자국처럼 생생하게 그들 앞에 버티고 있었다. 흑인은 앞뒤로 몸을 흔들었다. 코라와 캐시는 거인의 팔에 안긴 인형처럼 덩달아 앞뒤로 흔들렸다. 소매를 걷은 사내의 거대한 팔에서 핏자국 밴 근육이 수축과 이완을 끝없이 반복하고 있었다.

그림처럼 정지된 화면을 깨뜨린 것은 클라우스 데트릭이었다. 그는 고함을 지르면서 자기 딸들을 범하고 살해한 괴물을 향해 덤벼들었다. 샘 홀리스는 자기 임무를 깨닫고 저지에 나섰지만 역부족이었다. 그는 클라우스보다 키가 15센티미터나 크고 몸무게가 최소한 30킬로그램은 더 나갔지만 클라우스는 감아 잡는 팔을 조금도 개의치 않고 빠져나갔다. 클라우스는 가운데의 트인 공간으로 몸을 날려 커피의 머리를 걷어찼다. 쏟은 우유가 더위에 달구어져 벌써 시큼한 냄새를 풍기는 그의 작업화가 커피의 왼쪽 관자놀이에 명중했지만 커피에게는 기별조차 없는 듯했다. 여전히 그는 그 자리에 앉아 강 건너편을 바라보며 통곡하면서 몸을 흔들고 있었다. 시체만 없었으면 낙원을 꿈꾸며 십자가의 길을 충실하게 따르는 펜테코스트 종파가 소나무 숲에서 벌이는 예배에 나오는 사람으로 보일 정도였다.

네 명의 장정이 합세하여 간신히 존 커피한테서 농부를 떼어놓을 수 있었다. 그는 커피로부터 완전히 떨어질 때까지 자세한 횟수는 몰라도 상대를 실컷 두들겨 팼다. 커피는 이래도 좋고 저래도 좋다는 듯이 굴었다. 강 건너를 바라보면서 하염없이 통곡만 했다. 데트릭은 커피로부터 떨어져 나온 뒤 전의를 완전히 상실했다. 마치 알 수 없는 자극성 전류가 거대한 흑인의 몸 안에 흐르고 있었는데(아직도 전기에 빗대어 생각하는 버릇이 있다는 것에 양해를 구한다), 그 전원과 접촉이 마침내 끊기자 전류가 흐르는 전선에서 튕겨 나온 사람처럼 맥을 못 추게 되었다고나 할까. 그는 가랑이를 벌리고 강둑에 무릎을 꿇은 채 얼굴을 두 손에 묻고 흐느꼈다. 하워드가 다가가자 둘은 이마를 맞대고 끌어안았다.

나머지 대원들이 총을 들고 원을 이루어, 몸을 흔들며 통곡하는 흑인을 에워싸는 모습을 부자는 물끄러미 지켜보았다. 흑인은 주변에 자기 말고 다른 사람이 있다는 것을 아직도 눈치 채지 못한 것 같았다. 머기가 앞으로 나섰다. 불안하게 한 걸음 한 걸음 내딛더니, 쭈그리고 앉았다.

"이봐." 그가 조용히 입을 열자 커피는 이내 잠잠해졌다. 머기는 울어서 붉게 충혈된 그의 눈을 바라보았다. 마치 누가 그 안에다 수도꼭지를 틀어 놓기라도 한 듯 눈물이 아직도 줄줄 흘렀다. 눈은 젖어 있었지만 어딘지 무덤덤해 보였다……. 초연하고 평온했다. 그렇게 묘한 눈은 내 평생 처음 보았다고 생각했는데, 그 점에 대해서는 머기도 같은 생각이었다.

"지금까지 사람을 한번도 본 적 없는 짐승의 눈 같았습니다." 재판을 코앞에 두고 머기가 해머스미스라는 기자에게 한 말이었다.

"이봐, 내 말 들리나?" 머기가 물었다. 천천히, 커피가 머리를 끄덕였다. 말 못 하는 인형들을 여전히 안고 있었지만 소녀들의 고개가 가슴 쪽으로 숙여져서 얼굴은 자세히 보이지 않았다. 그날 신이 베풀기로 마음먹은 얼마 안 되는 자비 중 하나였다.

"이름이 뭔가?" 머기가 물었다.

"존 커피." 그는 걸진 음성으로 울먹거리면서 말했다. "발음은 마시는 커피하고 같지만 쓰는 게 다릅니다."

머기는 고개를 끄덕이고 나서 커피의 불룩한 점퍼 가슴 주머니를 엄지로 가리켰다. 총일지도 모른다는 예감이 들어서였다. 커피 정도의 몸집에 그럴 마음만 있으면 총 없이도 얼마든지 내뺄 수 있을 거라고 생각했지만. "그 안에 든 게 뭐지, 존 커피? 쏘는 것 같은데? 권총 아닌가?"

"아닙니다." 커피는 걸쭉한 음성으로 대답했다. 그 이상야릇한 눈은 머기 부보안관의 눈을 떠나지 않았다. 위에서는 괴로움으로 자꾸만 눈물이 솟아 나오고, 아래에서는 모두들 어린 소녀가 살해당했다고 치를 떠는데, 그런 것 따위는 하잘것없다는 듯 어떤 풍경을 응시하는 커피의 눈은 그 자리에 없는 것처럼 초연하고 섬뜩하리만큼 잔잔했다. "요깃거리가 조금 들었습니다."

"허, 이 판국에 요깃거리라, 정말인가?" 머기가 다그쳤다. 커피는 눈망울을 굴리면서 그렇다고 대답하며 고개를 끄덕였다. 맑은 콧물이 코에 대롱대롱 매달렸다.

"자네 같은 친구가 어디서 요깃거리를 구했지, 존 커피?"

그때 벌써 소녀들에게서는 악취가 풍겨 나왔고 파리들이 시신의 축축한 곳에 내려앉아 시식을 하고 있었지만 머기는 평정을 잃지 않으려고 애썼다. 가장 끔찍한 것은 머리카락이었다고 그는 나중에 술회했다……. 어떤 신문 기사에도 그 내용은 나오지 않았다. 온 가족이 읽기에는 너무나 처참한 장면이었다. 실은 나도 기사를 쓴 해머스미스라는 기자한테서 얻어들었다. 후에 나는 그를 찾아갔다. 뒤에 가서 존 커피는 일종의 강박관념처럼 내 의식을 지배했다. 머기는 해머스미스 기자에게 소녀들의 금발은 더 이상 금발이 아니었다고 말했다. 적갈색이었다. 머리카락에 묻어 있던 피가 마치 서투르게 염색한 것처럼 뺨으로 흘러내렸고, 소녀들의 여린 두개골이 그 억센 팔 힘에 묵사발이 되었다는 것은 의사가 아니더라도 알 수 있었다. 아마 소녀들은 울고 있었을 것이다. 그는 소녀들의 울음을 그치게 하고 싶었을 것이다. 소녀들이 운이 좋았다면 죽고 나서 강간을 당했으리라.

그 광경을 보고 있자니 머기 부보안관처럼 직업의식이 철저한 사람도 머리가 안 돌아갔다. 머리가 안 돌아가면 실수가 나올 수 있고 더 큰 참극을 불러일으킬 수 있다. 머기는 심호흡을 하고 마음을 가라앉혔다. 아니, 그러려고 노력했다.

"그건, 기억이 잘 안 나는뎁쇼. 개만도 못한 놈이 기억이나 제대로 하려고요." 커피는 목이 멘 음성으로 말을 이었다. "요깃거리는 분명합니다. 예, 샌드위치하고 오이 피클이던가."

"밑져야 본전일 테니까 내가 한번 확인을 해야겠어." 머기가 말했다. "움직이지 마라, 존 커피. 그게 신상에 좋을 거야. 손가락 하나라도 까딱해 봐, 네놈을 겨누고 있는 이 총들이면 허리 윗부분은 온데간데없이 사라지게 만들 수 있으니까."

커피는 머기가 멜빵 달린 작업복 가슴 주머니로 가만히 손을 넣어 정육점 포장 끈으로 묶인 신문지 꾸러미를 꺼내는 동안 강 건너를 응시하면서 꼼짝하지 않았다. 커피가 말한 대로 그것이 요깃거리인 건 분명했지만 머기는 끈을 풀어 종이를 펼쳤다. 베이건 토마토 샌드위치와 젤리를 속에 넣은 빵이었다. 오이 피클은 존 커피가 결코 이해하지 못할 만화 면에 별도로 싸여 있었다. 소시지는 없었다. 바우저가 존 커피의 빈약한 요깃거리에서 소시지를 꿀꺽한 것이다.

머기는 커피에게서 눈을 떼지 않으면서 어깨 너머에 있던 대원 한 명에게 요깃거리를 넘겼다. 그처럼 쭈그리고 앉아 있으니 너무 거리가 가까워서 한시도 관심을 돌릴 수가 없었다. 다시 잘 싸서 낙낙하게 묶은 요깃거리는 결국 보보 마천트의 손으로 넘어갔다. 그는 그것을 개들의 군것질거리(그리고 보나마나 낚시 미끼도 조금)가 든 배낭에 집어넣었다. 이것은 재판정에서 증거물로 제시되지는 않았지만 사진은 제시되었다.

"어떻게 된 건가, 존 커피?" 머기가 정색을 하고 낮은 목소리로 물었다. "말해 주겠나?"

그러자 커피는 머기와 나머지 대원들에게 했던 것과 똑같은 말을 했다. 그것은 검사가 커피의 재판정에서 배심원들에게 마지막으로 던진 말이기도 했다. "어쩔 수 없었습니다." 존 커피는 폭행당하고 살해당한 소녀들의 나신을 팔에 안은 채 말했다. 눈물이 뺨을 타고 다시 주르르 흘러내렸다. "돌이키기에는 이미 늦어 있었어요."

"네놈을 살인 혐의로 체포한다." 머기는 그렇게 말하고 나서 존 커피의 얼굴에 침을 뱉었다.

배심원의 평결은 45분 만에 끝났다. 한 끼 대충 때우기에도 넉넉하지 않은 시간이었다. 그날 배심원들은 전혀 식욕이 동하지 않았을 것이다.

　내가 이 모든 사실을 무덥던 10월의 어느 오후, 조만간 없어질
소 내 도서실 안 오렌지 상자 위에 쌓여 있던 헌 신문 뭉치에서
알아낸 게 아니란 것은 여러분도 잘 알 것이다. 하지만 그날 알아
낸 내용만으로도 나는 밤잠을 이룰 수가 없었다. 새벽 2시에 일어
난 아내는 부엌에 앉아서 버터 우유를 마시며 직접 마는 버글러
담배를 피우는 나의 모습을 발견하고는 무슨 일이 있느냐고 물었
고, 나는 오랜 결혼 생활 동안 몇 번 하지 않았던 거짓말을 그날
아내에게 했다. 퍼시 웨트모어와 또다시 부딪쳤다고 말했다. 물
론 부딪친 것은 사실이었지만 아내가 밤늦게 부엌에 앉은 나를
발견한 것은 그 때문은 아니었다. 사무실에서 나는 퍼시가 아무
리 제멋대로 굴어도 그냥 내버려 두는 편이었다.

　"그런 얼빠진 인간은 잊어버리고 침대로 와요." 아내가 말했다.
"잠이 솔솔 오는 게 나한테 있으니깐. 당신 마음대로 가지구려."

　"듣던 중 반가운 소리지만 아무래도 무리야." 내가 말했다. "호
스가 약간 탈이 났거든. 당신한테 옮길 순 없잖아."

　아내가 눈썹을 치켜세웠다. "호스라면…… 지난번 배턴루지에

갔을 때 못된 계집하고 재미 좀 본 모양이네."

나는 배턴루지에 간 적이 없었고 거리의 여자한테는 손가락 한 번 댄 적이 없었다. 그건 두 사람 다 잘 아는 사실이었다.

"옛날 고려 적에 걸린 요도염일 뿐이야. 된바람이 불 때 사내 녀석들이 오줌을 누다가 걸리는 병이라고 어머니는 말씀하셨지."

"당신 어머니야 소금만 쏟아도 하루 종일 문밖출입을 삼가는 분이셨잖아요. 새들러 박사한테……"

나는 손사래를 쳤다. "보나마나 술파제를 먹일 테고, 나는 주말 도 못 가서 온 사무실에다 게워 댈 텐데. 자연히 수그러들겠지만 당분간은 잠자리를 피하는 게 좋겠소."

아내는 나의 왼쪽 눈썹 바로 위 이마에다 입을 맞추었다. 그럼 난 항상 간지럼을 탔다……. 아내도 잘 알았다.

"가엾기도 해라. 그 지독한 퍼시 웨트모어한테 당하는 것도 모 자라서. 조금만 있다가 침대로 와요."

나는 아내의 말에 따랐다. 하지만 그 전에 뒷베란다로 나가 일 을 보았다(그리고 일을 보기 전에 젖은 엄지손가락으로 바람의 방향 을 살폈다. 아무리 말 같지 않은 미신도 어렸을 때 부모님한테 귀에 못이 박히도록 들으면 벗어나기가 어렵다). 밖에서 오줌을 싸는 게 전원 생활의 즐거움 중 하나라는 걸 시인들은 도통 모른다. 하지 만 그날 밤은 즐겁지 않았다. 오줌은 몸 밖으로 나오면서 불꽃처 럼 타올랐다. 그래도 그날 오후보다는 나아졌다. 이삼 일 전보다 는 한결 나아진 것 같았다. 회복기로 접어든 게 아닐까라는 희망 도 가져 보았지만, 어림없는 소망이었다. 축축하고 따뜻한 곳에 서 고개를 든 세균이 때로는 하루 이틀 쉬었다가 다시 맹위를 떨친다는 사실을 나에게 말해 준 사람은 없었다. 그걸 알았더라면 아마 난 까무러쳤을 것이다. 15년에서 20년 뒤에는 그런 종류의 염증을 순식간에 사람의 몸 밖으로 몰아내는 알약이 등장하고……, 그 약을 먹으면 속이 약간 메슥거리거나 설사는 할지 모르지만 새들러 박사의 술파제처럼 속이 뒤집히는 일은 없으리란 걸 알았더라면 더 더욱 까무러쳤을 것이다. 1932년 당시만 하더라도 그저 기다리면서, 누군가가 나의 연장 안에 석유를 들이붓고 거기다 성냥불을 댕기는 듯한 느낌을 지우려고 애쓰는 것 외에는 달리 할 수 있는 게 없었다.

나는 꽁초를 마저 피우고 침대로 가서 잠들었다. 머리카락에 피가 묻은 채 수줍은 미소를 짓는 소녀들이 꿈에 나타났다.

다음 날 아침, 분홍빛 쪽지가 책상 위에 놓여 있었다. 출근하는 대로 오라는 소장의 출두령이었다. 무엇 때문에 그러는지 짐작이 갔으므로 나는 일부러 미적거리기로 마음먹었다. 명문화되지는 않았어도 아주 중요한 규칙이 있었는데 나는 어제 잠시 그 규칙을 준수하지 않았다. 호스 문제로 의사를 찾아갈 때의 심정이었다고나 할까. 이런 '죽기보다 하기 싫은' 일도 막상 닥치고 나면 별것 아니라는 것을 모르는 바는 아니었지만.

아무튼 나는 부리나케 무어스 소장의 방으로 달려가지는 않았다. 모직으로 된 제복 상의를 벗어 의자 등에 걸고 구석에 있던 선풍기를 틀었다. 그날도 어지간히 더웠다. 나는 의자에 앉아 브루터스 하월의 야간 당직 일지를 넘겼다. 별 내용은 없었다. 잠자리에 든 뒤 들라크루아가 잠시 울었다고 했다. 그는 거의 매일 밤 울었지만 그건 자기가 산 채로 구워 버린 사람들에 대한 연민이 아니라 스스로에 대한 연민 때문이었으리라고 확신한다. 그러고 나서 들라크루아는 시가 상자 안에서 자고 있던 쥐를 꺼냈다. 마음이 다소 가라앉았는지 그는 아기처럼 밤새도록 잘 잤다. 딸랑 씨는 꼬리를 말아 발에다 얹은 채 눈 한 번 깜빡거리지 않으면서 주로 들라크루아의 배 위에서 밤을 보냈다. 신께서 들라크루아에게도 수호천사가 필요하다는 결론은 내렸지만 루이지애나 출신의 이 생쥐 같은 친구에게는 쥐도 과분하다는 지혜로운 결정을 내리신 모양이었다. 브루털의 보고서에 그런 내용이 들어 있었던 건 아니지만 나 자신도 지겹도록 야간 당직을 해 보았던지라 행간을 채워 가며 읽을 수 있었다. 커피에 대한 짤막한 언급도 있었다. "뜬눈으로 누워 있었음. 대체로 얌전했으며 약간 운 듯함. 말문을 터 보려고 노력했지만 몇 번 툴툴거리곤 그만이어서 포기했음. 아무래도 폴이나 해리에게 기대해야 할 듯."

'말문을 트는 것'은 사실 우리 일의 핵심이었다. 그때는 나도 미처 몰랐지만 이렇게 어색하리만큼 나이를 먹고 그만큼 유리한 위치에서 되돌아보니, 그 일이 중요했다는 걸 절감한다. 왜 그때는 몰랐을까. 마치 우리가 숨 쉬는 것의 중요성을 모르고 살아가듯이 그것이 너무나 크고 우리 일의 중심에 박혀 있었기 때문이었으리라. 뜨내기들이야 아무리 '말문을 트는' 재주가 좋아도 소용없었지만, 나나 해리, 브루털, 딘에게는 중요했다. 퍼시 웨트모어가 미운 오리 새끼 취급을 받는 이유 중의 하나가 바로 그것이었다. 재소자들은 그를 미워했고 간수들도 그를 미워했다. 모두들 그를 미워했다. 그의 정치적 연줄과 퍼시 자신, 그리고 아마도 (그야말로 아마도) 그의 어머니만 빼놓고서는 말이다. 그는 웨딩 케이크에 흩뿌려진 한 줌의 하얀 비소 같았다. 나는 그가 말썽을 불러일으킬 존재라는 것을 처음부터 알았던 것 같다. 그놈은 언제 일을 벌일지 모르는 사고뭉치였다. 사실 우리도 사형수의 감시인 노릇이 아니라 상담인 역할이야말로 교도관 본연의 임무라는 생각에는 비웃음을 보냈을 터이고 지금도 여전히 비웃지만, 말문을 트는 것이 중요하다는 생각은 다들 하고 있었다……. 말문을 트지 않았을 경우 고철 스파크를 코앞에 둔 사람들은 심한 정신 착란을 일으키곤 했다.

나는 브루털의 보고서 밑에다 존 커피에게 말을 붙여 보라고, 믿겨야 본전이니까 한번 시도해 보라고 적어 넣고 소장의 선임 보좌역 커티스 앤더슨이 남긴 메모를 읽었다. 에드워드 들라크로이스(앤더슨의 오기(誤記)로, 정확한 이름은 에두아르 들라크루아였다)의 DOE가 임박한 듯하다는 내용이었다. 'DOE'는 형 집행일을 뜻했는데, 메모에 따르면 정통한 소식통으로부터 그 작은 프랑스인이 만성절 전야에 사형되리라는 말을 들었다는 것이다. 커티스는 그날을 10월 27일로 점쳤는데 그의 예상은 신빙성이 아주 높았다. 그리고 그 전에 윌리엄 워턴이라는 새 입소자를 받게 되리라는 내용도 있었다. "문제아라고 불러도 좋을 친구입니다." 커티스는 뒤로 쏠린 어딘지 좀스러운 필체로 그렇게 써내려 갔다. "미친개인 데다가 그걸 자랑으로 아는 놈이지요. 지난 1년 동안 우리 주 일대를 누비고 다니더니 결국 사고를 쳤어요. 노상 강도로 세 명을 죽였는데 그중에는 임신부도 있었습니다. 도주 과정에서 또 한 명을 죽였습니다. 주 순찰 경관을 말입니다. 수녀와 장님만 빼놓고 죽일 사람은 다 죽인 셈입니다." 그 말에 나는 약간 웃었다. "워턴은 열아홉 살입니다. 왼쪽 팔뚝 상단에 '빌리 더 키드'라는 문신을 새겼지요. 틀림없이 한두 번 손을 보셔야 할 겁니다만, 볼 땐 보더라도 조심하세요. 막가는 놈이거든요." 그는 마지막 문장에 두 번이나 밑줄을 긋고 나서 이렇게 마무리 지었다. "게다가 놈은 여기서 죽치게 될지도 몰라요. 항소 중이거든요. 미성년자이기도 하고요."

미친개, 항소, 한동안 죽치게 될 가능성. 그 정도만 들어도 머리가 지끈거렸다. 갑자기 더위를 참을 수가 없었다. 더 이상 무어스 소장과의 면담을 미룰 수는 없었다.

콜드마운틴에서 간수로 근무하면서 내가 모신 소장은 세 사람이었다. 햄 무어스는 그중에서 맨 마지막이었고 가장 양질이었다. 까다롭지 않았다. 커티스 앤더슨만큼의 초보적 유머 감각조차 없는 사람이었지만 정직하고 솔직했으며, 그 암울한 시절에 자리에서 밀려나지 않을 만큼의 정치적 감각도 있었다……. 계략에 걸려들지 않을 만큼의 강직함도 있었다. 더 이상 승진할 가능성은 없었지만 그는 큰 욕심은 없었다. 그때 나이가 쉰여덟인가 아홉인가였는데, 블러드하운드처럼 깊은 주름살이 패어 있어 개라면 환장을 하는 보보 마천트가 홀딱 반할 만한 얼굴이었다. 머리가 허옇게 세었고 중풍에라도 걸린 사람처럼 손을 떨었지만 강골이었다. 전에, 죄수 하나가 각목을 들고 운동장에서 달려들자 무어스가 떡 버티고 서 있다가 그 얼간이의 팔목을 낚아채 어찌나 세게 비틀었던지 뜨거운 불길에서 마른 가지가 탈 때처럼 뼈에서 뚝 소리가 났다. 그 얼간이는 언제 불만이 있었느냐는 듯 진창에 무릎을 박고 쓰러지더니 엄마를 찾았다.

"엄마 좋아하시네." 무어스는 교양 있는 남부 억양으로 뇌까렸다. "내가 네놈 어미라면 치마를 걷어 올리고 네놈을 낳았던 가랑이로 오줌을 갈겨 주고 싶다."

방으로 들어가자 소장은 자리에서 일어서려고 했다. 나는 손짓으로 그러지 마시라고 했다. 책상 앞에 놓인 의자에 그와 마주 보고 앉았다. 그리고 부인의 안부를 물었다……. 우리 동네에서나 그렇지, 다른 데 같으면 큰일 날 짓이었다.

"미녀 아가씨는 잘 계시죠?"

나는 농담조로 물었다. 마치 멜린다가 예순두세 살이 아니라 방년 열일곱 살짜리라도 되는 듯이. 하긴, 정말로 걱정이 되어서 물어본 말이었다. 멜린다는 만일 우리의 인생 행로가 우연히 맞아떨어졌다면 내가 사랑을 느끼고 결혼했을지도 모르는 여자였다. 물론 그의 관심을 슬쩍 다른 데로 돌리는 것도 괜찮겠다는 생각이 없었던 것은 아니었다.

그는 땅이 꺼져라 한숨을 내쉬었다.

"별로라네. 좋지가 않아요."

"두통이 더 심해졌나요?"

"이번 주에는 딱 한 번이었지만 그게 사람을 잡더라고. 그저께는 온종일 자리보전을 하다시피 했다니까. 그러더니 이젠 오른손에서 이렇게 자꾸 힘이 빠진다는 거야……." 그는 다갈색 반점이 찍힌 오른손을 들어 올렸다. 우리는 사건 기록부 위에서 떨리는 소장의 손을 지켜보았다. 잠시 후 그는 손을 도로 내렸다. 소장은 자기가 말해야 할 내용을 말하지 않기 위해서라면 있는 것 없는 것 다 내놓고픈 심정인 것 같았다. 나 역시 듣고 있기가 괴로웠다. 멜린다의 두통은 봄에 시작되었다. 여름 내내 의사는 '신경쇠약으로 인한 편두통' 타령을 하면서 남편의 임박한 퇴직에서 오는 스트레스가 원인일지 모른다고 말했다. 그러나 두 사람 다

퇴직할 날만 손꼽아 기다린다는 사실을 의사가 알 리 없었다. 편두통은 노인이 아니라 젊은 사람이 잘 걸린다는 게 우리 집사람의 지론이었다. 편두통으로 고생하던 사람도 멜린다 정도의 연배가 되면 대개는 호전되지 악화되지는 않는다는 것이다. 그런데 이제는 손까지 맥을 못 추니, 아무래도 내 눈에는 신경 쇠약이 아니라 몹쓸 놈의 뇌졸중처럼 보였다.

"하버스크롬 박사 말이 인디애놀라까지 가서 입원하라더군." 무어스가 말했다. "검사도 좀 받으래. 머리 엑스레이를 찍으란 소리겠지만, 누가 또 알아, 다른 검사도 할지. 집사람은 잔뜩 쫄았어." 그는 말을 끊었다가 다시 이었다. "나도 떨려."

"그거야, 사모님이 무서워하시니까 옆에서 지켜보는 사람도 겁이 날 수밖에요." 내가 말했다. "시간을 끌지 마세요. 아무튼 엑스선을 통해 드러나는 거라면 얼마든지 고칠 수도 있는 걸 겁니다."

"그렇겠지." 한순간 우리의 눈이 마주쳐 고정되었다. 내 기억으로는 우리의 면담이 진행되던 동안 딱 한 번 마주친 것이었다. 우리 사이에는 말은 안 해도 서로의 속마음을·들여다본 듯한 교감 같은 것이 흘렀다. 사실, 그것은 뇌졸중일지도 몰랐다. 아니면 뇌 안에서 부풀어 오르는 암일지도 몰랐다. 그럴 경우 인디애놀라의 의사들이 손쓸 수 있는 가능성은 실낱같이 가늘었다. 아니, 아예 없다고 보아도 과언이 아니었다. 그때가 1932년이었다는 사실을 잊지 말도록. 요도염처럼 비교적 단순한 질환도 술파제를 먹고 코를 싸쥐든가 고통을 참으며 기다리든가 양자택일을 할 수밖에 없던 시절이었다.

"걱정해 줘서 고맙네, 폴. 이제 퍼시 웨트모어 이야기를 함세."

나는 신음을 토하며 눈을 감았다.

"오늘 아침 주지사한테서 전화가 왔어." 소장은 담담히 말했다. "잔뜩 핏대를 세우더구먼. 상상이 가잖나. 폴, 주지사는 가장으로서는 허수아비나 다름없지 않은가. 알지 왜, 주지사 부인에게는 오빠가 하나 있는데 그 오빠한테 외동아들이 있어. 그게 퍼시 웨트모어야. 퍼시가 어젯밤 자기 아버지한테 전화를 했고, 퍼시의 아버지는 퍼시의 고모한테 전화를 넣었다네. 자네한테 시시콜콜히 다 말해 줄까?"

"아뇨. 퍼시가 고자질했을 테지요. 얘랑 쟤는 변소에서 뽀뽀했대요 하면서 선생님한테 일러바치는 철부지 아이처럼요."

"그래." 무어스가 시인했다. "대충 그렇게 됐네."

"들라크루아가 왔을 때 퍼시하고 들라크루아 사이에 무슨 일이 있었는지 아십니까?" 내가 물었다. "퍼시의 그 호두나무 곤봉 아시죠?"

"알다마다……."

"심심하면 놈이 곤봉을 철창에 대고 굴린다는 것도 아시는지요. 순전히 악의로 말입니다. 인간 같지도 않은 놈이에요. 제가 얼마나 그 자식을 견딜 수 있을지 모르겠네요. 진심입니다."

우리가 서로 알게 된 지도 어언 5년이었다. 마음이 잘 통하는 사이에서 그것은 긴 시간일 수가 있다. 삶과 죽음을 맞바꾸는 것을 업으로 삼고 살아가야 하는 사람들에게는 더 더욱 그랬다. 그는 내 말을 정확히 이해하는 사람이었다. 물론 나는 교도관을 때려치울 생각이 없었다. 교도소 담장 너머로 대공황이 우범자처럼 배회하고, 그 우범자를 죄수처럼 가둘 수도 없는 상황에서 그만두다니 안 될 말이었다. 나보다 유능한 사람도 유랑을 하거나 문전걸식을 하는 판국이었다. 나는 운이 좋은 사람이었다. 자식들은 다 컸고 늘 가슴을 짓누르던 주택 융자금도 2년 전에 말끔히 상환했다. 그러나 사람이 먹고는 살아야 할 것 아닌가. 나에게는 부양할 아내도 있었다. 게다가, 우리는 형편이 닿는 대로 딸과 사위 앞으로 돈을 조금씩 보내야 했다(딸애의 편지가 너무 절박하다 싶으면 간혹 형편이 닿지 않아도 보냈다). 사위는 실직한 고등학교 교사였다. 그런 암담한 시절에 실직자로 지내는 것이 절박한 상황이 아니라면 절박함의 정의를 다시 내려야 마땅하다. 나는 꼬박꼬박 월급이 나오는 이런 자리를 박차고 나갈 만큼 강심장이 아니었다…… 냉철한 머리로는 도저히 그럴 수가 없었다. 하지만 그해 가을 나의 머리는 냉철하지 못했다. 바깥 온도는 계절과 안 어울렸고 내 안에서 스멀거리는 염증은 온도계 눈금을 자꾸만 위로 끌어올렸다. 그런 상황에 처한 사람이 자기도 모르게 가끔씩 주먹을 내뻗는다 한들 이상할 게 무어란 말인가. 퍼시 웨트모어처럼 배경이 든든한 사람을 일단 한 방 갈겼으면 마저 주먹질을 해 대는 게 차라리 나았다. 물러설 곳이 없었다.

"붙어 있게." 무어스가 조용히 말했다. "그래서 자네를 여기다 불러서 얘기하는 거야. 믿을 만한 소식통에 따르면, 실은 오늘 아침에 나한테 전화를 한 사람인데, 퍼시가 브라이어에 지원서를 냈고 그게 받아들여지리라는 거야."

"브라이어……" 내가 입을 열었다. 주립 병원 두 곳 가운데 하나인 브라이어리지를 의미했다. "도대체 왜 그런대요? 지가 무슨 암행어사나 된답디까?"

"행정직이라는군. 보수도 낮고, 뙤약볕에서 병상을 미는 대신 서류나 밀면 되니까." 그는 싱긋 웃었다. "추장의 형을 집행할 때 자네가 그 녀석을 전기 조작실로 보내면서 반 헤이를 딸려 보내지만 않았어도 그놈은 진작에 떨려 났을 거야."

소장이 워낙 미묘한 내용을 건드린 것처럼 보여서 처음에는 무슨 말을 하는 것인지 감을 잡을 수가 없었다. 어쩌면 내가 짐짓 모른 척하려고 했는지도 모르지만.

"그럼 어디다 배치하죠?" 내가 물었다. "더러워서, 그놈은 도대체 자기가 무엇 때문에 나와 있는지를 몰라요! 그런 새끼를 현장 집행조에 투입했다간……." 나는 말을 끝맺지 않았다. 맺을 수가 없었다. 그가 저지를 수 있는 실수는 한도 끝도 없어 보였다.

"그래도 들라크루아 때는 내보내는 게 좋아. 그 친구를 제거하고 싶다면 말일세."

나는 입을 벌린 채 그를 쳐다보았다. 턱을 원래의 위치로 끌어 올리고서야 다시 말을 할 수 있었다.

"무슨 말씀을 하시는 겁니까? 그놈이 불알이 구워지는 냄새가 나는 곳에 바짝 붙어 있고 싶어한단 말씀입니까?"

소장은 어깨를 으쓱 올렸다. 아내 이야기를 할 때는 그토록 부드럽던 눈이 이제는 매정해 보였다.

"들라크루아의 불알은 퍼시가 집행조에 있건 없건 잘 익을 거야. 그렇지?"

"그야 그렇지만, 퍼시가 사고를 낼지 모르죠. 솔직히, 십중팔구는 사고를 낼 겁니다. 서른 명이나 되는 증인이 지켜보는 앞에서……, 루이지애나에서부터 원정 온 기자들도……."

"자네하고 브루터스 하월이 사고가 안 나도록 만전을 기하면
될 것 아닌가." 무어스가 말했다. "그래도 사고를 내면, 그건 그
친구 기록에 남는 거야. 주 정부하고의 연줄이 사라진 다음에도
그 기록은 오래오래 남을 테지. 알아듣겠나?"

물론이었다. 속이 느글거리고 겁도 났지만 알아듣기는 알아들
었다.

"커피한테도 붙어 있겠다고 나올지 모르지만 우리에게 운만 따
라 준다면 놈은 들라크루아한테서 소원 성취를 할 수 있을 거야.
자네는 그저 들라크루아 앞으로 그 친구를 내보내기만 하면 되는
걸세."

나는 원래 퍼시를 이번에도 전기 조작실에 박아 놓으리라 계획
하고 있었다. 그 다음에는 들라크루아를 들것에 얹어 형무소 앞
길에 비스듬히 세워 둔 영구차까지 터널을 따라 호송할 때 무장
경비 책임을 맡길 생각이었다. 그러나 이 모든 계획을 미련 없이
등 뒤로 내던졌다. 나는 고개를 끄덕였다. 내가 벌이는 일이 도박
이라는 것을 모르는 바는 아니었지만 꽤 넘치 않았다. 퍼시 웨트
모어를 제거할 수만 있다면 마귀의 코라도 비틀어 버릴 각오가
돼 있었다. 퍼시는 집행조의 일원이 되어, 모자를 단단히 씌운 다
음, 쇠창살을 통해 들여다보면서 반 헤이에게 2번으로 돌리라고
말할 것이다. 그리고 전기에 올라탄 작은 프랑스 인을 지켜볼 수
있을 것이다. 퍼시 그놈에게 얼마든지 역겹고 좀스러운 전율을
맛보라고 하자. 주 당국의 인가를 받은 살인이 그에게 그런 느낌
을 준다면 말이다. 자기 방이 있고 그 방을 식혀 줄 선풍기까지

있는 브라이어리지로 가라고 하자. 다음 선거에서 고모부가 낙선한다면, 그래서 질 나쁜 인간이 모두 쇠창살 뒤에 갇혀 있지는 않으며 때때로 자기도 머리통을 쥐어박히면서 그 뙤약볕이 내리쬐는 험악한 세상에서 살아간다는 게 어떤 것인지를 퍼시도 깨달을 수밖에 없다면 금상첨화였다.

"좋습니다." 나는 그러면서 자리에서 일어났다. "들라크루아 앞으로 내보내겠습니다. 그리고 그동안 잘 지내겠습니다."

"그래야지." 소장은 그렇게 받아넘기면서 자기도 일어섰다. "그건 그렇고, 자넨 좀 어때?" 그는 슬쩍 내 가랑이를 가리켰다.

"좋아진 것 같아요."

"다행이군." 그는 문까지 나를 배웅해 주었다. "참, 커피는 어때? 말썽을 피울까?"

"그렇지 않을 겁니다. 아직까지는 죽은 수탉처럼 얌전합니다. 눈빛은 이상하지만 얌전하죠. 그래도 감시는 게을리하지 않겠습니다. 염려 놓으세요."

"그 친구가 한 짓을 자네도 물론 알겠지."

"그럼요."

그때쯤 소장은 바깥 사무실까지 나를 따라 나와 있었다. 늙은 한나 양은 마치 마지막 빙하기가 끝난 이후로 줄곧 그래 온 사람처럼 열심히 타자기를 쳐 대고 있었다. 나는 홀가분했다. 퍼시보다 오래 잔류할 수 있는 가능성을 확인한 것은 나쁘지 않았다.

"사모님한테 저의 사랑을 바구니에 듬뿍 담아 보낸다고 전해 주십시오." 내가 말했다. "그리고 괜한 걱정은 하지 마세요. 결국 편두통으로 판명될 겁니다."

"그렇겠지." 소장이 말했다. 지친 눈빛인데 입술은 웃고 있었다. 그 조합이 잔혹한 송장 귀신을 방불케 했다.

나는 하루의 업무를 시작하기 위해 E동으로 갔다. 읽고 써야할 문서, 바닥의 물걸레질, 배식, 다음 주 근무표 작성 등 자질구레한 일이 엄청나게 많았다. 그러나 무엇보다도 시간을 많이 잡아먹는 것은 기다림이었다. 교도소에서는 늘 기다림의 연속이었다. 기다림은 결코 끝나는 법이 없었다. 들라크루아가 그린 마일을 걸어갈 때를 기다려야 했고, '빌리 더 키드'를 몸에 새긴 윌리엄 워턴이 실실 쪼개면서 도착하기를 기다려야 했으며, 무엇보다도 퍼시 웨트모어가 나의 삶에서 사라질 때를 기다려야 했다.

들라크루아의 쥐는 수수께끼 중의 수수께끼다. 그해 여름 전까지만 하더라도 나는 쥐를 본 적이 없었고, 그해 가을 무덥고 천둥이 칠 것 같은 10월의 어느 날 밤 들라크루아가 우리 곁을 떠난 이후에도 쥐를 보지 못했다. 들라크루아는 차마 떠올리고 싶지 않은, 필설로는 형언할 수 없는 모습으로 우리 곁을 떠났다. 그는 우리 사이에서 '증기선 윌리'로 생활을 시작한 쥐를 자기가 길들였다고 주장했지만 사실은 반대였다고 생각한다. 딘 스탠턴도 나와 비슷하게 생각했고 브루털도 마찬가지였다. 그 쥐가 처음 나타난 날 밤 두 사람 다 현장에 있었다. 그리고 브루털의 말마따나 "그놈은 벌써 어지간히 길들어 있었고 그걸 자기 거라고 생각한 루이지애나 녀석보다 두 배는 더 똑똑했다.".

딘과 나는 내 방에서 작년도의 기록철을 뒤지고 있었다. 다섯 건의 형 집행 증인들에게 후속 편지를 띄우고 다시 1929년도까지 거슬러 올라가는 여섯 건의 형 집행 증인들에게 후속의 후속 편지를 띄울 준비를 하기 위해서였다. 기본적으로 우리가 알고 싶었던 것은 단 하나, 그들이 우리의 서비스를 만족스럽게 여겼는가 하는 것이었다. 좀 뭣하게 들릴지 모르지만 우리는 그 점을 중요하게 고려할 수밖에 없었다. 납세자로서 그들은 우리의 고객, 그것도 아주 특별한 고객이었다. 사람이 죽는 모습을 지켜보기 위해 한밤중에 나타나는 이는 남자건 여자건 그 자리에 있어야 하는 피치 못할 특별한 사정, 특별한 욕구가 있게 마련이었으며, 그 욕구는 반드시 충족되어야만 했다. 그들은 악몽을 겪은 사람들이었다. 형을 집행하는 목적은 그들에게 악몽이 끝났음을 보여주기 위한 것이었다. 그것이 악몽을 불러일으킬 때도 있었지만. 가끔씩은.

"어이!" 브루털이 문 밖에서 소리 질렀다. 그는 복도 끝에 있는 당직 책상에서 근무하고 있었다. "어이, 두 사람! 이리 좀 나와 봐요!"

딘과 나는 똑같이 놀란 표정으로 서로를 쳐다보았다. 오클라호마 출신의 인디언(그의 본명은 알렌 비터벅이었지만 우리는 '추장'이라고 불렀다……. 해리 터월리거는 그를 염소 치즈 추장이라고 불렀다. 비터벅 사슴에서 그런 냄새가 난다는 것이 해리의 주장이었다) 아니면 우리가 '사장'이라고 부르는 친구에게 무슨 일이 생긴 거라고 생각했던 것이다. 그러나 그때 브루털의 웃음소리가 들려왔고 우리는 영문을 알아보기 위해 서둘러 나가 보았다. E동에서 웃는다는 것은 교회에서 웃는 것만큼이나 있을 수 없는 일이었다.

그 당시 배식차를 끌고 다니던 늙은 모범수 허풍선이가 요란한 소리를 내면서 맛있는 것을 잔뜩 싣고 왔고, 브루털은 긴 야간 근무에 대비하여 샌드위치 세 개, 사이다 두 병, 둥근 파이 두 쪽을 비축해 놓았다. 그리고 출입이 금지되었을 교도소 주방에서 허풍선이가 훔쳐 온 것이 분명한 약간의 감자 샐러드도 있었다. 브루 털은 일지를 앞에 펼쳐 놓고 있었는데 신기하게도 아직 아무것도 그 위에 흘리지 않고 있었다. 이제 막 먹기 시작했으니까 그럴 만 도 했다.

"뭐야?" 딘이 물었다. "뭔데 그래?"

"주 의회에서 드디어 돈줄을 풀어 간수 한 명을 새로 채용한 모 양이야." 브루털이 아직도 낄낄거리면서 말했다. "저기 좀 봐."

그가 가리킨 곳에서 우리는 쥐를 보았다. 나도 웃음을 터뜨렸 고 딘도 가세했다. 어떻게 웃지 않을 수가 있었겠는가. 15분마다 순찰을 도는 간수의 모습이 영락없이 저 쥐를 닮아 있었던 것이 다. 그 쥐는 아무도 탈출이나 자살을 시도하지 못하도록 감시하 는 털 달린 조그만 간수였다. 녀석은 종종걸음으로 그린 마일을 따라 우리 쪽으로 약간 달려오더니만 감방을 살피는 듯 고개를 좌우로 돌렸다. 그러고는 다시 앞으로 돌진했다. 고함과 웃음소 리에도 지금 감방에 갇혀 있는 두 재소자의 드르렁드르렁 코 고 는 소리가 우리 귀에 들렸다는 사실이 상황을 더욱 우스꽝스럽게 만들었다.

감방을 순찰하는 듯한 행동만 빼면 아주 흔해 빠진 갈색 쥐였 다. 녀석은 아래쪽의 쇠창살 사이를 날렵하게 빠져나가 감방 한두 곳 안으로 들어가기도 했다. 과거와 현재의 우리 수감자들 대다수 가 부러워했을 행동이었다. 죄수들의 간절한 소망은 안으로 들어 가는 것이 아니라 밖으로 나가는 것이긴 했지만 말이다.

쥐는 임자가 있는 감방에는 들어가지 않고 빈 방에만 들어갔 다. 그러다가 마침내 우리가 있는 곳까지 육박했다. 나는 쥐가 돌아서리라고 생각했지만 그 예측은 빗나갔다. 녀석은 우리를 조금도 무서워하지 않았다.

"쥐는 보통 이런 식으로 사람한테 접근하지 않는데." 딘이 약간 불안한 목소리로 말했다. "미친 쥐인지도 몰라."

"기가 막혀서." 브루털이 소금에 절인 고기 샌드위치를 입안 가득 물고서 말했다. "쥐 전문가가 여기 계셨군. 쥐 박사. 입에서 거품이 나오나요, 박사님?"

"입이 보여야 말이지." 딘의 말에 우리는 모두 껄껄 웃었다. 나도 쥐의 입은 보지 못했지만 작은 구슬 같은 까만 눈은 볼 수 있었다. 미쳤거나 발광을 할 듯한 눈은 아니었다. 호기심이 많고 영리해 보이는 눈이었다. 나는 그 쥐보다 멍청해 보이는 사람들, 불멸의 영혼을 가지고 있다는 사람들을 황천길로 보내고 있었다.

쥐는 그런 마일을 따라 당직 책상에서 1미터도 채 떨어지지 않은 곳까지 달려왔다……. 그것은 일반인이 상상하는 근사한 책상이 아니라 지방 고등학교 교사가 쓰는 초라한 책상이었다. 쥐는 거기서 멈춰 서더니만, 노부인이 치마를 가지런히 펴듯이 새침하게 꼬리를 말아 발 위에 얹었다.

나는 웃음을 뚝 그쳤다. 갑자기 살을 뚫고 뼛속까지 스미는 냉기를 느꼈던 것이다. 왜 그런 느낌이 들었는지 모르겠다고 말하고 싶지만(자기를 얼간이처럼 보이거나 들리게 만들 말을 엉겁결에라도 내뱉고 싶은 사람이 어디 있겠는가), 물론 나는 그 이유를 안다. 그리고 만일 내가 나머지에 대해서도 진실을 말할 수 있다면 이 점에 대해서도 진실을 말할 수 있을 거라고 생각한다. 순간적으로 나는 나 자신이 그 쥐라는 생각이 들었던 것이다. 간수로서

가 아니라 그린 마일에 있는 또 하나의 사형수로서 말이다. 형이 확정된 사형수로서 아득히 높아만 보일 책상과(언젠가 우리가 볼 하느님의 심판석도 틀림없이 그렇게 아득해 보일 것이다) 파란 제복을 입고 굵직한 목소리로 말하는 책상 뒤의 거인들을 감연히 올려다보는 사형수. 거인들은 쥐를 보면 공기총으로 쏘고 빗자루로 갈기고, 작은 구리판 위에 놓인 치즈를 갉아먹기 위해 쥐가 '승리자'라는 상표 위로 살금살금 기어올 때 등뼈를 분지르는 덫으로 잡았다.

당직 책상 부근에 빗자루는 없었지만 바퀴 달린 양동이가 있었고 그 속의 걸레받이에는 아직도 대걸레가 얹혀 있었다. 딘과 함께 서류철을 뒤지기 직전에 내 차례가 돌아와 녹색 리놀륨 바닥과 감방 여섯 개를 모두 물걸레질해 놓았다. 보아하니 딘은 대걸레를 쥐고 휘두를 생각인 것 같았다. 그의 손가락이 날씬한 나무자루에 막 닿으려는 순간 내가 그의 손목을 만졌다. "그냥 둬."

그는 어깨를 으쓱하더니 손을 거두었다. 나처럼 그도 때려잡고 싶은 생각은 없었던 모양이다.

브루털은 소금에 절인 고기 샌드위치 한 귀퉁이를 베어 내더니 그것을 두 손가락 사이에 잘 끼워 책상 앞으로 내밀었다. 쥐는 마치 그게 무엇인지 잘 안다는 듯 더욱 흥미를 가지고 올려다보는 것 같았다. 알긴 아는 모양이었다. 코가 꿈틀거리면서 수염도 흔들렸다.

"아서, 브루털!" 딘이 소리를 지르더니 나를 쳐다보았다. "못하게 하세요, 폴! 저놈한테 먹이를 주면 네 발 달린 짐승한테는 모두 어서 옵쇼 하고 자리를 펴 줘야 할지도 몰라요."

"난 그냥 쟤가 어떻게 나오나 보고 싶을 뿐이라고." 브루털이 말했다. "과학적 진리도 추구할 겸."

그는 나를 쳐다보았다. 일과에서 살짝 벗어난 이런 일에서도 나는 윗사람이었다. 나는 잠시 생각한 다음 아무래도 좋다는 듯이 어깨를 으쓱 올렸다. 사실은 나도 쥐가 어떻게 나오는지 보고 싶은 마음이 없지는 않았다.

물론 쥐는 그것을 먹었다. 대공황이 닥쳐오지 않았던가. 그런데 쥐가 먹는 방법이 우리의 마음을 사로잡았다. 녀석은 샌드위치 조각 가까이 오더니 이리저리 냄새를 맡아 본 후 마치 재주를 부리는 개처럼 먹이 앞에 주저앉아서 그것을 움켜쥐고 빵을 양쪽으로 당겨 고기에 입을 댔다. 어쩌나 침착하고 자신만만하게 움직이던지 꼭 좋아하는 음식점에서 맛있는 로스트비프를 입에 넣는 사람의 모습 같았다. 나는 동물이 그런 식으로 먹는 모습을 한 번도 본 적이 없었다. 아무리 훈련을 잘 받은 개도 그렇게 먹지는 않았다. 먹는 동안에도 쥐의 시선은 줄곧 우리를 떠나지 않았다.

"영리하거나, 아니면 배가 지독히 고픈 쥐로군." 새로운 목소리가 나섰다. 비터벅이었다. 그는 잠에서 깨어나 이제 자기 감방 창살 뒤에 서 있었다. 헐렁한 팬티 말고는 홀라당 벗은 채였다. 오른손 검지와 중지 밑동 사이에는 말아 피우는 담배를 끼웠고 두 갈래로 땋은 철회색 머리가 한때는 근육질이었겠지만 조금씩 말랑말랑해지기 시작한 어깨까지 내려와 있었다.

"인디언은 쥐에 대해서 아는 게 좀 있나, 추장?" 음식을 먹고 있는 쥐를 바라보며 브루털이 물었다. 감개무량한 듯, 또는 진가를 감상하듯, 때때로 살짝 돌렸다가 힐끔 보았다가 하면서 앞발로 소금에 절인 쇠고기 조각을 먹는 기막힌 솜씨에 우리는 모두 탄복을 금치 못했다.

"아니." 비터벅이 말했다. "전에 어떤 용사가 쥐 가죽이라고 우기면서 장갑 한 켤레를 가지고 있었지만 난 그 말을 믿지 않았어." 그러더니 마치 이 모든 일이 농담일 뿐이라는 듯 웃음을 터뜨리고는 철창에서 물러났다. 그가 다시 침상에 눕자 삐걱거리는 소리가 났다.

그것은 이제 떠나야겠다는 쥐의 신호처럼 보였다. 쥐는 들고 있던 조각을 해치우고 남은 부분(주로 노란 겨자가 스며든 부분이었다)의 냄새를 맡더니 다시 만날 경우에 대비해 얼굴을 기억해 두어야겠다는 듯 우리를 돌아보았다. 그러고는 방향을 돌려 아까 왔던 길로 쪼르르 달려갔다. 이번에는 중간중간 멈추어서 감방을 순찰하지도 않았다. 그 빠른 몸놀림을 보고 있노라니 『이상한 나라의 앨리스』에 나오는 흰 토끼가 떠올라 웃음이 나왔다. 감금실 문 앞에 다다르자 쥐는 망설임 없이 그 밑으로 쏘옥 들어갔다. 뇌가 약간 이상해진 친구들을 위해 감금실 벽은 부드럽게 만들어져 있었다. 그 방을 당초의 용도대로 사용할 필요가 없을 때는 그 안에 청소 도구와 몇 권의 책을 넣어 두었다(대부분은 클레런스 멀포드의 서부 소설이었지만, 어지간해서 빌려 주지 않는 한 권은 포파이, 블루토, 심지어 햄버거에 걸신 들린 윔피까지 돌아가며 올리브와 성행위를 하는, 그림이 풍부한 만화책이었다). 화구도 있었는데 그 중에는 들라크루아가 나중에 요긴하게 써먹은 크레용도 포함되어 있었다. 그가 아직도 우리의 골칫거리란 뜻은 아니다. 이건 그 전의 일이었다는 것을 기억해 주기 바란다. 감금실에는 또 아무도 입고 싶어하지 않는 저고리가 있었다. 하얀 무명을 이중으로 누벼서 지은 옷이었는데 단추와 죔쇠, 걸쇠가 등 위까지 달려 있었다. 우리는 문제아를 저고리에 재빠르게 처넣는 데 도가 튼 사람들이었다. 자포자기한 우리 죄수들은 날뛰는 일이 드물었지만 한번 날뛰면 상황이 걷잡을 수 없이 악화되므로 방치할 수가 없었다.

브루털은 열쇠 구멍 바로 위의 서랍을 열고 앞에 금박으로 방명록이라는 글씨가 찍힌 커다란 가죽 표지 책을 꺼냈다. 그 책은 몇 달이 가도록 서랍 안에 처박혀 있을 때가 많았다. 변호사나 목사가 아닌 면회인들이 오면 죄수는 식당 못미쳐 면회실로 쓰이는 방으로 갔다. 우리는 그곳을 아케이드라고 불렀는데 그렇게 불리게 된 내력은 나도 잘 모른다.

"도대체 무슨 짓을 하자는 거야?" 브루털은 책을 펼쳐 지금은 고인이 되어 버린 사람들을 지난 몇 년간 찾아왔던 면회인들의 이름이 적인 장을 호기롭게 들췄고 이를 안경 너머로 훔쳐보면서 딘 스탠턴이 다그쳤다.

"19번 규정을 준수하는 거야." 최근 장을 찾아낸 브루털이 대꾸했다. 그는 연필을 집어 끝에다 침을 묻혔다. 영 고치지 못하는 불유쾌한 버릇이었다. 그러고는 쓸 준비를 했다. 19번 규정은 그저 "E동을 찾은 모든 면회인은 당국에서 발급한 노란색 출입증을 제시해야 하며 '반드시' 기록에 올려야 한다."는 내용이었다.

"저 친구 단단히 미쳤네요." 딘이 나에게 말했다.

"출입증은 제시하지 않았지만 이번만은 봐주시겠다 이 말씀이야." 브루털이 말했다. 그는 재수가 좋으라고 연필심에 다시 한번 침을 묻힌 다음 "들어온 시간"이라고 적힌 칸 밑에 오후 9시 49분이라고 적었다.

"하기야, 높은 분들도 쥐는 예외로 삼겠지." 내가 말했다.

"당연하죠." 브루털이 맞장구쳤다. "자금이 달리니까요." 그는 돌아서서 책상 뒤의 벽시계를 보더니 "나간 시간"이라고 적인 칸 밑에 10시 01분이라고 썼다. 이 두 숫자 사이의 더 긴 공간에는 "면회인 이름"이라는 제목이 달려 있었다. 쓰고 싶은 말이야 벌써 머릿속에 있었을 테지만 빈약한 철자 실력을 여기저기서 끌어 모으느라 잠시 고민을 하더니 브루터스 하월은 "증기선 윌리"라고 정성스럽게 적어 넣었다. 그 당시 사람들은 미키 마우스를 주로 그렇게들 불렀다. 최초의 발성 만화영화에서 미키가 눈을 이리저리 굴리고 엉덩이를 빙그르르 돌리며 증기선의 조타실에서 기적 끈을 잡아당긴 데서 유래한 별명이었다.

브루털이 장부를 척 덮고 서랍에 도로 넣으면서 말했다. "빈틈 없이 끝냈습니다."

나는 웃었지만, 농담 앞에서도 어쩔 수 없이 심각해지는 딘은 속이 부글부글 끓는 듯 얼굴을 찌푸리면서 안경을 닦았다. "누가 그걸 보기라도 하면 자네 곤욕을 치를걸." 딘은 머뭇거리더니 이렇게 덧붙였다. "재수 없는 놈한테 걸리면." 그는 다시 머뭇거리더니 벽에 귀가 생기지 않았나 의심하는 사람처럼 실눈을 뜨고 주위를 두리번거렸다. "내 똥구멍이나 핥다가 뒈지면 딱 좋을 퍼시 웨트모어라든지."

브루털이 입을 열었다. "쳇, 퍼시 웨트모어의 비쩍 마른 다리가 이 책상 앞에 앉는 날이 내가 그만두는 날이야."

"그만두다니." 딘이 말했다. "퍼시가 제대로 찌르기만 하면 자낸 방명록에다 장난을 쳤다는 이유로 해고당할 텐데. 그자는 충분히 그럴 수 있어. 자네도 잘 알지 않나."

브루털은 잔뜩 골이 났지만 아무 말도 하지 않았다. 밤이 깊어지면 자기가 쓴 것을 지울 거라고 나는 생각했다. 브루털이 지우지 않으면 나라도 지울 것이다.

다음 날 밤 일반 죄수들을 거두고 나서 우리 사형수들이 샤워를 하는 D동으로, 처음에는 비터벅을 그 다음에는 사장을 들여보낸 뒤 브루털은 감금실에서 증기선 윌리를 찾아보면 안 되겠느냐고 나에게 물었다.

"그것도 좋겠지."

전날 밤에는 그 쥐를 두고 실컷 웃었지만 만약 브루털과 내가 감금실에서 녀석을 찾아내면, 더군다나 푹신푹신한 벽 한 곳을 갉아 보금자리를 막 만들기 시작한 흔적을 발견했을 경우, 녀석을 죽일 것임을 나는 알았다. 아무리 우리를 즐겁게 해 주었더라도 줄줄이 다른 녀석들을 달고 나타나기 전에 척후병을 죽이는 것이 상책이었다. 게다가 우리 모두 그깟 쥐 한 마리 죽이는 걸 놓고 벌벌 떨 사람들은 아니었다. 어쨌든 쥐를 죽이는 것도 주 정부가 우리한테 봉급을 주면서 요구하는 일이었다.

하지만 그날 밤 우리는, 뒤에 가서는 딸랑 씨로 불리는 증기선 윌리를 부드러운 벽 어디에서도, 우리가 복도로 끌어내 모아 놓은 허섭스레기 뒤편 어느 구석에서도 찾아내지 못했다. 내가 예상했던 것보다 훨씬 많은 쓰레기가 있었던 것은 사실이다. 오랫동안 감금실을 사용하지 않았기 때문이다. 윌리엄 워턴이 도착하면서 사정은 달라지지만, 물론 그 당시에 우리는 그걸 몰랐다. 운이 좋았던 셈이다.

"어디로 갔을꼬?" 큼지막한 파란색 수건으로 목덜미의 땀을 훔치면서 마침내 브루털이 입을 열었다. "구멍도 없고……, 틈새도 없고, 어……."

그는 바닥의 수챗구멍을 가리켰다. 쇠살 틈으로 쥐 한 마리가 능히 빠져나갈 수 있었을 듯싶었지만 그 밑에는 파리 한 마리 통과하지 못할 것 같은 가느다란 철망이 가로놓여 있었다. "어디로 들어왔지? 어디로 나갔지?"

"난들 아나."

"여기로 분명히 들어갔죠. 우리 셋이서 봤잖아요."

"그랬지. 문 밑으로 들어갔어. 약간 끼긴 했지만 무사히 빠져나갔지."

"호유." 체구에 어울리지 않는 묘한 소리가 브루털의 입에서 튀어나왔다. "죄수들이 저렇게 몸을 줄일 수 없는 게 천만다행이죠?"

"그러게 말이야." 나는 구멍이나 틈새 같은 게 없는지 마지막으로 한 번 더 천이 둘러쳐진 벽을 둘러보면서 말했다. 아무것도 없었다. "자, 그만 가세."

증기선 윌리는 사흘 뒤 해리 터월리거가 당직을 섰을 때 다시 나타났다. 퍼시도 함께 있다가 딘이 사용하려고 했던 대걸레로 그린 마일을 따라 쥐를 쫓아다녔다. 설치류는 거뜬히 퍼시를 따돌리면서 감금실 밑의 문틈으로 빠져나갔다. 승자는 누가 보아도 분명했다. 다짜고짜 욕부터 내뱉으면서 퍼시는 문을 열고 그 잡동사니를 모두 다시 꺼냈다. 재미나면서도 무서웠다고 해리는 말했다. 퍼시는 망할 놈의 쥐를 잡아서 백해무익한 작은 대가리를 그 자리에서 찢어발기겠다고 이를 갈았지만, 물론 그러진 못했다. 땀에 젖은 헝클어진 옷자락을 내놓은 채 그는 30분 뒤 당직 책상으로 돌아와 눈을 덮었던 머리카락을 쓸어 넘기면서 해리(소동이 벌어지는 동안 주로 앉아서 책만 읽고 있던)에게 저쪽 문 밑을 단열재로 막으면 골칫거리를 해결할 수 있을 거라고 큰소리쳤다.

"좋을 대로 하슈." 해리는 읽고 있던 서부 소설을 한 장 넘기면서 대꾸했다. 그는 퍼시가 문 밑의 틈을 메우는 일을 까먹을 거라고 생각했다. 그의 예상은 빗나가지 않았다.

이 모든 사건들이 터진 지 한참 뒤인 그해 늦겨울의 어느 날 밤, E동이 잠시 비게 되어 다른 간수들이 임시로 다른 곳에 배치되고 둘만 남았을 때 브루털이 나를 찾아왔다. 퍼시도 브라이어리지로 떠나고 없었다.

"이리 와 보세요." 브루털이 겨우 짜내는 듯한 기묘한 목소리로 말했으므로 나는 얼른 돌아보지 않을 수 없었다. 나는 진눈깨비가 흩날리는 차가운 바깥에서 막 들어온 터라 외투를 걸어 놓기 전에 어깨를 쓸어 내리던 참이었다.

"무슨 일이 생겼나?" 내가 물었다.

"그건 아니지만, 딸랑 씨가 머물던 곳을 알아냈습니다. 들라크루아가 데리고 다니기 전에, 그러니까 처음 나타났을 때 말입니다. 보지 않으실래요?"

물론 보고 싶었다. 나는 그린 마일을 따라 감금실까지 갔다. 보관하던 물건은 다 복도로 나와 있었다. 잠시 손님이 뜸한 틈을 이용하여 브루털이 청소를 한 모양이었다. 문은 열려 있었고 걸레 빠는 양동이가 그 안에 있었다. 그린 마일처럼 푸르죽죽한 바닥이 군데군데 말라 있었다. 바닥 한가운데에는 평상시 사형수가 마지막으로 도착하는 헛간에 보관되어 있던 사다리가 세워져 있었다. 사다리의 꼭대기에 못미처 뒤쪽으로 발판이 하나 튀어나와 있었다. 인부가 공구함을 놓아두거나 칠장이가 자기가 작업하는 페인트 통을 얹어 두는 종류의 발판이었다. 발판 위에는 손전등이 놓여 있었다. 브루털은 손전등을 나에게 건넸다.

"위에 올라가 보세요. 저보다 키가 작으니까 거의 꼭대기까지 올라가셔야 할 겁니다. 제가 다리를 잡아 드리죠."

"나는 다리에 간지럼을 타는데." 나는 올라가면서 말했다. "특히 무릎 쪽에."

"유념하겠습니다."

"그래야지. 쥐 한 마리의 출처를 알아내려다가 엉치뼈가 박살나면 누구한테 하소연하겠느냐고."

"예?"

"별 얘기 아니야." 나의 머리는 그때쯤 천장 한복판에 붙어 있던 전등갓과 엇비슷한 높이에 있었다. 내 몸무게 때문에 사다리가 약간 휘청거리는 게 느껴졌다. 밖에서는 겨울바람이 신음을 토했다. "단단히 붙들게."

"알아요, 걱정하지 마세요." 그는 내 다리를 꽉 잡았다. 나는 한 계단 더 올라갔다. 이제 나의 머리는 천장에서 채 한 자도 안 되는 거리에 있었고 내 눈에는 의욕적인 거미 몇 마리가 지붕 들보가 맞물리는 아귀에 지어 놓은 거미집이 들어왔다. 손전등을 비추어 보았지만 위험을 무릅쓰고 올라온 보람을 느끼게 할 만한 것은 아무것도 없었다.

"그게 아니죠." 브루털이 말했다. "너무 멀찍이서 보고 있어요. 왼쪽을 보면 두 들보가 맞물리잖아요. 보이죠? 하나는 약간 변색되었고."

"그래."

"그 이음매에 볼을 갖다 대세요."

그렇게 하자, 그가 보여 주려던 것이 거의 한순간에 시야에 들어왔다. 들보들은 숨은 못 대여섯 개로 고정되어 있었는데, 그중 하나가 빠져나가 동전 크기만 하게 검고 둥근 구멍이 나 있었다. 나는 그것을 자세히 들여다보았다. 그리고 미심쩍은 표정으로 브루털에게 고개를 돌렸다. "쥐가 작긴 했지만 이렇게 작아? 원, 그럴 리 없어."

"그리로 갔대도요." 브루털이 말했다. "아니면 손에 장을 지지겠어요."

"뭘 믿고 큰소리치는 거지."

"더 가까이 기울이라니까요. 내가 붙잡으니까 걱정하지 마시고. 그리고 바람을 느껴 보세요."

나는 시키는 대로 했다. 왼손으로 더듬다 보니 다른 들보 하나가 잡혔고 나는 기분이 한결 나아졌다. 바깥바람이 다시 불어 들어왔다. 구멍에서 뿜어 나온 공기가 내 얼굴에 닿았다. 남쪽 접경지역의 살을 에는 듯한 겨울 밤 숨소리를 냄새로 맡을 수 있었다……. 그리고 무언가 다른 냄새도 있었다.

박하 향이었다.

'딸랑 씨한테 무슨 일이 안 생기게 해 줘요.'

나는 줄곧 떨리던 들라크루아의 목소리를 들을 수 있었다. 목소리는 물론, 그 프랑스 인의 손에서 넘겨받았을 때 느껴지던 딸랑 씨의 따뜻한 감촉도 느낄 수 있었다. 다른 쥐들보다 더 영리하긴 했지만 이러니저러니 해도 쥐는 쥐였다.

'그 나쁜 놈이 내 쥐를 해치지 못하게 해 줘요.'

그는 그렇게 말했고, 나는 그러마고 약속했다. 그린 마일을 걷는 것이 더 이상 신화나 가정이 아니라 눈앞의 현실로 다가오는 마지막 순간에 나는 늘 사형수의 부탁을 들어주었다. 20년 동안 얼굴을 못 본 동생에게 편지를 전해 달라고? 나는 그러겠다고 약속한다. 나의 영혼을 위해 성모 마리아께 기도를 열다섯 번 드려 달라고? 물론 그러마고 약속한다. 성령이 지어 주신 이름으로 죽을 수 있게 해 주고 묘비에도 그 이름이 남도록 신경 써 달라고? 나는 걱정 말라고 한다. 그것이 그들을 편안히 보낼 수 있는 길이었고 그린 마일 끝에 버티고 있는 의자까지 온전한 정신으로 가는 모습을 볼 수 있는 길이었다. 물론 그 약속을 모두 지킨 것은 아니었지만 그래도 들라크루아와 한 약속은 지켰다. 그 프랑스 인으로 말하자면 심한 봉변을 당했다. 나쁜 놈이 들라크루아를 괴롭혔던 것이다. 그것도 아주 많이 괴롭혔다. 하기야 나도 들라크루아가 어떤 죄를 저질렀는지는 알지만, 고철 스파크의 잔인한 품에 안겼을 때 에두아르 들라크루아가 당한 고통은 아무리 그렇다손 치더라도 있을 수 없는 일이었다.

박하 향.

그리고 다른 무엇, 구멍 안쪽에 무엇인가가 있었다.

나는 오른손으로 가슴 호주머니에서 펜을 꺼냈다. 왼손은 여전히 들보를 움켜쥔 채였고 브루털이 실수로 나의 민감한 무릎을 간질일까 봐 더 이상 불안해하지도 않았다. 한 손으로 펜의 뚜껑을 연 다음 펜 끝을 쑤셔 넣어 그 안에 있는 무엇인가를 건드렸다. 그것은 샛노란 빛깔의 잘게 부서진 나무 조각이었다. 다시 들라크루아의 목소리가 들렸다. 이번에는 너무나 또렷해서 마치 그의 혼백이 우리와 함께 그 방, 윌리엄 워턴이 상주하다시피 한 그 방에 숨어 있는 듯한 느낌이 들 정도였다.

'여봐요!' 이번에는 그렇게 불렀다. 적어도 그 순간은 자기가 어디에 있고 어떤 운명이 자기를 기다리고 있는지를 잊어버린 사람처럼 즐거운 듯 신기함에 젖은 목소리였다. '와서 딸랑 씨 솜씨 좀 보라니깐!'

"세상에⋯⋯." 나는 중얼거렸다. 숨이 멎는 듯한 느낌이었다.

"또 하나 발견했죠?" 브루털이 물었다. "나도 서너 개 찾아냈어요."

나는 밑으로 내려와서 활짝 펼친 그의 손바닥에 불을 비추었다. 꼬마들이 하는 성냥빼기 놀이(성냥개비를 쌓아 놓고 다른 것을 움직이지 않고 하나만 뽑는 놀이)처럼 나무 조각이 여러 개 흩어져 있었다. 두 개는 내가 찾아낸 것처럼 노란색이었다. 하나는 녹색이고 또 하나는 빨간색이었다. 물감으로 낸 빛깔이 아니라 밀랍으로 된 크레욜라 크레용으로 칠한 색깔이었다.

"이럴 수가!" 나는 떨리는 목소리로 나지막하게 말했다. "이보게. 이거 실패 조각 맞지? 이유가 뭘까? 왜 저 위에다?"

"제가 어렸을 때는 지금처럼 몸집이 크지 않았어요." 브루털이 말했다. "열다섯 살부터 열일곱 살까지 거의 다 자랐지요. 그 전까지는 땅꼬마였어요. 처음 학교에 입학했을 때는 얼마나 작게 느껴졌느냐 하면……, 그래, 맞아요, 생쥐 같았다니까요. 너무너무 겁이 났어요. 그래서 제가 어떻게 했는 줄 아세요?"

나는 고개를 흔들었다. 밖에서 다시 바람이 거세게 불어 왔다. 들보가 맞물리는 모서리의 거미집이 깃털처럼 가벼운 외풍에, 찢어진 레이스처럼 흔들리고 있었다. 그토록 적나라하고 을씨년스러운 느낌을 주는 곳은 생전 처음이었다. 바로 그때였다. 그토록 우리의 애를 먹였던 잘게 쪼개진 실패 부스러기를 하염없이 그 자리에 서서 내려다보고 있다가 나의 머리는 존 커피가 그린 마일로 걸어간 이후로 나의 가슴이 이미 알고 있었을 사실을 차츰 깨달아 갔다. 더 이상 이 일을 계속할 수 없다는 것이었다. 공황이건 공황이 아니건, 많은 사람들이 나의 방을 거쳐 죽음을 향해 걸어가는 모습을 더 이상 지켜볼 자신이 없었다. 이제는 한 명도 너무 많아 보였다.

"엄마한테 손수건을 한 장 달라고 했지요." 브루털이 말했다. "눈물이 나오면서 내가 왜소하다고 느껴질 땐 그걸 살그머니 꺼내서 엄마의 향내를 맡으면 기분이 좀 나아졌거든요."

"자네 생각은 뭐? 그 쥐가 들라크루아를 떠올리기 위해서 색실패를 쏟아 냈다는 건가? 그깟 생쥐가……"

그는 고개를 들었다. 순간 나는 그의 눈에서 눈물을 보았다고 생각했지만, 그건 나의 착각일 수도 있었다.

"무슨 의도가 있어서 한 소리는 아니었고요. 다만 저 위에서 그 걸 발견했을 때 박하 냄새가 났고, 저랑 같았을 텐데요……. 맡으셨다는 거 알아요. 더 이상 이 짓도 못 해먹겠어요. 이제는 안 할래요. 그 의자에 또 한 사람이 앉는 모습을 봤다간 내가 죽을 것 같아요. 월요일에 소년원으로 전근 신청을 내겠어요. 다음 주 월요일까지 통보가 오면 다행이지요. 안 오면 사직서를 내고 농사나 짓겠습니다."

"자식 농사 말고 자네가 언제 농사를 지어 봤나?"

"상관없어요."

"상관없겠지." 내가 말했다. "나도 자네처럼 전근 신청을 내야 할까 봐."

그는 내가 자기를 갖고 장난치는 것이나 아닌지 내 얼굴을 유심히 살피더니만, 결정된 일이라는 듯이 고개를 끄덕였다. 바람이 다시 불었다. 이번에는 무척 강한 바람이어서 들보가 삐거덕거리다가 잠잠해졌고, 우리는 약속이나 한 듯 두꺼운 천을 댄 벽을 불안하게 둘러보았다. 한순간 우리는 윌리엄 워턴이, 처음 우리 동에 왔을 때부터 우리가 본명으로도, 빌리 더 키드라고도 부르지 않고 '와일드 빌'이라고 불렀던 그놈이 자기가 없어지니까 네놈들 속이 아주 후련할 거라고, 네놈들은 나를 절대로 잊지 못할 거라고 악쓰며 웃어 대는 소리를 들었던 것 같다. 그 점에 관해서라면 그의 말은 빗나가지 않았다.

그날 밤 감금실에서 브루털과 내가 의기투합한 내용은 결국 현실화되었다. 그 작은 채색 나무 조각들을 앞에 두고 엄숙한 서약을 했던 셈이라고나 할까. 우리는 그 후 두 번 다시 형 집행에 참여하지 않았다. 존 커피가 마지막이었다.

2

THE GREEN MILE

그린 마일의 쥐

지금 내가, 어지러이 흩어진 내 마지막 기억의 다발을 모으고 있는 이곳은 조지아 파인스 양로원이다. 애틀랜타에서는 60킬로미터가량 떨어져 있지만, 대부분의 사람들로부터는 200광년쯤 떨어져 있는 곳이다. 이 글을 읽는 사람은 여생을 이런 곳에서 보내지 않으려면 단단히 대비를 할 필요가 있다. 어떻게 보면 못 살 동네는 아니다. 케이블 TV가 있고, 나오는 음식도 괜찮다(씹을 수 있는 게 워낙 적어서 탈이긴 하지만). 그렇지만 콜드마운틴 교도소의 E동이 늘 그랬던 것처럼 이곳에서 지내자면 포충병(捕蟲甁)에 갇혀 있는 듯 숨이 막힌다.

심지어는 퍼시 웨트모어를 떠올리게 하는 그런 친구도 이곳에는 있다. 왜 주지사의 연고 관계로 그린 마일에 붙어 있던 녀석 있지 않은가. 비록 행동은 그런 식으로 하지만 나는 이 친구가 어떤 실력자를 등에 업고 있다고는 생각하지 않는다. 브래드 돌런이 그 친구의 이름이다. 브래드는 퍼시처럼 허구한 날 머리를 빗으며 뒷주머니에는 항상 읽을거리를 쑤셔 박고 다닌다. 퍼시가 《보고(寶庫)》, 《남성 탐험》 같은 잡지를 즐겨 읽었다면, 브래드는

《야한 유머집》,《고약한 유머집》 같은 제목을 단 작은 페이퍼백을 손에서 놓지 않는다. 그는 툭하면 사람들을 붙들고 왜 프랑스 사람들이 길을 건넜는지 아느냐, 전구 하나를 끼우려면 폴란드 사람 몇이 필요한지 아느냐, 흑인 장례식에는 관 메는 사람이 몇이나 모여 있는지 아느냐 물어 대는 친구였다. 퍼시처럼 브래드도 상스러운 것만이 재미있다고 생각하는 얼간이였다.

브래드가 정말로 재치가 번득이는 말을 던진 적도 있기는 하다. 그렇지만 나는 그 친구에게 별로 높은 점수를 주고 싶지는 않다. 고장으로 멈춘 시계도 하루 두 번은 맞는다지 않는가.

"치매에 안 걸린 게 천만다행인 줄이나 아슈, 폴리." 브래드의 말이었다. 폴리라고 부르는 것이 내게 무척이나 거슬리는 줄 알면서도 그는 아랑곳하지 않고 줄기차게 그렇게 불러 댄다. 이제 나는 그러지 말라는 말도 하지 않는다. 격언이라고 할 수는 없지만 브래드 돌런에게 잘 어울리는 속담이 있다. "말을 우물가로 데려갈 수는 있어도 물을 먹일 수는 없다.", "들여보내기는 쉬워도 내보내기는 어렵다." 같은 속담이다. 아둔하다는 점에서도 그는 퍼시를 닮았다.

브래드가 일광욕실 바닥을 자루 걸레로 밀면서 치매에 대해서 이러쿵저러쿵하고 있을 때 나는 이미 쓴 원고를 그곳에서 다시 한번 검토하고 있었다. 완성된 원고가 상당량에 이르렀지만 아직 훨씬 많은 분량의 원고를 더 써야 집필이 끝날 것으로 나는 예상하고 있다.

"그 치매란 게, 사실은 뭔지 아슈?"

"글쎄." 내가 말했다. "모르면 자네가 가르쳐 주겠지."

"정답은 노인성 에이즈."

그러더니만, 아니나 다를까 훅, 훅, 훅, 훅 웃음을 터뜨렸다. 말 같지 않은 농담을 던져 놓고는 그는 늘 그렇게 웃었다.

하지만 나는 웃지 않았다. 그 말이 내 안의 예민한 곳 어딘가를 건드렸기 때문이다. 내가 치매를 앓고 있다는 뜻은 아니다. 치매 환자는 이 아름다운 조지아 파인스 양로원에서 수없이 볼 수 있었지만 나 자신은 노인이라면 누구나 시달리는 기억력 저하 문제를 안고 있는 정도였다. 나의 문제는 '사건'보다는 '시기'와 더 관계 깊다. 지금까지 써 온 내용을 되짚어 보면 나는 1932년도 이전에 일어났던 일을 빠짐없이 '기억하는' 것 같았다. 가끔씩 헷갈리는 것은 일어난 사건들의 순서였다. 하지만 그것도 방심만 하지 않는다면 추려 낼 자신이 있다. 웬만큼은.

존 커피는 아홉 살짜리 쌍둥이 데트릭 자매를 살해한 죄로 그해 10월 E동의 그린 마일에 왔다. 그것이 나의 중요한 기준점이다. 그 기준점만 놓치지 않으면 큰 어려움은 없다. 윌리엄 '와일드 빌' 워턴은 커피 다음에 왔다. 들라크루아는 커피보다 먼저 왔다. 우리들 사이에서는 브루털로 통한 브루터스 하월이 증기선 윌리라고 불렀고 들라크루아가 나중에 딸랑 씨라고 불렀던 쥐도 커피보다 먼저였다.

이름이야 뭐라 부르든 그 쥐는 가장 먼저, 심지어는 들라크루아보다도 전에 나타났다. 쥐가 처음 나타났을 때는 아직 여름이었고, 그린 마일에는 두 명의 죄수가 있었다. 알린 비터벅 추장과 아서 플랜더스 사장이었다.

그 쥐. 그 빌어먹을 쥐. 들라크루아는 그 쥐를 사랑했지만 퍼시 웨트모어는 분명히 그렇지 않았다.

퍼시는 처음부터 그 쥐를 미워했다.

그·린·마·일·의·쥐 **2**

그린 마일을 따라 퍼시가 처음으로 추격을 벌인 지 사흘 만에 그 쥐는 다시 돌아왔다. 딘 스탠턴과 빌 도지는 정치 토론을 벌이고 있었다……. 그 당시의 정치 토론이라면 곧 루스벨트와 후버, 에드거 후버가 아니라 허버트 후버의 이야기를 뜻했다. 그들은 딘이 한 시간 전에 늙은 허풍선이한테서 사들인 상자에서 크래커를 꺼내 먹고 있었다. 사무실 입구에 서 있던 퍼시는 이야기에 귀 기울이면서 애지중지하는 곤봉을 쏜살같이 빼내는 연습을 하고 있었다. 그는 어디서 구했는지 알 수 없는 그 우스꽝스러운 수제 케이스에서 곤봉을 빼내어 빙글 돌린 다음(또는 돌리려고 애쓴 다음. 왜냐하면 손목에 감고 있던 생가죽 고리가 아니었더라면 번번이 바닥에 떨어뜨렸을 테니까) 도로 집어넣었다. 나는 그날 비번이었지만 다음 날 저녁 딘으로부터 소상히 보고받았다.

그린 마일을 따라 오는 쥐의 모습은 전과 다를 바 없었다. 종종걸음으로 뛰어오다가 빈 감방을 조사하듯 간혹 멈추어 섰다. 그러다가 수색이 장기화하리라는 사실을 미리 알고 있는 듯 지치지 않고 잠시 후에는 다시 종종걸음으로 움직였다. 녀석에게는 장기

91

전을 치를 힘이 있었다.

이번에는 사장도 깨어나 자기 감방 안에 서 있었다. 그는 한 점의 조각품 같았다. 파란 죄수복 차림이었음에도 어찌나 신경을 쓰는지 말쑥해 보였다. 행색만 보아도 그가 고철 스파크에 앉을 사람이 아니란 걸 우리는 알 수 있었다. 우리의 판단은 옳았다. 퍼시가 두 번째로 쥐를 추격한 지 일주일도 못 되어 사장은 종신형으로 감형을 받아 일반 재소자군에 합류하였다.

"잠깐!" 그가 소리 질렀다. "여기 쥐가 있네! 대체 건물 관리를 어떻게들 하는 거지?"

일종의 우스갯소리였지만, 딘의 말에 따르면 그 목소리에는 분노 같은 게 배어 있었다고 한다. 살인죄로 형무소살이를 하면서도 그 잘난 귀족 의식은 머리에서 지워 내기가 그렇게도 어려운 것인지. 미드사우스 부동산 연합이라는 회사의 지역 책임자였던 그는 노망기가 다분한 자신의 아버지를 3층 창문 밖으로 밀어내고도 꼬리를 잡히지 않고 돌연사로 처리되면 두 배로 지급될 종신 보험금을 너끈히 타 먹을 수 있을 거라고 자신할 만큼 스스로의 머리를 과신한 친구였다. 그 점에 관해서 그의 예상은 빗나갔지만, 그렇게 많이 빗나간 것은 아닌지도 모른다.

"닥치지 못해, 굼패." 퍼시가 그렇게 말했지만 거의 습관적으로 튀어나오는 말투였다. 퍼시는 쥐를 뚫어져라 응시하고 있었다. 곤봉은 케이스 안에 들어 있었고, 빼 들고 있던 잡지를 당직 책상 위에 던져 놓은 다음 케이스에서 곤봉을 꺼냈다. 그리고 왼손의 손가락 마디를 곤봉으로 툭툭 치기 시작했다.

"씹할, 이제까지 쥐는 여기 얼씬도 못했는데." 빌 도지가 말했다.

"귀엽다면 귀엽잖아. 겁도 없거든." 딘이 말했다.

"그걸 어떻게 알아?"

"저번에도 왔어. 퍼시도 봤지. 브루털이 증기선 윌리란 이름까지 지어 주었는데."

퍼시는 그 말에 코웃음을 치는 듯했지만 한동안은 입을 다물고 있었다. 이제는 곤봉으로 손등을 더욱 빠르게 두드리고 있었다.

딘이 말했다. "잘 봐. 전에는 책상 있는 곳까지 서슴없이 다가왔어. 이번에도 그러는지 보자고."

쥐는 똑같이 행동했다. 사장의 방 앞에서는 존속 살해범의 냄새가 마음에 들지 않는 모양인지 멀찌감치 물러났지만 말이다. 쥐는 비어 있는 감방 두 개를 살펴보았다. 심지어는 매트리스가 깔려 있지 않은 빈 침상 하나로 기어 올라가서 킁킁 냄새까지 맡은 다음 다시 그린 마일로 돌아왔다. 퍼시는 그 자리에 붙어 서서 줄곧 곤봉만 두드리고 있었다. 그는 한마디도 던지지 않으면서 놈이 다시 온 걸 후회하도록 만들겠다는 일념만 불태웠다.

빌이 자기도 모르게 흥미를 보이면서 말했다. "저런 놈을 스파크에 앉히지 않아도 되니 천만다행이지 뭔가. 어느 세월에 저걸 단단히 고정시키고 모자까지 씌우겠어."

퍼시는 여전히 침묵을 지키더니 아주 천천히 곤봉을 손가락 사이에 끼웠다. 고급 시가를 태우는 사내의 행동 같았다.

쥐는 전과 같은 자리, 그러니까 당직 책상에서 석 자 이상은 떨어지지 않은 거리에 멈추어 서서 창살 뒤에 선 죄수처럼 딘을 올려다보았다. 잠시 빌에게도 눈길을 주었다가 다시 딘에게로 관심을 돌렸다. 퍼시의 존재는 아랑곳하지 않는 듯했다.

"맹랑한 녀석일세. 저걸 좀 줘야겠다." 빌이 말했다. 그는 언성을 약간 높였다. "헤이! 헤이! 증기선 윌리!"

쥐는 약간 움찔하며 귀를 쫑긋거렸지만 달아나지는 않았고 그럴 눈치도 전혀 보이지 않았다.

"잘 봐 둬." 브루털이 쇠고기 샌드위치를 잘라 쥐에게 먹였던 사실을 떠올리면서 딘이 말했다. "이번에도 받아먹을지는 모르겠지만, 아무튼……."

그는 리츠 크래커를 한 조각 떼어 쥐 앞에다 떨구었다. 쥐는 매서운 검은 눈으로 적황빛의 부스러기를 일이 초가량 바라보기만 했다. 냄새를 맡는 동안 필라멘트처럼 가느다란 수염이 파르르 흔들렸다. 이윽고 쥐는 발을 뻗어 크래커를 쥐고는 앉아서 먹기 시작했다.

"아이고, 미치고 팔짝 뛰겠네. 토요일에 교회 사택에서 저녁을 드시는 목사님도 저렇게 깔끔하겐 못 먹겠다!" 빌이 놀라 자빠졌다.

"내 눈엔 오히려 검둥이가 수박을 먹는 것처럼 보이는데." 퍼시가 한마디 던졌지만 교도관들은 들은 체 만 체했다. 그 점에서는 추장도, 사장도 마찬가지였다. 쥐는 크래커를 모두 먹어 치웠지만 그대로 앉아 있었다. 요령 있게 돌돌 만 꼬리로 균형을 잡는 것 같았다. 그렇게 앉아 파란 제복을 입은 거인들을 올려다보았다.

"나도 해 보자고." 빌이 나섰다. 그는 크래커 한 조각을 다시 떼어 내더니 책상 앞으로 몸을 숙여 조심스럽게 떨어뜨렸다. 쥐는 냄새는 맡았지만 만지지는 않았다.

"이런! 배가 부른 모양인데." 빌이 말했다.

"천만의 말씀. 쥐도 자네가 뜨내기라는 걸 아는 거야. 딴 이유는 없지." 딘이 말했다.

"뜨내기라고, 내가? 기가 막혀서! 여기서 해리 터윌리거와 거의 비슷하게 근무한 게 난데! 어쩌면 내가 더 오래되었는지도 모른다고!"

"고정하세요, 고참님, 고정하시라니까." 딘이 히죽거리며 말했다. "내 말이 틀린가 눈으로 확인하면 될 것 아닌가."

딘은 새로운 크래커 조각을 옆에다 떨어뜨렸다. 쥐는 빌 도지가 준 과자는 여전히 거들떠보지도 않고 확실하게 그걸 집어 들더니만 다시 먹기 시작했다. 이제 겨우 한두 번 갉아먹었을까 말았을까 한 순간에 퍼시가 창던지기 선수처럼 곤봉을 쥐에게 날렸다.

솔직히 말해서 쥐는 표적으로서 너무 작았지만, 조준력은 무섭도록 뛰어났다. 인정할 건 인정할 수밖에 없었다. 쥐의 반사 신경이 부서진 유리 파편처럼 예리하지 않았더라면 윌리의 머리는 깨끗이 잘려 나갔을 것이다. 쥐는 영락없이 사람처럼 머리를 숙이고 크래커 조각을 떨어뜨렸다. 묵직한 호두나무 곤봉은 쥐의 털에 잔물결이 일 정도로 머리와 등뼈를 아슬아슬하게 스쳐 지나가서 (그 말을 정말 믿어야 할지는 잘 모르겠지만 어쨌든 딘이 그렇게 말했고 나는 그의 말을 그대로 전할 뿐이다) 녹색 리놀륨 바닥에 부딪혔다가 텅 빈 감방의 창살에 튕겨 나왔다. 그것이 실수인지 아닌지를 확인할 겨를도 없었다. 더 급한 용무가 문득 떠올랐는지, 쥐는 몸을 돌려 복도를 따라서 총알같이 구금실을 향해 달려갔다.

간발의 차이로 빗나갔다는 것을 알았기 때문에 퍼시는 약이 올라 길길이 날뛰면서 쥐를 다시 뒤쫓아 갔다. 빌 도지가 본능적으로 그의 팔을 붙잡았지만 퍼시는 뿌리쳤다. 하지만 증기선 윌리는 그런 저지 덕분에 목숨을 건진 거라고 딘은 말했다. 그래도 위기일발은 위기일발이었다. 퍼시는 쥐를 그냥 죽일 생각이 아니라 짓뭉갤 참이었으므로, 마치 무거운 사슴처럼 우스꽝스럽게 경중경중 뛰어오르며 무거운 흑색 작업화로 바닥을 쿵쿵 굴렀다. 쥐는 퍼시의 마지막 점프 두 번을 요리조리 비틀어 가까스로 피했다. 그리고 기다란 분홍 꼬리를 마지막으로 한 번 흔들고는 미련 없이 문 밑으로 사라졌다.

"쌍!" 퍼시가 욕을 하면서 손바닥으로 문을 쾅 쳤다. 그러고는 계속 추적하겠다는 듯 구금실로 들어가 열쇠를 뒤지기 시작했다.

딘은 감정을 가라앉히기 위해 일부러 퍼시의 뒤를 따라서 천천히 복도를 걸어왔다. 가슴 한구석에서는 퍼시를 비웃고 싶기도 했지만 또 한구석에서는 그를 붙들고 돌려세워 구금실 문에다 밀어붙이고 흠씬 두들겨 패고 싶더라고 나에게 말했다. 하지만 그보다도 놀라운 감정이 앞섰다. E동에서 우리가 맡은 책무는 최대한 소란을 줄이는 일이었다. 사실상 소란은 퍼시 웨트모어의 전유물이나 다를 바 없었다. 퍼시와 함께 일하는 것은, 누군가가 뒤에서 가끔씩 심벌즈를 요란하게 울리는 상황에서 폭탄의 뇌관을 제거하려고 애쓰는 일에 비유할 수 있었다. 한마디로 울화통이 터졌다. 딘은 알린 비터벅의 눈에 그런 울화가 담겨 있는 걸 볼 수 있었다고 말했다…… 심지어 평소에는 얼음 같은 냉정함을 잃지 않는 사장의 눈에서도 그런 낌새를 느낄 수 있었다는 것이다.

그것만이 아니었다. 딘은 이미 그 쥐를, 친구라기보다 E동에서 영위되는 생활의 일부로 받아들이기 시작하고 있었다. 바로 그런 마음 때문에 퍼시가 예전에도 곧잘 그랬고 지금도 저지르려는 일이 못마땅하게 여겨졌던 것이다. 그리고 그 일이 어째서 잘못된 일인가를 퍼시가 죽었다 깨어나도 이해하지 못하리라는 것이야말로 제 깐에는 한다고 하는 일을 그가 매번 그르칠 수밖에 없는 완벽한 이유였다.

복도 끄트머리에 이르렀을 무렵 딘은 냉정을 되찾았고 이 문제를 어떻게 다루어야 할지에 대한 결론도 이미 얻었다. 퍼시는 다른 일은 몰라도 놀림감이 되는 것만은 절대로 못 참는다는 사실을 모두들 잘 알고 있었다.

"이번에도 헛방이네." 딘은 슬쩍 웃으면서 퍼시를 놀렸다.

퍼시는 인상을 구기며 머리카락을 이마 위로 쓸어 올렸다. "주둥이 함부로 놀리지 마라, 안경잡이. 심기가 편치 않아. 건드리지 말라고."

"오늘도 짐을 날라야겠네?" 웃으면서 말한 건 아니지만 딘의 눈은 웃고 있었다. "아무튼 이번에는 짐을 다 옮긴 다음 바닥 걸레질까지 좀 해 주겠나?"

퍼시는 문을 보았다. 그리고 열쇠를 보았다. 부드러운 벽이 있는 무더운 방 안에서 다시 한번 소득 없는 지루한 수색 작업을 벌여야 할지 생각했다. 모두들 빤히 지켜보는 가운데 말이다……, 추장과 사장까지도.

"뭐가 그렇게도 우습다는 건지 난 도저히 모르겠군." 퍼시가 말했다. "독방동에 쥐까지 있어서야 되겠나. 여긴 쥐가 아니더라도 쓸어 없애야 할 백해무익한 것들이 널리고 널렸는데."

"멋대로 씨부려 봐라, 퍼시." 딘은 두 손을 치켜들면서 말했다.

그리고 바로 그 순간 퍼시도 똑같이 나올지 모른다는 생각을 했다고 그는 다음 날 밤 나에게 털어놓았다.

그때 빌 도지가 어슬렁어슬렁 다가와서 상황을 무마시켰다. "이걸 떨어뜨린 것 같더라고." 빌은 그렇게 말하면서 곤봉을 퍼시에게 내밀었다. "이삼 센티미터만 낮았어도 그놈 등뼈가 작살나는 건데."

그 말에 퍼시는 가슴을 폈다. "솔직히, 형편없는 솜씨야 아니지." 퍼시는 곤봉을 그 한심하기 짝이 없는 케이스에 조심스럽게 다시 집어넣었다. "고등학교 때는 투수로 날리던 몸이거든. 노히트 노런 게임을 두 번이나 했지."

"그 말 진담인가?" 빌이 물었다. 경외심이 깔린 그의 어조는 (비록 퍼시가 등을 돌린 사이 딘에게 눈짓을 보내긴 했지만) 상황을 완전히 가라앉히기에 충분했다.

퍼시가 말했다. "아무렴. 한번은 녹스빌에서 던졌어. 도시 놈들이 속수무책으로 당하더라고. 두 놈은 포볼로 내보냈지만서도. 그놈의 심판만 굼패가 아니었어도 퍼펙트 게임으로 끝나는 건데."

딘은 그쯤에서 물러설 수도 있었지만 그래도 퍼시의 선배였다. 그리고 선배의 임무 가운데 하나는 가르치는 일이었다. 당시만 하더라도 커피와 들라크루아가 들어오기 전이었으므로, 그는 퍼시를 가르칠 수 있다는 희망을 버리지 않고 있었다. 그래서 팔을 뻗어 후배의 손목을 움켜잡았다. "자네가 방금 한 행동에 대해서 곰곰이 되돌아볼 기회를 가졌으면 좋겠군." 나중에 들은 바로는 그의 의도는 경종을 울리려는 것이었지 몰아세우려는 게 아니었단다. 아무튼 지나치게 몰아세울 생각은 아니었다.

몰아세우는 것은 다른 사람은 몰라도 퍼시에게는 통한다는 것을, 본인은 몰랐을지 몰라도 우리는 결국 알게 되었다.

"그래, 난 내가 무슨 행동을 했는지 알고 있다, 안경잡이! 쥐를 잡으려고 했어! 그러는 그쪽은 뭘 했지, 장님?"

"자넨 빌과 나, 저 친구들을 엄청 놀라게 만들었지." 딘은 그렇게 말하면서 비터벅과 플랜더스 쪽을 가리켰다.

"그래서 어쨌다는 거야?" 퍼시는 발끈해서 몸을 곧추세웠다. "아직 모르시는 모양인데 저놈들은 젖먹이 학교에 몸담은 게 아니야. 자네들이 툭하면 그런 식으로 대우하지만 말이야."

"나도 놀라는 건 질색인데. 자넨 신경도 안 쓰는 모양이지만 나도 여기서 근무한다고. 나는 자네가 말하는 굼패가 아니야." 빌이 구시렁거렸다.

퍼시는 눈을 가늘게 뜨고 빌을 쳐다보았다. 미심쩍은 눈초리였다.

"쓸데없이 저 친구들을 겁먹게 해서는 안 돼. 안 그래도 극심한 긴장 상태에 있다고." 딘이 말했다. 그는 여전히 목소리를 낮게 깔았다. "극심한 긴장 속에 놓인 사람은 확 도는 수가 있어. 자해도 할 수 있고 남에게 폭력을 휘두를 수도 있다 이 말이야. 때로는 우리 같은 사람도 말썽에 휘말려 들지."

그 말에 퍼시의 입이 실룩였다. 말썽에 휘말린다는 것은 그에게 위력을 발휘하는 관념이었다. 말썽을 부리는 것은 겁나지 않아도 말썽에 휘말리는 것은 퍼시를 겁먹게 했다.

딘이 말했다. "우리 일은 고함치는 게 아니라 이야기하는 걸세. 죄수에게 소리 지르는 사람은 자제심을 잃은 사람이야."

퍼시는 그 신성한 구절을 누가 말했는지 알고 있었다. 그건 나였다. 바로 상관이었다. 퍼시 웨트모어와 폴 에지콤 사이에는 애정이 남아 있었다. 아직은 여름이었다는 사실, 그러니까 진짜 축제가 벌어지기 한참 전의 일이었다는 사실을 기억해 달라.

딘이 덧붙였다. "행동이 달라질 거야. 만일 자네가 이곳을 병원의 중환자실처럼 여긴다면 말일세. 조용히하는 게 가장 바람직해……."

퍼시가 응수했다. "난 이곳을 쥐를 빠뜨리기 딱 좋은 오줌통으로 여기거든. 그게 다야. 이만 가 보겠어."

퍼시는 딘의 손을 뿌리치고 딘과 빌 사이로 나와 머리를 숙이고 복도를 따라 힘차게 걸어갔다. 그가 사장 옆으로 너무 바짝 붙어 선 게 아닌가 싶었다. 플랜더스가 그런 인간이 아니었기에 망정이지, 그럴 마음만 먹었다면 팔을 뻗어 퍼시를 낚아채 그 녀석이 소중히 여기는 호두나무 곤봉을 뽑아 골통을 갈길 수도 있었으리라. 물론 그는 그럴 사람이 아니었지만 추장은 또 달랐다. 추장은 기회가 있으면 퍼시에게 본때를 보이기 위해서라도 그런 식의 가격을 했을지 모른다. 다음 날 딘이 나에게 그 이야기를 하면서 덧붙인 말은 그 이후로 줄곧 뇌리에서 사라지지 않았다. 그것은 일종의 예언이 되었기 때문이다.

"웨트모어는 자기가 죄수들에게 아무런 힘도 쓰지 못한다는 사실을 알지 못해요." 딘은 그렇게 말했다. "단 한 번 감전사시킬 수 있을 뿐이지 자기가 무슨 행동을 하든 그들의 처지를 실제로 더 어렵게 만들지는 못한다는 사실을 도통 모른다고요. 그 점을 깨닫지 못하는 한 그 친구는 자신은 물론 여기 있는 모든 사람에게 위험한 존재로 남아 있게 될 겁니다."

퍼시는 내 방으로 들어가면서 문을 쾅 닫았다.

"저런, 저런. 영락없이 악성 염증으로 팅팅 부은 불알이네." 빌
도지가 말했다.

"농담할 상황이 아니야." 딘이 말했다.

"좋은 쪽으로 생각하자고." 빌이 말했다. 그는 입만 열었다 하
면 좋은 쪽으로 생각하자고 말하는 친구였다. 울화가 치밀어 코
에다 주먹을 날리고픈 말이었다. "최소한 그 재간둥이 쥐는 도망
갔잖아."

"그야. 하지만 더 이상은 못 볼걸." 딘이 말했다. "이번에는 망
할 놈의 퍼시 웨트모어가 쥐한테 확실히 겁을 줘서 영원히 쫓아
낸 것 같아."

그것은 논리적이긴 하지만 잘못된 판단이었다. 쥐는 바로 그 다음 날 돌아왔다. 마침 그날은 퍼시 웨트모어가 이틀 뒤에 야간 근무를 서게 되어 있어 밤 근무를 하지 않는 첫째 날이었다.

증기선 윌리는 7시경에 나타났다. 나는 쥐가 다시 나타난 현장에 있었다. 딘도 함께였고 해리 터윌리거도 있었다. 해리는 당직 책상에 앉아 있었다. 나는 원칙상으로는 낮 근무였지만 그 무렵 죽을 날을 받아 놓고 있던 추장과 한 시간이라도 더 보내기 위해 그냥 머물러 있었다. 부족의 전통에 따라 겉으로는 초연한 태도를 보였지만 내 눈에는 비터벅의 내부에서 독버섯처럼 자라는 죽음에 대한 공포가 보였다. 그래서 우리는 이야기를 나누었다. 낮에는 이야기를 나누어 보았자, 운동장에서 들리는 고함과 잡담(이따금씩 벌어지는 주먹다짐은 말할 것도 없고), 공사장의 프레스에서 나는 챙강챙강 소리, 교도관이 누군가한테 '곡괭이를 내려놓아라, 괭이를 들어라.' 하며 가끔씩 내지르는 호통, 또는 '하비, 냉큼 이리 오지 못해.'라며 닦아세우는 소리 때문에 별 효과가 없었다. 4시가 지나면 좀 덜했고 6시가 지나면 한결 나아졌다. 6시에서 8시 사이가 적당한 시간이었다. 그 후로는 긴 사색이 다시 그들의 마음을 지배하기 시작하므로 이야기를 멈추는 것이 상책이다. 땅거미 같은 게 깔린 그들의 눈을 보면 안다. 내가 하는 말을 듣고 있어도 그들의 귀에는 더 이상 그 말이 들어오지 않았다. 8시가 넘으면 그들은 슬슬 야간 근무자를 맞아들일 준비를 하는 동시에 머리 꼭대기에 모자가 고정되었을 때 어떤 느낌이 들까, 땀으로 범벅이 된 얼굴에 검은 자루가 내리 씌워졌을 때 그 안에선 어떤 냄새가 날까 상상했다.

그러나 나는 적당한 시간에 추장과 만났다. 그는 자기의 첫 아내 이야기도 했고 첫 아내와 함께 몬태나에 지었던 오두막 이야기도 들려주었다. 그때가 자기 인생에서 가장 행복한 시절이었다고 말했다. 물이 얼마나 맑고 차가운지 마실 때마다 입안이 갈라지는 듯한 느낌이 들었다고 했다.

"이보시오, 에지콤 씨, 만약에 사람이 자기가 저지른 잘못을 진심으로 뉘우친다면 가장 행복했던 시절로 돌아가 거기서 영원토록 살 수 있을까요? 천국이 그런 델까?"

"내가 철석같이 믿는 게 바로 그거외다."

말은 그렇게 했지만, 그것은 내가 일말의 죄책감을 느끼지 않을 만한 거짓말이었다. 영원의 문제를 나는 어머니의 어여쁜 무릎 위에서 배웠다. 그리고 내가 믿는 것은 성서가 살인자에 대해서 한 말, 곧 살인자는 영생을 못 누린다는 가르침이었다. 살인자는 곧바로 지옥으로 간다고 나는 생각한다. 거기서 그들은 하느님이 가브리엘에게 심판의 나팔을 불라고 고개를 끄덕일 때까지 불속에서 모진 고통을 겪는다. 나팔 소리와 함께 그들은 한순간에 사라질 것이다……. 아마 기꺼이 사라질 것이다. 그러나 비터벅에게도 그 누구에게도 나는 그런 믿음을 조금도 내비치지 않았다. 그들도 마음속으로는 그걸 알고 있었으리라. '네 동생은 어디 있느냐, 지하에서 그의 피가 나에게 울부짖는구나.' 하느님이 카인에게 이렇게 말했지만, 나는 하느님의 말을 듣고도 카인이라는 문제아는 별로 놀라지 않았을 거라고 생각한다. 카인은 한 걸음 한 걸음 내디딜 때마다 땅에서 들려오는 아벨의 피의 흐느낌을 들었을 거라고 나는 장담한다.

내가 나올 때 추장은 몬태나에 있던 오두막을, 또는 난로의 불빛을 받으며 가슴을 드러낸 채 누워 있던 아내의 모습을 떠올렸는지 미소를 지었다. 조만간 그가 더 따뜻한 불속으로 걸어 들어가리란 사실을 나는 믿어 의심치 않았다.

나는 복도 끝으로 돌아왔다. 딘이 어젯밤 퍼시와 티격태격한 이야기를 들려주었다. 이야기할 기회가 오기만을 기다렸을 터라 나는 열심히 들어 주었다. 이야기의 주제가 퍼시라면 나는 언제나 열심히 들었다. 딘과 나는 생각이 거의 일치했기 때문이다. 퍼시는 자기뿐만 아니라 우리 모두에게도 많은 문제를 일으킬 수 있는 종류의 인간이라는 것이 나의 판단이었다.

딘이 이야기를 끝마쳤을 때 늙은 허풍선이가 "여호와께서 그의 백성으로 인하여 후회하시리니."(「신명기」 32장 36절) "내가 반드시 너희 피 곧 생명의 피를 찾으리라."(「창세기」 9장 5절) 같은, 손으로 쓴 성서의 인용구가 뒤덮인 빨간 식당차를 밀고 와서 우리에게 샌드위치와 음료수를 팔았다. 딘은 호주머니에서 잔돈을 찾으며 다시는 증기선 윌리를 보지 못하게 될 거라고, 망할 놈의 퍼시 웨트모어가 겁을 주어 영영 쫓아 버렸다고 중얼거렸다. 그 순간 늙은 허풍선이가 입을 열었다. "그럼 저건 뭐랍니까?"

우리는 그쪽을 보았다. 희대의 영웅인 쥐가 그린 마일 한복판에서 쪼르르 기어오고 있었다. 조금 걷다가 잠시 멈추어 서서 석유 방울처럼 초롱초롱한 작은 눈으로 사방을 두리번거리다가, 다시 기어왔다.

"어어, 쥐!" 추장이 말했다. 쥐는 멈추어 서서 추장을 바라보았다. 수염이 파르르 흔들렸다. 단언하건대 그 영물은 자기가 호명되었다는 사실을 정확히 알고 있는 듯했다. "너 혹시 영혼의 길잡이 같은 거 아니냐?" 비터벅은 자기 음식에서 치즈 조각을 조금 떼어 쥐에게 던져 주었다. 치즈는 쥐의 정면 오른쪽에 떨어졌지만 증기선 윌리는 그것을 거들떠보지도 않고 계속 빈 감방을 들여다보며 그린 마일을 따라서 자기 갈 길만 갔다.

"에지콤 간수장!" 사장이 소리 질렀다. "저 콩알만 한 자식이 웨트모어가 여기 없다는 사실을 알고 있다고 보지 않소? 난 분명히 그렇다고 봐!"

나도 비슷한 느낌을 받았지만……, 그걸 그렇게 큰 소리로 떠들고 싶은 생각은 없었다.

해리가 바지를 추켜올리며 복도로 들어왔다. 바지를 추켜올린다는 것은 화장실에서 몇 분 간 후련한 시간을 보냈다는 뜻이었다. 그는 눈을 휘둥그렇게 뜨고 그 자리에 우뚝 섰다. 허풍선이도 물끄러미 응시하고 있었다. 홀쭉 들어간 볼로 히죽 웃으니 이빨이 빠져 말랑말랑한 얼굴 아래쪽이 보기 흉하게 이지러졌다.

쥐는 늘 오던 자리로 와서 멈추더니 꼬리를 다리 옆으로 감고는 우리를 쳐다보았다. 다시 한번 나는 불운한 죄수들에게 형을 언도하는 재판관들의 모습을 떠올렸다…… 하지만 이 녀석처럼 작고 두려움을 모르는 죄수가 있었나? 물론 그 쥐가 죄수라는 소리는 아니었다. 녀석은 마음 내키는 대로 왔다 갈 수 있으니까 말이다. 그러나 그 생각이 뇌리를 맴돌았다. 그리고 숨이 멈춘 뒤 하느님의 심판대로 다가갈 때는 아마 우리도 대부분 저렇게 왜소한 느낌을 가지게 될 거라는 생각이 다시 불쑥 들었다. 그러나 저 쥐처럼 당당할 수 있는 사람이 우리들 중에서 과연 몇이나 될까.

늙은 허풍선이가 입을 열었다. "농담이 아니라, 우뚝 선 방망이처럼 떡 버티고 앉아 있네."

"그건 아무것도 아니라니까." 해리가 말했다. "잘 보라고." 해리는 가슴 주머니에 손을 넣어 양초로 문지른 종이에 싼 계피 조각을 꺼냈다. 계피 조각의 끄트머리를 툭 잘라서 바닥에 던졌다. 단단하게 마른 것이어서 쥐 옆으로 튀어 나갈 줄 알았는데 쥐는 마치 무료한 시간을 때우고 있던 사람이 별 생각 없이 파리를 잡을 때처럼 한쪽 다리를 뻗더니 계피 조각을 툭 쳐서 쓰러뜨렸다. 우리는 감탄과 놀라움에 일제히 웃음을 터뜨렸다. 하도 시끄럽게 웃어 달아날 만도 했으련만 녀석은 끄떡도 하지 않았다. 쥐는 마른 과일 조각을 발로 들어 올려서 한두 번 핥더니 다시 떨어뜨리고는 마치 '괜찮긴 한데 다른 건 또 없나?' 하고 묻는 것처럼 우리를 올려다보았다. 허풍선이는 식당차를 열고 샌드위치를 꺼내 포장을 뜯은 뒤 볼로냐 소시지를 한 조각 떼어 냈다.

"헛수고하지 마쇼." 딘이 말했다.

"무슨 소리우? 살아 있는 쥐가 눈앞에 있는 소시지를 보고 그냥 지나칠 것 같소? 제정신이 아니로구먼!" 허풍선이가 말했다.

나는 딘이 옳다는 것을 알았다. 그리고 해리의 얼굴을 보고 해리도 그걸 알고 있음을 눈치 챌 수 있었다. 뜨내기가 있었고 토박이가 있었다. 어쨌든 쥐도 그 차이를 알고 있는 듯했다. 정신 나간 소리로 들리겠지만 사실이 그랬다.

늙은 허풍선이는 소시지 조각을 살짝 던졌다. 아니나 다를까, 쥐는 그것을 상대조차 안 하려고 들었다. 냄새만 한번 맡아 보고는 뒤로 한 걸음 물러섰다.

"이거 더러워서 어디 살겠나." 늙은 허풍선이는 감정이 상한 모양이었다.

나는 손을 내밀었다. "나한테 줘 보시오."

"뭘……, 똑같은 샌드위치를?"

"같은 걸로. 내가 원수를 갚아 드리지."

허풍선이는 샌드위치를 나에게 넘겼다. 나는 위에 덮은 빵을 걷어 내고 고기 조각을 새로 떼어 낸 다음 당직 책상 앞쪽에 떨궜다. 쥐는 곧바로 달려와서 두 발로 그것을 집더니 후닥닥 먹기 시작했다. 눈 깜짝할 사이에 소시지가 사라졌다.

"더럽다, 더러워!" 허풍선이는 울분을 토했다. "염병할! 줘 봐!"

그는 샌드위치를 낚아채더니 고기 조각을 더 크게 떼어 내서 던졌다. 이번에는 조각이 아니라 덩어리에 가까웠다. 쥐한테 얼마나 바짝 떨어뜨렸는지 증기선 윌리가 마치 모자를 쓴 듯한 형국이 되어 버렸다. 쥐는 이번에도 물러서더니 냄새를 한번 맡고 (대공황 시기에 이런 횡재를 한 쥐는 적어도 우리 주에는 분명히 없었다) 다시 우리를 올려다보았다.

"먹어, 먹으라니까!" 허풍선이가 전보다 불쾌한 음성으로 다그쳤다. "도대체 뭐가 문제야?"

딘은 샌드위치를 받아서 고깃점을 떨어뜨렸다. 이제 그것은 야릇한 성찬식 같은 것이 되어 버렸다. 쥐는 그것을 재빠르게 들어 올려서 허겁지겁 먹어 치웠다. 그러더니 돌아서서 구금실을 향해 복도를 달렸다. 가끔은 멈추어 서서 비어 있는 한두 개의 감방을 흘긋 들여다보면서 세 번째의 짧은 시찰 여행을 즐겼다. 쥐가 누군가를 찾고 있다는 생각이 불현듯 뇌리를 스쳤지만 이번에는 그 생각을 서서히 떨쳐 냈다.

"이런 얘긴 할 게 못 돼." 해리가 말했다. 농담 반 진담 반으로 던지는 말 같았다. "첫째, 누구도 관심을 기울이지 않을 테고, 둘째, 관심을 갖는다 한들 내 말을 믿지 않을 테니까."

"댁들이 주는 것만 먹었다 이거지." 허풍선이가 뇌까렸다. 그는 믿을 수 없다는 듯이 고개를 설레설레 젓더니 힘겹게 허리를 숙여 쥐가 무시한 고깃점을 집어 자신의 이빨 빠진 주둥이에 쏙 집어넣고 잇몸으로 부드럽게 짓이기는 작업에 들어갔다. "도대체 이유가 뭘까?"

"그보다 더 신기한 게 있지." 해리가 말했다. "퍼시가 없는 걸 어떻게 귀신처럼 아느냐 이거야."

"알긴 뭘 알아. 오늘 밤 쥐가 나타난 건 그저 우연일 뿐이라고." 내가 말했다.

하지만 시간이 지날수록 그런 내 생각이 잘못된 것으로 나타났다. 쥐는 퍼시가 비번이건 교도소 내의 다른 곳에서 근무하건 그가 없을 때만 골라서 나타났다. 우리, 그러니까 해리, 딘, 브루털,

나는 쥐가 퍼시의 목소리나 체취를 알고 있음이 분명하다는 결론을 내렸다. 우리는 쥐에 대해서 지나치게 거론하는 일을 조심스럽게 피했다. 드러내 놓고 주고받은 말은 없었지만 우리는 쥐에 대해서 자꾸만 거론하면 아주 특별한……, 낯설고 섬세하기 때문에 그만큼 아름다운 무엇인가를 망가뜨리는 결과를 낳을지 모른다는 결론에 이르렀던 것 같다. 어찌 되었든 윌리는 지금까지도 내가 이해하지 못하는 모종의 방법을 통해 우리를 선택했다. 남들에게 그런 이야기를 해도 안 믿으려 들 뿐 아니라 아예 관심도 기울이지 않을 거라고 한 해리의 말이 가장 정확한지도 모른다.

어느덧 알린 비터벅을 처형할 시간이 왔다. 사실 그는 추장은
아니었지만 와시타 인디언 보호구역에 거주하는 그의 부족 중 가
장 연장자였으며, 체로키 평의회 위원이기도 했다. 그는 술에 취
하여 사람을 죽였다. 실은 상대방도 취해 있었다. 추장은 상대의
머리를 시멘트 벽돌로 박살 냈다. 구두 한 켤레가 화를 불렀다.
결국 내 쪽의 원로 평의회는 비가 오던 그해 여름 7월 17일 그의
삶을 마감시키기로 했다.

콜드마운틴의 일반 죄수들에게 적용되는 면회 시간은 강철 골
재처럼 한 치의 오차도 허용되지 않았지만 E동의 사형수들은 예
외였다. 그래서 비터벅은 16일 식당에 붙어 있는 긴 방, 즉 아케
이드에 가도 된다는 허락을 받았다. 그 방은 가시철사 여러 가닥
을 엮은 철망으로 가운데가 일직선으로 구분되어 있었다. 이곳에
서 추장은 재혼한 아내와, 아직도 아버지와 정리할 것이 남은 자
식들과 이야기를 나누게 되어 있었다. 작별의 시간이었다.

빌 도지와 다른 뜨내기 교도관 둘이 추장을 그곳으로 데리고
갔다. 나머지 사람들은 할 일이 있었다. 한 시간 안에 적어도 두

110

번의 예행 연습을 후닥닥 해치워야 했던 것이다. 할 수만 있다면 세 번도 좋았다.

퍼시는 비터벅을 보내는 날 잭 반 헤이와 함께 전기 조작실에 처박히게 되었지만 별다른 불평을 하지 않았다. 자기에게 주어진 자리가 좋은 자리인지 나쁜 자리인지를 알아차리기에는 짬밥이 너무 모자랐던 것이다. 퍼시가 아는 것이라고는 망사가 달린 직사각형의 창문을 통해 밖을 내다볼 수 있다는 것 정도였다. 전기의자의 앞이 아니라 뒤만 볼 수 있다는 사실에도 그는 별로 신경쓰지 않았던 것 같다. 그래도 불꽃이 튀는 모습은 충분히 볼 수 있는 거리였다.

창문 밖 오른쪽에는 회전반이나 번호판도 없는 검은색 전화기가 벽에 걸려 있었다. 받기만 하는 전화로, 오직 한 군데하고만 연결되어 있었다. 바로 주지사의 집무실이었다. 감옥을 배경으로 한 영화에서는 죄를 뒤집어쓴 불쌍한 얼간이를 앉혀 두고 스위치를 당기기 위한 만반의 준비를 갖춘 순간, 그 공무용 전화기가 따르릉 울리는 장면을 수도 없이 보았다. 그러나 내가 E동에 근무하는 동안에 전화가 걸려 온 적은 한번도 없었다. 영화에서는 구세주가 너무 쉽게 등장한다. 억울한 누명도 너무 자주 쓴다. 관람료를 냈으니 그 액수에 걸맞는 내용만 받아 보는 것이다. 현실의 삶은 그렇게 호락호락하지 않다. 그리고 주어지는 답도 각양각색이다.

터널에는 영구차까지 싣고 갈 마네킹을 준비해 놓았고 그 밖에 늙은 허풍선이도 대기 중이었다. 여러 해 전부터 허풍선이는 사형수의 대역을 했는데, 어느새 관록이 붙어 있었다. 거위를 좋아하건 싫어하건 크리스마스 때는 어쩔 수 없이 거위 앞에 앉아 있을 수밖에 없듯이 그는 그 나름의 유서 깊은 전통으로 자리 잡았다. 다른 교도관들은 대부분 그를 좋아했다. 프랑스 억양이지만 뉴올리언스 풍이라기보다는 캐나다 풍에 가깝고 남부에서 오랜 투옥 생활을 하다 보니 그것이 또 묘하게 부드러운 그의 익살맞은 어투를 재미있게 했다. 심지어는 브루털도 늙은 허풍선이를 보면 싱글벙글이었다. 하지만 나는 달랐다. 나는 그가 더 늙고 아둔했지만, 자기한테 부담스러운 일 앞에서는 엄살을 부리면서 남이 고생스럽게 한 일에서 단물만 빨아 먹으려고 하는 퍼시 웨트모어와 비슷한 부류의 사람이라고 생각했다.

우리는 공연을 본격적으로 시작하려는 사람들처럼 예행 연습을 위해 모두 한자리에 모였다. 브루터스 하월은 우리 식으로 말하자면 '내몰렸다'. 이 말은 그가 모자를 씌우고 주지사의 전화를 예의 주시하며 필요할 경우 벽 옆에 있는 의사를 불러오고 시간이 되었을 때 2번 스위치를 당기라는 실제 명령을 하달하는 임무를 맡았음을 뜻했다. 만사가 순조롭게 진행되어 보았자 아무도 공로를 인정받지 못했다. 하지만 만사가 순조롭게 진행되지 않으면 브루털은 증인들로부터 손가락질을 받고 나는 소장에게 꾸지람을 들었다. 그래도 우리는 불평하지 않았다. 불평을 해 보아야 누구에게도 득이 되지 않았다. 세상은 돌고돈다. 그게 다였다. 매달려서 함께 돌아가든가, 대든다고 일어서다가 튀어 나가든가 둘 중의 하나였다.

딘과 해리 터월리거, 그리고 나는 빌 일행이 아케이드로 가는 비터벅을 호위하여 동 밖으로 나간 지 3분도 못 되어 1차 예행 연습을 하기 위해 추장의 감방으로 걸어갔다. 감방 문은 열려 있었다. 숱이 적은 백발을 흩날리면서 늙은 허풍선이가 추장의 침상 위에 앉아 있었다.

"시트가 온통 정액 자국이네." 허풍선이가 입을 열었다. "댁들이 끓여 없애기 전에 모조리 비울 생각인 모양이야." 그러고는 낄낄 웃었다.

"입 다물어요, 허풍선이. 좀 진지해집시다." 딘이 말했다.

"좋소이다." 말이 떨어지기 무섭게 허풍선이의 얼굴은 당장 벼락이라도 떨어질 듯한 심각한 표정으로 바뀌었다. 하지만 그의 눈은 초롱초롱 빛났다. 엉큼을 떨 때만큼 늙은 허풍선이의 얼굴에 생기가 도는 순간도 없었다.

나는 앞으로 나섰다. "알린 비터벅, 사법부와 모모 주의 공무원으로서 나는 모모에 대한 집행장을 가지고 있는 바, 형은 모모 일 열두시 공일분에 집행될 예정인데, 나와 주시겠습니까?"

허풍선이는 침상에서 일어서면서 말했다. "나간다, 나간다, 나간다."

"돌아서세요." 딘이 말하자 허풍선이는 돌아섰다. 딘은 비듬 많은 그의 머리를 살펴보았다. 추장의 머리 정수리는 내일 밤 깨끗이 밀릴 것이다. 그러고 나서 딘은 손질을 가하지 않아도 될지 꼼꼼히 확인할 것이다. 그루터기가 남아 있으면 전도성이 떨어져 작업에 지장을 초해한다. 오늘 우리가 하는 모든 일은 사고를 미연에 방지하기 위한 사전 작업이었다.

"됐소, 알린. 갑시다." 나는 허풍선이에게 말했다. 우리는 밖으로 나왔다.

"복도를 걸어간다, 복도를 걸어간다, 복도를 걸어간다." 허풍선이가 말했다. 나는 그의 왼쪽에 서고 딘은 오른쪽에 섰다. 해리는 바로 뒤에서 따라왔다. 복도 끝에서 우리는 오른편으로 돌아, 운동장의 삶을 뒤로 하고 죽음이 도사리고 있는 헛간으로 나아갔다. 먼저 내 방으로 들어갔다. 지시가 없었는데도 허풍선이가 털썩 꿇어앉았다. 그렇다, 그는 각본을 우리 가운데 그 누구보다도 잘 알고 있었는지 모른다. 우리 가운데 그 누구보다도 그가 여기 오래오래 있었다는 사실을 하느님도 알고 계시리라.

"기도한다, 기도한다, 기도한다." 허풍선이가 울퉁불퉁한 손을 들어 올리며 말했다. 그 유명한 조각 같았다. 아마 내가 무엇을 말하는지 여러분은 아실 것이다. "주는 나의 목자시니, 이하 생략."

"누가 비터벅을 맡죠?" 해리가 물었다. "불알이 흔들거리는 체로키 주술사를 이리로 데려올 수는 없는 노릇 아닙니까?"

"알고 보니……."

"여전히 기도한다, 여전히 기도한다, 여전히 예수님 옆에 붙어 있다." 허풍선이는 나를 무시했다.

"닥쳐, 이 지겨운 영감." 딘이 말했다.

"기도한다!"

"그럼 속으로 기도해."

"왜들 꾸물거려?" 브루털이 헛간에서 고함 질렀다. 헛간 역시 우리가 쓸 수 있도록 비워 놓았다. 우리는 다시 살인 구역 안에 들어와 있었다! 냄새만으로도 알아차릴 수 있었다.

"오줌은 너만 마렵냐! 안달하지 말고 가만히 있어!" 해리가 맞고함쳤다.

볼이 쑥 들어간 허풍선이가 혐오스럽게 웃으며 말했다. "기도

하네. 참으라고 기도하네, 조금만 참으라고 기도하네."

"알고 보니, 비터벅은 기독교 신자야……. 본인 입으로 그러더구먼." 내가 말했다. "틸먼 클라크 때문에 온 침례교 목사한테 대만족이더라고. 아마 이름이 슈스터지……. 내 마음에도 들던데. 질질 끌지도 않지, 사람 열 받게도 안 만들지. 일어서시오, 허풍선이. 하루치 기도는 그 정도로 충분하니까."

"일어선다." 허풍선이가 말했다. "다시 걸어간다, 다시 걸어간다, 그린 마일을 따라 걸어간다."

키는 작았지만 그래도 방 한쪽 끝에 있는 문으로 들어가자니 머리를 약간 숙여야 했다. 다른 사람들은 더 많이 숙여야 했다. 이때가 진짜 죄수와 함께 있으면서 가장 위험한 순간이었다. 고철 스파크가 놓여 있는 단을 흘긋 바라보니 총을 빼 들고 서 있는 브루털의 모습이 보였다. 나는 만족스럽게 고개를 끄덕였다. 이상 무였다.

허풍선이는 계단을 내려가서 걸음을 멈추었다. 나무 접의자 약마흔 개가 이미 제자리에 놓여 있었다. 비터벅은 앉아 있는 방청인들로부터 안전하게 떨어진 각도로 단을 향해 가로질러 갈 것이며, 만전을 기하기 위해 대여섯 명의 교도관이 추가로 배치될 것이다. 빌 도지가 그들을 지휘할 것이다. 솔직히 말해서 안전장치는 허술했지만 그래도 사형수에게 위협을 당한 증인은 이제까지 단 한 명도 없었다……. 그것이 내 나름의 관리법이었다.

"준비들 됐우?"

우리가 원래의 대형으로 돌아갔을 때 내 방에서 이어져 내려오는 계단 발치에서 허풍선이가 물었다. 나는 고개를 끄덕였고, 우리는 단으로 걸어갔다. 그때의 우리 모습을 표현한다면 깃발을 잊어버린 군기 게양 위병 정도가 아니었을까 하고 간혹 생각할 때가 있었다.

"난 뭘 하면 되는 거지?" 헛간과 전기 조작실을 가르는 철망 너머에서 퍼시가 소리 질렀다.

"잘 보고 배워." 내가 대꾸했다.

"소시지만 주물럭거리지 말고." 해리도 한마디했다. 허풍선이는 그 말을 듣고 낄낄거렸다.

우리는 그를 단까지 호위했다. 허풍선이는 알아서 척 돌아섰다. 관록은 무시할 수 없었다.

"앉는다." 그가 말했다. "앉는다, 앉는다, 고철 스파크의 무릎에 앉는다."

나는 그의 오른쪽 다리 뒤에 오른쪽 무릎을 꿇고 앉았다. 딘은 그의 왼쪽 다리 뒤에 왼쪽 무릎을 꿇고 앉았다. 사형수가 광분하여 신체적 공격을 가할 경우 우리가 어쩔 수 없는 순간이 바로 이때였다……. 실제로 사형수가 광분하는 경우가 가끔씩 있었다. 우리는 사타구니를 방어하느라 곧추세운 무릎을 약간 안쪽으로 오므렸다. 목을 보호하느라 턱도 바짝 당겼다. 그리고 발목도 보호하면서 위험을 줄이기 위해 최대한 빨리 움직였다. 추장은 슬리퍼를 신고 마지막 산책을 나서겠지만 그렇다고 해서 후두가 파열될 사내에게 '사람이 아주 죽으란 법은 없다.'는 말은 별다른 위로가 못 된다. 상당수는 기자인 마흔 명가량의 방청인이 시골 농장에서 가져온 의자에 앉아 두 눈을 똑바로 뜨고 지켜보는 가운데 불알이 함지박만큼이나 부풀어 올라 바닥에서 몸부림쳐야 할 사람에게도 말이다.

우리는 허풍선이의 발목에 쇠를 채웠다. 딘 쪽의 쇠가 약간 더 컸다. 전기 장치가 달려 있었기 때문이다. 내일 밤 비터벅은 왼쪽 종아리의 털을 깎고 이곳에 앉게 될 것이다. 인디언은 일반적으로 체모가 적은 편이지만, 그래도 확실히 해 두는 것이 좋았다.

우리가 허풍선이의 발목을 고정시키는 동안 브루털은 그의 오른쪽 손목을 결박했다. 해리도 슬그머니 앞으로 나와 왼쪽 손목을 고정시켰다. 작업이 끝나자 해리가 브루털에게 고개를 끄덕였고 브루털은 다시 반 헤이에게 소리를 질렀다. "1번으로 돌려!"

나는 퍼시가 잭 반 헤이에게 그 말이 무슨 뜻인지 묻는 소리(정말이지 퍼시는 아는 게 너무 없었고 E동에 근무하면서도 도무지 배운 게 없었다)와 반 헤이의 나지막한 설명도 들었다.

오늘이야 '1번으로 돌려!'가 아무 의미도 없지만 내일 밤 브루털의 입에서 그 말이 떨어지면 반 헤이는 B동 뒤에 있는 소 내 발전기를 가동시키는 손잡이를 돌릴 것이다. 증인들은 발전기에서 나오는 안정된 저음의 웅 소리를 들을 것이고, 교도소 안의 모든 빛이 밝아질 것이다. 다른 동에 있는 죄수들도 그 환한 불빛을 보면서 일이 터졌구나, 집행이 끝났구나 생각할 것이다. 실은 이제 막 시작되었는데도 말이다.

브루털은 허풍선이한테 잘 보이도록 의자를 돌아 앞으로 나왔다. "알린 비터벅, 당신은 전기의자 사형 선고를 받았습니다. 당신과 동등한 사람들로 구성된 배심원의 유죄 평결을 거쳐 우리 주의 명망 있는 판사가 형을 언도하였습니다. 우리 주의 시민들

에게 하느님의 가호가 깃들기를⋯⋯. 형이 집행되기 전에 하고
싶은 말이 있습니까?"

"예." 허풍선이가 대답했다. 눈이 반짝거렸고 이빨 빠진 환한
웃음 속에서 입술에 주름이 잡혔다. "고깃국물을 끼얹은 감자랑
프라이드치킨을 먹고 싶고, 댁이 쓴 모자에 똥을 누고 싶고, 메이
웨스트가 내 얼굴에 퍼질러 앉았으면 소원이 없겠구먼요. 난 계
집이라면 사족을 못 쓰걸랑."

브루털은 엄숙한 표정을 유지하려고 안간힘을 썼지만 마음처
럼 되질 않았다. 그는 머리를 뒤로 젖히더니 웃음을 터뜨렸다. 딘
은 배에 총 맞은 사람처럼 머리를 무릎 사이에 파묻고 코요테처
럼 흐느끼면서 단 가장자리로 허물어지더니, 마치 뇌가 빠져나오
지 못하게 하려는 듯이 한 손으로 이마를 덮었다. 해리는 자기 머
리를 벽에다 쾅쾅 찧으면서 음식 덩어리가 목구멍에 걸린 것처럼
핵핵거렸다. 심지어는 유머 감각이 별로 없는 잭 반 헤이마저도
웃고 있었다. 나도 따라 웃고 싶었지만 어떻게 참았다. 내일 밤이
면 실제 상황이 되어 허풍선이가 앉아 있는 자리에서 한 사내가
죽는 것이다.

"닥쳐, 브루털." 내가 말했다. "딘 자네도, 해리도. 그리고 허풍
선이, 한 번만 더 입에서 그런 말을 꺼냈다간 그때 마지막인 줄
알아. 반 헤이한테 진짜 2번으로 돌리라고 할 거야."

허풍선이는 마치 '그거 좋은 생각이로군, 에지콤 간수장, 진짜
로 좋은 생각이야.'라고 말하는 듯 나에게 히죽 웃었다. 그러나
내가 반응을 보이지 않자 그 웃음은 어쩔 줄 몰라 당황하며 일그
러졌다. "무슨 문제라도 생겼우?" 그가 물었다.

118

"웃을 일이 아냐. 나한테 문제가 생겼다면 그거지. 무슨 소린지 알아듣지 못하겠다면 잠자코 입이나 다물고 있어." 내가 말했다.

따지고 보면 우스운 일이었다. 사실은 그래서 내가 더욱 화를 냈는지도 모른다.

나는 주위를 둘러보았다. 브루털이 아직도 웃음기를 담은 채 나를 바라보고 있었다.

"더러워서." 내가 말했다. "이 짓도 나이 드니까 못해 먹겠네."

"왜요. 지금이 한창 때이신데." 브루털이 나섰다.

이 더러운 직업에 관한 한 나도 브루털도 환멸을 느낄 나이였다. 우리 두 사람 다 그것을 잘 알고 있었다. 아무튼 중요한 것은 폭소가 그쳤다는 사실이다. 다행스러운 노릇이었다. 내일 밤 누군가가 허풍선이의 시건방진 발언을 떠올리고 또다시 웃음을 터뜨리는 불상사만은 무슨 일이 있어도 피하고 싶었기 때문이다. 교도관이 사형수를 데리고 증인들 앞을 지나 전기의자로 가다가 배꼽을 잡고 웃는다는 일은 도저히 있을 수 없다고 여러분은 생각하겠지만 사람이 극도의 긴장 상태에 있을 때는 무슨 일이 터질지 모른다. 그런 일이 터졌을 경우 사람들은 두고두고 그 이야기를 할 것이다.

"조용히할 거지, 허풍선이?" 내가 물었다.

"예." 그가 대답했다. 시선을 피하는 그의 얼굴은 세상에서 가장 늙고 잘 토라지는 아이의 얼굴이었다.

나는 예행 연습을 속행하라고 브루털에게 고개를 끄덕였다. 그는 의자 등에 달린 놋쇠 고리에서 복면을 들어 올려 허풍선이의 머리에 씌운 다음 턱 밑까지 쑥 끌어당겼다. 덕분에 복면 윗부분에 뚫린 구멍이 최대한으로 벌어졌다. 브루털은 허리를 숙여 양동이에서 젖은 스펀지를 집어서 손가락 하나로 그걸 꼭 누른 다음 손가락 끝을 혀로 핥았다. 그 일이 끝나자 스펀지를 양동이에 도로 넣었다. 그러나 내일은 도로 넣지 않을 것이다. 내일은 그것을 의자 뒤편에 얹혀 있는 모자 안으로 쑤셔 넣을 것이다. 어쨌든 오늘은 아니었다. 허풍선이의 늙은 머리를 괜스레 적실 이유는 없었다.

모자는 강철로 만들어져 있었다. 양 옆에 끈이 축 늘어져 있는 것이 마치 보병이 쓰고 다니는 철모 같았다. 브루털은 늙은 허풍선이의 머리 위에 모자를 씌워 검은 복면에 뚫린 구멍이 그 안에 들어가도록 만들었다.

"모자를 쓴다, 모자를 쓴다, 모자를 쓴다." 허풍선이가 말했다. 이제 그의 음성은 둔탁했을 뿐 아니라 쥐어 짜내는 것처럼 힘겹게 들렸다. 끈 때문에 거의 턱을 움직이지 못했다. 모르긴 몰라도 브루털이 정확히 규정된 정도보다 모자를 더 꽉 눌러 씌운 모양이었다. 브루털은 뒤로 물러서서 텅 빈 의자들을 마주 보면서 말했다. "알린 비터벅, 이제 주법에 따라 죽을 때까지 전기가 당신의 몸속을 흐를 것입니다. 당신의 영혼에 신의 은총이 깃들기를……." 브루털은 철망으로 덮인 창 쪽으로 돌아섰다. "2번으로 돌려."

늙은 허풍선이는 이미 불타 오른 희극적 재질을 되살리기로 마음먹었는지 의자에서 껑충껑충 뛰면서 온몸을 뒤틀기 시작했다. 고철 스파크에 실제로 앉았던 사람들도 그렇게까지 요란을 떨지는 않았다.

"이제 익는다!" 그가 소리 질렀다. "익는다! 이이이익는다! 으으으아아! 나는 칠면조 구이가 되었다!"

가만 보니까 해리와 딘은 이쪽을 전혀 보지 않고 있었다. 그들은 스파크를 등지고 서서 텅 빈 헛간 저편에 있는, 내 방으로 연결된 문을 바라보고 있었다.

"세상에……." 해리가 중얼거렸다. "증인 한 명이 하루 일찍 도착했네."

꼬리로 다리를 맵시 있게 휘감고 문가에 앉아 구슬처럼 까만 눈으로 우리를 지켜보던 주인공은 바로 쥐였다.

처형은 잘 진행되었다. 만일 '훌륭한 처형'이라는 것이 있다면 (나는 그런 것은 절대로 없다고 생각하지만) 그것은 와시타 체로키 부족 평화회의 원로인 알린 비터벅의 처형이리라. 그는 머리를 잘 땋질 못했다. 손이 너무 심하게 떨려서 뜻대로 움직이지 않았던 것이다. 그래서 서른 남짓 된 그의 맏딸이 허락을 받고 머리를 가지런하고 곱게 땋아 주었다. 그녀는 아버지가 기르던 매의 솜털 같은 깃털을, 땋은 머리끝에다 엮어 넣고 싶어했지만 나는 허락할 수 없었다. 물론 나는 그런 이야기는 하지 않고 그저 규정에 위배된다고만 했다. 그녀는 고집을 피우지 않고 머리를 숙여 양쪽 관자놀이에 두 손을 갖다 대는 정도로 실망과 불만의 뜻을 나타냈다. 그 여자는 절대로 품위를 잃지 않았다. 그런 행동을 통해서 자신의 아버지도 똑같이 품위를 잃지 않으리라는 사실을 보증한 셈이었다.

그 시간이 되었을 때 추장은 반항하거나 버티지 않고 감방을 나섰다. 철창에서 손가락을 비틀어 떼어 낼 수밖에 없는 경우도 있었는데 내가 있는 동안 한 번인가 두 번인가 손가락이 부러진 적도 있었다. 뼈가 부러지면서 나는 둔탁한 '뚝' 소리를, 나는 영영 잊을 수가 없었다. 그러나 천만다행으로 추장은 그런 부류는 아니었다. 그는 그린 마일을 따라 기운차게 내 방까지 걸어와 거기서 무릎을 꿇고, 고물 차를 몰고 '천상의 빛 침례교회'에서 달려온 슈스터 목사와 기도를 올렸다. 슈스터 목사는 추장에게 찬송가를 몇 곡 불러 주었다. 추장은 목사가 잔잔한 물가에 눕는다는 내용의 찬송가를 부르기 시작하자 울기 시작했다. 우는 것은 나쁘지 않았다. 히스테리 같은 것하고는 거리가 머니까 말이다. 나는 그가 매우 맑고 차가워 마실 때마다 입안이 갈라지는 듯한 느낌을 주던 잔잔한 물을 생각하는구나 싶었다.

솔직히 말해서 나는 그들이 우는 모습을 보는 게 좋다. 울지 않으면 슬슬 걱정이 된다.

적잖은 사형수가 부축을 받고서야 겨우 무릎을 펴고 일어서곤 했지만 추장은 그런 점에서도 애를 먹이지 않았다. 처음에는 어지러운지 약간 몸이 흔들렸다. 딘이 잡아 주느라고 손을 내밀었지만 추장은 이미 혼자서 다시 균형을 잡고 있었다. 그래서 우리는 방을 나섰다.

거의 모든 의자가 차 있었다. 의자에 앉은 사람들은 마치 결혼식이나 장례식이 시작되기를 기다릴 때처럼 자기네끼리 낮은 소리로 두런두런 이야기를 나누고 있었다. 추장이 흔들린 단 한순간이 바로 그때였다. 추장을 괴롭힌 것이 어떤 특정한 개인이었는지 그 자리에 있던 사람 모두였는지는 알 수 없지만, 아무튼 나는 그의 목구멍에서 새어 나오는 나지막한 신음을 들을 수 있었다. 내가 잡고 있던 팔이 조금 전까지와 달리 갑자기 무거운 돌덩어리처럼 느껴졌다. 곁눈질로 보니 해리 터월리거도 추장이 갑자기 사나워질 경우 이를 저지하기 위한 준비를 하고 있었다. 나는 팔꿈치를 더욱 단단히 움켜잡고 한 손가락으로 그의 팔 안쪽을 톡톡 쳤다.

"떨지 마시오, 추장." 나는 입술을 움직이지 않고 입 언저리로만 말했다. "여기 모인 사람들 대부분의 당신에 대한 유일한 기억은 당신이 물러나던 모습입니다. 아무쪼록 좋은 기억을 남기세요. 와시타 용사의 기개를 보여 주세요."

그는 나를 흘긋 곁눈질해서 보더니 고개를 가볍게 끄덕였다. 그러고는 딸이 땋아 준 머리채 하나를 들어 거기에 입을 맞추었다. 나는 가장 아끼는 눈부시게 빛나는 파란 제복을 입고 의자 뒤에서 열중쉬어 자세로 서 있는 브루털을 바라보았다. 짧은 제복 상의에 달린 단추는 하나같이 잘 닦여서 반질반질했으며 모자는 그의 커다란 머리 위에 네모반듯하게 얹혀져 있었다. 내가 고개를 살짝 숙이자 곧바로 그도 고개를 숙였고 추장이 단 위로 올라가는 것을 도와야 할 경우에 대비하여 앞으로 걸어 나왔다. 그러나 추장은 그의 도움이 필요 없었다.

추장이 의자에 앉은 후 브루털이 '2번으로 돌려!' 하고 어깨 너머로 부드럽게 소리 지르기까지는 1분도 걸리지 않았다. 전등이 다시 약해졌지만 아주 미미한 변화여서 전등을 바라보고 있지 않은 사람은 눈치 채지 못할 정도였다. 그것은 재치 있는 누군가가 '마벨 헤어드라이어'라고 이름 붙인 전기 스위치를 반 헤이가 당겼음을 의미했다. 모자에서 나지막이 웅 소리가 났고 추장은 쇠쇠와 가슴에 두른 포승을 밀어내면서 앞으로 튀어나왔다. 교도소 의사는 벽에 기대어 서서 말없이 지켜보았다. 의사의 다문 입술이 점점 가늘어져서 나중에는 입이 외줄로 난 하얀 바느질 자국처럼 보였다. 늙은 허풍선이가 예행연습에서 보여 주었던 것처럼 들썩거리거나 요동을 치지도 않았고 마치 강한 오르가슴에 도달했을 때 남자가 엉덩이를 앞으로 내밀듯이 앞으로 힘차게 튀어나오려는 움직임이 다였다. 추장의 파란 셔츠를 채우는 단추들이 팽팽히 당겨지면서 그 사이로 살짝 드러난 살이 긴장된 미소처럼 보였다.

그리고 냄새가 났다. 그 자체는 역겹지 않았지만 거기서 연상되는 내용이 싫었다. 나는 가족들에게 이끌려 손녀가 사는 집에 갔을 때도, 지금까지 한번도 그 집 지하실로 내려간 적이 없다. 그 집 꼬마 녀석이 증조할아버지한테 자랑하고 싶어서 안달을 부리는 라이오넬 모형 기차가 거기 있었는데도 말이다. 기차와는 관계가 없었다. 도저히 참을 수 없는 것은, 여러분도 짐작하겠지만 변압기였다. 거기서 나는 웅 소리, 그것이 뜨거워졌을 때 나는 냄새를 참을 수가 없었다. 그토록 오랜 세월이 흘렀지만 지금도 그 냄새만 맡으면 콜드마운틴이 연상되는 것이다.

반 헤이는 30초 동안 전기를 보낸 뒤 스위치를 껐다. 서 있던 의사가 앞으로 걸어 나와 청진기로 검진했다. 증인들은 이제 잠잠해졌다. 의사는 일어서더니 철망 안을 들여다보았다. "조직 붕괴." 그 말을 내뱉고는 한 손가락을 구부려 빙빙 돌리는 시늉을 했다. 의사는 추장의 가슴에서 불규칙한 맥박을 몇 차례 들었던 것이다. 목이 잘린 닭의 마지막 경련처럼 무의미한 것이었을 테지만 그래도 모르는 일이었다. 터널 중간까지 왔는데 별안간 시

체가 이동 침대에서 벌떡 일어나 앉아 몸이 타는 것 같다고 울부
짖는 사태는 피해야 했다.

반 헤이가 3번으로 돌리자 추장의 몸이 다시 앞으로 튀어나오
면서 전류에 휘말려 좌우로 약간 비틀렸다. 청진기를 대 본 의사
가 이번에는 고개를 끄덕였다. 우리는 우리가 창조하지 못하는
생명을 파괴하는 데 다시금 성공했다. 증인석에 앉아 있던 몇 사
람이 예의 낮은 목소리로 수군거리기 시작했지만 대부분은 너무
나 놀라운 광경을 보았기 때문인지 고개를 숙인 채 바닥을 응시
하고 있었다. 아니면 부끄러움을 느꼈던 것일까.

해리와 딘이 들것을 가지고 왔다. 사실 한쪽 끝은 퍼시가 붙들
어야 했지만 퍼시는 모르고 있었고 귀찮게 그걸 지적하려는 사람
도 없었다. 검은 비단 두건을 아직도 쓰고 있는 추장을 브루털과
내가 들것 위에 실었다. 우리는 실제로 달리지만 않았을 뿐 그 정
도 속도로 시체를 허겁지겁 터널로 연결된 문으로 밀고 갔다. 복
면 꼭대기의 구멍에서 연기가 너무 많이 피어오르고 있었다. 지
독한 악취도 풍겼다.

"어우, 이봐!" 퍼시가 소리를 질렀다. 떨리는 목소리였다. "무
슨 냄새가 이래?"

"얼쩡거리지 말고 어서 길이나 비켜!" 브루털은 퍼시를 밀치고
소화기가 걸려 있는 벽으로 갔다. 펌프로 작동하게 되어 있는 구
형 화학 소화기였다. 그동안 딘은 두건을 벗겨 냈다. 최악의 상태
는 아니었다. 축축한 낙엽 더미에서처럼 추장의 왼쪽 머리채에서
연기가 모락모락 올라왔다.

"그냥 둬." 나는 브루털에게 말했다. 영구차 뒤에 싣기 전에 죽

126

은 사람의 얼굴에서 찐득찐득한 화학 물질을 벗겨 내는 것처럼 고역스러운 일도 없었다. 나는 연기가 가라앉을 때까지 추장의 머리를 찰싹찰싹 갈겼다(퍼시는 눈이 휘둥그레져서 시종 나만 바라보았다). 우리는 터널로 나 있는 열두 개의 나무 계단을 따라 시체를 운반했다. 그곳은 토굴처럼 썰렁하고 습했다. 똑똑 떨어지는 공허한 물방울 소리만 들렸다. 교도소 안의 공작실에서 만든, 천장에 걸린 투박한 양철 빛깔의 전등이 도로 밑 9미터 지점에 뚫린 벽돌 터널을 비추었다. 곡선으로 된 터널 천장은 젖어 있었다. 터널을 이용할 때마다 나는 에드거 앨런 포의 소설에 나오는 주인공이 된 듯한 기분을 느꼈다.

이동 침대가 기다리고 있었다. 우리는 추장의 시신을 그 위에 실었다. 나는 머리카락에 붙은 불이 완전히 꺼졌는지 다시 한번 확인했다. 땋은 한쪽 머리는 숯처럼 까맣게 타 있었다. 추장의 머리 옆에 달려 있던 멋들어진 작은 매듭이 이제는 검은 덩어리로 변한 모습을 보니 착잡하기만 했다.

퍼시가 죽은 사람의 뺨을 후려갈겼다. 짜악 하는 매서운 소리에 우리는 모두 기겁했다. 퍼시는 입가에 건방진 미소를 띤 채 말똥말똥 우리를 쳐다보았다. 그는 다시 추장을 바라보았다. "잘 가게, 추장. 지옥이 너무 뜨겁지 않기를 바랄 뿐이야."

"허튼 짓 마." 브루털이 쏘아붙였다. 물방울이 떨어지는 터널에서 그의 목소리는 공허한 연설처럼 들렸다. "이 사람은 죄갚음을 했어. 건드리지 말라고."

"놀고 있네." 말은 그렇게 했지만 브루털이 다가서자 퍼시는 뒤로 주춤 물러섰다. 브루털 뒤에서 솟아오르는 그림자는 마치

「모르그 가의 살인 사건」에 나오는 고릴라의 그림자 같았다. 그러나 브루털은 퍼시가 아닌 이동 침대를 붙잡고 터널 끝을 향해 알린 비터벅을 천천히 밀고 가기 시작했다. 터널 끝에는 추장이 마지막으로 타고 갈 차량이 도로의 부드러운 갓길에서 기다리고 있었다. 이동 침대의 단단한 고무바퀴가 판자 위에서 신음했었다. 달리는 이동 침대의 그림자가 불룩한 터널 벽의 벽돌에서 차고 이울기를 반복했다. 딘과 해리는 발치의 시트를 움켜잡고 끌어당겨, 죄를 지었건 죄를 짓지 않았건 죽은 사람이라면 예외 없이 나타나는 특유의 창백하고 개성 없는 빛을 벌써 띠기 시작한 추장의 얼굴을 덮었다.

내가 열여덟 살 되던 해 폴 삼촌이 심장 마비로 돌아가셨다. 내 이름도 그분한테서 따왔다. 어머니와 아버지는 장례식에 참석하기 위해 나를 시카고에 데려가셨고 나는 대부분이 일면식도 없는 사람들인 친가 쪽 친척들을 방문했다. 우리는 그렇게 거의 한 달을 보냈다. 어떻게 보면 즐거운 여행, 가지 않을 수도 없었지만 재미도 느꼈던 여행인 반면, 어떻게 보면 끔찍한 여행이기도 했다. 아시다시피, 나는 그때 열아홉 번째 생일 두 주일 뒤에 나의 아내로 맞아들일 처녀와 깊은 사랑에 빠져 있었던 것이다. 어느 날 밤인가는 그녀에 대한 갈망이 걷잡을 수 없이 나의 심장과 머리(아 참, 물론 아랫도리도 예외는 아니었다)에서 불덩어리처럼 솟아 나와서 언제까지고 계속될 편지를 썼다. 나의 가슴을 그 안에다 몽땅 쏟아 부으면서도 내가 무슨 말을 했는지 한번도 되돌아 보지 않았다. 소심한 마음에 편지 쓰기를 멈출까 봐 불안했던 것이다. 나는 멈추지 않았다. 이런 편지를 보낸다는 것은 정신 나간 짓거리다. 나의 적나라한 마음을 그녀의 손에 쥐어 주는 꼴밖에 안 된다며 머릿속에서는 어떤 목소리가 계속 아우성을 쳤지만 나중 일이야 어떻게 되든 눈앞의 일에 매달리는 아이처럼 그것을 무시했다. 이따금 나는 아내가 아직도 그 편지를 간직하고 있는지 궁금하기도 했지만 차마 물어볼 용기를 내지 못했다. 확실한 것은 장례식이 끝난 뒤에 아내의 유품을 정리하면서도 그것을 발견하지 못했다는 사실이다. 물론 그것 자체는 아무 의미도 없었다. 내가 물어볼 수 없었던 것은 불같은 정열을 담은 그 편지가 아내에게는 나만큼 커다란 의미를 갖지 않는다는 사실을 새삼 깨닫게 될지도 모른다는 두려움 때문이었던 듯하다.

그 편지는 모두 네 장 분량이었다. 나는 내 평생 이렇게 긴 글을 두 번 다시 쓰지 않을 거라고 생각했다. 그런데 보시다시피 이글을 쓰고 있다. 아직 끝은 아득하기만 하다. 이야기가 이렇게 길어질 줄 알았더라면 아예 시작도 하지 않았으리라. 내 아버지의 고물 만년필이 사실은 만년필이 아니라 희한하게도 갖가지 문을 여는 만능 열쇠였던 것처럼 나는 글을 쓴다는 행위가 얼마나 많은 문의 자물쇠를 따게 될지 미처 몰랐다. 내가 말하려는 것을 단적으로 보여 주는 사례가 아마 쥐일 것이다. 증기선 윌리, 딸랑씨, 그린 마일의 쥐 말이다. 글을 시작하기 전까지 나는 그(그렇지, '그'라고 해야 한다)가 얼마나 중요한 존재인지 깨닫지 못했다. 가령 들라크루아가 나타나기 전에 들라크루아를 찾는 것처럼 보였던 모습이라든가, 글을 쓰면서 떠올리기 전까지는 아무튼 나의 의식에 그런 생각은 전혀 없었던 것 같다.

나는 여러분에게 존 커피에 대한 이야기를 하기 위해서는 과거를 어디까지 거슬러 올라가야 하는지, 몸이 워낙 커서 발이 침상 밖으로 그냥 비어져 나오다 못해 바닥까지 쑤욱 내려가는 사나이를 언제까지 독방에 내버려 두어야 하는지 미처 몰랐다고 말하고 싶은지도 모르겠다. 여러분이 그를 잊지 않기를 바란다, 알겠는 가? 나는 여러분이 그를 지켜보기 바란다. 자기 감방의 천장을 올려다보면서 말없이 눈물을 흘리거나 팔을 얼굴 위에 올려놓는 그 모습을 말이다. 나는 여러분이 그의 소리를 듣기 바란다. 흐느낌처럼 떨리는 그의 한숨, 간간이 새어 나오는 물기 어린 신음을. 그것은 이따금 우리가 E동에서 들었던 고뇌와 후회의 소리도 아니었고 회한의 파편이 담겨 있는 날카로운 외침도 아니었다. 젖어 있던 그의 눈처럼 그 소리는 우리에게 익숙한 고통으로부터 묘하게 분리되어 있었다. 이런 말이 얼마나 정신 나간 소리로 들릴지 나도 안다. 너무나 잘 안다. 하지만 가슴속 진실을 털어놓지 못한다면 이렇게 장황한 글을 쓸 이유가 없는 것이다. 그가 느꼈던 것은 온 세상에 대한 슬픔, 남김없이 삭여 버리기에는 너무나 큰 슬픔이었던 듯하다. 이따금 나는, 모든 사형수에게 그랬듯이 그와 대화를 나누었다. 이미 말했듯이 대화는 우리한테 가장 크고 중요한 소임이었다. 나는 그를 위로하려고 노력했지만 크게 위로가 된 것 같지는 않다. 마음 한구석에서는 오히려 그가 겪는 괴로움을, 뭐랄까, 즐기고 있기도 했다. 그는 고통을 겪어도 싸다는 생각이었다. 심지어는 주지사에게 전화를 걸어(아니면 퍼시를 통해 전화를 넣어서. 더럽지만, 주지사는 나의 삼촌이 아니라 퍼시의 삼촌이었으니까) 형 집행을 유예시키자고 건의할 생각도 가끔 한 적이 있다. 나는 말할 것이다. '아직은 그 친구를 태울 때가 아닙니다.' '아직도 그 친구는 지독한 아픔, 쓰라린 아픔을 겪고 있습니다. 날카로운 꼬챙이가 그 친구 속을 후벼 놓고 있다고나 할까요. 어르신께서 90일만 더 시간을 주십시오, 우리가 주지 못하는 괴로움을 그 친구가 알아서 느끼도록 말입니다.'

내가 처음 출발했던 곳으로 되돌아갈 때까지 여러분의 기억 한 구석에 놓여 있기를 바라는 인물은 바로 존 커피, 침상에 누워 있던 그 존 커피, 어둠 속에서 이제는 어린 소녀가 아니라 복수의 화신이 된, 곱슬곱슬한 금발의 두 형체가 자기를 기다리고 있을지 모른다는, 충분히 납득이 가는 이유에서인지는 몰라도 어둠을 두려워하던 존 커피다. 결코 아물지 않는 상처에서 흘러나오는 피처럼 언제 보아도 눈에서 눈물이 주르르 흘러내리던 바로 그 존 커피다.

그렇게 추장은 타 버렸고 사장은 걸어 나갔다. 그래 봐야 콜드마운틴에서 복역 중인 150명의 무기수들 대부분이 보금자리로 삼고 있는 C동까지였지만 말이다. 사장은 그로부터 12년밖에 못 살았다. 1944년 교도소 세탁장에서 익사한 것이다. 콜드마운틴 교도소의 세탁장은 아니었다. 콜드마운틴은 1933년에 문을 닫았지만 재소자들에겐 별다른 의미가 없었을 것이다.

죄수들 말마따나 어차피 벽은 벽이요, 돌로 따로 지은 작은 사형실 안에 놓여 있다고 해서 고철 스파크가 콜드마운틴의 헛간에 있었을 때 발휘한 치명적 위력이 조금이라도 줄어들지는 않았을 테니까.

사장의 이야기로 돌아가 보자. 누군가가 그의 머리를 드라이클리닝 용액이 들어 있는 커다란 통 안에 거꾸로 밀어 넣고는 옴짝달싹 못하게 만들었다. 교도관들이 끌어냈을 때 그의 얼굴은 거의 요절이 나 있었다. 지문으로 겨우 그의 신원을 확인할 수 있었다. 차라리 고철 스파크에 앉는 편이 나았을지도 모른다……. 그랬다면 그가 과연 12년간의 삶을 덤으로 누릴 수 있었을까? 하지만 그의 폐가 헥스라이트와 알칼리 세척액을 들이마시는 법을 배우느라 안간힘을 쓰던 인생의 마지막 순간에 그런 생각을 하기는 어려웠으리라.

교도소 당국은 누가 사장에게 그런 짓을 했는지 끝내 밝혀 내지 못했다. 그 무렵 나는 교정 관련 직에서 몸을 뺀 상태였지만 해리 터윌리거가 편지와 육성으로 그 이야기를 들려주었다.

"그가 감형 받은 데는 백인이라는 사실이 크게 작용했어요." 해리 터윌리거는 그렇게 썼다. "하지만 결국 대가를 치르고 말았지요. 나는 한없이 미루어지던 사형이 마침내 집행된 것으로 생각할 뿐입니다."

사장이 나가고 나자 E동에 근무하는 우리에게도 한가한 시간이 돌아왔다. 해리와 딘은 잠시 다른 곳에 배치를 받았고 그런 마일에는 당분간 나, 브루털, 퍼시만 남았다. 퍼시야 워낙 혼자 지내는 친구니까 나와 브루털만 근무했다고 보아도 과언이 아니었다. 솔직히 말해서, 그 젊은이는 해서는 안 되는 일을 찾아내는 데는 천재적이었다. 이따금(하지만 퍼시가 그 자리에 없을 때) 다른 교도관들도 해리가 즐겨 표현한 대로 '한바탕 수다'를 떨기 위해 나타났다. 그럴 때면 쥐도 모습을 나타내는 경우가 많았다. 우리는 쥐에게 먹을 것을 주었고, 그러면 쥐는 솔로몬 왕처럼 근엄하게 앉아 음식을 먹으면서 석유 방울처럼 초롱초롱한 작은 눈으로 우리를 바라보았다. 퍼시가 심통을 부리는 빈도가 잦았지만 조용하고 편안하게 몇 주가 잘 지나갔다. 그러나 좋은 일은 늘 끝이 있게 마련이다. 7월 말의 어느 비 오는 월요일이었다. 그해 여름 얼마나 비가 많이 오고 눅눅했는지 내가 이야기했던가? 나는 열려 있는 감방의 침상에 걸터앉아서 에두아르 들라크루아가 도착하기를 기다리고 있었다.

그는 예기치 않은 쿵 소리와 함께 나타났다. 운동장으로 나가는 문이 발칵 열리더니 한 줄기 햇살이 쏟아져 들어오고, 어지러운 쇠사슬 소리와 함께 누군가가 겁에 질린 목소리로 영어와 루이지애나 프랑스 어를 짬뽕한 사투리(콜드마운틴의 죄수들이 '답답휴' 라고 부르던 사투리)를 내뱉었고 브루털이 고함을 질렀다. "여봐! 그만둬! 쌍! 그만두라니까, 퍼시!"

글라크루아가 쓰게 될 침상 위에서 졸다 말다 하던 나는 자리에서 벌떡 일어났다. 심장이 둔중하게 가슴을 쳤다. 퍼시가 오기 전만 하더라도 E동에서 그런 종류의 소음은 듣기 어려웠다. 퍼시는 고약한 냄새처럼 소음을 달고 온 것이다.

"이리 와 봐, 이 쌍놈의 프랑스 호모 새끼야!" 퍼시는 브루털을 완전히 무시하고 호통을 쳤다. 볼링 핀보다도 과히 크지 않은 사내를 한 팔로 잡아끌면서 퍼시는 그 자리에 나타났다. 다른 손에는 곤봉을 들고 있었다. 인상을 잔뜩 쓰는 바람에 이빨이 훤히 드러났고 얼굴은 새빨갰다. 그렇지만 아주 불쾌해 보이지는 않았다. 들라크루아는 기를 쓰고 따라오려고 했지만 족쇄를 차고 있어서 두 발을 부지런히 움직이면 다시 퍼시가 더 빠른 걸음으로 그를 잡아당겼다. 나는 감방에서 후닥닥 튀어 나가 때마침 넘어지려는 들라크루아를 붙들었다. 들라크루아와 나는 그런 식으로 첫 대면을 하게 되었다.

퍼시가 홱 돌아서서 곤봉을 쳐드는 바람에 나는 한 팔로 들라크루아를 막았다. 브루털이 헐떡거리며 우리 쪽으로 왔다.

사태가 엄청나게 발전한 것에 충격을 받고 어쩔 줄 몰라 하는 표정이었다.

"제발 더는 때리지 못하게 해 주세요, 선생님." 들라크루아가 빠르게 내뱉었다. "실부플레(제발), 실부플레!"

"나한테 맡겨, 나한테 맡기래도!" 퍼시는 악을 쓰면서 앞으로 돌진했다. 곤봉으로 들라크루아의 어깨를 내리치기 시작했다. 들라크루아는 비명을 지르며 양팔을 올렸다. 곤봉은 퍽, 퍽, 퍽, 그의 파란 죄수복 소매를 강타했다. 그날 밤 나는 웃통을 벗은 들라크루아의 몸을 보았다.

온몸이 멍투성이였다. 그것을 보니 기분이 몹시 좋지 않았다. 들라크루아는 아무도 거들떠보지 않는 살인범이었지만 우리는 E동에서 그런 식으로 일처리를 하지 않았다. 퍼시가 오기 전까지는 아무튼 그렇게 하지 않았다.

나는 고함을 질렀다. "그만! 그만! 안 돼! 도대체 왜 이 난리야?" 나는 들라크루아와 퍼시 사이에 끼어들려고 했지만 생각만큼 쉽지 않았다. 퍼시의 곤봉은 내 오른쪽에 왔나 싶으면 어느새 왼쪽에 가서 여전히 춤을 추고 있었다. 조만간 그는 자신이 노리는 표적이 아니라 나를 한 방 치게 될 것이고, 그렇게 되면 그의 배경이야 어떻든 바로 여기서 한바탕 치고 받을 수밖에 없었다. 나는 성미를 누르지 못할 것이고 브루털도 가세할 가능성이 높았다. 어떤 면에서는 차라리 그랬더라면 더 나았을 거라는 생각도 솔직히 든다. 그럼 그 뒤에 일어난 사건의 성격도 조금은 달라졌을지 모른다.

"쌍놈의 호모 새끼! 내 몸에 손을 대면 어떻게 된다는 걸 똑똑히 가르쳐 주마, 이 더러운 색마야!"

퍽! 퍽! 퍽! 이제 들라크루아는 한쪽 귀에서 피를 흘리며 비명을 질러 댔다. 나는 막아서려는 노력을 포기하고 그의 어깨를 움켜잡은 다음 감방 안으로 집어던졌다. 들라크루아는 침상 위에 그대로 널브러졌다. 퍼시는 내 옆으로 돌아 나가서 마지막으로 엉덩이에 세게 한 방 먹였다. 그러자 브루털이 퍼시의 어깨를 움켜잡고 복도로 내팽개쳤다.

나는 감방 문을 잡아당겨서 얼른 닫았다. 그리고 퍼시한테로 돌아섰다. 내 안에서는 충격과 당혹이 분노와 싸움을 벌이고 있었다. 퍼시가 온 지도 벌써 몇 달이 지나 그가 상종할 인간이 못 된다는 판단 정도는 내리고 있었지만 그렇게 통제 불가능한 인간이라는 사실을 나는 그때야 비로소 뼈저리게 깨달았던 것이다.

그는 선 채로 나를 물끄러미 바라보았다. 나는 그가 겁쟁이라는 사실을 한순간도 의심해 본 적이 없다. 하지만 퍼시는 전혀 두려운 빛이 없는 건 아니었지만 그래도 여전히 든든한 줄이 자기를 지켜 주리라는 확신에 차 있었다. 그 점에서 그의 판단은 옳았다. 지금까지 내가 그렇게 설명했는데도 왜 그의 판단이 옳았는지 이해하지 못하는 사람이 분명히 있겠지만, 그런 사람은 대공황이라는 말을 역사책을 통해서만 알고 있는 사람이 분명했다. 대공황을 직접 겪은 사람에게 그 말은 책 속의 단어로는 결코 담아낼 수 없는 무게로 다가온다. 만일 여러분이 안정된 직장을 가지고 있었더라면 그것을 잃지 않으려고 물불 가리지 않았으리라.

그때쯤 퍼시의 얼굴에서는 홍조가 약간씩 사라지고 있었지만 뺨은 여전히 상기되어 있었고, 평소에는 반질거리는 포마드를 발라 뒤로 넘겼던 머리카락이 이마를 덮고 있었다.

"도대체 웬 수선인가?" 내가 추궁했다. "내 동에 오는 죄수가 구타당한 적은 이제까지 한번도, 단 한번도 없었다!"

"호송차에서 끌어내는데 그 쥐방울만 한 호모 새끼가 내 가랑이를 움켜잡으려고 들잖아요. 또 그러면 가만 안 둘 거야." 퍼시가 씩씩거렸다.

나는 그를 쳐다보았다. 하도 어이가 없어서 말이 나오지 않았다. 제아무리 성에 굶주린 동성애자라 할지라도 퍼시가 방금 전에 묘사한 그런 짓은 상상할 수가 없었다. 아무리 변태라 하더라도 그런 마일의 감방으로 막 들어서는 죄수가 색욕이 동할 리 없었다.

나는 아직도 양팔을 들어 올려 얼굴을 방어하면서 침상에 움츠리고 있는 들라크루아에게 다시 시선을 돌렸다. 손목에는 수갑이 채워져 있었고 발목 사이의 쇠사슬도 보였다. 잠시 후 나는 퍼시쪽으로 돌아섰다. "여기서 나가게. 나중에 이야기하자고."

"보고서에 올라가는 거요?" 그가 퉁명스럽게 캐물었다. "만약 올라간다면, 아시다시피 나도 별도의 보고서를 올릴 수 있으니깐."

나는 보고서에 올릴 생각이 없었다. 다만 그가 내 앞에서 사라져 주기만을 바랐다. 나는 그렇게 말했다. "이 문제는 끝난 거야." 브루털이 불만스러운 얼굴로 나를 바라보았지만 나는 그것을 무시했다. "어서, 나가 달라고. 사무국에 가서 편지도 찾고 포장실에 가서 일도 좀 거들어."

"그럽시다." 그는 평정을 되찾았다. 아니, 평상시의 그 거지발

싸개 같은 오만불손함을 되찾았다. 그는 이마를 덮은 머리를 말랑말랑하고 하얗고 자그마한, 열두 살 먹은 계집아이의 손이라고 하면 딱 좋을 손으로 쓸어 넘긴 뒤 감방으로 다가섰다. 들라크루아는 퍼시를 보더니 침상에서 더욱 멀리 움츠러들면서 영어와 불어가 짬뽕이 된 말을 내뱉었다.

"너하고는 아직 안 끝났다, 자식아." 그러더니 브루털의 큼지막한 손이 어깨에 얹히자 움찔했다.

"좋아, 좋아. 됐으니까 가. 좋게 말할 때 알아들어야지." 브루털이 말했다.

"누가 겁먹을 줄 알고." 퍼시가 말했다. "어림 반 푼어치도 없는 말씀." 그의 시선이 나에게 박혔다. "난 둘 다 겁 안 나." 그러나 퍼시는 겁을 먹고 있었다. 눈에 그렇게 적혀 있었다. 그래서 퍼시가 우리에게는 더욱 위험한 인물이었다. 퍼시 같은 인간은 심지어 자기가 1분 뒤에, 1초 뒤에 무슨 짓을 할지 스스로도 모르는 그런 친구였다.

그 다음 그가 한 행동은 우리에게서 등을 돌려 복도를 따라 성큼성큼 거만하게 걸어가는 것이었다. 그는 머리가 절반은 벗겨진 왜소한 프랑스 사람이 자기의 가랑이를 움켜잡으려고 했을 때 어떤 사태가 벌어지는지를 만천하에 똑똑히 보여 준 후 승리자로서 싸움터를 떠나는 중이었다.

나는 판에 박힌 연설을 끝냈다.「가장무도회」,「일요일의 아가씨」같은 라디오 프로를 어떻게 틀어 준다는 것, 우리를 업신여기면 그쪽도 똑같은 대우를 받게 될 것이라는 내용이 전부였다. 그 짤막한 설교는 별로 성공적이었다고 볼 수 없었다. 그는 침상 발

치에 쪼그리고 앉아 내내 울기만 했으니까. 방구석으로 사라지지
만 않았달 뿐 되도록이면 나와 거리를 두려고 애썼다. 내가 움직
일 때마다 그도 움찔거렸다. 아마 내가 여섯 마디를 했다면 그중
에서 한마디도 제대로 못 들었으리라. 차라리 그게 다행인지도
몰랐다. 아무튼 내 생각에도 그날 내가 한 설교는 썩 적절한 내용
은 아니었으니까.

15분 뒤에 나는 책상으로 돌아왔다. 동요의 빛이 역력한 브루
터스 하월이 책상 앞에 앉아서 방문록과 함께 두는 연필 끄트머
리에 침을 바르고 있었다.

"다치기 전에 제발 그만두지 못하겠나?" 내가 다그쳤다.

그는 연필을 내려놓으며 말했다. "이거야 원. 죄수가 이곳에 올
때 두 번 다시 그런 소동이 없어야 할 것 아닙니까."

"우리 아버지께서 일은 세 번씩 온다고 입버릇처럼 말씀하셨
네." 내가 말했다.

"그 문제에 관한 아버님의 호언장담이 죄다 틀려먹었기를 바랄
뿐입니다." 브루털은 그렇게 말했지만, 아버지의 말씀은 틀리지
않았다. 존 커피가 왔을 때는 돌풍이 일었고, '와일드 빌'이 우리
한테 합류했을 때는 사나운 폭풍이 휘몰아쳤다. 희한한 노릇이었
지만, 정말로 세 번은 오는 게 인간사였다. 와일드 빌과 우리가
처음 상면한 이야기, 그가 그린 마일까지 와서 살인을 저지르려
고 기를 쓰던 이야기는 잠시 후에 하기로 하겠다. 단단히 대비하
시기를.

"들라크루아가 가랑이를 움켜잡으려고 했다는 건 무슨 소리야?"
내가 물었다.

브루털이 코웃음을 쳤다. "발목에 사슬이 채워져 있었는데 퍼시, 그 썩을 인간이 너무 빠르게 잡아당긴 거예요. 그게 전붑니다. 마차에서 내리다가 발이 엇갈려 막 넘어지려고 했지요. 사람이 넘어지게 되면 누구나 손을 내밀게 마련 아닙니까. 그런데 그 손 하나가 퍼시의 바지 앞쪽을 스치고 지나갔어요. 순전히 우연이었다고요."

내가 물었다. "퍼시도 그걸 알고 있었다고 생각하나? 들라크루아를 조금 두들겨 패고 싶은 생각이 든 김에 그럴듯한 핑계로 써먹은 것 같지는 않던가? 여기서 힘 있는 사람이 누구라는 걸 죄수한테 과시하고 싶었는지도 모르지."

브루털은 천천히 고개를 끄덕였다. "음, 일리가 있네요."

"그러니까 경계할 필요가 있어." 나는 그렇게 말하고서 두 손으로 머리를 북북 긁었다. 직무에 시달리는 것도 모자라서 무슨 기운이 남아돈다고. "정말, 이러기 싫다. 그 자식이 싫어."

"누군 좋습니까. 궁금한 게 또 있지 않으세요? 그 친구는 알다가도 모르겠습니다. 그 친구한테 연줄이 있는 건 저도 알아요, 헌데 그렇게 연줄이 있는 친구가 왜 하필 이 엿 같은 그런 마일에 왔느냐 이겁니다. 아닌 게 아니라 주 교도소 어디에든 갈 수 있는 거 아닙니까? 주 의원의 보좌관이라든가 부지사의 일정을 챙기는 비서도 얼마든지 할 수 있잖아요. 그 친구가 부탁만 했다면 그 사람들이 책임지고 좋은 자리에 심어 주었을 거 아니냐고요. 그런데 왜 여기 있느냐 이 말입니다."

나는 고개를 흔들었다. 모르기는 나 역시 마찬가지였다. 그 당시만 하더라도 나는 모르는 일이 많았다. 그만큼 순진했던 모양이다.

그 일이 있은 뒤 사태는 다시 정상으로 돌아갔다……. 적어도 당분간은 그랬다. 멀리 군청 소재지에서는 주 당국이 존 커피를 재판에 회부하기 위한 준비를 하고 있었고 트라핑거스 군의 호머 크리버스 보안관은 군중의 린치를 방치하면 재판이 약간 앞당겨 질지도 모른다는 생각을 비웃고 있었다. 우리에게 그런 사실은 하나도 중요하지 않았다. E동에서는 아무도 그런 뉴스에 관심을 기울이지 않았다. 그린 마일에서 살아간다는 것은 어떤 면에서는 방음 장치가 된 방에서 살아가는 것과 다를 바 없었다. 밖에서는 폭발이 일어났는지 몰라도 우리가 가끔 가다 듣는 것은 그저 중 얼거리는 소리일 뿐이었다. 그 이상은 몰랐다. 그들은 존 커피의 재판을 서두를 생각이 없었다. 존 커피를 속속들이 알려고 했다.

두어 번인가 퍼시가 들라크루아를 집적거린 일이 있었다. 두 번째로 그런 짓을 했을 때 나는 퍼시를 따로 불러 내 방으로 오라 고 했다. 그것은 내가 그의 행동거지를 두고 처음으로 나눈 면담 도 아니었고 그 후에도 여러 번 불러서 이야기했지만, 아무튼 그 때는 퍼시라는 인간의 본질을 간파했다는 생각이 들어서인지 도저히 묵과하고 넘어갈 수가 없었다. 그는 동물에 대해 알고 싶어서가 아니라 우리에 갇힌 동물한테 돌을 던지기 위해서 동물원에 가는 못된 개구쟁이의 심보를 가지고 있었다.

"앞으로는 그 친구 건드리지 마, 알겠나?" 내가 말했다. "별도의 지시가 없는 한 털끝 하나 건드리지 말란 말이야."

퍼시는 머리카락을 쓸어 넘기더니 예쁘장하고 아담한 손으로 그것을 탁탁 쳤다. 머리 만지작거리기는 억세게 좋아하는 친구였다. "내가 뭘 어쨌다는 겁니까? 아기들을 불에 태웠을 때 느낌이 어땠느냐고 그저 물어봤을 뿐인데, 그게 다라고요." 퍼시는 정색을 하면서 나한테 눈을 동그랗게 떴다.

"계속 그 따위로 굴면 보고서를 올릴 테다."

내가 말하자 그는 웃었다.

"얼마든지 올려 보슈. 그럼 나도 내 식으로 보고서를 올릴 테니까. 그놈이 처음 왔을 때도 내가 분명히 말했지 않으우. 누가 이기나 한번 해 보자고요."

나는 깍지 낀 손을 책상 위에 얹은 채 몸을 앞으로 기울였다. 그리고 속마음을 털어놓는 친구처럼 상대가 나를 받아들이기를 희망하면서 은근히 목소리를 깔았다. "브루터스 하월이 자네를 별로 좋아하지 않아. 브루털은 마음에 안 드는 사람이 있으면 별도의 보고를 하는 것으로 유명한 친구지. 글 쓰는 게 서툴러서 만날 연필 끝에 침만 묻히고 있지만, 보고는 주먹으로도 할 수 있거든. 자네가 내 말을 알아들었는지는 모르겠군."

퍼시의 기고만장한 웃음기가 흔들렸다. "무슨 소릴 하자는 겁니까?"

"무슨 소릴 하자는 게 아니라 벌써 했어. 만약 자네가 자네 친구들한테……, 우리가 한 이야기를 찌를 경우, 난 자네가 전부 지어낸 말이라고 하면 돼." 나는 눈을 크게 뜨고 심각한 표정으로 그를 쳐다보았다. "그 문제는 그 문제고, 어쨌든 난 자네와 가깝게 지내려고 노력하고 있네, 퍼시. 긴말 안 해도 똑똑한 사람은 알아들을 수 있을 거야. 도대체 뭐가 아쉬워서 툭하면 들라크루아를 건드리는 건가? 건드릴 만한 위인이 못 되잖아."

한동안은 그 말이 효력을 발휘했다. 평화 분위기가 조성되었다. 두어 번인가는 심지어 들라크루아의 샤워 시간이 돌아왔을 때 딘이나 해리와 함께 퍼시를 딸려 보낸 적도 있었다. 우리는 밤에 라디오를 틀었다. 들라크루아는 E동의 몇 안 되는 고정 일과 속에서 차츰 편안함을 느끼기 시작했다. 평화가 흘렀다.

어느 날 밤인가 그의 웃음소리가 들려 왔다.

해리 터윌리거가 책상을 지키고 있었는데 조금 있으니까 해리도 따라 웃었다. 나는 도대체 무슨 일이기에 들라크루아가 웃는가 알아보기 위해 자리에서 일어나 그의 감방으로 갔다.

"보세요, 반장님!" 내 모습을 보고 들라크루아가 말했다. "이 몸이 쥐를 길들였습죠!"

증기선 윌리였다. 들라크루아의 감방 안에 있었다. 더군다나 들라크루아의 어깨 위에 앉아서 철창을 통해 그 석유 방울 같은 눈으로 우리를 지그시 바라보고 있었다. 꼬리로 다리를 휘감은 쥐의 모습은 너무나 평화로워 보였다. 들라크루아는 어땠는고 하니, 불과 일주일도 안 지났는데 침상 발치에서 몸을 오그린 채 벌벌 떨고 있던 사람이 과연 이 사람인가 의심스러울 정도였다. 그는 크리스마스 날 아침 계단을 따라 내려와서 선물을 보고 즐거워하던 내 딸아이처럼 굴었다.

"이것 보세요!" 들라크루아가 말했다. 쥐는 그의 오른쪽 어깨에 앉아 있었다. 들라크루아가 왼팔을 뻗었다. 쥐는 그의 머리카락을 이용하여 머리 꼭대기로 쏜살같이 올라갔다(뒷머리에는 그래도 머리카락이 제법 돋아 있었다). 그러더니 맞은편으로 쪼르르 기어 내려왔다. 쥐의 꼬리가 목덜미를 간질이는 바람에 들라크루아는 키득거렸다. 쥐는 팔을 따라 손목까지 내려와서는 방향을 돌려 다시 들라크루아의 왼쪽 어깨로 기어오른 다음 다시 꼬리로 자기 발을 휘감았다.

"기가 막혀서." 해리가 중얼거렸다.

"내가 훈련을 시켰다고요." 들라크루아가 자랑스럽게 말했다. '잘도 시켰겠다.' 나는 속으로 그런 생각을 했지만 입밖에 내지는 않았다.

"이름은 딸랑 씨로 지었어요."

"모르는 소리." 해리가 기분 나쁘지 않게 말했다. "증기선 윌리라고. 왜 그 만화영화에 나오지 않습니까. 하월이 붙인 이름이지만."

"딸랑 씨라니까요." 들라크루아가 말했다. 다른 문제 같았으면 팥으로 메주를 쑨다고 해도 곧이들었을 사람이 쥐의 이름 문제에 관해서만은 한 치도 물러서지 않을 기세였다. "내 귀에 대고 직접 소곤거렸다니까 그러네. 반장님, 얘 때문에 그러는데 상자 하나 얻을 수 없을까요? 그래야 저랑 같이 여기서 잠을 잘 수 있걸랑요." 그의 목소리가 아부의 빛을 띠기 시작했다. 그런 목소리에는 나도 이골이 난 몸이었다. "침상 밑에 두면 골치 아픈 일은 전혀 안 생길 겁니다."

"아쉬운 부탁을 할 때는 말이 술술 나오는군." 나는 잠시 시간을 버느라 그렇게 받아넘겼다.

"이그, 골칫덩이가 오네." 해리가 중얼거리면서 팔꿈치로 나를 슬쩍 찔렀다.

하지만 그날 밤 퍼시는 내 눈에 골칫덩이로 보이지 않았다. 그는 머리카락을 쓸어 넘기지도 않았고 곤봉을 만지작거리지도 않았다. 제복 상의의 윗단추는 풀어헤친 상태였다. 퍼시의 그런 모습을 본 것은 그때가 처음이었다. 사소한 말 한마디가 그런 엄청난 변화를 일으킬 수 있다는 것이 신기하기만 했다. 하지만 내가 무엇보다 놀란 것은 그의 얼굴에 나타난 표정이었다. 거기에는 얌전함이 깃들어 있었다. 평온함과는 거리가 멀었다. 퍼시 웨트모어라는 인간의 몸속에 평온함의 바탕이 있다고는 생각하지 않는다. 아무튼 그것은 자기가 원하는 일을 기다려 줄 수 있다는 사실을 발견한 사람의 표정이었다. 불과 이삼 일 전에 내가 브루터스 하월의 주먹을 들먹이면서 위협을 가해야 했던 젊은이와는 180도 달라져 있었다.

하지만 들라크루아는 그런 변화를 읽지 못하고 감방 벽에 등을 갖다 붙인 채 무릎을 가슴까지 바짝 당겨 앉았다. 눈이 점점 커지는 것 같더니 나중에는 얼굴의 반을 차지한다 싶을 정도였다. 쥐는 그의 벗겨진 머리로 쪼르르 올라가서 그 위에 앉았다. 쥐도 퍼시가 믿지 못할 인간이라는 사실을 기억해 냈는지는 모르겠지만 아무튼 분명히 그런 것처럼 굴었다. 어쩌면 왜소한 프랑스 남자의 공포를 눈치 채고 덩달아 반응을 보인 것인지도 모른다.

퍼시가 입을 열었다. "아하, 친구가 생긴 모양이로군."

들라크루아는 응수를 하려고 애썼지만 아무 말도 하지 못했다. 퍼시가 자기의 새로운 단짝을 해칠 경우 어떤 보복을 당하게 되는가 하는 내용을 담은, 다소 공허하지만 도전적인 언사가 아니었을까 하는 게 내 짐작이었다. 아랫입술이 약간 떨리더니, 그러고는 그만이었다. 머리 위에 올라탄 딸랑 씨는 떨지 않았다. 뒷발은 들라크루아의 머리카락 위에 두고 앞발은 벗겨진 머리 위에다 벌려 놓은 채 돌덩어리처럼 가만히 앉아서 상대를 재듯 퍼시를 바라보았다. 앙숙을 앞에 둔 듯한 거동이었다.

퍼시는 내 쪽을 보았다. "내가 쫓아갔던 쥐 맞아요? 구금실에 사는 그 쥐죠?"

나는 고개를 끄덕였다. 마지막 추격 뒤로 딸랑 씨라는 이름을 얻은 그 쥐를 퍼시가 한번도 보지 못했다는 생각이 들었다. 퍼시는 이번에는 추격할 생각이 없는 모양이었다.

"맞아, 그 녀석이야." 내가 말했다. "저기 들라크루아 혼자서만 증기선 윌리가 아니라 딸랑 씨라고 부르는구먼. 쥐가 자기 귀에다 직접 그렇게 소곤거렸다나."

"그게 뻥이 아니라면, 세상은 참 오래 살고 볼 일이야!" 퍼시가 말했다.

나는 그가 그저 들라크루아의 기를 죽여 놓기 위해 곤봉을 빼들고 철창을 두드릴지도 모른다고 생각했다. 하지만 퍼시는 두 손을 허리춤에 대고 가만히 서서 안을 들여다보고 있었다.

딱히 꼬집어 설명할 수 있는 이유가 있었던 것은 아니었지만 그때 내 입에서 이런 말이 튀어나왔다. "들라크루아가 상자 하나만 있었으면 좋겠다는구먼, 퍼시. 쥐를 그 안에서 재울 모양이지. 애완동물처럼 기르겠다는 건가 봐." 나는 내 목소리에 회의를 깔았다. 보지는 않았지만 해리가 깜짝 놀란 눈으로 나를 쳐다보는 게 몸으로 느껴졌다. "그 점에 대해서 어떻게 생각하나?"

"보나마나 어느 날 저 친구가 잠든 사이에 코에다 똥을 갈겨 놓고는 달아나 버리겠죠, 뭐." 퍼시가 무덤덤하게 대답했다. "하지만 그거야 저 프랑스 친구가 알아서 할 일이고. 저번에 보니까 허풍선이가 몰고 다니는 수레에 근사한 시가 갑이 있더군요. 그걸 호락호락 내줄지는 모르겠지만서도. 아마 5센트는 줘야 할 걸요, 10센트를 요구할지도 모르고."

그제야 나는 용기를 내서 해리를 훔쳐보았다. 그는 벌린 입을 다물지 못했다. 아주 똑같지는 않았지만, 유령들에게 혼꾸멍이 난 뒤 달라진 크리스마스 날 아침의 스크루지 모습과 상당히 비슷했다.

퍼시는 들라크루아에게 몸을 바짝 기울여 철창 사이에 얼굴을 댔다. 들라크루아는 더 멀리 몸을 뺐다. 단언하건대, 그럴 수만 있었다면 그는 그 벽으로 녹아들고 말았으리라.

"시가 갑을 손에 넣으려면 5센트에서 많으면 10센트까지 필요할지 모르는데 그 돈 있나, 굼패?" 그가 물었다.

"4센트 있습니다. 질이 괜찮으면, 실레봉(질이 괜찮으면), 상자 값으로 내지요." 들라크루아가 말했다.

퍼시가 그 말을 받았다. "그리고 말이지……, 그 이빨 빠진 늙은 색마가 코로나 상자를 4센트에 팔면 내가 그 안에 쑤셔 박을 수 있도록 의무실에서 솜을 약간 빼돌리지. 따질 건 나중에 따지고 우선 제대로 된 생쥐 호텔이나 만들자고." 그는 나에게로 시선을 옮겼다. "비터벅 건으로 전기 조작실 보고서를 작성해야겠는데요. 방에 필기도구가 있나요?"

"있고말고. 보고서 양식도 있네, 왼쪽 윗서랍이야." 내가 말했다.

"왔따네." 그 말을 뒤로 하고 퍼시는 거들먹거리며 사라졌다.

해리와 나의 눈이 마주쳤다. "어디 아픈 거 아녜요?" 해리가 물었다. "의사한테서 앞으로 석 달밖에 못 산다는 선고를 받았다든가?"

나는 그에게 나도 어떻게 돌아가는 판인지 영 모르겠다고 말했다. 그때는 그것이 솔직한 심정이었다. 그 후로도 한동안은 그랬다. 그러다가 시간이 지나서야 알게 되었다. 몇 해 뒤 나는 핼 무어스 소장과 오붓하게 저녁 식사를 하면서 이야기를 나눈 적이 있었다. 그때쯤 우리는 흉금을 터놓고 대화를 나눌 수 있었다. 그는 은퇴한 몸이었고 나는 소년원에 근무하고 있었기 때문이다. 술만 진탕 퍼마시고 음식은 먹는 둥 마는 둥 하고 혀가 꼬부라지는 그런 자리였다. 핼은 퍼시가 나에 대해, 그리고 그린 마일의 전반적인 근무 여건에 대해 불만이 있었다고 털어놓았다. 들라크루아가 우리 동에 왔을 때 퍼시한테 죽도록 얻어맞는 것을 브루털과 내가 뜯어말린 직후의 일이었다. 무엇보다도 퍼시를 약 오르게 한 것은 눈앞에서 당장 사라지라고 한 나의 말이었다. 그는 주지사와 연줄이 닿아 있는 사람은 그런 식의 모욕적인 언사를 감내해서는 안 된다고 생각하고 있었다.

아무튼, 무어스의 말에 따르면 그는 어떻게든 퍼시를 멀리하려고 노력하다가, 퍼시가 나에게 징계 조치가 떨어지도록 하거나 최소한 교도소 안의 다른 부서로 보직 이동시키도록 공작을 펴고 있다는 사실을 알게 된 다음 퍼시를 자기 방으로 불러 평지풍파만 일으키지 않는다면 들라크루아의 형을 집행할 때 앞에 설 수 있도록 해 주겠다고 약속했다는 것이다. 그것은 퍼시가 의자 바로 오른쪽에 자리를 잡게 된다는 의미였다. 총괄 책임은 예전처럼 내가 맡겠지만 증인들은 그런 사실을 알 리 없었다. 그들의 눈에는 이 무도회의 주관자가 퍼시 웨트모어 씨로 보일 것이다. 무어스는 우리가 진작부터 검토했고 나도 선선히 동의한 바 있는 내용보다 과한 약속은 하지 않았지만 퍼시는 그런 사실을 까맣게 몰랐다. 그는 나를 전보 발령 내기 위한 압박 공작을 중단하는 데 동의했고 E동의 분위기는 한결 부드러워졌다. 심지어 그는 자기한테는 눈엣가시 같은 존재를 들라크루아가 애완용으로 옆에 두겠다는 데도 동의했다. 적당한 미끼만 던져 주면 사람이 그렇게 달라질 수 있다는 사실이 신기할 뿐이다. 퍼시의 경우 무어스 소장이 던진 미끼라고는 머리가 벗겨진 왜소한 프랑스 남자의 목숨을 탈취할 수 있는 기회를 제공한 것뿐이었다.

허풍선이는 최고급 코로나 시가 갑의 값으로는 4센트가 너무
적다고 느꼈다. 딴에는 옳은 생각인지도 몰랐다. 시가 갑은 교도
소 안에서 누구나 탐내는 물건이었다. 크지만 않으면 별의별 물
품을 그 안에 집어넣을 수 있었기 때문이다. 냄새도 향긋했을뿐
더러, 뭐랄까 죄수들에게 자유인이라는 게 어떤 상태인지를 일깨
워 주는 노릇도 했다. 교도소 안에서 담배는 허용되었지만 내가
알기로 시가는 금지되어 있었다.

그 무렵 우리 동으로 복귀한 딘 스탠턴이 그 돈에 1센트를 보탰
고 나도 1센트를 냈다. 그래도 허풍선이가 떨떠름한 표정을 짓자
브루털이 설득 작전에 나섰다. 처음에는 그렇게 구두쇠처럼 구는
걸 부끄러워해야 한다고 말하다가 나중에는 자기가, 곧 브루터스
하월 자신이 들라크루아의 형 집행이 끝난 바로 다음 날 허풍선
이의 손에 코로나 상자를 책임지고 돌려주겠노라고 약속했다.
"만약에 당신이 시가 갑을 파는 거라면 6센트가 많으냐 적으냐를
두고 내가 옳으니 네가 옳으니 옥신각신할 수 있겠지만, 이건 후
한 돈을 받고 어디까지나 빌려주는 것이라는 사실을 당신도 인정

해야 할 거요. 한 달, 길어야 6주면 그런 마일을 걸어갈 사람 아니오. 글쎄, 언제 사라졌는지도 모를 만큼 감쪽같이 당신 수레 밑 선반에 다시 놓이게 된다니까 그러네." 브루털이 말했다.

"마음씨. 좋은 판사 덕분에 집행이 미루어져서 '그 시절 그 친구는 잊혀졌어도' 하면서 여전히 한 곡 뽑게 될지도 모르는 일 아뇨." 말은 그렇게 했지만 허풍선이는 바보가 아니었고 허풍선이가 바보가 아니란 걸 브루털도 알았다. 늙은 허풍선이는 성서의 인용구로 뒤덮인 지겨운 수레를 조랑말이 우편물을 실어 나르던 시절부터 콜드마운틴에서 밀고 다녔다고 해도 과언이 아니었고, 따라서 믿을 만한 소식통이 한둘이 아니었다……, 우리보다 더 나은 편이었다. 그 당시에는 그렇게 생각했다. 들라크루아가 너그러운 판사의 품에서 막 빠져나왔다는 사실을 그는 알고 있었다. 들라크루아에게 마지막으로 남은 희망은 주지사였지만, 주지사 역시 자기 선거구민을 여섯 명이나 태워 죽인 사람에게 온정을 베풀 리 없었다.

"형이 미루어지지 않는다 하더라도 그 쥐가 10월, 어쩌면 11월 말까지 그 상자에다 똥을 싸질러 놓을 거 아뇨." 허풍선이는 물러서지 않았지만 브루털은 그가 한풀 꺾였다는 사실을 눈치 챘다. "쥐가 변소로 쓴 상자를 누가 산답디까?"

브루털이 혀를 찼다. "화! 못 말리겠네. 안 그런 줄 알았는데 이제 보니 꽉 막힌 양반이로구면. 심하다 이거요. 첫째, 들라크루아는 성찬이라도 담아 먹을 수 있을 만큼 상자를 깨끗이 간수할 거요. 그 쥐를 얼마나 끔찍이 여기는지 좀 보라고. 필요하다면 혀로 말끔히 청소까지 하려 들걸."

"말이야 쉽지." 허풍선이가 코를 찡그리며 말했다.

브루털의 말이 이어졌다. "둘째, 어차피 쥐똥은 대수롭지 않아요. 단단한 작은 알갱이일 뿐이잖아. 새 잡는 총알이나 뭐가 다르다고. 그냥 털어 내면 될걸 갖고. 걱정도 팔자시군."

늙은 허풍선이는 더 이상 고집을 피울 만큼 어리석은 사람은 아니었다. 교도소에서 굴러먹은 지가 하도 오래된 탓에 고개를 쳐들어도 좋을 산들바람과 고개를 숙여야 할 폭풍우를 구분할 줄 알았다. 그때의 분위기는 폭풍우는 아니었지만, 우리 교도관들이 쥐를 좋아하고 들라크루아가 쥐를 키운다는 생각에 찬동하고 나섰다는 것은 그것이 적어도 강풍은 된다는 것을 의미했다. 그 덕에 들라크루아는 상자를 손에 넣을 수 있었다. 퍼시는 약속을 지켰다. 이틀 뒤 상자 밑바닥에는 의무실에서 빼낸 부드러운 솜이 깔렸다. 퍼시는 그 솜을 자기 손으로 직접 건넸다. 솜을 받기 위해 철창 사이로 손을 내미는 들라크루아의 얼굴에는 두려운 빛이 역력했다. 퍼시가 손을 움켜쥐고 손가락이라도 부러뜨릴까 하여 불안에 떨고 있었던 것이다. 나도 그 점이 조금 걱정되기는 했지만 그런 불상사는 일어나지 않았다. 그때가 나로서는 퍼시한테 가장 호감을 느꼈다 할 수 있는 순간이었다. 하지만 그 와중에도 그의 눈초리에 담긴 싸늘한 장난기를 그냥 지나치기는 어려웠다. 들라크루아에게 애완동물이 생겼듯이 퍼시도 애완동물을 얻었다. 들라크루아는 그것을 키우면서 귀여워하고 한없는 사랑을 듬뿍 안길 것이다. 퍼시는 끈기 있게 기다리다가(아무튼 그런 유형의 인간이 가질 수 있는 최대한의 끈기를 발휘하여) 결국 산 채로 태워 버릴 것이다.

"쥐 호텔이 문을 열었군. 요 녀석이 과연 투숙을 하느냐가 문제긴 하지만." 해리가 말했다.

그 문제에 대한 답은 들라크루아가 딸랑 씨를 한 손으로 집어서 상자 안에 살며시 내려놓자마자 나왔다. 쥐는 마치 그것이 아늑한 이불이라도 되는 것처럼 하얀 솜으로 쏘옥 파묻혔다. 그리고 그 뒤로 거기를 보금자리로 삼았다…… 아무튼 딸랑 씨의 마지막 이야기는 잠시 미루기로 하겠다.

늙은 허풍선이는 시가 갑이 쥐똥으로 채워질까 봐 걱정이 대단했지만 그것은 전혀 근거 없는 기우로 드러났다. 나는 그 상자에서 똥을 단 한 덩어리도 본 적이 없었다. 들라크루아도 본 적이 없기는 마찬가지였다…… 감방 어느 구석에도 똥은 발견되지 않았다. 한참 뒤 브루털이 나에게 들보에 난 구멍을 보여 주고 우리가 색색 가지의 나무 조각을 발견했을 즈음에, 나는 구금실 동쪽 귀퉁이에 놓여 있던 의자를 치우다가 거기서 작은 쥐똥 더미를 발견했다. 보아하니 쥐는 늘 같은 자리로 돌아와서 용무를 본 모양이었다. 그것도 우리한테서 최대한 멀리 떨어진 곳에서. 또 한 가지, 나는 그 쥐가 오줌을 누는 모습도 본 적이 없었다. 보통 쥐는 한 번에 오줌보를 2분 동안 닫고 있어도 오래 참은 셈이라고 한다. 특히 먹이를 먹을 때는 오줌을 더 못 참았다. 다시 한번 강조하지만, 그 맹랑한 녀석은 수수께끼 중의 수수께끼였다.

딸랑 씨가 시가 갑에 자리를 잡은 지 1주일가량 지났을 때 들라크루아가 이것 좀 보라며 나와 브루털을 자기 감방으로 불렀다. 하도 뻔질나게 불러 대서 짜증스럽기도 했지만 이번에는 그런 수선을 피워도 좋을 만큼 정말 신기한 구경거리였다. 딸랑 씨가 발을 허공에 두고 홀라당 구르기라도 하면 남이야 어떻게 여기건 그 왜소한 프랑스 친구의 눈에는 그게 지상에서 가장 귀여운 행동이었다.

들라크루아는 형을 살게 된 이후로 세상 사람들에게 까맣게 잊혀져 지냈지만 매주 한 번씩 편지를 보내는 친척이 한 사람 있었다. 미혼으로 늙은 이모가 아닌가 싶었다. 그녀는 조카에게 큼지막한 페퍼민트 사탕 봉지도 보냈다. 요즈음 캐나다 민트라는 이름으로 시장에서 팔리는 것과 비슷한 사탕이었다. 그 사탕은 분홍색 알약처럼 생겼다. 들라크루아는 당연히 사탕 봉지를 통째로 받을 수 없었다. 사탕 봉지의 무게는 2킬로그램이었지만 그는 손에 닿는 대로 먹어 치우다가 급기야는 복통으로 의무실에 실려가고도 남을 친구였다. 그린 마일에서 우리가 접했던 사형수들은 거의 예외 없이 그랬지만 그 역시 도무지 절제라는 것을 몰랐다. 우리는 한 번에 사탕을 여섯 개씩, 그것도 그가 원할 때만 주었다.

우리가 가 보니 딸랑 씨는 침상 위 들라크루아 옆에 앉아서 그 분홍 사탕 하나를 발로 들고 아작아작 신나게 갉아먹고 있었다. 들라크루아는 그저 흐뭇해서 어쩔 줄을 몰라했다. 그는 다섯 살배기 아들이 더듬거리며 처음으로 피아노 연습하는 모습을 지켜보는 클래식 피아노 연주자 같았다. 내 말에 오해가 없기를 바란다. 그건 정말 배꼽을 잡을 만큼 우스꽝스러웠다. 사탕은 딸랑 씨 체구의 절반이었고 하얀 털이 난 배는 이미 잔뜩 부풀어 올라 있었다.

"그걸 뺏어 보지 그러쇼, 에지콤." 브루털이 웃으면서도 한편으로는 질린 듯한 표정으로 말했다. "기가 막혀. 저렇게 먹다가 배가 터질라. 페퍼민트 향이 여기까지 진동하네. 얼마나 먹인 거요?"

"두 개째거든요." 들라크루아가 딸랑 씨의 배를 약간 불안한 눈초리로 바라보면서 말했다. "정말로…, 저기……, 배가 터질까요?"

"가능하죠." 브루털이 대답했다.

들라크루아에게는 더 이상의 권위 있는 발언이 필요하지 않았다. 그는 절반가량 먹어 치운 분홍 사탕으로 손을 뻗었다. 나는 쥐가 그의 손을 깨물 것이라고 생각했지만 딸랑 씨는 그래 봐야 남아 있던 부분이긴 하지만 너무나 순순히 사탕을 내주었다. 브루털도 '그래요, 나도 이해할 수 없군요.'라고 말하는 것처럼 가볍게 고개를 흔들었다. 이윽고 딸랑 씨가 상자 안에 퍼질러 앉더니 피곤하다는 듯이 그대로 옆으로 드러눕는 바람에 우리 세 사람은 모두 웃음을 터뜨렸다. 그 일이 있고 나서 우리는 들라크루아 옆에 앉아서 오후의 다과를 즐기는 노부인처럼 맵시 있게 사탕을 갉아먹는 딸랑 씨의 모습을 자주 목격하게 되었다. 쥐와 사람은 내가 나중에 들보 구멍에서 맡았던 그 달콤 쌉싸래한 페퍼민트 사탕 냄새에 둘러싸여 있었다.

E동에 그야말로 태풍을 몰고 나타난 윌리엄 워턴 이야기로 옮겨 가기 전에 딸랑 씨에 관해 한 가지 더 들려주고 싶은 일화가 있다. 페퍼민트 사탕 사건이 일어나고 일주일가량 지나서, 다시 말해 들라크루아가 자기의 애완동물이 과식으로 죽게끔 방치하지는 않으리라는 확신을 우리가 가지게 되었을 무렵, 그 프랑스 사람이 나를 자기 감방으로 불렀다. 브루털이 볼일을 보러 매점에 갔으므로 그때 나는 잠시 혼자 근무하고 있었다. 그런 상황에서 혼자 죄수에게 접근하는 것은 규정에 위배되었다. 하지만 상태만

좋으면 들라크루아쯤은 한손으로도 20미터가량은 내던질 자신이 있었으므로 나는 규정을 어기고 무슨 일인지 알아보러 갔다.

"이걸 보세요, 에지콤 간수장님. 딸랑 씨의 실력을 한번 보시라고요!" 그는 시가 갑 뒤로 손을 넣더니 작은 나무 실패를 하나 꺼냈다.

"그건 어디서 구했소?" 짐작이 가는 데는 있었지만 나는 슬쩍 캐물었다. 그런 물건을 제공할 만한 인물은 한 사람뿐이었다.

"허풍선이한테서요." 그가 대답했다. "이것 좀 보세요."

그렇지 않아도 나는 보고 있었다. 딸랑 씨가 작은 앞발을 상자 가장자리에 걸쳐 놓은 채 오똑 서 있었다. 쥐의 까만 눈은 들라크루아가 오른손 엄지와 집게손가락으로 들고 있던 실패에 가서 박혀 있었다. 나는 괜스레 등줄기가 약간 서늘해졌다. 하잘것없는 쥐가 저토록 영리하게, 저토록 지능적으로 무언가에 전념하는 모습을 나는 이제까지 한번도 본 적이 없었다. 나는 딸랑 씨가 초자연계로부터 왔다고는 결코 믿지 않는다. 만일 내가 여러분에게 그런 인상을 주었다면 사과드린다. 하지만 그가 천재 쥐라는 사실만큼은 단 한순간도 의심해 본 적이 없다.

들라크루아는 몸을 수그리고 실이 감겨 있지 않은 실패를 감방 바닥에 때구루루 굴렸다. 실패는 굴대로 연결된 한 쌍의 바퀴처럼 잘도 굴러갔다. 번개처럼 상자에서 튀어나온 쥐가 나무토막을 뒤쫓는 개처럼 바닥을 누비고 다니며 실패를 따라갔다. 나는 감탄사를 내뱉었고 들라크루아는 싱긋 웃었다.

실패가 벽에 부딪혀서 튀어나왔다. 딸랑 씨는 그 뒤로 빙글 돌더니 방향이 틀어진다 싶을 때마다 실패 이쪽 끝에서 저쪽 끝으로 옮겨 가면서 그것을 침상으로 다시 밀고 왔다. 쥐가 밀고 온 실패가 들라크루아의 발에 와서 부딪혔다. 그러자 쥐는 당장 시킬 일이 또 없는지(산수 문제를 푸는 일이라든가 라틴 어 문장을 분석하는 일이라든가) 확인하려는 듯 들라크루아를 빤히 올려다보았다. 이번에 거둔 성적이 만족스러웠던지 딸랑 씨는 시가 갑으로 되돌아가서 제자리를 지켰다.

"직접 가르치셨구먼." 내가 말했다.

"맞습니다, 에지콤 간수장님, 매번 가지고 와요. 무지 똑똑하죠?" 웃음을 감추지 못하면서 들라크루아가 말했다.

"그 실패는? 어떻게 그 녀석한테 실패를 구해다 줄 생각을 했소?"

"그게 갖고 싶다고 제 귀에다 소곤거리더라고요." 들라크루아가 태연자약하게 대답했다. "자기 이름을 말할 때처럼요."

들라크루아는 이 사람 저 사람 가리지 않고 자기 쥐의 재주를 보여 주었다……. 유일한 예외는 퍼시였다. 들라크루아에게는 퍼시가 시가 갑을 맨 처음 제안했고 그 안에 깔 수 있도록 솜을 구해다 주었다는 사실은 아무런 의미가 없었다. 들라크루아는 한번 자기를 걷어찬 상대는 그가 아무리 잘 대해 주더라도 두 번 다시 신뢰하지 않았으며 그 점에서 개와 비슷했다.

지금도 내 귀에는 들라크루아가 내지르던 소리가 쟁쟁하게 울린다. '어이, 이봐요! 와서 딸랑 씨 솜씨 좀 보라고요!' 그러면 브루털, 해리, 딘, 심지어는 빌 도지까지 교도관들이 우르르 몰려갔다. 그들은 정말로 신기해했고 나 역시 신기했다.

딸랑 씨가 실패로 재주를 부리기 시작한 후 사나흘쯤 지났을까 우리가 구금실에 처박아 두었던 공작 재료를 뒤져서 크레용을 찾아낸 해리 터윌리거가 어색한 미소를 지으면서 그것을 들라크루아에게 들고 왔다. "그 실패를 색색 가지로 칠하고 싶어할지도 모르겠다는 생각이 들어서. 그럼 댁의 꼬마 친구도, 거 뭣이냐, 서커스 쥐처럼 보일 거 아니겠소."

"서커스 쥐!" 들라크루아가 좋아서 어쩔 줄을 모르며 말했다. 어쩌면 그의 가련한 인생살이에서 처음으로 맛본 행복이었는지도 모른다. "바로 그거라니까! 서커스 쥐! 여기서 나가면 그 녀석 덕분에 난 떼돈을 벌 겁니다. 서커스에서처럼 말입니다! 두고 보시라고요."

퍼시 웨트모어 같았으면 보나마나 들라크루아한테 자네가 콜드마운틴에서 나갈 때는 라이트나 사이렌을 켜고 달릴 필요조차 없는 구급차에 실려 나가게 될 거라고 한마디했겠지만 해리는 생각이 깊었다. 그는 들라크루아에게 저녁 식사 이후에는 크레용을 돌려받아야 하니까 최대한으로 빨리, 최대한으로 예쁘게 실패에 색을 칠하라는 말만 하고는 말았다.

들라크루아는 당연히 실패를 화려하게 칠했다. 색칠이 끝난 실패를 보니 한쪽 끝은 노랑이었고 다른 쪽 끝은 녹색이었으며 가운데의 몸통 부분은 소방서처럼 빨갰다. 우리는 들라크루아의 요란한 소개에 곧 익숙해졌다. "자, 신사 숙녀 여러분! 저희 서커스단에서 재미나고 신기한 쥐를 소개하겠습니다!" 정확히 그런 대사는 아니었지만, 그 프랑스 인이 머릿속에 담고 있었던 생각은 대체로 그런 내용이었으리라. 그런 다음 그는 목구멍 깊숙이에서 소리를 뽑아냈다. 아마 북소리를 내려던 게 아닌가 싶다. 그러고는 실패를 던졌다. 딸랑 씨는 번개처럼 쫓아가서 코로 밀고 발로 굴리고 했다. 발로 굴리는 모습은 정말이지 서커스에서 돈을 주고 보아도 아깝지 않을 묘기였다. 존 커피가 우리의 보호와 감시 아래 들어왔을 무렵 들라크루아와 그의 쥐와 쥐의 화사한 실패는 우리의 주된 오락거리였고 한동안 계속되었다. 그러다가 잠시 소강 상태였던 나의 요도염이 다시 기승을 부리더니 윌리엄 워턴이 도착했다. 그리고 사람들의 신경이 갑자기 곤두섰다.

내 기억 속에서 날짜는 대부분 사라졌다. 나의 손녀 대니얼을 동원해서 낡은 신문철에서 날짜를 뒤지려면 못 뒤질 것도 없었지만, 그게 무슨 소용이겠는가? 그래 보아야 우리가 처음 들라크루아의 감방에 몰려가서 그의 어깨에 올라앉은 쥐를 발견한 날이라든가 윌리엄 워턴이 우리 동에 나타나서 딘 스탠턴을 거의 죽일뻔한 날처럼 가장 중요한 날짜는 신문에 나오지 않을 것이다. 이제까지 해 온 방식을 고수하는 것이 그래도 낫지 않을까 싶다. 우리가 목격한 사건을 기억하고 그것을 가지런히 정리할 수만 있다면 결국 날짜는 중요하지 않다고 본다.

다소 앞당겨지는 사건도 있었다. 커티스 앤더슨의 사무실에 들라크루아의 형 집행일이 명시된 문서가 최종적으로 도착했을 때 나는 이 프랑스 친구가 고철 스파크에 앉게 될 날짜가 우리의 예상보다 훨씬 앞당겨진 것을 보고 깜짝 놀랐다. 사람 하나 죽이는 일 정도는 대수롭지 않게 여겼던 그 시절에도 그런 경우는 거의 없었다. 내 기억으로는 이틀 문제였다. 10월 27일에서 10월 25일로 당겨졌다. 틀림없다고 장담하지는 못하지만 아무튼 그 날짜에 가깝다. 허풍선이가 코로나 상자를 예상보다 빨리 돌려받게 되겠구나 생각했던 게 기억나기 때문이다.

그런가 하면 워턴은 예상보다 늦게 우리 앞에 나타났다. 앤더슨의 믿을 만한 소식통이 내다본 것보다 워턴의 재판이 지연되었던 데는 한 가지 원인이 있었다(얼마 안 가서 깨달았지만 와일드 빌리의 경우에는 오랜 검증을 거쳐 우리가 틀림없다고 여기던 죄수 통제 방법에서부터 맞아떨어지는 것이 하나도 없었다). 유죄가 확정된 다음에도 그는 검사를 받으러 인디애놀라 종합병원으로 송치되었다. 그것 하나만큼은 각본이 들어맞았다. 재판이 진행되던 도중에 그는 수도 없이 발작을 일으켰는데, 그중 두 번은 바닥에 쿵 쓰러질 정도로 심각한 양상을 보였다. 워턴은 그렇게 드러누운 채로 경련을 일으키고 퍼덕퍼덕 요동을 치면서 다리로 바닥을 두드렸다. 워턴의 국선 변호인은 그가 '간질 발작'으로 고생하고 있으며 범행도 비정상적인 정신 상태에서 저질렀다고 주장했다. 검찰은 죽을까 봐 겁나니까 발작인 것처럼 죽기 살기로 엉터리 연기를 하는 거라고 주장했다. 이른바 간질 발작을 육안으로 관찰한 뒤 배심원은 그 발작이 연기라는 결론을 내렸다. 판사도 거기에는 동의했지만 평결이 내려지자, 형량을 선고하기 전에 일련의 검사를 하도록 지시했다. 이유는 아무도 모른다. 그저 호기심이 동해서가 아니었을까.

워턴이 병원에서 탈출하지 않았다는 것은 어린아이나 믿을 경이로운 일이지만(게다가 무어스 소장의 부인 멜린다가 같은 시기에 같은 병원에 있었다는 얄궂은 운명도 내내 우리의 머리를 떠나지 않았다), 그는 도망가지 않았다. 교도관들에게 에워싸였기 때문이기도 하겠지만 아마 그는 간질이라는 이유로 범행 주체로서의 자격 요건이 성립되지 않는다는 판결을 받을 수 있을지도 모른다는 희망을 여전히 품었던 모양이다.

그것은 오산이었다. 병원 측은 그의 뇌에서 적어도 생리학적으로는 아무 이상을 발견하지 못했고 빌리 '더 키드' 워턴은 결국 콜드마운틴으로 떠났다. 그때가 16일 아니면 18일이었을 것이다. 내 기억으로 워턴은 존 커피가 오고 나서 약 두 주일 뒤, 들라크루아가 그린 마일로 걸어가기 일 주일에서 열흘 전에 도착했다.

새로운 문제아가 우리와 합류한 날, 나에게도 중요한 사건이 발생했다. 나는 그날 새벽 4시에 잠에서 깨어났다. 사타구니가 욱신거리고 음경이 꽉 막힌 듯 후끈거리고 퉁퉁 부어올라 잠을 이룰 수가 없었다. 침대 밖으로 발을 빼내기도 전에 나는 요도염이 내가 바라던 대로 호전된 게 아님을 직감했다. 잠시 호전되는 듯이 보였지만 그게 다였고 그 시기는 끝나 버렸다.

나는 용무를 보러 옥외 변소로 나갔다. 처음으로 우리가 수세식 변기를 들여 놓기 적어도 3년 전의 일이었다. 집 한쪽 모퉁이에 쌓여 있던 장작더미에 겨우 이르렀을 때는 도저히 참지 못하겠다는 생각이 들었다. 오줌이 막 흐르기 시작하는 순간 나는 파자마 바지를 내렸다. 오줌이 흐르자 내가 그때까지 살아오면서 경험한 것 중 가장 극심한 통증이 뒤따랐다. 나는 1956년에 담석을 오줌으로 뺀 적이 있다. 사람들이 담석에 대해서 고개를 설레설레 젓는다는 사실은 나도 잘 알지만, 담석은 그것에 비하면 위산 과다로 인한 가벼운 소화불량에 지나지 않았다.

무릎이 풀리면서 나는 털썩 꿇어앉았다. 균형을 잃지 않으려고 다리를 벌리다 보니까 파자마의 엉덩이 부분이 쫙 찢어졌고, 난 내 오줌으로 생겨난 웅덩이에 그대로 고개를 처박았다. 그나마 완전히 한 바퀴 구르지 않은 것은 쌓여 있던 장작개비 하나를 왼손으로 붙잡았던 덕분이다. 그 일이 호주에서 발생했느냐 지구 아닌 다른 혹성에서 발생했느냐는 중요하지 않았다. 정작 나에게 문제가 되었던 것은 불덩어리처럼 나를 엄습한 통증이었다. 나의 하복부는 화염에 휩싸였고, 남자가 경험할 수 있는 가장 강렬한 육체적 쾌감을 제공하는 순간을 제외하고는 대체로 잊고 지내는 나의 음경은 당장이라도 흐물흐물 녹아내릴 것만 같았다. 음경 끝에서 피가 펑펑 쏟아져 나올 것이라고 생각했지만, 그것은 완벽하게 정상적인 오줌 줄기처럼 보였다.

나는 한손으로 장작개비를 붙잡고 또 한손으로는 소리가 새어 나가지 않도록 입을 막았다. 내가 지르는 비명에 놀라 아내가 잠에서 깨어나는 일만은 피하고 싶었다. 영원히 나올 것처럼 보였던 오줌 줄기였지만 결국은 말라붙었다. 그때쯤 통증은 나의 배와 고환으로 깊숙이 파묻혀서 썩은 이빨처럼 쑤셔 댔다. 한참 동안, 어쩌면 1분가량이었을지도 모르지만, 나는 도저히 일어날 수 없었다. 마침내 통증이 가라앉기 시작했을 때 겨우 일어섰다. 나는 이미 땅속으로 스며들고 있는 나의 오줌을 물끄러미 바라보았다. 조물주가 제정신이었다면 과연 요 손바닥만 한 자리를 적시기 위해 그런 끔찍한 통증을 견뎌야 하는 세상을 만들 수 있었을까 하는 생각이 들어 착잡한 심정을 금할 길이 없었다.

아무래도 결근 전화를 하고 새들러 박사를 찾아가야 할 모양이었다. 나는 새들러 박사가 주는 술파제의 역겨운 냄새와 울렁거리는 느낌이 마음에 들지 않았지만, 그래도 음경이 석유 불에 활활 타고 있다고 아우성을 치는 동안 장작더미 옆에 무릎을 꿇고 앉아서 비명을 지르지 않으려고 기를 쓰는 것보다는 나았다.

부엌에서 아스피린을 삼키고 건넌방에서 들려오는 아내의 가벼운 코고는 소리를 들으면서 나는 오늘이 윌리엄 워턴이 우리 동에 오기로 된 날인데 브루털이 자리를 비운다는 사실을 떠올렸다. 근무표에 따라 도서관의 남은 짐과 의무실 잔여 장비를 신축 건물로 나르는 일을 돕기 위해 다른 곳으로 배치되었던 것이다. 통증에도 불구하고 나는 워턴을 딘과 해리에게 맡겨 놓을 수 없다는 생각 하나만은 분명히 했다. 그들은 성실한 교도관이었지만 커티스 앤더슨의 보고서는 윌리엄 워턴이 골칫덩어리임을 암시하고 있었다. "무서운 게 없는 놈이거든요."라고 쓴 뒤, 다시 그것을 강조하기 위해 밑줄을 두 번이나 그었지 않았나 말이다.

그때쯤 통증은 약간 가라앉았고 나는 생각을 가다듬을 수 있었다. 최선의 방안은 교도소에 일찍 출근하는 게 아닐까 싶었다. 6시까지는 도착할 수 있을 테고 그 시간이면 무어스 소장은 대체로 나와 있었다. 소장은 브루터스 하월이 E동에서 여유 있게 워턴을 상대할 수 있도록 근무표를 조정할 수 있을 것이고 나는 너무 늦기는 했지만 의사한테 갈 수 있을 것이다. 병원에 가려면 어차피 콜드마운틴을 지나가야 했다.

교도소까지 30킬로미터를 달리는 동안 갑작스러운 배뇨 욕구가 두 번이나 일었다. 나는 두 번 다 차를 도로변에 세우고 별 부끄러움 없이 문제를 처리했다(그런 이른 시각에는 국도를 오가는 차량이 거의 없었기 때문이다). 두 번의 배뇨 모두 앞서 옥외 변소에 가다가 나를 주저앉게 만들었던 순간처럼 고통스럽지는 않았지만, 그래도 두 번 다 나는 쓰러지지 않으려고 내 포드 스리 도어 소형차의 조수석 문손잡이를 움켜잡고 있어야 했다. 화끈거리는 얼굴을 타고 흘러내리는 땀방울이 느껴졌다. 나는 속에 든 것을 게우기 시작했다. 아무렴, 몽땅 게워 냈다.

아무튼 무사히 도착은 했다. 남문을 통해 들어가서 늘 세우는 자리에다 차를 주차시키고 곧바로 소장을 찾아갔다. 시계가 막 6시를 지나고 있었다. 한나 양의 방은 텅 비어 있었다. 그 여자는 일반 시민의 출근 시간대에 가까운 7시는 되어야 나타날 것이다. 하지만 무어스 소장의 방에는 불이 들어와 있었다. 반투명 유리를 통해 불빛이 새어 나왔다. 나는 노크를 하는 둥 마는 둥 하고 문을 벌컥 열었다. 고개를 쳐든 무어스 소장은 꼭두새벽에 나타난 사람을 보고 깜짝 놀랐다. 나 역시 무방비 상태로 맨 얼굴을 드러낸 소장의 딱한 모습과 맞닥뜨린 처지에 놓인 것이 그야말로 후회막급이었다. 평소에는 그렇게 가지런히 빗겨 있던 백발이 떡처럼 뭉치고 엉켜 있었다. 내가 걸어 들어갔을 때 그의 손은 머리카락을 잡아당기고 쥐어뜯고 있었다. 눈에는 눈곱이 껴 있었고 눈밑의 살갗은 부풀 대로 부풀어 올라 있었다. 그의 수전증은 내가 그때까지 목격한 바로는 최악이었다. 매서운 추위 속에서 밤길을 한없이 걷다가 이제 막 실내로 들어온 사람처럼 그는 부들부들 떨고 있었다.

"죄송합니다. 이따가 다시……." 내가 말문을 뗐다.

"아니, 괜찮아. 들어오게. 문 닫고 들어와. 지금처럼 사람이 그리운 순간이 내 평생 또 있을까 모르겠구먼. 문 닫고 들어오라고."

그가 시키는 대로 하면서 나는 그날 새벽 잠에서 깨어난 뒤 처음으로 통증을 잊었다.

"뇌종양이라는군." 무어스가 말했다. "엑스선에 나타났다는 거야. 사진이 선명하다고 꽤나 좋아들 하는 눈치더군. 한 친구 이야기로는 이렇게 선명한 사진은 적어도 지금까지 누구도 찍은 적이 없다는 거야. 그러면서 하는 말이 뉴잉글랜드에 있는 권위 있는 의학 저널에 발표할 참이라더군. 레몬 하나 크기의 종양인데 너무 깊숙이 박혀 있어서 수술도 불가능하대. 크리스마스를 넘기지 못할 거라더군. 집사람한테는 이야기도 못 꺼냈어. 방법이 안 떠오르더라고. 도저히 안 떠오르더라고."

그러더니 그가 흐느끼기 시작했다. 얼마나 서럽게 오열을 터뜨리는지 가엾으면서도 한편으로는 겁도 났다. 햅 무어스처럼 자기 관리에 엄격하던 사람이 자제심을 잃으면 정말이지 지켜보기가 민망했다. 나는 잠시 우두커니 서 있다가 그에게 다가가서 내 팔을 그의 어깨에 둘렀다. 그는 물에 빠진 사람처럼 두 팔을 허우적거리며 나를 껴안더니만 자제심을 완전히 내팽개치고 나의 배에 얼굴을 묻고 흐느끼기 시작했다. 나중에 다시 평정을 되찾은 그는 나에게 미안하다고 사과했다. 그는 도저히 씻어 내기 어려운 몹시 창피스러운 일을 저지른 사람처럼, 사과하면서도 나를 제대로 쳐다보지 못했다. 자기의 창피스러운 모습을 목격한 사람을 결국 미워하게 될 수도 있다. 무어스 소장이 그렇게 용렬한 인간이라고는 생각하지 않았지만, 아무튼 나는 그를 찾아가서 처리하려고 했던 원래의 용무를 까맣게 잊고 말았다. 소장의 방을 나와서 내가 간 곳은 주차장이 아니라 E동이었다. 그때쯤 되니까 아스

피린의 약효가 슬슬 살아났고 몸 한가운데의 통증도 한결 사그라
졌다. 어떻게든 그날 하루는 버티면서 워턴을 받아들이고 오후에
다시 무어스 소장을 찾아가서 내일 하루 병가를 얻을 작정이었
다. 최악의 상황은 지나갔다고 생각했지만, 그날의 가장 큰 재앙
이 아직 시작조차 되지 않은 줄은 꿈에도 모르고 있었다.

"우린 그 자식이 검사 후유증으로 아직 해롱거리는 줄 알았
죠." 그날 오후 늦게 딘이 말했다. 착 가라앉은 그의 음성은 걱걱
거렸으며 거의 기침 소리에 가까웠다. 거무죽죽한 멍이 목에서
부어오르고 있었다. 말을 하면 아프다는 것을 한눈에 알 수 있었
으므로 잠자코 있으라고 말할까도 생각했지만, 잠자코 있기가 더
괴로운 순간도 있는 법이다. 그때가 바로 그런 순간으로 보였으
므로 나는 입을 다물기로 했다. "우리 전부 그 자식이 해롱거리는
줄로 알았어요. 그죠?"

해리 터월리거가 고개를 끄덕였다. 심지어 벌레 씹은 얼굴로
한구석에 외톨이처럼 떨어져 앉아 있던 퍼시도 고개를 끄덕였다.

브루털이 나를 흘긋 쳐다보았다. 잠시 나와 그의 눈이 마주쳤
다. 우리는 아주 똑같은 생각을 하고 있었다. '사고는 원래 그런
식으로 터지거든.' 절대로 과속하지 않고 모든 것을 규정대로 지
켜 가면서 운전을 하다가 단 한 번의 실수로 쾅, 하늘이 노래지는
것이다. 그들은 그가 해롱거린다고 생각했고 그것은 합리적인 가
정이었지만 누구도 그가 해롱거리는지 물어보지는 않았다. 나는

브루털의 눈빛에서 다른 것도 읽었다. 해리와 딘이 이번 실수에서 교훈을 얻을 것이라는 기대였다. 특히 송장으로 가족의 품에 돌아갈 뻔한 위기를 간신히 모면한 딘은 뼈저린 교훈을 얻을 것이다. 퍼시는 교훈을 못 얻을 것이다. 아니 그럴 수가 없을 것이다. 퍼시는 이번에도 잔뜩 부어서 한쪽 구석에 앉아 있는 것 말고는 할 수 있는 일이 아무것도 없었다.

인디애놀라로 와일드 빌 워턴을 인계받으러 간 사람은 모두 일곱 명이었다. 해리, 딘, 퍼시, 그리고 뒤에 둘(전에는 분명히 안다고 생각했는데 그들의 이름은 까먹었다), 앞에 둘이 따라붙었다. 그들은 우리가 역마차라고 부르던, 강판으로 보강을 하고 방탄유리가 끼워져 있는 것으로 추정되던 포드 소형 트럭을 타고 갔다. 죄수 호송차와 장갑차를 섞어 놓은 듯한 차량이었다.

원정대의 공식 지휘자는 해리 터윌리거였다. 그가 서류를 군보안관(호머 크리버스는 아니고 선거로 뽑힌 다른 친구라는데 시골뜨기라는 면에서는 매한가지였으리라)에게 넘기자 보안관은, 들라크루아라면 범상치 않다고 능히 표현했을, 난동꾼 윌리엄 워턴 씨를 넘겨주었다. 콜드마운틴 죄수복을 미리 보냈건만 보안관과 그의 부하 직원들은 워턴에게 그 옷을 입히는 일을 귀찮아했다. 결국 우리 교도관들이 그 일을 떠맡았다. 우리가 종합병원 2층에서 워턴을 처음 보았을 때 그는 면으로 된 등이 터진 환자복과 싸구려 슬리퍼를 신고 있었다. 여드름이 덕지덕지 난 좁은 얼굴에 숱이 많은 부스스한 금발을 길게 늘어뜨린 왜소한 친구였다. 얼굴처럼 좁고 여드름이 많이 난 그의 엉덩이가 환자복 뒤로 볼록 튀어나와 있었다. 해리 일행이 처음 본 그의 신체 부위는 바로 그 엉덩이였다. 그들이 들어섰을 때 워턴은 창가에 서서 주차장을 바라보고 있었기 때문이다. 해리가 군 보안관에게 여태까지 죄수복도 안 입히고 뭘 했느냐고 투덜거리고, 내가 이제까지 만나 본 군공무원 치고 안 그런 사람이 없었던 것 같지만 보안관이, 무엇이 자기 일이고 무엇이 자기 일이 아닌지에 대해서 일장 연설을 늘어놓는 동안에도, 워턴은 돌아보지도 않고 한 손으로 커튼을 걷은 채 인형처럼 우두커니 서 있기만 했다.

그 신체 부위를 바라보는 데 신물이 난 해리가(그렇게 긴 시간은 아니었을 텐데도) 워턴에게 돌아서라고 말했다. 워턴은 돌아섰다. 나중에 딘이 목이 꽉 잠긴 채 콜록콜록거리면서 전한 바에 따르면, 그의 생김새는 우리가 콜드마운틴에 근무하면서 지겹도록 보아 온, 하루살이처럼 살아가다가 흘러흘러 거기까지 들어온 촌구석의 건달들과 조금도 다른 점이 없었다. 그 꼬락서니가 졸아들고 졸아들면 너절한 살집을 가진 얼간이만 남았다. 궁지에 몰리면 그런 친구들은 때로 심약한 모습을 보이기도 하지만 대개는 치고 받고 욕했다가 다시 치고 받고 욕하는 것 말고는 없었다. 빌리 워턴 같은 족속을 경외의 눈길로 바라보는 사람도 있지만 나는 그런 사람이 아니다. 쥐도 구석에 몰리면 싸운다. 사방이 부스럼투성이인 엉덩이만이 아니라 그 친구의 얼굴에서도 인격이라곤 찾아볼 수 없었다고 딘은 말했다. 턱에서는 힘이 빠져나갔고 눈에는 초점이 없었으며 어깨는 푹 꺼지고 손은 축 늘어져 있었다. 모르핀 주사를 맞은 사람처럼, 정말이지, 마약 중독자 마약 중독자 하지만 그렇게 온몸을 가누지 못하는 사람은 그들도 이제까지 본 적이 없었다는 것이다.

그 말에 퍼시는 다시 한번 뚱한 얼굴로 고개를 끄덕거렸다.

"이걸 입어." 침대 발치에 놓여 있던 죄수복을 가리키면서 해리가 말했다. 고동색 포장지에서 꺼내져 있기는 했지만 나머지는 손끝 하나 건드리지 않은 상태였다. 교도소 세탁장에서 개켜 놓았을 때와 똑같았다. 셔츠 한쪽 소매에서는 헐렁한 하얀 면 팬티가, 또 한쪽 소매에서는 하얀 양말이 비어져 나와 있었다.

워턴은 지시에 따르고 싶은 마음이야 굴뚝 같지만 도움 없이는 엄두를 못 내는 사람처럼 보였다. 팬티는 겨우 입었지만 바지 차례가 돌아왔을 때는 두 다리를 자꾸만 한쪽 구멍에 넣으려고 했다. 보다 못한 딘이 나서서 두 발을 각각의 자리에 넣어 주고 바지를 끌어올려 주었으며 지퍼를 당기고 허리띠를 채워 주었다. 워턴은 딘이 자기 대신 하자 도울 생각도 않고 우두커니 서 있기만 했다. 그는 양손을 늘어뜨린 채 방 맞은편을 멍청히 바라보았다. 그가 연기를 하고 있다고는 어느 누구도 상상할 수 없었다. 그가 연기를 한 것은 도망치기 위해서가 아니라(적어도 나는 그렇게 본다) 절호의 기회가 찾아왔을 때 최대한 말썽을 피우겠다는 유일한 희망 때문이었다.

서류의 서명이 완료되었다. 윌리엄 워턴은 검거 당시에는 군 관할이었지만 이제는 주의 관할 아래 들어온 것이다. 그는 교도관들에게 에워싸인 채 뒷계단으로 끌려 내려가 주방을 지나갔다. 워턴은 손가락이 긴 손을 축 늘어뜨리고 고개를 숙인 채 걸어갔다. 처음 그의 모자가 떨어졌을 때 딘은 그것을 도로 씌워 주었다. 다시 모자가 떨어지자 딘은 그것을 자기 뒷주머니에 그냥 쑤셔 넣었다.

역마차 뒤에서 교도관들이 수갑을 채울 때 또 한번 말썽 피울 기회가 있었지만 그는 그대로 넘어갔다. 만일 그에게 무슨 생각이 있었다면(지금까지도 나는 그가 과연 생각을 했는지, 생각을 했다면 어느 정도나 했을지 확신하지 못하는 상태다) 원 없이 날뛰기에는 공간이 너무 협소하고 인원수도 많다고 생각했음에 틀림없다. 그래서 쇠고랑은 채워졌다. 하나는 그의 발목 사이에, 또 하나는 너무 길었지만 손목 사이에 채워졌다.

콜드마운틴까지 가는 데는 한 시간이 걸렸다. 그동안 워턴은 내내 고개를 숙이고 수갑 찬 두 손을 무릎 사이에 떨군 채 좌측 운전대 쪽의 긴 의자에 앉아 있었다. 가벼운 웅얼거림도 가끔 들렸다고 해리는 말했다. 그리고 퍼시는 겁보답지 않게 분발하여 굼패가 축 늘어진 아랫입술에서 침을 흘리고 있다고 말하기도 했다. 한 방울씩 떨어지는 침은 워턴의 발 사이를 질펀히 적셔 놓고 있었다. 무더운 여름날 혀 끝에서 침을 뚝뚝 흘리는 개처럼.

교도소에 도착한 일행은 남문으로 들어와 내 자동차 옆을 지나 갔으리라고 짐작된다. 남쪽 통로를 지키고 있던 교도관이 주차장과 운동장 사이에 있던 커다란 문을 열었고 역마차는 그곳으로 들어갔다. 시간대로 보아 운동장은 한가했다. 나와 있는 죄수도 많지 않았을뿐더러 그나마 대부분은 채소밭에서 괭이질을 하고 있었다. 아마 호박을 캐고 있었을 것이다. 일행은 운동장을 곧장 가로질러 E동에 와서 멈추었다. 운전사가 문을 열고 자기는 기름을 교환하기 위해 역마차를 배차실까지 몰고 가야겠다며 일행에게 수고가 많았다고 인사했다. 다른 교도관들도 차와 함께 떠났다. 뒷자리에 있던 두 교도관은 열린 채로 흔들거리는 문을 내버려 두고 사과를 먹고 있었다.

그렇게 해서 남은 것이 딘, 해리, 퍼시, 그리고 수갑을 찬 죄수 한 명이었다. 손목과 발목에 쇠고랑을 찬 채 흙먼지 속에서 고개를 숙이고 서 있던 꼬챙이처럼 비쩍 마른 시골뜨기한테 방심만 하지 않았어도 그 정도 인원이면 충분했어야, 아니 충분했을 것이다. 그들은 우리가 죄수를 그린 마일로 호송할 때 취하는 것과 동일한 대형으로 그를 앞세우고 E동으로 통하는 문을 향해 열두 걸음 가량 걸어갔다. 해리가 왼쪽에 있었고 딘이 오른쪽에 있었으며 퍼시는 곤봉을 손에 들고 뒤에 붙었다. 아무도 그런 이야기는 하지 않았지만 그가 곤봉을 꺼냈으리라는 건 뻔한 사실이다. 퍼시는 호두나무 곤봉에 홀딱 반해 있었으니까. 한편, 나는 전기의자에 가기 전까지 워턴이 거처로 삼을 곳에 앉아 있었다. 구금실을 향해 복도를 걷자면 오른쪽에 있는 첫 번째 감방이었다. 나는 서류판을 손에 들고 판에 박힌 짧은 훈시를 준비하면서 어서 빠져나가야겠다는 생각밖에 없었다. 사타구니의 통증이 다시 고개를 들었으므로 빨리 내 방으로 가서 통증이 가라앉기를 기다리고 싶은 마음이 굴뚝같았다.

딘이 문을 따기 위해 앞으로 걸어 나갔다. 그는 허리춤에 차고 있던 열쇠 뭉치에서 맞는 열쇠를 골라 자물쇠에 밀어 넣었다. 딘이 열쇠를 돌리고 손잡이를 당기는 순간 워턴이 살아났다. 그는 알아들을 수 없는 비명인지, 반역의 외침 같은 고함인지를 내질렀고 그 바람에 해리는 순간적으로 몸이 잠시 얼어붙었고 퍼시 웨트모어는 교전이 이루어지는 동안 내내 아예 꼼짝도 못하고 있었다. 나는 살짝 열린 문을 통해 그 비명을 들었지만 처음에는 사람의 목소리라고는 꿈에도 생각하지 못했다. 운동장으로 숨어 들어온 개가 다친 줄로만 알았다. 성질이 더러운 죄수가 쟁기로 두들겨 팼으려니 하고 말이다.

워턴은 팔을 들더니 손목 사이에 걸려 있던 쇠사슬로 딘의 머리를 휘감고 죽여 버리겠다고 나왔다. 딘은 캑캑, 고함을 지르면서 이 작은 세계의 싸늘한 전구를 향해 휘청 기울었다. 워턴은 좋아라고 함께 걸으면서 심지어는 머리를 받쳐 주기까지 했다. 그는 내내 악을 쓰면서 알아듣지 못할 소리를 지껄이며 웃기까지 했다. 팔꿈치를 세워 양주먹이 딘의 눈높이에 온 상태에서 쇠사슬을 힘껏 잡아당기며 톱질하듯 앞뒤로 썰었다.

해리가 워턴의 등을 덮쳐 한 손으로 이 신참 죄수의 지저분한 금발을 움켜잡고 다른 주먹으로 옆얼굴을 있는 힘껏 후려쳤다. 그에게는 곤봉이 있었고 허리춤에는 권총도 차고 있었지만 워낙 격앙된 상태였던지라 둘 다 잡아 뽑지 못했다. 전에도 죄수들이 골치를 썩인 적은 분명히 있었지만 워턴처럼 우리를 놀라게 한 죄수는 없었다. 녀석의 교활함은 우리의 경험 세계를 벗어나 있었다. 그런 부류는 그 전까지 한번도 보지 못했으며 그 후에도 다시 보지 못했다.

그는 힘이 셌다. 맥 빠진 느슨함은 일거에 사라져 버렸다. 해리는 나중에 그것을, 탄성을 되찾은 똘똘 감긴 강철 스프링 위로 뛰어오르는 것에 비유했다. 이제 복도 안으로 들어와 당직 책상 가까이까지 온 워턴은 왼쪽으로 빙글 돌아서며 해리를 밀쳐 냈다. 해리는 책상에 부딪히면서 나자빠졌다.

워턴이 웃었다. "화, 신난다! 이게 지금 파티지? 파티가 아니면 뭐겠냐고!" 여전히 고함을 지르고 웃어 대면서 워턴은 다시 쇠사슬로 딘을 조이는 데 몰입했다. 무얼 마다하겠는가? 워턴은 우리 모두가 알고 있는 것을 알았다. 한 번 죽지 두 번 죽겠는가.

"갈겨, 퍼시! 갈겨!" 해리가 몸을 일으켜 세우면서 악을 썼다. 그러나 퍼시는 눈만 사발만큼 휘둥그렇게 뜨고 곤봉을 손에 쥔 채 그저 서 있을 뿐이었다. 벼르고 벼르던 기회가 찾아왔다고, 그 점호 방망이를 활용할 수 있는 절호의 기회라고 여러분은 생각하겠지만, 방망이를 휘두르기에 그는 너무나 겁에 질려 있었고 갈피를 못 잡고 있었다. 그가 상대해야 할 사람은 공포에 떠는 왜소한 프랑스 인도 아니었고 늘 정신을 딴 데 두고 있는 것처럼 보이는 덩치 큰 흑인도 아니었다. 이건 미쳐 날뛰는 악마였다.

워턴의 감방에서 나온 나는 서류판을 떨어뜨리고 38구경 권총을 빼 들었다. 그리고 그날 두 번째로 나의 몸 한가운데를 달구던 요도염을 잊어버렸다. 다른 사람들이 워턴의 얼빠진 표정과 흐리멍덩한 눈에 대해서 말한 내용이 잘못되었다고는 생각하지 않았지만 그때 내가 본 워턴의 모습은 달랐다. 내가 본 것은 짐승의 얼굴이었다. 그것도 지능을 가진 짐승이 아니라 교활함과 야비함……, 자기만족으로 똘똘 뭉친 짐승이었다. 그렇다. 그는 원래 자신의 모습을 유감없이 드러내고 있었다. 장소와 상황은 중요하지 않았다. 또 하나 내가 본 것은 빨갛게 부풀어 오른 딘 스탠턴의 얼굴이었다. 그는 내 앞에서 죽어 가고 있었다. 워턴은 권총을 보고 딘을 앞으로 내세웠다. 나는 한 사람을 쏘기 위해서는 다른 사람도 쏘지 않을 수 없는 상황으로 내몰렸다. 딘의 어깨 너머로 이글거리는 파란 눈동자가 나에게 어서 쏘라고 악을 쓰고 있었다.

3

THE GREEN MILE

커피의 손

지금까지 쓴 글을 죽 훑어보고 나는 내가 지금 살고 있는 조지아 파인스를 양로원이라고 불렀다는 사실을 알았다. 이곳을 운영하는 사람들이 알면 대단히 불쾌하게 여기리라! 유망한 고객들에게 발송하는 로비의 안내 책자에 따르면 이곳은 '노인을 위한 최첨단 휴양 시설'이다. 책자에는 심지어 오락 센터까지 있다고 나와 있다. 여기서 지내야 하는 사람들은(책자는 우리를 '재소자'라고 표현하지는 않지만 나는 곧잘 그렇게 부른다) 그곳을 그냥 TV 방이라고 부른다.

사람들은 나를 방관자로 여긴다. 낮에는 내가 TV 방으로 별로 내려가지 않기 때문이다. 하지만 나를 견디기 어렵게 하는 건 사람들이 아니라 프로그램이다. 오프라, 리키 레이크, 카니 윌슨, 롤랜다. 세상은 우리 귀 주위에서 와르르 무너져 내린다. 이네들의 유일한 관심사는 미니스커트 차림의 여자나 가슴을 풀어헤친 남자와 성관계를 가지는 것이다. 하기야, 심판받고 싶지 않거든 남을 심판하지 말라는 성경 말씀도 있으니 나는 가만히 입이나 다물고 있으련다. 시시껄렁한 영화 예고편을 보면서 시간을 보내느니 차라리 나는 금요일과 토요일 밤이면 어김없이 순찰차들이 사이렌을 울리고 파란 전조등을 깜박거리며 몰려드는 으스스한 이동 주택 주차장까지 3킬로미터를 걸어갈 용의가 있다는 말만 해 두고 싶다. 나와 각별하게 지내는 일레인 코널리도 비슷하게 생각한다. 일레인은 여든 살인데 키가 크고 호리호리하며 아직 등이 굽지 않았고 눈빛도 맑다. 지적이며 세련된 여자다. 걸음을 아주 느릿느릿 걷는 것은 골반에 약간 문제가 있어서 그렇다. 게다가 손에 생긴 관절염으로 일레인이 몹시 고통스러워한다는 것도 나는 안다. 하지만 일레인은 백조처럼 길고 아름다운 목과 풀어헤치면 어깨까지 치렁치렁 내려오는 길고 아름다운 머리칼을 가졌다.

무엇보다도 그녀는 나를 특이하거나 괴팍한 사람으로 보지 않는다. 일레인과 나는 함께 보내는 시간이 많은 편이다. 이렇게 주책스러울 만큼 나이만 먹지 않았어도 일레인을 여자 친구라고 부를 수 있을지도 모른다. 그래도 특별한 친구, 그냥 친구가 있는 것은 과히 나쁘지 않으며 어떤 의미에서는 좋기도 하다. 남녀가 애인 관계로 만날 때 뒤따르는 허다한 문제와 두통거리는 우리 같은 나이에는 흔적조차 남아 있지 않다. 쉰 살이 아직 안 된 사람들은 이 말을 믿지 않겠지만, 때로는 잿불이 모닥불보다 나은 법이다. 터무니없이 들릴지라도 이건 사실이다.

그래서 나는 낮에는 텔레비전을 보지 않는다. 걸을 때도 있고 책을 읽을 때도 있지만 지난 한 달 동안 나는 주로 일광욕실의 화초들 틈에서 이 회상록을 쓰면서 시간을 보냈다. 이 방에는 산소가 더 많은 듯하다. 노인의 기억을 되살리는 데는 그게 도움이 된다. 하루 종일 시시껄렁한 텔레비전 토크 쇼만 보고 있는 것보다 백번 낫다.

하지만 잠이 안 올 때는 나도 간혹 아래층으로 몰래 내려가 텔레비전을 켠다. 조지아 파인스에 HBO 같은 유료 케이블 채널은 없다. 우리 오락 센터에서 관람하기에 시청료가 턱없이 비싸지는 않을 거라고 생각하는데 말이다. 하지만 기본적인 케이블 채널이 나온다. 아메리칸 무비 채널이 나온다는 뜻이다. 이 채널에서는 (당신이 기본적인 케이블 채널조차 접하지 못하고 있다면) 주로 흑백 영화가 방영되고 여자들이 옷을 벗는 일도 없다. 나같이 고리타분한 늙은이는 그래야 마음이 놓인다. 말하는 노새 프랜시스가 불 위에 얹힌 도널드 오코너의 프라이팬을 다시 한번 잡아당긴다거나, 존 웨인이 도지 시가지를 소탕한다거나, 제임스 캐그니가 아무개를 더러운 배신자라고 부르면서 방아쇠를 당기는 장면을 보다가 텔레비전 앞에 놓인 후줄근한 녹색 소파에서 잠이 든 게 며칠 밤인지 모른다. 그중에는 아내 재니스(그냥 여자 친구가 아니라 둘도 없는 친구)와 함께 보았던 영화도 있는데 그걸 보면 마음이 푸근해진다. 그들이 입은 옷, 걸어다니고 말하는 방식, 심지어는 삽입 음악까지도 하나같이 나를 푸근하게 해 준다. 그런 것들은 지금은 기저귀와 고무 팬티를 차고 다니는 사람들이 수두룩한 양로원에서 좀이 슬어 서서히 문드러지고 있는 유골이나 다를 바 없는 내게도 한때는 세상의 맨땅을 활보하던 시절이 있었음을 일깨워 준다.

하지만 그날 새벽에 본 영화에서 나는 조금도 위로를 받지 못했다. 눈곱만큼도.

아메리칸 무비 채널에서 오전 4시부터 방영되는 이른바 새벽 극장을 보러 일레인이 가끔 내려오기도 했다. 일레인이 별다른 말을 한 건 아니지만 나는 관절염이 그녀를 괴롭히고 있으며 이제는 의사들이 주는 약도 소용없다는 걸 안다.

그날 새벽 보풀이 있는 하얀 가운을 걸치고 유령처럼 미끄러져 들어온 일레인이 본 것은, 예전에는 다리였던 앙상한 막대기를 구부리고 온몸을 뒤흔드는 오한을 잠재우려고 무릎을 꽉 붙들고 울퉁불퉁한 소파 위에 앉아 있는 나의 모습이었다. 사타구니를 제외하고 전신이 떨렸다. 사타구니만은 1932년 가을, 다시 말해서 존 커피, 퍼시 웨트모어, 길들인 쥐 딸랑 씨가 있던 그해 가을, 나의 인생을 그토록 고단하게 만들었던 요도염의 유령이 되살아난 듯 활활 타는 것 같았다.

생각해 보니 그해 가을에는 윌리엄 워턴도 있었다.

"폴!" 일레인이 소리를 지르며 자신의 엉덩이를 끼워 맞춘 낡은 못과 무광택 유리가 허용하는 범위 안에서 최대한 재빠르게 다가왔다. "폴, 왜 그래요?"

"괜찮아질 겁니다." 말은 그렇게 했지만 상대가 마음을 놓을 만한 목소리는 아니었다. 내가 내뱉은 단어들은 딱딱 맞부딪치려는 이빨 틈새로 하나같이 불규칙하게 새어 나왔다. "일이 분만 지나면 씻은 듯이 말짱해지겠죠."

일레인은 옆에 앉아 내 어깨를 감쌌다. "그래야죠. 무슨 일이 있었나요? 숨기지 마요, 폴, 꼭 유령을 본 사람 같아요."

'봤지요.' 나는 속으로 생각했다. 그리고 그녀의 눈이 휘둥그레지는 것을 보고 나서야 내가 그 소리를 입밖에 냈다는 사실을 깨달았다.

"진짜는 아니라오⋯⋯." 나는 그렇게 말하면서 그녀의 손을 토닥거렸다(부드럽게, 한없이 부드럽게!). "하지만 잠깐만요, 일레인⋯⋯, 윽!"

"형무소에서 교도관으로 근무할 때부터 그랬나요?" 그녀가 물었다. "일광욕실에서 쓰는 글은 그 시절의 얘기인가요?"

나는 고개를 끄덕였다. "사형수 감방을 교도관의 시각에서⋯⋯."

"알아요⋯⋯."

"우리가 그걸 그린 마일이라고 불렀다는 건 모를 겁니다. 바닥에 깐 리놀륨 빛깔 때문이었지요. 1932년 가을 윌리엄 워턴이라는 난동꾼이 들어왔어요. 그 친구는 자기가 무슨 빌리 더 키드라고 팔에다 문신까지 해 넣었습니다. 철없는 아이였지만 위험했어요. 소장 보좌역으로 일했던 커티스 앤더슨이 그 친구에 대해서 한 말이 지금도 기억납니다. '미친개에다가 그걸 자랑으로 아는 놈이지요. 워턴은 열아홉 살입니다. 무서운 게 없는 놈이지요.' 마지막 문장에다가는 밑줄까지 그었습니다."

내 어깨를 감싸고 있던 손이 이제는 잔등을 어루만지고 있었다. 나는 훈훈해지기 시작했다. 그 순간 나는 일레인 코닐리에게 사랑을 느꼈다. 당신을 사랑한다고 고백하면서 그녀의 얼굴에 키스를 퍼부을 수도 있을 것 같았다. 혼자라는 것은 나이와 무관하게 괴롭고 두려운 일이지만, 특히 나이를 먹으면 더욱 견디기가 어려운 노릇이다. 하지만 내 마음은 다른 곳에 가 있었다. 아직 매듭 짓지 못한 해묵은 숙제가 나를 짓누르고 있었다.

내가 말했다. "어쨌거나, 당신 말이 옳습니다. 저는 워턴이 우리 동으로 들어왔을 때 딘 스탠턴이라는 교도관을 거의 죽일 뻔한 사건을 끄적거리는 중이거든요."

"어떻게 그런 짓을 할 수 있었나요?" 일레인이 물었다.

"비열함과 부주의 때문이었지요." 나는 심각하게 말했다. "워턴은 비열하게 굴었고 워턴을 데려온 교도관들은 부주의했어요. 가장 큰 실수는 워턴의 손목에 채웠던 수갑이었습니다. 쇠사슬이 너무 길었어요. 딘이 E동으로 들어가는 문을 땄을 때 워턴은 그 뒤에 있었습니다. 양편에 교도관들이 붙어서 있었지만, 앤더슨 말이 옳았어요. 와일드 빌리는 그런 것쯤은 아랑곳하지 않았어요. 쇠사슬로 딘의 목을 감더니 꽉 조이기 시작했지요."

일레인은 치를 떨었다.

"아무튼 그런 생각을 하다 보니까 잠이 통 오질 않지 뭡니까. 그래서 이리로 내려와서, 당신도 혹시 내려올지 모른다, 그럼 우리 둘이서 오붓한 한때를 지낼 수 있겠다 생각하면서 텔레비전을 켜니까……."

일레인은 웃으면서 내 눈썹 바로 위의 이마에다 입맞춤을 했다. 재니스가 그렇게 할 때마다 온몸이 간지러워서 죽을 것 같았는데 이른 새벽 일레인이 입맞춤했을 때 여전히 온몸이 간질거렸다. 좀처럼 변하지 않는 것이 있기는 있나 보다.

"40년대에 만들어진 오래된 흑백 갱 영화가 나오지 뭡니까. 제목이 「죽음의 입맞춤」이라나요."

몸이 다시 떨리기 시작하는 것 같아서 나는 그것을 억누르려고 애썼다.

"리처드 위드마크가 나와요." 내가 말했다. "내가 알기로는 처음으로 맡은 큰 배역이었지요. 경찰이나 강도가 나오는 영화는 대개 피했으니까 집사람하고는 본 적이 없는 영화인데, 리처드 위드마크가 똘마니로 나와서 아주 멋진 연기를 펼쳤다는 기사를 어디선가 읽은 기억이 납니다. 확실히 괜찮은 연기였어요. 파리한 안색에……, 걷는 게 아니라 미끄러지듯 움직이고……, 보는 사람마다 '꼬마'라고 부르며……, 툭하면 밀고자 얘기를 하고……, 밀고자를 얼마나 증오하는가 하면……."

안 그러려고 안간힘을 썼지만 다시 오한이 밀려들기 시작했다. 불가항력이었다.

내가 중얼거렸다. "금발 머리, 부드러운 금발 머리. 위드마크가 휠체어에 앉은 노부인을 계단으로 밀어 떨어뜨리는 장면까지 보고는 텔레비전을 껐습니다."

"그가 워턴을 상기시켰나요?"

"워턴이었지요. 그대로 빼다 박았더군요." 내가 말했다.

"폴……." 일레인이 무슨 말인가를 하려다가 말았다. 그녀는 텅 빈 텔레비전 화면을 바라보더니(그 위에 케이블 박스는 아직 켜져 있었고 아메리칸 무비 채널을 가리키는 10이라는 빨간 숫자가 보였다), 다시 나에게 시선을 돌렸다.

"왜요? 뭐가 잘못됐어요?" 그렇게 물으며 나는 속으로 '일레인은 회상록 집필을 중지하라고 할 거다. 지금까지 쓴 내용을 모두 찢고 잊어버리라고 할 거야.' 그런 생각을 하고 있었다.

그런데 정작 그녀의 입에서 나온 말은 달랐다. "그래도 쓰는 걸 포기하진 마세요."

나는 입을 벌린 채 멍하니 일레인을 바라보았다.

"입 좀 다물어요, 폴. 파리 들어가겠어요."

"미안. 난 그저……, 음……."

"내가 반대로 말할 줄 알았죠. 그렇죠?"

"그래요."

그녀는 내 손을 보듬고(부드럽게, 아주 부드럽게……. 그녀의 길고 아름다운 손가락과 흉하게 주름 잡힌 마디) 앞으로 몸을 숙였다. 백내장의 후유증으로 왼쪽이 약간 뿌옇게 흐려진 연한 갈색 눈동자가 나의 파란 눈동자에 박혀 있었다.

그녀가 입을 열었다. "살아가기에는 너무 늙고 약할지 몰라도 생각까지 녹슬지는 않았어요. 우리 같은 나이에 며칠 동안 밤잠을 못 이룬다면 그게 왜겠어요? 아니할 말로, 텔레비전에서 유령을 본다는 게 왜겠어요? 여태껏 살아오면서 처음 보는 유령이라고 말할 참인가요?"

나는 무어스 소장, 해리 터윌리거, 브루터스 하월을 생각했다. 나의 어머니와 앨라배마에서 죽은 아내 재니스에 대해서도 생각했다. 암, 나는 영혼이라는 것을 알고 있었다.

"아닙니다." 내가 말했다. "내가 처음 보는 유령은 아니었지요. 하지만 일레인, 그건 자못 충격이었습니다. 바로 그 사람이었거든요."

그녀는 다시 내게 입을 맞추더니 자리에서 일어섰다. 일어설 때 손등으로 허리 윗부분을 짚으면서 인상을 쓰는데, 조심하지 않으면 골반 뼈가 살갗을 뚫고 나올까 봐 걱정하는 듯한 모습이었다.

"아무래도 텔레비전은 안 보는 게 좋겠네요." 그녀가 말했다.

"비 오는 날이나……, 잠 안 오는 밤에 대비해서 알약 하나를 따로 준비해 두었어요. 그걸 먹고 가서 자야겠어요. 당신도 그러는 편이 나을 텐데."

"맞아, 그래야겠구려."

순간적으로 마음이 흐트러졌는지 나는 같이 침대에 들어가지 않겠느냐는 제안을 해 볼까 생각했다가 그녀의 눈에 나타난 무지근한 아픔을 보고 마음을 고쳐먹었다. 일레인은 나의 제안을 받아들일 테지만 그것은 어디까지나 내 기분을 고려해서 내린 결정일 테니까. 그건 바람직한 결정이 아니었다.

우리는 나란히 TV 방(나는 비꼬려는 의도에서라도 이곳을 다른 이름으로 미화하고픈 생각이 추호도 없다)을 나섰다. 느리고 아주 조심스럽게 내딛는 그녀의 발걸음에 나도 보조를 맞추어야 했다. 닫힌 문 저 너머에서 누군가가 악몽에 시달리며 내뱉는 신음소리를 제외하면 건물은 조용했다.

"주무실 수 있겠어요?" 그녀가 물었다.

"그럼요." 대답은 그렇게 했지만, 물론 나는 잠을 이룰 수 없었다. 나는 동녘 하늘이 밝아 올 때까지 침대에 누워서 「죽음의 입맞춤」에 대해 생각했다. 미친 사람처럼 낄낄거리면서 노부인을 휠체어에 묶어 계단 밑으로 밀어 버리는 리처드 위드마크의 모습이 자꾸만 떠올랐다. "밀고자를 우린 이런 식으로 처리한다고." 위드마크는 노부인에게 그렇게 말했다. 이어서 그의 얼굴은 E동과 그린 마일에 처음 나타났던 그날의 윌리엄 워턴의 얼굴로 녹아들었다. 워턴은 위드마크처럼 낄낄거렸다. 워턴은 '이게 지금 파티지? 파티가 아니면 뭐겠냐고!' 하면서 악을 써 댔다. 나는 아침을 먹기가 귀찮아졌다. 그런 악몽을 보고 나서 밥맛이 날 리 없었다. 나는 곧바로 이곳 일광욕실로 와서 글을 쓰기 시작했다.

유령이 있느냐고?

물론 있다.

유령에 대해서라면 나는 모르는 것이 없다.

"와, 신난다! 이게 지금 파티지? 파티가 아니면 뭐겠냐고!"

여전히 고함을 지르고 웃어 대면서 워턴은 다시 쇠사슬로 딘을 조이는 데 몰입했다. 무얼 마다하겠는가? 워턴은 딘과 해리, 나의 친구 브루터스 하월이 아는 것을 알았다. 한 번 죽지 두 번 죽겠는가.

"갈겨!" 해리 터윌리거가 악을 썼다. 그는 워턴과 드잡이질을 하며 진짜로 일이 벌어지기 전에 멈추려고 했다. 그러나 워턴은 그를 내동댕이쳤고, 해리는 이제 일어나 서려고 낑낑거렸다. "퍼시, 갈기라고!"

그러나 퍼시는 눈만 사발만큼 둥그렇게 뜨고 곤봉을 손에 쥔 채 그저 서 있을 뿐이었다. 그는 그 빌어먹을 방망이를 애지중지했고, 여러분은 그가 콜드마운틴 교도소에 온 후로 억눌러 왔던 그 점호 방망이를 활용할 절호의 기회라고 생각하겠지만……, 방망이를 휘두르기에 그는 너무나 겁에 질려 있었고 갈피를 잡지 못했다. 그가 상대해야 할 사람은 공포에 떠는 왜소한 프랑스 인도 아니었고 늘 정신을 딴 데 두고 있는 것처럼 보이는 덩치 큰 흑인도 아니었다. 그것은 미쳐 날뛰는 악마였다.

워턴의 감방에서 나온 나는 서류판을 떨어뜨리고 38구경 권총을 빼 들었다. 그리고 그날 두 번째로, 나의 몸 한가운데를 달구던 요도염을 잊어버렸다. 다른 사람들이 워턴의 얼빠진 표정과 흐리멍덩한 눈에 대해서 말한 내용이 잘못되었다고는 생각하지 않았지만 그때 내가 본 워턴의 모습은 달랐다. 내가 본 것은 짐승의 얼굴이었다. 그것도 지능을 가진 짐승이 아니라 교활함……, 야비함……, 자기만족으로 똘똘 뭉친 짐승이었다. 그렇다. 그는 본래의 자기 모습을 유감없이 드러내고 있었다. 장소와 상황은 중요하지 않았다. 또 하나 내가 본 것은 빨갛게 부풀어 오른 딘 스탠턴의 얼굴이었다. 그는 내 앞에서 죽어 가고 있었다. 워턴은 권총을 보고 딘을 방패로 삼았다. 나는 한 사람을 쏘기 위해서는 다른 사람도 쏘지 않을 수 없는 상황으로 내몰렸다. 딘의 어깨 너머에서 이글거리는 파란 눈동자가 나에게 어서 쏘라고 악을 쓰고 있었다. 워턴의 한쪽 눈은 딘의 머리카락에 가려져 있었다. 그 너머로 나는 곤봉을 어설프게 치켜들고 서서 어쩔 줄 몰라 쩔쩔매는 퍼시의 모습을 보았다. 바로 그때 기적처럼 교도소 운동장과 통하는 활짝 열린 문을 꽉 채우며 사람의 형체가 나타났다. 바로 브루터스 하월이었다. 남아 있던 의무실 장비를 마저 옮기고 나서 커피 마실 사람이 없는지 물어보려고 왔던 것이다.

그는 한순간도 주저하지 않고 바로 행동에 들어갔다. 퍼시를 기세 좋게 벽으로 밀어내더니 고리에 걸어 두었던 자신의 곤봉을 빼 들고 워턴의 뒤통수를 큼지막한 오른팔로 힘껏 후려갈겼다. 퍽, 둔탁한 소리가 났다. 워턴의 두개골 안에는 뇌가 없었던 모양인지 속이 비었을 때 나는 소리에 가까웠다. 마침내 딘의 목을 감고 있던 쇠사슬이 느슨해졌다. 워턴은 밀가루 부대처럼 풀썩 주저앉았고 눈이 퉁퉁 부풀어 오른 딘도 한 손을 목에 대고 밭은기침을 토하며 엉금엉금 빠져나왔다.

내가 옆에 가서 무릎을 꿇고 앉자 딘은 세차게 고개를 흔들었다. "됐으니까, 저놈이나……, 잘 봐요!" 딘이 캑캑거리며 워턴을 가리켰다. "자물쇠! 감방!"

브루털한테 된통 얻어맞은 그 친구에게 감방이 필요할 거라는 생각은 들지 않았다. 그보다는 관이 필요할 것 같았다. 하지만 그런 행운은 따라 주지 않았다. 워턴은 뻗어 있었지만 죽음과는 거리가 멀었다. 한 팔을 쭉 뻗고 옆으로 널브러져 있어 손가락 끝이 그린 마일의 바닥에 닿았다. 눈은 감겨 있고 호흡은 느렸지만 불규칙하지는 않았다. 마치 달콤한 자장가를 듣다가 잠이 든 듯 얼굴에는 평화로운 미소까지 어려 있었다. 붉은 핏줄기가 가늘게 머리에서 배어 나와 갓 입은 죄수복 목깃을 물들였다. 그뿐이었다.

"퍼시, 나 좀 도와줘!" 내가 말했다.

퍼시는 아직도 놀라움이 가시지 않았는지 눈을 동그랗게 뜨고 벽에 기대선 채 꼼짝도 하지 않았다. 뭐가 어떻게 돌아가는지 정신이 없었을 것이다.

"퍼시, 젠장맞을, 좀 붙들라니까!"

그제야 퍼시는 움직였고, 해리가 거들었다. 브루털이 딘을 일으켜 세워 부축하면서 허리를 숙여, 숨을 들이쉬는 그를 이 세상의 어떤 어머니보다도 자상하게 보살피는 동안 우리 세 사람은 정신을 잃은 워턴을 감방으로 옮겼다.

우리의 새로운 문제아는 세 시간이 지나도 정신을 차리지 못했다. 하지만 막상 정신을 차렸을 때 보니 브루털의 무지막지한 가격에도 이렇다 할 부작용이 전혀 없었다. 그는 몸놀림만큼이나 회복 속도도 빨랐다. 방금 전까지만 하더라도 자기 침상에서 세상모르고 나자빠져 있더니 지금은 창살을 붙들고 고양이처럼 조용히 서서 당직 책상에 앉아 이번 사고에 대한 보고서를 쓰고 있던 나를 빤히 쳐다보았다. 누군가 나를 보고 있는 듯한 낌새가 느껴져 고개를 들어 보니 워턴이 거기 있었다. 히죽 웃으니까 벌써 몇 군데가 비어 있고 그나마 남은 것도 검게 썩어 들어가는 이빨이 드러났다. 나는 기절초풍할 뻔했다. 놀란 내색을 하지 않으려고 애는 썼지만 그가 눈치 챈 것 같았다.

그가 말했다. "이봐, 보초. 다음은 네 차례다. 이번엔 절대 실패하지 않을 거야."

"이보게, 워턴." 나는 되도록 담담하게 말했다. "경우에 따라서는 훈시와 환영식을 생략하기도 하는데, 괜찮지?"

그의 웃음이 약간 흔들렸다. 자기가 예상했던 반응과는 사뭇 달랐던 것이다. 다른 경우였더라면 나 역시 그런 반응을 보이지 않았으리라. 그러나 워턴이 의식을 잃고 있는 동안에 무슨 일인가가 일어났다. 내가 지금까지 여러분에게 들려주기 위해 터벅터벅 걸어왔던 중요한 사건 가운데 하나가 바로 이것이 아닐까 생각된다. 여러분이 과연 이것을 믿을지 자못 궁금하다.

들라크루아한테 한번 호통을 친 것 말고 퍼시는 일단 소동이
가라앉자 입을 굳게 다물었다. 눈치가 빨라서가 아니라 아직도
충격에서 헤어나지 못해서였으리라. 내가 아프리카 오지의 원주
민 부족에 대해서 까맣게 모르듯이, 퍼시 웨트모어는 눈치하고는
담을 쌓은 사람이라는 것이 나의 판단이다. 아무튼 그것은 정말
이지 다행스러운 일이었다. 브루털이 자기를 벽에다 밀어붙였으
니, 가끔씩 와일드 빌리 워턴 같은 말썽꾼이 E동에 나타난다는 사
실을 아무도 자기한테 말 안 했느니 하면서 주절거렸다면 우리는
그 녀석을 죽여 버리고 말았으리라. 그렇게 되면 우리는 그린 마
일을 전혀 다른 처지에서 걷게 되었을지 모른다. 가만히 생각해
보면 그런 대로 괜찮은 발상이었다. 나는 「백색 열기」에 나오는
제임스 캐그니처럼 될 수 있는 기회를 놓치고 말았다.

아무튼 딘의 숨이 멎는다든가, 그 자리에서 죽는 일은 없으리
라는 확신이 들자 해리와 브루털은 의무실까지 그를 부축해 데려
갔다. 난투극이 벌어지는 동안 완전히 침묵을 지키고 있던 들라
크루아(그는 교도소를 제 집처럼 들락거렸으므로 언제 입을 다무는

것이 현명하고 언제 다시 열어도 비교적 안전한지 아는 사람이었다)
가 딘을 데리고 복도로 걸어가는 해리와 브루털을 향해 고래고래
악을 쓰기 시작했다. 사태의 진상을 알고 싶었던 것이다. 사정을
모르는 사람이 봤다면 그가 헌법에 보장된 기본권이라도 침해당
한 줄 알았으리라.

"닥쳐, 이 좆만 한 호모 새끼야." 퍼시가 맞고함을 질렀다. 얼
마나 기세가 등등한지 목덜미의 양쪽 핏줄이 다 불거질 정도였
다. 나는 퍼시의 팔에 손을 얹었다. 몸이 부르르 떨리는 것이 옷
을 통해 느껴졌다. 물론 그에겐 두려움의 앙금도 남아 있었겠지
만(생각하지 않으려야 않을 수 없는 퍼시의 문제 가운데 하나는 그
의 나이가 워턴에 비해 과히 많다고는 할 수 없는 스물한 살밖에 되
지 않는다는 사실이었다), 머리끝까지 치솟은 분노가 주된 원인이
었을 것이다. 그는 들라크루아를 미워했다. 이유는 잘 모르겠지
만 아무튼 죽도록 미워했다.

나는 퍼시에게 말했다. "가서 무어스 소장님이 아직 퇴근 안 하
셨는지 보게. 아직 계시거든, 방금 일어났던 일을 구두로 상세히
보고드려. 장담은 못 하겠지만, 내일까지 내가 서면으로 보고드
리겠다고 전하고."

퍼시는 그 임무를 부여받고 눈에 띄게 기고만장해졌다. 나는
그가 경례라도 하면 어쩌나 하고 두근두근 가슴을 졸였다.

"옛. 알겠습니다."

"먼저 E동의 상황이 정상으로 회복되었다는 말부터 전하게. 이
건 소설을 쓰자는 게 아니다. 스릴을 강조하기 위해 질질 끌었다
간 소장한테 좋은 소리 못 들을 거야."

"명심하겠습니다."

"좋아, 가 봐."

그는 문으로 걸어가려다가 휙 돌아섰다. 반대로 나가는 데는 일가견이 있는 친구였다. 사타구니에 다시 불이 붙은 것 같아서 어서 좀 나가 줬으면 하는데 나갈 생각을 안 하는 것이다.

"괜찮으세요? 열이 오르나 보죠? 독감에라도 걸리셨습니까? 얼굴에 땀이 흥건한데요." 퍼시가 물었다.

"몸살 기운이 약간 있지만 그런 대로 견딜 만해. 가라고, 퍼시, 소장님께 전해."

그는 고개를 끄덕이고 방에서 나갔다. 사소한 은덕이지만 그때처럼 주님이 고맙게 느껴진 적도 없었다. 문이 닫히자마자 나는 내 방으로 뛰어 들어갔다. 당직 책상을 비워 두는 것은 규정 위반이었지만 그런 데까지 신경을 쓸 겨를이 없었다. 내 사타구니는 말이 아니었다. 그날 새벽의 통증과 맞먹었다.

나는 책상 뒤편에 마련된 작은 화장실로 들어가 오줌이 펑펑 쏟아지기 전에 간신히 바지에서 물건을 꺼냈지만 하마터면 실수할 뻔했다. 오줌이 흘러나오기 시작하자 한 손으로는 터져 나오는 비명을 막고 또 한 손으로는 세면대 가장자리를 있는 힘껏 움켜잡았다. 무릎을 꿇고 앉아 장작더미 옆에다 진창을 만들어 놓아도 괜찮은 집하고는 사정이 다르지 않은가. 여기서 주저앉았다간 오줌으로 마룻바닥을 흥건히 적셔 놓을 것이다.

무릎은 꿇지 않았고 비명도 지르지 않았지만 정말이지 진땀 나는 상황이었다. 나의 오줌이 잘게 부서진 유리 조각으로 채워져 있는 듯한 느낌이었다. 변기에서 올라오는 냄새가 퀴퀴하고 역겨웠다. 고름 같은 하얀 것이 수면에 둥둥 떠 있는 것이 보였다.

나는 시렁에서 수건을 꺼내서 얼굴을 닦았다. 물론 땀 때문이었다. 얼굴에서 땀방울이 뚝뚝 떨어지고 있었다. 구리 거울을 들여다보았다. 고열로 얼굴이 벌겋게 달아오른 사나이가 나를 바라보았다. 39도? 40도? 차라리 모르는 게 낫지 싶었다. 나는 수건을 걸어 놓고 변기의 물을 내린 다음 내 방을 지나서 감방들로 통하는 문으로 천천히 걸어갔다. 빌 도지나 다른 누군가가 나타나서 죄수 셋만 남겨 놓고 우리가 자리를 비운 사실을 발견하면 어떻게 하나 걱정스러웠지만 왔다 간 사람은 아무도 없었다. 워턴은 여전히 자기 침상에서 의식을 잃고 쓰러져 있었고 들라크루아는 침묵에 빠져 들었다. 그때 문득 존 커피가 쥐 죽은 듯이 가만히 있다는 깨달음이 왔다. 밖을 내다보지도 않았다. 그것은 불길한 조짐이었다.

나는 사형수들이 일반적으로 쓰는 두 가지 방법, 곧 바지로 목을 매든가 손목을 물어뜯어 스스로 목숨을 끊은 존 커피의 모습을 발견하게 될지도 모른다는 예감에 마음의 준비를 하면서 그린 마일을 지나 그의 감방 안을 살짝 들여다보았다. 아무 일도 없었다. 커피는 두 손을 무릎에 얹은 채 그저 침상에 앉아 있었다. 내 평생 처음 보는 거한이 야릇하게 젖은 눈으로 나를 응시했다.

"간수장님?"

"무슨 일인가, 덩치?"

"좀 봤으면 좋겠습니다."

"지금 보고 있잖나."

그는 이 말에는 대꾸를 않고 그 야릇한, 신뢰가 깃들지 않은 눈초리로 나를 곰곰이 뜯어보기만 할 뿐이었다. 나는 한숨을 내쉬었다.

"잠깐 기다리게, 덩치."

나는 건너편의 들라크루아를 보았다. 그는 자기 감방의 철창앞에 서 있었다. 그의 애완 쥐인 딸랑 씨(들라크루아는 자기가 딸랑 씨를 길들였다고 강조했지만 그런 마일에서 근무하던 우리들은 하나같이 딸랑 씨가 스스로 훈련했을 거라고 믿었다)는 마치 곡예장 한복판의 까마득히 높은 단 위에서 도약하는 곡예사처럼, 들라크루아가 앞으로 내민 양 손에서 왔다 갔다 부지런히 점프하고 있었다. 쥐의 눈은 컸으며 두 귀는 갈색 두개골 뒤편으로 젖혀져 있었다. 쥐는 들라크루아의 기분을 맞춰 주려고 그런 행동을 하고 있는 게 틀림없었다. 가만히 지켜보자니까 쥐는 들라크루아의 바지통을 타고 내려와 감방을 가로지르더니 한쪽 벽에 기대어져 있던 화사한 색상의 실패로 갔다. 그리고 실패를 들라크루아의 발치로 밀고 와서 간절한 눈빛으로 올려다보았지만 그 왜소한 프랑스인은 적어도 당장은 친구에게 관심을 쏟지 않았다.

"무슨 일입니까, 간수장님? 누가 다쳤나요?" 들라크루아가 물었다.

"한바탕 난리를 치렀어. 새로 들어온 녀석이 사자처럼 날뛰다가 지금은 정신을 잃고 양처럼 누워 있지. 유종의 미를 거둔 셈이지."

"아직 끝난 게 아니지 않습니까." 들라크루아는 워턴이 처박힌 감방을 물끄러미 바라보며 말했다. "롬 모베, 세 브레(그놈 악질이에요. 진짜 악질이라고요)."

"아무튼 그것 때문에 너무 겁먹을 필요는 없어. 그 자식하고 같이 운동장에서 뛰어다닐 일은 없을 테니까."

커피가 침상에서 일어나는지 내 뒤에서 삐걱거리는 소리가 났다. "에지콤 간수장님! 말씀드릴 게 있대도요!" 커피가 다시 입을 열었다. 이번에는 다급한 목소리였다.

나는 좋아, 문제 될 게 없다. 대화는 나의 소임 아닌가 말이다, 라고 생각하면서 커피한테로 돌아섰다. 그러는 동안에도 내내 떨지 않으려고 노력했다. 곧잘 있는 일이지만 고열이 오한으로 바뀌었던 것이다. 물론 사타구니만큼은 마치 그곳을 쫙 갈라서 뜨거운 석탄 덩어리로 안을 채우고 다시 꿰매 놓은 것처럼 활활 타올랐지만 말이다.

"이제 말하게, 존 커피." 나는 되도록이면 목소리를 밝고 침착하게 유지하려고 노력했다. E동에 오고 나서 처음으로 커피는 여기 정말 존재하는 것처럼, 우리들 속에 정말 있는 것처럼 보였다. 눈가에서 거의 끊이지 않고 흘러내리던 눈물방울은 잠시 그친 상태였다. 그는 E동의 교도관인 폴 에지콤을 쳐다보는 것이지, 자신이 저지른 끔찍한 짓을 백지로 돌릴, 너무나 돌아가고 싶은 그 어떤 곳을 바라보는 것은 아니었다.

"아직요. 이 안으로 들어와야 합니다." 그가 말했다.

"허, 그러지 못한다는 걸 잘 알면서……." 나는 여전히 밝은 목소리로 말하려고 애썼다. "지금 당장은 곤란해. 지금 이곳에는 나 혼자뿐인 데다 자네는 나보다 몸무게가 1톤 반은 더 나가거든. 오늘 오후에 생난리를 치르지 않았나. 그걸로 충분해. 괜찮다면 철창을 사이에 두고 이야기하세. 그리고……."

"부탁입니다!" 철창을 얼마나 꽉 붙들고 있었는지 손가락 밑동에서 핏기가 가셨고 손톱 끝이 새하얘졌다. 얼굴은 번민으로 해쓱해졌고 그 야릇한 눈은 내가 이해하지 못할 어떤 욕구로 날카롭게 빛났다. 내가 몸만 아프지 않았어도 그 욕구를 이해할 수 있었을지도 모른다고 생각했던 기억이 난다. 만일 그 욕구가 무엇인지를 알았다면 그 이후로도 커피에게 도움을 줄 방도는 있었으리라. 무엇을 원하는지 알면 대개는 그 사람을 이해할 수 있다. "제발요, 에지콤 간수장님! 들어와야 한다니까요!"

'살다살다 별 정신 나간 소리를 다 들어 보겠네.' 그런 생각을 하면서도 나는 내가 그보다 더 정신 나간 짓을 할 것임을, 곧 내가 감방 안으로 들어가리라는 걸 예감했다. 나는 허리춤에서 열쇠 뭉치를 꺼내 존 커피의 감방을 여는 열쇠를 찾았다. 그는 내 몸이 거뜬하고 날아갈 듯 가벼운 날에도 나를 집어 올려 불쏘시개처럼 무릎으로 툭 분지를 수 있는 괴력의 소유자였으며, 더구나 그날 내 몸은 영 말이 아니었다. 그럼에도 나는 안으로 들어갈 작정이었다. 혼자 몸으로, 그것도 사형 선고를 받은 살인범들을 바보처럼 느슨하게 다루었다가 어떤 사태가 벌어질 수 있는지 겨우 30분 전에 두 눈으로 똑똑히 목격하고서도 이 우람한 흑인의 감방을 열고 안으로 들어가 함께 앉아 있을 작정이었다. 그런 모습을 발각당하는 날에는 설사 커피가 나한테 행패를 부리지 않는다손 치더라도 나는 목이 달아날 각오를 해야만 했다. 그래도 나는 안으로 들어갈 생각이었다.

잠깐! 나는 속으로 생각했다. 여기서 멈추는 것이 좋겠다, 폴. 하지만 나는 멈추지 않았다. 나는 한 열쇠로는 위의 자물쇠를 열고 또 한 열쇠로는 아래 자물쇠를 연 다음 문을 드르륵 열었다.

"간수장님, 지금 실수하는 겁니다." 들라크루아의 목소리가 얼마나 불안하고 신경질적이었는지 다른 때 같았으면 아마 나는 웃고 말았을 것이다.

"이건 내 일이야. 자넨 자네 일이나 신경 쓰면 돼." 나는 뒤도 돌아보지 않고 대꾸했다. 내 눈은 존 커피의 눈에 가서 박혀 있었다. 못질이라도 해 놓은 것처럼 단단히. 최면에 걸린 듯한 느낌이었다고나 할까. 내 목소리인데도 내 귀에는 마치 긴 골짜기를 타고 내려가는 메아리처럼 들렸다. 정말이지, 나는 최면에 걸렸는지도 몰랐다. "누워서 좀 쉬라고."

"어이구 두야, 다들 제정신이 아니야. 딸랑 씨, 차라리 하루 빨리 저 사람들 손에 죽으면 이런 꼴 안 보고 얼마나 좋을꼬." 들라크루아가 떨리는 음성으로 말했다.

나는 커피의 감방으로 들어갔다. 내가 앞으로 다가서자 그는 뒤로 물러섰다. 뒷걸음질을 치다가 침상에 부딪히자 그대로 그 위에 걸터앉았다. 종아리가 부딪혔으니 얼마나 키가 컸는지 상상이 가리라. 옆의 매트리스를 탁탁 두드리면서 그의 시선은 한번도 나의 눈에서 떠나지 않았다. 내가 그의 옆에 앉자 커피는 한 팔을 나의 어깨에 둘렀다. 마치 영화에 나오는 애인이라도 되는 것처럼.

"뭐하자는 건가, 존 커피?" 나는 그의 쓸쓸하고 조용한 눈을 줄곧 바라보면서 물었다.

"그저 돕자는 거죠." 그는 별로 하고 싶지 않은 일을 앞에 둔 사람처럼 한숨을 푹 쉬더니 내 사타구니, 그러니까 배꼽에서 약한 자가량 밑으로 내려간 그 쓸모없는 뼈를 향해 자기 손을 쑤욱 내밀었다.

"이 사람이!" 나는 고함을 질렀다. "이 손 치우지 못해!"

그때 내 몸은 순간적으로 아래위로 심하게 요동쳤다. 고통은 없었지만 무언가에 세게 얻어맞은 것 같았다. 나는 침대 위에서 경련을 일으켰고 등은 활처럼 휘어졌다. 허풍선이가 익는다, 칠면조처럼 잘 구워진다, 하고 소리치던 일이 생각났다. 열기도 없었고 전류의 감촉도 없었지만 순간적으로 온 사물에서 빛깔이 튀어나오는 것만 같았다. 마치 무언가에게 쥐어짜인 세상이 땀을 흘리는 듯한 느낌이었다고나 할까. 나는 존 커피의 얼굴에 있는 땀구멍을 모조리 볼 수 있었으며, 귀신에 홀린 듯한 그의 눈에 순간순간 서는 핏발을 모조리 볼 수 있었으며, 이제는 아물어 가는 턱의 작은 상처까지도 보았다. 나의 손가락은 희박한 공기를 휘어잡으려는 매의 발톱처럼 구부러져 있었고, 발은 커피의 감방 바닥을 쾅쾅 치고 있었다.

이윽고 그 순간이 지나갔다. 나의 요도염이 가라앉았다. 사타구니에서 느껴지던 열기와 욱신거리던 괴로운 통증도 사라졌다. 머리의 열도 내렸다. 내 살갗으로 흐르던 땀방울의 감촉은 여전했고 땀 냄새까지도 아직 맡을 수 있었지만 땀 역시 나지 않았다.

"무슨 일 있어요?" 들라크루아가 귀가 따갑게 소리를 질렀다. 그의 목소리가 아직도 아련하게 들렸지만 존 커피가 나와 눈을 맞추던 걸 거두고 앞으로 몸을 숙이자 들라크루아의 음성이 돌연 생생해졌다. 누군가가 내 귀에서 솜뭉치나 사냥꾼이 쓰는 귀마개를 빼낸 듯한 느낌이었다. "놈이 무슨 짓을 한 거죠?"

나는 대답하지 않았다. 커피는 오만상을 찌푸리면서 앞으로 몸을 숙였다. 목이 불룩 솟아 있었다. 그의 눈도 부어 있었다. 마치

닭 뼈가 목에 걸린 사람 같았다.

"존!" 내가 말을 걸었다. 나는 그의 등을 탁탁 쳤다. 내가 생각해 낼 수 있는 행동은 그것밖에 없었다. "존, 왜 그러나?"

그는 내 손 밑에서 홱 몸을 비틀더니 듣기 거북한 구역질을 왝왝 해 댔다. 커피의 입은 재갈을 물리기 위해 억지로 입술을 한껏 이빨 뒤쪽으로 벗겨 낸, 그래서 필사적인 냉소처럼 보이곤 하는 말의 입처럼 벌어졌다. 잠시 후에는 그의 이빨까지 벌어졌다. 그러고는 각다귀나 모기처럼 보이는 새까만 작은 벌레를 수없이 뱉어 냈다. 벌레들은 그의 무릎 사이에서 미친 듯이 맴돌다가 하얗게 변하면서 종적을 감추었다.

갑자기 내 몸 중심부에서 힘이 쏘옥 빠져나갔다. 거기 있던 근육이 물로 변한 것만 같았다. 나의 몸은 커피의 감방 한쪽 돌벽으로 쏠리면서 그대로 무너져 내렸다. 예수님, 예수님, 예수님, 하고 구세주의 이름을 거듭 불렀던 것과 고열 때문에 내가 착란 상태에 빠졌구나, 생각했던 기억이 난다. 그것이 내 기억의 전부였다.

그러다가 도와달라고 악을 쓰는 들라크루아의 소리가 문득 귀에 들어왔다. 그는 존 커피가 나를 죽인다고, 온 세상이 떠나가라 가슴이 터지도록 외치고 있었다. 커피는 물론 내 쪽으로 고개를 숙였지만 그것은 그저 내가 괜찮은지 살펴보기 위해서였다.

"입 다물어, 들라크루아." 나는 한마디 내뱉고 벌떡 일어섰다. 통증이 다시 내 속으로 파고들기를 기다렸지만 그런 일은 생기지 않았다. 몸이 개운했다. 정말이었다. 잠시 어지럽다 싶었지만 그 순간은 곧 지나가고 나는 커피의 감방문 철창으로 손을 뻗어 그것을 움켜잡고 균형을 잡을 수 있었다. "전혀 아무 문제 없다고."

"거기서 빨리 나오라니까. 여길 텅텅 비워 놓고 그 안에 들어가 있으면 어떡해요." 들라크루아가 사과나무에 올라간 아이에게 잔소리를 늘어놓는 깐깐한 노부인처럼 말했다.

나는 나무 그루터기 같은 무릎 위에 커다란 손을 놓고 침상에 앉아 있는 존 커피를 바라보았다. 존 커피도 나를 쳐다보았다. 그의 고개가 한쪽으로 약간 기울었지만 염려스러울 정도는 아니었다.

"무슨 일을 한 건가, 덩치? 나한테 어떻게 한 거야?" 나는 낮은 목소리로 물었다.

"도왔지요. 내가 도왔잖아요, 그렇죠?"

"그건 그렇지만, 어떻게? 어떻게 도운 거지?"

그는 고개를 흔들었다. 오른쪽에서 왼쪽으로 갔다가, 다시 한가운데에 가서 멎었다. 어떻게 도왔는지(어떻게 치료를 했는지는) 커피 자신도 몰랐다. 내가 7월 4일 독립 기념일에 벌어진 3킬로미터 경주에서 마지막 50미터를 앞두고 선두로 나섰음에도 육상의 원리에 대해서는 전혀 아는 바가 없는 것과 마찬가지로 무덤덤한 그의 얼굴로 보아 그 역시 모르는 듯했다. 내가 아픈 줄은 어떻게 알았느냐고 물어보려 했지만 보나마나 이번에도 고개를 흔들 게 틀림없었다. 어딘가에서 읽고 그 뒤로 나의 뇌리에 깊이 남아 있는 표현 중에 '신비에 싸인 수수께끼'라는 말이 있었다. 그것은 바로 존 커피의 경우를 두고 하는 말이었다. 그가 밤에 잠을 이룰 수 있었던 것은 오로지 신경을 쓰지 않기 때문이라고 나는 본다. 퍼시는 그를 백치라고 불렀다. 잔인하긴 하지만 과히 빗나간 표현은 아니었다. 우리의 거인은 자기 이름을 알았고 그것의 철자가 마시는 커피와 다르다는 것을 알았지만 그것이 그가 알려고 신경을 썼던 지식의 전부였다.

마치 그 사실을 강조하려는 듯이 커피는 다시 한번 느릿느릿 고개를 젓고는 두 손을 깍지 껴서 베개처럼 왼뺨 밑에 괸 채 벽을 마주 보고 침상에 누웠다. 다리는 침상 끝에 이르자 정강이부터 밑으로 드리워졌지만 그는 개의치 않는 듯했다. 웃통이 말려 올라가 있었으므로 나는 그의 등짝을 어지럽게 가로지른 흉터를 볼 수 있었다.

나는 감방을 나와 자물쇠를 채우고 들라크루아 쪽으로 돌아섰다. 들라크루아는 두 손으로 자기 감방 철창을 단단히 붙잡고 건너편에서 나를 불안한 눈빛으로 바라보았다. 어쩌면 두려움의 눈빛이었는지도 모른다. 어깨에 올라탄 딸랑 씨의 필라멘트 같은 가느다란 수염이 떨렸다.

"그 검은 놈이 무슨 짓을 한 겁니까? 부적인가요? 간수장님한테 부적을 던진 건가요?" 들라크루아가 캐물었다. 프랑스 억양 때문에 부적이라는 말이 똑똑히 들리지 않았다.

"당신이 무슨 소릴 하는 건지 도통 모르겠어, 델."

"잘도 모르시겠다! 똑똑히 봐요! 몽땅 변했잖아! 심지어는 걸음걸이까지도!"

그러고 보니 내 걸음걸이가 달라지긴 달라진 모양이었다. 내 사타구니가 믿을 수 없을 만큼 가라앉았다. 그 놀라운 평화의 느낌은 황홀경에 가까웠다. 지독한 통증으로 고생하다가 회복된 경험이 있는 사람은 내가 무슨 말을 하는지 잘 알 것이다.

"전혀 문제가 없었다니까. 존 커피가 악몽을 꾸었을 뿐이야. 그게 전부래도." 나는 물러서지 않았다.

"그 사람 주술사예요!" 들라크루아가 힘주어 말했다. 윗입술에는 굵은 땀방울이 맺혀 있었다. 그는 별로 본 게 없었지만 그것만으로도 겁을 집어먹기에는 충분했다. "그 사람 마법사라고요!"

"무슨 근거로 그런 소릴 하나?"

들라크루아는 팔을 뻗어 손으로 쥐를 집었다. 손바닥으로 쥐를 감싸더니 자기 얼굴 쪽으로 들어 올렸다. 들라크루아는 호주머니에서 분홍 조각을 꺼냈다. 페퍼민트 사탕이었다. 처음에 쥐는 사탕을 무시하고 목을 길게 빼서 마치 사람이 꽃향기를 맡듯이 들라크루아가 내쉬는 숨을 맡았다. 석유 방울 같은 작은 눈은 무아경에 가까운 표정을 지으면서 내내 가늘게 닫혀 있었다. 들라크루아가 쥐의 코에 입을 맞추자 쥐는 거부하지 않았다. 이윽고 쥐는 선물로 받은 사탕을 붙잡고 냠냠 먹기 시작했다. 들라크루아는 잠시 그 모습을 지켜보더니 내 쪽을 보았다. 갑자기 내게도 깨달음이 왔다.

"쥐가 말해 줬군, 맞나?" 내가 물었다.

"위(네)."

"자기 이름을 자네한테 살짝 말해 준 것처럼."

"위. 내 귀에다 속삭였죠."

"눕게, 델. 조금 쉬어. 그렇게 왔다 갔다 하면서 소곤거리다간 나가떨어지겠어."

그는 뭐라고 중얼거렸다. 다시 그의 목소리가 멀리서 들려왔다. 당직 책상으로 돌아올 때 나는 걷고 있다는 느낌을 거의 못 받았다. 두둥실 떠다니는 느낌이었다고나 할까, 아니면 아예 움직이지 않는 듯한 느낌이었다고 할까. 아무튼 감방들이 양편으로 내 옆을 스쳐 지나가는 것이 마치 영화 촬영장의 이동 카메라처럼 부드럽게 미끄러져 갔다.

나는 평상시처럼 앉으려고 했다. 그런데 막 앉는 자세를 취했을 때는 무릎이 풀려 작년에 해리가 집에서 갖다 준 파란 방석을 뭉개면서 의자에 털썩 주저앉고 말았다. 만일 의자가 그 자리에 없었다면 나는 아무런 대책 없이 바닥에 엉덩방아를 찧었을 것이다.

10분 전까지 산불이 활활 타오르던 사타구니에서 아무런 통증도 못 느낀 채 나는 그렇게 앉아 있었다. '내가 도왔잖아요, 그렇죠?' 존 커피가 한 말은 내 몸에 관한 한 사실이었다. 하지만 내 마음도 평화로웠느냐 하면 그건 아니었다. 내 마음의 평화에 그는 기여한 바가 전혀 없었다.

나의 시선은 책상 한 모퉁이의 양은 재떨이 밑에 깔려 있던 서류 양식 더미에 가서 박혔다. 맨 위에 근무 보고서라는 글씨가 박혀 있고 밑으로 중간쯤 내려와 '각종 특기 사건 보고'라는 제목 아래 여백이 있었다. 나는 오늘 밤 그 여백에다 보고서를 작성하면서 새로 온 윌리엄 워튼의 화려하고 저돌적인 행동을 소상히 기록할 것이다. 만약 존 커피의 감방에서 일어났던 일도 보고한다면? 브루털이 늘 침을 발랐던 연필을 들어, 굵은 대문자로 '기적'이라는 단 하나의 단어를 적어 넣는 나의 모습을 상상해 보았다.

그건 우스운 일임에 틀림없었지만, 웃음이 나오는 대신 갑자기 왈칵 울음을 터뜨릴 것만 같았다. 터져 나오는 오열을 막기 위해 손바닥으로 입을 가렸다. 겨우 안정을 찾기 시작한 들라크루아를 다시 한번 놀라게 만들고 싶지 않아서였다. 오열은 터지지 않았다. 눈물도 나오지 않았다. 잠시 후 나는 양손을 책상으로 내려 마주잡았다. 나의 감정을 자신도 알 수가 없었다. 머리에 떠오른 한 가지 분명한 생각은 내가 안정을 되찾기 전에는 아무도 이 건물 안으로 들어오지 않으면 좋겠다는 것이었다. 정말이지 다른 사람에게 지금의 내 모습을 들키기는 싫었다.

나는 보고서 양식을 내 앞으로 당겼다. 새로 들어온 문제아가 던 스탠턴을 목 졸라 죽이기 일보 직전에 가기까지의 전말을 쓰기 전에 잠시 마음을 가라앉히기로 하고, 그 앞부분 판에 박힌 항목에 필요한 내용을 기입하였다. 손이 떨려서 내 필체가 우스꽝스럽게 보일까 봐 걱정했지만 평소와 다름없는 필체로 글씨를 쓸 수 있었다.

서류 작성을 시작한 지 5분 만에 나는 연필을 놓고 소변을 보러 내 방 옆에 딸린 화장실로 갔다. 아주 급박한 상황에 몰렸던 건 아니지만 나에게 벌어진 일을 확인하고 싶다는 마음이 앞섰다. 변기 앞에 서서 물줄기가 나오기를 기다리는 동안 그날 아침처럼 부서진 유리 조각이 흘러나오는 듯한 통증을 다시 한번 겪으리라는 확신 같은 게 있었다. 커피가 나에게 잠시 최면을 걸었을 뿐이라는 사실이 판명되면 다시 고통을 겪더라도 마음이 놓일 것 같았다.

그러나 고통은 없었으며, 변기에 떨어진 것은 고름의 흔적조차 없는 맑은 액체였다. 나는 바지 단추를 채우고 쇠줄을 당겨 변기의 물을 내린 다음 당직 책상으로 돌아와 의자에 도로 앉았다.

나는 진상을 깨달았다. 최면에 걸린 거라고 자신을 납득시키려고 애쓸 때부터 이미 알고 있었던 것 같다. 나는 안수 치유를, '전능하신 주 예수를 찬양하라'는 말씀을 확실히 체험한 것이다. 어린 시절, 그 달 그 달의 형편에 맞추어 침례파나 펜테코스트파를 드나들던 어머니와 이모들을 따라 교회를 다니던 시절부터 나는 '전능하신 주 예수를 찬양하세'류의 기적담을 헤아릴 수 없이 많이 들었다. 그 이야기들을 전부 다 믿은 건 아니었지만 믿은 경우도 제법 있었다. 그중의 하나가 내가 여섯 살 무렵 우리 집에서 3킬로미터 정도 떨어진 곳에서 가정을 이루고 살아가던 로이 덜핀스라는 사내의 이야기였다. 그는 손도끼로 아들의 새끼손가락을 잘라 버렸다. 뒷마당에서 아버지를 도우려고 받침 나무 위로 통나무를 들고 있던 아이가 갑자기 손을 움직이는 바람에 일어난 사고였다. 로이 덜핀스는 그해 가을과 겨울 양탄자가 거의 다 해어지도록 무릎을 꿇고 기도했고 봄이 되자 아이의 손가락이 다시 자라기 시작했다. 손톱까지도 말이다. 목요일 밤 부흥회에서 로이 덜핀스가 한 간증을 나는 믿었다. 양손을 작업복 호주머니에 깊숙이 찔러 넣은 채 연단에 서서 그가 들려준 이야기에는 가식이 덧붙지 않은 꾸밈없는 솔직함 같은 것이 있어서 안 믿으려야 안 믿을 수가 없었다. "그 손가락이 다시 돋아나기 시작하니까 꽤나 가려웠던 모양이에요. 며칠 동안 잠을 못 자더군요. 하지만 아들놈은 그 가려움이 주님의 뜻이란 걸 알았기 때문에 묵묵히 이겨냈지요." 마지막에 로이 덜핀스는 이렇게 말했다. 전능하신 주 예수를 찬양하세.

로이 덜핀스의 이야기는 수많은 기적담의 하나에 지나지 않는다. 나는 기적과 치유의 전통 속에서 자랐다. 나는 또 부적도 믿으면서 컸다(들라크루아와 달리 우리처럼 높은 지대에 사는 사람들은 부적이란 말을 똑똑히 발음했다). 사마귀에는 나무 그루터기의 즙을 발라야 한다든가, 실연의 아픔을 잊으려면 이끼를 베개 밑에 두어야 한다는 말을 우리는 믿었다. 우리는 당연히 '신 내린 사람'도 믿었다. 그러나 나는 존 커피가 주술사라고는 보지 않았다. 나는 그의 눈을 들여다보았다. 더욱이 그의 손까지 내 몸에 닿았다. 그의 손이 닿았을 때 나는 색다르지만 아주 훌륭한 의사가 내 몸을 만지는 듯한 느낌을 받았다.

'내가 도왔잖아요, 그렇죠?'

그 말이 마치 도저히 잊혀지지 않는 노래의 한 소절처럼, 또는 마법을 걸기 위해 내뱉은 주문처럼 내 머리에서 자꾸만 맴돌았다.

'내가 도왔잖아요, 그렇죠?'

그러나 그가 도운 것은 아니었다. 신이 도운 것이었다. 존 커피가 '나'라는 말을 쓴 것은 자만이 아니라 무지의 탓으로 돌려야 마땅했다. 나는 '전능하신 주 예수를 찬양하세'가 울려 퍼지던 교회, 스물두 살 난 나의 어머니와 이모들이 그토록 소중히 여겼던 소나무 숲 속의 아멘 자리에서 내가 성령의 치유에 관해서 배웠던 내용을 기억하고 있었다. 치유는 치유당하는 사람과 치유하는 사람의 문제가 아니라 하느님의 의지에 달린 문제라는 가르침이었다. 아팠던 몸이 정상으로 돌아온 사람 앞에서 환호하는 것은 지극히 자연스러운 반응이라고 할 수 있겠지만, 병이 나은 사람의 입장에서는 왜라는 질문을 던지지 않을 수가 없다. 하느님의 뜻이 무엇인지, 그리고 하느님이 당신의 뜻을 이루기까지 왜 그토록 오랜 세월을 기다린 것인지 곰곰이 성찰하기 위해서.

이 경우 하느님이 나에게 원한 것은 무엇이었을까? 아이를 살해한 흉악범의 손에 치유력을 맡길 정도로 절박하게 그분이 이루고자 했던 것이 무엇이었을까? 내가 땀구멍으로 지독한 술파제 냄새를 풍기면서 침대에서 벌벌 떨며 개처럼 빌빌거리고 집에 있는 것보다는 여기서 근무하는 게 바람직해서? 그럴지도 모른다. 와일드 빌 워턴이 또다시 말썽을 피우기로 마음먹거나 퍼시 웨트모어가 자칫 커다란 사고로 비화할 수 있는 어리석은 개망나니 짓을 다시는 못하게 엄중히 감시하기 위해서라도 나는 집이 아니라 이곳에 남아 있을 필요가 있긴 있었다. 그렇다면 좋다. 그렇다고 해 두자. 나는 두 눈을 똑바로 뜨되……, 기적 같은 치유에 관해서는 입을 굳게 다물기로 했다.

내 얼굴과 목소리에 생기가 감도는 데 대해서는 아무도 궁금하게 여기지 않았다. 주위 사람들한테는 차도가 있다고 계속해서 말해 왔고 솔직히 말해서 그날 이전까지만 하더라도 나 자신도 그렇게 믿고 있었기 때문이다. 심지어 나는 무어스 소장한테도 차츰 좋아지고 있다고 말했다. 들라크루아는 사건을 조금 목격했지만 그 역시 입을 다물 것이다(발설했다가는 존 커피의 저주를 받을까 봐 겁먹지 않았을까). 커피로 말하자면 벌써 그 일을 깡그리 잊어버리고도 남음이 있었다. 그는 결국 배수관에 지나지 않았다. 비가 그친 뒤 세상의 어떤 하수구가 자기를 통과해서 흘러간 물을 기억한단 말인가. 나는 언젠가 그 이야기를 하겠다거나 누구한테 털어놓겠다는 생각도 없이, 그 문제에 관해서는 입을 꾹 다물기로 결심했다.

하지만 존 커피에게는 호기심이 생겼다. 어차피 인정할 건 인정하는 게 좋다. 그런 일을 겪고부터 나의 호기심은 부쩍 커졌다.

커·피·의·손 **4**

그날 밤 퇴근하기 전에 나는 브루털에게 다음 날 내가 조금 늦으면 대신 근무를 서 달라고 말해 두었다. 이튿날 아침 나는 트라핑거스 군의 테프턴으로 출발했다.

"커피라는 사람 일로 그렇게 신경을 쓰는 게 잘하는 건지 전 통 모르겠네요." 아내가 나를 위해 준비한 도시락을 내밀면서 말했다. 아내는 길가에서 파는 햄버거를 믿지 않았다. 배탈 나기 딱 좋다는 것이 아내의 지론이었다. "당신답지 않아요, 여보."

"신경 쓰는 게 아니라 그냥 호기심이라니까."

"처음에는 다 그렇게 시작되더라고요." 아내는 톡 쏘아붙이더니, 내 입에다 진한 입맞춤을 했다. "아무튼 안색이 좋아 보이긴 하네요. 한동안은 나도 당신 때문에 신경이 예민했어요. 거긴 다 나은 건가요?"

"다 나았어."

나는 집을 나서서 「내 비행기에 올라요, 조세핀」, 「우린 벼락부자가 되었다네」 같은 노래를 흥얼거리며 시간을 보냈다.

나는 테프턴에서 발행되는 《인텔리전서》 사옥부터 찾아 갔다.

직원들은 내가 찾고 있던 버트 해머스미스는 지방 법원에 가 있을 가능성이 높다고 말했다. 법원에 가서 물어보니 해머스미스는 조금 전까지 그곳에 있다가 송수관 파열로 본 공판이었던 강간 사건(《인텔리전서》에는 그 범죄가 '부녀자 폭행'으로 묘사되어 있었다. 리키 레이크, 카니 윌슨 같은 토크쇼 진행자가 등장하기 전만 하더라도 사람들은 그런 점잖은 표현을 선호했다) 심리가 휴정되는 바람에 자리를 뜬 모양이었다. 법원 사람들은 해머스미스가 집으로 갔을 것으로 추정했다. 나는 여간해서는 차를 들여놓을 엄두가 나지 않는, 바퀴 자국이 깊이 팬 좁은 비포장도로에서 물어물어 그 사람의 집을 알아냈다. 해머스미스는 커피의 재판에 관한 기사의 대부분을 썼다. 커피를 처음 검거할 때 벌어졌던 짧은 추적의 전말을 소상히 알게 된 것도 해머스미스 덕분이었다. 《인텔리전서》에서 활자화하기에는 너무 끔찍하다고 판단한 그 내용 말이다.

해머스미스 부인은 지쳐 보였고 세탁비누 때문에 발개진 손을 하고 있었지만 젊고 아름다웠다. 그녀는 찾아온 용건도 묻지 않고 과자 굽는 냄새가 진동하는 작은 집을 통과해 뒷베란다로 나를 데리고 갔다. 그녀의 남편은 한 손에 음료수 병을 들고 아직 뜯지 않은 《리버티》를 무릎 위에 얹은 채 앉아 있었다. 비스듬히 경사진 작은 뒷마당이 있었다. 마당 아래쪽에서 조무래기 둘이 그네 하나를 두고 옥신각신하며 깔깔대고 있었다. 베란다에서는 아이들의 성별을 판단하기가 불가능했지만 나는 그 애들이 남매일 거라고 생각했다. 어쩌면 쌍둥이인지도 몰랐다. 만일 쌍둥이라면, 부차적인 일이긴 했지만 그 애들의 아버지가 커피의 재판

에서 맡았던 역할을 자못 흥미롭게 해설할 수 있으리라. 가까이에
는, 군데군데 똥이 흩뿌려진 맨땅 한복판에 섬처럼, 닳을 대로 닳
은 개집이 있었다. 멍멍이의 기척은 없었다. 그날도 때 아니게 푹
푹 쪘으므로 나는 멍멍이가 개집 안에서 졸고 있으려니 생각했다.

"여보, 손님 오셨어요." 해머스미스 부인이 말했다.

"음." 그는 나를 슬쩍 보았다가, 아내를 힐끔 보았다가, 다시
아이들에게 시선을 돌렸다. 그의 마음은 그쪽에 가 있음이 분명
했다. 중병을 앓다가 이제 막 회복기에 접어든 사람처럼 보기 안
쓰러울 정도로 깡말랐고 머리가 슬슬 벗겨지기 시작하는 중이었
다. 아내가 머뭇거리며 남편의 어깨에 세탁비누에 발갛게 분 손
을 살며시 얹었다. 그는 그 손을 쳐다보지도 않았고 자기 손을 갖
다 대지도 않았다. 잠시 후 그녀는 손을 거두어들였다. 아주 잠깐
이었지만 두 사람이 부부가 아니라 오누이처럼 보인다는 생각이
머리를 스쳐 지나갔다. 남편은 머리가 뛰어났고 아내는 미모가
출중했지만 깊이 들어가 보면 두 사람은 닮은꼴이었고 두 사람
다 그 틀에서 벗어나지 못했다. 그것은 결코 헤어날 수 없는 유전
과도 같았다. 나중에 집으로 돌아가면서 나는 그들이 전혀 닮지
않았다는 사실을 깨달았다. 그렇게 보인 것은 심한 중압감과 슬
픔의 잔영이었다. 고통은 얼굴에 흔적을 남긴다. 그래서 사람들
은 희한하게도 가족처럼 엇비슷해 보인다.

"시원한 것 좀 갖다 드릴까요? 성함이……." 아내가 입을 열
었다.

"에지콤입니다. 폴 에지콤. 고맙습니다. 시원한 거라, 그거 좋
지요."

그녀는 집 안으로 들어갔다. 나는 해머스미스에게 손을 내밀었다. 우리는 가벼운 악수를 나누었다. 그의 손은 차가웠고 기운이 없었다. 그는 마당 아래쪽에서 노는 아이들한테서 잠시도 눈을 떼지 않았다.

"해머스미스 선생님, 저는 콜드마운틴 주립 형무소의 E동을 책임진 사람입니다. 거기는……."

"나도 압니다." 흥미로운 듯 그가 나를 쳐다보았다. "그린 마일에 근무하는 교도관께서 친히 우리 집 뒷베란다에 납셨다. 지방 삼류지에서 하나뿐인 전임 기자를 만나러 80킬로미터를 멀다 않고 달려온 용건이 뭡니까?"

"존 커피." 내가 말했다.

나는 어떤 식으로든 강한 반응이 나올 거라고 예상했지만(쌍둥이일지도 모르는 저 아이들이 내 마음 한구석에 박혀 있었다……. 어쩌면 개집까지도. 데트릭네도 개가 있었다), 해머스미스는 눈썹을 들썩이고는 음료수만 마실 뿐이었다.

"커피가 지금 당신의 두통거리라 이거죠?" 해머스미스가 물었다.

"두통거리라고 할 건 없습니다. 어둠을 싫어하고 울 때가 많습니다만, 우리 같은 직업에 몸담고 있는 사람의 입장에서는 그런 건 문젯거리가 안 돼요. 그보다 심한 경우도 많거든요."

"울 때가 많다, 그래요? 그럼, 울 일이 많나 보군요. 자기가 한 짓이 있으니까. 알고 싶은 게 뭡니까?"

"뭐든지 알려 주십시오. 선생님이 쓴 신문 기사는 모두 읽었습니다만, 거기에 쓰지 못하신 내용이면 뭐든지 좋겠어요."

무뚝뚝하고 날카로운 눈매로 그가 나를 올려다보았다. "그 여자 애들의 외모가 어땠다든가, 그 친구가 그 애들한테 정확히 무슨 짓을 저질렀다든가, 당신이 흥미를 가지는 건 그런 얘기들 아닌가요?"

"아닙니다." 나는 온화함을 유지하면서 말했다. "제 관심은 데트릭 자매가 아니에요. 불쌍한 꼬마들은 죽었죠. 커피는 죽지 않았습니다. 아직은요. 저는 그 사람한테 호기심을 갖고 있습니다."

"좋습니다. 의자를 끌어내서 앉으세요, 에지콤 선생. 제 말투가 다소 쌀쌀맞게 들렸더라도 이해해 주시기 바랍니다. 우리 같은 직종에서 일하다 보면 워낙 막돼먹은 인간들을 많이 접하거든요. 하기야, 그러는 너도 그런 부류의 하나가 아닌가라는 비난을 저 자신도 자주 듣기는 합니다만, 선생이 어떤 분인지 확인하고 싶어서 쌀쌀맞게 굴었습니다."

"확인하셨나요?"

"충분히 확인했다고 봅니다." 거의 무관심에 가까운 말투였다. 내가 이 회상록의 앞부분에서 밝힌 내용은 대부분 그가 들려준 이야기이다. 방충문이 위쪽 모서리로 당겨지고 담요는 한구석으로 젖혀졌으며 피가 계단에 흥건히 고인 채로 텅 비어 있는 베란다를 데트릭 부인이 발견한 이야기며, 그녀의 아들과 남편이 소녀들의 유괴범을 뒤쫓던 이야기, 그리고 민병대가 처음에 두 부자를 따라잡고 잠시 후에는 존 커피를 따라잡은 이야기를 해머스미스는 해 주었다. 강둑에 앉아 마치 커다란 인형처럼 시신을 거대한 팔로 감싸 안은 채 통곡하던 존 커피의 모습도 그때 들어서 알게 되었다. 젓가락처럼 마른 그 기자는 목단추를 풀어헤친 하얀 셔츠에 헐렁한 바지를 입은 채 감정을 섞지 않고 낮은 목소리로 말했다……. 그러나 그의 눈은 언덕배기의 응달에서 아옹다옹하고 웃으면서 번갈아 그네를 타는 두 아이한테서 잠시도 떨어지지 않았다. 이야기를 듣던 도중에 한번은 해머스미스 부인이 차갑게 톡 쏘고 고소한, 집에서 담은 루트 비어를 한 병 가지고 왔다. 부인은 잠시 서서 이야기를 듣더니, 어서 올라와라, 따끈따끈한 과자가 금방 나온다면서 밑에서 놀던 아이들을 큰 소리로 불렀고, 그 바람에 우리의 이야기는 한동안 중단되었다.

"알았어요, 엄마!" 여자 애가 대답했고 부인은 다시 집 안으로 들어갔다.

이야기를 끝마친 해머스미스가 나에게 물었다. "그래, 뭐가 알고 싶다는 겁니까? 이제까지 한번도 큰집에서 일하는 분이 나를 만나러 온 적은 없습니다. 처음이에요."

"말씀드렸다시피……."

"호기심이라 그랬죠. 호기심이야 누구한테나 있지요. 저도 그건 압니다. 하느님께 그 점에 대해서 감사드리고픈 심정입니다. 사람들에게 호기심이 없다면 전 직장을 잃고 생활 전선에 뛰어들어야 할 판일지도 모르니까요. 그렇지만 단순히 호기심 때문에 80킬로미터를 달려왔다는 말을 믿을 사람이 있을까요. 더군다나 마지막 30킬로미터는 비포장 길이었는데 말입니다. 왜 저한테 솔직히 털어놓지 않는 겁니까, 선생? 당신의 호기심을 충족시켜 드렸으니 제 호기심도 충족시켜 주시지요."

글쎄, 나는 이렇게 말할 수도 있었다. '음, 저는 요도염을 앓고 있는데 존 커피가 제 몸에 손을 대고부터 씻은 듯이 나았습니다.

어린 소녀 둘을 강간하고 살해한 그 남자가 말입니다. 당연히 그 사람한테 의문이 생겼지요. 누구나 그렇지 않을까요. 호머 크리버스 보안관과 로브 머기 부보안관이 무고한 사람을 잡아들인 게 아닐까 하는 생각까지 들더군요. 그 사람한테 불리한 증거가 한 둘이 아닌데도 그쪽으로 생각이 가더라고요. 아마 대부분은, 손에 그런 엄청난 신통력을 가진 사람이 아이들을 강간하고 살해할 부류의 인간은 아닐 거라고 생각할 겁니다.' 하지만 그 말이 먹혀 들 것 같지는 않았다.

"제가 궁금하게 여기는 건 두 가집니다. 하나는, 전에도 그가 그런 짓을 저지른 적이 있느냐." 내가 말했다.

해머스미스가 나를 쳐다보았다. 흥미를 느꼈는지 그의 눈에서 돌연 총기가 감돌았다. 나는 그가 똑똑한 사람임을 깨달았다. 수재형의 인간인지도 몰랐다.

"왜요?" 그가 물었다. "짚이는 데라도 있습니까, 에지콤 씨? 본인이 무슨 말을 하던가요?"

"전혀요. 하지만 그런 짓을 하는 사람은 대개 보면 전과가 있어요. 거기에 맛을 들이거든요."

"옳습니다. 그래요. 확실히 그래요."

"그래서 얼마든지 꼬리를 밟을 수 있지 않을까 하는 생각이 제 머리를 스치더군요. 덩치도 덩치지만, 검둥이 아닙니까. 추적이 어려울 리 없지요."

"일리 있는 말씀이지만, 틀렸습니다. 아무튼 커피의 경우는 그래요. 제가 압니다."

"알아봤나요?"

"봤지요. 허탕이었습니다. 데트릭 자매가 살해당하기 이틀 전에 녹스빌 역 구내에서 그 사람을 본 것 같다는 역무원이 두어 명 있었지요. 거기서는 이렇다 할 사건이 벌어지지 않았습니다. 역무원들의 눈에 띄었을 때 그는 강을 사이에 두고 대남부선 철도 맞은편에 있었습니다. 아마 그 길로 해서 테네시에서 여기까지 흘러 들어온 것으로 추정됩니다만. 그해 초봄 덩치가 크고 머리가 벗겨진 흑인을 고용하여 짐짝 나르는 일을 시킨 적이 있다고 어떤 남자가 저한테 편지를 보내기도 했습니다. 켄터키였다고 합니다. 커피 사진을 보냈더니 맞다고 하더군요. 하지만 그것 말고는……." 해머스미스는 어깨를 으쓱 올리더니 고개를 흔들었다.

"약간 이상하다는 느낌 안 받으셨습니까?"

"아주 이상했지요. 하늘에서 쑥 떨어진 사람 같다고나 할까요. 본인의 말은 도움이 못 되었습니다. 바로 지난주의 일도 기억하지 못하는 친구였으니까요."

"잘 아시는군요. 그 점은 어떻게 설명하시겠습니까?"

"지금이 대공황 아닙니까. 저는 이렇게 봐요. 길마다 사람들로 넘쳐 납니다. 오클라호마의 날품팔이 노동자들은 캘리포니아에서 복숭아를 따고 싶어하고 산골짜기의 가난한 백인들은 디트로이트의 자동차 공장에 들어가고 싶어합니다. 미시시피의 흑인들은 뉴잉글랜드로 올라가 신발 공장이나 방직 공장에서 일하고 싶어하지요. 흑인이건 백인이건 누구나 다른 지역으로 옮겨 가면 사정이 나아질 거라고 생각합니다. 미국이니까 가능한 얘기예요. 그러니 커피 같은 거인도 어디를 가든 눈에 안 띌 수밖에요……. 어린 소녀 둘을 살해하기로 마음먹기 전까지는 말입니다. 그것도 백인 소녀를."

"정말로 그렇게 생각하세요?" 내가 물었다.

얼굴에 뼈만 앙상했지만 그는 온화한 눈길로 나를 쳐다보며 대답했다. "가끔은요."

그의 아내가 열차의 기관실에서 일하는 기관사처럼 부엌 창 밖으로 고개를 내밀고 아이들을 불렀다. "애들아! 과자가 다 구워졌어!" 그녀는 내 쪽을 보았다. "오트밀 건포도 과자 좀 드릴까요, 에지콤 씨?"

"군침이 돌긴 하지만, 저는 됐습니다."

"그러세요." 그녀는 다시 안으로 사라졌다.

"그 친구 몸에 난 흉터를 보셨소?" 해머스미스가 불쑥 물었다. 그의 시선은 여전히 아이들한테 가 있었다. 아이들은 그네 타기가 너무 재미있어서 오트밀 건포도 과자라는 소리가 귀에 들어오지 않는 모양이었다.

"봤지요." 나는 그가 흉터를 보았다는 데 적잖이 놀라고 있었다.

그는 나의 반응을 보고는 웃었다. "커피의 웃통을 벗겨서 흉터를 배심원들한테 보여 준 것, 그거 하난 변호사가 잘했어요. 조지 피터슨 검사가 극구 반대했지만 판사는 그걸 허용했습니다. 사실은 반대할 필요도 없었는데 말입니다. 학대를 받고 자랐기 때문에 본인 잘못이 아니라는 그런 얄팍한 수작에 이곳 배심원들은 넘어가지 않거든요. 그들은 사람은 자기 행동에 책임을 져야 한다고 생각합니다. 저 역시 같은 생각이고요……. 아무튼 그 흉터는 정말이지 끔찍하더군요. 이상한 점 못 느끼셨습니까, 에지콤 씨?"

나는 커피가 샤워를 할 때 흉터를 보았다. 그리고 물론 이상한 점을 발견했다. 나는 해머스미스가 무슨 말을 하고 싶어하는지 잘 알았다. "홍터가 죄다 쪼개져 있더군요. 마치 격자 무늬처럼요."

"왜 그런지 아세요?"

"어렸을 때 누군가한테서 죽도록 얻어맞은 거지요. 뼈가 여물기도 전에."

"하지만 죽이는 데까지는 성공하지 못한 셈이에요. 안 그렇습니까? 집 나온 새끼 고양이처럼 강물에다 처넣었으면 회초리도 아낄 수 있고 좀 좋았겠어요, 안 그래요?"

나는 그 말에 순순히 동의하고 그 자리에서 물러나는 것이 분별 있는 행동이라고 여겼지만, 차마 그럴 수가 없었다. 나는 커피를 보았다. 그를 느꼈다. 그의 손길을 느꼈다.

"그 사람……. 범상치가 않습니다. 진짜 폭력성이 있는 것 같지는 않아요. 그 사람이 무슨 짓을 했는지는 저도 알지만, 교도소에서 매일 접하는 그의 모습은 영 딴판입니다. 저는 폭력적인 인간을 잘 압니다, 해머스미스 씨."

물론 워턴을 염두에 두고 한 말이었다. 그는 쇠사슬로 딘 스탠턴을 죽음 일보 직전까지 몰아넣으면서 으르렁거렸다. '와, 신난다! 이게 지금 파티지?'

그는 이제 나를 유심히 뜯어보면서 입가에 미소까지 흘렸다. 의심이 담긴 웃음이 별로 달갑지 않게 느껴졌다. "선생이 여기 온 것은 그 친구가 다른 데서도 어린 소녀를 죽였나 안 죽였나를 확인하기 위해서가 아닙니다. 그 친구가 범행을 저질렀다고 내가 정말로 믿고 있나, 그게 궁금했던 거지요. 안 그렇습니까? 말씀해 보세요."

나는 시원한 음료수를 마저 마신 다음 빈 병을 책상 위에 내려놓았다. "좋습니다. 그걸 믿으세요?"

"얘들아!" 그가 약간 앞으로 당겨 앉으며 동산 밑에서 놀던 아이들을 불렀다. "어서 올라와서 과자 먹어야지!" 그러고는 다시 의자등에 몸을 묻으면서 나를 쳐다보았다. 그 묘한 웃음, 내가 과히 좋게 생각하지 않았던 웃음이 다시 떠올랐다.

"내 말 잘 들으세요. 정신 똑바로 차리고 들어야 합니다. 당신이 알아두어야 할 내용인지도 모르니까요."

"듣고 있습니다."

"갤러허드 경이라는 개를 키웠더랬습니다." 그는 이야기를 시작하면서 개집을 엄지손가락으로 가리켰다. "괜찮은 개였죠. 이렇다 할 족보는 없었지만 신사였어요. 온순했죠. 언제든지 손을 핥고 막대기를 주워 올 태세가 되어 있었습니다. 널리고널린 잡종 개일 수도 있겠죠, 안 그렇습니까?"

나는 어깨를 으쓱 올리며 고개를 끄덕였다.

"여러 면에서 괜찮은 잡종 개는 당신의 검둥이하고 비슷합니다. 알면 알수록 좋아하게 되지요. 딱히 써먹을 데는 없지만 아무튼 달고 다닙니다. 그 녀석이 당신을 좋아한다고 생각하니까요. 운이 좋다면, 에지콤 씨, 그런 생각에는 변화가 오지 않습니다. 집사람과 저는 운이 나빴어요." 그는 한숨을 내쉬었다. 해골에서 나오는 듯한, 낙엽을 헤집고 나가는 바람 소리 같은 긴 한숨이었다. 그는 다시 개집을 가리켰다. 오래전에 버려진 듯한 전반적인 그 분위기를, 똥덩어리의 윗부분이 하얗고 가루처럼 푸석푸석하다는 사실을 내가 미처 깨닫지 못했다는 자각이 그제야 들었다.

"쫓아다니면서 똥을 치웠고 빗물이 새어 들지 않도록 지붕까지 손보아 주었습니다. 그 점에서도 갤러허드 경은 당신의 남부 검둥이와 비슷해요. 검둥이도 자기 앞가림을 못 할 테니까요. 이제는 손도 대지 않습니다. 그 사고가 있은 후로는 근처에도 가지 않아요……. 그걸 사고라고 불러야 하는지는 잘 모르겠지만. 총을 들고 가서 쏴 죽였습니다. 그 뒤로는 안 가 봤어요. 도저히 갈 수가 없더군요. 언젠가는 가겠지만. 똥도 치우고 개집도 허물어야 할 테니까요."

그때 아이들이 다가왔다. 나는 순간적으로 아이들이 오지 말았으면 하는 생각을 했다. 아이들 보기가 죽기보다 괴로웠다. 여자아이는 괜찮았지만 남자 아이는…….

아이들은 계단을 쿵쾅거리며 올라와서는 나를 보고 키득키득 웃다가 부엌 쪽으로 걸어갔다.

"캘럽. 이리 와 볼래. 잠깐이면 된다." 해머스미스가 말했다.

계집아이는 부엌으로 갔다. 나이가 엇비슷해 보이는 것으로 보아 쌍둥이가 틀림없었다. 사내아이는 아버지 옆으로 다가와서 고개를 숙였다. 자기 모습이 흉하다는 걸 아이도 알고 있었다. 네 살가량 되었을까. 하지만 네 살이면 자기 얼굴이 흉하다는 걸 얼마든지 알 수 있는 나이다. 아버지는 두 손가락을 아이의 턱 밑에 대고 얼굴을 들어 올리려고 했다. 처음에는 아이가 저항했지만 아버지가 부드럽고 다정하고 애정 어린 목소리로 "괜찮아." 하자 시키는 대로 했다.

커다란 원형의 흉터가 머리카락 밑으로 나와 이마를 덮고 무심하게 위로 젖혀진 죽은 눈을 가로질러 상대를 꿰뚫어 보는 듯한 도박사나 포주의 고약한 입매처럼 일그러진 입 언저리까지 뻗어 있었다. 한쪽 뺨은 보드라웠고 예뻤지만 또 한쪽 뺨은 나무 등걸처럼 혹이 튀어나와 있었다. 그 뺨은 텅 비어 있는 것으로 짐작되었지만 아무튼 아물기는 아물었다.

"한쪽 눈을 잃었어요." 해머스미스가 아이의 일그러진 뺨을 부드러운 손가락으로 어루만지며 말했다. "장님이 되지 않은 걸 천만다행으로 알아야지요. 우린 무릎을 꿇고 하느님께 그것에 감사 기도를 올립니다. 그렇지, 캘럽?"

"예." 교육을 받아야 하는 비참한 세월 동안 운동장에서 조롱하고 비웃는 싸움꾼들한테 인정사정없이 얻어맞아야 할 소년, 병돌리기 놀이나 우체국 놀이에는 낄 엄두도 못 내고 어른이 되어 욕망을 알 나이가 되고 나서도 돈 주고 사지 않은 여자와는 잠자리를 같이 못 할 가능성이 높은 소년, 또래의 포근하고 화사한 동아리 바깥에서 늘 서성거려야 할 소년, 앞으로 살아가야 할 50년, 60년, 또는 70년 동안 거울을 보면서 자신의 추하고, 추하고, 추한 얼굴과 대면해야 할 그 소년은 수줍게 대답했다.

"가서 과자 먹어라." 아버지가 말하면서 아들의 일그러진 입에 입을 맞추었다.

"예." 캘럽은 대답하고 집 안으로 달려갔다.

해머스미스는 뒷주머니에서 손수건을 꺼내 눈을 훔쳤다. 눈은 말라 있었지만, 눈가가 젖어 있는 데 익숙한 모양이었다.

"그 개는 아이들이 태어날 때부터 우리 집에 있었습니다. 집사람이 병원에서 애들을 데려왔을 때 나는 개를 집 안으로 불러들여서 아이들 냄새를 맡게 했어요. 갤러허드 경이 애들 손을 핥았습니다. 고사리 같은 손을 말이에요." 그는 스스로에게 확인하듯 이 고개를 끄덕였다. "아이들하고 잘 놀았지요. 아든이 자지러질 때까지 얼굴을 핥기도 했어요. 캘럽은 귀를 곧잘 잡아당겼습니다. 걸음마를 뗄 무렵에는 갤러허드의 꼬리를 붙잡고 마당을 빙빙 돌았어요. 그래도 개는 한번도 으르렁 댄 적이 없습니다. 딸애한테도 마찬가지였고요."

드디어 눈물이 맺혔다. 그는 아주 숙달된 사람처럼 눈물을 기계적으로 닦아 냈다.

"아무 이유가 없었어요. 캘럽이 때린 것도 야단을 친 것도 아니었습니다. 내가 알아요. 그 자리에 있었으니까요. 내가 없었더라면 그 아이는 즉사했을 겁니다. 에지콤 씨, 아무 일도 아니었어요. 아들애가 자기 얼굴을 개의 얼굴 앞에 똑바로 갖다 댔고, 그 순간 갤러허드 경의 마음속에 달려들어 물어 버리자는 생각이 들었던 겁니다. 죽일 생각이었겠지요. 아무튼 개한테도 마음 비슷한 뭐가 있을 것 아니겠어요. 자기 앞에 있는 아이를 개는 물었습니다. 커피도 마찬가지입니다. 무심코 그 자리에 있다가 베란다에 있는 여자 아이들을 보고 잡아다가 범하고 죽인 겁니다. 전에도 비슷한 일을 저지른 흔적이라도 있어야 할 것 아니냐고 당신은 말하고 나 역시 당신이 왜 그런 말을 하는지 알지만, 그 친구는 아마 전에는 그런 짓을 하지 않았을 겁니다. 우리 개도 전에는 한번도 문 적이 없었어요. 그때 딱 한 번뿐이었습니다. 아마 커피도 풀려나면 다시는 그런 짓 하지 않을 겁니다. 우리 개도 다시는 물지 않았을 겁니다. 하지만 그런 건 제 관심 밖이었어요. 총을 들고 나가서 개 목걸이를 움켜잡고 대갈통을 날려 버렸습니다."

그는 거친 숨을 몰아쉬었다.

"나도 깨일 만큼 깨인 사람입니다. 에지콤 씨, 볼링그린에서 대학물도 먹었어요. 역사와 저널리즘을 전공했죠. 철학도 조금 공부했고요. 저는 스스로 깨인 사람이라고 자부합니다. 북부 사람들은 웃을지 모르지만 제자신은 그렇게 생각해요. 억만금이 생긴다 해도 노예제는 부활시키면 안 된다고 생각합니다. 인종 문제를 해결하기 위해서는 인도주의와 관용의 정신을 받아들일 필요가 있다고 봅니다. 하지만 똥개는 기회만 생기고 그러고 싶다는 마음만 들면 언제든지 깨물 거라는 사실, 마찬가지로 당신의 검둥이도 기회만 포착되면 언제든지 깨물 거라는 사실, 이것 하나만은 분명히 짚고 넘어가야 합니다. 온몸에 흉터가 난 당신의 울보 커피 씨가 정말로 범인인지 알고 싶다고 했죠?"

나는 고개를 끄덕였다.

"물론입니다. 그 사람 짓이에요. 의심은 금물입니다. 그 친구를 싸고돌지 마세요. 한 번을 저질렀는지 백 번을 저질렀는지 천 번을 저질렀는지 그건 모릅니다. 중요한 것은……." 그는 내 앞으로 손을 들어 올리더니 손가락들을 엄지에 대고 빠르게 맞비벼 딱 소리를 내고는 손 모양을 깨무는 입처럼 만들었다. "아시겠소?"

나는 다시 고개를 끄덕였다.

"무고한 사람들을 범하고 죽이고……. 나중에 후회한다……. 하지만 어린 소녀들은 여전히 강간당한 채로, 여전히 시체로 남아 있다 이겁니다. 복수는 당신이 하실 거죠, 에지콤 씨? 놈이 두 번 다시 그런 짓을 못 하도록 몇 주 안에 당신이 복수를 하리라 믿습니다." 그는 자리에서 일어나 베란다 난간으로 가더니 단단하게 다져진 마당 한가운데, 똥무더기 한복판에 서 있는 개집을 멍하니 바라보았다. "이만 실례해야겠군요. 오후를 법원에서 보낼 필요가 없을 것 같아서 식구들이나 좀 들여다보려고 왔더랬어요. 어린 자식을 언제까지나 볼 수 있는 건 아니잖습니까."

"가 보셔야죠. 시간 내주셔서 감사합니다." 나의 입술은 감각을 잃었다.

"천만에요."

나는 해머스미스의 집에서 교도소로 곧장 차를 몰았다. 먼 길이었지만 이번에는 노래를 흥얼거리며 거리를 단축할 생각이 나지 않았다. 내가 알고 있던 모든 노래가 기억에서 사라진 듯했다. 적어도 그때는 그런 느낌이었다. 불쌍한 어린 소년의 일그러진 얼굴이 계속 눈앞에서 어른거렸다. 그리고 해머스미스의 손과 엄지에 대고 위아래로 맞부벼 덥석 무는 동작을 흉내 내던 그 손가락들도.

와일드 빌 워턴은 그 다음 날 바로 구금실로 첫 번째 나들이를
했다. 그것이 그답지 않은 행동이며 말썽을 일으킬 조짐이라는
사실을 우리는 뒤늦게야 깨달았지만, 아무튼 그는 오전과 오후에
는 성모 마리아의 어린양처럼 얌전하고 착하게 굴었다. 그런데
저녁 7시 30분경이었다. 해리가 그날 새로 갈아입은 제복 바짓단
에 뜨뜻미지근한 것이 튀는 듯한 느낌을 받았다. 오줌이었다. 윌
리엄 워턴이 자기 감방에서 거무튀튀한 이빨을 드러낸 채 히죽거
리면서 해리 터윌리거의 바지와 구두에 오줌을 갈겨 대고 있었던
것이다.

"그 개자식 아마 하루 종일 오줌을 모았을 거예요." 해리가 나
중에 그때까지 울분을 삭이지 못하고 넌더리를 치면서 한 말이
었다.

아무튼, 더 이상 말이 필요 없었다. 윌리엄 워턴에게 E동의 주
인이 누구인지를 똑똑히 보여 줘야 할 시간이 다가왔다. 해리는
브루털과 나한테 알렸고 나는 역시 근무를 서고 있던 딘과 퍼시
를 대기시켰다. 그 무렵 우리에게는 세 명의 사형수가 있었다는

사실을 기억해 달라. 따라서 우리는 총력 근무 태세에 들어가 있었다. 사고가 터질 개연성이 가장 높은 저녁 7시에서 새벽 3시까지는 우리 조가 맡았고 나머지 시간대는 다른 두 조가 맡았다. 나머지 조는 대부분 뜨내기로 구성되어 있었으며 빌 도지가 주로 인솔했다. 어느 모로 보나 괜찮은 조직 편성이었다. 퍼시만 낮 근무조로 보내면 더 이상 바랄 것이 없을 것 같았지만 결국 그 꿈은 실현되지 못했다. 나는 이따금 생각한다. 설령 퍼시가 낮 근무조로 갔다 하더라도 사정은 크게 달라지지 않았을 거라고.

아무튼 고철 스파크에서 옆으로 조금 더 가면 헛간에 굵은 수도관이 있었다. 딘과 퍼시는 범포로 만든 소방용 호스를 거기에 연결했다. 두 사람은 만일의 경우에는 밸브를 열기 위해 그 옆에서 대기했다.

브루털과 나는 서둘러 워턴의 감방으로 갔다. 워턴은 아직도 서서 히죽거리면서 물건을 바지 밖으로 덜렁 내놓고 있었다. 나는 그 전날 밤 퇴근하기 전에 구금실에서 구속복을 꺼내다가 내 방 선반 위에 던져 놓았다. 다음 날 새로운 문제아가 왔을 때 필요할지도 모른다고 생각했던 것이다. 이제 그것은 내 손에 들려 있었다. 나는 집게손가락을 범포 끈 하나의 밑에다 걸었다. 해리는 우리들 뒤에서 소방 호스 주둥이를 질질 끌고 왔다. 소방 호스는 내 방을 지나고 다시 헛간 계단을 내려가서 딘과 퍼시가 부지런히 호스를 풀어내고 있는 원통까지 이어져 있었다.

"어때, 괜찮았어들?" 와일드 빌이 약을 올렸다. 그는 유원지에 온 아이처럼 좋아라고 웃어 댔다. 어찌나 웃어 대는지 말을 제대로 잇지 못했다. 굵은 눈물이 뺨을 타고 흘러내렸다. "똥줄이 탈 거다, 암 타고말고. 안 그래도 내가 지금 똥을 굽고 있걸랑. 아주 말랑말랑해요. 내일은 그 맛을……."

내가 감방 자물쇠를 따는 것을 보더니 그의 눈이 가늘어졌다. 브루털이 한 손에 권총을, 한 손에 야경봉을 든 것을 보고는 그 눈이 더 가늘어졌다.

"들어올 때는 제 발로 걸어와도 나갈 때는 실려 나갈걸. 빌리 더 키드가 그거 하난 장담하마." 워턴이 우리에게 말했다. 그는 다시 내 쪽을 보았다. "그 근사한 옷을 나한테 입힐 수 있을 거라고 생각했다면 다시 한번 생각하고 오시지, 꼰대."

"여기서 이래라저래라 할 사람은 네놈이 아니야. 보통은 그 정도는 말 안 해도 알던데 너는 멍청하니까 알아듣도록 한 수 가르쳐야겠다."

나는 자물쇠를 완전히 따고 문을 드르륵 열었다. 워턴은 침상 쪽으로 물러섰다. 물건이 아직도 바지 밖으로 나와 있었다. 그는 두 손을 내 쪽으로 뻗더니 손바닥이 위로 오게 해서 어서 오라고 신호를 했다. "와 봐, 이 씹새끼야. 떼거리로 몰려온다, 좋아. 형님이 매운 맛을 보여 주마." 이번에는 다시 브루털 쪽을 보고 거무튀튀한 이빨을 드러내며 히죽 웃었다. "덤벼, 이 곰 새끼야, 너부터. 이번에는 내 뒤에서 몰래 덮치지 못할 거다. 그 총 내려놓고. 넌 쏘지도 못할 놈이지만, 우리 일 대 일로 붙자. 누가 센가 어디……."

브루털은 감방으로 들어섰지만 워턴 쪽으로 다가가지는 않았다. 그는 일단 문을 통과하자 왼쪽으로 비켜섰다. 자기를 향해 겨누어진 소방 호스를 보고 워턴의 가느다란 눈이 벌어졌다.

"안 돼, 그건. 이런······."

"딘! 틀어! 끝까지 틀어!" 내가 소리쳤다.

워턴은 앞으로 몸을 날렸지만, 브루털이 마빡을 보기 좋게 후려갈겼다. 그가 휘두른 곤봉은 워턴의 눈썹 바로 위에 가서 명중했다. 자기 같은 망종은 우리가 처음 겪어 볼 것이라고 자신하던 워턴이 무릎을 꿇었다. 눈은 떴지만 보일 리가 없었다. 그때 물이 뿜어져 나왔다. 해리는 수압을 못 이겨 휘청거렸다가 안정을 되찾아 주둥이를 단단히 붙잡고 총처럼 조준했다. 물줄기는 와일드 빌 워턴의 가슴팍 한가운데를 강타하여 그의 몸을 빙글 돌려놓으면서 침상 밑으로 밀어 넣었다. 복도 저 끝에서 들라크루아가 길길이 날뛰고 악을 바락바락 쓰면서 사태가 어떻게 진행되고 있는지, 누가 이기고 있는지, '미쳐도 단단히 미친' 애송이가 과연 중국식 물고문을 좋아하는지 알려 주지 않는다고 존 커피한테 욕을 바가지로 퍼붓고 있었다. 커피는 짧게 올라오는 바지와 교도소에서 지급한 슬리퍼를 신고 아무 말 없이 조용히 서 있었다. 나도 잠깐 그를 훔쳐보았지만 평소와 다를 바 없는 쓸쓸하고 온화한 표정을 확인했을 뿐이다. 커피는 그런 광경을 한두 번이 아니라 천 번도 넘게 본 사람처럼 초연해 보였다.

"물 잠가!" 브루털이 등 뒤로 소리를 지르고 감방을 향해 달려갔다. 그는 반쯤 얼이 나간 워턴의 겨드랑이에 손을 끼워 침상 밑에서 끌어냈다. 워턴은 캘룩캘룩 기침을 하면서 꼬로록꼬로록 소리를 냈다. 브루털의 곤봉에 살갗이 일직선으로 찢겨 나간 눈썹 바로 위에서 몽롱한 눈으로 피가 뚝뚝 떨어졌다. 구속복을 입히는 브루터스 하월과 나의 솜씨는 가히 예술의 경지에 가까웠다.

우리는 새로운 춤곡을 연습하는 가무단의 두 무용수처럼 연습해 왔다. 그리고 연습한 보람이 간혹 있었다. 지금 같은 경우가 그랬다. 브루털은 워턴을 앉히고 마치 아이가 커다란 인형의 두 팔을 내밀듯이 워턴의 팔을 내 쪽으로 내밀었다. 워턴의 눈에 서서히 의식이 돌아오기 시작했다. 그것은 지금 싸우지 않으면 너무 늦으리라는 깨달음이었지만 그의 뇌와 근육을 잇는 전화선은 아직 불통이었고 그가 고장 난 전화선을 수리하기 전에 나는 얼른 구속복의 소매를 팔에 쑤셔 넣고 브루털은 뒤의 고리를 채웠다. 브루털이 고리를 점검하는 동안 나는 소매 끈을 움켜잡고 워턴의 팔을 옆구리 쪽으로 당겨 그의 양 손목을 또 다른 범포 끈으로 연결했다. 무언가를 꽉 껴안고 있는 듯한 모습이었다.

"망할 자식, 이 곰 같은 놈아, 지금 어떻게들 하고 있냐니까!" 들라크루아가 소리를 질렀다. 자기도 궁금하다는 듯이 딸랑 씨도 찍찍거렸다.

퍼시가 왔다. 수도관하고 씨름하느라 웃통이 홀딱 젖어 몸에 달라붙어 있었지만 얼굴에는 생기가 돌았다. 딘이 목덜미에 팔찌 모양의 자줏빛 멍을 달고 뒤따라 왔다. 퍼시만큼 신나 보이지는 않았다.

"그럼, 가 보실까, 와일드 빌. 워리워리." 나는 그렇게 말하면서 워턴을 홱 일으켜 세웠다.

"와일드 빌이라고 부르지 마!" 워턴이 악을 썼다. 우리는 그때 처음으로 영악한 동물의 위장색이 아니라 솔직한 감정을 보았다. "와일드 빌 히콕은 말도 잘 못 탔어! 긴 칼로 곰을 상대한 적도 없었고! 그저 덤불 속에 숨어 있던 보안관이나 다를 바 없었지!

그 병신 새끼는 문을 등지고 앉아 있다가 주정뱅이한테 살해당했다고!"

"어이구 두야. 아주 역사 강의를 하시는구먼!" 브루털은 소리를 버럭 지르면서 워턴을 감방 밖으로 밀쳐 냈다. "출근 카드를 찍을 때 다른 건 몰라도 오늘은 누가 또 미친 짓을 하겠구나, 그거 하나만큼은 분명히 안다. 너 같은 또라이들이 있기 때문에 말이 되는 게 있어. 그게 뭔지 알아? 조금 있으면 너도 역사 속으로 들어가실 몸이라는 거지. 지금은 복도로 좀 가 주셔야겠어. 우리가 방을 하나 준비해 놨거든. 일종의 냉각실이라고 보면 돼."

워턴은 두 팔이 뒤로 묶이고 몸을 꼭 죄는 구속복 때문에 옴짝달싹하기 힘들었음에도 악에 받쳐 알아듣기 힘든 고함을 내지르며 브루털에게 몸을 날렸다. 퍼시가 인생의 모든 문제를 해결하는 퍼시 나름의 처방법으로 곤봉을 빼 들려고 했지만 딘이 퍼시의 손목을 붙잡았다. 퍼시는 당혹과 약간의 분개가 뒤섞인 착잡한 눈빛으로 딘을 쳐다보았다. 워턴한테 그런 수모를 당한 사람이 어쩌면 뜯어말릴 수가 있냐고 항변하는 듯했다.

브루털이 워턴을 뒤로 밀었다. 내가 워턴을 받아서 해리한테 밀었다. 해리는 기뻐서 어쩔 줄 모르는 들라크루아와 무표정한 커피를 지나, 그런 마일을 따라 워턴을 밀고 갔다. 워턴은 가는 도중 내내 욕을 퍼부었지만 얼굴을 바닥에 짓찧지 않으려면 계속 달릴 수밖에 없었다. 용접공의 화염 분출기에서 불꽃이 튀어나오듯 그는 욕을 내뱉었다. 딘, 해리, 퍼시가 구금실에 쌓인 쓰레기를 밖으로 내놓는 동안 우리는 워턴을 오른쪽 끝 방에다 처넣었다(퍼시는 일이 고되다는 불평을 그날만은 하지 않았다). 그동안 나는 워턴과 잠시 대화를 나누었다.

"넌 스스로를 거칠다고 생각하는 모양인데, 하기야 그럴지도 모르지만 여기선 거칠게 굴어 봤자야. 멋대로 날뛰던 시절은 지나갔어. 네가 신사적으로 나오면 우리도 신사적으로 나갈 거다. 함부로 날뛰어도 어차피 너는 골로 가게 되어 있어. 죽기 전에 고생만 더 하는 거지."

"내가 골로 가는 게 그렇게도 좋냐." 워턴은 쉰 목소리로 악을 썼다. 그래 봤자 소용없다는 걸 알 텐데도 구속복에서 빠져나오려고 몸부림쳤다. 그 바람에 얼굴이 토마토처럼 시뻘게졌다. "갈 땐 가더라도 네놈들 애간장은 악착같이 태울 거야."

그는 성난 개코원숭이처럼 나에게 이빨을 드러냈다.

"우릴 애먹이는 게 네놈 소원이라면 그만둬라. 벌써 소원 성취하셨으니까." 브루털이 말했다. "그렇지만 네놈이 그린 마일에 있는 동안 우린 네가 사방 벽이 물렁물렁한 방에 줄곧 처넣어져 있건 말건 상관하지 않는다. 피가 통하지 않아 팔이 썩어 문드러지다가 나중에는 어깨에서 떨어져 나갈 때까지 그 근사한 옷을 얼마든지 입고 있으시지." 브루털은 잠시 말을 끊었다가 다시 이었다. "너도 알겠지만 여긴 외부인의 출입이 없어. 네가 무슨 일을 당하고 있는지 누군가가 어떤 식으로든 알 수 있을 거라고 생각했다면 착각도 그런 착각이 없어. 세상 사람들은 너 같은 불량배는 이미 죽은 줄로 안다니까."

워턴은 브루털의 표정을 곰곰이 살폈다. 워턴의 얼굴에서 분노가 수그러들었다. "이거 좀 벗겨 줘요." 비위를 맞춰 보겠다는 뜻이 역력했지만 목소리가 너무 멀쩡해서 신뢰가 가지 않았다. "얌전히 굴게. 참말이라니까."

해리가 감방 입구에 나타났다. 복도 끝은 시골 장터처럼 어수선했지만 일단 시작하면 정리는 금세 끝낼 수 있었다. 한두 번 해보는 일이 아니었다. 우리는 숙달된 조교였다.

"준비됐습니다." 해리가 말했다.

워턴의 오른쪽 팔꿈치가 볼록 튀어나온 부분을 브루털이 잡고 벌떡 일으켜 세웠다. "가자, 와일드 빌리. 너무 비관적으로만 생각하진 말고. 최소한 스물네 시간은 있어야 할 테니 그동안 다시는 우리한테 까불지 않아야겠다, 다시는 독불장군처럼 군림하지 않아야겠다는 마음의 각오를 다지면 되는 거야."

"벗겨 줘요." 워턴이 말했다. 그는 브루털과 해리와 나를 번갈아 쳐다보았다. 얼굴이 도로 붉어지기 시작했다.

"얌전히 군대도요. 나도 깨달은 게 있다고요. 나 좀⋯⋯. 나 좀⋯⋯. 으으으으으아아아아⋯⋯."

갑자기 워턴이 픽 쓰러졌다. 반은 감방에, 반은 그린 마일의 낡은 리놀륨 바닥에 걸쳐 나뒹군 채 헛발질을 하면서 몸을 들썩거렸다.

"어럽쇼, 또 수작을 부리네." 퍼시가 중얼거렸다.

"두말하면 잔소리지." 브루털이 말했다. "그래, 우리 누이는 바빌로니아의 갈보다. 토요일 밤마다 백옥 같은 긴 망사를 휘날리며 모세 앞에서 배꼽춤을 춘다, 어쩔래." 브루털이 퍼부어 댔다. 그는 허리를 숙여 워턴의 겨드랑이에 한 손을 넣었다. 나는 나머지 겨드랑이를 맡았다. 워턴은 낚시에 걸린 물고기처럼 우리 사이에서 퍼덕거렸다. 요동치는 그의 몸을 실어 나르면서 한쪽에서

234

는 뭐라고 씨부렁거리는 소리를, 다른 쪽에서는 방귀 소리를 듣는 것은 내 인생에서 정말 달갑지 않은 경험이었다.

나는 고개를 들어 잠시 존 커피에게 눈을 맞추었다. 커피의 눈은 충혈되었고 거무스름한 뺨은 젖어 있었다. 또 운 것이다. 나는 해머스미스가 손으로 덥석 무는 흉내를 냈던 모습을 떠올리고 부르르 떨었다. 나는 다시 워턴에게 관심을 돌렸다.

우리는 짐짝처럼 그를 구금실에다 던져 넣었다. E동에서 증기선 윌리로 생활을 시작한 쥐 때문에 우리가 전에 한번 점검한 적이 있는 수채 구멍 바로 옆에서 워턴은 바닥에 널브러진 채 구속복에 싸인 몸을 들썩거리고 있었다.

"저 녀석 혀가 말려 올라가서 죽는다 해도 나야 눈 하나 깜짝 않겠지만, 기자들이 뭐라고 떠들까! 집요하게 물고 늘어질걸." 딘이 목이 쉬어 가랑가랑거리며 말했다.

"기자들이야 아무것도 아니지. 청문회가 열린다고 생각해 봐. 이 짓도 못해 먹게 될 거야. 미시시피로 내려가서 콩이나 따야지. 미시시피가 어떤 덴 줄 알아? 인디언 말로 똥구멍이란 뜻이야." 해리가 우울하게 말했다.

"죽지 않아. 혀가 말려 올라가는 일도 없을 테고. 내일 우리가 이 방문을 열면 이 녀석은 보나마나 쌩쌩할 거다. 내 말이 틀리면 손가락에 장을 지져도 좋아." 브루털이 말했다.

아무튼 일은 그렇게 끝났다. 다음 날 밤 9시에 우리가 감방으로 다시 데리고 간 남자는 얌전하고 창백했으며 한결 기가 꺾인 듯했다. 그는 머리를 숙인 채 걸어갔으며 구속복을 벗겨도 누구한테도 대들지 않았다. 까불면 요 다음에도 없다, 바지에다 얼마나 오줌을 누고 싶은지, 숟가락으로 받아서 먹는 유아식을 얼마나 먹고 싶은지 잘 생각해 보라고 내가 엄포를 놓았을 때도 그저 맥없이 나를 바라볼 뿐이었다.

"얌전히 굴겠습니다. 저도 깨달은 바가 있어요." 우리가 감방 안에 넣었을 때 워턴이 기어 들어가는 소리로 속삭였다. 브루털은 나를 보며 윙크했다.

다음 날 저녁 스스로를 산도적 와일드 빌 히콕이 아니라 빌리 더 키드로 여기던 윌리엄 워턴이 허풍선이한테서 파이를 샀다. 워턴은 명백히 그런 거래를 할 수 없는 입장에 있었지만, 오후 근무조는 앞에서도 말했지만 뜨내기들로 구성되어 있었고 돈도 벌써 치른 뒤였다. 허풍선이가 내부 규정을 모를 리 없었지만 그에게 장사는 어디까지나 장사였다. 더 할 이야기가 많지만 지면 관계상 생략하기로 한다.

그날 밤 브루털이 순찰을 돌 때 워턴은 자기 감방 문 앞에 서 있었다. 브루털이 고개를 들어 자기를 쳐다보자 기다렸다는 듯이 불룩 튀어나온 뺨을 손목으로 팍 쳐서 엄청나게 길고 굵은 초콜릿 물줄기를 브루털의 얼굴에다 쏘았다. 파이를 몽땅 입안에 우겨넣은 다음 녹을 때까지 물고 있다가 씹는 담배처럼 뱉어 낸 것이다.

워턴은 초콜릿을 염소수염처럼 늘어뜨린 채 침상에 기대어 브루털에게 손가락질을 하고 발을 구르며 거기에 괴성까지 섞어 웃음을 터뜨렸다. 브루털은 워턴보다 더 긴 수염을 늘어뜨리고 있었다. "어이, 검둥이, 괜찮았어?" 워턴은 배꼽을 잡고 웃었다. "어휴, 똥이었어야 하는 건데! 똥이면 더 좋았는데! 나한테 그것만······"

"똥은 바로 너다. 오줌통이나 가득 채워 둬라. 네가 제일 좋아하는 변소로 돌아갈 테니까." 브루털이 이를 갈았다.

워턴은 다시 구속복에 우겨넣어졌고 우리는 그를 다시 벽이 푹신푹신한 방에 집어넣었다. 이번에는 이틀이었다. 워턴은 그 안에서 어떨 때는 미친 사람처럼 지껄였고, 어떨 때는 이제부터 얌전히 지내겠어요, 정신 똑바로 차리겠어요 하고 약속했고, 또 어떨 때는 의사를 불러 달라며 당장이라도 숨이 넘어갈 듯 바락바락 악을 썼다. 그러나 대개는 침묵했다. 그리고 우리가 다시 꺼내 주었을 때도 멍한 눈빛으로 고개를 떨군 채 감방으로 걸어가면서 해리의 '네가 처신하기에 달렸어.' 라는 말에도 아무 대꾸를 하지 않았다. 한동안은 잠잠히 지내겠지만 워턴은 새로운 계략을 꾸밀 놈이었다. 그가 한 짓은 모두 우리가 익히 접해 본 것들이었지만 (다만, 파이 사건은 예외라고 할 수 있는 것이 브루털마저도 그 참신성을 인정한 바 있다), 녀석의 집요함에 나는 내심 겁먹고 있었다. 시간이 흐르면서 누군가가 긴장을 늦추는 바람에 돌이킬 수 없는 화를 당할까 봐 불안했던 것이다. 워턴은 그린 마일에 오래 머무를 가능성도 높았다. 아직 젖비린내 나는 젊은이를 죽인다는 건 말도 안 된다고 열변을 토하면서 백방으로 뛰어다니는 변호사가 그의 뒤에 있었기 때문이다……. 더구나 그는 순종 백인이었다. 그렇다고 불만을 털어놓을 수 있는 것은 아니었다. 워턴을 살려 내는 것은 변호사의 직업적 소임이었기 때문이다. 우리의 소임은 그를 감옥에 단단히 붙들어 두는 것이었다. 하지만 변호사가 있건 없건 고철 스파크가 그를 무릎 위에 앉히게 되리라는 것은 불 보듯 뻔했다.

바로 그 주에 소장의 부인인 멜린다 무어스가 인디애놀라 병원에서 집으로 돌아왔다. 의사들은 그녀를 포기했다. 그들은 환자의 머리에 생긴 종양을 흥미로운 최신 엑스선 사진에 담았다. 그 무렵 거의 24시간 환자를 고문하면서 마비 상태에 빠뜨리던 통증과 손에 나타난 이상을 확인했지만 그것으로 그만이었다. 그들은 남편에게 모르핀이 포함되어 있는 한 무더기의 알약을 주고 집에서 임종을 맞이하라고 멜린다를 내보냈다. 핼 무어스에게는 쓰지 않고 모아 둔 병가가 약간 있었다. 그 당시에는 병가를 많이 주지 않았지만, 아무튼 그는 아내의 병간호를 위해 쓸 수 있는 휴가를 모두 냈다.

아내와 나는 멜린다를 보러 갔다. 집으로 온 지 사나흘 뒤에 내가 찾아 뵙겠다고 먼저 전화를 걸었더니 소장은 좋은 생각이다, 집사람 기분도 오늘은 괜찮고 우릴 보면 반가워할 것이라면서 환영했다.

"이런 전화는 정말 괴로워." 나는 무어스 부부가 결혼 생활의 대부분을 보낸 작은 집으로 차를 몰면서 아내에게 말했다.

238

"괴롭긴 누구나 마찬가지죠. 우리가 견뎌 내는 것처럼 사모님도 잘 견뎌 낼 거예요." 아내는 그렇게 말하면서 내 손을 톡톡 두드렸다.

"그러길 바라야지."

우리는 예년과 다르게 포근한 10월의 밝은 햇살이 비스듬히 들어오는 거실에서 멜린다를 발견했다. 처음에 나는 멜린다의 체중이 40킬로그램은 빠졌겠다 싶어 무척 충격을 받았다. 물론 40킬로그램씩이나 빠질 리는 없었다. 그 정도로 몸무게가 줄었다면 그 자리에 있을 수가 없었을 테니까. 하지만 나의 눈이 보고한 내용에 대해서 나의 뇌가 처음 보인 반응은 그랬다. 그녀의 얼굴은 푹 꺼져서 해골의 윤곽이 적나라하게 드러났고 피부는 양피지처럼 새하얗게 변해 있었다. 눈 밑에는 거무스름한 테까지 끼여 있었다. 무릎 한가득 바느질감이나 무늬가 있는 모직 담요, 또는 깔개로 짜기 위한 헝겊 조각을 올려놓지 않은 상태로 흔들의자에 앉아 있는 모습을 본 것은 그때가 처음이었다. 그녀는 그냥 앉아 있을 뿐이었다. 대합실에서 열차를 기다리는 승객처럼.

"사모님." 아내가 따뜻하게 불렀다. 아내도 나처럼, 어쩌면 나보다 더 충격을 받은 모양이었지만 여성 특유의 지혜로 그것을 훌륭히 감추었다. 그녀는 소장의 부인이 앉아 있는 흔들의자 옆으로 다가가서 한쪽 무릎을 꿇고 앉아 부인의 손을 지그시 잡았다. 그동안 나의 시선은 벽난로 앞의 파란 깔개에 머물렀다. 오래되어 빛바랜 라임의 빛깔과 비슷하다는 생각이 문득 들었다. 이제 그 방이 그린 마일의 복사판이 되었다는 느낌 때문에 그런 인상을 받았으리라.

"차를 좀 가져왔어요. 제가 직접 만든 거랍니다. 불면증에 좋죠. 부엌에 놔두었어요." 아내가 말했다.

"고마워요." 멜린다가 말했다. 다 죽어 가는 쉰 목소리였다.

"좀 어떠세요?" 아내가 물었다.

"좋아졌어요. 잔칫집에 가서 춤을 출 정도는 아니지만 그래도 오늘은 통증이 없네. 두통약을 주더라고요. 가끔은 그게 듣나 보우." 멜린다가 듣기 거북한 쉰 목소리로 말했다.

"다행이네요."

"그런데 통 쥘 수가 없어요. 아무래도 손에……, 탈이 나긴 났어." 그녀는 손을 올려서 마치 생전 처음 보는 것처럼 유심히 들여다보았다가 도로 무릎에 내려놓았다. "단단히 탈이 났어……, 몸 전체에." 그녀는 소리 없이 흐느끼기 시작했고 그 모습을 보면서 나는 존 커피를 떠올렸다. 그가 했던 말이 다시금 나의 머리를 울렸다. '내가 도왔죠, 그렇죠? 내가 도왔죠, 그렇죠?' 잊혀지지 않는 시구처럼.

그때 소장이 들어왔다. 그는 내게 말을 시켰다. 정말이지 그에게 붙들린 게 얼마나 다행스러웠는지 모른다. 우리는 부엌으로 갔다. 소장은 시골 밀조장에서 막 가져온, 도수가 높은 하얀 위스키를 나에게 반 잔 따라 주었다. 우리는 함께 잔을 부딪치고 마셨다. 목으로 넘어가는 그 느낌은 석유처럼 얼얼했지만 훈훈하게 배를 데우는 것이 그만이었다. 하지만 무어스 소장이 병을 기울이면서 반 잔 더 하겠느냐고 말없이 물었을 때 나는 고개를 흔들고 손을 내저었다. 와일드 빌 워턴이 적어도 당분간은 구금실에서 풀려난 마당에 술이 불콰하게 오른 얼굴로 그가 있는 곳에 가까이 간다는 것은 바람직한 일이 못 되었다. 우리 사이에 철창이 가로놓여 있다 하더라도 말이다.

"얼마나 더 견딜 수 있을지 모르겠네, 폴." 소장이 낮은 소리로 말했다. "아침마다 도와주러 오는 아가씨가 한 명 있긴 한데 의사들 말이 오래 견디지 못할 거라더군……. 그리고……, 그리고……."

그는 말을 잇지 못했다. 내 앞에서 다시 우는 모습을 보이지 않으려고 목에 힘을 주면서 안간힘을 썼다.

"끝까지 최선을 다하세요." 나는 식탁 위로 팔을 뻗어 수전증으로 떨리는, 기미가 낀 그의 손을 살짝 쥐었다. "하루하루 최선을 다하고 나머지는 하느님께 맡기세요. 그 밖에는 뾰족한 수가 없지 않습니까."

"없지. 그래도 괴로움은 가시질 않아. 자넨 부디 나 같은 꼴 당하지 말게." 그는 침착해지려고 노력했다. "새로운 소식이나 들려주게. 윌리엄 워턴은 어떻게 처리하고 있나? 퍼시 웨트모어하고는 잘 지내고?"

우리는 잠시 일 이야기를 나누었다. 그리고 방문을 마쳤다. 나중에 집으로 돌아올 때 아내는 눈시울을 붉힌 채 내 옆 조수석에 앉아 내내 생각에 잠겨 있었고 커피가 던진 말이 들라크루아의 감방 안을 돌아다니던 딸랑 씨처럼 나의 머리를 휘젓고 다녔다. '내가 도왔죠, 그렇죠?'

"괴로워. 속수무책으로 바라보고 있어야만 하니." 어느 시점에선가 아내가 툭 한마디를 던졌다.

나는 고개를 끄덕여 그 말에 동조하면서도 머릿속으로는 커피의 말을 생각했다. '내가 도왔죠, 그렇죠?' 너무 빠져 있는 느낌이 들어서 나는 그 말을 머리에서 지우려고 노력했다.

차가 앞마당으로 들어왔을 때 아내가 두 번째로 침묵을 깨뜨렸다. 그것은 오랜 정을 나눈 멜린다가 아니라 나의 요도염에 대한 물음이었다. 아내는 요도염이 정말로 나았는지 알고 싶어했다. 정말 나았다니까, 나는 그렇게 대답했다.

"다행이네요." 아내는 내 몸에서 민감한 부위라 할 수 있는 눈썹 위에다 입맞춤을 했다. "그럼 일을 좀 벌여도 될까 모르겠네. 당신한테 시간과 의향이 있다면."

의향은 많았고 시간도 아주 없지는 않았으므로 나는 아내의 손을 잡고 안쪽 침실로 들어가, 잔뜩 부풀어 올랐지만 더 이상 통증은 느껴지지 않는 내 몸의 부분을 아내가 쓰다듬는 동안 그녀의 옷을 벗겼다. 아내의 부드러운 살 속으로 천천히 들어갔다. 아내도 나도 느린 삽입을 좋아했다. 그러면서 나는 내가 도왔죠, 그렇죠? 내가 도왔죠, 그렇죠? 하던 존 커피의 말을 생각했다. 절정에 오른 순간까지 그 말은 노래의 한 소절처럼 내 마음을 떠나지 않았다.

뒤에 교도소로 돌아가면서 나는 들라크루아의 형 집행 예행 연습을 시작할 때가 왔음을 깨달았다. 그 생각은 이번에 퍼시가 밖에서 과연 잘 해낼 수 있을까 하는 생각으로 이어졌고 나는 불안으로 몸을 떨었다. 하지만 가는 데까지 가 보자고 마음을 다잡았다. 한 번의 형 집행으로 퍼시 웨트모어의 꼴은 영원히 안 봐도 될 테니…… 그래도 나는 여전히 떨고 있었다. 사타구니를 달구면서 나를 애먹이던 요도염이 다 나은 것이 아니라 위치만 바꾸어 등골을 서늘하게 식히는 듯한 느낌이었다.

"어이." 다음 날 저녁 브루털이 들라크루아를 불렀다. "잠시 좀 다녀올 데가 생겼어. 그쪽하고 나하고 딸랑 씨하고."

들라크루아는 의심 어린 눈으로 그를 바라보더니, 이윽고 시가 갑에 손을 넣어 쥐를 꺼냈다. 쥐를 올려놓은 손바닥을 오므린 채 실눈을 뜨고 브루털을 쳐다보았다.

"그게 무슨 소리요?" 들라크루아가 물었다.

"댁하고 딸랑 씨 모두에게 잊을 수 없는 밤이 될 거야." 해리와 함께 브루털 옆으로 나서면서 딘이 말했다. 딘의 목덜미에 고리처럼 난 누르스름한 멍은 아직 보기 안쓰러웠지만 개가 고양이한테 짖어 대는 듯한, 그 귀에 거슬리는 소리는 더 이상 나오지 않았다. 딘은 브루털을 슬쩍 쳐다보며 말을 이었다. "수갑을 채워야 하나?"

브루털은 잠시 생각하다가 입을 열었다. "아니, 얌전히 굴겠지, 안 그래? 사람이나 쥐나 다 말썽은 안 피울 테니까. 오늘 밤 높은 양반들 앞에서 실력을 유감없이 발휘해 보는 거요."

퍼시와 나는 당직 책상 옆에 서서 그 과정을 내내 지켜보았다.

퍼시는 팔짱을 낀 채 경멸하듯 입가에 엷은 미소를 띠고 있었다. 잠시 후 그는 뿔빗을 꺼내 머리를 빗기 시작했다. 존 커피도 자기 감방 철창 앞에 서서 말없이 지켜보았다. 워턴은 침상에 누워 천장만 바라보며 그 모든 장면을 아예 무시하고 있었다. 그는 아직 '얌전하게' 지냈지만 그가 말하는 '얌전함'이란 브라이어리지의 의사들이 '긴장증'이라고 부르는 것이었다. 그 자리에는 또 한 사람이 있었다. 눈에 안 띄도록 내 방에 처넣어 두었지만 피골이 상접한 그의 그림자는 문간을 넘어 그린 마일까지 드리워져 있었다.

"웬 소란이야. 어디가 잘못된 거 아뇨?" 브루털이 감방 문의 이중 자물쇠를 열고 드르륵 열어젖히자 들라크루아가 침상 위로 다리를 오므려 세우며 불만스러운 듯 물었다. 눈은 우리 세 사람을 번갈아 가며 쳐다보기에 바빴다.

"사람이 말을 하면 믿어야지. 무어스 소장이 잠시 자리를 비웠다고. 당신도 들었겠지만 사모님이 와병 중이라서 말이야. 해서 앤더슨 씨가 대리 근무를 하고 있거든, 커티스 앤더슨." 브루털이 설명했다.

"그래요? 그게 나하고 무슨 상관이지?"

"그런데 앤더슨 씨가 당신 쥐 얘기를 듣고는 솜씨를 한번 보여 달라는 거야. 그 사람하고 사무국에 근무하는 직원 여섯 명이 당신이 오기를 기다리고 있소. 파란 제복을 입은 별 볼일 없는 간수들하고는 달라. 브루털 말마따나 거물급이라니까. 그중에는 중앙에서 일부러 온 정치인도 한 명 있다고 들었소." 해리가 바람을 넣었다.

들라크루아는 그 말에 기가 살아나는 듯했다. 그의 얼굴에는 한 점의 의심도 떠오르지 않았다. 딸랑 씨를 당연히 보고 싶어할 테지, 지네들이 안 보고 배겨?

그는 먼저 침상 밑을, 다음에는 베개 밑을 뒤졌다. 드디어 그 커다란 페퍼민트 사탕 한 알과 요란하게 색칠한 실패를 찾아냈다. 브루털을 보면서 그가 무언의 질문을 던지자 브루털은 고개를 끄덕였다. "맞았어. 그 사람들이 정말로 보고 싶어하는 건 내 생각에도 실패로 하는 묘기야. 사탕을 먹는 모습도 사람 환장하게 귀엽지만. 시가 갑도 빠뜨리면 안 되지. 그 안에 넣어서 갈 거죠?"

들라크루아는 상자를 집어 들어 딸랑 씨의 소도구를 그 안에 넣고 쥐는 자기 어깨 위에 태웠다. 그러고 나서 부푼 가슴을 안고 감방 밖으로 걸어 나와 딘과 해리를 쳐다보았다. "댁들도 같이 가죠?"

"아니. 우린 중요한 일이 있어서. 그 양반들, 뒤로 벌렁 나자빠지게 만들어 보슈. 루이지애나 사람이 한번 칼을 뽑았다 하면 어떻게 되는지 똑똑히 보여 줘요." 딘이 말했다.

"암." 환한 미소가 그의 얼굴에 번졌다. 너무나 갑작스럽고 너무나 소박한 그 행복의 미소 앞에서 나는 그가 저지른 흉포한 짓에도 불구하고 잠시 가슴이 아렸다. 살다 보면 별일이 다 있었다. 세상 참!

들라크루아는 존 커피한테 돌아섰다. 두 사람 사이에는 내가 그동안 지켜 본 수많은 사형수들과 크게 다르지 않은 색다른 우정이 쌓여 있었다.

"기절초풍하게 만들어 주게, 들라크루아. 마음껏 실력 발휘를 해 봐." 존 커피가 진지한 목소리로 말했다.

들라크루아는 고개를 끄덕거리고 한 손을 어깨 옆으로 올렸다. 딸랑 씨는 마치 무대라도 되는 듯이 그 위로 뛰어내렸고 들라크루아는 커피의 감방 쪽으로 손을 쑥 내밀었다. 존 커피는 커다란 손가락 하나를 불쑥 내밀었고, 믿지 않아도 할 말은 없지만 그 쥐는 목을 길게 빼고 개처럼 손가락 끝을 핥았다.

"자자, 꾸물거릴 시간이 없어. 이 사람들은 지금 당신 쥐가 까불거리는 모습을 보기 위해 따끈한 저녁 식사까지 미뤄 둔 채 기다리고 있단 말이오."

물론 그것은 사실이 아니었다. 그날이 아니더라도 앤더슨은 저녁 8시까지는 꼬박 붙어 있었고 그가 들라크루아의 '쇼'를 함께 관람하기 위해 몰고 온 교도관들도 근무조에 따라 약간의 차이는 있었지만 11시에서 12시까지는 안 그래도 남아 있을 사람들이었다. 중앙에서 왔다는 정치인은 넥타이를 빌려 맨 수위일 공산이 컸다. 그러나 들라크루아는 이런 사실을 까맣게 몰랐다.

"준비됐는데요. 가시지요." 들라크루아가 서민적 체취를 어떻게 해서든 유지하려고 애쓰는 대스타처럼 소박한 어투로 말했다. 딸랑 씨를 왜소한 어깨 위에 태우고 브루털의 인솔 아래 그린 마일을 걸어가면서 들라크루아는 다시 한번 나팔을 불기 시작했다.

"무슈 에 마담! 비엥브뉘 오 시르크 드 무지!(신사 숙녀 여러분! 쥐 서커스 공연에 오신 것을 환영합니다!)"

그러나 자신의 환상에 푹 빠져서도 그는 여전히 미심쩍은 눈초리를 보내면서 퍼시를 피해 갔다.

해리와 딘은 워턴(그 잘난 친구는 아직 미동도 하지 않았다)의 감방 맞은편 빈 감방 앞에 섰다. 그들은 브루털이 운동장으로 나가는 문의 자물쇠를 열고 거기서 대기 중이던 두 명의 교도관과 합류하여 운동장으로 나가, 들라크루아가 콜드마운틴 형무소의 높으신 나리들 앞에서 특별 공연을 벌이러 떠나는 모습을 지켜보았다. 우리는 문이 닫힐 때까지 기다렸다. 문이 닫히자 나는 내 방으로 고개를 돌렸다. 젓가락처럼 가는 그림자는 아직도 바닥에 깔려 있었다. 나는 들라크루아가 너무 들떠서 그 그림자를 보지 못한 것을 천만다행으로 여겼다.

"나오쇼. 서두르지 않으면 안 돼. 예행 연습을 두 번 해치우려면 시간이 빠듯하다고."

평소와 다름없이 부리부리한 눈에 텁수룩한 허풍선이가 나와서 들라크루아의 감방으로 걸어가 열린 문 안으로 어슬렁어슬렁 들어갔다.

"앉는다, 앉는다, 앉는다, 앉는다." 그가 입을 열었다.

순간 나는 눈을 감으면서 이거야말로 서커스라고 생각했다. 이거야말로 서커스고 우리는 한 무리의 훈련된 쥐에 지나지 않는다. 이윽고 나는 그 생각을 마음에서 지워 버리고 연습에 들어갔다.

1차 예행 연습은 순조롭게 끝났고 2차 연습도 순조로웠다. 아무리 황당무계한 꿈속에서라도 나는 퍼시가 그렇게 잘하리라고는 상상하지 못했을 것이다. 그렇다고 해서 들라크루아가 그린 마일을 걸어갈 시간이 정말로 왔을 때 일이 순탄하게 풀릴 것이라고 장담할 수는 없었지만 어쨌든 바람직한 방향으로 큰 걸음을 내디딘 것만은 사실이었다. 일이 잘 풀린 것은 오래전부터 퍼시가 눈독을 들여온 일을 마침내 하게 되어서가 아닐까 하는 생각이 머리를 스쳤다. 나는 갑자기 입맛이 썼지만 곧 그런 생각을 털어 냈다. 무슨 상관이란 말인가? 퍼시는 들라크루아에게 모자를 씌우고 스위치를 돌릴 것이며 그 후로는 둘 다 내 눈앞에서 사라질 것이다. 이게 해피 엔딩이 아니면 무엇이란 말인가? 무어스 소장이 지적한 바 있듯이 누가 앞에 서 있건 들라크루아의 불알은 어차피 구워지게 되어 있었다.

아무튼 퍼시는 새로운 임무에서 자신의 진가를 유감없이 드러냈으며 본인도 그 사실을 알았다. 우리도 알았다. 나로 말하자면 너무 다행스러운 마음에 그를 미워할 수가 없었다. 적어도 한동안은 그랬다. 만사가 순조롭게 진행될 것만 같았다. 좀더 숙달된, 또는 적어도 사고 발생의 가능성을 줄일 수 있는 요령들을 우리가 귀띔해 주었을 때 퍼시가 열심히 귀 기울이는 모습이 어찌나 다행스럽던지……. 솔직히 말해서 우리는 완전히 얼이 빠져 있었다. 평소에는 신체적으로나 정신적으로나 되도록이면 퍼시를 피하려 들던 딘마저도 그랬다. 하기야 그것도 무리는 아니었다. 자기의 충고를 진지하게 받아들이는 젊은 후배를 거느리는 것보다 더 가슴 뿌듯한 일이 어디 있겠는가. 그 점에서는 우리도 다르지 않았다. 그러는 바람에 우리는 와일드 빌 워턴이 더 이상 천장을 바라보고 있지 않다는 걸 누구도 알아차리지 못했다. 거기에는 나도 포함되지만 사실 그는 처음부터 천장을 보고 있지 않았다. 그는 당직 책상 옆에 우르르 몰려서서 허풍을 쳐 가면서 퍼시에게 충고하던 우리를 보고 있었다. 퍼시에게 충고를 하다니! 그리고 퍼시는 거기에 귀 기울이는 체하다니! 나중 일을 생각하면 절로 웃음이 나온다!

운동장 쪽으로 난 문에서 덜커덕 자물쇠 돌아가는 소리가 나면서 예행 연습 뒤에 우리가 잠시 주고받던 촌평은 막을 내렸다. 딘은 경고하듯 퍼시를 힐끔 쳐다보았다. "말 한마디, 표정 하나까지 조심해야 돼. 우리가 조금 전에 한 일을 눈치 채게 해서는 안 되거든. 사형수가 알면 좋지 않아. 불안해진다고."

퍼시는 고개를 끄덕이더니 떠드는 아이를 불러 세운 엄마처럼 입술 좌우로 손가락을 그었다. 우스개 삼아 한 행동이었지만 조금도 재미있지 않았다. 운동장 문이 열리더니 브루털을 대동하고 들라크루아가 들어왔다. 브루털은 공연이 끝나고 난 뒤 무대 뒤

제3부 커피의 손 249

에서 주인의 소도구를 챙기는 마술사의 조수처럼 시가 갑을 들고 있었다. 들라크루아 본인은? 어땠는가 하면, 백악관에서 공연을 마친 스타도 그보다 더 싱글벙글일 수는 없었다.

"딸랑 씨한테 깜빡 죽더라고! 웃고 환호하고 박수갈채를 보내더라니까!" 들라크루아가 목청을 높였다.

"그거 따봉이네. 어서 감방으로 들어가시지, 고참." 퍼시가 말했다. 너그럽고 여유로운 말투는 예전의 퍼시답지 않았다.

들라크루아가 불신이 담긴 익살스러운 표정으로 그를 쳐다보자 예전의 퍼시가 살아났다. 퍼시는 일부러 위협하듯 이빨을 드러냈고 들라크루아를 붙들려는 시늉을 했다. 물론 그것은 농담이었다. 퍼시는 들떠 있었고 누구를 붙들 마음은 눈곱만큼도 없었지만 들라크루아가 그 사실을 알 리 없었다. 그는 두려움과 당혹의 빛을 보이면서 움찔 뒤로 물러서다가 그만 브루털의 커다란 발에 걸려 넘어지고 말았다. 뒤통수를 바닥에 된통 부딪혔다. 때맞춰 몸을 피한 덕분에 다행히 뭉개지는 신세를 면한 딸랑 씨는 들라크루아의 감방을 향해 그린 마일을 찍찍거리며 달려갔다.

들라크루아는 일어나서 킬킬거리는 퍼시를 미움 가득한 눈초리로 휙 노려보더니 뒷머리를 문지르고 쥐를 부르면서 급히 감방으로 사라졌다. 브루털은(퍼시가 새 기분으로 놀라운 직무 수행 능력을 보여 주었다는 사실을 모르고 있었으므로) 퍼시를 말없이 경멸스러운 눈빛으로 한번 쳐다보고는 열쇠를 흔들면서 들라크루아의 뒤를 따라갔다.

그 다음에 일어난 사건은 퍼시가 정말 사과를 하러 갔기 때문에 벌어진 일이라고 생각한다. 믿기 어려운 사실이란 건 나도 알지만 그날 퍼시는 무지무지 기분이 좋았다. 퍼시가 정말로 사과할 생각이었다면 그 사건은, 선행은 반드시 응징을 받는다는 냉소적인 격언의 진실성만을 입증할 뿐이다. 들라크루아가 오기 전에 퍼시가 구금실까지 쥐를 두 번 쫓아갔다 온 적이 있고, 그중한 번은 사장의 감방에 너무 바짝 다가갔다는 이야기를 여러분한테 한 기억이 나는가? 그건 위험천만한 행동이었다. 그린 마일이 넓은 것은 그런 이유에서다. 복도 한가운데로 걸으면 감방에서 손을 뻗어도 닿지 않는다. 사장이 퍼시한테 그런 짓을 할 리는 없었지만, 퍼시가 만일 알린 비터벅 추장 옆으로 너무 바짝 붙어 있었더라면 추장은 그런 짓을 충분히 하고도 남음이 있었다는 생각이 들었다. 본때를 보이기 위해서라도.

아무튼, 사장과 추장은 모두 다른 곳으로 가고, 와일드 빌 워턴이 그들의 자리를 이어받았다. 그는 사장이나 추장은 상대조차안 될 만큼 막돼먹은 친구였고 아까부터 이 작은 연극을 시종일관 지켜보면서 자기가 무대에 오를 기회만을 노리고 있었다. 이제 퍼시 웨트모어 덕분에 그 기회가 그의 손 안에 굴러 들어왔다.

"어이, 들라크루아!" 퍼시는 웃음기 어린 목소리로 크게 부르면서 브루털과 들라크루아를 뒤따라가기 시작했고 아무 생각 없이 복도에서 워턴 쪽으로 바짝 다가섰다. "이 답답한 친구야, 장난이었대도 그러네! 이젠 좀……."

워턴은 번개처럼 침상을 박차고 일어나 어느새 철창 앞에 와 있었다. 교도관으로 근무하면서 나는 그렇게 몸놀림이 빠른 친구는 처음 보았다. 나중에 브루털과 내가 소년원에서 일할 때 접한 다부진 애들도 그렇게 빠르지는 않았다. 워턴은 철창 밖으로 손을 쑥 내밀어 퍼시를 움켜잡았다. 처음에는 제복 상의의 어깻죽지를 잡았다가 다시 목덜미를 붙잡았다. 워턴은 다시 퍼시를 자기 감방 문 쪽으로 끌어당겼다. 퍼시는 도살장 운반대에 올라간 돼지처럼 꽥꽥거렸다. 그의 눈은 죽음의 공포에 떨고 있었다.

"얌전히 굴어야지." 워턴이 속삭였다. 한 손이 퍼시의 목을 떠나 그의 머리카락을 헝클어뜨렸다. "보드랍네!" 워턴은 웃음을 머금고 말했다. "꼭 계집애 같아. 네 누이 보지보다는 네 똥구멍에다 하는 게 낫겠다." 워턴은 실제로 퍼시의 귀에 뽀뽀를 했다.

나는 퍼시가 사태의 추이를 정확히 알았을 거라고 생각한다. 우연히 자기 사타구니에 손을 댔다고 들라크루아를 두들겨 팬 인물이 아닌가. 본인은 부정하고 싶었겠지만 나는 그가 알았다고 생각한다. 퍼시의 얼굴에서 핏기가 몽땅 사라졌다. 그의 뺨에 난 생채기만 사마귀처럼 또렷이 드러났다. 왕방울만 하게 커진 그의 눈은 젖어 있었다. 실룩거리는 그의 입가에서 침이 한 줄기 스며나왔다. 모두 순식간에 일어난 일이었다. 아마 10초도 채 걸리지 않았으리라.

해리와 나는 곤봉을 쳐들고 앞으로 나섰다. 딘은 총을 뽑아 들었다. 그러나 사태를 악화시킬 생각은 조금도 없다는 듯 워턴은 퍼시를 놓아주고는 어깨에 두 손을 얹고 축축한 웃음을 흘리면서 뒤로 물러섰다. "난 풀어 줬어. 장난만 치고 풀어 줬어. 저 녀석 예쁘장한 머리에서 머리카락 한 오라기도 다치지 않았으니까 그 물렁물렁한 방에 다시 처넣을 생각은 말라고."

퍼시는 그대로 팅겨 나와 복도 맞은편의 빈 감방 문 철창에 꽝 부딪혔다. 너무 큰 소리로 숨을 몰아쉬어서 마치 오열이라도 터뜨리는 것 같았다. 상상만으로도 끔찍한 괴물에서 벗어나려면, 그 물어뜯는 이빨과 잡아채는 발톱에서 벗어나려면, 그런 마일의 한가운데로 걸어가야 한다는 뼈저린 교훈을 마침내 퍼시는 얻은 것이다. 그 교훈은 예행 연습이 끝난 뒤 우리가 그에게 한 모든 조언보다도 더 오래 그에게 남아 있을 것이다. 그는 완전히 공포에 질린 표정이었다. 그가 애지중지하는 머리는 내가 그를 본 이후 처음으로 심각하리만큼 엉망진창으로 헝클어져 있었다. 강간의 위기에서 막 벗어난 여자처럼 보였다.

순간적으로 모든 게 정지되어서 퍼시의 흐느끼는 듯한 숨소리 말고는 고요했다. 그 침묵을 깨뜨린 것은 낄낄거리는 웃음소리였다. 그것은 너무나 갑작스럽고 광기에 사로잡힌 웃음이었으므로 그것 자체가 충격적이었다. 처음에 나는 워턴이라고 생각했지만 그가 아니었다. 들라크루아였다. 그는 자기 감방의 열린 문 앞에 서서 퍼시를 손가락질했다. 쥐는 다시 그의 어깨에 올라가 있었다. 새끼 마귀를 거느린 영락없는 심술쟁이 마귀 영감의 모습이었다.

"저것 좀 봐. 바지에 오줌을 쌌잖아!" 들라크루아가 배꼽을 잡았다. "어른이 오줌을 쌌대요! 몽둥이로 사람을 패더니, 그래 못된 사람이었다고 치자, 다른 사람이 슬쩍 건드리니까 아기처럼 바지에 오줌을 싸네!"

그는 손가락질하면서 웃어 댔다. 그 조롱 섞인 웃음에서 퍼시에 대한 온갖 두려움과 미움이 배어 나오고 있었다. 퍼시는 움직이거나 말할 엄두도 못 낸 채 그를 쳐다보았다. 워턴은 다시 철창으로 다가와서 퍼시의 바지 앞에 생긴 검은 얼룩을 내려다보고는 빙긋 웃었다. 작지만 선명했고 그게 무엇인지도 분명했다. "누가 저 말썽꾸러기한테 기저귀 좀 사 줘라." 한마디 던지고는 들라크루아는 배꼽을 잡으면서 자기 침상으로 돌아갔다.

브루털이 들라크루아의 감방으로 갔지만 들라크루아는 브루털이 도착하기 전에 안으로 몸을 피해 침상에 몸을 던졌다.

나는 팔을 뻗어 퍼시의 어깨를 잡았다. "퍼시……." 말은 꺼냈지만 그 이상은 할 수 없었다. 그는 정신을 차리고 나의 손을 뿌리쳤다. 고개를 숙여 바지 앞부분을 보고 거기서 번져 나가는 얼룩을 확인하고는 얼굴이 시뻘겋게 달아올랐다. 그는 다시 고개를 들어 나를 보고, 이어서 해리와 딘을 쳐다보았다. 허풍선이가 그 자리에 없었던 걸 다행스럽게 생각한 기억이 난다. 만일 그가 있었더라면 하루도 못 가서 교도소 안에 소문이 좍 퍼졌으리라. 더구나 웨트모어라는 퍼시의 성은 더 젖었다는 뜻이므로 불행하게도 이 경우에는 의미가 딱 맞아떨어져서, 그 사건은 두고두고 입에 오르내리며 사람들에게 기쁨을 줄 가능성이 컸다.

"누구한테든 입만 뻥긋해 봐. 일주일 안에 모가지를 날려 버릴 테니까." 퍼시가 악에 받친 소리로 뇌까렸다. 다른 때 같았으면 그런 무례한 언사에 바로 주먹을 날렸겠지만 상황이 상황이니만큼 나는 그저 그를 측은히 여겼다. 퍼시는 내가 자기를 측은하게 여긴다는 것을 눈치 챈 모양이었다. 그것은 오히려 사태를 악화시켰다. 드러난 상처를 쐐기풀로 박박 문지른 셈이었다.

"여기 일은 여기서 끝내는 거야. 그 점에 대해서는 걱정할 필요 없어." 딘이 조용히 말했다.

퍼시는 고개를 돌려 들라크루아의 감방을 바라보았다. 브루털이 막 문을 잠그고 있었고 그 안에서는 진땀이 날 만큼 또렷하게 아직도 들라크루아의 낄낄거리는 웃음소리가 들렸다. 퍼시의 얼굴이 먹구름처럼 시커멓게 변했다. 뿌린 대로 거두는 법이라고 퍼시에게 한마디해 줄까 하다가 지금은 그런 설교를 하기에 적당한 시간이 아니라고 판단했다.

"저 녀석은……." 퍼시는 운을 떼려다가 말았다. 그러고는 고개를 숙이고 새 바지를 찾으러 헛간으로 모습을 감추었다.

"너무너무 예뻐." 워턴이 꿈꾸듯 말했다. 입 닥치지 않으면 통칙에 따라 구금실로 보내겠다고 해리가 으름장을 놓았다. 워턴은 팔짱을 끼더니 눈을 감았다. 자기로 마음먹은 모양이었다.

들라크루아의 처형 전야는 평소보다 무더웠다. 6시에 내가 출근했을 때 사무국 상황실의 창 밖에 걸려 있던 수은주는 27도를 가리키고 있었다. 생각해 보라, 10월 말에 27도라니. 게다가 서쪽 하늘에서는 7월을 방불케 하는 천둥이 우르르 울리고 있었다. 그날 오후 시내에서 나는 같은 교인을 만났다. 그는 이 때 아닌 이상 기후는 최후의 날이 다가왔음을 알리는 징조가 아니겠냐고 자못 심각한 얼굴로 물었다. 나는 그렇게 보지 않는다고 말은 했지만 에두아르 들라크루아에게는 최후의 날이라는 생각이 마음 한구석을 스쳤다. 그렇다, 최후의 날이었다.

운동장으로 통하는 문에서 빌 도지가 커피를 마시며 담배 연기를 내뿜고 서 있었다. 돌아서서 나를 보더니 빌이 말했다. "이게 누굽니까. 어떻게 이 시간에 나타나셨어요."

"별일 없었나?"

"네."

"들라크루아는?"

"괜찮아요. 내일이란 걸 눈치 챈 것 같기는 한데 통 그런 느낌을 안 줘요. 마지막 시간이 왔을 땐 왜들 대부분 그렇잖아요."

나는 고개를 끄덕였다. "워턴은?"

빌이 웃었다. "아무리 입담이 좋은 코미디언도 그 친구에 비교하면 금욕주의자라고 봐야 할 정도죠. 자기 마누라 거시기에서 딸기잼을 먹었다고 롤프 위터마크한테 뻥을 치더라고요."

"롤프는 뭐라던가?"

"결혼도 안 한 놈이 무슨 헛소리냐. 네놈 엄마를 착각한 게 아니냐고 했죠."

나는 한바탕 웃었다. 저질스럽기는 했지만 정말이지 배꼽 잡을 얘기였다. 누군가가 나의 몸속 저 아래에서 성냥불을 댕기고 있다는 느낌 없이 웃을 수 있다는 것만으로도 나는 즐거웠다. 빌은 나를 따라 웃다가 남은 커피를 운동장에다 쏟아 버렸다. 운동장은 장기수인 모범수 몇이 터벅터벅 걸어다닐 뿐 텅 비어 있었다.

멀리서 천둥이 다시 우르릉거렸고 머리 위의 어두운 하늘에서 흐릿한 번개가 번쩍거렸다. 빌은 불안한 표정으로 하늘을 올려다보았다. 웃음기가 가셨다.

"솔직히 말해서, 이런 날씨는 질색이에요. 무슨 일인가가 일어날 것만 같거든. 아주 끔찍한 일이."

그의 예감은 들어맞았다. 그날 밤 10시 15분경에 안 좋은 일이 터졌다. 퍼시가 딸랑 씨를 죽인 것이다.

푹푹 찌기는 했어도 그날 밤은 별 탈 없이 넘길 줄로만 알았다. 존 커피는 평소와 다름없이 조용했고 와일드 빌은 마일드 빌처럼 온순했으며 들라크루아는 24시간 안에 고철 스파크에 앉을 사람답지 않게 명랑했다.

들라크루아도 기본적으로는 자기한테 무슨 일이 생길지 이해하고 있었다. 그는 마지막 식사로 칠레 고추를 요구했으며 나를 통해 주방에다 특별한 요청까지 덧붙였다. "뜨거운 소스 위에 그걸 얹어 달라고 하세요. 목구멍에서 벌떡 튀어나와 어우, 인사하는 그 녹색 고추로 말입니다. 덜 매운 것 말고. 그걸 먹고 나면 배탈이 단단히 나서 다음 날 하루 종일 화장실을 들락거려야 하지만 이번에는 괜찮을 겁니다, 네스파(그렇죠)?"

대부분의 사형수들은 불멸의 영혼에 대해서 일종의 덜 떨어진 야만성에서 헤어 나오지 못해 불안해하지만, 들라크루아는 마지막 순간에 정신적 위안을 어떻게 받았으면 좋겠는가라는 나의 질문을 일언지하에 무시해 버렸다. '그 친구' 슈스터가 비터버크 추장을 잘 보냈다면 자기도 슈스터로 족하다는 것이 그의 대답이었다. 그가 걱정하는 것은 그 문제가 아니었다. 짐작은 했지만, 자기가 죽고 나서 딸랑 씨한테 무슨 일이 생길 것인가였다. 나는 형을 집행하기 전날 밤 사형수와 오래 이야기를 나누곤 했지만 쥐한 마리의 운명을 놓고 그렇게 장시간 고민하기는 그때가 처음이었다.

들라크루아는 흐릿한 머리로 있을 수 있는 가능성들을 끈기 있게 검토하면서 온갖 시나리오를 짰다. 마치 대학 입학을 목전에 둔 자녀를 둔 사람처럼 쥐의 순탄한 장래를 위해 고민을 거듭하며 혼잣말을 하는 동안 그는 색칠한 실패를 벽에다 던졌다. 딸랑 씨는 벽에 던져진 실패를 번번이 쫓아가서 떼구루루 굴려서 다시 들라크루아의 발치로 밀고 왔다. 조금 시간이 흐르니까 나는 슬슬 짜증이 났다. 처음에는 실패가 벽에 가서 딱 부딪히는 소리가 거슬렸고 그 다음에는 딸랑 씨가 발로 실패를 달그락거리는 소리가 거슬렸다. 귀여운 짓이기는 했지만 장장 90분 동안을 지켜보자면 지겨울 수밖에 더 있겠는가. 딸랑 씨는 조금도 지치지 않는 것같았다. 들라크루아가 순전히 그 목적을 위해 갖다 놓은 받침 접시에서 물 한 방울로 가끔씩 원기를 회복하거나 분홍색 페퍼민트 사탕 조각을 깨물어 먹고는 다시 실패로 달려갔다. 이제 그만 좀 해 두라는 말이 몇 번이나 목구멍까지 올라왔지만 그때마다 나는 오늘 밤과 내일 딸랑 씨와 실패 놀이를 하면 그것으로 마지막이라는 생각을 했다. 하지만 막판에 가서는 그런 생각을 고수하기가 정말 어려워졌다. 자꾸만 반복되는 소음이 얼마나 귀에 거슬리는지는 여러분도 익히 알리라. 조금 지나면 신경이 쿡쿡 쑤셔댄다. 나는 한마디하기로 결심했다. 바로 그때 무언가가 고개를 돌려 감방 문 쪽을 바라보게끔 만들었다. 존 커피가 맞은편 감방 문 앞에 서서 나에게 설레설레 고개를 저었다. 오른쪽으로 갔다 왼쪽으로 갔다 다시 가운데에 와서 고개가 멎었다. 마치 내 마음을 읽고 다시 한번 생각해 보라고 말하는 듯했다.

딸랑 씨는 사탕을 한 자루 가득 보내 준 이모님한테 책임지고 보내 주겠다고 내가 들라크루아한테 말했다. 색을 입힌 실패는 물론이고, 심지어는 '집'까지도 우리가 돈을 모아서 허풍선이에게 코로나 상자에 대한 소유권을 포기하게 만들어 같이 보내마고 했다. 들라크루아는 잠시 생각하더니(그동안 그는 적어도 다섯 번 실패를 던졌고 딸랑 씨는 코가 아니면 앞발로 그것을 밀고 왔다) 안 될 말이라는 반응을 보였다. 허미언 이모는 너무 늙었고 딸랑 씨가 까부는 것을 이해하지 못하리라는 것이었다. 이모가 딸랑 씨보다 먼저 죽는다면? 그럼 딸랑 씨는 어떻게 되죠? 안 돼요, 허미언 이모는 안 돼요.

그럼 우리 중에서 한 사람이 맡기로 한다면? 내가 물었다. 교도관 중에서 말이지. 여기 E동에서 키우면 될 것 아닌가. 안 돼요. 들라크루아가 말했다. 호의는 '세르텐망(정말로)' 고맙지만 딸랑 씨는 자유를 갈구하는 쥐라서요. 딸랑 씨한테서 이 에두아르 들라크루아가, 여러분도 짐작했겠지만, 직접 전해 들은 정보랍니다.

"좋아. 그럼 우리 중에서 한 사람이 집에 데려가서 키우겠네. 딘도 괜찮고. 아들애가 한 명 있는데 쥐를 무척이나 예뻐할 거야. 장담한다니까." 내가 제안했다.

들라크루아는 그 아이디어를 듣더니 하얗게 질렸다. 어린아이

260

가 딸랑 씨 같은 천재 쥐를 보살핀다고요? 도대체 뭘 믿고 어린아이한테 쥐 훈련을 맡긴단 말입니까? 새로운 기술을 가르치는 건 고사하고라도 말이에요. 아이가 쥐한테 흥미를 잃고 이삼 일 동안 내리 먹이를 주지 않는다면? 자기의 1차 범행을 은폐하기 위해 산 사람을 여섯 명이나 불에 태운 들라크루아가 열렬한 생체 해부 반대론자 특유의 혐오감을 은근히 나타내면서 몸을 부르르 떨었다.

"좋아, 그럼 내가 직접 키우지(뭐든 약속한다던 말을 기억해 달라. 죽기 48시간 안에는 뭐든지 약속한다). 그건 어떻게 생각해?"

"안 되겠는데요, 에지콤 반장님." 들라크루아가 변명조로 나왔다. 그는 다시 실패를 던졌다. 실패는 벽에 맞았다가 튕겨 나와 빙그르르 돌았다. 딸랑 씨는 어느새 쌀눈처럼 거기 달라붙어 코로 밀고 들라크루아에게 왔다. "말씀은 감사합니다만, 메르시 보쿠(정말 감사합니다), 숲에 사시는 걸로 아는데요. 딸랑 씨는 '당라 포르(숲에서는)' 위험해서 못 살아요. 제가 그걸 어떻게 아는가 하면……."

"짐작이 가."

들라크루아는 웃으면서 고개를 끄덕였다. "하지만 뭔가 묘책이 있겠죠! 반드시 있을 겁니다!" 그는 실패를 던졌다. 딸랑 씨는 쪼르르 그 뒤를 쫓아갔다. 나는 눈살을 찌푸리지 않으려고 애썼다.

결국 브루털이 해결사 노릇을 했다. 그는 당직 책상 옆에서 딘과 해리의 카드놀이를 지켜보고 있었다. 퍼시도 그 자리에 있었다. 브루털은 퍼시한테 몇 번 말을 걸었다가 반응이 신통치 않자 무료해진 모양이었다. 내가 의자를 갖다 놓고 앉아 있던 들라크

루아의 감방 앞까지 터벅터벅 걸어와서는 팔짱을 낀 채 우리가
나누는 대화를 유심히 들었다.

"마우스빌이 어떨까?" 숲 속에 자리 잡은, 유령이 나올 듯한
내 낡은 집을 퇴짜 놓은 뒤 들라크루아가 잠시 생각에 잠겨 있을
때 브루털이 불쑥 끼어들었다. 그는 한번 해 본 생각이라는 듯이
말을 툭 던졌다.

"마우스빌?" 놀라움과 관심의 빛을 동시에 나타내면서 들라크
루아가 브루털에게 물었다. "어디 마우스빌?"

"플로리다에 그런 관광 명소가 있어. 탤러허시라던가. 맞죠, 탤
러허시가?"

"그래. 탤러허시가 맞아. 애견 대학에서 길을 따라서 조금 가다
가 보면 있지." 나는 브루터스 하월에게 마음속 깊이 감사하면서
한순간도 지체하지 않고 대답했다. 그 말에 브루털의 입이 조금
실룩거렸다. 나는 그가 웃어서 산통을 깨려나 보다 생각했지만
그는 용케도 참고 고개를 끄덕였다. 애견 대학이 뭔지 나중에 들
어 봅시다. 브루털은 속으로 그렇게 생각했으리라.

딸랑 씨가 들라크루아의 슬리퍼 위에 앞발을 들고 서서 또 한
번의 추적 기회를 열망하는 빛을 역력하게 드러냈음에도 이번에
는 들라크루아가 실패를 던지지 않았다. 그는 브루털에게서 나에
게로 시선을 옮겼다가 다시 브루털을 쳐다보았다.

"마우스빌이 뭐하는 덴데요?" 그가 물었다. "딸랑 씨를 받아들
여 줄까요?"

브루털은 들라크루아를 감질나게 만들면서 나에게 물었다. "그
럴 만한 자격이 있을까요?"

나는 고민하는 체했다. "곰곰이 생각해 보니 괜찮은 아이디어야."

언뜻 보니 퍼시가 그린 마일을 따라 어느 정도 거리까지 다가왔다(워턴의 감방 앞에서는 멀찍이 물러섰다). 그는 빈 감방에 한쪽 어깨를 기대고 입가에 경멸이 담긴 미소를 짓고 우리가 나누는 대화를 엿들었다.

"마우스빌이 뭐하는 데냐니까?" 들라크루아가 궁금해서 죽겠다는 듯이 캐물었다.

"관광 명소라고 했잖소. 거기에는, 잘은 몰라도 쥐가 한 100여 마리 될걸. 그 정도 되죠?" 브루털이 말했다.

"요즘엔 150마리가 넘어. 엄청 성공했지. 캘리포니아에도 분점을 낸다는데 그걸 마우스빌 웨스트라고 부른다지, 아마. 장사가 잘된단 소리야. 제대로 시설만 갖춰 놓으면 훈련시킨 쥐로 한몫 단단히 잡을 수 있을걸. 나도 잘은 모르지만."

들라크루아는 색을 입힌 실패를 한 손에 들고 자신의 처지는 잠시 잊은 채 우리를 바라보았다.

"영리한 쥐만 받아들인다 그러더라고요. 묘기를 부릴 수 있는 쥐들요. 흰쥐도 안 된대. 애완용으로 키우는 쥐하고는 차원이 다르니까." 브루털이 거들었다.

"차원이 다르지, 암 다르고말고!" 들라크루아가 단호하게 말했다. "나도 애완용 쥐는 질색이더라."

브루털의 눈빛이 꿈을 꾸듯 아련해졌다. "그 사람들은 왜 그 우리가 들어가던 천막 같은……"

"맞아, 맞아, 서커스장 같은 데지. 들여보내려면 돈을 내야 하나요?"

"그걸 말이라고 하쇼? 들어가려면 당연히 돈을 내야지. 큰 쥐는 10센트, 새끼 쥐는 2센트래요. 거기 들어가면 플라스틱 상자와 두루마리 휴지로 완전히 도시처럼 꾸며 놓았고 안을 들여다볼 수 있게 창문도 부레풀로 만들었답니다."

"옳지! 옳지!" 들라크루아는 환희에 가득 찼다. 그는 내 쪽으로 돌아섰다. "부레 뭐요?"

"난로 앞에 달린 것처럼 말이야. 안을 들여다볼 수 있게." 내가 대답했다.

"아하! 그거!" 들라크루아는 어서 계속하라는 듯이 브루털한테 손을 빙빙 돌렸다. 딸랑 씨의 작은 눈망울도 실패를 놓치지 않으려고 눈구멍 안에서 똑같이 돌아갔다. 너무나 재미있는 모습이었다. 좀더 자세히 보고 싶었는지 퍼시가 약간 가까이 왔다. 존 커피가 퍼시한테 인상을 쓰는 건 나도 눈치 챘지만 브루털의 환상에 너무 푹 빠져 있던 터라 거기에 신경 쓸 겨를이 없었다. 사형수가 바라는 이야기를 들려주는 우리의 전략은 바야흐로 새로운 경지로 접어들었고 나는 감탄사를 연발하고 있었다. 사실이었다.

브루털이 말했다. "흠, 쥐를 위한 도시도 있지만, 아이들이 정말 좋아하는 건 마우스빌 올스타 서커스요. 거길 가 보면 쥐들이 공중 그네를 타지 않나 원통을 굴리지 않나 동전을 쌓지 않나……."

"그래, 그거야! 딸랑 씨는 거길 가야 해!" 들라크루아가 말했다. 그의 눈은 빛났고 그의 뺨은 붉게 달아올랐다. 그때 내 눈에는 브루터스 하월이 성자처럼 보였다. "드디어 넌 서커스 쥐가 되는 거란다! 플로리다에 있는 쥐의 도시에서 살게 된다고! 창문도 근사하고! 야호!"

그는 실패를 냅다 던졌다. 벽 아래쪽에 세게 맞은 실패는 들라크루아의 감방 문 철창과 그린 마일 사이로 튕겨 나왔다. 딸랑 씨는 그것을 쫓아갔다. 퍼시가 기회를 놓치지 않았다.

"안 돼, 바보 자식아!" 브루털이 고함을 질렀지만 퍼시는 아랑곳하지 않았다. 너무 골몰해 있어서 앙숙이 코앞에 있는 줄도 모르고 딸랑 씨가 실패에 막 닿았을 때, 퍼시는 검고 단단한 작업화 밑창으로 쥐를 뭉갰다. 딸랑 씨의 등뼈가 부서지면서 뚝 소리가 났고 입에서는 피가 뿜어져 나왔다. 검고 작은 눈이 눈구멍에서 불룩 솟아올랐다. 거기에서 나는 인간과 너무도 비슷한 놀라움과 고통의 표정을 보았다.

들라크루아는 부들부들 떨면서 비탄에 젖어 울부짖었다. 감방 문에다 자기 몸을 던져 철창 사이로 팔을 내뻗으려고 안간힘을 쓰면서 쥐의 이름을 자꾸만 불러 댔다.

퍼시는 웃으면서 들라크루아 쪽으로 돌아섰다. 우리 세 사람을 향해서. "거 봐, 언젠가는 내 손에 걸릴 줄 알았어. 걸리는 건 시간 문제였다고." 그는 등을 돌리더니 그린 마일을 따라서 느긋하게 걸어갔다. 피가 흥건히 고인 리놀륨 바닥에 쓰러져 누운 딸랑 씨를 남겨 둔 채.

4

THE GREEN MILE

들라크루아의 참혹한 죽음

지금 쓰는 글 말고도 조지아 파인스에 들어온 뒤로 나는 조그만 일기장에 일기를 써 오고 있다. 그렇다고 대단한 내용을 적는건 아니고 하루에 한두 줄 끼적거리는 정도인데 그나마 날씨 이야기가 대부분이다. 어제저녁엔 그 일기장을 한번 들추어 보았다. 나의 손자 크리스토퍼와 대니얼이 떠밀다시피 나를 조지아파인스로 집어넣은 게 언제였는지 그저 궁금해서였다. "할아버지를 생각해서라고요." 말은 그렇게들 했다. 당연히 그 애들 입에서나왔어야 할 말이었다. 아직도 걸어다니며 지껄여 대는 골칫거리를 치워 버릴 묘안이 마침내 떠올랐을 때 사람들이 흔히 하는 말아니던가?

어느덧 2년이 조금 지났다. 겁나는 것은 내가 2년이라는 세월을 실감하지 못한다는 점이다. 그게 긴 건지 짧은 건지 도무지 느낌이 안 온다. 해빙기로 접어든 1월의 눈사람처럼 나의 시간 감각도 스르르 녹아 버리는 것 같다. 동부 표준시, 서머타임, 근무 시간처럼 늘 익숙하던 시간이 더 이상 존재하지 않는 듯한 느낌이다. 이곳에는 조지아 파인스의 시간만이 존재한다. 그것은 영감

의 시간, 할망구의 시간, 침대에 오줌을 지리는 시간이다. 나머지
는……, 모두 사라진다.

이곳은 대단히 위험하다. 처음에는 그 사실을 깨닫지 못한다.
그저 따분한 곳이라고만 여긴다. 유아원의 낮잠 시간과 다를 게
없다. 하지만 이곳은 위험하다. 나는 이곳에 온 뒤로 노망기로 접
어드는 사람을 많이 보았다. 때로는 접어드는 정도가 아니라 좌
초하여 가라앉는 잠수함처럼 무서운 속도로 곤두박질치는 경우도
있다. 이곳에 처음 올 때는 대부분 정상이다. 눈빛이 탁하고 지팡
이에 몸을 의존하며 곧잘 오줌이 새어 나와서 그렇지 나머지는
멀쩡하다. 그러다가 무슨 일인가가 일어난다. 한 달 만 지나면 그
들은 하염없이 TV 방에 앉아서 한 손에 든 오렌지주스 잔이 기울
어져서 주스가 뚝뚝 떨어지는 줄도 모르고 턱을 늘어뜨린 채 멍
청한 눈으로 오프라 윈프리를 응시한다. 다시 한 달이 지나면 자
식들이 찾아왔을 때 자식들의 이름을 일러 주어야 한다. 그로부
터 다시 한 달이 지나면 자기 이름도 종종 까먹는 지경에 이른다.
틀림없이 무슨 일인가 생기는 것이다. 조지아 파인스의 시간이
그들을 삼킨다. 이곳의 시간은 묽은 산(酸)처럼 처음에는 기억을
지우다가 나중에는 살고자 하는 욕망마저 지워 버린다.

그것과 싸워야 한다. 나의 둘도 없는 벗 일레인 코널리에게도
나는 그 말을 당부한다. 존 커피가 그린 마일에 온 해인 1932년에
내가 겪은 일을 글로 쓰기 시작하면서 나는 한결 좋아졌다. 사실
괴로운 기억도 있었지만, 연필을 깎는 칼처럼 기억이 나의 정신
과 의식을 예리하게 만드는 것을 절감한다. 그러나 글쓰기와 기
억만으로는 충분하지 않다. 비록 존재할지라도 쇠약하고 흉물스

270

러운 육체 또한 있는 것이다. 그래서 나는 되도록 운동을 많이하려고 노력한다. 처음에는 쉽지 않았다. 나 같은 늙은이는 순전히 운동을 위한 운동을 하는 데 익숙하지 못하다. 그러나 나의 산책에는 목적이 있었으므로 이제는 한결 쉬워졌다.

나는 첫 산책을 아침 식사 전에 한다. 대개는 동이 트자마자 나선다. 오늘 아침에는 비가 왔다. 습기는 관절에 좋지 않지만 그래도 나는 주방 문 옆의 옷걸이에서 판초를 집어 들고 밖으로 나섰다. 아플 땐 아프더라도 해야 할 일이 있을 때는 해치워야 한다. 덕분에 얻는 것들도 그만큼 있다. 가장 중요한 것은 조지아 파인스의 시간이 아닌 진정한 시간의 감각을 유지할 수 있다는 점이다. 그리고 아픈 건 아픈 거고 나는 비를 좋아한다. 특히 가능성으로 충만한 풋풋한 이른 새벽의 비는 나 같은 쭈그렁 영감에게도 즐거움을 준다.

나는 주방에 들러 아직 졸음기가 가시지 않은 요리사한테서 토스트 두 조각을 얻어서 밖으로 나섰다. 크로켓 코스를 가로질러 다시 잡초가 군데군데 난 잔디를 지났다. 그 너머에 아담한 숲이 있었고, 좁은 숲길을 굽이굽이 따라 걸으면 지금은 사람이 살지 않아 조용히 허물어져 가는 오두막 두 채가 나왔다. 나는 후두두 후두두 소나무에 떨어지는 상큼하고 은밀한 빗방울 소리를 들으며 몇 개 안 남은 이빨로 토스트를 한 입 베어 먹으면서 그 길을 따라 천천히 걸어갔다. 다리가 욱신거렸지만 통증은 그런대로 견딜 만했다. 전체적으로는 기분이 좋았다. 나는 음식을 섭취하듯 촉촉한 잿빛 공기를 가슴 깊이 들이마셨다.

두 번째 오두막이 나타나자 나는 안에 들어가서 잠시 용무를 보았다.

20분 뒤 귀로에 오르자 시장기가 느껴졌다. 토스트보다 좀더 내용물 있는 음식을 먹을 수 있을 것 같았다. 오트밀 한 접시에 스크램블드에그와 소시지까지 먹을 수 있을 듯했다. 나는 소시지를 좋아하고 즐겨 먹지만, 요즘에는 소시지를 두 개만 먹어도 당장 설사를 한다. 하지만 하나 정도는 안심해도 좋으리라. 그렇게 배를 든든히 채우고 촉촉한 공기에 머리가 활력을 얻은(또는 그러리라 내가 희망하는) 상태에서 일광욕실로 올라가서 에두아르 들라크루아의 형 집행에 대해 쓸 참이었다. 용기가 사라지기 전에 빨리 끝내야 했다.

크로켓 코스를 가로질러 부엌문으로 향하면서 나는 딸랑 씨를 생각하고 있었다. 퍼시 웨트모어가 딸랑 씨를 짓밟아 등뼈를 부러뜨리고 들라크루아는 적이 저지른 만행을 깨닫고 비명을 지르던 장면을 생각하면서 걷느라 쓰레기 적재함에 몸을 절반쯤 가리고 서 있던 브래드 돌런을 발견하지 못했다. 그는 손을 뻗어 내 팔목을 낚아챘다.

"산책 다녀오셨우, 폴리?" 그가 물었다.

나는 팔목을 잡아당기면서 주춤 물러섰다. 누구든지 놀라면 주춤거리겠지만, 꼭 놀라서만은 아니었다. 내가 퍼시 웨트모어를 줄곧 생각하고 있었다는 사실을 기억해 달라. 브래드를 볼 때마다 늘 연상되던 그 퍼시를 말이다. 둘이 비슷하다고 느낀 데에는 브래드가 주머니에 늘 소설책을 쑤셔 박고 다닌다는 점(퍼시가 늘 지니고 다닌 것이 남성 모험 잡지였다면 브래드는 멍청하거나 야비한 놈이나 좋아할 유머집을 갖고 다녔다), 하는 짓이 그렇게 더러울 수가 없다는 점도 있었지만, 무엇보다도 중요한 유사점은 남을 괴롭히기 좋아하는 비열한 성질이었다.

보아하니 이제 막 근무를 시작한 것 같았다. 잡역부가 입는 하얀 제복도 아직 입지 않은 채였다. 청바지에 서부 스타일의 싸구려 셔츠 차림이었다. 한 손에는 주방에서 얻어 온 듯 먹다 남은 스위트 롤을 들고 있었다. 비를 맞지 않으려고 처마 밑에서 빵을 먹고 있었던 모양이다. 뿐만 아니라 그에게는 나를 감시하려는 의도도 있었다는 것을 이제는 확실히 알겠다. 내가 확실히 알게 된 것이 또 하나 있다. 나 역시 브래드 돌런을 잘 감시해야 한다는 것이다. 그는 나를 좋아하지 않는다. 이유는 나도 잘 모른다. 퍼시 웨트모어가 들라크루아를 싫어한 이유 역시 나는 몰랐다. '싫어한다'는 말로는 너무 부족하다. 퍼시는 들라크루아가 그린 마일에 첫발을 내디딘 순간부터 그 왜소한 프랑스 인을 뱃속까지 미워했다.

"몸에 걸친 판초는 어떻게 된 거요, 폴리? 댁의 물건이 아닌데." 그는 목깃을 툭툭 털면서 캐물었다.

"주방 밖 복도에 걸려 있더군." 나는 그렇게 대꾸했다. 폴리라고 불리는 게 싫었고 그 친구도 그걸 알고 있다고 생각했지만 싫은 빛을 내놓고 드러내 그 녀석을 유쾌하게 해 주기는 죽기보다 싫었다. "여러 벌이 죽 걸려 있던데. 누구한테도 피해를 안 준 걸로 아는데, 아닌가? 비 오면 입으라고 만든 판초일 텐데."

"아무튼 댁의 물건은 아니지 않소, 폴리. 그게 중요한 거요. 그 우비들은 직원용이지 노인들 입으라고 있는 게 아니야." 그는 다시 한번 판초의 목깃을 툭툭 쳤다.

"도대체 누가 피해를 본다는 건지 난 통 모르겠네."

그는 엷은 웃음을 머금었다. "피해를 말하는 게 아니라 규칙을 말하는 거라니까. 규칙이 없으면 세상이 어떻게 되겠나? 폴리, 폴리, 폴리." 그는 나를 바라보는 것만으로도 살아 있다는 것이 참 서글프게 느껴진다는 듯이 고개를 설레설레 저었다. "당신 같은 늙은이들은 규칙을 준수하지 않아도 될 거라고 생각하는 모양인데, 어림 반 푼어치도 없어, 폴리."

나를 보고 웃는다. 나를 싫어한다. 아니 증오하는 것 같다. 왜? 나도 모른다. 살다 보면 이유 없는 일이 곧잘 생긴다. 그런 게 정말 무섭다.

"규칙을 위반했다면 미안하네." 약간 새된 나의 목소리는 애원하는 것처럼 들렸다. 그런 소리를 내는 자신이 싫었지만 나는 노인이다. 노인은 쉽사리 애걸하고 쉽사리 겁을 먹는다.

브래드가 고개를 끄덕였다. "사과를 받아들이지. 이제 가서 우비를 도로 걸어 놓으슈. 비를 맞으면서 나돌 일이 뭐가 있다고. 더구나 숲에서 말이야. 발을 헛디뎌 넘어져서 엉덩이뼈라도 부서지면 어쩌려고 그러쇼? 앙? 누구더러 그 늙은 몸뚱이를 짊어지고 언덕을 기어오르라는 거냐고?"

"글쎄." 나는 어서 그 자리를 피하고만 싶었다. 들으면 들을수록 그의 목소리는 점점 퍼시를 닮아 갔다. 1932년 가을 그린 마일에 온 망나니 윌리엄 워턴이 한번은 퍼시를 붙들어서 겁을 주어 바지에 오줌을 싸게 만든 적이 있었다. "누구한테든 입만 뻥끗해 봐." 퍼시는 그 일이 있은 뒤, 우리에게 그렇게 말했다. "일주일 안에 모가지를 날려 버릴 테니까." 그 뒤로 오랜 세월이 흘렀건만 내 귀에는 브래드 돌런의 입에서 거의 똑같은 단어가 똑같은 어조로 들려오는 듯했다. 지난 일들에 대해서 글을 쓰다가 과거와 현재를 이어주는 차마 입에 담기 싫은 문의 자물쇠를 내가 푼 듯한 느낌이 들었다. 그 문을 통해서 퍼시 웨트모어는 브래드 돌런에게, 재니스 에지콤은 일레인 코널리에게, 콜드마운틴 형무소는 조지아 파인스 양로원에 연결되었다. 오늘 밤 보나마나 나는 그 생각 때문에 잠을 이루지 못할 것이다.

내가 주방 문으로 들어가려는 눈치를 보이자 브래드는 다시 팔목을 움켜잡았다. 먼젓번에는 어땠는지 잘 기억이 안 나지만 이번에는 다분히 의도적이었다. 나에게 고통을 주려고 팔목을 비튼 것이다. 비가 오는 이른 아침이었음에도 그는 근처에 누가 없는지 부지런히 주위를 살폈다. 돌보아야 할 노인을 오히려 학대하는 그의 모습을 누가 보기라도 하면 곤란하기 때문이었다.

"그쪽 길로 가서 뭘 하는 거요? 일부러 거기까지 가서 딸딸이를 칠 리는 만무하고. 그럴 나이는 아니니까 말이야. 도대체 뭘 하는 거요?"

"그냥." 나는 그가 나를 얼마나 괴롭히고 있는지 드러내지 않기 위해 담담하려고 애썼다. 그는 길을 언급했을 뿐이지 오두막에 대해서는 까맣게 모르고 있다는 사실을 염두에 두면서. "그저 산보라니까. 머리도 맑게 하고."

"그러기에는 너무 늦었지, 폴리. 댁의 머리가 맑아지는 일은 두 번 다시 없을걸." 그는 가녀린 노인의 팔목을 다시 비틀었다. 자신의 안전을 위해 끊임없이 좌우를 살피면서 부러지기 쉬운 뼈를 짓눌렀다. 브래드는 규칙 위반을 겁내는 것이 아니라 적발당하는 일을 겁냈다. 그 점에서도 그는 퍼시 웨트모어와 비슷했다. 자기가 주지사의 조카임을 늘 주지시키려고 애썼던 그 퍼시 말이다. "더럽게 늙은 주제에 아직도 정신이 안 나간 게 기적이라니까. 댁은 너무너무 늙었어. 아무리 박물관이라지만 여기 있기에도 너무 늙었다고. 당신을 보면 섬뜩해, 폴리."

"봐주게." 나는 애걸하지 않으려고 애쓰면서 그렇게 말했다. 그건 자존심 때문만은 아니었다. 내가 애걸하면 녀석은 더욱 기가 살 게 분명했다. 성질이 지독한 개가 땀 냄새를 맡고 더 길길이 날뛰는 것과 같은 이치였다. 그저 으르렁거리고 말았을 수도 있던 녀석이 냄새를 맡고는 기어이 물어뜯을 때가 있다. 그런 생각을 하자니 존 커피의 재판을 취재했던 기자의 얼굴이 떠올랐다. 해머스미스라는 이름의 무시무시한 기자였다. 자신이 무시무시한 사람이라는 걸 본인은 몰랐기 때문에 나는 그 기자가 더욱 무시무시해 보였다.

돌런은 나를 놓아주지 않고 팔목을 다시 비틀었다. 나는 신음을 토했다. 그러고 싶지는 않았지만 어쩔 수가 없었다. 발목까지 통증이 번졌다.

"거기 가서 뭘 하는 건가, 폴리? 어서 실토해."

"아무것도 안 해!" 아직 울지는 않았지만 그런 식으로 계속 짓누르면 언제 울음이 터져 나올지 몰라 나는 불안했다. "아무것도 안 하고, 그저 걷는 거야. 난 걷기를 좋아하거든. 봐달라고!"

그는 팔을 놓아주었지만, 잠시 후 다른 손을 움켜쥐었다. 내가 꽉 오므리고 있던 손이었다. "펴 봐! 어른이 보자면 보이는 거야."

나는 손을 폈다. 그가 우거지상을 썼다. 먹다 남은 토스트 조각이 전부였으니까. 나의 왼쪽 팔목을 그가 비틀기 시작했을 때 나는 오른손을 꽉 오므렸고, 내 손가락에는 버터, 아니, 여기서는 진짜 버터는 없었고 마가린을 썼으니 마가린이 묻어났다.

"들어가서 손이나 씻어." 그는 물러서서 스위트 롤을 한 입 베어 물면서 욕설을 내뱉었다. "재수가 없으려니까."

나는 계단을 올라갔다. 다리가 후들거리고 심장은 밸브가 새고 고물 피스톤이 흔들리는 엔진처럼 쿵쾅거렸다. 안전한 주방으로 들어가는 문의 손잡이를 잡았을 때 브래드 돌런이 말했다. "불쌍한 노인의 손목을 비틀었다고 누구한테 찔러 보라고, 폴리. 당신이 피해망상에 걸려 있다고 말하면 그걸로 그만이니까. 노인성 치매 증상이라 이거지. 사람들은 내 말을 믿을 거라고. 명이 남은들 대순가. 다들 저 혼자 한 짓이라고 생각할 텐데."

그렇다. 그 말은 모두 사실이었다. 그리고 이번에도 그 말은 내가 늙어서 골골해진 반면 수완 좋게 젊음을 유지한 퍼시 웨트모어의 입에서 나온 말인지도 몰랐다.

"아무한테도 말 안 하겠네. 할 말도 없지만." 나는 중얼거렸다.

"그래야지, 할아범." 그의 목소리는 가벼웠고 조롱기가 담겨 있었다. 자기가 영원히 젊을 거라고 생각하는 굼패(퍼시의 표현을 쓰자면)의 목소리였다. "어디 그 말을 실천에 옮기는가 내 두고 보리다. 내가 똑똑히 지켜볼 거야. 알겠우?"

물론 나는 귀가 먹지 않았다. 그러나 대답을 하여 그에게 만족감을 주고 싶지는 않았다. 나는 안으로 들어가서 주방을 지나(달걀과 소시지 요리 냄새가 났지만 이제는 식욕이 전혀 동하지 않았다) 판초를 도로 옷걸이에 걸었다. 그리고 2층 내 방으로 올라갔다. 심장에 무리가 가지 않도록 한 계단 올라갈 때마다 쉬어야 했다. 그리고 필기도구를 챙겼다.

일광욕실로 내려가 창가의 작은 책상에 막 자리를 잡고 앉는데 친구 일레인이 고개를 들이밀었다. 그녀는 피로해 보였다. 가만히 보니 심기가 불편해 보였다. 머리는 가지런히 빗었지만 아직 실내복 차림이었다. 우리 노인들은 별로 격식을 차리지 않는다. 대개는 그럴 기운이 없어서이긴 하지만.

"방해하지 않을게요. 지금 막 펜을 쥐신 것 같은데……."

"무슨 소립니까. 카터한테 간유구밖에 없듯이 이 사람에겐 시간밖에 없습니다. 들어오세요."

그녀는 들어왔지만 문가에 서 있었다. "그냥 잠이 안 와서, 저번처럼, 새벽 일찍 창 밖을 내다보았지요……. 그러다가……."

"돌런 군하고 내가 즐거운 담소를 나누는 걸 보았다 이 말이군요." 나는 일레인의 창문이 닫혀 있어서, 놓아 달라고 애걸하는 나의 목소리를 듣지 못했기를, 그저 눈으로 본 게 전부이기를 바라면서 그렇게 말했다.

"즐거워 보이진 않았어요. 다정해 보이지도 않았고요. 폴, 그 돌런 씨가 당신에 대해서 캐묻고 다녔어요. 그러니까 지난주였죠. 저한테도 당신 이야기를 묻더라고요. 그때는 그저 그러려니 했어요. 남의 사생활에 쓸데없이 간섭하기를 좋아하나 보다 했죠. 그런데 지금은 좀 이상한 느낌이 드네요."

"나에 대해서 캐물었다고요? 뭘요?" 불안한 기색이 목소리에 배어나지 않았기를 바라면서 나는 물었다.

"먼저, 어디로 가는 거냐. 그리고 왜 거기에 가는 거냐."

나는 웃으려고 애썼다. "운동을 한다고 해도 통 믿지 않는 사람이 있더군요. 그건 틀림없는 사실인데."

"그 사람은 당신한테 비밀이 있다고 생각해요." 그녀는 잠시 말을 끊었다. "제 생각도 같고요."

무슨 말을 했을지 나도 잘 모르겠지만 나는 입을 열려고 했고 일레인이 울퉁불퉁하지만 묘한 매력을 발산하는 손을 들어 내 입에서 한마디도 나오지 못하게 막았다. "당신에게 만약 비밀이 있다면 전 그게 뭔지 알고 싶지 않네요, 폴. 그건 어디까지나 당신 일이니까요. 전 그런 식으로 생각하도록 교육받았답니다. 다들 그런 건 아닌 모양이지만. 조심하세요. 제가 하고 싶은 건 그 말뿐이에요. 이제 혼자 있게 해 드릴 테니 일하세요."

그녀는 돌아서서 나가려고 했다. 그러나 그녀가 문을 막 나서기 전에 나는 "일레인." 하고 불렀다. 그녀는 돌아서서 내게 눈으로 용건을 물었다.

"지금 쓰는 글이 끝난 다음……." 나는 운을 떼려다가 고개를 흔들었다. 그 표현에는 문제가 있었다. "지금 쓰는 글이 끝난다면, 그때 한번 읽어 주시겠습니까?"

일레인은 잠시 생각하는 듯했다. 그러고는 나 같은 늙은이에게조차 사랑의 마음을 불러일으키는 미소를 지었다. "그건 영광이지요."

"읽어 보지 않고는 영광일지 아닐지 모르는 겁니다." 나는 들라크루아의 죽음을 생각하면서 말했다.

"그래도 읽어 보겠어요. 한 자도 빠뜨리지 않고. 약속해요. 하지만 그 전에 원고를 먼저 끝내야겠죠."

그녀는 내가 일하도록 자리를 피해 주었지만 나는 한참 동안 한 자도 쓰지 못했다. 나는 펜으로 책상 옆을 톡톡 두드리면서 한 시간 가까이 창 밖을 물끄러미 내다보았다. 잿빛 하루가 서서히 밝아 오고 있었다. 나를 폴리라고 부르고 쉴 새 없이 중국 놈, 동양 놈, 스페인 놈, 아일랜드 놈을 소재로 한 농담을 질리지도 않고 쏟아 내는 브래드 돌런을 생각했고, 일레인이 한 말도 생각했다. '그 사람은 당신한테 비밀이 있다고 생각해요. 제 생각도 같고요.'

하기야 그 말이 맞는지도 모른다. 그래, 나에게 비밀이 있는 것도 같다. 그리고 브래드 돌런은 당연히 그걸 알고 싶어한다. 그 비밀이 중요해서가 아니라(사실 그건 나한테만 중요한 비밀이리라) 나 같은 늙은이한테 비밀이 있는 건 눈꼴이 시어서 못 보겠다는 고약한 심보 때문이다. 주방 밖 옷걸이에 걸려 있던 판초를 입으면 안 되는 것처럼 비밀을 지니고 다녀서는 안 되는 것이다. 우리 같은 사람은, 자신이 아직도 인간이라는 생각을 하면 안 되는 것이다. 왜 우리가 그런 생각을 하면 안 되는가? 이유는 그도 모른다. 그 점에서도 퍼시와 그는 비슷했다.

나의 생각은 U자형으로 굽이도는 강줄기처럼, 브래드 돌런이 주방 처마 밑에서 나의 손목을 움켜잡았던 그 지점으로 마침내 되돌아갔다. 그리고 그 비열한 퍼시 웨트모어가 자기를 비웃었던 남자에게 복수를 한 순간으로 돌아갔다. 들라크루아는 손에 쥐고 있던 색 실패를 던졌고 딸랑 씨는 그 실패를 쫓아갔다. 그것은 감방 벽에 맞고 튕겨 나와 복도로 떼구루루 굴러갔다. 그것으로 충분했다. 퍼시는 기회를 포착했다.

280

"안 돼, 바보 자식아!" 브루털이 고함을 질렀지만 퍼시는 아랑곳하지 않았다. 너무 골몰해 있어서 앙숙이 코 앞에 있는 줄도 모르고 딸랑 씨가 실패에 막 닿았을 때 퍼시는 검고 단단한 작업화 밑창으로 쥐를 뭉갰다. 딸랑 씨의 등뼈가 부서지면서 뚝 소리가 났고 입에서는 피가 뿜어져 나왔다. 검고 작은 눈이 눈구멍에서 불룩 솟아올랐다. 거기서 나는 인간과 너무도 비슷한 놀라움과 고통의 표정을 보았다.

들라크루아는 부들부들 떨면서 비탄에 젖어 울부짖었다. 감방 문에다 자기 몸을 던져 철창 사이로 팔을 내뻗으려고 안간힘을 쓰면서 쥐의 이름을 자꾸만 불러 댔다.

퍼시는 웃으면서 들라크루아 쪽으로 돌아섰다. 또한 나와 브루털을 향해서. "거 봐, 언젠가는 내 손에 걸릴 줄 알았어. 걸리는 건 시간 문제였다고." 그는 등을 돌리더니 그린 마일을 따라서 느긋하게 걸어갔다. 피가 흥건히 고인 리놀륨 바닥에 쓰러져 누운 딸랑 씨를 남겨 둔 채.

딘은 당직 책상에서 벌떡 일어섰다. 그의 무릎이 책상 옆에 부딪혔고 그 바람에 카드판이 바닥으로 떨어졌다. 핀들이 구멍에서 와르르 쏟아져 나와 사방으로 흩어졌다. 게임이 거의 끝나 가고 있었지만 딘과 해리는 엉망이 된 놀이판을 아랑곳하지 않았다. "이번엔 또 무슨 짓을 했어? 무슨 짓을 저질렀냐고, 이 멍청아!" 딘이 퍼시한테 악을 썼다.

퍼시는 대꾸하지 않았다. 그는 손가락으로 머리를 매만지면서 말없이 뚜벅뚜벅 책상을 지나갔다. 그리고 내 방을 거쳐 헛간으로 들어갔다. 윌리엄 워턴이 대변인으로 나섰다. "궁금하슈, 딘 선생? 비웃다가는 큰코다친다는 걸 프랑스 놈한테 똑똑히 가르친 게 아닌가 싶은데."

워턴은 그 말을 마치고는 저 혼자 자지러지게 웃어 대기 시작했다. 뱃속 깊은 데서 나오는 그 호쾌한 웃음은 영락없는 시골 촌놈의 웃음이었다. 내가 그 당시에 만났던 사람들(대부분은 아주 무서운 친구들이었다) 중에는 웃을 때만 목소리가 정상인처럼 들리는 사람이 있었다. 와일드 빌 워턴이 그중의 하나였다.

나는 다시 쥐를 내려다보았다. 기가 막혔다. 아직은 숨을 쉬고 있었지만 필라멘트 같은 수염에 작은 핏방울이 맺혔고 초롱초롱하기만 하던 눈동자를 혼탁한 막이 조금씩 덮고 있었다. 브루털이 실패를 집어 들어 유심히 바라보더니 다시 내 쪽을 보았다. 나처럼 아연실색한 표정이었다. 우리 뒤에서는 고뇌와 전율에 찬 들라크루아가 고래고래 악을 썼다. 물론 쥐 때문만은 아니었다. 퍼시는 들라크루아의 방어망에 구멍을 뻥 뚫어 놓았고 그 구멍을 통해 들라크루아의 공포가 콸콸 흘러나오고 있었다. 그러나 지금 이 순간 울분의 초점은 딸랑 씨였고 들라크루아의 절망의 탄식은 정말이지 듣기 괴로웠다.

"말도 안 돼." 프랑스 어로 왜곡되어 나오는 애원과 기도, 절규 사이사이로 그는 울음을 터뜨렸다. "말도 안 돼, 말도 안 돼, 불쌍한 딸랑 씨, 불쌍한 딸랑 씨, 이건 말도 안 돼."

"나한테 그걸 줘요."

그 저음의 목소리를 듣고 어리둥절하여 나는 고개를 들었다. 처음에는 누구의 음성인지 얼른 감이 안 왔다. 나는 존 커피를 보았다. 들라크루아처럼 커피도 철창 사이로 팔을 최대한 쭉 뻗고 있었다. 두 팔 끝의 손도 활짝 펴져 있었다. 그것은 어떤 의도가 담긴 몸짓이었다. 다급한 느낌을 주는 몸짓이었다. 처음에 내가 커피의 음성을 알아듣지 못한 것은 그 목소리에 다급함이 배어 있었기 때문이 아닌가 싶었다. 지난 몇 주 동안 무언가에 홀린 듯 흐느끼면서 이 감방을 점유하던 영혼과는 전혀 다른 사나이가 거기 있었다.

"나한테 그걸 주세요, 에지콤 씨! 한시가 급합니다!"

그가 나에게 한 일이 문득 떠오르면서 나는 그의 의도를 알아차렸다. 밑져야 본전이라는 생각도 들었지만 별다른 기대는 하지 않았다. 쥐를 집어 들면서 나는 그 감촉에 몸서리를 쳤다. 산산조각 난 뼈들이 딸랑 씨의 살가죽 여기저기를 찔러 대서 마치 털가죽을 입힌 바늘방석을 집는 듯한 느낌이었다. 물론 요도염과는 성격이 달랐다. 하지만······.

"뭐하는 겁니까? 예?" 딸랑 씨를 커피의 거대한 오른손에 올려 놓는 나에게 브루털이 물었다.

커피는 철창 안으로 쥐를 들여갔다. 쥐는 커피의 손바닥 위에 기운 없이 누워 있었다. 커피의 엄지와 집게손가락이 만든 고리 위에 얹힌 꼬리 끝부분이 허공에서 힘없이 까딱거렸다. 커피는 컵 모양처럼 왼손으로 오른손을 덮어 쥐를 감쌌다. 우리는 더 이상 딸랑 씨를 볼 수 없었다. 멈추어 가는 진자처럼 축 늘어져서 끝부분이 살짝살짝 흔들리는 꼬리만이 우리 눈에 들어왔다. 커피는 두 손을 자기 얼굴 쪽으로 들어 올리면서 오른손 손가락을 쭉 펴서 마치 철창과 철창 사이 같은 공간을 만들었다. 이제 쥐의 꼬리는 우리 쪽으로 향해 있는 커피의 손 옆에 오게 되었다.

브루털이 내 옆으로 다가섰다. 색을 입힌 실패를 아직도 손에 들고 있었다. "무슨 생각으로 저러죠?"

"쉿." 내가 입을 막았다.

들라크루아도 울부짖지 않았다. "제발, 존. 살려 줘, 제발 딸랑 씨를 살려 줘, 조니, 오, 실부플레(제발)."

딘과 해리도 다가왔다. 해리는 항공사에서 얻은 낡은 카드를 아직도 손에 쥐고 있었다. "무슨 일이에요?" 딘이 물었지만 나는 고개만 흔들었다. 다시 최면에 걸린 것 같았다. 거짓말이 아니었다.

커피는 자기 입을 손가락 두 개 사이에 대더니 훅 숨을 들이마셨다. 잠시 모든 것이 정지된 듯했다. 이윽고 커피는 손을 떼면서 머리를 쳐들었다. 그것은 다 죽어 가는 사람의 얼굴, 처절한 고통을 겪는 사람의 얼굴이었다. 그의 눈은 날카로웠고 이글이글 타올랐다. 윗이빨로 아랫입술을 깨물고 있었다. 검은 얼굴은 진흙에 재를 넣어 휘저은 듯 껄끄러운 빛으로 변색되었다. 목구멍 저 깊은 곳에서는 캑캑, 숨넘어가는 소리가 났다.

"하느님 맙소사!" 브루털이 중얼거렸다. 그의 눈은 당장이라도 얼굴에서 튀어나올 것처럼 보였다.

"뭐? 뭐라고?" 해리는 거의 윽박지르다시피 캐물었다.

"꼬리! 안 보여? 꼬리!"

딸랑 씨의 꼬리는 이제 멎어 가는 진자가 아니었다. 그것은 새 잡는 고양이의 꼬리처럼 쌩쌩하게 좌우로 흔들거렸다. 그리고 그 순간 커피의 둥글게 만 손안에서 너무나 귀에 익은 찍찍 소리가 났다.

커피는 다시 목이 콱 막히는 듯한 소리를 내더니 올라온 가래를 뱉어 내려는 사람처럼 고개를 옆으로 돌렸다. 그가 뱉은 것은 가래가 아니었다. 커피의 입과 코에서는 시커먼 벌레들이 구름처럼 쏟아져 나왔다. 나는 벌레로 알고 있고 다른 사람들도 같은 의견이지만, 지금까지도 확신할 수는 없다. 그것은 먹구름처럼 주위에서 피어올라 한동안 커피의 얼굴을 가렸다.

"세상에, 이게 뭐지?" 딘이 겁에 질린 목소리로 물었다.

"괜찮아. 떨 필요 없다니까. 괜찮아. 금방 사라져." 내 말이 꼭 다른 사람의 말처럼 들렸다.

커피가 나의 요도염을 고쳐 주었을 때처럼 '벌레들'은 하얗게 변하더니만 이내 종적을 감추었다.

"기가 막혀서." 해리가 뇌까렸다.

"폴?" 브루털은 불안한 목소리로 물었다. "폴?"

커피는 다시 정상으로 돌아온 듯했다. 목구멍에 걸려 있던 고깃덩어리를 무사히 뱉어 낸 사람처럼 보였다. 그는 허리를 숙여 둥글게 모은 두 손을 바닥에 대고 손가락 틈새로 안을 들여다보더니 손을 벌렸다. 딸랑 씨가 등뼈도 곧고 가죽 밑으로 불룩 솟아

오른 혹 하나 없이 아주 말짱한 모습으로 달려 나왔다. 쥐는 커피의 감방 입구에서 잠시 머뭇거리더니 그린 마일을 가로질러 들라크루아의 방으로 갔다. 나는 쥐의 수염에 아직도 맺혀 있는 핏방울을 보았다.

들라크루아는 울다가 웃다가 하면서 쥐를 사뿐히 들어 올려 체면 불구하고 쪽쪽 입을 맞추었다. 딘과 해리, 브루털은 말없이 그 놀라운 광경을 지켜보았다. 이윽고 브루털이 앞으로 나서서 실패를 철창 사이로 건넸다. 들라크루아는 처음에는 그것을 보지 않았다. 딸랑 씨한테 푹 빠져 있었던 것이다. 물에 빠진 아들의 목숨을 건진 아버지의 심정이었으리라. 브루털은 실패로 들라크루아의 어깨를 톡톡 두드렸다. 들라크루아는 그제야 그것을 보고 받아 들더니 다시 딸랑 씨한테 관심을 돌렸다. 털을 쓰다듬으면서 쥐를 뚫어지게 바라보았다. 쥐가 무사하다는 것을, 아무 탈 없이 건강한 모습으로 있다는 것을 거듭 두 눈으로 확인해야 직성이 풀릴 모양이었다.

"던져 보쇼. 제대로 달리나 한번 보게." 브루털이 말했다.

"아무 일 없어요. 괜찮아요. 하늘이 도……."

"던져 보라니까. 내가 사정하지 않소."

들라크루아는 허리를 숙였지만 내키지 않는 빛이 역력했다. 적어도 아직은 딸랑 씨를 손에서 놓고 싶지 않은 모양이었다. 이윽고, 아주 조심스럽게 그가 실패를 던졌다. 실패는 감방을 가로질러 떼구루루 굴러가더니 코로나 시가 갑을 지나 벽에 가서 부딪혔다. 딸랑 씨는 그 뒤를 쫓아갔지만 예전의 빠른 몸놀림은 아니었다. 왼쪽 뒷다리를 약간 절뚝거리는 것 같았다. 그 모습을 보니 정말 가슴이 아렸다. 그 약간의 절뚝거림 때문에 모든 것이 현실로 다가왔다.

아무튼 쥐는 무사히 실패에 도착하여 예전과 다름없는 끈기로 들라크루아 앞까지 실패를 코로 밀고 왔다. 나는 감방 문 앞에 서서 웃고 있던 존 커피 쪽으로 돌아섰다. 그것은 흐뭇함에 겨운 미소라기보다는 피곤함이 깃든 미소였지만, 쥐를 어서 달라고 할 때 얼굴에 나타났던 긴박감은 사라진 뒤였고 당장이라도 숨이 넘어갈 듯한 고통과 두려움의 표정도 이제는 없었다. 그 자리에 없는 듯한 얼굴, 먼 곳을 바라보는 듯한 낯선 눈빛의 존 커피로 돌아가 있었다.

"자네가 도왔군. 그렇지?" 내가 말했다.

"맞아요." 커피가 대꾸했다. 웃음이 약간 커졌다. 잠시였지만 그것은 행복의 미소였다. "제가 도왔죠. 들라크루아의 쥐를 도왔어요. 제가……." 그는 말꼬리를 흐렸다. 쥐의 이름이 기억나지 않는 모양이었다.

"딸랑 씨." 딘이 말했다. 그는 커피가 불꽃으로 폭발하거나 감방 안에서 둥둥 떠오르기라도 할 것처럼 관심과 호기심을 담은 눈길로 그를 바라보았다.

"맞아, 딸랑 씨, 서커스 쥐. 부레풀 안에서 산다고 했지." 커피가 말했다.

"그렇고말고." 해리도 우리처럼 커피를 쳐다보며 말했다. 들라크루아는 우리 뒤에서 딸랑 씨를 가슴 위에 올려놓은 채 침상에 누워 있었다. 그는 자장가처럼 들리는 프랑스 노래를 쥐에게 흥얼거렸다.

커피는 그린 마일 저편의 당직 책상과 내 방으로 통하는 문, 그리고 그 너머의 헛간 쪽을 바라보았다. "퍼시 교도관은 악질이야. 퍼시 교도관은 비열해. 들라크루아의 쥐를 밟았지. 딸랑 씨를 밟았지." 커피가 중얼거렸다.

그러더니, 우리가 그 말에 대해서 뭐라고 대꾸할 겨를도 없이 침상으로 돌아가서는 벽으로 돌아누웠다. 사실은 우리도 할 말이 없었지만.

20분쯤 지나서 브루털과 내가 헛간으로 들어갔을 때 퍼시는 우리를 등지고 서 있었다. 그는 더러워진 제복을 넣어 두는 광주리(때로는 사복을 둘 때도 있었다. 교도소 세탁실에서는 옷의 종류를 까다롭게 구별하지 않았다) 위의 선반에서 연고로 된 가구 광택제를 찾아내서 전기의자의 참나무 팔걸이와 다리에 윤을 내고 있었다. 기괴하다 못해 소름 끼치는 이야기로 들릴지 모르지만 브루털과 나에게는 그날 밤 퍼시가 한 일중에 그것이 가장 정상적인 일로 보였다. 고철 스파크는 내일 손님을 앉히게 되고 퍼시는 겉보기에는 총책임을 맡는 듯한 자리에 설 것이다.

"퍼시." 내가 조용히 불렀다.

그는 돌아섰다. 흥얼거리던 가락이 목에서 잦아들었고, 우리를 쳐다보았다. 처음에는 내가 기대한 것처럼 두려운 표정이 일지 않았다. 아무튼 퍼시는 나이 들어 보였다. 비열함은 마약 같다. 다른 사람은 몰라도 나는 이 말을 할 자격이 있다고 생각한다. 어느 정도의 실험을 거친 뒤 퍼시가 거기에 단단히 중독되었다는 것이 나의 판단이었다. 그는 자기가 들라크루아의 쥐한테 한 짓을 뿌듯하게 여겼다. 그를 더욱 뿌듯하게 한 것은 들라크루아의 절망에 찬 비명이었다.

"날 건드리지 마쇼. 겨우 쥐 한 마리 아니었냐고. 그놈은 원래 여기 있으면 안 되는 녀석이야. 잘들 아시겠지만." 퍼시는 거의 명랑한 목소리로 말했다.

"쥐는 멀쩡해." 내가 말했다. 심장이 가슴을 쿵쿵 때렸지만 나는 담담하게, 거의 무관심한 투로 말했다. "아주 멀쩡해. 달리고 찍찍거리고 다시 실패를 따라다닌다니까. 어느 것 하나 신통하게 하는 일이 없더니 그깟 쥐 한 마리도 제대로 못 죽이는군."

퍼시는 믿을 수 없다는 듯이 놀란 눈으로 나를 쳐다보았다. "나더러 그 말을 믿으라고? 그 새낀 뭉개졌어! 내가 소리까지 들었다니까! 누굴 바보로……."

"닥쳐."

그는 나한테 눈을 동그랗게 떴다.

"뭐? 지금 나한테 뭐라고 했지?"

나는 퍼시에게 한 걸음 다가섰다. 내 이마 한가운데에서 핏줄이 팔딱거리는 것이 느껴졌다. 그렇게 화가 난 적이 언제 또 있었을까 싶을 정도였다. "딸랑 씨가 무사한 게 기쁘지 않다는 건가? 특히 마지막 날이 얼마 안 남은 죄수들을 안정시키는 게 우리의 임무라는 걸 입이 닳도록 말해 왔으니 난 자네가 기뻐할 줄 알았는데. 다행이고말고. 내일 들라크루아가 걸어가야 한다는 걸 생각해 봐."

퍼시의 시선이 나에게서 브루털로 옮겨 갔다. 퍼시의 거짓 평온함이 불안으로 바뀌었다.

"도대체 지금 장난을 하자는 거야, 뭐야?" 그가 대들었다.

"장난이 아니야. 네놈은 그렇게 생각하는 모양이지만……. 하기야 그래서 자네를 믿을 수 없는 거지. 절대적 진실을 알고 싶은가? 난 네놈이 구제불능이라고 생각한다." 브루털이 말했다.

"하나만 알고 둘은 모르는군. 난 사람들을 알아. 중요한 사람들을." 퍼시의 목소리는 이제 다듬어져 있지 않았다. 두려움이 다시 스며든 것이다. 우리가 자기를 어떻게 할지도 모른다는 두려움, 우리가 불이익을 감내할지도 모른다는 두려움. 나는 그 두려움을 내 귀로 듣고 싶었다. 그럼 앞으로 다루기가 한결 쉬워질 테니까.

"얼마든지 지껄여라, 이 몽상가야." 브루털이 말했다. 말투로 보아 웃음이 터져 나오기 일보 직전이었다.

퍼시는 광택을 내던 헝겊을 팔걸이와 다리에 죔쇠가 달린 의자에 내던졌다. "그 쥐는 내가 죽였다니까." 말은 그렇게 했지만 확신에 찬 목소리는 아니었다.

"가서 직접 확인해 보시지. 여긴 자유로운 나라니까." 내가 말했다.

"가지. 간다고." 퍼시가 말했다.

입을 꾹 다문 채 작은 손(워턴의 말대로 정말 예뻤다)으로 빗을 만지작거리면서 그는 우리 옆을 지나 뚜벅뚜벅 걸어갔다. 계단을 올라가서는 머리를 숙여 내 방으로 들어갔다. 브루털과 나는 침묵을 지키고 고철 스파크 옆에 서서 퍼시가 돌아오기를 기다렸다. 브루털은 모르지만 나는 사실 할 말도 없었다. 방금 우리가 목격한 사건을 어떻게 받아들여야 할지 몰랐으니까.

3분이 지났다. 브루털은 퍼시의 헝겊을 주워 들더니 전기의자의 두꺼운 등판들을 문지르기 시작했다. 하나를 다 닦고 다른 의자에 헝겊을 댔을 때 퍼시가 돌아왔다. 그는 비틀거렸고 계단을 따라 내려와 헛간 바닥을 디디다가 하마터면 쓰러질 뻔했지만 우리에게 다가왔을 때는 어울리지 않는 허세를 부렸다. 충격과 불신의 빛이 얼굴에 역력했다.

"바꿔치기한 거야." 퍼시는 비난조로 나왔다. "농간을 부려서 쥐를 바꾼 거야, 이 악당들. 날 가지고 노는 건 좋지만 그만두지 않으면 후회할걸! 당장 때려치우지 않으면 모가지들을 날려 버릴 테다! 주제 파악을 하라고!"

그는 숨을 헐떡이느라 잠시 말을 멈추었다. 두 손에 힘이 잔뜩 들어가 있었다.

"주제 파악이야 잘하고 있지. 우린 퍼시하고 함께 근무하는 사람들이다……. 얼마나 오래갈진 모르지만." 나는 그 말을 던지고 팔을 뻗어 그의 어깨를 움켜잡았다. 아주 세게 잡은 건 아니었지만 아무튼 건성은 아니었다. 사실이었다.

퍼시가 그것을 뿌리치려고 손을 뻗었다. "어디다 감히……."

브루털이 그의 오른손을 잡았다. 작고 말랑말랑하고 하얀 손이 몽땅 브루털의 구릿빛 주먹 안으로 들어갔다. "주둥이 닫아, 자식아. 어떻게 처신하는 게 유리한지 아는 놈이면 이걸 네 귓구멍에 처박힌 귀지를 파낼 수 있는 마지막 기회로 알아라."

나는 그를 돌려세운 다음 단 위로 번쩍 들어 올려놓고 그의 안무릎이 전기의자에 닿아 어쩔 수 없이 주저앉을 때까지 밀어 붙였다. 그에게서 차분함이 사라졌다. 비열함과 오만함도 사라졌다. 그것들이 아직 얼쩡거리긴 했지만, 여러분은 퍼시가 아직 애송이라는 점을 감안해야 한다. 그 또래의 청년은 얇은 판때기다. 추한 그늘에 화려한 에나멜을 입혔을 뿐이다. 그건 얼마든지 벗겨 낼 수 있다. 나는 퍼시가 귀 기울일 준비가 되어 있다고 판단했다.

"자네한테 약속을 받아 내야겠다." 내가 말했다.

"무슨 약속?" 그의 입은 아직도 냉소를 퍼부으려고 애썼지만 눈은 공포에 질려 있었다. 전기 조작실의 전원은 차단되어 있었지만 고철 스파크의 나무 의자는 나름의 힘을 가지고 있었다. 그리고 그때 나는 퍼시가 그 힘을 느끼고 있다고 판단했다.

"내일 밤 자네를 이 자리에 세우면 그 다음에는 정말로 브라이어리지로 가서 우리 곁을 영영 떠나겠다는 약속. 그 다음 날 바로 전근 신청을 하겠다는 약속." 브루털은 전에 한번도 들어 보지 못한 단호한 어조로 말했다.

"싫다면? 내가 사람들한테 전화를 걸어서 당신들이 나를 괴롭히고 겁준다고 말한다면? 공갈을 친다고 말한다면?"

"자네의 연줄이 자네가 생각하는 것만큼 든든하다면 우리는 하루아침에 쪽박을 차겠지. 하지만 우리도 네가 바닥에 흘린 피를 분명히 짚고 넘어갈 거다." 내가 말했다.

"그 쥐 말인가? 흥! 사형수가 기르던 쥐한테 누가 관심이나 가질 줄 아쇼? 이런 미친 동네 바깥에서, 응?"

"아니. 하지만 와일드 빌 워턴이 수갑 쇠사슬로 딘 스탠턴의 목을 조르는 동안 자네가 구경만 하고 있었다는 걸 목격한 사람이 자그마치 셋이나 되거든. 장담하지만, 그 점에 대해서는 사람들이 관심을 가질걸. 자네를 옆에서 지켜보는 주지사 삼촌도 관심을 가질 테지."

퍼시의 뺨과 이마가 시뻘게졌다. "그 말을 사람들이 믿을 것 같은가?" 퍼시는 그렇게 반문했지만, 그의 목소리에는 이미 분노가 상당히 수그러들어 있었다. 누군가가 우리 말을 믿을지도 모른다는 생각을 한 탓이리라. 퍼시는 말썽에 휘말리기를 바라지 않았다. 규칙은 얼마든지 위반해도 규칙을 위반하다가 들키는 일만은 죽기보다 싫어했다.

"멍이 가라앉기 전에 내가 딘의 목덜미를 사진에 담아 놓았거든." 브루털이 말했다. 그것이 사실인지 아닌지는 몰랐지만 아무튼 브루털의 말은 진짜처럼 들렸다. "그 사진을 보면 어떤 생각이 드는 줄 알아? 누군가가 끌어내지만 않았으면 워턴은 목적을 이루고 말았으리라는 거야. 그때 자네는 바로 그 자리에 있었지. 그것도 워턴의 등 쪽에 말이야. 모르긴 몰라도 곤란한 질문을 제법 받게 될걸, 안 그럴까? 그런 일은 사람을 두고두고 따라다니는 법이야. 자네 친척들이 공직에서 물러나 집 앞 베란다에서 음료수를 홀짝거리게 되고 나서도 한참 뒤까지 따라다닐 공산이 크지. 근무 기록처럼 사람들이 관심 있게 살펴보는 게 그리 많지는 않다고. 자네가 일평생을 사는 동안 상당수의 사람들이 그 기록을 보게 될걸."

불신을 담은 퍼시의 반짝거리는 눈이 우리를 번갈아 쳐다보았다. 그의 왼손은 머리를 어루만지고 있었다. 퍼시는 잠자코 있었지만 나는 우리가 그를 거의 손아귀에 넣었다고 생각했다.

"자자, 그쯤 해 두자고. 우리가 자네를 탐탁지 않게 여기는 것처럼 자네도 여기 근무하는 게 달갑지 않지?" 내가 나섰다.

"지긋지긋해! 이런 대접을 받는 게 신물이 나. 나한테 한번도 기회를 안 주는 행태가 지긋지긋하다고!" 퍼시가 폭발했다.

그의 마지막 발언은 사실과는 거리가 있었지만 나는 시시비비를 따질 때가 아니라고 판단했다.

"당하고만 사는 건 나도 이제 싫어. 아버지 말씀이 옳았지. 그길로 나서면 평생 사람들한테 시달림을 받을 거라던 아버지의 말씀이 구구절절 맞다니까." 손만큼 예쁘지는 않아도 그에 버금가게 귀여운 그의 눈이 반짝거렸다. "특히 이 고릴라 같은 친구한테 당하는 건 못 참겠어." 퍼시는 나의 오랜 동료를 노려보면서 이를 갈았다. "브루털이라…… 누군지 별명 하나는 잘 지었지."

"자네가 알아야 할 게 있다, 퍼시." 내가 말했다. "우리가 보기에는, 우리야말로 자네한테 당하고 살았어. 이곳의 근무 수칙을 귀에 못이 박히도록 강조했건만 자네는 자네 고집만 내세웠거든. 그러다가 일이 터지면 믿는 연줄 뒤로 살짝 숨더라 이거지. 들라크루아의 쥐를 밟은 것도……." 브루털이 나를 힐끔 쳐다보는 바람에 나는 서둘러 표현을 고쳤다. "들라크루아의 쥐를 밟으려고 기를 쓴 게 대표적인 예라니까. 자네는 막무가내로 밀어붙였지. 그러니 우리도 튀어 나갈 수밖에 더 있겠어. 잘 들어 둬. 자네가 똑바로만 처신하면 장미향처럼 좋은 기록을 남기고 여기서 나갈수 있다. 앞길이 구만리 같은 청춘 아닌가. 우리가 지금 나누는 이야기는 아무도 모를 거야. 그럼 자네가 어떻게 해야겠나? 좀 어른스럽게 굴라고. 들라크루아가 처형된 다음 바로 떠나겠다고 약속해."

그가 잠시 생각에 잠겼다. 이윽고 한 가지 표정이 그의 얼굴에 나타났다. 그것은 묘안이 떠올랐을 때 사람들이 짓는 표정이었다. 나는 뒷맛이 개운치 않았다. 퍼시한테 좋은 생각이 우리한테도 좋을 리 없었기 때문이다.

"다른 건 다 접어 두고, 그 고름 자루 같은 워턴을 떠난다고만 생각해." 브루털이 말했다.

퍼시는 고개를 끄덕였다. 나는 의자에서 그를 풀어 주었다. 퍼시는 제복 상의를 바로잡고 비어져 나온 옷자락을 바지춤에 쑤셔 넣었다. 그리고 빗으로 머리 가르마를 탄 다음 우리를 쳐다보았다.

"좋아, 약속하지. 내일 밤 들라크루아의 집행에 참여한다. 그리고 다음 날 바로 브라이어리지로 떠난다. 거기서 굿바이하는 거요. 그럼 됐죠?"

"좋아." 내가 대답했다. 그 묘한 표정은 아직 그의 눈에 남아 있었지만 마음의 큰 짐을 덜어 버린 터라 우리는 별로 대수롭게 여기지 않았다.

퍼시는 손을 내밀었다. "악수할까요?"

나는 악수를 했다. 브루털도 했다.

우리는 바보였다.

그 다음 날은 가장 음침한 하루였고 이상하게 무덥던 그 10월의 마지막 날이었다. 출근하니 서쪽 하늘에서 천둥이 우르릉거렸고 그 밑으로 먹구름이 두껍게 쌓이고 있었다. 어둠이 내리면서 구름이 근처로 이동하여 우리는 구름 사이로 뚫고 나오는 파르스름한 번개의 빛살을 볼 수 있었다. 그날 밤 10시경 트라핑거스 군에서는 강한 돌풍이 일어 네 명이 목숨을 잃었고, 테프턴의 말 사육장 지붕도 거덜이 났다. 콜드마운틴에도 무서운 뇌우와 광풍이 휘몰아쳤다. 하늘도 에두아르 들라크루아의 처참한 죽음에 무언의 항의를 했구나, 뒤에 나는 그런 생각을 해 보았다.

처음에는 모든 것이 순조롭게 시작되었다. 들라크루아는 하루 종일 감방 안에서 얌전히 지냈다. 이따금 딸랑 씨와 놀기도 했지만 대부분의 시간을 침상에 드러누워 쥐를 보살피면서 보냈다. 두어 번인가 워턴이 말썽을 피우려고 집적거렸다. 한번은 그가 들라크루아한테 큰 소리로 복 많은 피에르 선생께서 지옥에서 스텝을 밟는 동안 이승에 남은 사람들이 쥐고기버거를 만들 거라고 약을 올렸다. 그러나 왜소한 프랑스 인이 아무 대꾸를 않자 워턴은 더 이상 건드려야 득이 될 게 없다는 판단을 내렸는지 제풀에 그만두었다.

10시 15분이 조금 지났을 때 슈스터 목사가 나타나서 들라크루아와 함께 프랑스 어로 주기도문을 암송하겠다고 말하여 우리를 기쁘게 했다. 그것은 상서로운 징조 같았다. 물론 우리의 예상은 빗나갔지만.

11시쯤부터 증인들이 하나 둘 도착하기 시작했다. 그들은 낮은 목소리로 심상치 않은 날씨에 대해서 웅성거리며 정전으로 집행이 연기될 가능성을 점치기도 했다. 고철 스파크에 발전기가 있다는 사실을 그들은 몰랐다. 번개가 그 발전기에 바로 꽂히지 않는 한 집행이 미루어질 가능성은 없었다. 그날 밤 해리는 조종실에 있었다. 그래서 해리와 빌 도지, 퍼시 웨트모어가 안내역을 맡아 사람들을 좌석으로 인도하고 시원한 물을 권했다. 참석자 중에는 여자도 둘 있었다. 한 명은 들라크루아가 강간 살해한 소녀와 자매간이었으며 또 한 명은 화재로 죽은 희생자의 어머니였다. 그 어머니는 몸집이 크고 얼굴은 창백했지만 확고한 생각을 갖고 있었다. 그녀는 해리 터윌리거에게 이렇게 말했다고 한다. 자기가 보러 온 남자가 선하며 두려움을 느끼기를 바란다고, 지옥의 용광로에서 타오르는 불길이 기다리고 있음을 알게 되기를 바란다고, 사탄의 작은 도깨비들이 그를 기다리기를 바란다고. 그러고는 와락 울음을 터뜨리면서 얼굴을 거의 베갯잇만 한 레이스 손수건에 파묻었다.

함석 지붕은 요란하고 거친 천둥소리를 누그러뜨리기에 역부족이었다. 사람들은 불안한 시선으로 위를 올려다보았다. 이 밤

늦은 시각에 불편하게 넥타이를 맨 남자들은 연신 상기된 뺨을 닦아 냈다. 지옥의 불가마도 이렇게 덥지는 않았을 것이다. 물론 그들의 시선은 고철 스파크에 가서 박혀 있었다. 그 주 초만 해도 이런 일을 놓고 농담이 오갔을지 모른다. 그러나 그날 밤 11시 30분 무렵부터 농담은 자취를 감추었다. 이 이야기의 서두에서 떡 갈나무 의자에 앉아야 하는 처지가 되면 농담이 순식간에 사라진 다고 말한 적이 있지만, 실제로 그 시간에 이르러 얼굴에서 미소가 사라지는 것이 사형수만은 아니었다. 다리 양 옆에 죔쇠가 달라붙은, 소아마비자가 착용하는 것 같은 기구에 웅크리고 앉아 단 위에 올라가 있는 사형수의 모습은 아무튼 너무도 적나라했다. 수군거림도 거의 없었다. 파삭 쪼개지는 나무처럼 날카롭고 섬뜩한 굉음을 내면서 천둥이 다시 울렸을 때 들라크루아에게 희생당한 소녀의 자매는 작은 비명을 토했다. 이 증인 구역의 좌석에 마지막으로 앉은 사람은 무어스 소장의 대리인 자격으로 참석한 커티스 앤더슨이었다.

11시 반에 나는 들라크루아의 감방으로 걸어갔다. 브루털과 딘이 약간 처져서 나를 따라왔다. 들라크루아는 딸랑 씨를 무릎에 앉힌 채 침상 위에 앉아 있었다. 쥐는 머리를 사형수 쪽으로 약간 빼서 석유 방울 같은 작은 눈을 줄곧 들라크루아의 머리 쪽에 두고 있었다. 들라크루아는 딸랑 씨의 양쪽 귀 사이에 솟은 머리를 쓰다듬고 있었다. 굵은 눈물이 소리 없이 들라크루아의 얼굴을 타고 흘러내렸다. 쥐가 뚫어지게 보는 것은 바로 그 눈물 같았다. 우리의 발소리를 듣고 들라크루아가 고개를 들었다. 그는 창백했다. 뒤에서 존 커피가 자기 감방 입구에 서서 지켜보는 것을 나는 눈이 아니라 느낌으로 알았다.

금속에 내 열쇠가 부딪혀서 나는 쨍그랑 소리에 들라크루아는 움찔했지만 여전히 딸랑 씨의 머리를 쓰다듬었다. 나는 자물쇠를 돌려 문을 열었다.

"안녕하세요, 에지콤 교도관님. 안녕하세요, 여러분. 너도 인사해야지, 딸랑 씨."

그러나 딸랑 씨는 그 눈물의 출처가 궁금하다는 듯 머리가 벗겨진 왜소한 남자의 얼굴만 홀린 듯이 바라볼 뿐이었다. 색을 입힌 실패는 코로나 상자 안 한구석에 얌전히 놓여 있었다. 다시는 그 실패가 구르지 않으리라고 생각하니 가슴이 아렸다.

"에두아르 들라크루아, 본인은 사법부의 관리로서……."

"에지콤 교도관님?"

나는 판에 박힌 연설을 내쳐 해 버릴까 생각했다가 마음을 고쳐먹었다. "무슨 일이오, 들라크루아?"

그는 쥐를 나에게 내밀었다. "여기요. 딸랑 씨한테 아무 일 없게 해 주세요."

"나한테 올 리가 없을 텐데. 이 친구는……."

"메 위(천만에요), 가겠다고 했습니다. 에지콤 교도관님에 대해서는 자기도 잘 안대요. 쥐들이 재주를 부리는 플로리다까지 무사히 데려가 주십시오. 얘도 교도관님을 믿는대요." 그는 손을 더 뻗었다. 믿기 어려운 일이었지만 쥐는 그의 손바닥에서 살짝 뛰어내려 나의 어깨로 올라왔다. 너무 가벼워서 제복을 통해서는 잘 느껴지지도 않았지만 그래도 미열 같은 감각이 전해졌다. "그러고요. 그 나쁜 놈은 옆에 못 오게 해 주세요. 그놈이 쥐를 해치지 못하게 해 주세요."

"걱정 마요, 들라크루아. 그렇게 하리다." 문제는 그 순간에 쥐를 어떻게 처리하느냐였다. 쥐를 어깨 위에 올려놓은 채 들라크루아를 앞세우고 증인들 옆을 지나갈 수는 없었다.

"내가 맡겠습니다, 교도관님." 뒤에서 나직한 목소리가 울렸다. 존 커피의 음성이었다. 마치 내 마음을 읽은 듯 곧이어 나온 말에 왠지 오싹했다. "지금 주세요. 들라크루아만 괜찮다면."

들라크루아는 다행스러워하면서 고개를 끄덕였다. "그래, 당신이 맡아 주시오, 존, 이 어리석은 짓이 끝날 때까지. 비앵(좋아)! 그 다음에는……." 그의 시선이 브루털과 나에게로 옮겨졌다. "두 분이 플로리다까지 바래다 주세요. 그 마우스빌이란 데까지."

"암요. 우리 둘이서 책임지리다." 브루털이 말했다. 그는 딸랑 씨가 나의 어깨에서 활짝 편 커피의 커다란 손바닥으로 내려가는 모습을 불안과 걱정이 뒤섞인 눈길로 바라보았다. 딸랑 씨는 반항하지도 않았고 도망가지도 않았다. 나의 어깨에 올라탔을 때처럼 존 커피의 팔을 타고 쪼르르 달려갔다. "우리 같이 휴가를 내자고요. 그렇죠?"

브루털의 말에 나는 고개를 끄덕였다. 들라크루아도 환한 얼굴로 고개를 끄덕였다. 입가에 살짝 미소가 번졌다. "관람료는 한 사람당 10센트로 해요. 어린이는 2센트로 하고. 그게 적당하겠죠, 하월 교도관님?"

"적당하군요."

"당신은 좋은 분입니다, 하월 교도관님. 에지콤 교도관님도요. 가끔 나한테 소리를 지르기는 하지만, 위(그래요), 그건 그럴 만한 이유가 있어섭니다. 퍼시만 빼놓고 여러분은 모두 좋은 분이에요. 이런 데서 여러분을 만나는 게 아닌데. 모베 탕 모베 샹스(때를 잘못 만난 거죠)."

"당신한테 할 말이 있는데……. 가기 전에 누구한테나 몇 마디하는 거요. 별건 아니고, 그저 내 일이려니 생각하면 돼요. 괜찮소?"

"위, 무슈(그럼요)." 그는 대답을 하고 존 커피의 떡 벌어진 어깨에 올라탄 딸랑 씨를 마지막으로 돌아보았다. "오 르부아, 모나미(잘 있어라, 친구야)." 그러고는 몹시 흐느끼기 시작했다. "주템, 몽 프티(사랑한다, 내 귀염둥이)." 그는 입맞춤을 보냈다. 그런 식의 입맞춤은 우스꽝스럽거나 망측해 보였을 법도 한데 통그런 느낌이 들지 않았다. 순간적으로 나와 딘의 눈이 마주쳤고 나는 얼른 고개를 돌리고 말았다. 딘은 복도 저 끝의 구금실을 바라보면서 야릇한 웃음을 지었다. 나는 그가 터져 나오는 눈물을 참고 있다고 생각했다. 아무튼 나는 '사법부의 관리'라는 말로 시작되는 연설을 해야만 했다. 그리고 나의 연설이 끝나자 들라크루아는 마침내 감방 밖으로 걸어 나왔다.

"잠깐만요." 브루털은 잠깐의 말미를 요청하면서 모자가 얹혀질 들라크루아의 정수리를 살폈다. 그러고는 나에게 고개를 끄덕인 뒤 들라크루아의 어깨를 가볍게 쳤다. "완벽하군. 출발합시다."

그렇게 에두아르 들라크루아는 뺨으로 흘러내리는 땀과 눈물로 뒤범벅이 된 채 마지막으로 그린 마일을 걸어갔다. 하늘에서는 천둥이 요란하게 울렸다. 브루털은 사형수의 왼쪽에 붙었고 나는 오른쪽에 붙었다. 딘은 뒤에서 따라왔다.

슈스터는 내 방에서 기다리고 있었다. 교도관 링골드와 배틀이 구석에서 경비를 섰다. 슈스터는 들라크루아를 보더니 웃으면서 프랑스 어로 인사했다. 내 귀에는 과장스럽게 들렸지만 그것은 효과 만점이었다. 들라크루아도 미소를 짓더니 슈스터에게 걸어가서 팔로 꼭 껴안았다. 링골드와 배틀은 긴장했지만 나는 그들에게 손을 들어 그냥 놔두라고 고개를 흔들었다.

슈스터는 쏟아져 나오는 들라크루아의 울음 섞인 프랑스 어를 경청하면서 마치 다 알아들은 듯 고개를 끄덕거리고 등을 토닥토닥 두드려 주었다. 그는 왜소한 프랑스 인의 어깨 너머로 나를 바라보면서 이렇게 말했다. "이 사람이 하는 말의 반의 반도 못 알아듣겠어요."

"그건 중요하지 않아요." 브루털이 한마디했다.

"나도 그렇게 생각합니다." 슈스터가 싱긋 웃으며 말했다. 그는 최고의 목사였다. 그러고 보니 그가 다음에 어떻게 되었는지 통 모르고 지냈다는 느낌이 든다. 무슨 일을 당했건 그가 끝까지 신앙을 잃지 않았기를 바란다.

그는 들라크루아에게 무릎을 꿇게 한 뒤 두 손을 모았다. 들라크루아도 똑같이 손을 모았다.

"노트 페르, 키 에트 조 시외(하늘에 계신 우리 아버지)." 슈스터가 입을 열자 들라크루아도 따라서 했다. 그들은 물 흐르듯 부드러운 프랑스 어로 함께 주기도문을 암송했다. "메 델리브레누 뒤 말, 앵시 수아틸(다만 악에서 구하소서, 아멘)." 그때쯤 되자 들라크루아의 눈물은 웬만큼 그쳤고 평온을 되찾은 것처럼 보였다.

그 다음에는 성경 말씀이 (영어로) 이어졌다. 목사가 마지막 순간에 즐겨 인용하던 '잔잔한 물가'도 어김없이 들어갔다. 기도가 끝나고 슈스터가 막 일어서려는데 들라크루아가 소매를 붙잡으면서 프랑스 어로 뭐라고 했다. 슈스터는 유심히 듣더니만 얼굴을 찌푸렸다. 그리고 대꾸를 했다. 들라크루아가 다시 뭐라고 말하고는 간절한 눈빛으로 목사를 바라보았다.

슈스터가 내 쪽으로 돌아서서 말했다. "따로 하고 싶은 말이 있는 모양입니다, 에지콤 씨. 그 기도는 신앙인으로서 제가 도울 수 없는 내용입니다. 괜찮을까요?"

나는 벽에 걸린 시계를 쳐다보았다. 자정까지는 아직 17분이 남아 있었다. "네. 하지만 길면 곤란합니다. 아시겠지만 여기서는 일정을 준수해야 하거든요."

"알겠습니다." 그는 들라크루아에게 돌아서서 고개를 꾸벅 숙였다.

들라크루아는 기도하듯 눈을 감았지만 한동안은 아무 말도 하지 않았다. 그의 이마에 주름이 잡혔다. 나는 그가 자기 마음속 깊은 곳으로 들어가는 듯한 느낌을 받았다. 아주 오랫동안 사용한 적이 (또는 쓰임새가) 없던 물건을 좁은 다락방에서 찾는 사람처럼. 나는 다시 시계를 보았고 무슨 말인가 하려는데 브루털이 나의 소매를 당기며 머리를 흔드는 바람에 그만두었다.

그때 들라크루아가 젊은 여자의 가슴처럼 둥글고 부드럽고 관능적인 그 프랑스 어로 부드럽지만 빠르게 말하기 시작했다. "마리! 주 부 살뤼, 마리, 위, 플렌 드 그라스. 르 세뇌레 아베크부. 부제트 베니 앙트르 투트 레 팜, 에 몽슈 제쥐, 르프뤼 드 보장트

라유, 에 베니(은총이 가득하신 마리아여, 기뻐하소서! 주께서 함께
하시니 여인 중에 복되시며, 태중의 아들 예수 또한 복되시도다)!"
그는 다시 울고 있었지만 정작 본인은 의식하지 못했을 거라고 나
는 생각한다. "생트 마리, 오 마 메르, 메르 드 되, 프리에 푸르 무
아, 프리에 푸르 누, 포브 페쇠르, 멩트닝 에 아 뢰르…… 뢰르 드
노트르 모르. 뢰르 드 몽 모르(천주의 성모 마리아여, 이제 와 우리
죽을 때에……. 제가 죽을 때에 우리 죄인을 위하여 빌어 주소서!)"
그는 몸서리치도록 깊이 숨을 들이마셨다. "앵시 수아틸(아멘)."

들라크루아가 바닥에서 일어서자 그 방에서 유일한 창문으로
번개가 스며들어 파르스름한 섬광을 잠깐 토했다. 모두들 소스라
치면서 움찔했지만 들라크루아만은 예외였다. 그 오래된 기도에
아직도 푹 빠져 있는 듯했다. 그는 어디로 갈지도 모르고 한 손을
내밀었다. 브루털이 그 손을 받아서 잠시 꼭 쥐어 주었다. 들라크
루아는 브루털을 보고 희미하게 웃었다.

"누 보용(이제 가시지요)……." 다시 입을 열려다가 멈추었다.
이번에는 의식적으로 영어로 바꾸었다. "이제 가시지요. 하월 교
도관님, 에지콤 교도관님. 주님이 함께하십니다."

"다행이오." 나는 그가 20분 뒤 죽음 저편의 세계로 넘어갔을
때도 주님이 함께한다는 느낌을 가질지 궁금히 여기면서 그렇게
대꾸했다. 그의 마지막 기도가 전해져서 성모 마리아가 애정과
영혼을 가득 담아 그를 위해 간절히 기도하기를 바라는 마음이었
다. 강간범이며 살인범인 에두아르 들라크루아는 바로 그 순간
그가 받을 수 있는 모든 기도를 받아야 할 다급한 처지에 몰려 있
었다. 밖에서는 다시 천둥이 하늘을 강타했다. "갑시다, 들라크루

아. 얼마 안 남았어요."

"좋습니다, 교도관님, 좋아요. 더 이상 무섭지 않아요." 말은 그렇게 했지만, 우리 아버지가 함께하시건 하지 않으시건, 성모마리아가 보살피시건 보살피지 않으시건, 나는 그의 눈에서 그말이 거짓이라는 걸 알았다. 녹색 카펫의 나머지 부분을 지나 작은 문으로 고개를 숙이고 들어갈 즈음이면 거의 모든 사형수가두려움을 느꼈다.

"바닥에서 멈추시오, 들라크루아." 들라크루아가 안으로 들어갈 때 나는 낮게 귀띔했지만 그것은 불필요한 조언이었다. 그는계단 발치에서 멈추었다. 물론 얼어붙은 듯 멈추었다. 그럴 수밖에 없었던 것이 퍼시 웨트모어가 단 위에 떡 버티고 선 모습이 눈에 들어왔기 때문이다. 퍼시의 한쪽 발 옆에는 스펀지가 든 양동이가 있었고 오른쪽 허리 너머로는 주지사에게 연결된 전화기가살짝 보였다.

"농(안 돼), 농, 농, 저 사람은 안 돼!" 들라크루아는 공포에 질린 목소리로 낮게 중얼거렸다.

"걸어요. 우리 두 사람만 쳐다보고 있으면 된다니까. 저 친구는의식하지 마요." 브루털이 말했다.

"하지만……."

사람들은 우리 쪽을 바라보고 있었지만 나는 들키지 않고 몸만살짝 움직여서 들라크루아의 왼쪽 팔꿈치를 꽉 잡고 있을 수 있었다. "침착해요." 나는 들라크루아만, 어쩌면 브루털까지도 들을수 있게 살짝 말했다. "이곳에 온 사람들이 앞으로 당신에 대해서기억한다면 그건 당신이 최후를 어떻게 맞이했는가요. 그러니 의

연함을 보여야죠."

그 순간 가장 요란한 천둥소리가 바로 머리 위에서 터졌고 그 소리가 어찌나 큰지 헛간의 양철 지붕이 다 흔들렸다. 퍼시는 누구한테 엉덩이라도 찔린 사람처럼 팔짝 뛰었고 들라크루아는 가벼운 경멸의 미소를 보냈다. "조금만 더 컸으면 바지에 또 쉬를 하겠네. 가죠. 일을 끝냅시다." 들라크루아는 그렇게 말하고 어깨를 쭉 폈다. 펴 보아야 그 어깨가 그 어깨였지만.

우리는 단으로 걸어갔다. 들라크루아는 걸어가면서도 불안한 눈길로 이번에는 스물다섯 명쯤 되는 증인들을 둘러보았지만, 브루털과 딘, 나는 줄곧 의자만 바라보았다. 만반의 준비가 끝난 것처럼 보였다. 나는 엄지손가락을 들면서 퍼시한테 눈썹으로 질문을 던졌다. 퍼시는 '준비가 끝났냐 이 말이죠? 아무렴요.'라고 말하듯이 씩 웃었다.

나는 그의 판단이 옳기를 빌었다.

들라크루아가 단 위로 올라섰을 때 브루털과 나는 습관적으로 그의 팔꿈치로 손을 뻗었다. 바닥에서 겨우 12센티미터 정도 떨어져 있었지만 아무리 강심장이라도 인생의 그 마지막 계단에 올라설 때 열에 아홉은 부축을 받아야 했다.

하지만 들라크루아는 괜찮았다. 그는 의자 앞에 잠시 서 있더니(퍼시는 단호히 외면한 채) 마치 자기 소개를 하듯이 의자에게 실제로 말을 걸었다. "세 무아(나야)." 퍼시가 그에게 팔을 뻗었지만 들라크루아는 자기 스스로 돌아서서 의자에 앉았다. 나는 그의 왼쪽에 무릎을 꿇고 앉았고 브루털은 오른쪽에 무릎을 꿇었다. 나는 앞서 묘사한 방식대로 나의 사타구니와 목을 방어했고 그런 다음 쬠쇠의 벌린 턱으로 들라크루아의 발목 바로 위, 뼈만 앙상한 하얀 살을 감쌌다. 천둥이 다시 포효했고 그 순간 나는 소스라쳤다. 땀이 스며들어 눈이 아렸다. 이유는 몰라도 나는 줄곧 마우스빌 생각만 했다. 마우스빌과 거기에 들어갈 때 내야 하는 10센트를 생각했다. 2센트를 내고 들어간 아이들이 부레풀 창문을 통해 딸랑 씨를 구경하는 모습을 상상했다.

쬠쇠는 뻑뻑해서 잘 닫히지 않았다. 나는 들라크루아가 마른 숨을 깊이 들이마시는 소리를 들었다. 그의 허파는 앞으로 4분 이내에 공포에 쫓기는 심장을 따라가느라 애쓰다가 시커먼 숯자루로 변할 것이다. 그가 사람을 여섯 명이나 죽였다는 사실이 그 순간에는 그에게 가장 중요하지 않은 사건으로 보였다. 잘잘못을 따지자는 게 아니라 그저 솔직한 느낌을 전할 따름이다.

딘이 내 옆으로 와서 꿇어앉더니 소곤거렸다. "뭐 잘못됐어요?"

"잘 안……." 막 입을 여는 순간 쬠쇠가 딱 소리와 함께 닫혔다. 그 과정에서 들라크루아의 살도 쬠쇠의 턱에 찡겼음이 분명했다. 그가 움찔하면서 낮은 신음을 토했던 것이다.

"미안해요." 내가 사과했다.

"괜찮아요. 잠시만 참으면 될 텐데요, 뭘." 들라크루아가 말했다.

브루털 쪽의 쬠쇠에는 전선이 달려 있어 늘 시간이 더 걸렸고, 그래서 우리 세 사람은 거의 동시에 자리에서 일어났다. 딘은 들라크루아의 왼쪽 손목 쬠쇠로 손을 뻗었고 퍼시는 오른쪽 손목 쬠쇠로 손을 뻗었다. 퍼시가 혹시라도 애를 먹을까 봐 나는 그쪽으로 가 볼 태세를 갖추었지만 퍼시는 내가 발목 쬠쇠를 채운 것보다 훨씬 잘 손목 죔쇠를 채웠다. 이제는 들라크루아의 온몸이 떨리는 것을 역력히 알 수 있었다. 마치 낮은 전류가 벌써 그의 몸을 타고 흐르는 듯했다. 나는 그의 땀 냄새도 맡을 수 있었다. 시큼하게 코를 찌르는 그 냄새는 묽은 식초를 연상시켰다.

딘이 퍼시에게 고개를 끄덕였다. 그러자 퍼시는 그날 면도를 하다가 베었는지 턱 밑에 흉터가 난 고개를 돌리면서 나지막이 힘주어 말했다. "1번으로 돌려!"

웅 소리가 났다. 낡은 냉장고를 켤 때 나는 소리였다. 헛간에 매달려 있던 전등의 불빛이 밝아졌다. 증인석에서 낮은 한숨과 함께 수런거리는 소리가 몇 번 들렸다. 들라크루아는 의자에서 몸을 비틀었다. 그의 손은 떡갈나무 팔걸이 끝 부분을 꽉 붙들고 있었다. 어찌나 힘을 주었는지 손등이 다 하얘질 정도였다. 눈구멍에서는 눈동자가 좌우로 빠르게 움직였고 그의 마른 호흡은 더욱 빨라졌다. 이제는 거의 헐떡거리는 정도였다.

"침착해요. 침착해요, 들라크루아, 잘하고 있소. 버텨요, 잘하고 있습니다." 브루털이 속삭였다.

'봐라, 이것들아!' 나는 속으로 생각했다. '딸랑 씨가 얼마나 대단한 존재인가를 와서 눈으로 똑똑히 봐라!'

위에서는 다시 천둥이 요란한 굉음을 냈다.

퍼시는 기세 좋게 전기의자 앞으로 걸어 나갔다. 그에게는 생애 최고의 순간이었다. 그는 무대 한복판에 있었고 모든 눈이 그를 주시했다. 그를 보지 않은 눈은 단 하나였다. 들라크루아는 자기 앞에 나타난 사람을 알아보고 무릎 쪽으로 시선을 떨구었다. 막상 사람들 앞에 서면 퍼시가 더듬거리면서 할 말도 제대로 못

할 거라고 나는 확신했지만, 그는 기분 나쁘리만큼 차분한 목소리로 막힘없이 술술 이야기를 풀어 나갔다.

"에두아르 들라크루아, 당신은 전기의자 사형 선고를 받았습니다. 당신과 동등한 사람들로 구성된 배심원의 유죄 평결을 거쳐 우리 주의 명망 있는 판사가 형을 언도하였습니다. 우리 주의 시민들에게 하느님의 가호가 깃들이기를. 형을 집행하기 전에 하고 싶은 말이 있습니까?"

들라크루아는 말을 하려고 했지만 처음에는 공기와 모음으로 가득 찬 무서운 휘파람 소리밖에 나오지 않았다. 퍼시의 입가에 경멸의 미소가 잠깐 스치고 지나갔다. 총이 있었으면 나는 주저하지 않고 퍼시에게 한 방 먹였으리라. 들라크루아는 입술을 핥더니 다시 말을 하려고 애썼다.

"못된 짓을 저질러 죄송합니다. 과거를 되돌릴 수만 있다면 무슨 일이든 하고 싶지만 그런 힘은 누구에게도 없으니까요. 이제……." 우리 위에서 공중에서 터진 박격포 포탄처럼 천둥이 폭발했다. 들라크루아는 쇠쇠가 허용하는 한도 안에서 최대한 튀어 올랐고 그의 눈은 젖은 얼굴에서 사납게 솟아올랐다. "이제 대가를 치러야지요. 하느님의 용서를 빕니다." 그는 다시 입술을 핥더니 브루털을 보았다. "딸랑 씨에 대해서 한 약속 잊지 마세요." 우리 두 사람한테 들으라는 듯 그는 나직하게 뇌까렸다.

"아무 걱정 마시오." 나는 들라크루아의 점토처럼 차가운 손을 토닥거렸다. "우리가 알아서 마우스빌로……."

"놀고 있네." 퍼시가 들라크루아의 가슴을 벨트로 결박하면서 운동장의 죄수처럼 삐딱하게 씹어 댔다. "그런 데는 없어. 네가 얌전히 굴도록 이 사람들이 지어낸 헛소리라고. 네가 알아야 할 것 같아서 말했을 뿐이다, 이 호모야."

들라크루아의 눈을 스쳐 지나간 상처의 빛은 그가 어느 정도는 이미 그 사실을 알고 있었음을 내게 말해 주었다……. 알고는 있었지만 되도록이면 그의 나머지 부분에게는 알리지 않으려고 애썼던 것이다. 나는 기가 막히기도 하고 화도 나서 퍼시를 노려보았다. 퍼시는 그래서 뭘 어쩔 셈이냐고 따지듯이 내 눈을 빤히 쳐다보았다. 그는 나의 처지를 잘 알고 있었다. 증인들이 앞에 있고 들라크루아가 이승을 하직해야 하는 순간에 내가 할 수 있는 것은 사실 아무것도 없었다. 어서 진행을 하여 빨리 일을 끝내는 수밖에 없었다.

퍼시는 고리에 걸려 있던 복면을 내려 들라크루아의 얼굴에 덮었다. 복면은 들라크루아의 튀어나온 턱 밑까지 쑥 내려갔고 그래서 위에 뚫린 구멍이 팽팽히 퍼졌다. 양동이에서 스펀지를 꺼내서 그것을 모자 안에 넣는 것이 다음 순서였다. 퍼시가 처음으로 원칙에서 벗어난 행동을 한 것은 바로 이 대목에서였다. 그저 허리를 살짝 숙여 스펀지를 들어 올리면 될 텐데 퍼시는 그렇게 하지 않고 강철 모자를 의자 뒤에서 들어 올린 다음 그것을 든 채로 허리를 숙였다. 다시 말해, 평상시대로 스펀지를 모자로 가져간 것이 아니라 모자를 스펀지 쪽으로 가져갔다. 무언가 잘못되었다는 것을 나라도 알아차려야 했지만 나는 너무나 당황하고 있었다. 형 집행에 참석하여 내가 그토록 평정을 잃은 것은 그때가 처음이었다. 브루털은 브루털대로 퍼시를 한번도 쳐다보지 않았다. 퍼시가 양동이로 허리를 숙이는 모습도(자신이 하는 짓을 우리가 조금이라도 못 보게 하려고 일부러 숙인 것이다), 다시 허리를 펴고 두 손에 모자와 이미 그 안에 들어 있는 둥그런 고동색 스펀지를 들고 들라크루아에게 돌아서는 모습도 보지 못했다. 브루털은 들라크루아의 얼굴을 덮은 천을 바라보고 있었다. 숨을 들이쉴 때 그 검은 천이 빨려 들어가서 들라크루아의 벌어진 입의 윤곽을 드러냈다가 내쉬는 숨과 함께 다시 부풀어 오르는 모습을 지켜보고 있었다. 브루털의 이마, 관자놀이, 머리털 경계선 바로 밑에는 굵은 땀방울이 송송 맺혔다. 형 집행을 하면서 그가 땀을 흘리는 것을 나는 그때 처음 보았다. 브루털의 뒤편에 있던 딘은 토하고 싶은 것을 억지로 참는 듯 괴로운 표정이었고 정신이 딴 데 가 있었다. 뭔가 잘못되고 있다는 것을 다들 알고 있었다는 느낌이 이제야 든다. 그러나 그게 무엇인지는 알 수 없었다. 그 당시에는 퍼시가 잭 반 헤이한테 무슨 질문을 던졌는지 아무도 몰랐다. 퍼시는 많은 것을 물어 보았지만 대부분은 의심을 사지 않기 위해 건성으로 던진 질문이었다고 생각한다. 퍼시가 가장 알고 싶어했던 것, 아니 내 생각으로는 퍼시가 알고 싶었던 유일한 것은 스펀지에 관한 것이었다. 스펀지의 용도였다. 왜 그것을 소금물에 적시는가, 그것을 소금물에 적시지 않으면 무슨 일이 생기는가.

마른 스펀지를 넣으면 어떤 사태가 발생하는가였다.

퍼시는 들라크루아의 머리를 모자에 쑤셔 넣었다. 들라크루아는 움찔하면서 이번에는 좀더 크게 신음을 내뱉었다. 접는 의자에 앉아 있던 증인 몇 사람이 불안한 듯 몸을 들썩였다. 딘은 턱끈 묶는 것을 도울 요량으로 반 걸음 정도 앞으로 나섰지만 퍼시는 물러서라는 뜻을 몸짓으로 매몰차게 전했다. 때마침 요란한 천둥이 헛간을 뒤흔들었으므로 딘은 약간 등을 구부리면서 뒤로 움찔 물러섰다. 곧 이어 비가 후두두 지붕을 치는 소리가 들려 왔다. 거센 빗줄기였다. 마치 누군가가 땅콩을 빨래판 위에다 한 움큼 던진 것 같았다.

무슨 일이 생겼을 때 사람들은 '피가 서늘해졌다'고 곧잘 말하지 않는가? 그 말이 꼭 들어맞았다. 우리 모두 그런 느낌을 받았다. 내 평생 그런 느낌을 받았던 유일한 순간은 1932년 10월 뇌우가 휘몰아치던, 자정에서 10초가량 지난 그 첫 아침이었다. 모자를 쓰고 쥠쇠에 묶여 복면을 쓴 채 고철 스파크에 앉아 있던 인물한테서 뒤로 물러서던 퍼시 웨트모어의 얼굴에 떠오른 독기 어린 승리의 표정 때문은 아니었다. 내가 보았어야 할 것을 보지 못한 데서 온 당혹감 때문이었다. 들라크루아의 뺨으로 모자에서 나오는 물이 흐르지 않았다. 그제야 나는 진상을 알아차렸다.

퍼시가 입을 열었다. "에두아르 들라크루아, 이제 주법에 따라, 당신이 죽을 때까지 전기가 몸속을 흐를 것입니다."

나는 브루털을 고통스럽게 바라보았다. 그 고통에 비하면 요도염은 손가락에 스친 찰과상에 지나지 않았다. '스펀지가 말라 있어!' 나는 입술 모양으로 그렇게 말했지만 브루털은 못 알아듣고 고개를 흔들었다. 그리고 들라크루아의 얼굴을 덮은 복면 쪽으로 다시 시선을 돌렸다. 들라크루아는 검은 천을 끌어당겼다가 도로 부풀렸다가 하면서 마지막 숨을 몰아쉬었다.

나는 퍼시의 팔꿈치로 손을 뻗었다. 그는 먼젓번처럼 쌀쌀맞은 표정으로 나의 손을 피했다. 순간이었지만 나는 그 표정을 보고 모든 것을 알아차렸다. 나중에 그는 거짓말을 하면서 둘러댈 것이고 중요한 위치에 있는 사람들은 대부분 그의 말을 믿을 것이다. 그러나 내가 파악한 줄거리는 달랐다. 퍼시는 정말로 자기가 관심을 기울이는 일은 썩 잘했다. 예행 연습을 같이하면서 우리는 그 점을 눈치 챘다. 소금물에 적신 스펀지는 전기 저항을 줄여, 부하된 전기가 일종의 전기 총알처럼 뇌에 곧바로 꽂히게 된다고 잭 반 헤이가 원리를 설명했을 때 그는 유심히 들었다. 그렇다, 퍼시는 자기가 무슨 짓을 하는지 정확히 알고 있었다. 나중에 자기는 일이 그렇게까지 커질지 몰랐다고 말했을 때 나는 그의 말을 믿었던 것 같다. 하지만 아무리 지옥에 떨어진 사람 중에 선의를 가졌던 사람이 많다고는 해도 이건 그 축에도 들어가지 못한다. 적어도 나는 그렇게 본다. 하지만 부소장과 그 많은 증인이 지켜보는 앞에서 잭 반 헤이에게 스위치를 끄라고 소리를 지른다면 또 모를까 내가 할 수 있는 일은 아무것도 없었다. 5초 만 더 있었어도 나는 소리를 질렀을 거라고 생각한다. 그러나 퍼시는 나에게 단 5초도 주지 않았다.

"당신의 영혼에 신의 은총이 깃들이기를." 퍼시는, 전기의자에 앉아 공포에 떨면서 가쁜 숨을 몰아쉬고 있는 사람에게 말한 뒤 철망에 덮인 건너편의 네모난 창을 바라보았다. 그 안에는 해리와 잭이 서 있었다. 잭은 '마벨 헤어드라이어'라는 문구가 달린 스위치에 손을 얹고 있었다. 의사는 그 창 오른편에 평소와 다를 바 없이 있는 듯 없는 듯 말없이 서 있었다. 의사는 발 사이에 놓인 검은 가방만 뚫어지게 바라보았다.

"2번으로 돌려!"

처음에는 다른 때와 똑같았다. 처음 승압 때보다 웅 소리가 약간 더 커졌지만 두드러진 차이점은 없었다. 근육이 경련을 일으키면서 들라크루아의 몸은 앞으로 튀어나왔다.

그때부터 일이 꼬였다.

웅 소리는 안정감을 잃고 흔들리기 시작했다. 곧이어 셀로판이 오그라드는 듯한 우지직 소리가 보태졌다. 아주 역겨운 냄새가 났고, 모자 가장자리에서 덩굴손처럼 뭉게뭉게 피어오르는 파란 연기를 보고서야 나는 그것이 머리카락과 스펀지 타는 냄새가 뒤섞인 악취라는 것을 알아차렸다. 전선이 뚫고 들어간 모자 상단의 구멍에서는 몽실몽실 연기가 새어 나왔다. 인디언의 천막집에 뚫린 구멍에서 피어오르는 연기 같았다.

들라크루아가 의자에서 격하게 떨면서 몸을 꼬았다. 복면을 한 얼굴이 좌우로 심하게 흔들리는 것이 마치 강하게 거부하는 몸짓 같았다. 발목의 죔쇠 때문에 자유롭지 못한 그의 다리는 짧은 주기로 피스톤처럼 상하 왕복 운동을 했다. 다시 천둥이 쳤다. 이제 비는 거세게 퍼붓기 시작했다.

나는 딘 스탠턴을 보았다. 그도 격앙된 눈빛으로 나를 보았다. 마치 뜨거운 불속에서 소나무 마디가 터지듯이 모자 밑에서 둔중한 파열음이 들렸다. 연기는 복면을 통해서도 스멀스멀 똬리를 틀며 스며 나오고 있었다.

나는 우리와 조종실을 가로막은 철망으로 돌진했다. 그러나 내가 막 입을 열려는 순간 브루터스 하월이 나의 팔꿈치를 잡았다. 그의 손아귀는 내 팔꿈치 신경이 욱신거릴 만큼 강했다. 그는 하얗게 질리긴 했어도 당황하지는 않았다. 당혹과는 거리가 멀었다.

"잭에게 전기를 끄라고 말하면 안 됩니다. 다른 건 몰라도 그 말만은 하지 마세요. 중지시키기에는 너무 늦었어요." 그가 나직한 음성으로 말했다.

들라크루아가 비명을 내지르기 시작했을 때 증인석에서는 그 소리를 듣지 못했다. 함석 지붕을 두드리는 빗소리는 우렁찬 고함으로 부풀어 올랐고 천둥 또한 수그러들 기세가 아니었다. 그러나 단 위에 올라가 있던 우리들은 분명히 들었다. 연기를 피우는 복면 밑에서 새어 나오는 숨넘어가는 고통의 아우성, 산 채로 잡혀 건초 써는 기계 밑에서 토막 나는 동물이나 낼 수 있는 소리를 들었다.

모자에서 나는 웅 소리는 이제 귀에 거슬리는 거친 음으로 바뀌었고 간간이 전파 장애음 같은 소음에 툭툭 끊겼다. 들라크루아는 투정을 부리는 어린아이처럼 의자에서 앞뒤로 몸을 쿵쿵 부딪기 시작했다. 단이 흔들렸다. 그는 결박한 가죽 벨트가 끊어지지 않을까 걱정될 만큼 세게 몸을 부딪혔다. 전류는 또 그의 몸을 좌우로 흔들어 놓았다. 뚝 하는 소리가 들려 왔다. 그의 오른쪽 어깨가 부러졌든지 빠졌든지 둘 중의 하나였다. 누군가가 쇠망치로 나무 상자를 빠갤 때 나는 소리도 났다. 빠르게 상하 운동을 하는 다리 때문에 흐릿하기는 했지만 그의 바지 가랑이도 검게 변했다. 그는 쥐처럼 찍찍거리는 신음을 내뱉기 시작했다. 비가 억수처럼 퍼부었어도 우리는 그 으스스한 소리를 들을 수 있었다.

"도대체 무슨 일이 생긴 겁니까?" 누군가가 소리를 질렀다.

"죔쇠가 부러지지 않을까요?"

"욱, 저 냄새! 퓨!"

그리고 두 여자 가운데 하나는 이렇게 말했다. "이게 정상인가요?"

들라크루아는 앞으로 튀어나왔다가 뒤로 퉁겨 나갔다가 앞으로 튀어나왔다가 뒤로 퉁겨 나가기를 반복했다. 퍼시는 입을 벌린 채 공포에 떨면서 그 광경을 지켜보았다. 무언가를 기대하긴 했어도 이것은 그의 예상과는 사뭇 달랐던 것이다.

복면은 들라크루아의 얼굴 위에서 불길에 휩싸였다. 머리카락과 스펀지 타는 냄새에다 이제는 살점이 익는 냄새까지 뒤섞였다. 브루털은 스펀지가 들어 있던 양동이, 물론 텅 비어 있던 그 양동이를 들고 잡역부가 쓰는 구석의 아주 깊은 개수대로 달려갔다.

"전기를 끄면 안 될까요?" 잭 반 헤이가 철망을 통해서 소리질렀다. 그는 몹시 동요하는 듯했다. "전기를 끄면……."

"안 돼!" 나는 맞고함을 질렀다. 맨 처음 정신을 차린 것은 브루털이었지만 나도 오래지 않아 이성을 되찾았다. 우리는 집행을 끝내야 했다. 우리가 앞으로 살아가면서 해야 할 모든 일도 들라크루아를 어서 보내야 한다는 지상 과제 앞에서는 부차적인 의미밖에 없었다. "돌려, 쌍! 돌려, 돌려, 돌려!"

나는 우리 뒤에서 떠들어 대는 사람들은 안중에도 없이 브루털에게로 돌아섰다. 어떤 사람들은 의자에서 일어섰고 두 사람은 비명을 지르고 있었다.

"그만둬! 물은 안 돼! 안 된다고! 정신 나갔어?" 나는 브루털에게 악을 썼다.

브루털은 내 쪽으로 돌아섰다. 그의 얼굴엔 어리둥절한 표정이 잠시 스쳐 지나갔지만 그는 곧 사태를 이해했다. 전기에 감전된 사람에게 물을 퍼붓겠다니. 그래. 참 잘하는 짓이다. 그는 주위를 둘러보았다. 벽에 걸려 있던 화학 소화기를 발견하고는 대신 그것을 집어 들었다. 바로 그거였다.

복면이 들라크루아의 얼굴에서 꽤 벗겨져 나와 존 커피의 얼굴보다 더 시커먼 이목구비를 드러냈다. 하얗고 얇은 젤리같이 흉물스러운 덩어리로 변한 그의 눈은 눈구멍에서 터져 나와 뺨 위에 얹혀 있었다. 속눈썹은 온데간데없었고, 자세히 보니 눈까풀에도 불이 옮겨 붙어 타오르기 시작했다. V자형으로 맨살이 드러난 셔츠에서도 연기가 모락모락 피어올랐다. 그런데도 여전히 울려 나오는 전기의 웅 소리는 나의 머릿속을 가득 채우고 거기서 맹렬하게 진동했다. 미친 사람들에게 들리는 소리가 바로 이런 게 아닐까 싶었다.

딘은 들라크루아의 셔츠에 붙은 불길을 손으로 *끄려는* 정신 나간 생각을 했는지 앞으로 뛰어나가려 했지만, 나는 가지 못하도록 딘을 홱 밀었고 그는 하마터면 나동그라질 뻔했다. 그 순간에 들라크루아의 몸에 손을 댄다는 것은 타르 인형으로 돌진하는 토끼처럼 제 발로 수렁에 빠져 드는 위험천만한 일이었다. 하물며 전기가 통하는 타르 인형에는.

나는 여전히 뒤를 돌아보지 않았지만, 들리는 소리로 미루어 보아 아수라장이나 다름없었다. 의자들이 넘어지고 사람들이 고함을 지르고 한 여자는 폐부에서 짜내듯 "그만둬요, 그만둬요, 저 정도로 당했으면 충분하지 않은가요?" 하면서 울부짖었다. 커티스 앤더슨은 나의 어깨를 부여잡고 도대체 어떻게 돌아가는 거냐, 빌어먹을. 어떻게 돌아가는 판국이냐, 왜 잭에게 전기 스위치를 내리라고 명령하지 않는 거냐고 따졌다.

"그럴 수가 없으니까요. 돌이키기에는 너무 늦었다는 걸 보면 모르십니까? 몇 초만 있으면 끝날 겁니다."

그러나 끝이 나기까지는 적어도 2분이 소요되었다. 그 2분은 나의 평생에서 가장 긴 2분이었으며, 그동안 들라크루아의 의식은 줄곧 깨어 있었으리라. 그는 악을 쓰고 상하좌우로 몸을 흔들었다. 연기는 그의 콧구멍에서도 나왔고 잘 익은 자두처럼 검붉게 변한 입에서도 나왔다. 그의 혀에서 피어오르는 연기는 과자를 굽는 뜨거운 판에서 올라오는 연기 같았다. 그의 셔츠에 달린 단추들은 하나같이 터졌거나 녹아 있었다. 내의에는 불이 붙지 않았지만 시커멓게 그을었고 사이사이로 연기가 나왔으며 우리는 그의 가슴 털이 타는 냄새를 맡을 수 있었다. 우리 뒤에서 사람들은 소 떼처럼 우르르 문 쪽으로 몰려갔다. 물론 그들은 명색이 형무소인지라 밖으로 나갈 수가 없었으므로, 들라크루아가 구워지고(알린 비터벅의 형 집행 예행 연습을 할 때 허풍선이가 이제 익는다, 칠면조처럼 잘 익었다고 말한 적이 있다) 노여움에 불타는 하늘이 천둥을 내리고 비를 퍼붓는 동안 문가에서 서성거리는 수밖에 없었다.

한순간 나는 의사를 떠올리고 주위를 둘러보았다. 의사는 여전히 그 자리에 있었지만 검은 가방 옆 바닥에 쓰러져 있었다. 기절한 것이다.

브루털이 소화기를 들고 내 옆으로 다가왔다.

"아직은 아니야." 내가 말했다.

"알아요."

우리는 두리번거리며 퍼시를 찾았다. 퍼시는 손등을 입에 쑤셔 박고 눈이 동그래져서 전기의자 바로 뒤에 얼어붙은 듯 서 있었다.

바로 그때 들라크루아가 의자 뒤로 축 늘어졌다. 퉁퉁 부어 오른 그의 일그러진 얼굴이 한쪽 어깨에 비스듬히 얹혔다. 그의 몸은 아직도 흔들거렸지만 그런 모습을 우리는 전에도 본 적이 있었다. 그것은 그의 몸을 관통하는 전류였다. 모자는 그의 머리에 삐뚜름히 얹혀 있었다. 잠시 후 우리가 모자를 벗기자 그의 머리 가죽 대부분과 남아 있던 머리카락이 강력한 접착제로 붙여 놓은 듯 금속에 묻어 나왔다.

"꺼!"

전기의자에 축 늘어진 사람 형상의 숯 덩어리에서 연기만 피어 오르고 전기의 진동만 관찰된 지 30초가 지나서 나는 잭에게 소리쳤다. 웅 소리가 즉시 사라졌고 나는 브루털에게 고갯짓을 했다.

그는 돌아서서 퍼시의 팔에다 소화기를 넘겼다. 어찌나 거칠게 넘겼는지 퍼시는 비틀거리다가 하마터면 단 밑으로 떨어질 뻔했다.

"네가 해라. 지금은 네 녀석이 주인공 아니냐, 안 그래?" 브루털이 쏘아붙였다.

퍼시는 풀은 죽었어도 여전히 독기 어린 눈초리로 브루털을 노려보더니 소화기를 제대로 들고 펌프질을 한 다음 마개를 따고 하얀 포말을 의자에 앉은 남자에게 냅다 퍼부었다. 포말이 얼굴을 강타했을 때 나는 들라크루아의 발이 움찔하는 것을 보고 '맙소사, 다시 해야 할 모양이구나.' 생각했지만, 경련은 한 번으로 끝났다.

앤더슨은 공포에 질린 증인들에게 돌아서서 아무 이상 없다,

대수로운 문제가 아니다, 번개 때문에 전압이 상승되었을 뿐이니 아무 걱정 말라면서 악을 썼다. 조금 뒤에 그는 아마 그들이 맡은 냄새, 머리카락이 타고 살점이 구워지고 똥이 익는 냄새가 범벅된 그 악취는 샤넬 5번 향수였다고 말하리라.

"의사의 청진기를 가져와." 소화기의 바닥이 드러나자 나는 딘에게 지시했다. 들라크루아는 이제 온통 하얀 거품을 뒤집어썼다. 살인적인 악취는 코를 찌르는 화학 약품 냄새에 덮였다.

"의사를……, 깨워야……."

"의사는 놔두고 청진기나 가져와. 빨리 끝내야지……. 어서 내보내자고." 내 말에 딘은 고개를 끄덕였다. '끝내기'와 '내보내기'가 그때 나의 머리를 지배한 두 가지 관념이었다. 딘도 나와 같은 심정이었다. 그는 의사의 가방이 있는 곳으로 가서 그 안을 뒤지기 시작했다. 의사가 몸을 꿈틀거렸다. 적어도 뇌졸중이나 심장마비는 아닌 모양이었다. 아무튼 다행이었다. 그러나 브루털이 퍼시를 바라보는 시선은 곱지 않았다.

"터널로 내려가서 이동 침대 옆에서 기다려." 내가 말했다.

퍼시가 침을 꿀꺽 삼켰다. "내 말 좀 들어 봐요. 난 전혀 몰……."

"닥쳐. 터널로 내려가서 이동 침대 옆에서 기다려. 당장."

그는 침을 꿀꺽 삼키더니 아프기라도 한 것처럼 얼굴을 찡그렸다. 그리고 계단과 터널로 연결된 문 쪽으로 걸어갔다. 퍼시는 아기를 안듯이 두 팔로 빈 소화기를 껴안고 갔다. 딘이 청진기를 들고 그의 옆을 지나 나에게로 왔다. 나는 청진기를 얼른 잡아서 귀에 꽂았다. 군대에 있을 때 청진기를 써 본 적이 있었다. 그것은 자전거 타기와도 같아서 절대로 잊혀지지 않는다.

나는 들라크루아의 가슴에서 거품을 닦아 내다가 구역질이 나는 것을 간신히 참아야 했다. 그의 피부에서 뜨거운 부분이 살점 위에서 스르르 떨어져 나갔던 것이다. 마치 껍질이 벗겨져 나가듯이……, 왜 그, 잘 익은 수칠면조에서.

"이럴 수가!" 알 수 없는 목소리가 나의 뒤편에서 울먹였다. "항상 이런 식입니까? 왜 그렇다고 말 안 했죠? 알았으면 안 왔을 텐데!"

'너무 늦었소이다, 선생.' 나는 속으로 생각했다. "이분 멀리 보내." 나는 딘이든 브루털이든 내 말을 들을 수 있는 교도관에게 지시했다. 그나마 그 말을 한 것도 입을 열어도 들라크루아의 연기 나는 무릎 위에다 토하지 않을 수 있겠다는 확신이 겨우 들었을 때였다. "모두 문 옆으로 물러나게 해."

나는 마음을 단단히 먹은 다음 내가 들라크루아의 가슴에 만들어 놓은 검붉은 자리에 청진기의 작은 원반을 댔다. 아무것도 들리지 않기를 간절히 바라면서 귀를 곤두세웠다. 다행히 아무 소리도 들리지 않았다.

"죽었군." 나는 브루털에게 말했다.

"하느님 감사합니다."

"그래. 감사해야지. 자네와 딘은 들것을 준비해. 어서 결박을 풀고 밖으로 데리고 나가자고."

우리는 그의 시체를 열두 계단 밑으로 끌어내려 이동 침대에
무사히 눕혔다. 우리가 그를 질질 끌고 가면 잘 익은 살점이 뼈에
서 툭툭 떨어져 나올지 모른다는 악몽에서 헤어나지 못했다. 그
때 내 머리에 떠오른 것은 허풍선이가 말한 잘 익은 칠면조였다.
하지만 그런 일은 생기지 않았다.

커티스 앤더슨은 위에서 방청인들을 달래고 있었으며, 아니,
달래려고 애쓰고 있었으며, 그것은 브루털에게는 다행스러운 일
이었다. 브루털이 앤더슨의 눈을 의식하지 않고 이동 침대 앞머
리로 한 걸음 다가서서 거기 망연자실한 표정으로 서 있는 퍼시
를 한 방 후려갈기려고 팔을 뒤로 젖힐 수 있었기 때문이다. 나는
그의 팔을 붙잡았고 그것은 그들 두 사람 모두에게 천만다행이었
다. 퍼시에게 천만다행이었던 것은 브루털이 머리통을 날려 버릴
기세로 주먹을 휘두르려 했기 때문이고, 브루털에게 천만다행이
었던 것은 만약 주먹이 퍼시의 얼굴에 꽂혔더라면 그는 일자리를
잃고 형무소에 갇히는 신세가 되었을 가능성이 높았기 때문이다.

"안 돼." 내가 말했다.

"안 되다뇨? 어떻게 그런 말을 할 수 있습니까? 이 자식이 한 짓을 뻔히 보고도요! 나한테 무슨 말을 하는 겁니까? 이 자식이 윗사람을 믿고 까불도록 방치하라는 겁니까? 그런 짓을 했는데도?" 그는 무섭게 대들었다.

"그래."

브루털은 벌린 입을 다물지 못하고 나를 노려보았다. 노여움이 서린 눈에는 눈물이 글썽거렸다.

"내 말 잘 들어, 브루터스. 자네가 주먹질을 하면 아마 우리 모두 잘릴 거다. 자네, 나, 딘, 해리. 그리고 어쩌면 잭 반 헤이까지도. 그리고 빌 도지를 비롯하여 나머지 사람들은 한두 계단 승진하겠지. 형무소 인사 위원회는 맨 밑자리를 채우기 위해 굶주린 장정 서넛을 채용할 테고. 자네야 잘려도 그럭저럭 살 수 있겠지. 하지만……." 나는 엄지손가락을 젖혀 물방울이 뚝뚝 떨어지는 벽돌 터널을 물끄러미 바라보고 있던 딘을 가리켰다. 그는 한 손에 안경을 들고 있었다. 퍼시 못잖게 망연자실한 표정이었다. "딘은 어떻게 되지? 애가 둘이고 하나는 고등학생, 또 하나는 이제 막 고등학교에 들어가는데."

"그러니까 간단히 말해서 뭡니까? 없던 일로 하자는 말입니까?" 브루털이 다그쳤다.

"난 스펀지를 적셔야 하는 건지 몰랐어." 퍼시가 억양 없는 목소리로 힘없이 말했다. 물론 그것은 방금 우리가 목격한 난장판이 아니라 골탕 정도로 끝날 장난을 예상하면서 그가 사전에 준비한 대사였다. "연습할 때는 스펀지를 적시지 않았다고."

"이런 밥통이……." 브루털이 참다못해 퍼시 쪽으로 움직였다.

나는 다시 그의 팔을 잡아당겼다. 딱딱 계단을 내려오는 발소리가 들렸다. 나는 커티스 앤더슨일까 봐 몹시 불안해하면서 위를 보았지만 그것은 해리 터월리거였다. 그의 뺨은 백지장처럼 하얗게 질려 있었고 입술은 검은 딸기를 넣은 셰리주를 마신 사람처럼 자줏빛으로 물들어 있었다.

나는 다시 시선을 브루털에게로 돌렸다. "제발, 브루털, 들라크루아는 죽었다. 그건 누구도 되돌리지 못해. 퍼시는 상대할 가치도 없는 인간 아닌가."

그 계획이, 아니 그 계획의 씨앗이 그때부터 내 머리에 있었을까? 솔직히 말해서 나는 지금까지도 그 점이 궁금하다. 몇 십 년 동안 그 문제를 생각해 보았지만 만족할 만한 답변을 얻지 못했다. 별로 중요한 문제는 아니라고 생각한다. 중요하지 않은 문제는 이 세상에 널리고 널렸지만 그래도 자꾸만 그리로 관심이 쏠리는 걸 어찌하랴. 적어도 내가 관찰한 바로는 그렇다.

"말하는 투가 마치 나를 머저리로 모는 것 같은데." 퍼시가 입을 열었다. 그는 아직도 얼떨떨한 듯했고 누군가에게 복부를 된통 얻어맞은 듯 헐떡이며 말을 했다. 하지만 슬슬 반격의 고삐를 당기고 있었다.

"너는 머저리다, 퍼시." 내가 말했다.

"나한테 감히……."

나는 두들겨 패고 싶은 욕망을 가까스로 눌렀다. 터널 벽돌에서 물방울이 공허하게 떨어졌다. 벽에 비친 우리의 커다란 그림자가 일그러지면서 춤을 추었다. 모르그 가의 거대한 고릴라가 등장하는 에드거 앨런 포의 소설에 나오는 그림자 같았다. 천둥이 쳤지만 이 밑에서는 한결 작게 들렸다.

"너한테서 듣고 싶은 건 단 한마디야. 퍼시. 내일 브라이어리지로 가겠다는 약속을 되풀이하는 거다."

"그 점은 걱정하지 마쇼." 퍼시가 뚱한 목소리로 말했다. 그는 이동 침대의 시트에 덮인 인물을 보았다가 외면하고 나에게 잠시 눈을 끔벅거리더니 다시 시선을 돌렸다.

"그게 최선의 길일 거다." 해리가 말했다. "안 그러면 네가 알기를 원하지 않는 와일드 빌 워턴의 진면목을 깨닫게 될 수밖에." 해리는 잠시 말을 끊었다가 이었다. "그건 우리가 책임지고 맛보여 주지."

퍼시는 우리를 두려워했다. 계속 눌러앉아서 스펀지의 용도가 무엇이며 왜 소금물에 항상 적시는지 그가 잭 반 헤이에게 물었다는 사실을 우리가 알게 되면 어떤 일이 생길지 두려워한 것 같다. 그러나 해리의 입에서 나온 워턴이라는 이름은 그의 눈에 정말 공포를 불러일으켰다. 워턴이 그를 붙들어서 머리카락을 쓰다듬으며 나직이 속삭이던 장면을 퍼시가 떠올리고 있다는 것을 나는 읽을 수 있었다.

"감히 그러지 못할걸." 퍼시가 중얼거렸다.

"어디 두고 보자고. 더 말해 줄까? 나는 절대로 안 걸린다. 네가 죄수들한테 못되게 굴었다는 건 삼척동자도 다 아는 사실이거든. 게다가 무능하다는 것도." 해리가 차분하게 말했다.

퍼시가 주먹을 불끈 쥐었고 그의 뺨은 담홍색으로 물들었다. "내가 왜……."

"무능하지." 딘이 맞장구를 쳤다. 우리는 계단 발치에서 퍼시를 반원처럼 에워쌌다. 터널 위의 퇴로도 차단되어 있었다. 이동 침대는 퍼시 뒤에 있었고 낡은 시트 밑의 살에서는 연기가 뭉클뭉클 피어올랐다. "방금 네가 들라크루아를 산 채로 태웠잖아. 그게 무능한 게 아니면 뭐가 무능한 거냐?"

퍼시가 눈을 끔벅거렸다. 몰랐다고 둘러댈 셈이었는데 자기 꾀에 그만 자기가 넘어갔다는 것을 그제야 깨달은 것이다. 나는 그의 입에서 나오는 그 다음 말을 들을 수 없었다. 바로 그때 커티스 앤더슨이 계단 밑으로 쏜살같이 내려왔기 때문이다. 우리는 그가 오는 소리를 듣고 퍼시로부터 약간 떨어졌다. 위협한다는 인상을 주지 않기 위해서였다.

"도대체 어떻게 돌아가는 판이야?" 앤더슨이 호통을 쳤다. "기가 막혀서, 바닥이 온통 토사물투성이라고! 냄새는 또 어떤가! 맥너슨과 허풍선이한테 양쪽 문을 다 열어 놓으라고 했지만, 그 냄새는 5년이 지나도 없어지지 않을 거다. 그거 하나는 내가 장담하지. 그 빌어먹을 워턴은 그걸 소재로 노래까지 흥얼거리잖아! 내 귀에는 지금도 들린다고!"

"잘 부르던가요?" 브루털이 물었다. 왜, 농도가 너무 짙어지기 전에 단 한 번의 불꽃으로 사고 없이 조명 가스를 태워 없앨 수 있지 않은가. 이 경우가 그랬다. 우리는 순간적으로 입을 딱 벌리고 브루터스를 쳐다보았다. 그리고 모두들 배꼽을 잡았다. 악을 쓰듯 고조된 우리의 웃음소리는 퍼덕거리는 박쥐처럼 음산한 터널을 오르락내리락거렸다. 벽에 비친 우리의 그림자도 위아래로 흔들거렸다. 막판에 가서는 퍼시까지도 웃음에 합류했다. 드디어 웃음이 가라앉았다. 그렇게 한바탕 웃고 나니까 모두들 한결 개운해졌다. 다시 정상을 되찾은 느낌이었다.

"됐네들. 도대체 어떻게 된 거야?" 눈물이 맺힌 눈을 손수건으로 훔치고는 아직도 웃음을 쿡쿡 내뱉으면서 앤더슨이 말했다.

"집행했잖아요. 그만하면 성공작이었죠." 브루털이 말했다. 나는 그의 담담한 어조에 앤더슨이 놀랐으리라고 생각한다. 그러나 적어도 브루털의 말에 나는 크게 놀라지 않았다. 브루털은 흥분을 재빨리 가라앉히는 데 일가견이 있었다.

"그렇게 명백한 실패를 어떻게 성공작이라고 말할 수 있나? 앞으로 한 달은 잠을 못 이룰 증인이 부지기수로 널렸어. 그 뚱뚱한 사모님은 한 1년은 잠을 못 잘 거다!"

브루털은 이동 침대와 시트 밑의 형상을 가리켰다. "죽지 않았나요? 증인들 말이 나왔으니 말인데, 그 사람들은 보나마나 내일 밤 친구들한테 감동적인 처벌이었다고 말할 겁니다. 여섯 명을 산 채로 죽인 저 들라크루아를 이번에는 우리가 생화장했으니까요. 물론 우리가 죽였다는 말은 안 하겠지요. 그들은 그것이 신의 뜻이었다고 말할 겁니다. 우리는 신의 대리인인 셈이고요. 그 말에도 어쩌면 일말의 진실은 들어 있어요. 진짜 중요한 게 뭔지 아세요? 정말로 기찬 게 뭔지 아세요? 그들의 친구라는 사람들도 대부분 그 장면을 자기 눈으로 보고 싶어했을 거라는 겁니다." 일장 연설을 마치며 그는 밥맛없다는 듯 조롱 섞인 눈길로 퍼시를 바라보았다.

"그 사람들 속이 좀 불편했다고 한들 그게 대숩니까? 누가 억지로 오라고 한 것도 아니고 다들 제 발로 걸어온 사람들인데." 해리도 옆에서 거들었다.

328

"난 스펀지가 젖어야 하는 줄 몰랐어요. 예행 연습 때는 젖어 있지 않았단 말입니다." 퍼시가 앵무새처럼 되뇌었다.

딘은 정나미가 떨어진다는 듯 퍼시를 노려보았다. "가르쳐 주지 않으면 넌 평생토록 변기 뚜껑을 들어 올리지 않고 오줌을 싸겠구나?" 딘이 쏘아붙였다.

퍼시는 막 응수할 기세였지만 나는 입 다물라고 말했다. 놀랍게도 그는 입을 다물었다. 나는 앤더슨에게 돌아섰다.

"퍼시가 일을 망쳤어요. 간단해요, 그 이상도 그 이하도 아닙니다." 나는 그 말을 던지고 어디 할 말 있으면 해 보라는 듯이 퍼시에게 돌아섰다. 그는 반박하지 않았다. 아마 내 눈에서 무언가를 읽은 모양이었다. 앤더슨은 내 말을 '어처구니없는 실수'로 이해했지 '고의성'이 있었다는 내용으로 이해하지는 않았다 것이다. 그리고 어차피 터널에서 백날 떠들어 보아야 소용없었다. 퍼시 웨트모어가 항상 중요하게 여기는 것은 거물급들의 귀에 들어가거나 그들이 직접 쓴 내용이었다. 퍼시가 중요하게 여기는 것은 신문에 어떻게 보도되느냐였다.

앤더슨은 우리 다섯 사람을 미심쩍은 눈길로 바라보았다. 심지어 들라크루아까지도 쳐다보았지만 들라크루아가 말을 할 리는 없었다.

"아무튼 이 정도로 끝난 것만도 다행이지." 앤더슨이 말했다.

"그렇습니다. 죽지 않았을 수도 있거든요." 내가 맞장구를 쳤다.

앤더슨은 깜짝 놀랐다. "내일 내 책상에다 종합 보고서를 올리게. 내가 보고를 드리기 전까지 자네들은 무어스 소장님한테 입도 뻥끗하면 안 돼. 알겠나?"

우리는 열심히 고개를 끄덕였다. 커티스 앤더슨이 소장한테 직접 보고를 하겠다면야 우리로서는 잘된 일이었다.

"그 지긋지긋한 기자 놈들이 기사화만 안 해도……."

"안 할 겁니다. 설사 한다고 해도 윗선에서 끊겠지요. 온 식구가 보기에는 너무 끔찍한 내용이니까요. 시도조차 하지 않을 겁니다. 오늘 온 친구들은 전부 베테랑이에요. 어쩌다가 일이 꼬일 수도 있다, 그게 답니다. 그 친구들도 우리와 같은 생각이죠." 내가 앤더슨의 걱정을 덜어 주었다.

앤더슨은 잠시 생각에 잠기더니 고개를 끄덕거렸다. 이번에는 퍼시에게 관심을 돌렸다. 늘 유쾌하던 그의 얼굴에 혐오감이 떠올랐다. "정말 지겨운 친구로군. 난 자네가 정말 마음에 안 들어." 앤더슨은 놀라서 어쩔 줄 모르는 퍼시를 계속 몰아세웠다. "네 겁쟁이 친구들한테 내가 이런 말을 하더라고 찌르면 난 그런 적 없다고 끝까지 잡아뗄 거다. 그 사람들은 아마 내 말을 믿을 걸. 고민 좀 되시겠어."

그는 돌아서서 계단을 올라갔다. 나는 앤더슨이 네 계단 정도 올라갔을 때 그를 불렀다. "부소장님?"

그는 돌아서서 눈썹을 추켜올릴 뿐 잠자코 있었다.

"퍼시에 대해서는 너무 염려하지 않으셔도 됩니다. 조만간 브라이어리지로 옮길 생각이거든요. 더 편하고 좋은 자리죠. 그렇지, 퍼시?" 나는 바람을 잡았다.

"조속한 시일 내에 전근이 실현되고." 브루털이 덧붙였다.

"그 전까지는 매일 밤 병가를 낼 겁니다." 딘이 끼어들었다.

그 말에 퍼시는 격분했다. 유급 병가를 얻을 수 있을 만큼 이곳에 오래 근무하지 않았기 때문이다. 그는 불쾌감을 노골적으로 드러내면서 말했다. "엿장수 마음대로."

우리는 1시 15분경까지 근무지로 돌아왔다(헛간을 청소하라는
명령을 받은 뒤 입을 내밀던 퍼시만 제외하고). 나는 보고서를 작성
해야 했다. 나는 당직 책상에서 보고서를 쓰기로 했다. 편한 내
방 의자에 앉아서 보고서를 쓰다간 꾸벅꾸벅 졸 것 같았다. 불과
한 시간 전에 그런 일을 겪고 나서 존다는 것이 여러분에게는 기
이하게 들리겠지만 나는 지난 밤 11시 이후로 세 번의 인생을, 그
것도 한숨도 자지 않고 몽땅 겪은 듯한 느낌이 들었다.

존 커피는 먼 곳을 응시하는 듯한 그 묘한 눈에서 눈물을 줄줄
흘리며 감방 문 앞에 서 있었다. 그 눈물은 마치 어떤 치유할 수
없는, 그러나 이상하게도 고통은 없는 상처에서 나오는 핏줄기
같았다. 나의 책상에서 좀더 가까운 쪽에 있던 워턴은 침상에 앉
아서 좌우로 몸을 흔들면서 자기가 지어낸 듯한, 그러나 전혀 얼
토당토않지만은 않은 노래를 흥얼거렸다. 내 기억에 그 노래의
가사는 대강 이런 식이었다.

너도 나도 바아 비이 큐!

빛깔은 고와도 냄새는 크크크!

빌리도 아니고 필라델피아 필리도 아니고,

재키도 아니고 로이도 아니었어!

주인공은 들라크루아라는 이름의

깜찍한 깔치, 뜨거운 오이!

"입 닥쳐, 멍충아!" 나는 한마디해 주었다.

워턴은 씩 웃으면서 거무죽죽한 이빨을 훤히 드러냈다. 적어도 아직은 기가 죽지 않았다. 기가 죽긴커녕 까불대면서 살아나고 있었다. "일루 들어와, 내가 대 줄 테니까!" 워턴은 신나게 내뱉더니 '바비큐 노래'를 새로운 가사로 부르기 시작했다. 가만히 들어 보니 마구잡이로 짓는 가사는 아니었다. 그 안에서 무언가가 돌아가고 있었다. 미숙하고 역겹기는 하지만 그래도 그 나름의 총기는 엿보였다.

나는 존 커피에게로 걸어갔다. 그는 손등으로 눈물을 쓱쓱 훔쳤다. 비통해 보이는 그의 눈은 붉게 충혈되어 있었다. 나는 문득 그가 지쳐 있다는 느낌을 받았다. 하루에 두 시간씩은 꼬박꼬박 운동장을 터벅터벅 걷고 나머지 시간은 감방 안에 앉아 있거나 침상에 드러누워 지내는 사람이 왜 지치는지 그 이유는 나도 몰랐지만 아무튼 그런 인상을 받았다. 그건 너무나 뚜렷했다.

"가엾은 들라크루아. 가엾은 들라크루아." 그는 낮고 거친 목소리로 뇌까렸다.

"그래. 가엾지. 자넨 괜찮은가. 존?"

"죽었어. 들라크루아는 죽었어. 그렇죠, 교도관님?"

"그래. 묻는 말에 답해야지. 괜찮나?"

"들라크루아는 죽었지만 부럽구나. 무슨 일을 겪었건 그 처지가 부러워."

들라크루아 같으면 그 말에 반박했을 거라고 나는 생각했지만 잠자코 있었다. 그 대신 커피의 감방을 쓱 둘러보았다.

"딸랑 씨는 어디 있나?"

"저리로 갔어요." 그는 철창 사이로 복도 저쪽의 구금실 문을 가리켰다.

나는 고개를 끄덕였다. "돌아오겠지."

그러나 쥐는 돌아오지 않았다. 그린 마일에서 딸랑 씨의 시절은 지나갔다. 그의 유일한 자취는 그해 겨울 브루털이 발견한 흔적이었다. 색이 칠해진 나무 조각들과 들보의 구멍에서 배어 나오던 페퍼민트 향기였다.

나는 자리를 떠야겠다고 생각했지만 막상 자리를 뜨지는 않았다. 나는 존 커피를 바라보았다. 그는 나의 생각을 훤히 아는 사람처럼 내 눈을 마주보았다. 나는 어서 가 봐라, 하루 일과는 이 정도로 끝내고 당직 책상으로 돌아가서 보고서나 써라 하고 자신을 다그쳤다. 그러나 정작 내 입에서 나온 말은 달랐다. "존 커피."

"예, 교도관님." 그가 바로 대답했다.

사람은 알고 싶다는 강박 관념에 시달릴 때가 있다. 바로 그때의 내가 그랬다. 나는 한쪽 무릎을 꿇고 구두 한 짝을 벗기 시작했다.

내가 집에 도착했을 즈음 비는 그쳐 있었고 북쪽 산등성이 너머로 초승달이 뒤늦게 빙긋 모습을 드러냈다. 졸음기가 구름과 함께 확 달아난 것 같았다. 정신이 아주 또렷해졌다. 내 몸에서 들라크루아의 냄새가 났다. 앞으로도 오랫동안 그의 냄새가 나의 살갗에 남아 있을 거라고 생각했다. 너도 나도 바비큐, 빛깔은 고와도 냄새는 크크크……

사형을 집행하는 날은 늘 그랬지만 그날도 재니스는 늦게까지 기다리고 있었다. 괜스레 마음고생을 시킬 필요가 없겠다 싶어 그날의 사건을 말하지 않으려고 했지만 아내는 벌써 내 표정에서 무언가를 간파하고 부엌문을 열고 들어와 자세히 캐물었다. 할 수 없이 나는 의자에 앉아 아내의 포근한 손을 내 차가운 손으로 감싸고(내 낡은 포드 승용차의 히터는 있으나 마나 했고 비바람이 몰아친 뒤로 기온은 뚝 떨어졌다) 아내가 듣고 싶어하는 이야기를 들려주었다. 이야기 중간에 나는 울음을 터뜨렸고 그건 자신도 예상 못한 일이었다. 나는 조금, 아주 조금 부끄러웠다. 그건 어디까지나 아내 앞에서 터뜨린 울음이었고 아내는 남자로서 의당

그래야 한다고 나 자신이 생각하는 방식에서 벗어나는 행동을 했을 때도 나를 타박하지 않았다……, 그 방식이란 게 어디까지나 나 자신이 규정한 것이긴 하지만 말이다. 좋은 아내를 얻은 사람은 세상에서 가장 행복한 사람이요, 좋은 아내를 얻지 못한 사람은 세상에서 가장 불행한 사람이라고 생각한다. 그 불행한 사람의 유일한 축복은 자신이 얼마나 불행한 사람인지를 깨닫지 못한다는 것이다. 나는 울었고 아내는 나의 머리를 가슴으로 꼭 안아주었다. 한바탕 울고 나니까 나는……, 아무튼 조금은 후련해졌다. 그리고 그런 생각을 처음 한 것이 바로 그 순간이었다고 생각한다. 구두를 말하려는 게 아니다. 구두와도 관련 있지만 맥락은 다르다. 바로 그 순간에 내가 한 생각은 묘한 깨달음이었다. 존 커피와 멜린다 무어스는 체구도 다르고 성도 다르고 피부색도 달랐지만 똑같은 눈을 가지고 있다는 깨달음이었다. 그것은 애처롭고 쓸쓸하고 꿈꾸는 듯한 눈이었다. 죽어 가는 눈이었다.

"침대로 가요. 우리 침대로 가요, 여보." 마침내 아내가 입을 열었다.

그래서 나는 침대로 갔고 우리는 사랑을 나누었다. 관계가 끝난 뒤 아내는 잠이 들었다. 침대에 누워서 달빛의 미소를 바라보자니 벽에서 탁탁 소리가 났다. 여름에서 가을로 바뀌면서 벽이 수축하고 있었다. 나는 존 커피의, 자기가 도왔다는 말을 떠올렸다. '내가 들라크루아의 쥐를 도왔어요. 내가 딸랑 씨를 도왔어요. 서커스 쥐 말입니다.' 그렇다. 어쩌면 우리 모두가 합성 수지로 된 집에서 살면서 부레풀 창문을 통해 신과 신성이 깃들인 모든 존재가 우리를 지켜보고 있다는 사실을 까맣게 모른 채 다람

쥐 쳇바퀴 돌듯 살아가는 서커스 쥐인지도 모른다.

날이 서서히 밝아 올 즈음에야 나는 살짝 눈을 붙였다. 두 시간, 아니 세 시간이나 잤을까. 나는 자는 듯 마는 듯 잤다. 지금 조지아 파인스에서는 그런 식의 잠이 일상화되었지만 당시만 하더라도 나는 한번 잠이 들면 깊게 들었다. 내가 꿈나라로 들어가면서 생각한 것은 어린 시절에 보았던 교회였다. 교회의 이름은 엄마와 이모들의 변덕에 따라서 그때그때 바뀌었지만 그 교회들은 모두 똑같았다. 하나같이 전능하신 주 예수를 찬양하는 벽지의 개척 교회였다. 그 뭉툭하고 네모난 교회 탑의 그늘에서 속죄에 대한 관념은 신자들에게 예배해야 한다는 생각을 불러일으키는 종소리처럼 주기적으로 떠올랐다. 오직 하느님만이 죄를 사하실 수 있었지만, 십자가에 박힌 그분의 아들이 흘린 고통의 피로 그 죄를 씻어 줄 수 있었지만, 그분의 자식들이 자신이 지은 죄(사소한 판단 착오일지라도)에 대해서 언제고 속죄를 해야 한다는 엄연한 의무는 남아 있었다. 속죄는 강했다. 그것은 우리가 과거를 봉한 문의 자물쇠였다.

나는 소나무 숲의 속죄, 번개에 올라타 불길에 휩싸이는 들라크루아, 멜린다 무어스, 한없이 울기만 하는 눈을 가진 거인을 생각하면서 잠들었다. 그런 생각들은 뒤틀려서 꿈으로 나타났다. 꿈속에서 존 커피는 강둑에 앉아 초여름의 하늘을 향해 괴물 같은, 알아듣지 못할 비탄의 절규를 토해 냈고 맞은편 강둑에서는 트라핑거스 강을 가로지르며 화물 열차가 녹슨 철교 위로 끝없이 질주하고 있었다. 흑인은 벌거벗은 금발 소녀를 양팔에 하나씩 안고 있었다. 팔 끝에 거대한 바위처럼 불거져 나온 그의 주먹은 꽉 오므려져 있었다. 사방에서 귀뚜라미가 울어 대고 모기떼가 들끓었다. 무더위가 기승을 부리고 있었다. 꿈속에서 나는 그에게 갔다. 그 앞에 무릎을 꿇고 앉아서 그의 손을 잡았다. 그의 주먹이 열리면서 비밀도 드러났다. 한 주먹에는 녹색, 적색, 황색으로 칠해진 실패가 들어 있었다. 또 한 주먹에는 교도관의 구두가 있었다.

"어쩔 수 없었습니다. 돌이키기에는 너무 늦었어요." 존 커피가 말했다.

그리고 꿈속에서 나는 그의 말을 이해했다.

다음 날 아침 9시 내가 주방에서 커피를 세 잔째 마시는데(아무 말 안 했지만 나한테 커피를 가져온 아내의 얼굴에는 못마땅한 빛이 역력했다) 전화기가 울렸다. 나는 응접실로 가서 전화를 받았고, 전화 교환수는 어떤 사람에게 상대방이 연결되었다고 말했다. 전화 교환수는 다시 나에게 인사하고는 전화를 툭 끊었다……, 어디까지나 짐작이었지만. 전화 교환수가 꼭 엿듣지 않는다는 법은 없었다.

핼 무어스 소장의 목소리에 나는 깜짝 놀랐다. 목이 쉰 데다 떨리기까지 하니 꼭 여든 살 넘은 노인의 목소리 같았다. 어젯밤 터미널에서 커티스 앤더슨과 무난하게 일을 매듭지었고 그 역시 우리의 생각에 동의한 것이 무척 다행이다 싶었다. 나와 전화 통화를 하는 이 남자는 그날도 콜드마운틴에 출근하지 못할 가능성이 컸기 때문이다.

"폴, 어젯밤에 문제가 있었다고 들었는데. 우리의 웨트모어 군이 관련되었다고."

"약간 말썽이 있었죠." 나는 시인하면서 수화기를 귀에 바짝 대며 전화기 쪽으로 몸을 숙였다. "하지만 무사히 넘어갔습니다. 그 점이 중요하죠."

"암. 그렇고말고."

"누구한테 들었는지 물어봐도 될까요?" '그래야 앞으로 그 친구를 따돌릴 수 있지 않겠어요?' 이 말은 덧붙이지 않았다.

"물어볼 수야 있지만 그건 자네가 신경 쓸 일이 아니야. 그 점은 입 다물고 있겠네. 그건 그렇고 사무실에 전화를 걸어서 무슨 연락 사항이나 긴급한 용무가 없는지 알아보았더니 흥미로운 일이 하나 있더구먼."

"그래요?"

"음. 내 결재함에 전근 신청서가 놓여 있는 모양이야. 퍼시 웨트모어가 조속히 브라이어리지로 옮겼으면 한다는군. 그건 어젯밤 근무가 끝나기도 전에 신청서를 작성했다는 소리인데, 안 그런가?"

"그런 것 같군요."

"평상시 같으면 앤더슨한테 일임하겠지만……, 최근의 E동 돌아가는 분위기도 있고 해서, 한나더러 점심 시간을 이용해 그걸 나한테 직접 전해 달라고 부탁했어. 걱정 마시라고 하더군. 난 그 신청을 받아들여서 오늘 오후에는 주 정부에 전할 참이야. 한 달 안에 퍼시가 문 밖으로 걸어가는 뒷모습을 보게 될 걸세. 더 앞당겨질 수도 있고."

그는 내가 이 소식을 들으면 기뻐할 거라고 예상했고 또 그럴 만한 자격이 있었다. 퍼시가 자랑하는 연줄이 있더라도 길게는 반 년 가까이 걸릴 일을 신속히 처리하기 위하여 아내의 병 간호를 하다가 금쪽같은 시간을 빼냈으니 말이다. 그런데도 나는 낙심했다. 한 달이라니! 그러나 무슨 일이든 받아들이기 나름이었다. 그것은 위험한 시도를 포기하고 기다리자는 너무도 자연스러운 욕망을 제거해 주었다. 그리고 나의 머리에 떠오른 것은 아주 위험한 계획이었다. 그런 경우에는 때로 용기가 꺾이기 전에 결행하는 편이 지혜롭다. 우리가 퍼시와 어차피 부딪칠 수밖에 없다면(나는 정신 나간 짓에 동료들을 끌어들일 수 있다고 평소에 늘 자신했으므로, 다시 말해 '우리'가 존재한다고 굳게 믿었으므로 이런 표현이 나왔으리라), 오늘 밤이 적기라고 나는 생각했다.

"폴? 듣고 있나?" 혼잣말을 하는 것처럼 그의 목소리가 약간 낮아졌다. "에이, 전화가 끊긴 모양이군."

"아뇨, 듣고 있습니다. 아주 기쁜 소식이네요."

"그래." 소장이 동감을 나타냈다. 나는 목소리를 통해 그가 얼마나 노쇠했는지 다시 한번 절감했다. 그 음성은 종이처럼 얄팍했다. "난 자네가 무슨 생각을 하는지 알아."

아실 리가 없습니다, 소장님. 나는 속으로 생각했다. 백만 년이 지나도 소장님은 내가 무슨 생각을 하는지 모르실걸요.

"자넨 그 젊은 친구가 커피를 처형할 때까지 눌어붙어 있을 가능성을 생각하고 있어. 그렇게 될 가능성이 높아. 늦어도 추수감사절 전까지는 형이 집행된다고 보아야 하니까. 하지만 그때는 조종실로 들여보내면 되지 않겠나. 아무도 이의를 제기하지 않을걸세. 본인을 포함해서 말이야."

"그렇게 하죠. 사모님은 좀 어떠세요?"

오랜 침묵이 흘렀다. 그의 숨소리가 아니었더라면 나는 전화가 끊긴 줄 알았을 것이다. 그가 다시 입을 열었을 때 목소리는 훨씬 낮아져 있었다.

"집사람은 가라앉고 있어."

가라앉는다. 그 소름이 오싹 끼치는 단어를 노인들은 엄밀히 말해서 죽어 가는 사람이 아니라 삶으로부터 떨어져 나가기 시작하는 사람을 묘사하는 데 썼다.

"두통은 약간 나아졌어……. 아무튼 지금은 그래……. 하지만 부축을 받아야 겨우 걷고 물건을 집지도 못한다네. 잠을 자다가 실수도 하고……."

또다시 침묵이 흘렀다. 이윽고 소장이 더 낮은 소리로 뇌까린 말을 나는 '그걸 차(wears)'라고 들었다.

"차다뇨, 뭘?" 나는 캐묻다가 얼굴이 구겨졌다. 아내가 어느새 응접실 문안에 들어와 있었다. 아내는 거기 서서 행주로 손을 닦으며 나를 쳐다보았다.

"아니." 그는 노여움과 눈물 사이에서 흔들리는 듯한 목소리로 말했다. "욕을 한다고(swears)."

"아." 나는 그가 무슨 말을 하는지 여전히 몰랐지만 그걸 캐고 싶은 생각은 없다. 사실은 캘 필요도 없었다. 그가 나에게 설명해 주었으니까.

"자기가 가꾸는 꽃밭이나 카탈로그에서 본 드레스에 대해서 말할 때는 괜찮아. 그야말로 정상이지. 아니면 라디오에서 루스벨트의 연설을 들었는데 목소리가 너무 근사하더라는 이야기를 할 때도 멀쩡해. 그러다가 갑자기, 입에 담지 못할……, 아주 상스러운 말을 하는 거야. 언성도 높이지 않고 말이야. 차라리 언성을 높였으면 좋겠다는 생각이 들어. 왜냐하면, 그럼……, 그럼……."

"사모님처럼 보이지 않을 테니까요."

"바로 그거야." 그는 고맙다는 듯이 말했다. "그 고운 목소리에서 그런 너저분한 말이 나오는 걸 듣고 있으면……, 미안하네, 폴." 그가 말끝을 흐렸다. 나는 그의 요란한 헛기침 소리를 들었다. 이윽고 그는 다시 수화기 앞으로 돌아왔다. 조금 전보다 기운을 되찾은 듯했지만 여전히 괴로운 음성이었다. "집사람은 도널드슨 목사를 불러왔으면 하네. 목사님이 아내한테 위로가 된다는 건 나도 알아. 그렇다고 내가 어떻게 목사님을 모시겠나? 같이 앉아서 성경을 봉독하다가 집사람이 목사님에게 욕을 퍼붓는다고 쳐 보게. 아내는 능히 그럴 수 있어. 지난밤에도 나한테 욕을 했거든. 이런 식이었네. '그 《리버티》 잡지 좀 줄래, 이 염병할 놈아?' 폴, 집사람이 그런 소리를 어디서 들었을까? 어떻게 그런 말을 할 수가 있을까?"

"그러게 말입니다. 오늘 저녁 집에 계신가요?"

걱정거리나 고민거리에 마음을 뺏길 일이 없어 상태도 좋고 자기 조절도 잘될 때 헬 무어스 소장의 성격에는 신랄하고 매서운 면이 있었다. 부하 직원들은 그가 화내거나 경멸하는 것보다도 그런 면을 더 무서워했다고 생각한다. 가차 없이 퍼붓는 그의 독설은 속살을 파고들었다. 지금 그 독설이 나에게 살짝 튀겼다. 그것은 전혀 예상하지 못한 반응이었지만 그 말을 듣고는 내심 기뻤다. 나는 소장의 호전성이 모두 사라진 줄로만 알았기 때문이다.

"아니. 멜린다하고 스퀘어댄스를 추러 나갈 참이야. 등을 맞대고 신나게 춤추다가 바이올린 주자한테 니미 씹할 놈아 욕도 좀

하고."

나는 터져 나오는 웃음을 막으려고 입을 손으로 막았다. 다행히 웃고 싶은 충동은 금세 가라앉았다.

"미안해. 요즘 통 잠을 못자서 말이야. 심술이 늘었다네. 물론 집에 있지. 왜 묻지?"

"그냥요."

"올 마음도 없었던 거지? 어젯밤에 근무를 했으면 오늘도 근무 아닌가. 다른 사람하고 바꿨다면 또 모르지만."

"아니, 안 바꿨습니다. 오늘 밤 근무예요."

"와야 좋을 것도 없어. 지금은 집사람이 말이 아니거든."

"그렇겠네요. 소식 알려 주셔서 감사합니다."

"무슨 소리. 우리 집사람을 위해서 기도나 해 주게."

나는 그러겠다고 대답했다. 사실은 기도 이상의 일을 염두에 두고 있었지만. 전능하신 주 예수를 찬양하라는 교회에서 말하듯 스스로 돕는 자를 하늘이 돕기를 바랐다. 나는 전화를 끊고 아내를 바라보았다.

"사모님은 어때요?" 아내가 물었다.

"별로야." 나는 욕지거리를 포함하여 소장이 내게 들려준 말을 아내에게 전했다. 염병할 놈아, 니미 씹할 놈아는 빼 버렸지만. 나는 '가라앉는다'는 소장의 말을 마지막으로 덧붙였다. 아내는 처량하게 고개를 끄덕이더니 내 얼굴을 유심히 들여다보았다.

"당신 무슨 생각을 하는 거죠? 별로 좋지 않은 생각을 하고 있는 것 같아요. 당신 얼굴에 적혀 있어요."

거짓말은 불가능했다. 우리 사이에 거짓말은 먹혀들지 않았다.

나는 적어도 당분간은 당신이 모르는 게 낫다고만 말했다.

"그럼……, 당신한테 말썽이 생길 수도 있나요?" 아내는 나의 말에 딱히 놀랐다기보다는 오히려 궁금해하는 게 역력했다. 나는 무엇보다도 아내의 그런 점이 사랑스러웠다.

"어쩌면."

"좋은 일인가요?"

"어쩌면." 나는 같은 말을 되뇌었다. 나는 그 자리에 서서 전화기의 회전반을 천천히 돌리면서 나머지 손으로는 통화 접속점을 누르고 있었다.

"전화를 쓰는 동안 내가 나가 있으면 좋겠어요? 나서지 말고 얌전히 있을까요? 요리나 뜨개질을 하면서?"

나는 고개를 끄덕였다. "꼭 그런 식의 표현은 아니지만……."

"점심때 손님이 오나요?"

"그럴 것 같소."

나는 곧바로 브루털과 딘에게 연락했다. 두 사람 모두 집에 전화가 있었다. 해리는 그 당시에 전화가 없었지만 나는 그와 가까운 이웃집 전화번호를 알고 있었다. 해리는 20분 뒤에 전화를 걸었는데 대단히 곤혹스러워하면서 내 쪽 부담으로 전화료를 계산하고 나중에 월급 때 '자기 몫'을 정산하겠다며 알아듣지 못할 소리를 지껄였다. 나는 그건 그때 가서 따질 일이고 아무튼 오늘 우리 집에 와서 점심이나 같이하자고 말했다. 브루털과 딘도 오기로 했고 우리 집사람이 유명한 양배추 샐러드에……, 그보다 더 유명한 애플파이를 대접할 참이라고 덧붙였다.

"그냥 점심만 먹는 건가요?" 해리의 목소리에는 의심이 배어 있었다.

나는 상의할 일이 좀 있다고 시인하면서 전화로 가볍게 이야기할 성질이 아니라고 덧붙였다. 해리는 오겠다고 했다. 나는 수화기를 내려놓고 창가로 가서 밖을 내다보며 생각에 잠겼다. 늦게까지 야근을 했는데도 브루털과 딘은 일어나 있었다. 해리의 목소리도 꿈나라에서 막 깨어난 사람의 음성은 아니었다. 어젯밤 일어났던 사건 때문에 잠을 못 이룬 사람은 나 혼자만이 아닌 것 같았다. 내가 염두에 두고 있는 계획의 무모함을 생각하면 그건 다행스러운 일이었다.

우리 집에서 가장 가까운 브루털이 11시 15분에 도착했다. 딘은 그보다 15분 늦게 도착했고 해리는 어느새 정복 차림으로 딘보다 15분 늦게 왔다. 재니스는 우리에게 차가운 쇠고기를 곁들인 샌드위치와 양배추 샐러드, 아이스티를 대접했다. 하루 전이었다면 우리는 옆베란다로 나가 시원한 바람을 맞으며 야외 식사를 즐겼을 테지만 뇌우가 퍼부은 다음에 기온이 뚝 떨어졌고 살을 에는 바람이 흐느끼듯 산등성이에서 불어 왔다.

"당신도 앉지그래." 나는 아내에게 말했다.

아내는 고개를 저었다. "남자 분들 하는 일은 알고 싶지 않아요. 차라리 모르면 걱정도 안 되겠죠. 난 응접실에서 먹으면 돼요. 이번 주에는 제인 오스틴 양을 만나야 하거든요. 참 좋은 말동무랍니다."

"제인 오스틴이 누구죠? 본가 쪽인가요? 처가 쪽인가요? 아니면 사촌? 미인이에요?" 아내가 나간 뒤 해리가 물었다.

"작가야, 이 한심한 친구야, 미국 국기가 처음 만들어지기 벌써 한참 전에 돌아가셨다." 브루털이 말했다.

"아. 난 책은 별로 안 읽어서. 라디오는 열심히 듣지만." 해리는 겸연쩍은 표정을 지었다.

"하고 싶은 말이 뭔데요?" 딘이 물었다.

"먼저 존 커피와 딸랑 씨 이야기부터 하지." 그들은 놀라는 것 같았다. 내가 예상한 반응이었다. 그들은 내가 들라크루아 아니면 퍼시에 관한 이야기를 꺼내리라고 생각했던 모양이다. 아니면 둘 다였거나. 나는 딘과 해리를 쳐다보았다.

"딸랑 씨 건은 눈 깜짝할 사이에 벌어졌지. 커피 솜씨였지. 쥐가 박살난 모습을 자네들이 제대로 봤는지는 몰라도."

딘이 고개를 저었다. "잘은 못 봤지만 바닥에 고인 피는 봤죠."

나는 브루털 쪽을 보았다.

"퍼시 그 새끼가 짓밟았지 않습니까. 당연히 죽었어야 했는데 그렇지 않았어요. 커피가 뭔가를 했습니다. 일종의 치료 같은 걸 했어요. 어떻게 들릴지 모르지만 그건 내 두 눈으로 목격했어요." 브루털은 단호하게 말했다.

"커피는 나도 치료했어. 난 보지는 못하고 느꼈지." 나는 그들에게 요도염에 대해서 말해 주었다. 그것이 어떻게 재발하고 얼마나 고통스러웠으며(그날 아침 고통에 못 이겨 주저앉으면서 내가 붙잡았던 장작더미를 창 너머로 가리켰다) 커피가 나를 만진 다음 씻은 듯이 사라졌다는 것을, 그리고 지금은 멀쩡하다는 사실을 들려주었다.

그 이야기를 하는 데는 긴 시간이 걸리지 않았다. 나의 말이 끝나자 그들은 샌드위치만 씹으면서 한동안 생각에 잠겼다. 이윽고 딘이 입을 열었다. "그 친구 입에서 검은 것들이 나오더군요. 벌레 같은 게."

"그래." 해리도 맞장구쳤다. "처음에는 검었어. 그러다가 하얗게 변하더니 종적을 감추었지." 해리는 주위를 둘러보더니 잠시 생각에 잠겼다가 다시 말을 이었다. "그 이야기를 듣기 전까지는 까맣게 잊어버리고 있었어요. 참 희한하죠?"

"희한할 것도 신기할 것도 없어." 브루털이 나섰다. "사람들은 자기가 이해하지 못하는 일은 보통 그런 식으로 아예 잊어버리지. 말이 안 되는 걸 기억해 봐야 득이 될 게 없거든. 그땐 어떻던가요? 요도염을 고칠 때도 벌레가 있었나요?"

"있었지. 내 생각에는 그게 병……, 통증……, 상처였던 것 같아. 커피는 그걸 뽑아서 공중에다 내뱉었어."

"거기서 죽었죠." 해리가 말했다.

나는 어깨를 으쓱했다. 죽었는지 안 죽었는지는 나도 몰랐고, 그걸 아는 게 중요하다는 생각도 들지 않았다.

"그걸 빨아들이던가요? 쥐의 경우에는 그걸 빨아들이는 것 같더라고요. 상처. 그러니까……, 뭐냐, 죽음." 해리가 물었다.

"아니, 그냥 나를 만졌어. 나는 그걸 느꼈고. 일종의 쇼크라고나 할까, 통증은 없지만 감전된 것처럼. 하지만 난 죽어 가는 건 아니었지. 아팠을 뿐이야."

브루털이 고개를 끄덕였다. "어루만지기와 숨쉬기. 숲 속에서 복음서를 소리 높여 읽던 그 분위기가 떠오르겠군요."

"전능하신 주 예수를 찬양하라." 내가 말했다.

"예수하고 관련이 있는지 없는지는 잘 몰라도, 아무튼 존 커피는 보통 사람이 아닌 것 같군요." 브루털이 말했다.

"좋아요." 딘이 말했다. "당신이 이 모든 게 실제 일어난 일이라고 한다면, 나는 믿을 것 같아요. 하느님은 알 수 없는 방식으로 기적을 행하시니까 말이죠. 하지만 그게 우리하고 무슨 상관이 있죠?"

사실은 그게 중요한 문제였다. 나는 심호흡을 하고 나서 그들에게 나의 계획을 털어놓았다. 그들은 놀라서 벌린 입을 다물지 못했다. 허공에서 출현한 녹색 인간류의 소설들이 실린 잡지를 즐겨 읽는 브루털마저도 경악했다. 이번에는 더 긴 침묵이 흘렀다. 아무도 샌드위치를 씹지 않았다.

한참 후에, 조용하고 합리적인 목소리로 브루터스 하월이 입을 열었다. "들키면 우린 그날로 해곱니다. 그걸로만 끝난다면야 아주 운이 좋은 거겠죠. 아마 A동에 주 정부의 손님으로 들어가서 지갑도 만들고 단체로 샤워도 할 가능성이 높아요."

"그래, 다분히 그럴 가능성이 있어." 내가 말했다.

"그 심정을 약간은 이해할 것도 같습니다." 브루털의 말이 이어졌다. "우리보다는 무어스 소장을 잘 아니까요. 사실 상사라기보다는 친구 같은 사이 아닙니까. 사모님과 친하다는 것도 잘 알아요……."

"그렇게 상냥한 여자는 이 세상에 없어. 그리고 사모님은 소장님한테 이 세상의 전부라네."

"그렇지만 우리는 두 분만큼 그 사모님을 잘 몰라요. 안 그런가요?" 브루털이 반문했다.

"만나 보면 좋아하게 될 걸세. 적어도 이 몹쓸 병에 걸리기 전에 그분을 만나 보았더라면 말이야. 사모님은 지역 사회에서 봉사 활동도 많이하고 너그러우며 신앙심도 깊지. 그건 다 접어 두고라도 일단은 재미있는 양반이야. 아무튼 전에는 그랬지. 사모님이 이야기보따리를 풀었다 하면 눈물이 줄줄 흐르도록 배꼽을 잡을 수밖에 없거든. 하지만 내가 그분을 살릴 수만 있다면 살려야 한다고 생각하는 것은 꼭 이런 이유들 때문은 아니라네. 사모님은 지금 '모독'을 당하고 있어. 말도 안 되는 모독을. 눈에, 귀에, 그리고 가슴에 말이네."

"고결하신 말씀이지만, 이런 위험을 감수하려는 것이 그것 때문만은 아니라고 봐요, 전. 들라크루아가 당한 수모 때문이 아닌가요. 어떤 식으로든 균형을 잡으려는 겁니다."

브루털의 말이 옳았다. 구구절절 옳은 말이었다. 나는 어느 누구보다도 멜린다 무어스를 잘 알았지만, 그렇다고 해서 그녀를 위해서 밥줄을 끊기고……, 어쩌면 자유를 빼앗기는 것까지 감수하라고 다른 사람들에게 요청할 만한 입장에 있지는 않았다. 나자신의 밥줄과 자유만 하더라도 그랬다. 나는 자식이 둘이었고, 다른 건 몰라도 아내로 하여금 네 아버지가 재판을 받게 되었다는 소식을 자식들에게 편지로 전하게 만드는 건 죽기보다 싫었다……. 무슨 재판이라고 쓰겠는가? 그것도 확실하지 않았다. 도주 방조 및 교사죄가 가장 어울리는 죄목일 성싶었다.

그러나 에두아르 들라크루아의 죽음은 내가 이때까지 목격한 것 중에서 가장 참혹했다. 교도관으로 근무하던 동안만이 아니라 태어나서 지금까지 나는 그런 끔찍한 장면을 본 적이 없었다. 그리고 나도 공범이었다. 우리는 모두 공범이었다. 퍼시 웨트모어가 E동 같은 데서 일할 그릇이 못 된다는 것을 알고 난 뒤에도 그를 그대로 방치했으니까 말이다. '웨트모어가 끼어 있건 안 끼어 있건 들라크루아의 불알은 익는다'라고 말한 사람이 누구였던가. 들라크루아가 한 짓을 생각하면 그 정도는 감수해야 했을지도 모른다. 그러나 퍼시는 들라크루아에게 불알을 익히는 차원을 훨씬 뛰어넘는 끔찍한 짓을 했다. 그는 들라크루아의 눈구멍에서 눈을 뽑아냈으며 그의 얼굴에 불을 질렀다. 왜? 들라크루아가 여섯 명을 죽인 살인마이기 때문에? 아니다. 퍼시가 바지에 오줌을 쌌고 그 왜소한 프랑스 인이 퍼시를 비웃는 만용을 부렸기 때문이다. 우리는 잔인무도한 행위에서 일역을 맡았고 퍼시는 거뜬히 달아나게 되어 있었다. 그는 물을 만난 고기처럼 좋아라 브라이어리 지로 가서 정신병자들이 바글거리는 보호시설에서 자신의 잔인성을 유감없이 발휘할 것이다. 거기에 대해 우리가 할 수 있는 일은 아무것도 없었지만 우리 손에 묻은 흙을 털어 내기에는 아직 늦지 않았는지도 몰랐다.

"내가 다니던 교회에서는 그걸 균형 잡기라고 하지 않고 속죄라고 하지. 결국은 그 얘기가 그 얘기지만 말이야." 내가 말했다.

"커피가 정말 그분 목숨을 구할 수 있다고 보세요? 정말……, 그럴까요? 머리에서 뇌종양을 빨아낼까요? 마치……, 복숭아씨처럼요?" 딘이 경이로움을 담아 조심스레 물었다.

"난 할 수 있다고 봐. 물론 장담이야 못하지만, 그가 나한테 해준 것과……, 또 딸랑 씨한테……."

"그 쥐는 정말로 곤죽이 되어 있었어요." 브루털이 끼어들었다.

"하지만 커피가 하려고 들까요? 예?" 해리가 물었다.

"할 수 있으면 하겠지." 내가 대꾸했다.

"왜요? 커피는 사모님과 일면식도 없는데!"

"그 친구가 하는 일이 그거니까. 하느님은 그래서 커피를 만들었거든."

브루털이 주위를 두리번거리는 바람에 우리는 누군가가 빠져 있음을 상기했다.

"퍼시는 어쩌고요? 그 자식이 순순히 내버려 둘 것 같아요?"

브루털이 물었다. 그래서 퍼시에 대한 내 나름의 복안을 그들에게 털어놓았다. 내 말이 끝나자 해리와 딘은 놀란 눈초리로 나를 바라보았고 브루털의 얼굴에서도 어쩔 수 없이 경탄의 미소가 스며 나왔다.

"대담한 발상이야! 숨이 다 막히네!" 브루털이 혀를 내둘렀다.

"그게 바로 놈의 약점 아닙니까!" 딘은 거의 속삭이듯이 내뱉고는 어린아이처럼 손뼉을 치면서 큰 소리로 웃었다. "그러니까, 휘파람을 불면서 내뺀다 이거네요!" 퍼시와 관련된 나의 계획에 딘이 각별한 관심을 가지고 있었다는 점을 기억해 주기 바란다. 퍼시가 얼어붙은 듯이 꼼짝 않고 있는 바람에 하마터면 딘은 죽을 뻔했다.

"그래, 하지만 그 다음에는 어떻게 되지?" 해리가 입을 열었다. 그의 목소리는 침울했지만 눈빛은 조금 달랐다. 그것은 확신을 갖기를 원하는 사람의 눈빛처럼 반짝거렸다. "그러고는 어떻게 되죠?"

"죽을 사람은 말이 없다잖아." 브루털이 중얼거렸다. 나는 얼른 그쪽을 쳐다보고 그 말이 농담임을 확인했다.

"내 생각에 퍼시는 입을 다물 거야." 내가 말했다.

"정말?" 딘은 믿지 못하겠다는 듯이 말했다. 그는 안경을 벗어 쓱쓱 닦기 시작했다. "왜 입을 다물죠?"

"첫째, 진상을 제대로 파악하지 못할 거야. 그놈은 우리를 자기 기준으로 평가할 테니까 그저 장난이었거니 생각하겠지. 둘째, 이게 더 중요한데, '녀석은 겁이 나서 찍 소리도 못할 거야.' 사실

난 그걸 기대하는 거지. 만약 그쪽에서 편지질이나 전화질을 하면 우리도 편지를 쓰고 전화를 건다고 말하는 거야."

"집행 때 일어난 사고에 대해서요." 해리가 덧붙였다.

"그리고 워턴이 딘을 공격했을 때 뻣뻣이 서 있었던 것도." 브루털이 말했다. "퍼시 웨트모어가 제일 겁내는 건 사람들이 그 사실을 알게 되는 거라고 나는 보거든요." 그는 천천히 생각에 잠겨 고개를 끄덕였다. "먹혀들 가능성이 있어. 하지만……, 커피를 무어스 부인한테 데려가는 것보다는 무어스 부인을 커피한테 데려오는 게 더 낫지 않을까요? 그 계획대로 움직이면 우리는 퍼시를 감쪽같이 따돌릴 수 있고 그 와중에 퍼시를 터널로 빼돌릴 게 아니라 부인을 그리로 모셔 오면 되잖아요."

나는 고개를 저었다. "힘들어. 백만 년이 흘러도 힘들어."

"무어스 소장 때문에요?"

"맞아. 워낙 고집이 센 양반이라서 아무리 의심 많은 사람도 그 양반과 비교하면 잔 다르크처럼 저돌적이지. 만일 우리가 커피를 집으로 데려가면 어떻게 틈을 봐서 커피에게 한번쯤 시도할 기회를 엮어 볼 수 있겠지. 그게 아니면……."

"어디에 태우고 갈 건데요?" 브루털이 물었다.

"처음에는 호송차를 생각했지. 하지만 그걸 운동장으로 몰고 나가면 이목도 집중될 뿐 아니라 반경 30킬로미터 안에서 호송차를 못 알아볼 사람은 아무도 없거든. 아무래도 내 차를 써야 할 것 같은데."

"다시 생각해 보세요." 딘이 코에 다시 안경을 올려놓으면서 말했다. "발가벗겨서 돼지기름을 바르고 구둣주걱으로 밀어 넣는

다면 또 모를까, 그 차 안에 존 커피는 못 들어갈걸요. 하도 자주
봐서 그 친구가 얼마나 큰지 깜빡 잊은 모양이군요."

나는 할 말이 없었다. 그날 아침 나의 관심은 온통 퍼시와, 그
보다는 덜하지만 역시 무시할 수 없는 와일드 빌 워턴의 문제에
쏠려 있었다. 수송 문제가 생각만큼 간단하지 않다는 사실을 나
는 그제야 깨달았다.

해리 터월리거는 먹다 남은 두 번째 샌드위치를 집었다가 잠시
보더니 도로 내려놓았다. "만약 우리가 이 정신 나간 짓을 정말로
결행할 거라면, 내 픽업트럭이 적당하다고 생각해요. 트럭 뒤에
태우면 되니까. 그 시간이면 오가는 차도 없거든요. 자정 한참 지
나서 결행하는 거 맞죠?"

"그래."

그때 딘이 입을 열었다. "여러분이 한 가지 잊은 게 있는데, 나
도 커피가 여기 온 후로 아주 얌전히 굴었고 주로 침상에 누워서
눈물만 흘리고 있었다는 건 압니다. 그렇지만 그는 살인범이에
요. 게다가, 덩치가 보통이 아니라고요. 해리의 트럭 뒤 칸에서
도망가기로 마음먹는다면 우린 쏴 죽이는 것 말고는 저지할 방법
이 없습니다. 45구경 총으로도 그런 거인을 죽이기란 쉽지 않을
겁니다. 만일 우리가 그 친구를 막지 못한다면? 그리고 그 친구가
누군가를 죽인다면? 모가지가 달아나는 것도 괴롭지만 형무소에
가는 건 죽기보다 싫어요. 나한테는 먹여 살려야 할 아내와 자식
들이 있습니다. 그 문제는 좋다고 쳐요. 만약 또 다른 소녀가 희
생당한다면 난 양심의 가책을 견디지 못할 겁니다."

"그런 일은 안 생길 거야." 내가 말했다.

"어떻게 확신할 수 있습니까?"

나는 대답하지 않았다. 어디서부터 이야기를 풀어 나가야 할지 알 수 없었다. 그런 확신이 내게 생겨났다는 것은 분명했지만, 내가 알고 있는 것을 그들에게 어떻게 설명해야 할지 난감하기만 했다. 나를 도운 것은 브루털이었다.

"그가 결백하다고 보는 거죠? 그 느림보가 무죄라고 보시는 것 같아요." 브루털이 말했다.

"나는 그가 결백하다고 생각해." 내가 말했다:

"어떻게 자신할 수 있죠?"

"두 가지야. 그중의 하나가 내 구두일세." 나는 앞으로 다가앉으면서 이야기를 시작했다.

5

THE GREEN MILE

한밤의 외출

타임머신을 만든 사람의 이야기는 H. G. 웰스가 썼지만, 이 회
상록을 쓰는 동안 나 역시 나만의 타임머신을 고안했다. 웰스의
타임머신과 달리 나의 타임머신은 과거로만, 사실은 내가 콜드마
운틴 주 형무소의 교도관으로 근무하던 1932년으로만 여행을 떠
날 수 있지만, 아무튼 성능 하나는 겁나게 좋다. 이 타임머신은
자꾸만 그 당시 내가 굴리던 낡은 포드 자동차를 연상시킨다. 분
명히 시동이 걸리긴 걸릴 텐데, 키 한 번에 엔진이 점화될지, 아
니면 밖으로 나가서 그야말로 팔뚝이 떨어져 나갈 때까지 크랭크
를 돌려야 할지는 절대로 미리 알 수 없는 낡은 포드.

존 커피의 이야기를 시작한 후로 내 기억은 그런대로 쉽게 발
동이 걸리는 편이었지만 어제는 크랭크를 돌려야 했다. 아마 이
야기가 들라크루아의 형 집행까지 나아갔지만 그 일을 다시 기억
하고 싶지 않다는 욕망이 내 마음 한구석에 강하게 도사리고 있
었기 때문이리라. 그것은 참혹한 죽음, 비참한 죽음이었다. 그리
고 그런 참변은 머리 빗기 좋아하는 젊은이 퍼시가, 이듬해 크리
스마스를 못 볼 운명에 놓인 머리가 반쯤 벗겨진 왜소한 프랑스

인에게 놀림당하는 것조차 용납하지 못했기 때문에 일어났다.

더러운 일이란 게 다 그렇지만 시동 걸기가 가장 어렵다. 엔진이야 내가 키를 사용하건 크랭크를 사용하건 개의치 않는다. 일단 시동만 걸리면 엔진은 어떤 방식을 거쳤건 대체로 부드럽게 굴러간다. 어제 나는 그런 경험을 했다. 처음에는 단어들이 작은 뭉텅이로 튀어나오더니 이윽고 온전한 문장이 흘러나왔고 그것은 다시 급류로 바뀌었다. 글은 아주 특수하고, 뭐랄까 소름 끼치는 회상의 하나라는 사실을 나는 깨달았다. 글은 강간처럼 온몸을 파고든다. 쭈그렁 노인이 되었기 때문에 그런 느낌이 드는지도 모르지만(내가 없는 자리에서 벌어진 일 같은 느낌을 나는 간혹 받는다) 반드시 그렇다고는 생각하지 않는다. 연필과 기억이 만나면 거짓말 안 보태고 일종의 마력이 생기는 것 같다. 마력은 위험하다. 존 커피를 알았고 그가 쥐와 사람들에게 한 일을 아는 사람으로서 나는 그런 말을 할 자격이 있다고 생각한다.

마력은 위험하다.

아무튼 어제 나는 하루 종일 글을 썼다. 단어들은 내 안에서 술술 흘러나왔으며, 곱게 단장한 양로원의 일광욕실은 사라지고 그 자리에 숱한 나의 문제아들이 마지막으로 엉덩이를 박았던 그린마일 끝의 헛간과 도로 밑의 터널로 이어진 계단 밑바닥이 나타났다. 그곳은 내가 딘, 해리, 브루털과 함께 연기가 피어오르는 에두아르 들라크루아의 주검 앞에서 퍼시 웨트모어와 담판을 벌였고, 퍼시에게서 브라이어리지 주립 정신병원으로 전근 신청을 내겠다는 다짐을 다시 한번 받아 낸 곳이었다.

일광욕실에는 늘 신선한 화초가 있지만 어제 낮에는 죽은 사람의 검게 탄 살에서 나는 지독한 악취밖에 맡을 수가 없었다. 저 밑에서 들려오는 잔디 깎는 기계의 모터 소리는, 터널의 둥근 지붕 틈새로 서서히 배어 나와 떨어지는 공허한 물방울 소리에 묻혀 버렸다. 여행은 시작되었다. 몸까지는 아니어도 나의 영혼과 마음만은 이미 1932년으로 돌아가 있었다.

나는 점심을 거르고 오후 4시경까지 글을 썼다. 연필을 놓자 손이 욱신거렸다. 나는 천천히 2층 복도 끝을 향해 걸어갔다. 거기 가면 창문이 있고, 그 창문을 통해 직원 주차장이 보였다. 퍼시 녀석과 똑 닮은, 내가 어디에서 무엇을 하는지 정도 이상의 관심을 기울이는 잡역부 브래드 돌런은 '내가 본 하느님의 이름은 뉴트 깅리치'라는 글귀의 범퍼 스티커를 붙인 낡은 시보레를 몰고 다닌다. 뉴트 깅리치는 극우 공화당 정치인이었다. 그의 자동차는 보이지 않았다. 브래드는 근무를 마치고 어딘지는 몰라도 그가 자기 집이라고 부르는 정원 한구석의 호젓한 곳으로 사라진 모양이었다. 벽에는 도색잡지에 나올 법한 대형 사진이 붙어 있고 구석에는 딕시 맥주 깡통이 널려 있는 날렵한 트레일러쯤 되리라.

나는 주방으로 들어갔다. 저녁 준비가 막 시작되고 있었다.

"그 가방에 뭐가 들었습니까, 에지콤 씨?" 노턴이 물었다.

"빈 병이오. 저기 숲에서 청춘의 샘을 발견했다우. 오후 이맘때면 그리 후딱 가서 조금 길어 오지. 자기 전에 마셔요. 물맛 하나는 그만이라니까."

"아무쪼록 젊음을 잃지 마셔야죠. 쥐뿔도 젊어 보이진 않지만." 또 다른 요리사 조지가 끼어들었다.

그 말에 모두 웃음을 터뜨렸다. 밖으로 나가자 돌런의 차는 보이지 않았지만 나는 자신도 모르게 돌런의 모습을 찾았다.

그가 마음속에 파고들도록 방치한 자신을 한심해하면서 크로켓 코스를 건넜다. 그 너머에는 조지아 파인스 안내 책자에는 근사하게 소개된 울퉁불퉁한 작은 퍼트 연습장이 있었다. 거기서 조금 더 가면 양로원 동쪽의 작은 잡목 숲으로 구불구불 이어진 샛길이 나왔고 그 길을 따라가면 지금은 통 쓰이지 않는 낡은 오두막 두 채가 나왔다. 나는 조지아 파인스와 조지아 47번 고속도로 사이의 높은 돌담에 바짝 붙어선 두 번째 오두막에서 잠시 머무르다가 나왔다.

그날 저녁 나는 배불리 먹고 텔레비전을 약간 본 다음 일찍 잠자리에 들었다. 자다 말고 살그머니 TV 방으로 들어가서 아메리칸 무비 채널에서 방영하는 흘러간 옛 영화를 볼 때가 많았지만, 어젯밤은 그러지 않았다. 누가 업어 가도 모를 정도로 깊이 잠들었다. 문학적 모험을 감행한 이후로 나를 괴롭혀 오던 꿈들도 전혀 꾸지 않았다. 힘든 글을 쓰느라 녹초가 된 모양이었다. 이팔청춘이 아니지 않은가.

다음 날 눈을 떴을 때, 평소라면 바닥에 깔렸을 아침 햇살이 내 침대 끄트머리까지 올라온 것을 보고 나는 자리를 박차고 일어섰다. 어찌나 놀랐는지 엉덩이와 무릎, 발목의 후끈거리는 관절염 통증도 미처 깨닫지 못할 정도였다. 나는 최대한으로 빨리 옷을 입은 다음 복도로 나가 돌런이 고물 시보레를 세워 두는 자리가 아직 비어 있기를 바라면서 직원 주차장이 보이는 창문으로 부리나케 갔다. 그는 가끔씩 30분가량 늦을 때도 있었으므로……

그런 행운은 생기지 않았다. 아침 햇살에 녹슨 빛을 발하면서 돌런의 차는 어김없이 그 자리에 있었다. 브래드 돌런이 사흘 내리 어김없이 그 시간에 도착할 이유라도 있느냐고? 있다. 늙은 폴리 에지콤이 꼭두새벽같이 어디론가 가서 무슨 짓인가를 하는데 브래드 돌런은 그게 뭔지를 알아낼 작정인 것이다. '거기 가서 뭘 하는 건가, 폴리? 어서 실토해.' 그는 벌써 나를 지켜보고 있을 것이다. 여기 얌전히 있는 게 상책이겠지만……, 그럴 수가 없었다.

"폴?"

황급히 돌아서려다가 나는 하마터면 쓰러질 뻔했다. 나의 친구 일레인 코널리였다. 그녀는 눈을 둥그렇게 뜨고 나를 붙잡으려고 손을 내밀었다. 내가 간신히 균형을 잡은 덕분에 일레인은 화를 면했다. 악성 관절염을 앓는 일레인의 팔에 내가 몸을 실었더라면 아마 일레인은 마른 장작처럼 두 동강이 났으리라. 여든이 넘은 기이한 세계에 들어가서도 애정은 죽지 않지만 「바람과 함께 사라지다」처럼 만용을 부릴 엄두는 나지 않는 것이다.

"미안해요. 놀라게 하려는 건 아니었는데."

"괜찮아요." 나는 희미하게 웃었다. "얼굴에 찬물을 끼얹는 것보다야 이렇게 정신이 번쩍 드는 게 낫지요. 매일 아침 특별히 부탁을 드려야 할까 봅니다."

"자동차를 보고 계셨지요? 돌런의 차를."

그녀 앞에서는 오리발을 내밀어 봐야 소용없었으므로 나는 고개를 끄덕였다.

"그 친구가 서쪽 건물에 가 있었으면 했지요. 잠깐 외출을 해야 겠는데 그 친구 몰래 하고 싶었거든요."

그녀는 웃었다. 어릴 때 지녔을 게 분명한, 짓궂은 왈패의 영혼이 보이는 미소였다. "고약한 놈이죠?"

"맞습니다."

"서쪽 건물에는 없어요. 전 벌써 아침을 먹었답니다. 잠꾸러기 씨. 돌런이 어디 있는지 살짝 엿보았거든요. 주방에 있어요."

나는 실망스러운 눈빛으로 그녀를 바라보았다. 돌런이 나에게 관심을 갖고 있는 줄은 알았지만 그 정도인 줄은 몰랐던 것이다.

"아침 산책을 미루면 안 되나요?" 일레인이 물었다.

나는 잠시 고민했다. "안 되는 건 아니지만……."

"가야 하는군요."

"네. 가야 합니다."

'이제, 이 여자는 내가 어디에 가는지, 그 숲에 가서 해야 할 일이 뭐가 그리 중요한지 물어 올 것이다.'

그러나 일레인은 묻지 않았다. 그 대신 다시 한번 그 짓궂은 미소를 지었다. 너무나 야위고 고통에 전 그 얼굴에 떠오른 미소는 야릇했지만 더없이 매력적이었다.

"하울런드 씨 아세요?" 그녀가 물었다.

"알죠." 잘은 몰랐지만 나는 안다고 대답했다. 서쪽 건물에 있는 친구였다. 조지아 파인스에서 서쪽 건물은 거의 외국이나 다를 바 없었다. "왜요?"

"그 사람이 남과 다른 게 뭔지 아세요?"

나는 고개를 흔들었다.

일레인은 아까보다 더 환한 미소를 지으면서 입을 열었다. "하울런드 씨는, 조지아 파인스에서 담배를 피워도 되는 다섯 사람 가운데 한 명이에요. 규칙이 바뀌기 전에 들어온 사람이거든요."

조부(祖父) 조항, 곧 기득권 보호 조항이었다. 양로원보다 이 조항이 잘 어울리는 곳이 또 어디 있겠는가?

일레인은 하얀 바탕에 파란 줄무늬가 있는 드레스 주머니 안으로 손을 넣더니 물건 두 개를 살짝 꺼냈다. 담배 한 개비와 성냥 한 통이었다.

그녀는 신바람을 내면서 흥얼거렸다. "초록 도둑, 빨강 도둑, 어린 엘리가 침대를 적신다."

"일레인, 대체……."

"늙은 소녀가 아래층으로 내려왔네." 담배와 성냥갑을 도로 주머니에 넣고 일레인은 마디가 튀어나온 한 손으로 나의 팔을 잡았다. 우리는 복도를 따라 되돌아가기 시작했다. 걸어가면서 나는 그녀의 말에 순순히 따르기로 마음먹었다. 일레인은 늙고 약했지만 영리했다. 어느새 유골이 되어 버린 우리는 혹시라도 깨어질세라 조심조심 걸어갔다. 일레인이 입을 열었다. "층계 밑참에서 기다리세요. 전 서쪽 건물에 있는 복도 화장실에 가 볼 테니까요. 어디를 말하는지 아시죠?"

"알죠. 증기 목욕탕 바로 바깥에 붙은 화장실 아닙니까. 거긴 왜요?"

"담배를 입에 안 댄 지가 15년이 넘어요. 그런데 오늘 아침엔 피워 보고 싶거든요. 몇 모금을 빨아야 거기 있는 연기 감지기가 작동하는지는 모르지만, 한번 알아볼 생각이에요."

나는 감탄을 발하며 그녀를 바라보았다. 어쩌면 아내와 그리도 닮은 점이 많은지. 재니스라도 똑같이 행동했으리라. 일레인도 씩씩한 왈패의 미소를 지으며 나를 마주보았다. 나는 그녀의 사랑스러운 긴 목덜미에 손을 얹어 그 얼굴을 내 얼굴 쪽으로 당겨 가볍게 입을 맞추었다.

"사랑해요." 내가 말했다.

"어머, 그렇게 심한 말을."

말은 그랬어도 나는 그녀의 흡족한 마음을 읽을 수 있었다.

"척 하울런드는 어쩌고? 그 양반이 곤란해지지 않을까요?" 내가 물었다.

"아뇨. 그분은 TV 방에 있거든요. 스물 남짓한 사람들 틈에서 「굿모닝 아메리카」를 보고 있어요. 저는 연기 감지기가 서쪽 건물 화재경보기를 요란하게 울리자마자 쏜살같이 사라질 거고요."

"넘어져서 다치면 안 됩니다. 부인. 나 때문에 그렇게 되면 난 나를 용서 못······."

"호들갑 떨지 마세요." 이번에는 '그녀'가 '나'에게 입을 맞추었다. 폐허에서 싹트는 사랑. 우습게 생각해도 좋고 망측하게 여겨도 좋다. 하지만 여러분에게 이 말만은 하고 싶다. 괴상한 사랑일지라도 사랑이 없는 것보다는 훨씬 낫다고.

나는 그녀가 뻣뻣하게 느릿느릿 걸어가는 모습을 지켜보았다 (일레인은 날이 궂을 때만 지팡이를 쓴다. 그것도 못 견딜 정도로 통증이 심할 때만. 일레인이 부리는 허영 중의 하나였다). 그리고 기다렸다. 5분이 지나고, 10분이 지났다. 일레인이 차마 용기를 못 냈거나 화장실에 있는 연기 감지기의 전지가 나간 사실을 뒤늦게 발견했겠거니 하고 결론지으려는 순간 서쪽 건물에서 화재 경보가 앵앵 요란하게 울렸다.

나는 주방으로 곧바로, 하지만 천천히 향했다. 돌런이 눈앞에서 사라진 것을 확인하기 전에는 서둘러야 할 이유가 없었다. 대부분은 아직도 잠옷 차림인 노인들이 무슨 영문인지 알아보느라고 TV 방(여기서는 오락실로 불리는데, 이거야말로 망측하다)에서 왁자지껄 몰려나왔다. 척 하울런드도 그 속에 끼어 있다. 그 얼굴을 보니 마음이 놓였다.

"에지콤!" 켄트 에이버리가 듣기 거북한 목소리로 불렀다. 그는 한 손으로 보행기를 붙들고 다른 손으로는 잠옷 바지의 가랑이께를 자꾸만 잡아당기고 있었다. "진짜 경본가, 아니면 가짠가? 자네 생각은 어때?"

"나라고 알 턱이 있겠나." 나는 그렇게 대꾸했다.

바로 그때 잡역부 셋이 모두 서쪽 건물을 향해 빠르게 걸어가면서 TV 방 입구에 모여 서 있던 노인들에게 경보 해제 신호가 떨어질 때까지 건물 밖에 나가 있으라고 고함을 질렀다. 세 명 가운데 끝에 있던 친구가 브래드 돌런이었다. 그는 바삐 지나치느라 나에게 눈길도 주지 않았다. 내게는 더없이 기쁜 일이었다. 주방 쪽으로 걸어가는데 문득 이런 생각이 들었다. 일레인 코널리와 폴 에지콤이 호흡을 맞추면 브래드 돌런 같은 놈이 십여 명 달라붙고 거기다가 퍼시 웨트모어 같은 놈이 대여섯 명 가세해도 끄떡없겠다고. 주방의 요리사들은 귀 따갑게 울려 대는 화재 경보에 아랑곳하지 않고 부지런히 아침 설거지를 하고 있었다.

"어이구, 에지콤 씨." 조지가 말을 걸었다. "브래드 돌런이 찾는 눈치던데. 간발의 차이로 엇갈렸네."

'다행이지.' 나는 속으로 생각했다. 하지만 조지에게는 나중에 돌런 씨를 만나 보겠다고 해 두었다. 나는 남은 토스트가 없느냐고 물었다.

"있죠."

"근데 안 팔린 건 돌덩이처럼 차가워요. 오늘 아침은 늦으셨네요."

"늦었소. 배가 고프구먼."

"1분 안에 따끈따끈하고 싱싱한 토스트를 만들어 드리죠." 조지는 그렇게 말하면서 빵으로 손을 뻗었다.

"아니야. 차가워도 괜찮아요." 내가 말했다. 조지가(어리둥절한 얼굴로. 실은 노턴도 어리둥절한 표정을 지었지만) 토스트 두 조각을 건네자마자 나는 서둘러 문 밖으로 나갔다. 학교를 빼먹고 밀랍 입힌 종이에 젤리 빵을 싸서 남방 안에 쑤셔 박고 낚시질하러 가던 개구쟁이 시절로 되돌아간 듯한 느낌이었다.

주방문을 열고 나오면서 나는 반사적으로 돌런이 없는지 주위를 빠르게 살폈다. 놀랄 일이 아무것도 없음을 확인한 뒤 나는 크로케 코스와 녹지를 가로지르면서 토스트를 한 입 베어 물었다. 숲의 그늘로 들어서자 나는 약간 속도를 늦추었다. 숲길을 따라 걷는 동안 내 마음은 어느새 에두아르 들라크루아가 참혹하게 죽은 다음 날로 돌아가 있었다.

그날 아침 나는 헬 무어스 소장과 통화했다. 사모님이 뇌종양 때문에 욕설과 상소리를 쏟아 붓는다고 했다……. 나중에 아내는 그것을 투레츠 증후군이라 불렀다(그게 정말로 맞는지는 아내도 확실히 몰랐고 그저 잠정적으로 붙인 이름이었다). 소장의 떨리는 음성에 겹쳐서, 나의 요도염, 등뼈가 부러진 들라크루아의 애완 쥐를 존 커피가 말끔히 고치던 광경이 떠오르면서 나는 어떤 일을 그저 생각하고 마는 것과 실행에 옮기는 것 사이에 가로놓인 경계선을 기어이 넘어서고 말았다.

그것이 전부는 아니었다. 존 커피의 손과 나의 구두와도 관련이 있었다.

그래서 나는 몇 년 동안 나의 삶을 걸고 신뢰해 온 동료들, 딘 스탠턴, 해리 터월리거, 브루터스 하월을 불렀다. 들라크루아가 죽고 난 다음 날 점심때 그들은 우리 집에 왔다. 그리고 내가 세운 계획을 열심히 들어 주었다. 물론 그들도 커피가 쥐를 살린 사실을 알고 있었다. 브루털은 그 장면을 실제로 목격했다. 그래서 내가 존 커피를 멜린다 무어스에게 데리고 가면 다시 한번 기적이 나타날지 모른다고 말했을 때 그들은 비웃지 않았다. 가장 곤혹스러운 질문을 한 친구는 딘 스탠턴이었다. 여행 중에 존 커피가 도주하면 어쩌겠는가?

"그 친구가 누군가를 죽인다면?" 딘은 그렇게 물었다. "모가지가 달아나는 것도 괴롭지만 형무소에 가는 건 죽기보다 싫어요. 나한테는 먹여 살려야 할 아내와 자식들이 있습니다. 그 문제는 그렇다고 쳐요, 만약 또 다른 소녀가 희생당한다면 난 양심의 가책을 견딜 수 없을 겁니다."

침묵이 흘렀다. 그리고 모두들 나만 바라보면서 내 반응을 기다렸다. 혀끝에서 맴도는 말을 내뱉으면 모든 게 달라지라는 걸 나는 알았다. 우리는 물러서는 게 불가능해 보이는 지점까지 이미 와 있었다.

적어도 나에게는 물러선다는 게 이미 불가능했다. 나는 입을 열고 이야기를 시작했다.

"그런 일은 생기지 않을 거야." 내가 말했다.

"어떻게 확신할 수 있습니까?"

나는 대답하지 않았다. 어디서부터 이야기를 풀어 나가야 할지 알 수 없었다. 내게 그런 확신이 있는 것은 분명했지만, 내가 알고 있는 것을 어떻게 그들에게 설명해야 할지 난감하기만 했다. 나를 도운 것은 브루털이었다.

"그가 결백하다고 보는 거죠? 그 느림보가 무죄라고 생각하는 거지요?" 브루털이 말했다.

"나는 그가 결백하다고 생각해." 내가 말했다.

"어떻게 자신할 수 있죠?"

"두 가지야. 그중의 하나가 내 구두일세."

"구두요? 존 커피가 쌍둥이 자매를 죽였는지 안 죽였는지와 구두가 무슨 상관 있다는 겁니까?" 브루털이 어이없어했다.

"어젯밤에 나는 구두 한 짝을 벗어서 그 친구한테 줬어. 집행이 끝나고 어수선한 분위기도 웬만큼 가라앉았을 때 말이야. 그걸 철창 사이로 들이미니까 그 큼지막한 손으로 받아 들더군. 나는 커피한테 구두끈을 묶어 보라고 했어. 확인할 게 있었거든. 자네들도 알다시피, 우리의 문제아들은 대부분 슬리퍼를 신지. 마음 독하게 먹고 정말로 자살할 생각이 있으면 구두끈으로도 얼마든지 자살을 결행할 수 있거든. 그건 우리가 다 아는 사실 아닌가."

그들은 고개를 끄덕였다.

"커피는 구두를 무릎 위에 올려놓더니 끈 끄트머리를 제대로 엇갈려 놓더라고. 하지만 거기서 막혀 버렸어. 어렸을 때 누군가가 시범을 보여 줬을 때는 분명히 알았다고 하더군. 아마 아버지였든가, 아니면 아버지가 죽은 다음 어머니가 사귀던 애인 가운데 한 사람이었을 테지. 커피는 요령을 잊어버린 거야."

"저도 브루털과 동감입니다. 커피가 데트릭 자매를 죽였는지의 여부와 구두끈이 무슨 상관이 있는지 도통 모르겠네요." 딘이 말했다.

그래서 나는 납치와 살인 이야기로 되돌아갔다. 사타구니는 지글거리지, 한쪽 구석에서는 기번스가 코를 골지, 찌는 듯한 더위에 형무소 교도소에서 내가 읽었던 신문 기사와 해머스미스 기자가 나중에 들려준 이야기를 빠짐없이 전했다.

"데트릭네 개는 무는 데는 소질이 없었지만 짖는 것 하나는 끝내 줬지. 자매를 납치한 놈은 소시지를 주면서 녀석을 얌전하게 만들었소. 소시지 하나를 줄 때마다 조금씩 접근한 게 아닌가 싶어. 그 똥개가 마지막 소시지를 받아먹는 동안 팔을 뻗어서 놈의 대갈통을 움켜쥐고 비튼 거야. 목뼈를 부러뜨렸지. 나중에 커피를 붙잡았을 때 민병대를 이끌던 로브 머기라는 부보안관은 커피가 입고 있던 작업복 가슴 주머니가 불룩 튀어나온 걸 눈여겨보

앗다더군. 머기는 처음에 그게 총인 줄 알았어. 커피는 도시락이라고 말했지. 커피의 말은 사실로 밝혀졌어. 샌드위치 두 조각과 오이 피클이 신문지에 둘둘 싸여 정육점에서 쓰는 끈으로 묶여 있었어. 커피는 앞치마를 두른 부인이었다는 것 말고는 누구한테 그걸 받았는지 기억하지 못했지."

"샌드위치와 오이 피클만 있었지 소시지는 없었다." 브루털이 말했다.

"소시지는 없었어." 내가 동의했다.

"당연하지. 개한테 먹였으니까." 딘이 나섰다.

"바로 그게 재판정에서 검사가 한 말이야. 하지만 커피가 도시락을 풀고 소시지를 개한테 먹였다면 어떻게 그 정육점 끈으로 신문지 꾸러미를 다시 묶을 수 있었을까? 과연 그런 기회라도 커피한테 주어졌을지 의심스럽지만 아무튼 그 문제는 잠시 접어 두자고. 커피는 간단한 구두 매듭 하나 제대로 못 엮는 친구야."

벼락을 맞은 듯 기나긴 침묵이 흘렀다. 결국 브루터스가 그 침묵을 깼다. "염병할!" 그가 나직이 뇌까렸다. "왜 아무도 재판정에서 그 문제를 제기하지 못했죠?"

"아무도 그 생각을 못 한 거지." 나는 그렇게 대꾸하고 나도 모르게 해머스미스 기자를 떠올렸다. 볼링 그린에서 대학을 다녔다는 해머스미스, 자신을 깨인 사람으로 여기고 싶어하던 해머스미스, 잡종 개와 검둥이는 별안간 아무 이유도 없이 상대방을 공격할지 모른다는 점에서 동종이라고 했던 해머스미스. 그는 흑인을 당신의 검둥이라고 불렀다. 마치 흑인이 여전히 소유물이기라도 한 것처럼…… 비록 그의 소유는 아닐지언정. 그래, 그의 소유가 아니었다. 절대로 아니었다. 그 당시 남부에는 해머스미스 같은 사람이 수두룩했다. "커피의 변호인을 포함해서 아무도 그런 생각을 할 만한 여건이 못 됐어."

"그래도, 생각한 사람이 여기 있지 않습니까. 세상에, 셜록 홈스 선생이 옆에 앉아 계실 줄이야." 브루털의 말투에는 장난기와 놀라움이 섞여 있었다.

"허튼소리 작작해. 그날 커피가 머기 부보안관한테 진술한 내용과 내 요도염을 고쳐 준 다음에 한 말, 그리고 쥐를 살려 낸 다음에 한 말을 연결시키지 못했더라면 나 역시 까맣게 모르고 지나갔을 거야."

"그게 뭔데요?" 딘이 반문했다.

"커피의 감방에 들어갔을 때 나는 꼭 최면에 걸린 것 같았어. 커피가 하려는 일은 아무리 내가 말려도 막을 수 없을 것만 같은 생각이 들었지."

"어쩐 으스스하네." 브루털이 말하면서 의자를 고쳐 앉았다.

"원하는 게 뭐냐고 내가 묻자 그는 '그냥 돕고 싶다.'고 대답했어. 그건 아주 똑똑히 기억나. 치료가 끝난 뒤 내가 한결 좋아졌다는 걸 알았어. '내가 도왔죠.' 그가 말했지. '내가 도왔죠, 그죠?'"

브루털은 고개를 끄덕였다.

"쥐를 살렸을 때도 그랬죠. '자네가 도왔어.' 하시니까 커피도 똑같은 말을 앵무새처럼 반복했잖습니까. '내가 들라크루아의 쥐를 도왔어요.' 그때 아신 겁니까? 그렇죠?"

"그런 것 같아. 머기가 어떻게 된 거냐고 물었을 때 커피가 머기한테 했다는 말이 기억나더군. 살인 관련 이야기에서 어김없이 등장하는 그렇고 그런 대사였지. '어쩔 수가 없었습니다. 되돌리기엔 너무 늦었어요.' 어린 소녀 둘의 시체를 팔에 안고 그런 말을 한다고 상상해 봐. 금발의 백인 소녀와 집채만 한 거인. 사람들이 헛다리를 짚을 수밖에. 그들은 자기들 눈에 들어온 것과 합치되는 범위에서 그가 한 말을 이해했어. 그리고 그들의 눈에 들어온 것은 검둥이였다. 자백을 하는 걸로 알았던 거야. 그 소녀들을 범하고 싶은 충동을 느꼈다, 그래서 강간을 하고, 죽였다. 정신을 차리고 애를 써 보았지만……."

"한발 늦었더라." 브루털이 뇌까렸다.

"그래. 하지만 커피가 정작 하고 싶었던 말은 소녀들을 발견하고 고쳐 주려고, 살려 내려고 애썼지만 성공하지 못했다는 거였어. 죽음 저편으로 깊숙이 들어가 있었으니까."

"정말 그렇게 믿으세요? 양심을 걸고 맹세할 수 있나요?" 딘이 물었다.

나는 마지막으로 한 번 더 내 마음을 살펴보았다. 그리고 고개를 끄덕였다. 그때 나는 분명히 그렇게 믿었을 뿐 아니라 퍼시가 커피의 팔을 잡아끌고 "송장이 납신다!"고 폐부를 쥐어짜듯 고래고래 악쓰면서 사형수 감동으로 왔을 때 이미 직감적으로 존 커피가 부당한 처지에 놓여 있다는 사실을 알고 있었다. 나는 커피와 악수를 나누지 않았던가? 나는 그때까지 그린 마일에 들어온 죄수와 악수를 나눈 적이 단 한번도 없었다. 그러나 커피와는 악수를 한 것이다.

"맙소사. 하느님 맙소사." 딘이 중얼거렸다.

"하나는 구두고. 또 하나는 뭐죠?" 해리가 물었다.

"커피와 소녀들을 발견하기 전에 민병대는 트라핑거스 강 남쪽 기슭 부근의 숲에 있었지. 거기서 그들은 짓뭉개진 풀과 홍건하게 고인 피, 코라 데트릭의 잠옷을 발견했어. 개들은 잠시 헷갈렸다. 대부분의 개들은 하류를 향해 기슭을 따라 남동쪽으로 가려고 했어. 하지만 너구리잡이 사냥개 두 마리는 상류로 올라가려고 했지. 개들을 부리던 보보 마천트가 잠옷 냄새를 맡게 하니까 그제야 두 마리는 다른 개들 쪽으로 붙었어."

"그 두 마리는 갈피를 못 잡았던 거네요?" 브루털이 물었다. 보일 듯 말 듯 야릇한 미소가 그의 입가에 어른거렸다. "엄밀히 말해서 그 녀석들은 수색견이 아니었어요. 그러니 자기들 임무가 뭔지 갈피를 잡지 못했겠죠."

"그래."

"무슨 소린지 난 통 못 알아듣겠다." 딘이 말했다.

"처음 보보가 추격에 나서면서 개들 코에 들이민 게 뭔지는 모르겠지만 너구리잡이 개들은 그걸 까먹었어요. 강기슭으로 나왔을 무렵 그 두 마리는 여자 애들이 아니라 살인마를 뒤쫓고 있었던 거고요. 살인마와 여자 애들이 있었다면 별 문제가 아니었겠지만……." 브루털이 설명했다.

딘의 눈동자가 반짝거리기 시작했다. 해리는 벌써 알아차렸다.

"생각해 봐, 참말 희한하지. 아무리 흑인 부랑자한테 범죄를 뒤집어씌우지 못해 배심원이 환장했다고는 하지만, 어떻게 존 커피가 그 사람이란 걸 단 한 순간도 의심하지 않았을까? 음식으로 개를 얌전히 만든 뒤 목을 비튼다는 발상은 커피의 능력을 벗어나는 일이야. 커피는 트라핑거스 강 남쪽 기슭 이상으로는, 그러니까 데트릭 농장에는 한 발짝도 접근하지 않았다는 게 내 생각이다. 10킬로미터 이상은 떨어져 있었다는 소리지. 커피는 부질없이 시간을 죽이고 있었던 거야. 철로 변을 따라 걷다가 화물칸에 올라타 어디론가 가려고 했는지도 몰라. 철교 끝에서는 기차가 속도를 줄이기 때문에 얼마든지 올라탈 수 있거든. 그때 북쪽에서 시끄러운 소리가 났고."

"살인마?" 브루털이 물었다.

"살인마. 이미 강간은 했을 거야. 어쩌면 강간할 때 커피가 들은 건지도 모르고. 아무튼, 풀밭의 핏자국은 살인마가 일을 치를 때 생긴 거야. 그런 다음 소녀들의 머리를 맞부딪쳐서 쓰러뜨린 뒤 내뺐을 테지."

"북서쪽으로 내뺐군요. 너구리잡이 개들이 가려고 했던 방향." 브루컬이 말했다.

"맞아. 존 커피는 소녀들이 있던 장소에서 남동쪽으로 약간 떨어진 오리나무 군락으로 들어갔지. 무슨 소리인지 궁금했을 테니까. 거기서 소녀들을 발견한 거야. 둘 중 하나는 아직 살아 있었는지도 몰라. 어쩌면 둘 다 살아 있지 않았나 싶기도 해. 물론 얼마 안 가서 숨이 끊어졌겠지만. 존 커피는 소녀들이 죽은 줄 몰랐을 거야. 그건 확실해. 그가 아는 거라곤 자기 손에 치유력이 있다는 사실뿐이야. 커피는 그걸 써서 코라와 캐시를 살려 내려고 애썼다. 생각대로 안 되니까 낙심하고 울면서 히스테리를 부린 거야. 그때 사람들한테 발각된 거지."

"왜 소녀들을 발견한 곳에 그대로 머물러 있지 않았을까요?" 브루털이 캐물었다. "왜 강기슭을 따라서 남쪽으로 내려갔냐고요. 짚이는 데라도 있으세요?"

"처음에는 틀림없이 그 자리에 있었을 거야. 재판 때 사람들은 짓밟힌 자리를 집요하게 물고 늘어졌다. 풀이 잔뜩 뭉개져 있던 곳 말이야. 존 커피는 거인이거든."

"좆나게 크죠." 혹시 내 아내가 들어오다가 자기 입에서 나오는 상소리를 듣기라도 하면 곤란하다고 생각했는지 해리가 목소리를 확 죽이면서 맞장구를 쳤다.

"마음먹은 대로 일이 안 되니까 커피는 덜컥 겁이 났을 거야. 아니면 상류 쪽의 숲 속에서 살인마가 자기를 지켜보고 있다고 생각했는지도 모르고. 자네들도 알겠지만 커피는 덩치는 커도 뱃심은 없거든. 해리, 그 친구가 취침 시간 이후에도 소등을 하지 않느냐고 물었던 거 기억하지?"

"하죠. 덩치 값도 못하는 녀석이라고 생각했던 기억이 납니다." 생각에 잠긴 해리의 얼굴에서 동요의 빛이 떠올랐다.

"커피가 안 죽였으면 누가 죽였을까요?" 딘이 물었다.

나는 고개를 가로저었다. "누군가가 죽였겠지. 누군지는 몰라도 추측컨대 백인일 가능성이 높다고 봐. 검사는 데트릭네가 키우던 그런 커다란 개를 죽이려면 어마어마한 괴력이 필요하다고 열변을 토했지만……."

"놀고 있네. 웬만한 기운만 있으면 열두 살 먹은 계집아이도 어디를 움켜잡아야 하는지 알 테고, 또 기습적으로 달려들면 큰 개의 목뼈도 부러뜨릴 수 있어요. 만일 커피가 범인이 아니라면 아주 가까운 데 사는 놈의 소행이겠지요……. 누군지는 몰라도. 아마 영원히 모르겠지만서도." 브루털이 흥분했다.

"재범을 저지른다면 얘기가 달라지지." 내가 말했다.

"그래도 모를 겁니다. 텍사스나 캘리포니아까지 가서 범행을 저지른다면." 해리가 나섰다.

브루털은 의자 등에 몸을 파묻으면서 주먹으로 눈두덩을 비볐다가 다시 주먹을 무릎에 올려놓았다. "끔찍한 일이야. 결백할지도 모르는, 아니, 결백하다고 봐야 하는 사람인데, 하느님이 커다란 나무와 조그만 물고기를 창조하신 것처럼 확실하게 그린 마일을 걸어가게 생겼으니. 이 일을 어쩌죠? 손가락에 치유력이 있다고 나불거렸다간 놀림감이나 되기 딱 좋을 거고, 커피는 결국 전기의자에 앉게 될 겁니다."

"그 문제는 나중에 고민하세." 내가 말했다. 실은 나도 뾰족한 수가 없었기 때문이다. "지금 당장 우리 앞에 놓인 문제는 사모님 일을 결행하느냐 마느냐야. 한 걸음 물러서서 며칠을 두고 좀더 생각해 보자는 말을 하고 싶지만, 하루라도 지나면 우리가 도울 가능성이 그만큼 줄어든다 이 말이야."

"쥐한테 손을 내밀던 장면 기억하세요?" 브루털이 물었다. "'시간이 있을 때 어서 그걸 주세요.' 커피는 그렇게 말했지요. '시간이 있을 때.'"

"기억해."

브루털은 잠시 생각에 잠기더니 고개를 끄덕였다. "난 하겠습니다. 들라크루아가 안됐다는 생각도 들긴 하지만 사모님을 만졌을 때 무슨 일이 생길지 그게 가장 궁금해요. 아무 일도 생기지 않겠지만, 그래도……"

"그 거인을 과연 우리가 교도소 밖으로 끌어낼 수 있을 것인가가 문젠데." 해리는 한숨을 쉬더니 이윽고 고개를 끄덕였다. "아 무렴 어때? 저도 끼겠습니다."

"나도요. 사형수 동에는 누가 남아 있지요? 제비뽑기로 결정하나요?" 딘이 말했다.

"아니, 제비뽑기는 없다. 자네가 남는 거야."

"겨우 그걸 하라고요? 말이면 단 줄 알아!" 딘은 자존심이 상했는지 거세게 반발했다. 그는 안경을 휙 벗더니 화를 삭이지 못하고는 옷으로 닦기 시작했다. "이런 엉터리 같은 경우가 어디 있습니까?"

"자식들이 아직 학교에 다닐 만큼 젊은 아버지한테는 가능한 경우지." 브루털이 나섰다. "해리와 나는 홀몸이야. 에지콤 선배는 결혼했지만 자식들이 장성해서 최소한 자기 앞가림은 하고. 우리가 지금 꾸미는 계획은 아주 무모하고 미친 짓거리야. 보나 마나 우린 잡힐 거야." 브루털은 침착하게 나를 쳐다보았다. "에지콤 선배가 한 가지 언급하지 않은 사실이 있습니다. 우리가 어떻게 어떻게 커피를 빵깐에서 빼냈는데 커피의 신통한 손가락이 말을 듣지 않을 경우 핼 무어스 소장이 직접 우리를 경찰에 넘길 가능성이 있다는 겁니다." 그는 이 말에 반박할 기회를 나에게 주었지만 나는 어쩌지 못하고 입을 다물었다. 그러자 브루털은 딘 쪽을 보면서 다시 말을 이었다. "오해가 없기를 바라는데, 자네도 해고될 가능성이 높지만, 경찰이 본격적으로 나서도 철창에 갇히는 신세만은 면할지 모른다 이 말이야. 퍼시는 장난이었다고 생각할 거야. 자네가 당직을 설 경우 자네도 장난으로 생각했다고, 동료들한테서 별다른 얘기를 못 들었다고 둘러댈 수 있어."

"그래도 난 성에 안 차." 딘은 그렇게 말했지만, 마음에 들건 안 들건 그가 그 역할을 받아들이리라는 사실은 분명했다. 자식들에 대한 생각이 그의 발목을 잡은 것이다. "오늘 밤에 결행하는 건가요? 확실해요?"

"어차피 할 거라면, 오늘 밤이 좋아. 하루 더 고민해 봐야 용기만 꺾일 테니까." 해리가 말했다.

"의무실에 제가 가면 안 될까요? 최소한 그 일은 할 수 있지 않겠어요?" 딘이 말했다.

"걸리지 않고 필요한 일을 무사히 처리할 수만 있다면야." 브루털이 제동을 걸었다.

딘은 자존심이 상한 듯했다. 나는 딘의 어깨를 가볍게 두드렸다. "출근하는 대로 곧바로……, 됐지?"

"예."

그때 마치 내가 미리 신호라도 보낸 것처럼 아내가 문틈으로 고개를 쏙 들이밀었다. "아이스티 더 드실 분? 브루터스 씨, 어때요?" 아내가 밝은 목소리로 물었다.

"됐습니다. 생각 같아서는 독한 위스키 한 잔 들이켜고 싶지만, 상황이 상황이니만큼 참아야겠죠."

재니스는 나를 바라보았다. 입가에는 미소를 머금었지만 걱정스러운 눈빛이었다. "이분들을 무슨 일에 끌어들이려는 거예요, 당신?" 내가 무슨 말을 해야 할지 몰라 갈피를 못 잡고 있는데, 아내는 손을 저으면서 재빨리 덧붙였다. "관둬요. 난 모르고 있을래요."

나중에, 동료들이 떠나고 나서 한참 뒤에 출근하려고 옷을 갈아입는데, 아내는 내 팔을 잡고 빙글 돌려 세우더니 내 눈을 빤히 들여다보았다.

"사모님?" 아내가 물었다.

나는 고개를 끄덕였다.

"사모님을 위해서 할 수 있는 일이 있을 것 같아요, 여보? 정말로 사모님을 위하는 일인가요, 아니면 어젯밤에 본 광경 때문에 나온 말도 안 되는 몽상인가요?"

나는 커피의 눈, 커피의 손, 그가 나를 원했을 때 내가 최면에 걸린 사람처럼 그에게 다가갔던 모습을 떠올렸다. 으스러져 죽어가는 딸랑 씨의 몸뚱이를 향해 내밀었던 그의 손을 생각했다. "아직 시간이 있을 때."라고 그는 말했다. 그리고 하얗게 변해 종적을 감췄던, 허공을 선회하던 검은 몸체들도 떠올렸다.

"사모님한테 남은 유일한 희망은 우리가 아닐까 싶어." 내 입에서 나온 말이었다.

"그럼 하세요." 아내는 그렇게 말하고 새로 산 내 가을 외투의 앞단추를 채웠다. 9월 초의 내 생일부터 줄곧 옷장에 걸려 있는 그 외투를 고작 서너 번밖에 입지 않았다. "하세요."

그리고 아내는 실제로 나를 문 밖으로 떠밀었다.

　나의 인생에서 여러모로 가장 야릇한 날이었던 그날 저녁 나는
6시 20분에 출근했다. 불에 익은 살점의 역한 냄새가 공기에서 희
미하게 감돌던 느낌을 기억한다. 아마 착각이었으리라. 바깥문
들, 그러니까 사형수 동으로 통하는 문과 헛간으로 통하는 문을
모두 하루 종일 열어 두었을 뿐만 아니라 앞서 근무를 선 두 조가
몇 시간에 걸쳐 말끔히 대청소를 했으니까 말이다. 그러나 내 코
가 전하는 내용은 달라지지 않았다. 그날 밤 치러야 할 일을 앞두
고 피를 말리는 두려움에 휩싸이지 않더라도 그 냄새 때문에 도
저히 저녁 식사를 할 수 없을 것 같았다.

　브루털은 7시 15분 전에 나타났고 딘은 10분 전에 나타났다. 나
는 등이 아파 그러니 의무실에 가서 전기 방석을 좀 구해다 달라
고 딘에게 부탁했다. 그날 새벽 들라크루아의 시신을 터널로 실
어 나르면서 등에 무리가 간 모양이었다. 딘은 두말없이 내 부탁
을 들어주었다. 나한테 눈짓을 보내고 싶지만 자제하는 눈치였다.

　해리는 7시 3분에 출근했다.

　"트럭은?" 내가 물었다.

"그 자리에 뒀습니다."

아직까지는 순조로웠다. 그러고 나서 우리는 당직 책상 옆에
서서 커피를 마시며 잠시 시간을 보냈다. 퍼시가 오늘따라 늦는
다는 사실, 어쩌면 아예 모습을 나타내지 않을지도 모른다는 사
실을 우리 모두 의식했고 또 그렇게 되길 희망했지만, 다들 의식
적으로 입 밖에 내지 않았다. 전기 사형을 엉망으로 저지른 탓에
들었던 욕설을 감안하면 퍼시가 나타나지 않을 가능성도 전혀 배
제할 수는 없을 듯했다.

그러나 퍼시는 자기를 떨어뜨린 말에는 다시 올라타야 한다든
가 하는 격언을 신봉하는 모양이었다. 7시 6분께 번쩍거리는 파란
제복의 한쪽 허리춤에 손을 얹고 다른 쪽 허리춤에는 호두나무
곤봉을 우스꽝스러운 수제 케이스에 꽂은 채 모습을 드러낸 것이
다. 퍼시는 출근 카드를 찍고 나서 조심스럽게 우리들의 눈치를
보았다(의무실에서 아직 돌아오지 않은 나만 빼놓고).

"시동이 안 걸려 크랭크를 돌려야 했습니다." 퍼시가 말했다.

"그러셨구먼." 해리가 비아냥거렸다.

"집에서 그 망할 놈의 물건이나 고치시지 그러셨나. 괜히 팔 아
프게 고생할 필요가 없었잖아, 안 그런가들?" 브루털이 담담히
말했다.

"내가 없어야 살판나는 사람들이니까." 퍼시는 빈정거렸지만,
브루털의 반응이 상대적으로 누그러진 것을 보고 한숨 돌리는 듯
했다. 다행이었다. 앞으로 몇 시간 동안 우리는 퍼시와 보조를 맞
춰야 했으니까. 너무 적대적으로 나가도 곤란했고 그렇다고 너무
싹싹하게 굴어도 곤란했다. 어젯밤 이후로 퍼시는 조금만 다정하

다 싶으면 무조건 의심부터 하고 볼 것이다. 그가 경계를 완전히 풀도록 만들 수 없다는 것을 잘 알았지만 나는 처신만 잘한다면 장시간 그를 그 경계심에 묶어 둘 수 있다고 생각했다. 빨리 움직이는 것도 중요했지만, 아무도 다치지 않는 것도 어쨌든 나에게는 중요했다. 아무리 퍼시 웨트모어라도 굳이 다치게 할 필요는 없었다.

딘이 돌아와서 나에게 살짝 고갯짓을 했다.

"퍼시, 자네는 헛간에 가서 마루 걸레질 좀 하지그래. 터널로 내려가는 계단도 포함해서. 걸레질이 끝나면 어젯밤 사건에 대한 보고서를 쓰라고." 내가 말했다.

"거 참 좋은 생각이네." 브루털이 양손 엄지손가락을 허리춤에 쑤셔 박고 천장을 올려다보면서 한마디 던졌다.

"하여간 교회에서 그 짓 하는 놈보다 더 우스운 인간들이라니까." 퍼시는 그 한마디를 내뱉었을 뿐 더 이상 거역하지 않았다. 헛간 바닥은 그날 낮에만 벌써 적어도 두 번은 걸레질이 되었다는 명백한 사실조차 거론하지 않았다. 우리한테서 달아날 구실이 생긴 걸 다행으로 여기지 않았나 싶다.

앞 근무조가 작성한 일지를 살펴보았지만 이렇다 할 사건은 없었다. 나는 워턴의 감방 쪽으로 걸어갔다. 그는 침상 위에 무릎을 올려 세우고 두 팔로 정강이를 감싼 자세로 밝고 도전적인 미소를 지으며 나를 바라보았다. "어이구, 대장님이 어인 행차신가. 그 엿 같은 상판을 보니 꿈은 아닌데. 똥창에 무릎 빠진 돼지처럼 뭐가 그리 좋으슈. 출근하기 전에 여편네가 한바탕 땡겨 줍디까?"

"잘 있었나, 키드?" 나는 자연스럽게 그를 불렀다. 그러자 워턴의 얼굴이 정말로 환해졌다. 다리를 내려놓고 일어서서 기지개를 폈다. 미소가 더욱 밝아지면서 도전적인 태도가 사라졌다.

"좋았어! 처음으로 내 이름을 제대로 부르는군! 웬일이쇼, 에지콤 교도관? 어디 아프기라도 하쇼?"

아프다니, 천만에. 전에는 아팠지만 존 커피가 손봐 주었지. 커피의 손은 예전에 어땠는지 몰라도, 지금은 비록 구두끈 묶는 요령은 모를지언정 다른 분야에는 도통했다. 그것만은 틀림없었다.

"이봐, 자네가 와일드 빌 대신 빌리 더 키드를 고집하거나 말거나 난 관심도 없어." 내가 말했다.

그는 귀에 들리게 콧방귀를 뀌었다. 남미의 어느 강에 산다는, 등과 옆구리에 난 가시로 찔러 치명상을 입힌다는 기분 나쁜 물고기처럼, 그린 마일에 근무하는 동안 나는 위험한 친구들을 많이 접했지만, 윌리엄 워턴처럼 밥맛없는 놈은 극소수였다. 그 녀석은 자기가 대단한 무법자라도 되는 줄 알았지만 교도소에서 기껏 보여 준 행동이라고는 감방 철창 사이로 오줌을 가리거나 침을 뱉는 게 고작이었다. 우리는 그 녀석이 자기의 당연한 권리인 줄로 여기는 경외심을 한번도 내보인 적이 없었지만, 그 특별한 날 밤 나는 녀석이 유순해지기를 원했다. 필요하다면 알랑거리면서 잔뜩 비행기를 태울 용의도 얼마든지 있었다.

"이건 알아 두는 게 좋은데, 나하고 키드는 닮은 데가 많다고요. 이래 봬도 난 구멍가게에서 사탕 한 알 훔쳐 먹고 여기 온 몸이 아니라는 말씀이야." 워턴이 으스댔다. 뚜벅뚜벅 일흔 보만 걸어가면 전기의자가 나타나는 감방에 처박힌 몸이 아니라 프랑스

외인부대의 영웅 여단에 뽑힌 사나이처럼 그는 우쭐거렸다. "저녁 안 주슈?"

"이거 왜 이래, 일지를 보니까 5시 50분에 먹었다더만, 고깃국물에, 으깬 감자에, 콩에, 다진 고기에."

그는 너털웃음을 터뜨리더니 다시 침상에 앉았다. "그럼 내비오나 틀어 주쇼."

그가 말한 내비오는 그 당시 사람들이 라디오를 익살스럽게 부르던 표현으로 '내 아비 라디오'의 줄임말이었다. 신경이 곤두설 대로 곤두서서 튕기면 소리라도 났을 법한 상황에서 그런 시시콜콜한 일까지 다 기억하다니 사람이란 참 희한한 존재다.

"나중에 틀 거야." 나는 그렇게 대꾸하고 워턴의 감방에서 약간 물러서서 복도 저쪽을 바라보았다. 앞서 브루털이 간 방향이었다. 그는 구금실 문이 이중 열쇠가 아니라 외열쇠로 채워져 있는지 확인하고 있었다. 나는 알고 있었다. 이미 내 눈으로 확인했던 것이다. 나중에 그 문을 여느라 시간을 허비하고 싶지는 않았다. 너저분한 다락방을 방불케 하는 그곳에서 몇 년 동안 쌓인 물건을 들어내느라 시간을 낭비할 필요는 없었다. 워턴이 화목한 우리 가족의 일원이 되고 얼마 안 지나서 그 물건들을 벌써 꺼내서 정리한 다음 다른 장소에 넣어 두었던 것이다. 적어도 '빌리 더 키드'가 그린 마일에 어슬렁어슬렁 기어 들어오기 전까지 우리는 말랑말랑한 벽을 가진 그 방을 다양한 용도로 써먹을 수 있으리라 생각했다.

평소 같으면 이맘 때 길고 두꺼운 다리를 드리운 채 벽을 향해 드러누워 있었을 존 커피는 두 손으로 깍지를 낀 채 침상 끄트머리에 앉아서 그답지 않게 브루털을 유심히 바라보고 있었다. 눈자위도 젖어 있지 않았다.

브루털은 구금실의 문을 열어 본 다음 복도를 따라서 되돌아왔다. 그는 커피의 감방 앞을 지나면서 그를 힐끔 보았다. 커피는 묘한 말을 뇌까렸다. "암. 타야죠." 마치 브루털이 던진 말에 답변이라도 하듯이.

브루털과 나의 눈이 마주쳤다. '아나 봐요.' 브루털의 속마음이 내 귀에는 거의 들리는 듯했다. '어찌저찌 아나 봐요.'

나는 어깨를 으쓱 올리고 두 손을 벌렸다. '당연히 알지.'라고 말하는 것처럼.

8시 45분에 늙은 허풍선이가 수레를 몰고 그날 밤 마지막으로 E동에 나타났다. 쓰레기 같은 물건을 우리가 아낌없이 사 주자 늙은이는 탐욕스럽게 웃었다.

"어이, 그 쥐 본 사람 있소?" 허풍선이가 물었다.

우리는 고개를 저었다.

"예쁜이는 봤을 거야." 허풍선이는 그렇게 말하면서, 퍼시가 걸레질을 하든가 보고서를 쓰든가, 아니면 혼자서 머리를 만지작거리고 있을 헛간 쪽을 머리로 가리켰다.

"별일에 다 관심을 갖는구먼. 봤으면 어떻고 안 봤으면 어떻다는 건가. 바퀴나 굴리쇼, 영감. 구린내 풍기지 말고." 브루털이 말했다.

이빨이 없어 볼이 움푹 들어가는, 왠지 기분 나쁜 특유의 웃음을 지으면서 허풍선이는 콩콩거렸다. "그 냄새는 내 게 아니야. 들라크루아 거라고. 작별 인사야."

낄낄거리며 노인은 수레를 몰고 문 밖 운동장으로 나갔다. 그는 10년을 더, 그러니까 내가 거기를 그만두고도 한참을 더, 글쎄, 콜드마운틴 형무소가 폐쇄되고 나서도 한참 더 손수레를 끌고 다니면서 교도관과 여유 있는 죄수들에게 문 파이와 음료수를 팔았다. 지금도 나는 가끔 꿈속에서 그 영감이 "익는다, 익는다, 수칠면조처럼 익는다." 하고 고함치는 소리를 듣는다.

허풍선이가 사라진 뒤 시간은 한없이 늘어졌다. 시계가 꾸물꾸물 기어가는 듯했다. 우리는 한 시간 반 동안 라디오를 틀었다. 워턴은 프레드 앨런의 '앨런의 십팔번'을 들으며 요란하게 웃어댔지만, 나는 그가 거기 나오는 유머의 대부분을 못 이해했을 거라고 생각한다. 존 커피는 깍지를 끼고 침상 끄트머리에 걸터앉아 누가 당직 책상에 있든 관계없이 책상에서 거의 눈을 떼지 않았다. 버스 정류장에서 버스가 오기를 기다리면서 그런 자세로 앉아 있는 사람들을 나는 많이 보았다.

10시 45분쯤 되었을 때 퍼시가 헛간에서 돌아와 연필로 공들여 쓴 보고서를 내 앞에 들이밀었다. 종이 위에 지우개 부스러기가 너저분하게 뭉개져 있었다. 내가 엄지손가락으로 부스러기 일부를 털어 내는 것을 보더니 퍼시는 서둘러 말했다. "그건 그냥 초곱니다. 새로 쓸 거예요. 내용이 어때요?"

내 평생 그렇게 말도 안 되는 엉터리 보고서는 읽은 적이 없었다. 하지만 내가 괜찮다고 하자 그는 만족스러워하면서 물러갔다.

딘과 해리는 떠들썩하게 크리비지 게임을 하며 점수를 놓고 지나치게 실랑이를 벌이면서 5초에 한 번씩 시계의 굼뜬 바늘을 쳐다보았다. 그날 두 사람이 벌인 게임 중에 적어도 한 게임은 크리비지 판 점수를 두 번 올리지 않고 세 번 올렸다. 방 안에 너무도 팽팽한 긴장이 감돌아서 점토처럼 그걸 새길 수 있을 것만 같을 정도였다. 퍼시와 와일드 키드만이 그런 분위기를 눈치 채지 못 했다.

12시 10분이 되자 나는 더 이상 참을 수가 없어서 딘에게 살짝 고갯짓을 보냈다. 그는 허풍선이한테서 산 알시 콜라병을 들고 내 방으로 갔다가 일이 분 뒤에 돌아왔다. 콜라는 죄수가 깨뜨려 서 자해할 수 없도록 양은 컵에 담겨 있었다.

나는 그것을 받아 들고 주위를 둘러보았다. 해리, 딘, 브루털이 모두 나만 쳐다보고 있었다. 존 커피도 거기에 가세했다. 퍼시는 아니었다. 퍼시는 헛간으로 되돌아가 있었다. 오늘 밤은 거기서 지내기가 마음 편한 모양이었다. 나는 양은 컵에 살짝 혀를 집어 넣었다. 알시 콜라 냄새뿐이었다. 그 당시의 알시 콜라는 묘한 계 피 맛이 매력이었다.

나는 컵을 들고 워턴의 감방으로 갔다. 그는 침상에 누워 있었 다. 자위 행위는 아니었지만, 바지 안이 불룩 솟아 있었고 멍청한 베이스 주자가 아주 굵은 E현을 퉁기듯 이따금 성기를 티융티융 흔들었다.

"키드." 내가 불렀다.

"방해하지 마."

"좋아, 오늘 밤에는 모처럼 사람같이 얌전히 굴기에 음료수라 도 줄까 했더니 이건 내가 그냥 마셔야겠구먼." 나는 음료수를 마 실 것처럼 양은 컵(사람들이 감방 창살에다 얼마나 홧김에 집어던 졌는지 위아래 할 것 없이 옆구리가 온통 쭈그렁바가지가 된)을 들 어서 혀에 갖다 댔다. 워턴은 나의 예상대로 총알처럼 침상에서 튀어나왔다. 그것은 위험 부담이 큰 허세는 아니었다. 중죄수들,

그러니까 무기 징역수, 강간범, 고철 스파크에 앉을 사형수는 맛있는 것 앞에서는 환장했고 이 친구도 예외는 아니었다.

"얼른 줘, 이 양반아." 워턴이 말했다. 말투로 보면 마치 그는 십장이고 나는 하잘것없는 날품팔이 같았다. "형님한테 달라고."

나는 철창 밖에서 컵을 멈추어 그가 철창 사이로 손을 내밀도록 했다. 반대로 했다간 봉변을 당하기 십상이었다. 경험이 풍부한 교도관은 다 아는 사실이다. 생각한다는 것을 의식하지는 못해도 저절로 우리 생각이 거기에 미치는 그런 유의 일이라고나 할까. 죄수들로 하여금 우리 이름을 함부로 부르지 못하게 하거나 열쇠가 빠르게 짤랑거리는 소리는 교도소 내에 말썽이 생겼음을 뜻한다는 사실을 우리가 아는 것도 같은 맥락에 속했다. 열쇠 소리는 교도관이 뜀박질을 하기 때문에 나는 소리인데, 교도관은 말썽이 생기지 않는 한 절대로 뛰어다니는 법이 없다. 퍼시 웨트모어는 죽었다 깨어나도 터득하지 못할 지혜였다.

그러나 오늘 밤 워턴은 붙들거나 숨통을 조이는 데 관심이 없었다. 그는 양은 컵을 낚아채더니 음료수를 꾸울걱 꾸울걱 꾸울걱 단 세 번에 모두 넘긴 뒤 요란한 트림을 했다.

"죽인다!" 그가 뇌까렸다.

"컵." 나는 손을 내밀었다.

그는 눈에 장난기를 머금은 채 잠시 그것을 쥐고 있었다. "이 몸이 가지신다면?"

나는 어깨를 으쓱했다. "우리가 안으로 들어가서 되돌려 받을 수밖에. 자네는 작은 방으로 갈 테고. 알시는 이제 다 마셨다고 봐야지. 지옥에서도 알시 콜라를 준다면 또 모를까."

그의 미소가 흐려졌다. "아무리 농담이라도 지옥은 싫수다, 왕초. 자, 옜소." 그는 철창 사이로 컵을 내밀었다.

나는 그것을 받았다. 내 뒤에서 퍼시가 입을 열었다. "도대체 저런 굼패한테 음료수를 준 이유가 뭡니까?"

마흔여덟 시간 동안 드러누워 있기에 충분한 양의 마약이 들어 있기 때문 아니겠나, 녀석은 맛도 안 보고 삼켰어, 나는 속으로 생각했다.

"형님의 자비심이야 새삼스러울 것이 없노라. 하늘에서 떨어지는 단비처럼." 브루털이 능청을 떨었다.

"뭐요?" 퍼시가 찡그리며 물었다.

"인정에 약하다 이 소리야. 이제까지도 그래 왔고 앞으로도 그럴 양반이지. 크레이지 에이트 게임이나 할까, 퍼시?"

퍼시는 코웃음쳤다. "고 피시하고 올드 메이드만 빼놓고 난 그렇게 어리석은 카드 게임은 본 적이 없소."

"그러니까 자네하고 몇 판 돌리자는 거 아니겠나." 브루털은 애교스럽게 웃었다.

"다들 잘났어." 퍼시는 샐쭉해져서 내 방으로 들어갔다. 나는 그 쥐새끼 같은 놈이 내 책상에 엉덩이를 깔고 있는 게 내키지 않았지만 잠자코 있었다.

시계는 기어가고 있었다. 12시 20분, 12시 30분, 12시 40분에 존 커피가 침상에서 일어나더니 철창을 느슨히 붙들고 감방 입구에 섰다. 브루털과 나는 워턴의 감방으로 걸어가서 안을 살폈다. 워턴은 침상에 드러누워 웃으며 천장을 마주 보고 있었다. 눈을 뜬 채였지만 마치 커다란 유리구슬 같았다. 한 손은 가슴 위에 얹혀

있었고 또 한 손은 침상 옆으로 맥없이 떨구어져 손가락 마디가
바닥을 스쳤다.

"저런, 한 시간도 안 돼서 '빌리 더 키드'가 '윌리 더 위퍼(눈
물을 자아내는 이)'로 변했군. 도대체 그 음료수에 모르핀을 몇 알
이나 넣은 거요." 브루털이 말했다.

"충분히 넣었지." 내가 대꾸했다. 나의 목소리는 약간 떨렸다.
브루털이 그걸 알아차렸는지 잘은 모르지만 알아차렸을 거라고
확신한다. "자. 어서 시작하세."

"저 멋쟁이께서 정신을 잃을 때까지 기다리지 않고요?"

"벌써 잃었어. 너무 하롱거려서 눈도 못 감는 거야."

"분부대로 하겠습니다." 브루털은 해리를 찾느라 두리번거렸지
만 해리는 이미 거기 있었다. 딘은 당직 책상 앞에 꼿꼿이 앉아서
저러다가 불붙겠다 싶을 정도로 귀신처럼 빠르게 카드를 섞으면
서 포갤 때마다 슬쩍 왼쪽으로 곁눈질을 하여 내 방을 훔쳐보았
다. 퍼시의 동태를 살피고 있었던 것이다.

"시간 됐습니까?" 해리가 물었다. 말처럼 길쭉한 그의 얼굴은
파란 제복 위로 창백하기 그지없었지만 추호의 흔들림도 없어 보
였다.

"그래. 할 거면 지금 해야 해." 내가 대답했다.

해리는 성호를 긋고 자기 엄지손가락에 입을 맞추었다. 그러고
는 구금실로 가서 문을 따고 구속복을 가지고 왔다. 구속복은 브
루털에게 건네졌다. 우리 세 사람은 그린 마일을 걸어갔다. 커피
는 자기 감방 입구에 서서 지나가는 우리를 말 한마디 없이 지켜
보았다. 당직 책상 앞에 도착하자 브루털은 구속복을 등 뒤로 숨

졌다. 등판이 워낙 넓어서 구속복은 쉽게 가려졌다.

"행운을." 딘이 말했다. 그도 해리처럼 창백했지만 역시 굳은 결심을 한 듯했다.

퍼시는 내 책상을 앞에 두고 의자에 앉아서 요 며칠 저녁 내내 들고 다니던 책을 심각하게 들여다보고 있었다. 그 책은《수사슴》이나《보고(寶庫)》가 아니라 뜻밖에도『시설 수용 정신 질환자 간호법』이었다. 우리가 안으로 들어갔을 때 힐끔 이쪽을 쳐다보던, 죄라도 지은 듯 불안한 그의 표정을 본 사람은 그 책이『소돔과 고모라의 마지막 날』이라도 되나 보다 생각했으리라.

"뭡니까?" 퍼시는 황급히 책을 덮으며 물었다. "용건이 뭐냐고요."

"자네하고 대화를 좀 나누려고. 딴 뜻은 없어."

내가 말했다. 그러나 그는 우리 얼굴에서 대화를 나누려는 욕망 이상의 것을 읽어 내고 총알처럼 일어나서 헛간으로 통하는 열린 문 쪽으로 다급히, 뛰지는 않았지만 뜀박질하다시피 움직였다. 우리가 십중팔구 폭력을 행사할 거라고, 아니면 최소한 자기를 질책할 거라고 생각하는 모양이었다.

해리가 퍼시 뒤로 재빨리 돌아가서 가슴에 팔짱을 낀 채 입구를 막아섰다.

"어잇!" 퍼시는 나에게 돌아섰다. 놀랐으면서도 감정을 드러내지 않으려고 애썼다. "뭘 하자는 겁니까?"

나는 일단 이 미친 짓거리에 착수하면 이내 괜찮아질 거라고, 아무튼 다시 정상을 되찾을 거라고 생각했지만, 일은 내 뜻대로 흘러가지 않았다. 내가 하고 있는 행동이 도저히 믿기지 않았다.

마치 악몽을 꾸는 것 같았다. 아내가 나를 흔들어 깨운 뒤 내가 자면서 신음하더라는 말을 해 줄 것만 같은 생각이 자꾸 들었다.

"얌전히 시키는 대로 하면 편해질 거야."

"저 등 뒤에 있는 건 뭐고?" 퍼시는 귀에 거슬리는 목소리로 캐물으면서 브루털 쪽을 잘 보려고 고개를 돌렸다.

"별거 아니야. 그러니까……, 이건, 아마도……."

브루털은 구속복을 홱 끄집어내더니 엉덩이 옆에서 흔들었다. 황소의 공격을 유도하기 위해 망토를 흔드는 투우사처럼.

퍼시의 눈이 둥그레지더니 그대로 돌진했다. 그는 달아날 생각이었지만 해리가 팔을 움켜잡았다. 그래도 퍼시는 막무가내로 돌진하는 수밖에 없었다.

"놔줘!" 퍼시가 소리 지르면서 해리의 손아귀에서 빠져나오려고 버둥거렸다. 그러나 가능성은 희박했다. 해리는 그보다 몸무게가 50킬로그램 가까이 더 나갔고 틈틈이 밭일을 하고 도끼질을 하는 사내들이 지닐 법한 우람한 근육을 가지고 있었다. 그래도 퍼시는 발악을 해 대며 해리를 방 중간까지 어찌어찌 끌고 갔고 내가 갈아 치우려고 늘 마음먹고 있던 양탄자를 마구 구겨 놓았다. 퍼시가 한 팔을 빼내는 데 성공할지도 모른다는 생각이 순간 내 머리를 스쳤다. 공포에 질린 사람이 무슨 일인들 못 하겠는가.

"진정해, 퍼시. 얌전히 시키는 대로 하면……." 내가 한마디 했다.

"진정하란 소리는 집어치워, 이 얼간아!" 퍼시는 악을 쓰면서 어깨를 비틀어 팔을 빼려고 안간힘을 썼다. "내 앞에서 사라져! 너희들 다! 난 아는 사람들이 있어! 거물들을 안다고! 당장 그만

두지 않으면 너희들은 무료 급식소에서 한 끼 얻어먹겠다고 사우스캐롤라이나까지 가야 하는 신세가 될지도 몰라!"

퍼시는 또다시 앞으로 돌진하다가 허벅다리 윗부분을 내 책상에 부딪혔다. 그가 읽고 있던 책 『시설 수용 정신질환자 간호법』이 툭 떨어지면서 그 안에 숨겨져 있던 팸플릿 크기만 한 작은 책이 튀어나왔다. 우리가 들어갔을 때 퍼시가 계면쩍은 표정을 지은 데는 이유가 있었다. 그건 『소돔과 고모라의 마지막 날』은 아니었지만 성욕을 주체 못해 어쩔 줄 모르고 행형 성적이 그런대로 우수한 재소자에게 우리가 어쩌다가 특별히 주는 책이었다. 전에 한번 말한 것 같은데, 올리브 오일이 어린아이 스위트피를 빼고는 아무하고나 엉겨 붙는 조그만 만화책이었다.

내 방에서 그런 시시껍절한 포르노나 눈이 빠져라 들여다보고 있던 퍼시가 가련했다. 퍼시의 팽팽한 어깨 너머로 내가 바라본 바로, 해리는 약간 환멸을 느끼는 듯했고, 브루털은 웃으면서 야유를 보냈다. 그 바람에 퍼시는 적어도 한동안 전의를 상실했다.

"얼레리꼴레리, 자네 모친이 알면 뭐라 그러시겠나? 그뿐인가, 주지사는 또 뭐라고 하겠어?" 브루털이 놀렸다.

"닥쳐, 함부로 우리 엄마를 들먹이지 마라."

브루털은 구속복을 나에게 던져 준 다음 퍼시의 얼굴 앞에 자기 얼굴을 들이밀었다. "알것다. 이제 얌전히 팔이나 내밀어."

퍼시의 입술이 떨리고 있었다. 그의 눈빛이 너무 밝았다. 그가 울기 일보 직전이라는 것을 나는 깨달았다.

"싫어." 퍼시는 어린아이처럼 떨리는 목소리로 말했다. "호락호락 안 될걸." 그러더니 갑자기 목소리를 높여 살려 달라고 비명을 지르기 시작했다. 해리는 주춤했고 나도 주춤했다. 우리가 모든 걸 접어 둘 뻔한 순간이 있었다면 바로 그때였다. 브루털이 아니었더라면 포기했을지도 모른다. 브루털은 전혀 망설이지 않았다. 그는 퍼시 뒤로 뚜벅뚜벅 걸어가서, 여전히 퍼시의 손을 뒤로 단단히 누르고 있던 해리와 어깨를 나란히 했다.

"악쓰지 마. 세상에서 가장 요상하게 생긴 귀를 가지고 싶지 않거든." 브루털이 말했다.

퍼시는 살려 달라는 비명을 그치고 그 자리에 가만히 서서 벌벌 떨며 야한 만화책 표지를 내려다보았다. 포파이와 올리브는, 나는 듣기만 했지 한번도 시도해 본 적 없는 창조적 체위로 일을 벌이고 있었다. '오우, 포파이!' 올리브 머리 위의 대사였고, '욱, 욱, 욱, 욱!' 포파이 머리 위의 대사였다. 포파이는 여전히 파이프를 물고 있었다.

"더 이상 어리석은 짓 말고 팔이나 뻗어. 어서." 브루털이 말했다.

"싫어, 싫다고. 호락호락 안 될걸." 퍼시가 말했다.

"뭘 단단히 잘못 알고 계시는구면." 브루털은 퍼시의 귀를 꽉 잡더니 오븐의 다이얼처럼 비틀었다. 마음먹은 대로 요리를 척척 해내지 못하는 오븐. 아픔과 놀라움에 퍼시는 차마 듣고 있기 민망할 정도로 가엾은 비명을 질렀다. 단순히 아픔과 놀라움 때문만이 아니었다. 그건 깨달음이었다. 태어나서 처음으로 퍼시는 괴로운 일은 다른 이들에게만, 주지사와 연줄이 닿는 행운을 누리지 못한 이들에게만 일어나는 게 아니란 사실을 깨달았다. 브루털에게 그만두라고 말하고 싶었지만, 당연히 그럴 수는 없었다. 그러기에 우리는 너무 멀리 나가 있었다. 나로서는 놀림당했다는 이유만으로 퍼시가 들라크루아를 아무도 모를 극심한 고통의 나락으로 빠뜨렸다는 사실을 상기하는 수밖에 없었다. 그런 생각을 해도 나의 착잡한 심정은 별로 누그러지지 않았다. 내가 퍼시와 비슷한 형의 인간이었다면 사정이 아마 달라졌을 테지만.

"팔을 뻗어. 이 친구야. 한 번 더 당하고 싶지 않거든." 브루털이 말했다.

해리는 우리의 웨트모어 청년을 이미 놓아주었다. 눈에 고여 있던 눈물이 이제는 뺨을 따라 흘러내렸고 어린아이처럼 훌쩍거리면서 퍼시는 희극 영화에 나오는 몽유병자처럼 두 손을 앞으로 내밀었다. 나는 구속복의 소매를 잽싸게 그의 팔로 들이밀었다. 옷이 어깨를 덮을락 말락 했을 때 브루털은 퍼시의 귀를 놓고 구속복의 소매 끝에 대롱대롱 매달려 있던 끈을 움켜잡았다. 그는 퍼시의 손을 허리 양옆으로 당겨 그의 팔이 가슴에서 바짝 엇갈리게끔 만들었다. 그동안 해리는 등 뒤를 묶었다. 일단 퍼시가 고집을 꺾고 팔을 내밀자 모든 일이 일사천리로 10초 안에 완료되었다.

"됐다. 앞장서." 브루털이 말했다.

퍼시는 움직이지 않았다. 브루털을 쳐다보다가 다시 공포에 젖어 눈물을 글썽거리며 쳐다보았다. 이제는 연줄이 어떻다느니 공짜로 한 끼 얻어먹기 위해 사우스캐롤라이나까지 가야 할 거라느니 하는 말은 일언반구도 없었다. 그럴 계제가 아니었다.

그는 꽉 잠긴 축축한 음성으로 속삭였다. "제발, 그놈 방에 넣지 마세요, 선배님."

그제야 나는 그가 왜 그렇게 겁먹었는지, 왜 죽자 사자 저항했 는지 이해했다. 그는 우리가 자기를 와일드 빌 워턴의 감방에 처 넣는 줄 알았던 것이다. 마른 스펀지에 대한 벌로 미치광이 재소 자에게 마른 항문을 뚫리는 곤욕을 치를 줄 알았던 것이다. 진상 을 알아차리고 나니 퍼시가 측은하기는커녕 오히려 역겨워지면서 나의 결심이 한층 굳어졌다. 우리와 입장이 바뀌었더라면 퍼시는 능히 그런 짓을 하고도 남을 인간이었고, 그런 자신을 기준으로 우리를 평가하는 구제불능의 인간이었다.

"워턴이 아니다. 구금실이야, 퍼시. 거기서 서너 시간 혼자 있 으면서 자네가 들라크루아한테 무슨 짓을 했는지 곰곰이 돌이켜 봐. 이제 와서 사람답게 처신하는 법을 배우기에는 브루털 말마따 나 너무 늦었는지도 모르지만, 그래도 나는 낙관한다. 어서 가."

그는, 너희들 후회할 거다, 진짜로 후회할걸, 어디 두고 보자, 그런 말을 나지막이 씨부렁거리면서 움직였지만, 그래도 한숨 돌 리고 마음을 놓았다는 것이 내가 받은 느낌이었다.

녀석을 복도로 끌고 나가자 딘이 눈을 휘둥그렇게 뜨고 티 없 이 맑고 순진한 표정을 짓는 바람에 심각한 일만 아니었다면 나 는 그만 웃음을 터뜨릴 뻔했다. 그보다 나은 연기를 나는 나중에 시골 농장에서 펼쳐진 한 촌극에서나 보았다.

"어, 이건 장난이 좀 지나치지 않습니까?" 딘이 한마디 던졌다.

"자넨 잠자코 있는 게 신상에 좋을 거야." 브루털이 으름장을 놓았다. 그건 우리가 점심때 준비한 대사였고 내 귀에는 어디까 지나 대사로 들렸지만, 만일 퍼시가 두려움으로 정신을 잃지만 않았다면 최악의 경우에도 그 대사 덕분에 딘 스탠턴만은 모가지를 면할 가능성이 있었다. 나는 그럴 가능성이 높지는 않다고 보았지만, 살다 보면 별일이 다 일어나지 않던가. 그때건 그 후건 나는 희망이 사그라질 때마다 존 커피나 들라크루아의 쥐를 생각했다.

우리는 퍼시를 몰고 그린 마일을 달렸다. 그가 가쁜 숨을 몰아쉬며 비틀거리는 통에 우린 속도를 늦출 수밖에 없었다. 우리가 속도를 늦추지 않았으면 퍼시는 땅바닥에 곤두박질치고 말았으리라. 워턴은 침상 위에 있었지만 우리가 너무 빠르게 지나치는 바람에 나는 그가 깨어 있는지 잠들었는지 확인할 겨를이 없었다. 존 커피는 감방 입구에 서서 물끄러미 지켜보았다.

"너같이 나쁜 놈은 그런 데 처박혀도 싸." 커피는 그렇게 말했지만, 퍼시는 그 말을 못 들은 것 같았다.

우리는 구금실 안으로 들어갔다. 눈물에 젖은 퍼시의 뺨은 상기되었고 눈은 눈구멍 안으로 쏙 파묻혔으며 머리카락은 봉두난발이 되어 이마를 뒤덮고 있었다. 해리는 한 손으로 퍼시의 권총을 뽑고 또 한 손으로 퍼시가 애지중지하는 호두나무 곤봉을 뺐다.

"나중에 되돌려 줄 테니 걱정하지 마." 그는 약간 난처한 듯한 목소리로 말했다.

"네 밥줄에 대해서도 똑같은 말을 할 수 있으면 얼마나 좋겠냐. 너희들 밥줄도 마찬가지야. 너희들이 나한테 이럴 수는 없어! 이럴 수는 없어!" 퍼시가 되받았다.

한참을 더 떠들 기세였지만 우리는 퍼시의 설교를 들어 줄 시간이 없었다. 내 주머니에는 요즘 사람들이 쓰는 반창고의 먼 조상뻘인 전선 절연용 테이프가 한 통 들어 있었다. 그걸 본 퍼시가 뒤로 물러서려 했다. 브루털이 뒤에서 그를 낚아채 꽉 붙들고 있는 동안 나는 테이프를 그의 주둥이 위에 철썩 붙인 다음, 혹시 몰라서 뒤통수까지 감았다. 나중에 테이프를 떼어내면 그의 머리 숱은 한층 줄어들어 있을 테고, 그뿐인가 입술 위아래가 '심하게' 갈라져 있을 테지만 나는 더 이상 그런 데 개의치 않았다. 퍼시에게서 물러섰다. 그는 구속복을 입은 채 갓을 씌운 전구 밑 방 한복판에 서서 콧구멍을 벌름거리며 숨을 쉬면서 테이프 밑으로 음! 음! 둔탁한 소리를 냈다. 우리가 그 방에 처넣은 다른 죄수들처럼 그는 잔뜩 흥분해 있었다.

"얌전히 굴면 굴수록 빨리 나온다. 명심해라, 퍼시." 내가 말했다.

"외롭다고 느껴지면 올리브 오일도 생각하고. 욱, 욱, 욱, 욱." 해리가 충고했다.

우리는 밖으로 나왔다. 내가 문을 닫고 브루털이 자물쇠를 채웠다. 약간 떨어진 복도에서 딘이 커피의 감방 바로 앞에 서 있었다. 벌써 마스터키를 자물쇠에 꽂은 상태였다. 우리 네 사람은 서로를 쳐다보았지만 아무도 입을 열지는 않았다. 말이 필요 없었다. 기차는 이미 출발했으니까. 지금은 기차가 엉뚱한 곳으로 탈선하지 않고 우리가 깔아 놓은 방향으로만 달리기를 바라는 수밖에 없었다.

"타겠다는 마음은 아직도 변함없나, 존?" 브루털이 물었다.

"네, 탈 겁니다." 커피가 대답했다.

"좋아." 딘이 그렇게 말하면서 첫 번째 자물쇠를 돌리고 열쇠를 빼낸 다음 그걸 두 번째 자물쇠에 넣었다.

"수갑을 채워야겠나, 존 커피?" 내가 물었다.

커피는 잠시 생각에 잠기는 듯했다가 한참 만에 대답했다. "아무래도 상관없지만, 그럴 필요까진 없을 겁니다."

내가 고개를 끄덕이자 브루털은 감방 문을 열고 해리 쪽으로 돌아섰다. 해리는 반사적으로, 감방에서 나오는 커피를 향해 퍼시의 45구경 권총을 겨누었다.

"그건 딘한테 줘." 내가 말했다.

해리는 잠시 졸다가 깨어난 사람처럼 눈을 끔벅거리더니 자기 손에 퍼시의 권총과 곤봉이 아직도 들려 있는 것을 보고 딘에게 넘겨주었다. 그동안 커피는 갓을 씌운 천장의 전구에 훌렁 벗겨진 머리가 거의 스칠 듯 복도에 우뚝 서 있었다. 손을 앞으로 모으고 떡 벌어진 가슴팍 양옆으로 어깨를 축 늘어뜨린 채 서 있는 모습은 처음 보았을 때처럼, 사로잡힌 거대한 곰을 연상시켰다.

"퍼시 소지품은 우리가 돌아올 때까지 책상 안에 단단히 넣어 둬." 내가 말했다.

"못 돌아올지도 모르지만." 해리가 덧붙였다.

"알겠습니다." 딘은 해리의 말을 무시하고 나에게 대답했다.

"아무도 안 오겠지만 누가 나타나면 뭐라고 할 텐가?"

"한밤중에 커피가 난동을 부렸다고 하죠." 딘이 말했다. 마치 중요한 시험을 치르는 대학생처럼 진지한 표정이었다. "구속복을 입혀서 구금실에 처넣을 수밖에 없었다고 하겠습니다. 시끄러운 소리가 나면 누구든 저 친구려니 생각하겠지요." 딘은 턱으로 존 커피를 가리켰다.

"우리는?" 브루털이 물었다.

"간수장님은 관리실에서 들라크루아의 파일을 꺼내 증인 명단을 확인하고 있습니다. 이번에는 사후 관리가 특히 중요하다고 봐야죠. 집행이 그야말로 난장판이었으니까. 간수장님은 관리실에 계속 있을 것 같다고 했습니다. 브루털, 해리, 퍼시는 세탁실에 빨래하러 갔고요."

그건 이 바닥에서 쓰는 은어였다. 야간 근무 중에는 간혹 세탁실에서 주사위 노름판이 벌어지곤 했다. 블랙잭이나 포커, 에이스듀시 같은 도박을 벌일 때도 있었다. 아무튼, 그 도박판에 낀 교도관들을 우리는 빨래하러 간 사람이라고 불렀다. 그 오붓한 모임에서는 주로 밀조 위스키가 나돌았고 경우에 따라서는 마리화나가 등장하기도 했다. 형무소가 처음 발명되었을 때부터 형무소란 건 다 그렇고 그렇지 않았나 싶다. 진흙탕에서 굴러먹던 인간들을 감시하면서 평생을 썩다 보면 흙탕물을 피할 재간이 없는 것이다. 아무튼 누가 확인하러 올 리는 없었다. '빨래'는 콜드마운틴에서 아주 신중하게 다루어졌기 때문이다.

"완벽해." 나는 그렇게 말하고 커피를 돌려세워 앞으로 밀면서 마지막으로 덧붙였다. "그리고 만약 모든 게 들통 나면, 딘, 자네는 아무것도 모르는 거다."

"말이야 쉽지만 그게 어디……."

바로 그때 비쩍 마른 팔 하나가 워턴의 감방 철창 사이에서 쑥 나오더니 커피의 두꺼운 널빤지 같은 이두박근을 붙잡았다. 우리는 모두 질겁했다. 워턴은 의식을 잃어 거의 혼수 상태에 빠졌을 텐데 강펀치를 얻어맞은 권투 선수처럼 비시시 웃으면서 그 자리에 서서 앞뒤로 휘청거렸다.

커피의 대응은 놀라웠다. 그 역시 질겁했지만 몸을 빼지 않고 무언가 차갑고 불쾌한 것에 손이 닿은 사람처럼 이빨 틈새로 공기를 빨아들였다. 그의 눈이 휘둥그레지는 것과 동시에 나는 순간적으로 커피가 바보와 매일 아침 함께 일어나서 매일 밤 함께 드러눕기는커녕 한번도 상면조차 한 적이 없는 게 아닌가 하는 인상을 받았다. 나를 만지기 위해 감방으로 불러들였을 때 그는, 거기, 살아 있는 것처럼 보였다. 커피는 나를 돕겠노라고 말했다. 쥐를 받으려고 손을 뻗었을 때도 그는 다시 한번 그런 표정을 지었다. 이제 세 번째로 그의 얼굴에 생기가 돌았다. 마치 그의 머리 안에 들어 있는 스포트라이트에 느닷없이 불이 들어온 것 같았다. 그래도 이번에는 달랐다. 더 차가웠고, 만일 존 커피가 갑자기 길길이 날뛰면 어쩌나 하는 걱정이 처음 들기 시작했다. 우리는 총을 가지고 있으므로 그것으로 쏘면 되겠지만, 그를 넘어뜨리는 게 그리 만만해 보이지는 않았다.

나는 브루털의 얼굴에서 나와 같은 생각을 읽었다. 그러나 워턴은 돌처럼 경직되어서 입을 헤벌쭉이 연 채 비시시 웃기만 했다.

"어딜 가는 거야?" 그가 물었다. 그 소리는 '어리 가느갸?'에 가까웠다.

커피는 가만히 서서 워턴의 얼굴을 보았다가, 다시 워턴의 손을 보았다가, 도로 워턴의 얼굴을 쳐다보았다. 나는 커피의 표정을 읽을 수 없었다. 그 안에서 사고가 돌아가고 있다는 건 알았지만 무슨 생각을 하는지는 알 수 없었다는 말이다. 워턴은 걱정도 하지 않았다. 그는 나중에 이 일을 전혀 기억하지 못할 테니까. 그는 필름이 끊긴 채 우왕좌왕하는 주정꾼 같았다.

"넌 나쁜 놈이야." 커피가 뇌까렸다. 그의 목소리에 담긴 것이 아픔인지 노여움인지 두려움인지 나는 분간할 수가 없었다. 어쩌면 셋 다였는지도 모른다. 커피는 자기 팔을 붙잡는 손을, 마치 마음을 가진 벌레가 자기를 심술궂게 물기라도 한 것처럼 내려다보았다.

"그렇다, 검둥아." 워턴은 건방진 웃음을 흘리며 그렇게 되받았다. "꼴리는 대로 생각해라."

무언가 끔찍한 일이 터질 것만 같은 생각이 불현듯 들었다. 천지를 뒤흔드는 지진이 강줄기를 바꾸듯 이른 아침부터 진행된 우리의 행동 계획을 일거에 바꾸는 일이 생길 것만 같았다. 그건 불가항력이어서 우리 가운데 아무도 막을 수 없을 것 같았다.

그때 브루털이 팔을 뻗어서 커피의 팔에서 워턴의 손을 떼어 내자 나의 불길한 예감도 사라졌다. 마치 위험천만한 회로가 끊어졌을 때의 느낌이었다고 할까. 내가 E동에 근무하던 시절 주지사의 직통 전화가 한번도 울리지 않았다고 말한 적이 있다. 그건 사실이었다. 만약 주지사의 전화가 걸려 왔다면 나는 브루털이 내 옆에 버티고 서 있던 거인의 몸에서 워턴의 손을 걷어 냈을 때 내가 느낀 안도감과 똑같은 느낌을 받았을 거라고 생각한다. 머리 안에 있던 탐조등이 꺼진 듯 갑자기 커피의 눈이 흐릿해졌다.

"가서 누워. 좀 쉬라고." 브루털이 말했다. 그건 주로 내 입에서 나오는 말이었지만 경우에 따라서는 브루털이 써먹어도 나는 개의치 않았다.

"그래야겠우." 워턴이 순순히 따랐다. 그는 뒷걸음치다가 휘청, 거의 쓰러질 뻔하다가 마지막 순간에 가서 균형을 잡았다.

"후, 죽인다. 방 안이 빙글빙글 도네. 꼭 술 취한 것 같아."

그는 침상을 향해 뒷걸음치면서 몽롱한 시선을 커피로부터 잠시도 떼지 않았다. "검둥이들은 개네들만 앉는 전기의자가 있어야 해." 워턴이 나름의 소견을 피력했다. 이윽고 무릎 뒤쪽이 침상에 닿았고 그는 털썩 내려앉았다. 좁은 교도소 베개에 머리가 닿기도 전에 이미 코를 고는 것 같았다. 눈두덩 밑에 짙푸른 그늘이 덮였고 혀끝은 축 늘어졌다.

"세상에, 그렇게 약을 쏟아 부었는데 어떻게 일어났을꼬?" 딘이 중얼거렸다.

"상관없어, 다시 정신을 잃었잖아. 다음에 또 일어나거든 물 한 잔에 한 알 더 녹여서 먹이게. 한 알 이상은 안 돼. 죽으면 곤란하거든." 내가 말했다.

"모르시는 말씀. 저런 원숭이 같은 놈은 마약 좀 먹었다고 죽지 않습니다. 그걸 입에 달고 사는 놈들이에요." 브루털이 구시렁거리면서 워턴을 째려보았다.

"나쁜 놈 같으니." 커피가 이번에는 나지막이 말했다. 자기가 무슨 말을 하는지, 무슨 의도로 말하는지 생각 없이 내뱉는 듯했다.

"누가 아니래. 악질이지. 하지만 이젠 문제될 거 없어. 우린 그 자식이랑 더 이상 탱고를 출 일이 없거든." 브루털이 말했다.

우리는 다시 걷기 시작했다. 커피를 에워싼 우리 네 사람은 꾸물거리는 일종의 반생명체(半生命體)로 나타난, 성상(聖像)을 모시는 숭배자들 같았다.

"말 좀 해 보게, 존. 우리가 자네를 어디로 데려가는 줄 아나?" 브루털이 물었다.

"도우러. 내 생각에는……. 도우러……. 부인이죠?" 커피는 불안과 희망이 뒤섞인 눈빛으로 브루털을 바라보았다.

브루털은 고개를 끄덕였다. "그래. 어떻게 알았지? 어떻게 아느냐고?"

존 커피는 그 질문을 자못 심각하게 검토하더니 고개를 흔들었다. "모릅니다. 솔직히 말해서, 교도관님, 난 아는 게 별로 없어요. 하나도 없다고요."

우리는 그것으로 만족해야 했다.

사무실과 헛간으로 내려가는 계단 사이에 난 작은 문이 커피 같은 사람을 염두에 두고 만들어지지 않았다는 건 알고 있었지 만, 커피가 고민스러운 표정으로 그 문을 바라보는 모습을 보기 전까지는 그 부조화가 어느 정도인지 상상도 하지 못했다.

해리는 웃었지만, 커피 본인은 작은 문 앞에 선 거인의 모습이 전혀 우습지 않다고 생각하는 것 같았다. 커피는 당연히 웃지 않 았으리라. 설령 그가 지금보다 훨씬 더 명랑한 사람이었다 하더 라도 웃지 않았으리라. 커피가 거인으로 살아온 게 하루 이틀이 아니었고 그 문은 보통보다 조금 작을 뿐이었다.

커피는 주저앉더니 그 자세로 문을 획 빠져나간 뒤 다시 일어 서서 브루털이 기다리는 곳을 향해 계단을 걸어 내려갔다. 커피 는 그 자리에 우뚝 섰다. 그는 빈방을 가로질러 고철 스파크가 놓 여 있던 단을 바라보았다. 고철 스파크는 죽은 왕의 성곽에 있는 왕좌처럼 고요하고 을씨년스러웠다. 뒷기둥 하나에 걸린 모자는 당당했지만 텅 비어 보이는 것이, 왕관보다는 어릿광대가 쓰는 모자 같았다. 지체 높은 관객들이 배꼽을 잡고 웃도록 광대가 익

살스럽게 쓰고 다니거나 이리저리 흔드는 모자에 가까웠다. 의자
가 드리우는 가늘고 긴 그림자는 위협하듯 한쪽 벽을 기어올랐
다. 그렇다, 살 타는 냄새가 아직도 허공에 떠돌고 있었다. 어렴
풋하기는 했어도 그건 나만의 착각이 아니었다.

해리가 고개를 숙이고 문으로 들어갔고 나도 그 뒤를 따랐다.
나는 존 커피가 눈을 둥그렇게 뜨고 고철 스파크를 바라보는 얼
어붙은 시선이 마음에 들지 않았다. 가까이 다가갔을 때 본 그의
팔뚝에 돋은 소름은 더 더욱 마음에 들지 않았다.

"가세." 내가 말했다. 나는 그의 팔목을 잡고 터널로 내려가는
문 쪽으로 그를 당기려고 했다. 처음에 그는 가지 않으려고 했다.
차라리 맨손으로 땅에 박힌 돌을 빼내는 게 쉽겠다는 생각이 들
정도로 완강했다.

"어서, 존, 가야 한다고. 마차가 덩굴에 감기기를 바라지 않는
다면." 해리는 다시 불안하게 웃으며 말했다. 그는 커피의 다른
팔을 잡아끌었지만 커피는 여전히 꿈쩍도 하지 않았다. 커피가
꿈결처럼 나지막이 뭐라고 중얼거린 것은 바로 그때였다. 나에게
말한 것도 아니고 우리 가운데 그 누구한테 한 말도 아니었지만,
나는 지금도 그 말을 생생히 기억한다.

"아직도 그들이 남아 있어. 그들의 일부가 남아 있어. 울부짖는
소리가 들려."

해리는 불안한 웃음을 거두었다. 빈집에 매달린 일그러진 덧문
처럼 그의 어색한 웃음이 입가에 걸려 있었다. 브루털은 두려움
에 짓눌린 얼굴로 나를 쳐다보더니 존 커피에게서 떨어졌다. 불
과 5분도 안 되는 사이에 두 번째로 나는 모든 계획이 수포로 돌

아갈 듯한 위기감을 느꼈다. 이번에 개입한 사람은 나였다. 그리고 잠시 후 세 번째로 파국이 닥쳤을 때는 해리가 무마하게 된다. 믿어도 좋다. 그날 밤 우리 모두에게 기회가 돌아왔다.

나는 커피와 전기의자 사이로 쑥 들어가 발끝으로 서서 그의 시선을 내 몸으로 완전히 차단했다. 그런 다음 그의 눈앞에서 손가락을 맞부벼 딱딱 날카로운 마찰음을 두 번 냈다.

"자자! 걸어! 수갑은 채울 필요 없다고 자네 입으로 말하지 않았나. 그걸 증명하게! 걸어, 이 친구야! 걸어, 커피! 저리로! 저 문으로!" 내가 말했다.

그의 눈이 맑아졌다. "네, 교도관님."

다행히 그는 걷기 시작했다.

"저 문을 보게, 존 커피, 저 문만 보고 다른 데는 보지 마."

"네, 교도관님." 존은 고분고분 문 쪽으로만 시선을 고정시켰다.

"브루털." 나는 신호를 보냈다.

브루털은 열쇠고리를 흔들면서 서둘러 앞으로 나오더니 문제의 열쇠를 찾아냈다. 커피는 터널로 통하는 문만 뚫어지게 보았고 나는 커피만 뚫어지게 보았다. 그러나 해리가 마치 난생 처음 접하는 사람처럼 전기의자를 불안스럽게 훔쳐보는 것이 내 시야에 들어왔다.

'그들의 일부가 남아 있어……. 울부짖는 소리가 들려.'

그 말이 사실이라면, 누구보다도 에두아르 들라크루아가 가장 큰 소리로, 가장 오래 비명을 질렀으리라. 나는 존 커피가 듣는 소리가 내 귀에는 들리지 않는 게 고마웠다.

브루털이 문을 열었다. 우리는 커피를 앞세우고 계단을 내려갔다. 천장이 낮은 벽돌 터널 밑바닥을 그는 시무룩하게 내려다보았다. 터널 끝까지 저렇게 고개를 숙이고 가다간 등에 쥐가 날 것 같았다. 그래서…….

나는 이동 침대를 끌고 왔다. 들라크루아가 깔고 누웠던 시트는 이미 벗겨진 뒤라(아마 소각되었으리라) 이동 침대의 검은 가죽판이 드러나 있었다.

"올라가. 자네도 편하고 우리도 그게 편해." 나는 커피에게 말했다. 그는 못 미더운 듯이 나를 쳐다보았고 나는 괜찮다는 신호로 고개를 끄덕였다.

"알겠습니다. 에지콤 교도관님." 그는 침대에 앉은 다음 등을 붙이더니 갈색 눈동자로 불안하게 우리를 올려다보았다. 교도소에서 지급받은 싸구려 슬리퍼에 파묻힌 그의 발은 바닥에 거의 닿을 정도로 내려왔다. 브루털이 커피의 발 사이로 들어가 다른 사형수들을 밀었던 것처럼 습기 찬 통로를 따라 존 커피를 밀었다. 유일한 차이점은 지금 여기 탄 사람은 아직도 숨을 쉬고 있다는 사실이었다. 중간쯤 가자, 도로 밑에 당도한 듯했다. 그 시간에 나다니는 차가 있었는지는 몰라도 둔중한 차량 음이 들렸다. 커피는 미소를 짓기 시작했다. "꽤, 재미있네." 커피가 말했다. 다음에는 그런 생각을 하지 못하리라. 문득 그런 생각이 내 머리를 스쳤다. 아니, 다음에 이동 침대를 타고 갈 때는 사고도 감각도 없으리라. 아닐까? 그들의 일부가 아직도 남아 있다고 커피는 말하지 않았던가. 비명이 들린다고 말하지 않았던가.

그들은 보이지 않게 사람을 따라간다.

나는 부르르 떨었다.

"알라딘은 잊지 않으셨겠죠, 에지콤 선배." 터널 끝에 이르렀을 때 브루털이 말했다.

"걱정 마." 내가 대답했다. 알라딘은 그 당시 내가 지니고 다니던 아마 2킬로그래은 족히 되었을 열쇠들과 겉모양은 전혀 다르지 않았지만, 모든 문을 딸 수 있는 만능열쇠 중의 만능열쇠였다. 그 무렵 다섯 개 동에는 알라딘 열쇠가 각각 하나씩 있었고, 동 책임자가 그것을 보관했다. 다른 교도관들도 그걸 빌릴 수는 있었지만, 이름을 기재하지 않아도 되는 이는 간수장뿐이었다.

터널 끝에는 철창이 달린 문이 하나 있었다. 그걸 볼 때마다 나는 오래된 성곽이 찍힌 사진을 연상했다. 왜 있지 않은가, 용감무쌍한 기사들이 있고 기사도가 꽃피던 시절 말이다. 그러나 콜드 마운틴은 캐멀롯과 너무 거리가 멀었다. 그 문 너머에는 다시 계단이 있고 그 계단을 올라가면 '출입 금지', '주 관할지', '전기철조망' 같은 팻말이 붙은 수수한 덮개문 형태의 문이 나왔다.

내가 철창문을 열자 해리가 그걸 쑥 밀었다. 우리는 계단을 올라갔다. 존 커피가 어깨를 축 늘어뜨리고 고개를 떨구고 다시 앞장섰다. 꼭대기에 이르자 해리가 커피 옆으로 돌아서(우리 셋 중에서 체구는 가장 작았지만 해리도 돌아 나가기가 쉽지는 않았다) 덮개 문을 땄다. 그 문은 무거웠다. 움직일 수는 있었지만 들어 올리지는 못했다.

"내가 하죠." 커피가 말했다. 그는 다시 앞으로 나서서 옆구리로 해리를 벽 쪽으로 밀며 한 손으로 덮개 문을 들어 올렸다. 강철 문이 아니라 색깔 있는 마분지를 들어 올리는 것 같았다.

삼사 월까지는 대개 불어오는 산바람을 타고, 차가운 밤공기가 몰려와 우리의 얼굴을 때렸다. 빙글빙글 도는 낙엽도 함께 실려 왔는데 커피는 수갑에서 벗어난 손으로 낙엽 하나를 붙잡았다. 넋을 잃고 낙엽을 바라보던 모습, 냄새를 맡으려고 펑퍼짐하나 잘생긴 코에 낙엽을 가져다 대던 모습을 나는 절대로 잊지 못할 것이다.

"자, 자, 가자고, 앞장서." 브루털이 말했다.

우리는 밖으로 나왔다. 커피가 덮개 문을 내리자 브루털이 잠 갔다. 이 문에는 알라딘 열쇠가 필요 없었지만, 덮개 문을 둘러싼 장대와 철망 울타리에 달린 문을 여는 데는 필요했다.

"나갈 때 손을 옆구리에 착 붙여야 돼. 철조망을 만졌다간 바싹 타 버린다고." 해리가 소곤거렸다.

이윽고 우리는 거기서 벗어나서 갓길 위에 무리를 지어 선 채 (우뚝 솟은 산 하나를 낮은 구릉 셋이 에워싼 모습이었으리라) 콜드 마운틴 형무소의 담과 불빛, 감시탑을 바라보았다. 한 감시탑 안 에서 교도관처럼 보이는 희끄무레한 형체가 손을 호호 부는 모습 이 보였지만, 그것도 잠깐이었다. 도로 쪽으로 난 감시탑의 창은 작았고 그리 중요하지도 않았다. 그래도 우리는 아주 조용조용 움직여야 했다. 만일 그때 차라도 지나간다면 우린 말 못할 곤경 에 처할 수도 있었다.

"가세. 앞장서, 해리." 내가 속삭였다. 우리는 토인 춤을 추듯 이 외줄로 도로를 따라 살금살금 북쪽으로 나아갔다. 해리가 선 두에 서고 그 다음이 존 커피, 그리고 브루털, 마지막이 나였다. 우리는 첫 번째 오르막길 끝까지 올라가 다시 밑으로 내려갔다. 거기서 보이는 형무소는 나무 꼭대기에 걸려 있는 환한 불빛뿐이

414

었다. 해리는 계속 우리를 끌고 갔다.

"도대체 어디다 세운 거람? 볼티모어?" 새하얀 구름처럼 브루털의 입에서 입김이 뿜어 나왔다.

"요 앞에 있다니까. 안달하지 마, 브루터스." 해리가 짜증스럽게 내뱉었다.

그러나 커피는 내가 관찰한 바로는 해가 뜰 때까지, 어쩌면 해가 다시 질 때까지 내내 걷고 싶어하는 눈치였다. 그는 올빼미 울음소리부터 사방팔방 안 쳐다보는 곳이 없었다. 확신하건대 그것은 두려움이 아니라 벅찬 희열 때문이었다. 안에서는 어둠을 무서워할지 몰라도 밖에서는 어둠을 전혀 무서워하지 않는다는 느낌이 들었다. 그는 여자의 불룩 나오고 들어간 가슴에 얼굴을 비비는 남자처럼 자신의 감각으로 밤을 어루만지고 쓰다듬고 있었다.

"여기서 돈다." 해리가 뇌까렸다.

좁고 비포장인 데다 복판 융기부에 잡초가 돋은 새끼손가락만 한 길이 오른쪽으로 꺾였다. 우리는 그 길로 접어들어 500미터쯤 더 걸었다. 브루털이 다시 불평을 터뜨리려는 순간 해리가 멈추더니 길 왼쪽으로 들어가서 부러진 소나무 가지들을 걷어 내기 시작했다. 커피와 브루털도 부지런히 움직였다. 나도 도우려고 나섰지만 이미 낡은 파몰 트럭의 움푹 들어간 주둥이가 드러났다. 철망에 가려진 헤드라이트가 실성한 사람의 눈처럼 우리를 물끄러미 바라보고 있었다.

"조심하는 게 상책이잖아." 해리가 가늘게 나무라는 목소리로 브루털에게 말했다. "브루터스 하월, 자네한테는 이게 시시껄렁한 장난일지 모르지만, 우리 집안은 아주 독실하다고. 골짜기에 사는 내 신앙심 깊은 사촌들에 비하면 그리스도교인들은 맹수야.
내가 이런 행동을 하다가 붙잡히는 날에는……."

"됐어. 신경과민이었을 뿐이야. 딴 뜻은 없었어." 브루털이 말
했다.

"나도야." 해리가 무뚝뚝하게 내뱉었다. "이제 이 망할 놈의 고
물 차에 바로 시동이 걸리는지 어디……."

그는 연신 구시렁거리면서 트럭 보닛을 돌았다. 브루털이 나에
게 살짝 눈짓을 보냈다. 커피는, 우리는 안중에도 없어 보였다.
머리를 뒤로 젖힌 채 하늘에 펼쳐진 별빛을 들이마시고 있었다.

"괜찮다면 전 저 친구랑 뒤에 타겠습니다." 브루털이 제안했
다. 우리 뒤에서는 파몰 트럭의 시동 소리가 끼깅, 잠깐 났다. 추
운 겨울날 아침 늙은 개가 일어서려고 안간힘을 쓰면서 내뱉는
소리. 이윽고 엔진이 힘차게 돌아갔다. 해리가 한번 세게 밟고 나
자 엔진은 도로 얌전해졌다.

"두 사람 다 뒤에 있을 필요는 없잖아요."

"자네는 앞에 타. 돌아올 때 뒤에 타든지 하라고. 일이 어그러
져서 저 친구가 호송차 뒤에 갇혀 오는 일만 생기지 않는다면 말
이야." 내가 말했다.

"그런 식으로 말하지 마세요." 정말로 기분이 상한 것 같았다.
우리가 붙잡힐 경우 얼마나 심각한 사태가 초래될지 그제야 처음
으로 깨달은 사람처럼. "제발요!"

"타라니까. 앞 칸에."

그는 내가 시키는 대로 했다. 나는 존 커피의 관심을 조금이라
도 지상으로 끌어내리려고 그의 팔을 당겼다. 그리고 트럭 뒤로

416

데리고 갔다. 트럭 옆에는 난간이 세워져 있었다. 해리는 기둥 위에다 범포를 씌워 놓았다. 가다가 맞은편에서 오는 자동차나 트럭과 마주칠 경우 도움이 될 듯했다. 그러나 뒤는 뻥 뚫려 있었다.

"위로." 내가 말했다.

"이제 타는 건가요?"

"그래."

"좋죠." 그는 웃었다. 달콤하고 사랑스러운 미소였다. 사고의 번잡함이 끼어들지 않았기 때문에 그랬으리라. 커피는 뒤칸에 올랐다. 나도 뒤따라 탔다. 그리고 짐칸 앞으로 가서 앞칸을 탕 하고 쳤다. 해리가 기어를 1단으로 넣자 트럭은 털털털털 요란하게 몸을 흔들면서 숨어 있던 은신처에서 빠져나왔다.

존 커피는 두 발을 벌리고 짐칸 한복판에 서서 해리가 도로 쪽으로 트럭을 돌릴 때 나뭇가지들이 얼굴을 후려쳐도 아랑곳하지 않고 고개를 들어 별들을 보면서 환하게 웃었다. "보세요, 교도관님!" 그는 좋아서 어쩔 줄 몰라 나지막이 외치며 검은 하늘을 가리켰다. "카시오페이아 아닙니까. 흔들의자에 앉은 여자요!"

그의 말대로였다. 나는 연도의 검은 나무들 사이로 난 별들의 길에서 그녀를 볼 수 있었다. 그러나 흔들의자에 앉은 여자라고 커피가 말했을 때 내가 떠올린 것은 카시오페이아가 아니라 멜린다 무어스였다.

"보이는구먼." 나는 그의 팔을 당기며 말했다. "이젠 앉지그래, 응?"

그는 앞칸에 등을 기대고 앉았지만 눈은 밤하늘에서 잠시도 떼지 않았다. 그의 얼굴에는 사고가 깃들지 않은 지고한 행복의 감

정이 떠올랐다. 파몰 트럭의 민둥민둥한 타이어가 한 바퀴 돌아
갈 때마다 그린 마일은 우리 뒤로 멀어져 갔다. 하염없이 흘러나
올 것 같았던 존 커피의 눈물은 적어도 그 순간에는 그쳐 있었다.

  침니리지에 있는 핼 무어스 소장의 집까지는 40킬로미터였지만, 해리 터윌리거의 털털거리는 농가 트럭으로는 한 시간도 넘게 걸렸다. 으스스한 여행이었다. 지금이야 그 여행의 모든 순간순간이, 돌고 튀어 오르고 푹 꺼지던 모든 순간과 두 번인가 맞은편에서 트럭이 나타났을 때의 숨 막히던 순간이 기억 속에 선명히 새겨져 있지만, 내가 존 커피와 함께 뒤칸에 앉아서 해리가 신통하게도 미리 준비해 둔 낡은 담요를 덮고 인디언처럼 나란히 붙어 있으면서 든 느낌은 필설로 도저히 형언할 수 없다.

  길 잃은 미아의 느낌이었다고나 할까. 어디선가 길을 잘못 접어들었는데 도로 표지판은 하나같이 낯설고 어디로 가야 집이 나오는지 도저히 알 수 없을 때 아이가 느끼는 막막하고 무시무시한 공포였다. 나는 그날 밤 죄수와 함께 밖에 나와 있었다. 그것도 보통 죄수가 아니라 두 소녀를 죽인 혐의로 재판정에서 유죄가 확정되어 사형 언도를 받은 죄수였다. 우리가 붙잡힐 경우 그가 결백하다는 나의 믿음은 아무런 의미도 없을 것이다. 모두 투옥되고 어쩌면 딘 스탠턴까지 걸려들지 모른다. 한 번의 처참한 사형 집행 때문에, 그리고 내 옆에 앉아 있는 허우대만 좋은 굼벵이가 한 여자의 치료되지 않은 뇌종양을 고칠 수 있을지 모른다는 믿음 때문에 나는 평생 다닌 직장과 가슴에 지녔던 신조를 집어던졌다. 그러나 별을 쳐다보는 존 커피를 쳐다보면서 나는 전에는 어땠을지 몰라도 더 이상 내게 그런 믿음이 남아 있지 않다는 사실을 깨닫고 난감했다. 나의 요도염은 이제 너무 먼 과거의 일이라 중요하게 여겨지지도 않았다. 아무리 끔찍하고 고통스러운 일도 일단 지나가면 잊어버리는 것이 사람 아닌가 말이다(전에 나의 어머니께서는 여자가 첫 아기를 낳을 때의 고통을 끝내 잊어버리지 못한다면 둘째 아기는 절대로 갖지 않을 거라고 말씀하셨다). 딸랑 씨만 하더라도, 퍼시가 곤죽을 만들어 놓았다고 생각한 게 틀린 판단이지는 않았을까? 다분히 그럴 수도 있었다. 커피가 정말로 일종의 최면을 걸 줄 알았던 것은 사실이지만 혹시 우리가 전혀 보지 않은 무언가를 보았다고 생각하도록 우리를 현혹시킨 건 아니었을까? 거기다가 헬 무어스 소장도 문제였다. 내가 예고 없이 사무실에 들이닥쳤을 때 그는 수전증에 걸려 눈물 짜는 노인 같은 모습을 보여 주었다. 그러나 자기를 찌르겠다고 덤비던 주정뱅이의 손목을 부러뜨리고, 집행조에 누가 들어가건 가지 않건 들라크루아의 불알은 어차피 익는다고 감정을 전혀 섞지 않은 채 냉소적으로 나에게 말하던 게 무어스 소장의 본모습이었다. 그런 헬 무어스 소장이 순순히 옆으로 비켜서서 아이를 죽인 사형수를 집 안으로 데리고 들어가서 사모님에게 손을 대게 하도록 우리를 호락호락 놔둘 거라고 생각했단 말인가?

차가 움직이는 동안 나의 의혹은 병적으로 짙어졌다. 내가 왜

이 일에 뛰어들었는지, 왜 동료들을 설득하여 이 정신 나간 야간 여행에 데리고 나왔는지 전혀 이해되지 않았다. 게다가 무사히 일을 끝마칠 가능성도 없어 보였다. 옛말에도 있듯 그건 개가 천당에 갈 확률보다도 가능성이 희박했다. 그래도 나는 그만두려고 하지 않았다. 마음만 먹으면 얼마든지 번복할 수 있었다. 소장의 집에 당도하기 전까지는 사태를 원점으로 되돌릴 수 있는 길이 얼마든지 남아 있었다. 무언가가, 내 옆에 앉아 있던 거인이 발산하던 흥분의 여파 같은 것이, 나로 하여금 앞칸을 쾅쾅 두드려 아직 늦지 않았으니 트럭을 돌려서 교도소로 돌아가자고 소리치지 못하게 막고 있었다.

큰길에서 5번 군으로 들어가고 5번 군에서 다시 침니리지 도로로 접어드는 동안 내 심리 상태는 그랬다. 그렇게 15분을 더 가니까 별들을 가리면서 지붕의 형체가 나타났다. 나는 목적지에 도착했음을 알았다.

해리는 기어를 2단에서 1단으로 바꾸었다(거기까지 오는 동안 3단은 딱 한 번밖에 넣지 않은 듯했다). 엔진이 감속되면서 트럭 전체가 부르르 떨렸다. 트럭은 마치 우리 앞에 놓여 있는 운명을 두려워하는 것 같았다.

해리는 자갈이 깔린 진입로로 들어가서 털털거리는 트럭을 어디 가나 눈에 잘 띄는 소장의 검은 뷰익 뒤에 주차시켰다. 전방에서 약간 오른쪽으로 바늘처럼 날렵한 집이 서 있었다. 그런 스타일의 주택을 케이프 코드라고 부른다는 것쯤은 나도 안다. 저런 집이 이런 산촌에서는 너무 튀어 보일 법도 한데 그렇지 않았다. 달은 이미 떠 있었다. 새벽달의 미소는 더욱 통통했다. 늘 아름답

게 가꾸어져 있던 마당이 이제는 버림받았다는 걸 달빛이 그대로 보여 주었다. 갈퀴로 쓸지 않아 낙엽이 수북이 쌓여 있었다. 평소라면 그건 멜린다의 일이었지만, 올 가을에는 낙엽을 쓸 엄두를 전혀 내지 못한 것이다. 멜린다는 떨어지는 잎사귀를 다시는 보지 못하리라. 그것이 사태의 진실이었는데, 나는 이 흐리멍덩한 눈을 가진 백치가 그런 사태에 변화를 가져올 수 있다고 믿을 만큼 정신이 나가 있었던 것이다.

하지만 우리 자신을 구하기에는 아직 늦지 않았는지도 몰랐다. 나는 일어나려고 했다. 쓰고 있던 담요가 어깨에서 흘러내렸다. 상체를 구부려 운전석 창을 두들기고 해리에게 어서 여기를 빠져나가자고……

존 커피가 솥뚜껑만 한 주먹으로 내 팔뚝을 움켜잡고 마치 아기를 대하듯 전혀 힘들이지 않고 나를 끌어내렸다. "보세요, 교도관님. 누가 깨어 있어요." 그는 어딘가를 가리키면서 말했다.

그의 손가락이 가리키는 곳을 따라갔을 때 나는 가슴이 철렁했다. 심장이 꺼지는 느낌이었다. 뒤쪽 창 하나에 불이 환히 들어와 있었다. 멜린다가 요즘 밤이고 낮이고 붙어 있는 방일 가능성이 컸다. 얼마 전에 휘몰아친 폭풍우가 떨어뜨린 낙엽을 치우러 나올 기운이 없듯이 그녀에게는 계단을 오르내릴 기운도 없었으리라.

그들은 트럭 소리를 들었음이 분명했다. 소음기(消音器) 같은 하찮은 물건의 방해 없이, 배기관을 따라 마음껏 방귀를 뀌고 굉음을 토하는 해리 터윌리거의 망할 파몰 트럭 소리를 들은 것이다. 재수 없게도, 무어스 부부는 요즘 밤에 통 잠을 못 자는 모양이었다.

집 앞쪽 가까운 곳에 불이 켜졌고(부엌), 위층 거실, 다시 앞마루, 현관의 불이 들어왔다. 나는 시멘트벽에 기대어 서서 마지막 담배를 피우며 밀집 대형으로 다가오는 사형 집행단을 바라보는 사람처럼, 다가오는 불빛의 행렬을 지켜보았다. 트럭 엔진의 불규칙한 파열음이 침묵으로 잦아들고 문이 삐걱거린 뒤 해리와 브루털의 자갈 밟는 소리가 들렸을 때야 나는 이제는 너무 늦었다는 걸 인정할 수밖에 없었다.

커피가 일어서면서 나를 잡아당겼다. 희미한 불빛에 드러난 그의 얼굴은 생기가 돌았고 진지했다. 왜 안 그렇겠는가? 그때 내 머릿속에 있던 생각이 무엇이었는지 기억한다. 진지해 보이지 않을 리가 있겠는가? 그는 바보인 데다.

브루털과 해리는 폭풍우에 휘말린 아이들처럼 트럭 발치에 어깨를 맞대고 서 있었다. 그들도 나처럼 무서움과 당혹감과 불안감에 휩싸여 있다는 것을 표정으로 미루어 알 수 있었다. 나는 더더욱 난감해졌다.

커피가 내렸다. 그에게는 뛰어내린다는 표현보다 한 계단 내려간다는 표현이 알맞았다. 나는 참담한 심정으로 뻣뻣하게 뒤따라 내렸다. 커피가 팔을 붙들어 주지 않았더라면 난 차가운 자갈 위에 엎어지고 말았으리라.

"이건 실수입니다." 브루털이 기어들어 가는 작은 목소리로 뇌까렸다. 그의 둥그런 눈은 공포에 질려 있었다. "젠장, 왜 우리가 그런 바보 같은 생각을 했죠?"

"이젠 너무 늦었어." 나는 그렇게 대꾸하면서 커피의 한쪽 엉덩이를 밀었다. 커피는 순순히 해리의 옆에 가서 섰다. 나는 데이

트라도 하는 것처럼 브루털의 팔짱을 끼고 불이 환하게 켜진 현관 쪽으로 걸어갔다. "말은 내가 하는 거다, 알지?"

"예, 지금 제 눈에 분명해 보이는 건 그것밖에 없습니다."

나는 고개를 돌렸다. "해리, 내가 부를 때까지 그 친구하고 트럭 옆에 붙어 있게. 내가 준비 작업을 끝낼 때까지 소장님이 그 친구를 보면 안 되거든." 그러나 준비 작업을 끝내지 못하리라는 걸 나는 알았다. 뒤늦은 깨달음이었다.

브루털과 내가 계단 밑에 겨우 이르렀을 때 현관문이 벌컥 열리면서 놋쇠로 된 고리쇠가 문패에 세게 부딪혔다. 파란 잠옷 바지에 줄무늬 티셔츠 차림으로 핼 무어스 소장이 서 있었다. 그의 철회색 머리는 뒤엉켜 부스스하게 일어서 있었다. 그는 직업상 수많은 적을 만들었고 본인도 그 사실을 알았다. 그가 오른손에 꽉 쥔 것은 벽난로 위에 늘 놓여 있던 권총이었고 그 권총의 비정상적으로 긴 총신은 땅 쪽을 향해 있지 않았다. 네드 번트라인 스페셜이라고 불리는 그 총은 그 양반의 조부가 쓰던 권총이었다. 바로 그때(나는 더 더욱 가슴이 철렁 내려앉았다) 노리쇠가 완전히 뒤로 젖혀지는 소리가 났다.

"새벽 2시 반에 거기서 얼쩡거리는 놈들이 누구야?" 그가 다그쳤다. 목소리에 전혀 두려움이 없었다. 적어도 그 순간만은 그의 수전증이 멈추어 있었다. 권총을 쥔 손은 돌처럼 단단해 보였다. "대답하지 않으면……" 총신이 서서히 올라갔다.

"잠깐, 소장님!" 브루털이 두 손을 들어 올려 손바닥으로 앞을 막았다. 여태껏 그의 목소리가 그렇게 떨리는 걸 나는 들어 본 적이 없었다. 소장의 손에서 빠져나온 떨림이 브루터스 하월의 목으로 비집고 들어간 듯했다. "우립니다. 폴 선배하고 저하고……, 우리라고요!"

브루털은 첫 계단에 올라섰다. 현관 전등이 그의 얼굴을 환히 드러냈다. 나도 따라 올라섰다. 무어스 소장은 우리 얼굴을 번갈 아 쳐다보았다. 그의 노여운 결심은 당혹감으로 바뀌었다. "자네 들 여기서 뭐하는 건가? 꼭두새벽이라는 건 둘째치더라도 자네들 은 당직 아닌가. 내 사무실에 근무표를 붙여 놨기 때문에 잘 알 아. 대체……, 허, 가만. 혹시 감금 아닌가? 아니면 폭동이라도?" 그는 우리들 틈새를 바라보았다. 눈매가 날카로워졌다. "거기 트 럭 옆에 누구야?"

'말은 내가 하는 거다.' 아까 브루털에게 그렇게 말했으므로 이제 여기서 입을 열어야 했지만 나는 입도 뻥긋할 수 없었다. 그 날 오후 출근하면서 나는 여기 도착해서 해야 할 말을 공들여 준 비했고 그게 전혀 터무니없는 내용이라고 생각하지 않았다. 정상 은 아니었지만, 이 일에 정상적인 구석이란 없었으니까, 하지만 정상에 '아주 가까운' 내용이라 잘하면 집 안으로 들어가 기회를 엿볼 수 있을 듯했다. 커피에게 기회를 줄 수 있을지도 몰랐다. 그러나 그토록 공들여 연습한 대사들이 뒤죽박죽 하나도 생각나 지 않았다. 생각들과 장면들, 들라크루아가 불에 타고, 쥐가 죽 고, 허풍선이가 고철 스파크의 무릎에 앉아서 사지를 비틀며 수 칠면조처럼 잘 익는다고 악쓰던 장면들이 머리 안에서 회오리바 람에 휘말린 모래처럼 소용돌이쳤다. 나는 이 세상에는 선이라는 게 있고 그 선은 사랑의 하느님으로부터 어떤 식으로든 유래한다 고 믿는다. 그러나 이 세상에는 내가 일평생 기도를 드려 온 하느

님만큼이나 그 존재가 피부에 절절히 와 닿는 또 다른 힘이 있다
는 믿음 또한 있다. 그 힘은 우리의 바람직한 욕구를 의도적으로
파괴시킨다. 사탄은 아니다. 내가 말하려는 것은 사탄이 아니라
(물론 나는 사탄이 실재한다고 믿지만) 일종의 불화를 조장하는 악
마, 노인이 담뱃불을 붙이려다가 불길에 휩싸일 때, 또는 귀여움
을 독차지하던 아기가 난생 처음 크리스마스 선물로 받은 장난감
을 입에 대고 놀다가 질식사할 때 좋아라고 웃어 대는 고약하고
괘씸한 존재다. 나는 콜드마운틴에서 조지아 파인스까지 흘러오
는 동안 그 힘에 대해서 참으로 많은 생각을 했는데, 그날 새벽
바로 그 힘이 안개처럼 도처에서 피어올라 우리에게 영향력을 행
사하면서 존 커피가 멜린다 무어스에게 접근하지 못하도록 수작
을 부리고 있었다.

"소장님……, 실은……. 저……." 아무리 애를 써도 말 같은 말
이 나오지 않았다.

그는 내 말을 무시하고 다시 권총을 올려, 나와 브루털 사이를
겨누었다. 핏발 선 그의 눈은 부풀 대로 부풀어 있었다. 그때 해
리 터월리거가 우리 덩치에게 이끌리다시피 그 자리에 나왔다.
커피는 팔푼이처럼 헤벌쭉이 웃었다.

"커피." 무어스 소장의 숨이 거칠어졌다. "존 커피." 그는 숨을
한번 들이쉬더니 새되지만 강한 음성으로 버럭 고함을 질렀다.
"서라! 그 자리에 서! 움직이면 쏜다!"

그의 뒤쪽 어딘가에서 가녀리고 떨리는 목소리로 여자가 악을
썼다. "여보? 거기서 뭐하는 거야? 누구랑 얘기하냐고, 이 병신
새끼야!"

소장은 잠시 그쪽으로 돌아섰다. 당혹감과 낭패감이 얼굴에 떠올랐다. 아주 잠깐이었지만, 총신이 긴 그 권총을 그의 손아귀에서 낚아채기에는 충분한 시간이었다고 할 수 있다. 나는 손을 들어 올릴 수가 없었다. 마치 육중한 추에 손이 묶인 것 같았다. 나의 머리는 방해 전파로 꽉 찬 듯했다. 나는 방해 전파의 폭풍을 뚫고 멀리 나아가려고 애쓰는 방송파 같았다. 내가 기억하는 유일한 감정은 공포와 소장에 대한 일종의 무지근한 당혹감이었다.

해리와 존 커피는 계단 발치까지 갔다. 소장은 아내의 목소리가 들려온 쪽을 등지고 돌아서면서 다시 총을 쳐들었다. 나중에 들은 말이지만 그는 정말로 커피를 쏠 생각이었다고 한다. 우리는 모두 포로이고 모반을 일으킨 수뇌부는 트럭 옆 그늘에 몸을 숨기고 있는 줄로만 알았다는 것이다. 소장은 우리가 왜 집으로 왔는지 영문을 알 수 없었지만, 복수일 가능성이 가장 높다고 생각한 모양이었다.

소장이 총을 쏘기 전에, 해리 터윌리거가 커피 앞으로 걸어 나와 자기 몸으로 커피를 막아섰다. 커피가 시켜서 한 일이 아니라 해리가 자진해서 한 행동이었다.

"아닙니다, 무어스 소장님! 아무 일 없어요! 아무도 무장하지 않았고 아무도 다치지 않을 겁니다. 우린 도우려고 왔어요!" 해리가 말했다.

"도와?" 소장의 헝클어지고 뒤엉킨 눈썹이 바짝 당겨졌다. 눈도 반짝거렸다. 공이치기가 뒤로 젖혀진 권총에서 잠시도 시선을 거둘 수가 없었다. "돕다니 누굴? 누굴 도와?"

대답이라도 하듯 늙은 여인의 성마르고 단정적이며 완전히 이성을 잃은 목소리가 다시 올라갔다. "와서 내 진구렁이나 쑤시라 니까, 이 개자식아! 니 친구 놈들도 데려와! 돌아가면서 해 줄 테 니까!"

나는 기가 막혀서 브루털을 쳐다보았다. 사모님이 욕을 한다는 건, 종양이 그렇게 만들었다는 건 알고 있었지만 이건 욕보다 더 했다. 훨씬 심했다.

"자네들 여기서 뭘 하는 건가?" 소장이 재차 물었다. 굳센 목소 리는 상당히 누그러져 있었다. 아내의 떨리는 고함이 그렇게 만든 것이다. "영문을 모르겠구먼. 탈옥이라도 했나, 아니면……."

커피는 해리를 밀쳤다. 그를 쑥 들어서 옆에 놓았다고 말하는 것이 옳다. 그러고는 계단으로 올라섰다. 그는 브루털과 나 사이 에 섰다. 체구가 하도 커서 우리 두 사람은 멜린다의 서양 호랑가 시나무 덤불 양옆으로 밀려났다. 소장의 눈이, 키 큰 나무의 꼭대 기를 올려다보려고 애쓰는 사람처럼 커피의 몸을 따라 위로 올라 갔다. 갑자기 세상이 내 앞에서 질서를 되찾았다. 모래알이나 쌀 알을 휘젓는 강인한 손가락처럼 나의 머릿속을 뒤흔들어 놓았던 불화의 기운이 사라진 것이다. 브루털과 내가 소장 앞에 서서 마 음의 갈피를 잡지 못하고 속수무책으로 있을 때 해리가 행동에 나설 수 있었던 이유를 나는 그제야 깨달았다. 해리는 존 옆에 있 었던 것이다……. 그날 밤 또 하나의 기운, 곧 악마의 기운에 맞 서는 기운은 존 커피 안에 있었다. 그리고 커피가 무어스 소장을 대면하려고 계단을 올라갔을 때 새로운 기운이 상황을 지배했다. 무언가 하얀 것이었다. 사악한 기운이 떠난 것은 아니었지만, 갑 자기 강한 빛에 쏘인 그림자처럼 물러나는 모습을 나는 볼 수 있었다.

"도와드리고 싶습니다." 존 커피가 말했다. 소장은 입을 벌리고 넋을 잃은 채 그를 쳐다보았다. 커피가 소장의 손에서 권총을 낚아채어 나에게 주었지만 소장은 자기 손에서 권총이 빠져나간 사실조차 깨닫지 못했을 거라고 생각한다. 나는 공이치기를 조심스럽게 낮추었다. 나중에 탄창을 확인했을 때 그 안은 텅 비어 있었다. 소장도 그걸 알고 있었을지 나는 가끔씩 궁금해진다. 커피는 여전히 중얼거리고 있었다. "사모님을 도우러 왔습니다. 그냥 도우려는 겁니다. 원하는 건 그것뿐입니다."

"여보!" 안쪽 침실에서 여자가 소리 질렀다. 그녀의 목소리에는 이제 좀더 힘이 들어가 있었지만 두려움의 빛이 역력했다. 우리를 혼미와 무기력에 빠뜨렸던 기운이 이제 그녀에게 물러선 것 같았다. "누군지 몰라도 가라 그래! 이 오밤중에 뭘 팔겠다는 거야! 가전제품은 필요 없어! 사타구니에 음액이 묻은 속바지도 필요 없고! 내보내라니까! 가서 그 짓이나 열심히 하라고 그……, 그……." 무언가가 깨졌다. 유리컵일 가능성이 있었다. 그녀는 흐느끼기 시작했다.

"그냥 도우려는 겁니다." 존 커피가 귓속말인가 싶을 정도로 목소리를 낮게 깔았다. 그는 여인의 흐느낌과 상스러운 언동을 모두 무시했다. "그냥 도우려는 겁니다. 소장님. 원하는 건 그것뿐입니다."

"돕지 못해. 아무도 못 도와." 소장이 말했다. 내 귀에 익숙한 말투였다. 잠시 후 나는 그것이 커피가 나의 요도염을 고쳐 준 날, 내가 그의 감방에 들어가서 내 입으로 뱉은 말이었음을 깨달왔다. 최면에 걸려서. '내 일은 내가 알아서 할 테니까 자넨 자네 일이나 신경 쓰게.' 그것이 들라크루아한테 내가 던진 말이었다……. 그러나 내 일을 알아서 해결해 준 것은 커피였고, 그 커피가 지금 소장의 일을 해결해 주려고 나섰다.

"저흰 이 친구가 할 수 있다고 봅니다. 모가지가 잘릴 위험성이 많은 것도 아닙니다. 빵깐에 처박힐 리도 없고요. 그저 여기 들렀다가 일을 보고 돌아가면 그만인 겁니다. 별일 아니지요." 브루털이 말했다.

그러나 3분 전까지만 하더라도 나에게는 그것처럼 어려운 일이 없었다. 브루털에게도 마찬가지였다.

존 커피는 우리로부터 주도권을 빼앗아 갔다. 그는 한 손으로 힘없이 저지하려던 소장을 지나(소장의 손은 커피의 엉덩이를 스쳐 지나가 밑으로 떨어졌지만 그 거인은 느끼지도 못했을 것이다) 복도를 따라 거실, 그 너머의 주방, 그리고 알아듣기 어려운 카랑카랑한 목소리가 다시 고개를 든 안쪽 침실로 어슬렁어슬렁 걸어갔다.

"거기 서! 누군지 몰라도 거기 서! 난 옷도 안 입었어. 젖꼭지도 드러났고 보지도 바람을 쐬고 있다고!"

커피는 관심도 두지 않고 전등에 부딪히지 않도록 머리를 숙인 채 무덤덤하게 앞으로 걸어갔다. 둥그런 갈색 머리가 번질거렸고 그의 두 손은 양옆으로 축 늘어져 있었다. 잠시 후 우리는 그의 뒤를 따라갔다. 내가 먼저 나섰고 브루털과 소장이 나란히 뒤따랐으며 해리가 꽁무니에 붙었다. 한 가지는 너무도 분명했다. 공은 우리의 손을 벗어나 커피의 손으로 넘어갔다는 사실이다.

안쪽 침실의 여자는 침대 머리에 기대어 앉아 자신의 혼탁한 시야 안으로 다가오는 거인을 눈에 불을 켜고 바라보았지만, 그 모습은 내가 지난 20년 동안 알고 지내 온 멜린다 무어스가 아니었다. 들라크루아의 형을 집행하기 직전 아내와 함께 찾아갔을 때 본 멜린다 무어스의 모습과도 멀었다. 침대에 웅크리고 앉은 그 여자는 핼러윈 축제에서 마녀로 분장하고 병석에서 일어난 아이 같았다. 납빛 피부는 허공에 매달린 주름투성이의 밀가루 반죽 같았다. 마치 윙크를 하려고 애쓰는 사람처럼 오른쪽 눈가의 피부엔 주름이 잡혀 있었다. 오른쪽 입가도 늘어졌으며 노란 송곳니 하나가 심술이 붙은 아랫입술 밖으로 삐죽 나와 있었다. 머리카락은 뿌연 안개처럼 사방팔방으로 흩어져 있었다. 방에서는, 탈이 없을 때라면 우리 몸이 품위 있게 처리하는 물질로 악취가 진동했다. 침대 옆의 요강에는 노르스름하고 역겹고 끈끈한 것이 절반쯤 차 있었다. 그 충격적인 모습은 우리가 너무 늦게 왔음을 말해 주는 듯했다. 아프긴 했어도 그런대로 자기의 모습을 잃지는 않았는데 불과 며칠 새 이렇게 변해 버린 것이다. 그녀의 머릿속에 들어 있던 어떤 존재가 며칠 전부터 자기의 위치를 굳건히 다지려고 무시무시한 속도로 움직인 게 분명했다. 이제는 존 커피도 그녀를 도울 수 없을 것 같았다.

커피가 들어가자 그 여자는 공포와 경악에 떨었다. 그녀 안에 있는 무엇인가가 자기를 붙잡아 들어 올릴 수 있는 의사의 존재를 눈치 챈 듯했다……. 거머리를 떨어뜨리기 위해 소금을 뿌리듯이 자기한테 소금을 뿌릴지도 모르는 존재를. 내 말을 신중하게 들어 달라. 나는 멜린다 무어스가 마귀에 홀려 있었다고 말하려는 것이 아니다. 그날 밤 나는 격앙된 상태였으므로 나의 감각에 들어온 모든 내용은 의심스러울 수밖에 없다는 사실도 잘 안다. 하지만 그녀가 마귀에 홀렸을 가능성을 전적으로 도외시하는 것은 아니다. 분명히 말하지만 그녀의 눈에는 무언가가, 공포에 질린 무언가가 있었다. 그 점에 대해서 나는 여러분이 나를 믿어도 좋다고 생각한다. 두 눈으로 거듭 확인한 감정이었으므로 내가 잘못 보았을 리는 만무하다.

내용이야 어찌 되었건 그 감정은 금세 사라졌고 그리 건전해 보이지 않는 강한 호기심이 그 자리를 채웠다. 뭐라 말하기 힘든 그 입이 미소처럼 흔들렸다.

"되게 크네!" 그녀가 탄성을 질렀다. 악성 인후염에 걸린 어린 소녀의 목소리 비슷했다. 그녀는 침대보 밖으로 자기 얼굴처럼 새하얀 두 손을 꺼내더니 톡톡 맞두드렸다. "바지를 내려 봐! 검둥이 물건 얘기는 수도 없이 들었지만 내 눈으로는 한번도 못 봤거든!"

내 뒤에서 소장이 절망에 휩싸여 가벼운 탄식음을 냈다.

존 커피는 그 말을 무시했다. 약간의 거리를 두고서 그녀를 관찰하려는 듯이 그 자리에 잠시 가만히 서 있더니 이윽고 침대 쪽으로 갔다. 전등 하나가 침대를 밝히고 있었다. 전등은 그녀의 잠옷 목 부분에 달린 레이스까지 끌어올려진 하얀 침대보 위에 밝은 원을 던졌다. 침대 너머의 그늘에서 나는 거실에 놓여 있던 긴 의자를 보았다. 멜린다가 행복하던 시절 손수 짰던 담요가 반은 의자 위에 반은 바닥에 드리워져 있었다. 우리가 쳐들어갔을 때 소장은 거기서 최소한 설핏 졸았거나 잠을 자고 있었던 것이다.

커피가 다가서자 그녀의 표정은 다시 변했다. 그 순간 나는 지난 몇 해 동안 나에게, 특히 아이들이 둥지를 떠난 뒤 외로움과 상실감, 우울에 젖어 있던 재니스에게 더없는 친절을 베풀어 주던 멜린다를 보았다. 멜린다는 여전히 관심을 나타냈지만 그 관심은 이제 정상적이며 깨어 있는 의식에서 나온 것처럼 보였다.

"댁은 누구죠?" 맑고 차분한 목소리로 물었다. "손하고 팔에 웬 흉터가 그리 많은가요? 누가 그런 몹쓸 짓을 했죠?"

"어디서 다친 건지 당최 기억이 안 납니다, 사모님." 존 커피는 공손히 대답하면서 그녀의 침대 옆자리에 앉았다.

멜린다는 환하게 웃었다. 비웃는 듯하던 오른쪽 입가가 흔들렸지만 확연히 드러나지는 않았다. 그녀는 커피의 왼쪽 손등에 난 초승달 모양의 하얀 흉터를 만졌다. "천만다행이네요. 왠지 알아요?"

"그야, 누가 나를 못살게 굴고 끈질기게 쫓아다니는지 모르면 뜬눈으로 밤을 새울 일도 없으니까요." 존 커피는 남부 사투리에 가깝게 말했다.

그 말에 멜린다는 웃음을 터뜨렸다. 고약한 냄새가 나는 병실에서 그 소리는 은빛처럼 순수했다. 소장은 이제 내 옆에 서서 가쁜 숨을 몰아쉬었지만 끼어들지는 않았다. 멜린다가 웃었을 때 소장은 가쁜 숨을 들이마신 상태에서 순간적으로 호흡을 멈췄고 그의 커다란 손 하나가 나의 어깨를 움켜잡았다. 다음 날 보니까 어찌나 세게 잡았는지 멍이 들 정도였지만 그 당시에는 거의 감각이 없었다.

"이름이 뭐죠?" 그녀가 물었다.

"존 커피입죠."

"마시는 커피."

"네, 사모님. 철자만 다릅죠."

그녀는 등을 베개에 묻었다. 베개에 등은 기댔지만 앉았다고 할 수 없는 자세였다. 그리고 커피를 빤히 쳐다보았다. 그는 시선을 외면하지 않으며 그 여자의 옆에 앉았다. 무대에 선 배우를 비추듯 전등 불빛이 두 사람 주위를 맴돌았다. 죄수복을 입은 덩치 큰 흑인 남자와 죽음을 목전에 둔 가냘픈 백인 여자. 여자는 홀린 듯 커피의 눈을 응시했다.

"사모님?"

"예, 존 커피?" 그 말은 간신히 새어 나왔고 퀴퀴한 공기를 통해 우리에게 간신히 전달되었다. 나는 팔, 다리, 등의 근육이 뭉치는 것을 느꼈다. 어딘가 아주 멀리서 소장이 내 팔을 움켜잡는 느낌이 왔고, 밤중에 길을 잃은 어린아이들처럼 어깨동무를 한 해리와 브루털의 모습도 눈초리로 읽을 수 있었다. 바야흐로 무슨 일인가가 일어나려 하고 있었다. 무언가 대단한 일이. 우리는 우리 나름의 방식으로 그것을 감지했다.

존 커피는 멜린다 쪽으로 몸을 숙였다. 침대 용수철이 삐걱거리고 침대보가 부스럭거렸다. 서늘한 미소를 머금은 달은 침실 창을 통해 안을 엿보고 있었다. 커피의 충혈된 눈이, 젖혀진 그녀의 수척한 얼굴을 유심히 살폈다.

"보이누만." 그가 말했다. 그녀에게 한 말이 아니라 혼잣말이었다. 어쨌든 내가 보기에는 그랬다. "보이누만, 도울 수 있겠어. 가만……. 똑바로 가만……."

더 가까이 몸을 숙였건만 아직 충분치 않은 모양이었다. 순간 그의 커다란 얼굴이 멜린다의 코앞에서 5센티미터도 채 안 되는 거리에서 멈추었다. 그는 한 손을 옆으로 치켜들더니 무언가에게 기다려라……. 무조건 기다려라 하고 말하듯 손가락을 쫙 편 다음……, 다시 얼굴을 낮추었다. 그의 시원스럽게 벌어진 부드러운 입술이 그 여자의 입술을 눌러 강제로 열었다. 나는 언뜻 그 여자의 한쪽 눈을 보았는데, 커피 뒤쪽을 망연자실 쳐다보던 그 눈빛은 경악에 차 있었다. 이윽고 그의 부드럽게 벗겨진 머리가 움직이자 그 눈마저도 가려졌다.

여자의 폐부 깊숙이 스며 있던 공기를 그가 빨아들일 때 가벼운 휘파람 소리가 났다. 일이 초나 들렸을까, 이윽고 우리 밑에서 마루가 움직였고 우리 주위에서 집 전체가 움직였다. 나 혼자의 착각이 아니다. 다들 그걸 느꼈고, 나중에 모두 그 이야기를 했다. 그것은 충격음의 연속 같았다. 아주 무거운 물건이 응접실 바닥에 떨어졌는지 꽝음이 들렸다. 나중에 보니 거대한 괘종시계였다. 무어스 소장은 그 시계를 고치려고 안간힘을 썼지만 한 번에

15분 이상은 제대로 가는 적이 없게 되었다.

조금 있으니까 우지끈 소리가 났고 곧 이어 쨍그랑 소리가 났다. 달이 안을 엿보고 있던 창문 유리가 깨진 것이다. 벽에 걸려 있던 그림, 칠대양 한 바다를 질주하는 쾌속 범선이 고리에서 벗겨져 나와 바닥에 떨어지는 바람에 그림의 앞 유리도 박살났다.

후끈거리는 열기 같은 것이 코에 와 닿았다. 멜린다가 덮고 있던 하얀 침대보 밑에서 연기가 피어오르고 있었다. 덜덜 떨리는, 덩어리와 다를 바 없는 그녀의 오른발 옆에서 연기가 검게 변색되고 있었다. 꿈결을 헤매는 사람처럼 나는 소장의 손아귀에서 벗어나 침실 옆의 소탁자로 걸어갔다. 탁자 위에는 물 잔이 놓여 있었고 진동이 일어나는 동안 나동그라진 알약 병 서너 개가 그 주위에 있었다. 나는 물 잔을 들어 연기가 피어오르는 곳에다 부었다. 치익 소리가 났다.

존 커피는 여전히 깊고 농밀한 입맞춤을 하면서 빨아들이고 또 빨아들였다. 한 손은 아직도 쫙 편 채였고 또 한 손은 침대를 짚어 자기의 육중한 몸무게를 의존하고 있었다. 손가락들이 벌려져 있어 그 손이 내 눈에는 마치 갈색의 불가사리처럼 보였다.

돌연 멜린다의 등이 휘었고 한 손이 허공을 휘저었다. 손가락들은 경련을 일으키면서 오므라졌다가 펴지기를 반복했다. 여자의 발은 침대에 탕탕 부딪혔다. 그때 무언가가 비명을 질렀다. 이번에도 나의 착각은 아니었다. 다른 사람들도 그 소리를 들었다. 브루털에게는 덫에 다리가 걸린 늑대나 코요테의 울음으로 들렸다. 나에게는 그 무렵 고요한 아침나절 자욱한 안개를 헤치며 날개를 단단히 펼친 독수리가 급강하할 때 내는 소리 같았다.

밖에서 강풍이 휘몰아쳐 집이 다시금 흔들렸다. 참으로 희한한 노릇이었다. 그때까지는 이렇다 할 바람이 전혀 불지 않았던 것이다.

존 커피가 여자에게서 몸을 뗐다. 여자의 얼굴에서 주름살이 한결 가셨다. 오른쪽 입가는 더 이상 처져 보이지 않았다. 눈도 평소의 모습을 되찾았다. 10년은 젊어진 것 같았다. 커피는 한동안 여자를 골똘히 주시하더니 이윽고 기침을 하기 시작했다. 그는 여자의 얼굴에다 기침하지 않으려고 고개를 돌리려다가 균형을 잃고(그도 그럴 것이, 체구가 워낙 큰 통에 애당초 침대 가장자리에 엉덩이를 반쯤 걸치고 앉아 있었기 때문이다) 바닥에 넘어졌다. 그 충격으로 집이 세 번째로 흔들렸다. 커피는 무릎을 꿇고 고개를 숙인 채 폐병 말기의 환자처럼 쿨룩쿨룩 기침을 했다.

나는 속으로 생각했다. '이제 벌레가 나온다. 기침으로 뱉어 낼 거야. 이번에는 양이 얼마나 될까.'

그러나 커피는 뱉어 내지 않았다. 발작과 발작 사이에 새로 공기를 들이마실 시간이 과연 있을까 싶을 정도로 헛구역질에 가까운 깊은 기침을 연방 토해 내기만 했다. 초콜릿처럼 짙은 피부가 잿빛으로 바뀌었다. 놀란 브루털이 옆에 가서 한쪽 무릎을 꿇고 앉아 경련을 일으키는 커피의 넓은 등짝에 한 팔을 둘렀다. 브루털의 움직임 덕분에 마법에서 풀려나기라도 한 듯 소장은 아내의 침대로 가서 커피가 앉아 있던 자리에 앉았다. 소장은 캑캑 숨넘어가는 기침을 해 대는 거인의 존재를 거의 의식하지 못하는 듯했다. 커피가 바로 앞에 무릎을 꿇고 있는데도 무어스 소장은 아내만 바라보았고 그녀 역시 소장을 놀란 표정으로 응시했다. 멜린다를 보는 것은 더러운 거울을 깨끗이 닦아 내고 보는 것 같았다.

"존! 토해! 전처럼 토하라니까!" 브루털이 소리 질렀다.

커피는 목에 걸린 기침을 계속 뱉었다. 그의 눈은 젖어 있었지만 그것은 눈물이 아니라 긴장 탓이었다. 가는 물보라처럼 그의 입에서 침이 튀어나왔을 뿐 그 밖에는 나오는 것이 없었다.

브루털은 두어 번 커피의 등짝을 후려갈기더니 나를 돌아보았다. "숨이 막히는 모양이네! 사모님한테서 뭘 빨아냈는지는 몰라도 그게 목에 꽉 걸렸어요!"

나는 앞으로 튀어나갔다. 내가 두 걸음도 못 떼었을 때 커피는 무릎걸음으로 나에게서 멀어지더니 방 한구석으로 가서 여전히 심한 기침을 했고 숨은 한없이 늘어지기만 했다. 그는 붉은 들장미가 정원을 온통 뒤덮은 벽지에 이마를 대고서 폐부를 찢는 소름 끼치는 헛기침 소리만 연발했다. 자기 목구멍 안을 발랑 까뒤집으려고 애쓰는 사람 같았다. 그래야만 벌레가 나올 것 같다고 생각하는 것 같았는데, 벌레가 나올 조짐은 보이지 않았다. 그의 발작성 기침이 약간 수그러든 듯했다.

"이젠 괜찮습니다, 교도관님!" 들장미에 여전히 이마를 기대고 그가 말했다. 눈은 여전히 감겨 있었다. 내가 자기 앞에 온 줄 어떻게 알았는지 몰라도 어쨌든 그는 분명히 나에게 말했다. "정말로 괜찮아요. 사모님이나 보살피세요."

나는 그를 걱정스레 바라보다가 침대로 돌아섰다. 소장은 부인의 이마를 어루만지고 있었다. 나는 그녀의 이마 위에서 놀라운 것을 보았다. 머리의 일부가, 많지는 않지만 그래도 상당 부분이 다시 검게 돌아와 있었다.

"어떻게 된 거죠?" 여자는 남편에게 물었다. 가만히 지켜보노라니 여자의 뺨에 홍조가 돌기 시작했다. 마치 벽지에서 방금 장미 두 송이를 훔쳐 온 듯이. "어떻게 내가 여기 있는 거죠? 우린 인디애놀라의 병원으로 가고 있었잖아요? 의사가 내 머리에 엑스선을 쪼여서 뇌 사진을 찍는다고 했는데."

"쉿, 쉿, 여보. 이제 그런 건 중요하지 않아." 소장이 말했다.

"알다가도 모를 일이야!" 여자의 말은 울부짖음이나 다름없었다. "우리는 노변 매점에서 멈췄어요……. 당신은 나한테 10센트를 주고 꽃 한 다발을 안겼고……. 그러고는……, 여기 있는 거야. 날이 어둡네! 저녁은 먹었우, 여보? 왜 내가 손님방에 있는 거죠? 나 엑스선은 찍었나?" 여자의 눈은 거의 해리를 보는 일도 없이 건너뛰어 나에게 와서 박혔다. 나에게는 충격이었다. "폴? 나 엑스선 찍었어요?"

"네, 깨끗했습니다." 내가 말했다.

"종양은 없었대요?"

"없답니다. 두통은 금세 사라질 거라더군요."

아내 옆에서 소장이 왈칵 울음을 터뜨렸다.

여자는 앞으로 다가앉아 남편의 관자놀이에 입을 맞추었다. 여자의 눈이 방구석으로 움직였다. "저 흑인은 누구죠? 왜 저 구석에 있어요?"

나는 돌아섰다. 커피가 일어서려고 애쓰고 있었다. 브루털의 부축을 받고 커피는 가까스로 일어섰다. 마치 벌서는 아이처럼 벽 쪽으로 돌아서 있었다. 발작적인 기침은 계속되었지만 이제는 한결 누그러진 듯이 보였다.

"존, 돌아서. 이 친구야, 사모님을 뵈어야지." 내가 말했다.

그는 천천히 돌아섰다. 얼굴은 아직도 잿빛이었다. 10년은 늙은 것 같았다. 지루한 싸움 끝에 결국 탈진해 버린 장사 같다고나 할까. 그는 눈을 떨구어 교도소에서 지급받은 슬리퍼를 응시했다. 쥐어짤 모자라도 건넸으면 좋을 듯한 안쓰러운 얼굴이었다.

"당신은 누구죠? 이름이 뭔가요?" 멜린다가 다시 물었다.

"존 커핍니다, 사모님." 커피가 곧바로 대꾸했다. "마시는 커피하고 철자는 다릅죠."

아내 옆에 있던 소장이 움찔했다. 여자는 그것을 느끼고 흑인에게서 눈을 떼지 않은 채 남편의 손을 토닥거려 주었다.

"당신 꿈을 꿨어요." 여자가 경이에 차서 부드럽게 말했다. "꿈 속에서 당신은 어둠 속을 헤맸고 저 역시 그랬어요. 우린 우연히 만났답니다."

존 커피는 잠자코 있었다.

"우린 어둠 속에서 만났어요. 일어서요, 여보, 당신 때문에 꼼짝할 수가 없잖아요."

소장은 일어서서 침대보를 벗기는 아내를 믿을 수 없다는 듯이 쳐다보았다. "여보, 당신은 일어서면……."

"모르는 소리 마요." 그녀는 다리를 획 들어 올렸다. "봐요, 할 수 있잖아요." 여자는 구겨진 잠옷을 펴고 기지개를 켜더니 벌떡 일어섰다.

"세상에. 이럴 수가 있나, 저 사람 좀 봐." 소장이 놀랐다.

멜린다는 존 커피에게 걸어갔다. 브루털은 뒤로 물러섰다. 그의 얼굴에도 경외감이 나타나 있었다. 첫 걸음은 절뚝거렸고 여자는 순간적으로 오른다리에 신경을 썼지만 잠시 후에는 신경 쓰지 않았다. 나는 브루털이 들라크루아에게 실패를 건네면서 한 말을 떠올렸다. '던져 봐, 얼마나 잘 달리는지 보게.' 딸랑 씨는 그 당시 절뚝거렸지만, 다음 날 밤, 그러니까 들라크루아가 그린 마일을 걸어가던 날 밤에는 벌써 팔팔해져 있었다.

멜린다는 커피의 몸을 팔로 감싸 끌어안았다. 커피는 껴안긴 채로 잠시 그대로 서 있더니 이윽고 한 손을 들어 여자의 정수리를 어루만졌다. 너무나 부드러운 손놀림이었다. 그의 얼굴은 여전히 잿빛이었다. 마치 중병에라도 걸린 사람 같았다.

여자는 몸을 떼더니 커피를 올려다보았다.

"고마워요."

"천만에요, 사모님."

여자는 등을 돌려 다시 남편에게 걸어갔다. 소장은 아내를 팔로 감쌌다.

"선배님……." 해리였다. 그는 오른손에 찬 손목시계를 나에게 내뻗으며 시계 표면을 톡톡 두드렸다. 3시가 코앞에 다가와 있었다. 4시 반이면 동이 트기 시작한다. 날이 밝기 전에 커피를 콜드 마운틴까지 무사히 집어넣으려면 서둘러야 했다. 나는 마음이 급했다. 꾸물거리면 꾸물거릴수록 발각당할 가능성도 높아질 수밖에 없었다. 뿐만 아니라, 필요하다면 합법적으로 의사를 부를 수도 있는 감방 안으로 커피를 어서 데리고 가고 싶은 마음도 있었다. 커피의 얼굴을 보니 그래야 할 것 같았다.

무어스 부부는 팔로 서로를 감싼 채 침대 가에 앉아 있었다. 나는 소장을 거실로 불러내 잠시 밀담을 나눌까 하다가 이내 그것이 부질없는 희망임을 깨달았다. 아무리 오래 붙잡고 사정해도 그는 그 자리에서 꼼짝도 하지 않을 것이다. 해가 뜰 무렵에 가서야 아내에게서 시선을 혹시라도 잠깐 거둘까, 지금은 아니었다.

"소장님, 저흰 이제 가 봐야 합니다." 내가 말했다.

그는 나를 보지도 않고 고개를 끄덕였다. 아내의 뺨에 나타난 혈색과, 긴장이 사라져 자연스러워진 입술 곡선과 검게 변한 아내의 머리카락을 살피고 있었다.

나는 잠깐이라도 소장의 관심을 끌기 위해 그의 어깨를 제법 세게 쳤다. "소장님, 저흰 여기 안 온 겁니다."

"뭐?"

"여기 안 온 거라고요. 자세한 이야기는 나중에 하기로 하고 지금은 이 정도로만 알고 계십시오. 우린 여기 안 왔습니다."

"그래, 알았어······." 그는 억지로 잠시 나에게 관심을 돌렸지만, 노력하는 흔적이 역력했다. "빼내긴 했지만, 다시 집어넣을 수 있겠나?"

"그렇다고 봐야죠. 가능할 겁니다. 어쨌든 가야겠습니다."

"그런 능력이 있다는 걸 어떻게 알았지?" 그러고 나서 소장은 고개를 저었다. 그런 이야기를 할 때가 아니란 사실을 깨달은 듯했다. "폴······, 고맙네."

"저한테 그러지 마시고 커피한테 고마워하세요."

그는 존 커피를 바라보더니 한 손을 내밀었다. 해리와 퍼시가 커피를 호송해 온 날 내가 커피에게 손을 내밀었듯이.

"고맙네. 아주아주 고마워."

커피는 그 손을 물끄러미 보았다. 브루털은 보란 듯이 커피의 옆구리를 쿡 찔렀다. 커피는 깜짝 놀라면서 그 손을 잡고 악수했다. 위로, 아래로, 중간으로, 놓고.

"천만에요." 그는 목쉰 소리로 말했다. 마치 두 손을 맞잡고 커피에게 바지를 내려 보라고 하던 멜린다의 목소리 같았다. "천만에요." 평상시 같으면 펜을 잡고 자신의 사형 집행서에 서명했을 사람에게 커피는 그렇게 말했다.

해리가 이번에는 더 다급하게 시계를 톡톡 쳤다.

"브루털? 준비됐나?" 내가 물었다.

"안녕, 브루터스." 멜린다는 처음으로 브루털의 존재를 알아차린 것처럼 발랄한 목소리로 말했다. "반가워요. 차 한 잔씩 드릴까요? 당신도 드실래요, 여보? 제가 끓일게요." 그녀는 다시 자리에서 일어섰다. "내내 앓았지만 이젠 괜찮아요. 몸이 날아갈 것 같아요."

"고맙습니다만, 사모님. 가 봐야 합니다. 커피의 취침 시간이 지났거든요." 브루털이 그렇게 대답하고서 농담이라는 듯이 방긋 웃었다. 하지만 그가 커피를 바라보는 눈빛은 나처럼 불안했다.

"정말……, 시간이 없으면……."

"없습니다, 사모님. 가세, 존 커피." 그는 존의 팔을 잡아당겼고 커피는 순순히 따랐다.

"잠깐!" 멜린다가 소장의 손에서 빠져나와 존이 서 있던 곳으로 소녀처럼 가볍게 달려갔다. 그녀는 커피의 몸에 팔을 두르고 다시 한번 껴안았다. 그리고 목덜미로 손을 뻗어 가느다란 목걸이를 벗겨 냈다. 목걸이 끝에는 은으로 된 메달이 달려 있었다. 그녀는 그것을 존에게 내밀었고 존은 의아한 얼굴로 그것을 쳐다보았다.

"성 크리스토포루스예요. 받아 주세요. 커피 씨. 하고 다니세요. 당신을 안전하게 지켜 줄 겁니다. 꼭 하고 다니세요. 저를 위해서요."

커피는 곤욕스러운 표정으로 나를 보았고 나는 소장을 보았다. 소장은 처음에는 손을 벌려 거부의 뜻을 나타냈다가 잠시 후 고개를 끄덕였다.

"받게나. 선물이니까." 내가 말했다.

커피는 황소처럼 두꺼운 목덜미에 목걸이를 채워 셔츠 앞에 성 크리스토포루스 메달을 늘어뜨렸다. 이제는 기침이 완전히 멎었지만 잿빛으로 변한 얼굴은 병색이 완연했다.

"고맙습니다. 사모님."

"웬걸요. 제가 고맙죠. 고마워요, 존 커피."

나는 브루털을 뒤로 보내고 앞칸에 탔다. 차에 오르니 몹시 마음이 놓였다. 히터는 고장 났을지언정 적어도 우리는 바깥 공기를 쐴 수 있게 된 것이다. 15킬로미터쯤 달렸을 때 해리가 작은 차량 대피용 공간을 발견하고 트럭을 집어넣었다.

"무슨 일이야? 말썽인가?" 내가 물었다. 내 생각에도 문제가 될 만한 구석은 얼마든지 있었다. 파몰 트럭의 엔진과 기어는 부품 하나하나가 모두 거덜 나기 일보 직전이거나 까무러치기 일보 직전의 소리를 내고 있었다.

"아뇨, 소변 좀 보려고요. 어금니까지 차오른 것 같습니다." 해리가 계면쩍은 듯이 말했다.

알고 보니 커피만 빼놓고는 모두가 소변을 보고 싶어했다. 브루털이 같이 내려가서 나무에 물을 주지 않겠느냐고 묻자 커피는 고개를 푹 숙인 채 흔들었다. 그는 앞칸을 등지고 군용 담요를 망토처럼 어깨에 두르고 있었다. 얼굴 표정에서 이렇다 할 감정을 읽을 수 없었지만 밀짚을 스쳐 지나가는 바람처럼 버석거리는 그의 마른 숨소리를 들을 수 있었다. 내 귀에는 그 소리가 거슬렸다.

나는 버드나무가 우거진 곳으로 들어가서 단추를 풀고 일을 보았다. 요도염에서 해방된 것이 엊그제의 일이라 내 몸은 아직 완전한 망각으로 접어들지 못했지만, 비명을 지르지 않고 소변을 볼 수 있게 된 것만으로도 감사했다. 나는 거기 서서 방광을 다 비운 뒤 하늘의 달을 우두커니 올려다보았다. 브루털이 내 옆에 서서 나와 같은 동작을 취하고 있었다는 사실을 그의 낮은 목소리를 듣고서야 깨달았다. "그 친구 고철 스파크에 못 앉을 겁니다."

나는 깜짝 놀라 그를 돌아보았다. 낮은 목소리에 깔린 확신이 왠지 무서웠다. "무슨 소린가?"

"무슨 이유에서인지 전처럼 그걸 뱉어 내지 않고 꿀꺽 삼켰다 이 말입니다. 강골에다 몸집도 거대하니까 1주일은 버틸지 모르지만, 아마 더 당겨질 거예요. 순찰을 돌던 우리 가운데 하나가 침상에 돌처럼 굳어 있는 그의 시신을 발견하게 될 겁니다."

나는 소변을 다 보았다고 생각했지만 그 말에 등줄기가 부르르 떨리면서 오줌이 몇 번 더 튀어나왔다. 앞바지를 다시 채우면서 나는 브루털의 말이 지당하다고 생각했다. 그리고 그의 예측이 고스란히 들어맞기를 기원했다. 데트릭 자매에 관한 나의 추론이 옳다면 존 커피가 죽는다는 것은 당치도 않은 일이었지만, 그의 죽음이 불가피하다 해도 내 손으로 죽이기는 싫었다. 만일 내 손으로 죽여야 할 경우 과연 내가 손을 움직일 수 있을지 자신할 수 없었다.

"갑시다. 늦어졌어요. 어서 끝내자고요." 해리가 어둠 속에서 뇌까렸다.

트럭으로 돌아가면서 나는 우리가 커피를 혼자 남겨 두었다는

사실을 깨달았다. 퍼시 웨트모어의 수준에 버금가는 어처구니없
는 불찰이었다. 나는 그가 없어졌을 거라고 생각했다. 감시인이
하나도 붙지 않은 것을 확인하자마자 벌레들을 뱉어 내고, 미주
리 강으로 뛰어든 허크와 짐처럼 오지로 도망쳤을 거라고 생각했
다. 그가 어깨에 두르고 있던 담요만 남아 있을 것 같았다.

그는 자리에 있었다. 앞칸에 여전히 등을 기대고 팔뚝으로 무
릎을 감싼 채였다. 우리의 인기척에 고개를 들고 웃으려고 애썼
지만 미소는 그의 수척한 얼굴에 잠시 걸려 있다가 사라졌다.

"괜찮은가, 덩치?" 브루털이 트럭 뒤칸으로 올라가 자기 담요
를 끌어당기면서 물었다.

"좋습니다. 난 좋아요." 커피가 맥없이 대답했다.

브루털은 커피의 무릎을 두드려 주었다. "곧 도착할 거야. 수습
이 끝나는 대로, 뜨거운 커피를 커다란 잔에 듬뿍 담아서 갖다 줄
게."

아무럼 그래야겠지, 나는 트럭을 돌아 조수석에 오르면서 생각
했다. 붙잡혀서 우리가 철창에 갇히는 신세만 되지 않는다면야.

하지만 퍼시를 구금실에 처박은 후 줄곧 그 생각을 해서인지
나는 어느새 불안에 면역이 되고 말았다. 나는 꾸벅꾸벅 졸면서
꿈에서 갈보리 언덕을 보았다. 서녘 하늘에서 천둥이 쳤고 노간
주나무 열매와 비슷한 향기가 났다. 브루털과 해리와 나는 세실
B. 데밀 감독의 영화에서처럼 헐렁한 옷에 철모를 쓰고 서 있었
다. 우리는 로마군의 지휘관이었던 듯하다. 십자가가 세 개 있었
고 존 커피를 중심으로 퍼시 웨트모어와 에두아르 들라크루아가
좌우에 묶여 있었다. 내 손을 보니까 피 묻은 망치를 들고 있었다.

'저 친구를 저기서 끌어내려야 돼요, 선배!' 브루털이 고함을 질렀다. '끌어내려야 한다고!' 사다리를 치웠기 때문에 우리는 그럴 재간이 없었다. 그 사실을 브루털에게 막 알리려는데, 트럭이 너무 심하게 흔들리는 바람에 나는 잠에서 깨어났다. 태초의 시간처럼 벌써 아득하기만 한 그날 새벽 해리가 트럭을 숨겨 두었던 곳으로 우리는 되돌아와 있었다.

해리와 나는 밖으로 나와 뒤칸으로 갔다. 브루털은 사뿐히 뛰어내렸지만 존 커피는 무릎이 구부러져서 하마터면 넘어질 뻔했다. 우리 셋이 한꺼번에 달려들어 그를 붙잡아야 했다. 커피는 두 발로 힘차게 서 있던 종전의 모습이 아니었고 조금 뒤에는 다시 기침을 해 대기 시작했다. 이번 기침은 최악이었다. 그는 허리를 숙였다. 입을 막은 손바닥 때문에 기침 소리가 둔탁하게 들렸다.

기침이 수그러들자 우리는 소나무 가지로 트럭 앞부분을 다시 가리고 아까 온 길로 되돌아갔다. 그 초현실적인 휴가에서 최악의 순간은, 적어도 나에게는, 도로 가장자리를 따라 남쪽으로 질주하던 때였다. 동녘에서는 어스름 빛살이 벌써 눈에 들어왔고 (또는 그렇게 여겨졌고), 호박을 수확하거나 마지막 남은 고구마 밭이랑을 갈기 위해 새벽같이 일어난 농부가 저쪽에서 걸어오다가 우리를 발견할 것만 같은 조바심도 들었다. 그런 일이 터지지 않더라도 내가 터널로 통하는 덮개 문 주위의 울타리를 알라딘 열쇠로 열 때 누군가가 '거기 꼼짝 마라!' 하고 소리 지를 것만 같았다(나의 상상 속에서 그 소리의 주인공은 커티스 앤더슨이었다). 그러면 카빈을 든 수십 명의 교도관이 숲에서 우르르 몰려나올 테고 우리의 보잘것없는 모험도 끝나는 것이다.

우리가 울타리에 도착했을 때 나의 심장은 너무 심하게 뛰어 한 번 박동할 때마다 눈앞에서 폭발하는 하얀 점들이 보일 정도였다. 손은 추위에 곱아 감각이 없어졌고 내가 자물쇠에 맞는 열쇠를 찾는 동안 진땀나는 시간이 흘러갔다.

"맙소사, 헤드라이트다!" 해리가 신음을 토했다.

고개를 들어 보니 도로에서 부채꼴의 밝은 빛이 나타났다. 나는 열쇠 꾸러미를 떨어뜨릴 뻔하다가 가까스로 움켜잡았다.

"이리 줘 봐요. 내가 찾을게." 브루털이 말했다.

"아니, 찾았어."

마침내 열쇠는 자물쇠에 들어갔고 제대로 돌아갔다. 잠시 후 우리는 안으로 들어갔다. 덮개 문 뒤에 웅크린 채 선샤인브레드 제빵 회사의 트럭이 꾸물거리며 교도소를 통과할 때까지 기다렸다. 옆에서 나는 존 커피의 괴로운 숨소리를 들을 수 있었다. 기름이 간당간당한 엔진에서 나는 소리 같았다. 아까 나올 때는 우리를 위해 덮개 문을 거뜬히 들어 준 커피였지만 지금은 그에게 그런 부탁을 할 엄두조차 나지 않았다. 그것은 불가능한 요청이었다. 브루털과 내가 덮개 문을 들고 있는 동안 해리는 커피를 데리고 계단을 내려갔다. 거인은 휘청거렸지만 무사히 내려갔다. 브루털과 나도 재빨리 기어들어 가 덮개 문을 내리고 자물쇠를 채웠다.

"휴, 이젠 살아……." 나는 옆구리를 쿡 찔러 브루털의 말을 막았다.

"그런 소리 마. 이 친구를 감방 안에 무사히 들여보내기 전까지 방심은 금물이야."

"퍼시 문제도 남아 있지." 해리가 거들었다. 우리의 목소리는 벽돌 터널에서 단조로운 메아리처럼 울렸다. "퍼시와 씨름할 가능성이 남아 있는 한 밤은 끝나지 않은 셈이지."

결과적으로 그의 말은 옳았다. 그 밤의 끝은 아직도 요원했다.

6

THE GREEN MILE

그린 마일의 커피

아버지의 만년필을 쥔 채 나는 조지아 파인스의 일광욕실에 앉아 있었다. 멜린다 무어스의 목숨을 구하기 위해 해리, 브루털과 함께 존 커피를 그린 마일 밖으로 데리고 나갔던 그날 밤을 회상하다 보니 시간이 어떻게 흘러갔는지도 몰랐다. 자기가 환생한 '빌리 더 키드'인 줄로 착각하는 윌리엄 워턴에게 수면제를 먹였다는 이야기는 썼고, 퍼시를 구속복에 우겨넣어 그린 마일 끝에 달린 구금실에 처박아 두었다는 내용도 이미 썼다. 으스스하면서도 신바람 나던 그날 밤의 야릇한 여행과 그 여행의 끝에서 우리가 본 기적도 썼다. 존 커피가 한 여인을 무덤가, 아니 무덤 저 밑바닥에서 끌어냈다고밖에 달리 표현할 수가 없었다.

글을 쓰는 동안 내 주변에서 펼쳐지는 조지아 파인스의 일상은 아주 어렴풋하기만 했다. 노인들은 밑으로 내려가 저녁 식사를 마치고 오락 센터(암, 얼마든지 웃어도 좋다)로 가서 어김없이 그날 분의 텔레비전 드라마를 보았다. 나의 친구 일레인이 샌드위치를 갖다 주어서 고맙다는 인사를 건네고 먹은 기억은 나는 것 같은데, 일레인이 그날 밤 언제쯤 그걸 가져왔고 그 안에 뭐가 들어 있었는지는 도통 기억이 안 났다. 내 마음은 성경 구절이 곳곳에 적혀 있던 허풍선이의 군것질 수레에서 우리가 샌드위치를 사먹던 1932년으로 가 있었다. 허풍선이의 샌드위치는 돼지고기를 넣은 것은 5센트, 쇠고기를 넣은 것은 10센트였다.

이곳에 살고 있는, 시체와 다를 바 없는 늙은이들이 또 하룻밤을 뒤척이며 얕은 잠 속으로 빠져들 준비를 하느라 주위가 잠잠해졌던 기억이 난다. 흠잡을 데가 전혀 없는 건 아니지만 그래도 조지아 파인스에서 가장 친절한 직원인 미키가 밤에 먹을 약을 나누어 주러 돌아다니면서 「홍하의 골짜기」를 듣기 좋은 고음으로 흥얼거리는 소리가 들렸다.

"이 골짜기……. 당신의 빛나는 눈과 달콤한 미소를 그리워할 거야." 그 노래를 들으니 다시 멜린다가 생각나면서 기적이 일어난 뒤 그녀가 커피에게 한 말이 떠올랐다. '당신 꿈을 꿨어요. 꿈 속에서 당신은 어둠 속을 헤맸고 저 역시 그랬어요. 그러다가 우린 만났지요.'

조지아 파인스는 점점 고요해졌다. 자정이 넘었지만 나는 계속써 나갔다. 비록 발각당하지 않고 존 커피를 무사히 형무소로 데리고 돌아왔지만 아직 퍼시가 우리를 기다리고 있다는 사실을 해리가 우리 모두에게 일깨워 주었던 대목에 이르렀다. '퍼시와 씨름할 가능성이 있는 한 밤은 끝나지 않은 셈이지.' 해리는 대충그렇게 말했던 것 같다.

하루 종일 아버지의 만년필을 움직인 나에게 무리가 온 것은 바로 그때였다. 나는 만년필을 놓았다. 손가락이 기운을 되찾기 위해 아주 잠시만 쉬어야겠다고 생각했다. 그러고는 이마를 팔에다 엎고 쉬기 위해 눈을 감았다. 다시 눈을 뜨고 고개를 들어 보니 창문 너머로 아침 해가 환히 빛나고 있었다. 시계를 보니까 8시가 넘어 있었다. 늙은 술꾼처럼 이마를 팔에 박은 채 여섯 시간을 내리 잔 것이다. 나는 일어나서, 뻑적지근한 등에 생명을 불어넣기 위해 몸을 쭉 펴면서 인상을 썼다. 식당으로 내려가서 토스트나 조금 얻어 아침 산책을 나갈까 하고 생각하다가, 아래를 보니 휘갈긴 종이들이 책상 위에 어지러이 흩어져 있었다. 나는 갑자기 산책을 잠시 미루기로 생각을 바꾸었다. 할 일은 있었지만 당장 급한 일은 아니었다. 그날 아침은 브래드 돌런과 숨바꼭질을 하고픈 심정이 아니었다.

산책보다는 이야기나 마무리 짓기로 했다. 아무리 몸과 마음이 저항해도 그저 밀고 나가는 게 좋을 때가 있는 법이다. 그것이 유일한 탈출구인 경우도 있다. 그날 아침에 대해 내가 주로 기억하는 것은 좀처럼 떨쳐 버리기 힘든 존 커피의 유령에게서 어떻게 해서든 벗어나고 싶었다는 사실이다.

"좋았어. 마지막 한 마일만 더 가자. 그 전에……."

나는 2층 복도 끝에 붙은 화장실로 갔다. 그 안에 서서 소변을 보는데 우연히 천장의 연기 감지기가 눈에 들어왔다. 그러자 엊그제 내가 산책을 나가서 작은 용무를 볼 수 있도록 일레인이 돌런의 관심을 다른 곳으로 따돌렸던 일이 되살아났다. 나는 소변을 다 보고 싱긋 웃었다.

한결 가뿐한 마음으로 일광욕실로 돌아왔다(내 아랫부분은 더더욱 개운했다). 누가 갖다 놓았는지, 보나마나 일레인이겠지만, 원고 옆에 찻주전자가 놓여 있었다. 나는 그대로 서서 허겁지겁

한 잔을 마시고 거푸 또 한 잔을 마셨다. 그러고 나서야 제자리에 앉아 만년필 뚜껑을 열고 다시 써 나가기 시작했다.

본격적인 이야기로 막 접어들려는 순간, 나를 덮는 그림자가 있었다. 고개를 든 나는 가슴이 철렁했다. 돌런이 나와 창문 사이에 서 있었다. 그는 웃고 있었다.

"오늘 아침에는 산책을 거르셨더구먼, 폴리. 해서 무슨 일이 생겼나 궁금해서 왔우. 아프면 큰일 아뇨."

"바다처럼 넓은 마음을 가졌군그래." 나는 그렇게 응수했다. 목소리는 아직까지 괜찮았지만 심장은 심하게 뛰고 있었다. 나는 그가 두려웠다. 새삼스러운 느낌은 아니었다. 돌런을 볼 때마다 나는 퍼시 웨트모어를 떠올렸다. 물론 퍼시한테는 한번도 겁먹은 적이 없었지만…… 퍼시를 알고 지낼 때만 하더라도 나는 젊지 않았던가.

브래드의 웃는 입이 더욱 벌어졌다.

"듣자하니 시시껍절한 보고서를 쓰느라고 여기서 밤을 꼴딱 새운 모양이던데, 아서요, 그러면 안 되지. 노인네들은 그저 가만 있는 게 상책이라니까."

"퍼시……." 나는 그렇게 말문을 열다가 그의 미소가 일그러지는 것을 보고 실수를 깨달았다. 나는 심호흡을 하고 나서 다시 입을 열었다. "브래드, 나한테 무슨 유감이라도 있나?"

그는 잠시 곤혹스러운 표정을 지었다. 약간 흔들리는 것 같기도 했다. 그러나 곧 미소를 되찾았다. "할아범, 난 그 상판이 무작정 싫어. 대체 뭘 쓰는 거요? 썩어 빠질 유언장이라도 쓰나?"

그는 목을 길게 빼면서 앞으로 다가왔다. 나는 쓰고 있던 원고를 한 손으로 가렸다. 또 한 손으로는 나머지 원고들을 긁어모아 팔 밑으로 숨기려다가 너무 서두르는 바람에 일부가 구겨졌다.

"쯧쯧." 그는 철없는 아이를 대하듯 혀를 찼다. "그래 봐야 소용없다니까 그러네, 이 양반아. 난 한번 보겠다고 마음먹은 건 꼭 보는 사람이야. 어디 은행에다 맡겨 보라지."

소름 끼치도록 팔팔하고 억센 손이 다가와 내 손목을 움켜쥐었다. 이로 깨무는 것 같은 고통이 내 손을 파고들었다. 나는 신음을 토했다.

"이거 놓게." 나는 간신히 내뱉었다.

"보여 주면 놓아 드리지." 그는 더 이상 웃지 않았다. 그래도 얼굴에는 장난기가 어려 있었다. 그것은 비열한 짓을 일삼는 작자들의 얼굴에서만 볼 수 있는 장난기였다. "봅시다, 폴리. 뭘 쓰는지 궁금해서 그런다니까." 내 손이 맨 윗장에서 밀려나기 시작했다. 도로 밑의 터널을 지나 커피를 데리고 여행에서 돌아오던 대목이 적힌 부분이었다. "혹시 이곳과 관계있는 내용이 없는지 어디 한번……."

"그분을 놓아드려."

그 음성은 뜨겁고 메마른 날 허공을 가르는 채찍처럼 매웠다. 엉덩이라도 한 대 얻어맞은 사람처럼 브래드 돌런은 기겁했다. 그는 내 손을 놓았고 풀려난 손은 원고 위에 털썩 떨어졌다. 우리는 모두 문 쪽을 바라보았다.

일레인 코널리가 거기 서 있었다. 요 며칠 새 그렇게 기운차고 건강해 보인 날이 없었다. 그녀가 입은 진은 가냘픈 엉덩이와 긴 다리를 잘 드러냈다. 머리에는 파란 리본까지 하고 있었다. 관절염으로 고생하는 두 손은 쟁반을 들었고 쟁반 위에는 주스, 달걀 프라이, 토스트, 차가 얹혀 있었다. 그녀의 눈이 이글이글 타올랐다.

"지금 뭐하는 겁니까? 여기선 식사가 금지되어 있어요."

"저분은 할 수 있고, 또 반드시 할 거야." 일레인은 아까와 같이 메마른 명령투로 말했다. 일레인의 그런 목소리는 처음 들었지만 과히 나쁘지 않았다. 그녀의 눈에서 공포의 낌새를 찾아보았지만 눈을 씻고 보아도 그런 건 없었다. 오직 분노뿐이었다. "당신이 해야 할 일은 바퀴벌레 수준의 방해가 걷잡을 수 없는 수준으로 부풀어 오르기 전에 여기서 당장 물러나는 거야."

돌런은 그녀에게 한 걸음 다가섰다. 아직 스스로에 대한 확신은 부족해 보였지만 분노를 참지 못하는 듯했다. 그 결합은 위험스러웠지만 일레인은 그가 다가와도 눈 하나 꿈쩍하지 않았다.

"연기 감지기 경보가 누구 때문에 울렸는지 난 다 알고 있어. 뾰족한 발톱을 손이랍시고 달고 다니는 어떤 늙은 년이 틀림없이 범인이거든. 이제 나가 주시지. 나하고 폴리는 아직 이야기를 못 끝냈으니까." 돌런이 말했다.

"이분의 이름은 에지콤 씨야. 다시 한번 내 앞에서 이분을 폴리라고 부르면, 장담하는데 당신은 이곳 조지아 파인스에 앞으로 못 붙어 있을 거야."

"주제 파악을 하셔야지." 돌런이 일레인을 몰아붙였다. 그는 바짝 다가서서 일레인을 내려다보면서 코웃음을 치려고 했지만 생각대로 되지 않았다.

"주제 파악은 잘하고 있어, 이 몸은 조지아 주 의회 하원 의장의 할머니인 것으로 아는데. 그 애는 가족을 아끼지, 아마. 특히 웃어른을 잘 받들어 모셔요."

칠판 글씨가 젖은 스펀지로 닦여 나가듯이 억지웃음이 그의 얼굴에서 깨끗이 사라졌다. 나는 그 얼굴에서 망설임을 보았다. 여자의 말이 허풍일 가능성과 그 말이 사실일지도 모른다는 두려움이 교차했고, 어렴풋이 떠오르는 논리적 가정이 또 하나 있었다. 사실 확인은 너무나 쉽고, 그녀가 그걸 모를 리 만무하다, 따라서 그녀가 한 말은 사실이다, 라는.

별안간 나는 웃음을 터뜨렸다. 갈라진 소리여서 듣기는 거북했지만 웃을 수밖에 없었다. 퍼시 웨트모어가 그 힘들던 시절에 얼마나 자기 연줄을 들먹이면서 우리를 협박했던가, 바로 그 생각을 했던 것이다. 살다 살다 그런 위협을 내 쪽에서 하게 되는 날이 올 줄은 꿈에도 몰랐다.

브래드 돌런은 나를 빤히 쳐다보더니 다시 그녀에게 시선을 돌렸다.

"진담이야. 처음에는 그냥 넘어가려고 했어. 늙으니까 그게 가장 편하다 싶더라고. 그렇지만 내 친구가 협박당하고 농락당하는 건 도저히 못 참아. 어서 나가 주시지. 한마디도 더 듣기 싫으니까."

그의 입술이 물고기 주둥이처럼 움직였다. 그 한마디를 얼마나 하고 싶었을까(아마 '상년'을 좀더 강하게 발음할 때 나는 소리였으리라). 하지만 그는 입을 다물었다. 마지막으로 한 번 더 나를 바라보더니 그녀 곁을 지나 복도로 뚜벅뚜벅 걸어 나갔다.

일레인이 쟁반을 내 앞에 놓고 맞은편에 앉자 나는 거친 한숨을 길게 토했다.

"손자가 정말 하원 의장인가요?" 내가 물었다.

"그래요."

"그런 손자가 있는데 왜 이런 데서?"

"주 의회 하원 의장은 브래드 돌런 같은 쓰레기를 처리할 수 있는 힘은 있어도 부자는 못 되거든요. 또, 난 여기가 좋아요. 같이 지내는 게 좋아요." 일레인은 웃었다.

"그 말 영광으로 듣겠습니다." 나는 그렇게 말했고 또 실제로 기분 좋게 받아들였다.

"당신 괜찮나요? 아주 피곤해 보이는데." 그녀는 책상 너머로 손을 뻗어 이마와 눈썹을 덮고 있던 머리카락을 옆으로 쓸어 주었다. 손가락은 뒤틀려 있었지만 일레인의 손길은 너무나 나긋하고 황홀했다. 나는 잠시 눈을 감았다. 다시 눈을 뜨면서 마음을 굳혔다.

"난 괜찮습니다. 거의 마무리가 되어 가요. 일레인, 조금 읽어 보겠소?" 나는 아무렇게나 쓸어 모은 원고를 그녀에게 내밀었다. 원고는 순서가 바르지 않았다. 돌런한테 내가 어지간히 겁을 먹었던 모양이다. 그래도 번호를 매겨 놓았기 때문에 일레인은 금세 원고 순서를 바로잡을 수 있었다.

그녀는 나의 제의를 선뜻 받아들이지 않으면서 생각에 잠긴 표정으로 내 얼굴을 바라보았다. 나는 개의치 않았다.

"다 쓰신 건가요?"

"오후까지는 가야 거기 있는 걸 다 읽을 수 있을 겁니다. 글씨를 알아볼 수 있느냐가 문제겠지만."

일레인은 그제야 원고를 들더니 물끄러미 내려다보았다. "필체가 참 곱네요. 손을 아주 혹사한 게 분명한데도. 읽는 데 전혀 문제가 없겠는데요."

"당신이 그걸 다 읽을 때쯤이면 나도 집필을 완료할 수 있을 겁니다. 나머지는 반시간이면 읽을 분량이에요. 그러고 나서……, 아직도 궁금한 마음이 있으시다면……, 보여드릴 게 있습니다."

"아침저녁으로 날마다 가는 데하고 관계있나요?"

나는 고개를 끄덕였다.

그녀는 우두커니 생각에 잠겨 앉아 있더니 이윽고 고개를 끄덕이고는 원고를 든 채 자리에서 일어섰다. "전 밖으로 나갈래요. 오늘 아침은 햇살이 아주 포근해요."

"괴물도 무찔렀으니까요, 미모의 여인께서."

그녀는 미소를 지으면서 허리를 숙이더니 내 눈썹 위 민감한 부분에 입을 맞추었다. 내 몸은 어김없이 바르르 떨렸다.

"그랬으면 오죽 좋겠어요. 하지만 제 경험인데, 브래드 돌런 같은 괴물은 퇴치하기가 쉽지 않아요." 그녀는 잠시 말을 끊었다. "행운을 빌어요, 폴. 뭔지는 모르겠지만 당신을 괴롭혀 온 걸 당신이 무찌르기를 바라요."

"동감입니다." 나는 그렇게 말하면서 존 커피를 생각했다. '어쩔 수 없었어요.' 커피는 그렇게 말했지. '애써 보았지만, 너무 늦어 있었어요.'

나는 일레인이 가져온 달걀을 먹고 주스를 마신 뒤 토스트는 나중에 먹으려고 옆으로 밀어 놓았다. 그리고 만년필을 들어 다시 쓰기 시작했다. 그것이 마지막 내용이기를 바라면서.

마지막 한 마일.

그린 마일.

존 커피를 E동으로 데리고 온 날 밤 이동 침대는 우리에게 사치품이 아니라 필수품이었다. 그가 혼자 힘으로 그 긴 터널을 끝까지 걸어갈 수 있을 거라고는 생각할 수 없었다. 게다가 꼿꼿이 서지도 못하고 엉거주춤 허리를 숙인 채 걸어가자면 더욱 힘들 터였다. 존 커피 같은 사람에게는 천장이 너무 낮았던 것이다. 그가 쓰러지는 날에는 큰일이었다. 무슨 이유로 퍼시에게 발광하는 정신병자나 입을 옷을 입혀서 구금실에 처박았는지 해명하는 것만으로도 진땀이 날 판인데 무슨 수로 그것까지 설명한단 말인가?

다행히 우리에게는 이동 침대가 있었다. 해변으로 올라온 고래처럼 침대 위에 축 늘어진 커피를 우리는 헛간 계단을 향하여 밀고 갔다. 침대에서 내린 커피는 비틀거리더니 머리를 수그린 채 그 자리에 서서 거친 숨을 몰아쉬었다. 밀가루 속을 굴러다닌 사람처럼, 까맣던 피부가 회색으로 변해 있었다. 정오까지는 의무실에 있어야 할 것 같았다……. 그때까지 죽지 않고 살아 있다면.

브루털이 암울하고 절망스러운 표정으로 나를 보았다. 나도 그의 얼굴을 마주 보았다.

"들어 올릴 수 없으니 천상 부축할 수밖에. 자네는 오른팔을 끼고 나는 왼팔을 끼세." 내가 말했다.

"나는요?" 해리가 나섰다.

"우리 뒤에 붙어. 뒤로 고꾸라질 것 같거든 다시 앞으로 밀라고."

"그것도 힘들 것 같으면 이 친구가 쓰러지겠다 싶은 곳에 넙죽 엎드려서 충격이라도 완화시켜야지." 그건 브루털의 말이었다.

해리가 실소를 머금었다. "하여튼 브루털은 오피엄 극장 무대에 나가야 해. 사람 배꼽 잡게 만든다니까."

"내가 좀 웃기긴 웃기지." 브루털이 능청을 떨었다.

우리는 존 커피를 계단 위까지 간신히 끌어올렸다. 나는 그가 졸도할까 봐 가슴을 졸였지만 그런 일은 일어나지 않았다.

"내 옆으로 빠져나가서 헛간이 비어 있나 확인하게." 나는 가쁜 숨을 쉬며 해리에게 지시했다.

"누가 있으면 뭐라 그러지요? 이따 봐, 하고는 이리로 뺑소니를 칠까요?" 해리가 내 겨드랑이 밑으로 빠져나가면서 물었다.

"까불지 마." 브루털이 한마디 던졌다.

해리는 살짝 문을 열고 고개를 내밀었다. 나에게는 그 시간이 한없이 지루하게만 느껴졌다. 마침내 그가 머리를 뺐다. 표정이 밝았다. "해안선은 비어 있음. 쥐 죽은 듯 고요함."

"그런 상태가 계속되어야 할 텐데. 기운 내, 존, 다 왔어." 브루털이 말했다.

헛간은 혼자 힘으로 가로질렀지만 내 방으로 이어진 계단 세 개를 올라갈 때 커피는 우리의 부축을 받아야 했다. 우리는 작은 문으로 그를 떠밀어 넣다시피 했다. 다시 일어섰을 때 커피는 가쁜 숨을 내쉬며 씨근거렸고 광채를 잃은 눈은 흐릿했다. 정말로 소름 끼쳤던 것은 그의 오른쪽 입가가 축 늘어져서 우리가 처음 멜린다의 방으로 들어가서 본, 베개에 기대어 앉은 그녀의 얼굴처럼 보였다는 사실이다.

딘이 우리 기척을 듣고 그린 마일 초입에 놓인 책상에서 달려왔다. "살았다! 못 돌아오는 줄 알았지 뭡니까. 붙잡혔거나 소장님이 총질을 했거나……." 그는 말을 멈췄다. 커피의 존재를 그제야 의식한 모양이었다. "어럽쇼, 왜 저 지경입니까? 꼭 죽을 것 같아요!"

"죽지는 않아……. 그렇지, 존?" 브루털이 대꾸하면서 말조심하라는 듯 딘을 힐금 쳐다보았다.

"물론 진짜 죽는다는 건 아니지만……." 딘은 불안한 미소를 지었다. "허……."

"걱정하지 말게. 감방까지 가야 하니까 자네도 와서 좀 거들어." 내가 말했다.

다시 한번 우리는 산을 에워싼 작은 언덕이 되었다. 그러나 지금은 수백만 년 풍화에 마모되어 무디어질 대로 무디어진 처량한 산이었다. 존 커피는 담배를 너무 많이 피운 노인처럼 힘들게 숨을 쉬면서 천천히 움직였다. 아무튼 움직이기는 했다.

"퍼시는 어때? 계속 난리를 피우던가?" 내가 물었다.

"처음에는 그랬어요. 테이프로 입을 봉했는데도 악을 쓰더라고요. 보나 마나 욕이었겠죠."

"다행이로세. 우리들 여린 귀가 다른 데 가 있느라고 못 들었으니." 브루털이 말했다.

"그 다음부터는 가끔씩 노새처럼 문에다 쾅쾅 발길질을 하는 정도였고요." 딘은 우리를 다시 보게 되어 마음이 놓였는지 계속 조잘거렸다. 땀에 젖어 번질거리는 코끝으로 안경이 미끄러지자 다시 밀어 올렸다. 우리는 워턴의 감방을 지나쳤다. 그 값없는 젊은이는 벌렁 드러누워서 거대한 관악기처럼 드르렁드르렁 코를 골았다. 이번에는 물론 눈을 감고 있었다.

딘은 그 꼬락서니를 지켜보는 나의 모습을 보더니 웃었다.

"저 자식은 전혀 말썽을 피우지 않았어요! 침상에 드러누운 뒤로는 꼼짝도 하지 않았습니다. 그렇게 얌전할 수가 없었지요. 퍼시가 간혹 가다 문을 쾅쾅 쳤지만 전 조금도 신경 쓰지 않았습니다. 솔직히 그게 더 낫다 싶더라니까요. 아무 소리를 안 내고 있었으면 주둥이에다 우리가 처박은 재갈 때문에 질식사라도 하지 않았나 은근히 걱정했을 텐데. 더 좋은 소식이 있어요. 그게 뭐냐? 뉴올리언스의 사순절 첫날 아침처럼 쥐 죽은 듯 고요했다 이 말입니다! 밤새 아무도 여기 오지 않았어요!" 딘은 더없이 흡족하고 의기양양하게 마지막 대목에서 힘을 주었다. "우리는 감쪽같이 해냈어요! 성공했다고요!"

그러고는 그제야 애당초 우리가 이 희극판을 왜 벌였는지가 생각났는지, 멜린다의 안부를 물었다.

"사모님은 좋아." 내가 대답했다. 우리는 존의 감방에 도착했다. 딘이 '우리는 감쪽같이 해냈어요! 성공했다고요.'라고 한 말이 그제야 조금 실감 났다.

"그때처럼……. 그러니까……, 쥐하고 비슷했나요?" 딘이 물었다. 그는 들라크루아가 딸랑 씨와 함께 살던 빈 감방을 보다가 다시 쥐가 처음 나타난 곳으로 여겨지던 구금실을 바라보았다. 딘의 목소리가 작아졌다. 침묵조차 소곤거림처럼 여겨지는 거대한 교회당 안으로 들어갈 때 사람들의 목소리가 그렇게 바뀌듯이. "그때처럼……." 딘은 침을 꿀꺽 삼켰다. "젠장, 무슨 말을 하려는 건지 아시잖아요. 기적이었나요?"

브루털은 감방의 이중 자물쇠를 열고 존 커피를 안으로 살짝 밀었다. "자, 이제 들어가셔야지, 거인. 좀 쉬라고. 고생했으니까. 우린 퍼시 뒤치다꺼리를 좀 할 테니……."

"나쁜 놈이야." 커피가 단조로운 억양으로 나지막이 뇌까렸다.

"맞아. 사악하기 이를 데 없는 놈이지." 브루털은 달래듯이 맞장구를 쳤다. "염려 놓으라고. 우리가 근처에 얼씬도 못하게 할 테니까. 자넨 침상에서 좀 쉬어. 내가 얼른 가서 커피를 한 잔 가져올 테니. 진하고 뜨거운 것으로. 그럼 한결 기분이 좋아질 거야."

존 커피는 육중한 몸으로 침상에 걸터앉았다. 나는 그가 벌렁 드러누워서 평소처럼 벽으로 돌아누울 거라고 생각했지만, 그는 깍지 낀 두 손을 무릎 사이에 늘어뜨리고 고개를 푹 숙인 채 거친 숨을 몰아쉬면서 한동안 그저 그렇게 앉아 있었다. 멜린다가 준 성 크리스토포루스의 메달이 셔츠 안에서 밑으로 떨어져 허공에서 앞뒤로 흔들거렸다. 멜린다는 그 메달이 커피를 무사히 지켜 줄 거라고 말했지만 존 커피는 조금도 무사해 보이지 않았다. 해리가 말한 무덤가에서 멜린다를 끌어내고 자기가 대신 그 자리를 차지한 것 같았다.

그러나 더 이상 존 커피에게 신경 쓸 겨를이 없었다.

나는 동료들에게 돌아섰다. "딘, 퍼시의 권총과 곤봉을 가지고 오게."

"알겠습니다." 그는 책상으로 돌아가서 총과 곤봉이 들어 있는 서랍을 연 다음 그것들을 가지고 왔다.

"준비됐나?" 나는 동료들에게 물었다. 그들은 고개를 끄덕였다. 그날 밤처럼 그 좋은 친구들이 자랑스러워 보일 때가 없었다. 해리와 딘은 둘 다 불안해 보였지만, 브루털은 평소처럼 덤덤해 보였다. "좋았어. 말은 내가 한다. 자네들은 입을 다물고 있을수록 좋고, 그래야 일도 빨리 매듭지어질 거야⋯⋯. 좋은 방향으로건 나쁜 방향으로건. 됐지?"

그들은 다시 고개를 끄덕였다. 나는 심호흡을 하고 그린 마일의 구금실을 향하여 걸어갔다.

빛이 들어오자 퍼시는 고개를 들면서 실눈을 떴다. 그는 바닥에 앉아서 내가 입에다 붙여 놓은 테이프를 핥는 중이었다. 뒤통수를 감았던 테이프는 벌써 떨어져 있었고(땀과 머리에 바른 포마드 때문이었으리라) 나머지 부분도 꽤 느슨해져 있었다. 반시간만 더 흘렀어도 그는 살려 달라고 고래고래 소리를 질렀으리라.

우리가 들어가니까 퍼시는 발을 움직여서 주춤주춤 물러서다가 이윽고 멈추었다. 남동쪽 귀퉁이 말고는 도망가려야 도망갈 데도 없다는 사실을 깨달은 것이다.

나는 딘에게서 권총과 곤봉을 넘겨받아서 퍼시 쪽으로 내밀었다. "돌려줄까?" 내가 물었다.

그는 조심스럽게 내 표정을 살피더니 고개를 끄덕였다.

"브루털, 해리. 일으켜 세워."

내 지시에 따라 그들은 허리를 숙여 범포로 만든 구속복 소매 밑으로 팔을 넣었다. 퍼시는 일어섰다. 나는 코가 서로 닿을락 말락 할 만큼 퍼시한테 바짝 다가섰다. 땀으로 범벅이 된 그의 몸에서 시큼한 냄새가 났다. 구속복에서 빠져나오려고 몸부림을 치다가 흘린 땀도 있었을 테지만, 그 땀은 순전히 공포 때문에 흘린 것이 대부분이었을 거라고 생각했다. 우리가 돌아와서 과연 무슨 짓을 할까에 대한 두려움 말이다.

'괜찮겠지, 그 사람들은 살인자는 아니니까.' 퍼시는 그렇게 생각했으리라……. 그러다가, 불현듯, 고철 스파크가 머리에 떠오르면서, 그래, 어떤 면에서 우리가 모두 살인자라는 데 생각이 미쳤을 것이다. 내 손으로 보낸 사람이 일흔일곱 명이었다. 그것은 내가 이제까지 구속복을 입혔던 사람 수보다도 많은 숫자였다. 1차 대전에서 무공훈장을 받은 요크 상사도 나만큼 많이 사람을 죽이지는 못했다. '그들이 나를 죽인다는 건 논리의 타당성이 없지만 그들은 이미 논리의 문턱을 넘어선 행동을 벌였지 않은가.' 퍼시는 팔을 뒤로 묶인 채 그 방에 앉아서 입에 달라붙은 테이프를 혀로 부지런히 핥으면서 속으로 그런 생각을 했으리라. 뿐만 아니라, 사방이 부드러운 벽으로 에워싸인 방에서 거미에게 붙들린 파리보다도 더 단단하게 결박당한 채로 앉아 있는 사람의 사고에 논리라는 것은 그다지 영향력을 행사하지 못하는 법이다.

요컨대, 지금 퍼시를 바로잡아야지 그렇지 않으면 영영 바로잡을 기회가 없다는 뜻이다.

"소리 지르지 않는다고 약속하면 자네 입에서 테이프를 떼어 주지. 난 자네와 이야기를 하고 싶지 악쓰기 시합을 벌이고 싶진 않거든. 어떡할 텐가? 얌전히 있겠나?"

나는 안도의 빛이 그의 눈을 스쳐 지나가는 것을 보았다. 내가 이야기를 하고 싶어하는 이상 온전히 이곳에서 빠져나갈 가능성이 높다는 점을 눈치 챘기 때문일 것이다. 그는 고개를 끄덕였다.

"조금이라도 시끄럽게 굴면 도로 테이프를 붙일 거다. 내 말 알아듣겠지?"

또 한 번, 이번에는 약간 초조하게 고개를 끄덕였다.

나는 손을 뻗어 그가 헐렁하게 해 놓은 테이프의 끝을 움켜잡고 힘껏 잡아당겼다. 부욱, 벗겨지는 소리가 요란했다. 브루털이 움찔했다. 퍼시는 아픈 듯 우는 소리를 하면서 입술을 문지르기 시작했다. 말을 하려고 했지만 자기 손이 입을 가로막고 있음을 깨닫고는 손을 내렸다.

"어서 이 갑옷도 벗겨 줘, 이 굼패야." 퍼시가 내뱉었다.

"조금만 기다려." 내가 말했다.

"지금! 지금! 지금 당……."

나는 그의 뺨을 후려갈겼다. 후려쳐야겠다는 생각을 하기도 전에 손이 먼저 나간 것이다……. 물론 내가 그를 후려칠지도 모른다는 생각은 전부터 하고 있었다. 기억을 거슬러 올라가면, 무어스 소장과 만나 처음으로 퍼시 이야기를 하던 날, 소장이 퍼시를 들라크루아의 집행에 참여시키라고 권했던 날부터 벌써 나는 퍼시를 후려갈길지도 모른다는 생각을 했던 것 같다. 남자의 손은 겨우 절반만 길든 동물과 같다. 대체로 온순하게 지내다가도 이따금 이탈해서 처음 보는 대상을 덮어놓고 무는 것이다.

나뭇가지가 부러질 때처럼 따악 소리가 났다. 딘이 기겁했다. 퍼시는 몹시 충격을 받아서 나를 빤히 쳐다보았다. 눈알이 지나치게 커져서 눈구멍 밖으로 빠져나오지나 않을까 걱정스러울 정도였다. 어항 속의 물고기처럼 그의 입이 열렸다 닫히기를 반복했다.

"입 닥치고 내 말 잘 들어. 들라크루아한테 네놈이 한 못된 짓 때문에 당연히 벌을 받은 거다. 넌 이런 짓 백 번 당해도 싼 놈이야. 우린 도저히 그대로 넘어갈 수가 없었다. 다들 동의했지만 딘이 반대했지. 딘도 결국은 우릴 따라올 거야. 안 그러면 우리가 가만 안 놔두거든. 그렇지 딘?"

"예." 딘이 기어들어 가는 소리로 말했다. 얼굴이 우윳빛처럼 하얘졌다.

"우린 네가 이 세상에 태어난 걸 후회하게끔 만들 거다. 네가 들라크루아의 형 집행을 고의로 방해했다는 사실을 만천하에 공개할 거야……."

"방해라니……!"

"그리고 딘을 하마터면 죽일 뻔했다는 것도. 네 삼촌이 어떤 자리를 만들어 줘도 거기 발담을 수 없도록 까발리고 다닐 거야."

퍼시는 맹렬하게 머리를 흔들었다. 그는 그 말을 믿지 않았다, 아니 믿을 수가 없었다. 내 손자국이 그의 창백한 뺨을 점쟁이에게 계시를 주는 암호처럼 벌겋게 물들였다.

"무슨 일이 있어도, 옴짝달싹하지 못하게 만들 거다. 우리가 반드시 직접 나서지 않아도 돼. 우리한테도 아는 사람들이 있다는 걸 알아차리지 못할 만큼, 퍼시, 네가 그렇게 멍청하진 않겠지?

물론 그 사람들은 중앙에서 놀지는 않지만 어떤 문제를 법으로 처리하는 요령에는 빠삭하거든. 그런 사람들의 친구, 형제, 아버지가 바로 여기에 산다 이 말씀이야. 그 사람들은 너 같은 파렴치한의 코와 불알을 얼씨구나 하고 잘라 버릴걸. 자기들이 아끼는 사람이 일주일에 운동장에서 세 시간 만 더 있을 수 있다면 자네 하나쯤은 안중에도 없는 사람들이야."

퍼시는 머리를 흔들지 않았다. 이제는 물끄러미 쳐다보기만 했다. 눈물이 솟아올랐지만 흐르지는 않았다. 분노와 좌절에서 나온 눈물이었으리라. 아니 어쩌면 그건 나의 희망 사항이었는지도 모른다.

"좋아⋯⋯. 지금부터는 밝은 면만 보자고. 테이프가 떨어져 나가 입술이 욱신거리겠지만, 그것 말고 자넨 멀쩡해. 자존심은 뭉개졌겠지만⋯⋯. 지금 이 방에 있는 사람들을 빼놓고는 굳이 다른 사람들이 알 필요가 없는 문제 아니겠나. 우린 절대로 말하지 않겠다, 자네들도 그럴 거지?"

모두 고개를 끄덕였다.

"암요. 그린 마일에서 일어난 일은 그린 마일에서 끝낸다. 그거야 철칙 아닙니까." 브루털이 말했다.

"자네가 브라이어리지로 가더라도 우린 자네 앞길을 가로막지 않을 거다. 그 정도 선에서 멈추기를 바라나, 아니면 우리랑 맞붙기를 원하나?"

퍼시가 곰곰이 생각하는 동안 아주 긴 침묵이 흘렀다. 가능성 있는 역공 방안을 짜냈다 지웠다 하면서 머릿속으로 부지런히 주판알을 굴리는 모습이 눈에 잡힐 듯했다. 마침내 좀더 근본적인 진실에게 나머지 모든 계산들이 압도당하는 순간이 온 모양이었다. 그 진실이란, 테이프는 떨어졌지만 아직도 구속복을 입고 있다는 것이었다. 덧붙이자면 오줌도 어지간히 마려웠으리라.

"좋소. 이 문제는 덮어두는 걸로 합시다. 이제 이 옷을 벗겨 주쇼. 어깨가 떨어져 나갈 것만 같……."

브루털이 나를 밀치며 앞으로 나오더니 커다란 손으로 퍼시의 얼굴을 움켜잡았다. 그의 엄지는 퍼시의 왼쪽 뺨에 깊은 보조개를 만들었고 나머지 손가락들은 퍼시의 오른쪽 뺨을 파고들었다.

"잠깐만 기다려. 그 전에, 내 말 잘 들어라. 이분은 우리 상관이야. 그래서 가끔 말을 점잖게 하기도 하지."

퍼시한테 내가 무슨 점잖은 말을 했는지 기억을 더듬어 보았지만 별로 생각나는 대목이 없었다. 어쨌거나, 나는 가만히 입을 다물고 있는 게 좋겠다고 생각했다. 퍼시는 적당히 겁에 질려 보였고 나는 괜스레 거기에 찬물을 끼얹고 싶지 않았다.

"점잖다는 것과 무르다는 것은 같지가 않은데도 그걸 모르는 인간들이 간혹 있기에 내가 끼어든 거다. 난 점잖은 게 뭔지는 관심도 없어. 툭 까놓고 말하는 사람이다. 그게 뭐냐, 만일 네가 약속을 깨면 우리는 된통 당하겠지. 하지만 우리도 너를 찾아낼 거다. 지구 끝까지라도 쫓아가서 너를 찾아낼 거야, 찾아내서, 널 조질 거다. 네놈 몸에 난 구멍이란 구멍은 모조리 요절 낼 거다. 차라리 죽는 게 낫겠다 싶은 생각이 들 때까지 조지다가 피가 나면 거기다가 식초를 발라 주마. 무슨 소린지 알아?"

그는 고개를 끄덕였다. 브루털의 손 때문에 부드러운 양 볼이 팬 퍼시의 얼굴은 늙은 허풍선이처럼 소름 끼쳤다.

브루털은 퍼시를 놓아주고 물러섰다. 내가 고개를 끄덕이자 해리가 퍼시 뒤로 가서 매듭과 고리를 풀기 시작했다.

"잘 새겨 둬, 이 친구야, 잘 새기라고. 지난 일은 잊어버리는 거야." 해리가 말했다.

파란 제복을 입은 세 귀신이 버티고 있으니 겁을 먹는 것도 당연하지……. 그럼에도 내가 익히 아는 일종의 허탈감이 나를 휩쓸고 지나갔다. 퍼시는 하루나 어쩌면 일주일은 얌전히 지내면서 다양한 대응과 그에 따르는 득실을 계산하겠지만, 연줄에 대한 믿음과, 패배자로 물러날 줄 모르는 오기, 이 두 가지가 결합하는 날이 결국 오고야 말 것이다. 그 둘이 결합하면 그는 할 소리 못 할 소리 다할 것이다. 우리는 존 커피를 동원해서 멜린다 무어스를 살리는 데 기여했고, 그런 행동이 옳았다는 소신에는 변함이 없었다(당시 유행하던 말마따나 '중국에 있는 차를 모조리 준다 해도' 말이다). 하지만 결국 우리가 녹다운하고 심판이 카운트아웃을 선언하는 날이 올 것이다. 살인을 저지른다면 모를까, 퍼시가 우리 곁을 떠나 다시 용기를 얻었을 때도 우리와 한 약속을 지키게 만들 방도는 전혀 없었다.

브루털을 곁눈질로 슬쩍 보았더니 그도 그걸 못 깨달은 눈치가 아니었다. 나는 놀라지 않았다. 하월 부인의 남편 브루터스는 흠잡을 데가 없는 사람이었다. 옛날부터 그래 왔다. 그는 나를 보면서 한쪽 어깨만 살짝 들어 올렸다 내렸다. 그것으로 충분했다. '별수 있나요?' 그 어깨는 말했다. '다른 방도가 없잖아요? 우린 당연한 일을 했고 최선을 다했어요.'

그래. 결과가 썩 나쁜 편은 아니었다.

해리가 마지막 고리를 구속복에서 풀었다. 퍼시는 분노와 적개심으로 잔뜩 인상을 쓰면서 거칠게 옷을 다루어 발밑에 떨어뜨렸다. 그는 우리를 똑바로 보지 않으려고 했다.

"총과 곤봉을 주쇼." 그가 말했다. 나는 그것들을 내밀었다. 퍼시는 총을 권총집에 넣고 호두나무 곤봉을 수제 고리에 넣었다.

"퍼시, 곰곰이 생각해 보고……."

"아, 그럴 생각입니다." 그는 나를 스치고 지나가면서 말했다. "아주 심각하게 생각할 겁니다. 지금부터 당장. 집으로 가면서도. 누가 퇴근 시간에 나 대신 기록 좀 해 주쇼." 그는 구금실 문 앞에 이르자 빙글 돌아서서 수치와 분노와 경멸이 뒤섞인 표정으로 우리를 쳐다보았다. 그 복잡한 감정의 조합은 바보나 지켜지리라고 생각할 우리의 비밀에 어두운 그림자를 던졌다. "내가 왜 먼저 퇴근했는지 맥들이 설명하고 싶지 않거들랑."

방을 나선 그는 그린 마일을 따라 뚜벅뚜벅 걸어갔다. 워낙 감정이 격앙되어 있던 탓인지 그는 바닥이 녹색인 가운데 복도가 왜 그토록 넓은지 잊고 있었다. 전에도 한번 똑같은 실수를 했다가 겨우 살아난 적이 있었지만. 이번에는 무사하지 못했다.

나는 어떻게 해야 저 친구를 누그러뜨릴 수 있을까 고민하면서 문 밖까지 따라 나갔다. 땀에 흥건히 젖고 흐트러진 매무새에다 뺨에는 손자국까지 벌겋게 난 저런 몰골로 E동을 나서게 하고 싶지는 않았다. 동료 세 사람도 뒤따라 나왔다.

그 다음 사건은 너무나 빠르게 진행되었다. 전부 합해도 1분을 넘지 않았고 어쩌면 그보다 빨리 끝났는지도 몰랐다. 하지만 지금까지도 나는 그 일 전부를 생생히 기억한다. 아마 퇴근 후에 집에서 아내에게 죄다 이야기하는 과정에서 내 기억에 굳게 뿌리를 내렸기 때문이리라. 그 사건 다음에 벌어진 일, 그러니까 커티스 앤더슨과 가진 새벽 회의, 심문, 무어스 소장이 우리를 위해 주선한 기자회견(소장은 물론 돌아와 있었다), 나중에는 주 차원에서 소집된 사문위원회는 오랜 세월이 흐른 지금 내 기억 속에 대부분의 다른 사건들처럼 뿌옇기만 하다. 그러나 그린 마일에서 그 다음에 실제로 벌어진 일만은 완벽하게 기억한다.

퍼시는 고개를 숙인 채 그린 마일 오른쪽으로 걸어가고 있었다. 이 점은 분명히 밝혀 두고 싶은데, 보통 죄수 같으면 손을 뻗어도 절대로 퍼시에게 닿지 않았을 것이다. 그런데 존 커피는 보통 죄수가 아니었다. 존 커피는 거인이었고, 거인답게 팔 길이도 길었다.

커피의 고동색 팔이 철창 사이로 번개처럼 빠져나오는 것을 보고 나는 고함을 질렀다. "조심해, 퍼시, 조심해!" 퍼시가 왼손을 곤봉 밑동으로 가져가면서 막 돌아서기 시작했을 때였다. 그 순간 그는 낚아채여 존 커피의 감방 쪽으로 홱 당겨졌다. 얼굴 오른쪽이 철창에 짓이겨졌다. 그는 으르렁거리면서 커피 쪽으로 돌아서서 호두나무 곤봉을 쳐들었다. 누가 보아도 커피가 얻어맞을 수밖에 없는 위치였다. 커피의 얼굴도 한복판의 두 철창 사이에 짓눌려 있어서, 마치 머리를 철창 사이로 몽땅 내밀려고 애쓰는 사람처럼 보였다. 커피의 오른손이 더듬거리다가 퍼시의 목덜미를 발견하고는 그것을 감더니 퍼시의 머리를 앞으로 힘껏 잡아당겼다. 퍼시는 철창 사이로 곤봉을 내리쳐 커피의 관자놀이를 강타했다. 피가 흘렀지만 커피는 끄떡도 하지 않았다. 커피의 입이 퍼시의 입을 눌렀다. 나는 속삭이는 듯한 숨소리를 들었다. 오래 참았던 숨을 마침내 토해 내는 듯한 소리였다. 퍼시는 낚싯바늘에 걸린 물고기처럼 요동치면서 빠져나오려고 발버둥쳤지만 그런 기회는 오지 않았다. 커피의 오른손이 뒷덜미를 누르는 바람에 꼼짝할 수가 없었다. 언젠가 보았던 철창 사이로 뜨거운 입맞춤을 나누는 연인들의 얼굴처럼 두 사람의 얼굴은 하나로 녹아 버릴 것만 같았다.

퍼시는 비명을 질렀지만 테이프에 막힌 것처럼 둔탁한 소리가 나왔다. 몸을 당기려고 혼신의 노력을 기울였다. 순간 그의 입술이 잠시 벌어졌고 나는 존 커피에게서 나온 검은 소용돌이가 퍼시 웨트모어한테 들어가는 것을 보았다. 경련을 일으키는 입을 통하여 퍼시 안으로 들어가지 못한 검은 소용돌이는 그의 콧구멍으로 들어갔다. 이윽고 뒷덜미를 누르고 있던 손이 굽혀지자 퍼시는 존 커피의 입으로 다시 당겨졌다. 커피의 입으로 거의 꿰뚫릴 듯했다.

퍼시의 왼손이 벌어졌다. 애지중지하던 호두나무 곤봉이 녹색 바닥으로 떨어졌다. 퍼시는 두 번 다시 곤봉을 잡지 못했으리라.

나는 앞으로 튀어 나가려고 애썼지만, 아니 앞으로 튀어 나갔다고 생각했지만, 내가 보기에도 늙은이처럼 엉성한 동작이었다. 권총을 빼려고 했지만 가죽 끈이 옹이진 호두나무 권총 자루를 막고 있어서 처음에는 권총집에서 뺄 수 없었다. 발밑에서는 케이프 코드에 있는 소장의 아담한 저택 내실에서처럼 마루가 흔들리는 느낌이 전해졌다. 단언할 수는 없지만, 머리 위에서 갓 씌운 전구 하나도 터진 모양이었다. 유리 파편이 쏟아져 내렸다. 해리는 놀라서 비명을 질렀다.

드디어 나는 38구경 권총의 안전 가죽 끈을 엄지손가락으로 푸는 데 겨우 성공했지만 권총집에서 그걸 미처 빼내기도 전에 커피가 퍼시를 홱 밀어 버리고 자기 감방 안쪽으로 물러섰다. 그는 얼굴을 찌푸리면서 무언가 고약한 음식을 맛본 사람처럼 입가를 훔쳤다.

"어떻게 된 겁니까? 어떻게 된 거냐고요?" 브루털이 소리를 질렀다.

"사모님한테서 나온 게 퍼시한테 들어갔어." 내가 대답했다.

퍼시는 들라크루아의 낡은 감방 철창에 등을 기대고 서 있었다. 벌어진 두 눈에는 초점이 없어 두 개의 동그라미나 다를 바 없었다. 커피가 멜린다를 처리한 뒤에 그랬던 것처럼 목이 메어 콜록콜록 기침을 하리라고 예상하고 나는 퍼시에게 조심스럽게 다가갔지만 예상은 빗나갔다. 처음에는 그 자리에 우두커니 서 있을 뿐이었다.

나는 그의 눈앞에서 손가락을 맞부벼 딱딱 소리를 냈다. "퍼시, 이봐, 퍼시! 정신 차려!"

소용없었다. 브루털이 가세하더니 퍼시의 얼빠진 얼굴로 두 손을 뻗었다.

"그래 봐야 소용없다니까!" 내가 말했다.

브루털은 내 말을 무시하고 퍼시의 코 바로 앞에서 손뼉을 두 번 짝짝 쳤다. 그건 효력이 있었다. 아니면 그렇게 보였다. 눈썹이 바르르 떨린다 싶더니 퍼시는 사방을 둘러보았다. 머리에 강한 충격을 받은 사람이 어지러움 속에서도 의식을 되찾으려고 애쓰는 모습이었다. 그의 시선이 브루털에서 내게로 옮겨졌다. 오랜 세월이 흐른 지금은 그때 그가 브루털도 나도 쳐다보지 않았다는 사실이 아주 분명해졌지만 그때는 그렇게 생각하지 않았다. 나는 그가 깨어나는 줄로만 알았다.

그는 철창을 등으로 밀면서 나오다가 약간 휘청거렸다. 브루털이 붙잡아 주었다. "무리하지 마, 이 친구야. 괜찮아?"

퍼시는 그 말에는 대답하지 않고 브루털 옆으로 걸어가더니 당직 책상 쪽으로 돌아섰다. 비틀거린다고 볼 수는 없었지만 몸이 왼쪽으로 기울어 있었다.

브루털이 부축하려고 손을 뻗었다. 나는 그의 손을 밀면서 말했다. "혼자 가게 둬."

그 다음에 무슨 일이 일어날지 알았더라면 과연 내가 그 말을 했을까? 1932년 가을 이후로 나는 수천 번이나 자문해 보았다. 그러나 자신 있게 대답할 수 없었다.

퍼시는 열두 걸음인가 열네 걸음인가 걷더니, 다시 멈추어 서서 고개를 숙였다. 그 무렵 그는 와일드 빌 워턴의 감방 앞에 와 있었다. 워턴은 아직도 드르렁거리며 깊은 잠에 빠져 있었다. 그는 어떤 일이 벌어지고 있는지 까맣게 모른 채 잠만 잤다. 지금 와서 생각해 보니 워턴은 죽을 때까지 내리 잔 셈이었고, 그 점에서는 여기서 인생을 마쳐야 하는 대부분의 노인들보다 더 복이 많았다고 볼 수 있다. 누가 보아도 그에게는 과분한 복이었다.

우리가 상황을 미처 파악하기도 전에 퍼시는 권총을 뽑더니 워턴의 감방 철창으로 걸어가서 잠 자는 사나이에게 모두 여섯 발을 쏘았다. 탕탕탕, 탕탕탕, 그 소리가 다였다. 그는 최대한으로 빨리 방아쇠를 당겼다. 그 폐쇄된 공간에 울린 총소리는 고막을 찢을 듯했다. 다음 날 아침 아내에게 그 이야기를 할 때까지도 나는 귀에서 울리는 총소리 때문에 내 목소리를 거의 들을 수가 없었다.

우리 네 사람은 일제히 퍼시에게 달려갔다. 딘이 가장 먼저 닿았다. 커피가 퍼시를 붙들었을 때 딘은 브루털과 내 뒤에 있었으니 이해는 잘 안 가지만 아무튼 딘이 제일 먼저 갔다. 딘은 퍼시 손에서 권총을 낚아채기 위해 한바탕 몸싸움을 벌일 각오로 퍼시의 손목을 움켜잡았지만, 사실은 그럴 필요가 없었다. 퍼시는 손에서 힘을 뺐고 권총은 바닥으로 툭 떨어졌다. 퍼시의 두 눈이 마치 빙판을 달리는 스케이트처럼 우리를 스치고 지나갔다. 퍼시의 방광이 풀리면서 쉬익 하는 저음과 함께 진한 암모니아 냄새가 풍겼고, 다시 뿌지직, 소리와 함께 바지 안에서 무언가 물컹 떨어지면서 더 지독한 악취가 코를 찔렀다. 퍼시의 눈은 복도 저 끝을 응시하고 있었다. 내가 알기로 그 눈은 두 번 다시 우리가 사는 이 현실 세계를 보지 못했다. 이 글 앞머리에서 두어 달 뒤 브루털이 딸랑 시의 채색 실패 부스러기를 발견했을 즈음 퍼시는 브라이어리지에 가 있었다고 쓴 기억이 난다. 그건 거짓말이 아니었다. 그러나 퍼시는 방 한구석에 선풍기가 놓인 사무실에 간 게 아니었다. 들들 볶을 수 있는 정신병자 한 무리를 상대하러 간 것도 아니었다. 하지만 적어도 나는 그가 독방은 얻었을 거라고 생각한다.

연줄이 있었으니까.

워턴은 감방 벽을 등지고 비스듬히 누워 있었다. 그때는 피가 시트로 흥건히 스며들고 시멘트 바닥까지 튄 정도밖에 보지 못했지만, 검시관은 퍼시가 귀신처럼 정확하게 맞추었다고 전했다. 퍼시가 쥐를 겨누어 던진 호두나무 곤봉이 아슬아슬하게 빗나갔다는 이야기를 딘에게 들은 적이 있었으므로 나는 과히 놀라지 않았다. 이번에는 거리도 짧았을뿐더러 움직이는 표적도 아니었다. 한 발은 사타구니에, 한 발은 복부에, 한 발은 가슴에, 세 발은 머리에 박혔다.

브루털이 기침하면서 총에서 나온 뿌연 연기를 손으로 휘저었다. 나도 기침을 했지만 연기는 의식하지 못했다.

"갈 데까지 갔군." 브루털이 뇌까렸다. 목소리는 차분했지만 눈빛으로 보아 그는 분명히 경악에 차 있었다.

나는 복도 저편을 바라보았다. 존 커피는 침상 끄트머리에 앉아 있었다. 깍지 낀 두 손은 여전히 무릎 사이에 놓여 있었지만 고개를 든 상태였고 이제는 조금도 아파 보이지 않았다. 그는 나에게 살짝 고개를 숙였는데, 언젠가 그에게 손을 주었을 때처럼 나도 엉겁결에 고개를 끄덕여 주었다.

"이를 어쩌죠? 기가 막혀서, 이를 어쩐다죠?" 해리가 알아듣기 어렵게 빠른 속도로 지껄였다.

"뾰족한 수가 없지, 뭐. 우린 골로 가는 거야. 그렇죠, 선배?" 한결같이 차분한 목소리로 브루털이 말했다.

내 머리는 이미 아주 빠르게 돌아가고 있었다. 해리와 딘을 보니까 둘 다 겁먹은 아이처럼 나를 빤히 쳐다보고 있었다. 퍼시는 두 손과 턱을 축 늘어뜨린 채 우두커니 서 있었다. 그제야 나는 오랜 벗 브루터스 하월을 바라보았다.

"우린 아무 일 없을 거야." 내가 말했다.

480

드디어 퍼시가 기침을 개시했다. 두 손을 무릎에 대고 허리를 접은 상태에서 그는 거의 헛구역질에 가까운 기침을 했다. 얼굴이 점점 시뻘게졌다. 나는 다들 물러서라고 말할 작정으로 입을 열었지만 기회를 놓치고 말았다. 그는 마른 잎과 황소개구리의 울음소리가 짬뽕이 된 소리를 내면서 입을 벌리더니 검은 소용돌이 뭉치를 토해 냈다. 어찌나 까맸는지 한동안 퍼시의 머리가 다 안 보일 정도였다.

"주여 저희를 구해 주시옵소서." 해리가 가녀린 목소리로 울먹이며 말했다. 이윽고 그 물질은 눈부시리만큼 하얗게 변했다. 막 내린 눈 위로 내리쬐는 1월의 햇살 같았다. 잠시 후 소용돌이는 사라졌다. 퍼시는 천천히 허리를 펴더니 다시 그린 마일 저편을 공허한 눈빛으로 응시했다.

"우린 못 본 겁니다. 그렇죠, 선배?" 브루털이 입을 열었다.

"암. 나도 못 보고 자네도 못 봤지. 봤나, 해리?"

"아뇨." 해리가 말했다.

"딘은?"

"뭘요?" 딘은 안경을 벗어서 닦기 시작했다. 덜덜 떨리는 손에서 안경이 떨어질 것 같았지만 용케도 떨어뜨리지 않았다.

"'뭘요'라, 그거야. 바로 그거야. 지금부터 정찰대장의 말을 잘 들어라, 제군들, 시간이 없으니까 처음부터 똑바로 나가자고. 줄거리는 단순하다. 복잡하게 만들지 말자는 거다."

그날 아침 11시경 나는 아내에게 이 이야기를 모두 했다. 다음
날 아침이라고 쓸 뻔했지만 물론 그것은 같은 날이었다. 내 인생
에서 그날처럼 긴 날은 두 번 다시 오지 않았다. 나는 이 글에서
쓴 것과 대동소이한 내용을 아내에게 들려주다가, 윌리엄 워턴이
침상에 누워 있다 퍼시가 지닌 총에서 발사된 탄환으로 온몸이
벌집이 되어 최후를 맞이한 대목에 가서 끝냈다.

아니, 그렇지 않다. 퍼시의 몸에서 나온 벌레인지 뭔지 모를 그
물질까지는 이야기를 했다. 아내에게도 차마 옮기기 어려운 이야
기였지만 나는 했다.

내가 이야기를 하는 동안 아내는 블랙커피를 잔에 절반쯤 채워
가지고 왔다. 처음에는 내 손이 몹시 심하게 떨려 잔을 가득 채웠
다가는 엎지르기 십상이었던 것이다. 이야기가 끝나 갈 무렵에는
떨림도 어느 정도 가라앉아서, 달걀이나 수프 정도면 좀 먹을 수
있을 것 같은 느낌도 들었다.

"우리는 누구도 거짓말을 할 필요가 없었고 바로 그 덕분에 살
아났어."

"그래도 몇 가지는 빠트린 거죠." 아내는 고개를 끄덕이며 말했다. "대부분은 사소한 거지만, 당신이 기결 살인범을 형무소 밖으로 빼낸 얘기, 그 사람이 죽어 가던 여자를 살려 낸 얘기, 퍼시 웨트모어의 목에다 뭘 넣어 가지고 정신 나가게 만든 얘기, 그게 뭐더라, 물컹물컹한 뇌종양을 집어넣었다고 했나?"

"나도 몰라. 한 가지, 당신이 계속 그런 식으로 말하면 수프는 당신 혼자 먹든가 강아지한테 줘야 할 거요."

"미안해요. 하지만 내 말이 틀리진 않죠?"

"그래. 우리가 무사히 그……." 그걸 뭐라고 불러야 할까? 탈출은 아니었고 그렇다고 휴가라고 부를 수도 없었다. "답사에서 돌아온 이야기는 뺐지. 퍼시가 정신을 되찾는다 하더라도 그 친구는 그 일을 까맣게 모를 거요."

"정신을 되찾는다 하더라도." 아내가 내 말을 되풀이했다. "그럴 가능성은 좀 있나요?"

나는 잘 모르겠다는 뜻으로 머리를 흔들었지만, 실은 나에게도 예감은 있었다. 나는 그가 1932년에도, 42년이나 52년에도 정상으로 돌아오지 못하리라고 생각했다. 예감은 들어맞았다. 퍼시 웨트모어는 브라이어리지가 화재로 폭삭 주저앉은 1944년까지 그곳에 머물러 있었다. 그 화재로 환자가 열일곱이나 죽었지만 퍼시는 그 안에 포함되지 않았다. 여전히 말을 잊고 멍한 표정을 짓고 있던(그런 상태를 묘사하는 단어가 '긴장 분열'이라는 것을 나는 배웠다) 퍼시는 불길이 그가 있던 건물로 번지기 한참 전에 직원 한 사람의 손에 이끌려 안전한 곳으로 피했다. 그는 다른 시설로 옮겨졌다가 1965년에 죽었다. 그 시설이 어디였는지 정확한 이름은 기억이 안 나는데, 아무튼 그건 중요하지 않다. 내가 알기로 그의 입에서 마지막으로 나온 말은 "누가 퇴근 시간에 나 대신 기록 좀 해 주쇼……. 내가 왜 먼저 퇴근했는지 댁들이 설명하고 싶지 않거들랑."이었다.

참으로 얄궂은 것은 우리가 설명해야 할 내용이 별로 없었다는 것이다. 퍼시가 발광해서 윌리엄 워턴을 쏘아 죽였다. 우리는 그렇게 말했고 단어 하나하나를 따졌을 때는 모두 사실이었다. 총격을 가하기 전에 퍼시가 어때 보였냐고 앤더슨이 브루털에게 묻자 브루털이 "얌전했죠." 한 단어로 응답하여 나는 터져 나오는 웃음을 참느라고 죽을 고생을 했다. 알고 보면 그 말도 사실이었기 때문이다. 근무 시간 내내 전선 절연용 테이프로 입이 봉해진 상태에서 기껏 내뱉는다는 소리가 "음, 음, 음."이었으니까 딴은 얌전했던 셈이다.

커티스는 퍼시를 8시까지 그대로 두었다. 퍼시는 담뱃가게의 인디언처럼 말이 없었지만 더 무시무시한 느낌을 주었다. 핼 무어스 소장은 이미 그 전에 엄격하면서도 유능한 인상을 주는 특유의 표정으로 나타나 말 잔등에 오를 만반의 준비를 끝내고 있었다. 겁에 질려 어쩔 줄 모르는 노인은 온데간데없었다. 퍼시에게 힘차게 걸어가서 큼지막한 양손으로 그의 어깨를 부여잡고 거칠게 흔든 사람은 소장이었다.

"이 친구야!" 그는 퍼시의 넋 나간 얼굴에 대고 소리를 질렀다. 그 얼굴은 벌서 밀랍처럼 말랑말랑해지고 있었다. "이보게! 내 말 들리나? 들리면 들린다고 말해! 진상을 알고 싶네!"

물론 퍼시는 묵묵부답이었다. 앤더슨은 소장을 따로 불러내 정치적으로 뜨거운 감자라는 표현이 딱 어울리는 이 문제를 어떻게 처리할 것인지 논의하고 싶은 눈치였지만, 무어스 소장은 적어도 그 자리에서는 앤더슨을 뿌리치고 나를 그린 마일로 끌고 갔다. 존 커피는 평소처럼 다리를 어색하게 침상에 걸친 채 벽 쪽으로 돌아누워 있었다. 잠을 자는 것처럼 보였고 실제로 잠을 잤는지도 모른다……. 하지만 커피는 언제나 겉보기와 다르다는 것을 우리는 진작부터 알고 있었다.

"우리 집에서 있었던 일과 자네들이 여기로 돌아온 다음에 벌어진 일이 조금이라도 관련 있나?" 소장은 목소리를 깔면서 물었다. "최대한 자네들을 방어할 생각이네, 모가지가 잘리는 한이 있더라도 말이야. 하나, 알 건 알아야지."

나는 고개를 흔들었다. 나 역시 입을 열면서 목소리를 깔았다. 이제 복도에서는 열 명도 넘는 교도관이 바삐 움직이고 있었다. 한 교도관은 감방에서 워턴의 사진을 찍고 있었다. 커티스 앤더슨은 사진 찍는 쪽으로 갔으므로 그 순간 우리를 보고 있는 사람은 브루털뿐이었다. "관련 없습니다. 보시다시피 저희는 존 커피를 감방으로 돌려보내고 퍼시를 구금실에서 풀어 주었습니다. 보안을 이유로 숨겨 둔 거지요. 뿔딱지가 났을 거라고 생각했는데 아니데요. 그저 권총과 곤봉만 달라고 했습니다. 아무 말 하지 않고 복도로 걸어갔어요. 그러더니 워턴의 감방 앞에서 총을 빼 들고 갈긴 겁니다."

"구금실에 갇혀 있었기 때문에……, 머리가 살짝 간 거라고 보진 않나?"

"아뇨."

"구속복을 입혔나?"

"아뇨. 그럴 필요가 없었습니다."

"얌전했어? 반항을 안 하던가?"

"안 했습니다."

"자네들이 구금실에 자기를 가두려는 걸 뻔히 알면서도 저항하지 않고 얌전히 있었다고?"

"그렇습니다." 나는 퍼시의 대사 한두 마디를 넣어 윤색하고 싶은 충동을 느꼈지만, 꾹 참았다. 단순할수록 좋다는 믿음 때문이었다.

"야단법석 같은 건 없었어요. 방 한구석으로 가더니 그냥 앉던데요."

"그럼 워턴 이야기도 하지 않았고?"

"예."

"커피 이야기도?"

나는 고개를 흔들었다.

"퍼시가 워턴한테 쌓인 게 있었을까? 원한 같은 게 있었을까?"

"그럴 가능성은 있습니다." 나는 목소리를 더욱 깔았다. "퍼시는 걸어 다닐 때 조심성이 없었어요. 한번은 워턴이 철창 사이로 손을 뻗어 퍼시를 낚아채서 조이는 바람에 퍼시가 혼꾸멍이 난 적도 있지요." 나는 잠시 말을 끊었다. "수모를 당했다고나 할까요."

"그 이상은 아니었고? 그저……, '혼꾸멍이 났다'……. 그게 전분가?"

"네. 그래도 퍼시는 꽤 놀랐습니다. 퍼시의 누이가 아니라 퍼시를 욕보이겠다고 윽박질렀거든요."

"음." 소장은 곁눈질로 존 커피를 힐끔 보았다. 커피가 이 세상에 실존하는 인물이라는 사실을 거듭 확인해야만 직성이 풀리겠다는 듯. "무슨 이유로 퍼시가 저 지경이 되었는지는 아직도 의문이지만, 그 친구가 왜 커피도 아니고 자네들도 아니고 하필 워턴을 공격했는지는 이것으로 어느 정도 설명이 되겠어. 저 친구들 말인데, 폴, 모두 같은 진술을 할 테지?"

"그럼요." 나는 소장에게 대답했다.

"그렇게들 진술할 거야." 나는 아내가 식탁에 가져온 수프를 뜨면서 말했다. "반드시 그렇게 되도록 해야지."

"당신은 거짓말을 했어요. 소장님한테 거짓말을 했다고요."

하긴, 이 세상에 안 그런 아내가 있을까? 멀쩡한 양복을 가지고 어디 좀이 슨 구멍이 없는지 여기도 찔러 보고 저기도 찔러 보고, 그러다가 결국은 구멍을 찾아내고야 만다.

"당신이 그런 식으로 생각한다면야 그렇겠지. 둘 다 알아 봤자 어차피 감당하기 힘든 내용은 소장님한테 말씀드리지 않았어. 소장님은 무고하다고 생각했거든. 현장에도 없었으니까 말이야. 커티스한테서 전화를 받기 전까지는 집에서 사모님을 보살피고 있었거든."

"사모님은 좀 어떠시대요?"

"그때는 시간이 없었으니까 별 말이 없다가 브루털과 내가 나오려니까 사모님 이야기를 꺼내더군. 기억은 많이 못하지만 상태는 좋은가 봐. 일어나서 걸어 다닌다니까. 내년에는 화단에 뭘 심을지 그런 얘기도 하더라는군."

아내는 한동안 내가 먹는 모습을 지켜보았다. 그러더니 질문을

던졌다. "소장님도 그게 기적이란 걸 아나요? 이해를 하느냐고
요."

"암. 그 자리에 있었던 사람은 안 그럴 수가 없지."

"나도 그 자리에 있었더라면 좋았겠다 싶다가도, 아니야, 없었
던 게 다행이지 그런 생각을 더 많이 해요. 내가 다마스쿠스로 향
하던 바울의 눈에서 비늘이 떨어지며 미몽에서 깨어나는 모습을
보았더라면 아마 심장마비로 죽었지 싶어."

"무슨 소리."

나는 마지막 남은 수프를 숟가락으로 뜨기 위해 접시를 기울이
면서 말했다. "수프라도 한 그릇 대접했을 테지. 맛이 기가 막혀."

"다행이네." 그러나 아내가 생각한 것은 수프도, 요리도, 다마
스쿠스로 향하던 바울의 개종도 아니었다. 아내는 턱을 괴고 창
문 너머 산등성이를 바라보고 있었다. 더위를 예고하는 여름 아
침의 뽀얀 산등성이처럼 아내의 눈은 몽롱했다. 데트릭 자매가
발견되었던 여름날의 그 아침이 까닭 모르게 생각났다. 나는 소
녀들이 왜 비명을 지르지 않았는지 알 수가 없었다. 살인마는 소
녀들을 해쳤고 베란다에도 계단에도 피가 흥건했다. 그런데 왜
비명을 지르지 않았단 말인가?

"그 워턴이란 남자를 진짜 죽인 사람은 존 커피라고 생각하는
거죠?" 아내가 한참 만에 창문에서 돌아서며 던진 물음이었다.
"그건 절대로 우연히 생긴 사고가 아니니까, 존 커피가 퍼시 웨트
모어를 앞세워서 워턴에게 총을 쏘았다고 당신은 생각하고 있어
요."

"맞소."

"왜?"

"글쎄."

"당신이 커피를 그린 마일에서 빼낼 적에 있었던 일을 다시 들려줄래요? 그 부분만."

나는 들려주었다. 철창 사이로 스윽 미끄러져 나와 커피의 이두박근을 잡았던 그 앙상한 팔이 나한테 누구나 어렸을 때 강가에서 헤엄치다가 소스라치게 놀란 적 있는 물뱀을 연상시켰던 이야기, 커피가 워턴한테 넌 나쁜 놈이라고 말했던 이야기도 해 주었다. 커피는 그때 거의 속삭이듯 말했더랬다.

"그러니까 워턴은……?" 아내는 다시 창 밖을 내다보았지만 분명히 내 이야기를 듣고 있었다.

"이러더군, '그렇다, 검둥아. 꼴리는 대로 생각해라.'"

"그게 다네요."

"그래. 나는 그때 무언가 일어날 것만 같은 예감을 받았지만 아무 일도 일어나지 않았어. 브루털이 존을 붙잡은 워턴의 손을 떼어 내면서 누우라고 하니까 워턴은 얌전히 따르더군. 일어서긴 했지만 애당초 의식이 없었던 거지. 검둥이들은 별도의 전기의자가 있어야 한다든가 하는 소리를 내뱉고는 그걸로 끝이었어. 우린 우리 일로 돌아갔고."

"존 커피가 그 사람한테 나쁜 놈이라고 했다고요?"

"그래. 퍼시에 대해서도 한 번 똑같은 말을 한 적이 있어. 한 번은 더 되겠구나. 정확히 몇 번인지는 모르겠지만 아무튼 그런 말을 했어."

"하지만 워턴이 존 커피한테 개인적으로 피해를 준 적은 없잖아요? 퍼시한테는 해를 끼쳤지만."

"없지. 워턴의 감방은 당직 책상 쪽이었고 커피의 감방은 그 반대편으로 한참 더 가서 있었으니까 구조로 봐도 둘은 얼굴을 마주칠 기회가 거의 없었어."

"워턴이 팔을 붙잡았을 때 커피가 어떤 표정을 지었는지 다시 한번 말해 봐요."

"여보, 그래 봐야 아무 소용 없다니까."

"소용없을지 있을지는 두고 봐야죠. 표정이 어땠는지 말해 줘요."

나는 한숨을 쉬었다. "충격을 받았다고나 해야 할지. 기겁하더라고. 당신이 해변에서 일광욕을 하고 있는데 내가 몰래 다가가서 당신 등에다 찬물을 조금 떨어뜨렸을 때 당신이 보이는 반응이라고나 할까. 아니면 뺨을 얻어맞은 사람의 표정."

"좋아요. 별안간 누가 잡아당기니까 놀라서 정신이 번쩍 든 거네."

"그래……, 아니."

"어느 쪽이에요? 맞아요, 틀려요?"

"틀려. 놀란 건 아니었어. 커피가 병을 고쳐 주려고 나를 감방으로 불러들였을 때라든가 나한테 쥐를 건네주었을 때 내가 받았던 느낌. 놀란 건 사실이지만 그건 누가 손을 댔기 때문이 아니라……, 절대로 그게 아니라……. 휴, 잘 모르겠네."

"알았어요. 그 정도로 해 두죠. 정말 이해할 수 없는 건 존이 그런 행동을 한 까닭이에요. 천성이 폭력을 일삼는 사람은 아니잖아요. 여기서 또 하나 묻고 싶은 게 있어요. 여자 애들에 대한 당신의 판단이 옳다면 어떻게 당신은 그 사람을 처형할 수 있죠? 어떻게 그 사람을 전기의자에 앉힐 수 있다는 건가요, 만약 범인이 다른……."

나는 의자에서 꿈틀거렸다. 팔꿈치가 접시를 치는 바람에 접시가 바닥에 떨어져 산산조각 났다. 퍼뜩 생각이 떠올랐다. 그 시점에서는 논리라기보다는 직관에 가까웠지만 흑색처럼 단순 명쾌한 아름다움이 거기에 있었다.

"여보? 뭐가 잘못됐어요?" 아내가 깜짝 놀라서 물었다.

"글쎄. 확실하지는 않지만 뭔가가 있을 것도 같아."

총격의 여파로 세 무대에서 서커스가 벌어졌다. 한 무대에는 주지사가 섰고 또 한 무대에는 형무소가 있었으며 마지막 무대에선 주인공은 머리가 결딴 난 불쌍한 퍼시였다. 공연 지휘는 누가 했느냐고? 그야, 언론계의 다양한 인사들이 번갈아 들며 소임을 맡았다. 그 당시만 하더라도 기자들에게는 자존심이라는 것이 있어서 요즘처럼 못되지도 않았고 제랄도나 마이크 월리스 같은 독종을 찾아보기 힘들었지만, 그래도 한번 밀어붙이기로 마음먹으면 어지간히 질겼다. 이번이 바로 그랬다. 공연이 계속되는 동안 기자들은 꽤 성가시게 굴었다.

하지만 아무리 신나는 서커스도, 등골이 오싹해지는 묘기와 배꼽 잡는 광대, 가장 사나운 맹수가 등장하는 서커스도 언젠가는 마을을 떠나야 하는 법이다. 이번 공연은 사문위원회의 등장과 함께 막을 내렸다. 사문위원회 하면 왠지 으스스하고 특별한 것 같지만 알고 보니 아주 시시하고 형식적인 조사였다. 다른 때 같으면 주지사가 누군가의 목을 거뜬히 칠 일이었겠지만 이번 사건은 성격이 달랐다. 그의 아내와 같은 피를 나눈 처조카가 미쳐서 살인을 저지른 것이다. 살인자를 살해했기에 그나마 다행이었지만, 감방에 누워서 자고 있던 사람을 죽인 퍼시의 행위는 누가 보아도 비열한 짓이었다. 살해당한 젊은이가 발정기를 맞은 초봄의 산토끼처럼 미쳐 날뛰던 작자라는 사실을 감안한다면 주지사가 부랴부랴 사건 무마에 나선 것도 이해가 갔다.

우리가 해리 터월리거의 트럭을 타고 무어스 소장의 집에 갔던 사실은 탄로 나지 않았다. 우리가 자리를 비운 동안 퍼시가 구속복을 입은 채 구금실에 갇혀 있었다는 사실도 새어 나가지 않았다. 퍼시가 총을 쏘았을 때 윌리엄 워턴이 약에 취해 있었다는 사실도 아무도 모르게 넘어갔다. 그럴 수밖에 더 있었겠는가? 당국은 워턴의 시신에서 총알 여섯 발 말고는 달리 의심할 건더기를 찾아내지 못했던 것이다. 검시관은 그 총알을 제거했고 장의사는 시신을 소나무로 짠 관에 넣었다. 왼쪽 팔뚝에 '빌리 더 키드'라는 문신을 새긴 남자의 인생은 그렇게 막을 내렸다. 앓던 이가 빠졌을 때처럼 후련했다고나 할까.

그래도 한두 주일가량은 시끄러웠다. 그동안 나는 방귀 한번 마음 편히 못 뀌었다. 하물며 그 난리가 벌어진 날 아침 부엌 식탁에서 내 머리에 떠오른 의혹을 확인하기 위해서 하루 휴가를 낸다는 것은 생각조차 할 수 없었다. 11월 중순 조금 못 미쳐서였다. 12일이었던 것 같은데, 장담은 못하겠다. 마을에서 서커스가 끝났다는 확신이 들자 나는 하루 시간을 내기로 했다. 그날은 내가 내내 불안해하던 종이를 책상 위에서 발견한 날이었다. 바로 존 커피의 사형 집행서였다. 핼 무어스 소장이 아니라 커티스 앤더슨이 서명했지만 법적 하자는 전혀 없었다. 그러나 나에게 이 서류가 오려면 한 번은 소장을 거칠 수밖에 없었다. 소장이 서류를 들고 행정실 책상 앞에 앉아 있는 모습이 그려졌다. 거기 앉아서 소장은 인디애놀라 종합병원 의사들의 입을 벌어지게 한 아내 생각을 했으리라. 그의 아내가 의사들로부터 속수무책으로 건네받은 사형 집행서를 존 커피는 갈가리 찢어 버렸다. 존 커피가 그린 마일을 걸어가야 할 순간이 온 지금, 우리 중에서 누가 그것을 막을 수 있을까? 우리 중에서 누가 그것을 막으려 들까?

사형 집행서에 적힌 날짜는 11월 20일이었다. 그 서류를 받고 나서 사흘 뒤, 15일이었지 싶은데, 나는 아내를 시켜 사무실에 출근 못 한다고 전화를 걸게 했다. 커피 한 잔을 마신 뒤, 쿠션은 엉망이지만 다른 곳은 이상이 없는 포드를 북쪽으로 몰았다. 아내는 입맞춤을 하면서 잘되길 바란다고 했다. 대답은 했지만 뭐가 잘되는 건지 더 이상 알 수 없었다. 나의 의혹을 확인해도 문제였고 못 해도 문제였다. 분명한 것은 운전하면서 콧노래를 흥얼거릴 기분이 아니었다는 사실이다. 그날만큼은 그랬다.

그날 오후 3시쯤에는 산이 많은 그곳으로 꽤 깊숙이 들어와 있었다. 퍼돔 군청이 문을 닫기 직전에 건물 안으로 들어가 기록을 조금 찾고 있으려니까 보안관이 다가왔다. 낯선 사람이 찾아와서 이 지역의 불미스러운 과거를 뒤지고 있다고 군청 공무원이 연락을 취한 모양이었다. 캐틀릿 보안관은 나에게 용건을 물었고 나는 대답했다. 보안관은 잠시 생각하더니 나에게 흥미로운 사실을 이야기해 주었다. 그는 내 입을 통해서 이 이야기가 퍼져 나가면 자기는 오리발을 내밀겠다고 했다. 그것은 결정적 증거는 아니었지만 상당한 도움이 되었다. 나에게는 꽤 값진 정보였다. 집으로 오면서도 나는 내내 그 이야기를 되씹었고, 밤에도 그 생각을 하느라 잠을 설치고 말았다.

다음 날 나는 꼭두새벽에 일어나서 트라핑거스 군으로 차를 몰았다. 배가 남산처럼 불룩한 호머 크리버스 보안관은 일부러 피하고 로브 머기 부보안관에게 접근했다. 머기는 내 말을 듣고 싶어하지 않았다. 한사코 딴전을 피웠다. 저러다 혹시 이야기를 더 못하게 하려고 내 입에다 주먹질이나 하지 않을까 두려울 정도였다. 하지만 결국 그는 클라우스 데트릭에게 가서 몇 가지 물어봐 주겠다고 했다. 그래야 내가 직접 찾아가서 물어보지 않을 거라고 생각했던 모양이다. "이제 겨우 서른아홉인데 요즘은 노인네처럼 팍삭 늙었어요. 이제 슬픔이 겨우 조금 가라앉으려는데, 형사연하며 잘난 체하는 교도관이 들쑤셔 놓으면 기분이 좋을 리가 없지. 선생은 여기 가만히 계시오. 데트릭 농장 근처에는 얼씬도 하지 마요. 클라우스와 내가 이야기를 마친 다음에 보는 걸로 합시다. 여기서 기다리기가 좀 그렇거든 저기 간이식당에 가서 파이라도 한 조각 드시든가. 제법 배가 부를걸요."

나는 두 조각을 먹었고, 정말로 몸이 무거워진 듯했다.

머기가 간이식당으로 돌아와서 카운터 앞 내 옆자리에 앉았을 때 나는 그의 표정을 읽으려고 애썼지만 실패했다.

"어땠소?" 내가 물었다.

"집에 가서 이야기합시다. 여긴 이목이 있어서 좀 곤란해요."

우리는 로브 머기의 집 앞 베란다에서 회담을 가졌다. 두 사람 다 몸을 잔뜩 웅크리고 추위에 떨었지만 머기 부인은 집 안 어느 구석에서도 담배 피우는 것을 허락하지 않았다. 시대를 앞서 간 여인이었다. 머기가 얼마 동안 이야기를 했다. 정말로 하기 싫은 이야기를 아주 억지로 하는 사람처럼.

"보시다시피 아무것도 밝혀진 게 없지 않소, 엉?" 어느 정도 이야기를 마친 뒤 그가 불쑥 던진 물음이었다. 호전적인 말투였다. 그는 말을 하며 집에서 만 담배를 내 쪽으로 공격적으로 찔러 댔지만, 표정은 편치 않았다. 재판정에서 보고 듣는 내용이 증거의 전부가 아니라는 것을 그나 나나 모를 리가 없었다. 아마 머기 부보안관은 평생 처음으로 자기 상관처럼 자기가 우둔한 사람이라면 얼마나 좋을까 하는 생각을 하지 않았을까 싶다.

"압니다."

"만약 이 한 가지 사실만을 토대로 재심을 청구할 생각을 하고 있다면 다시 생각하는 게 좋을 거요, 선생. 존 커피는 검둥이예요. 우리 트라핑거스 군에서 검둥이가 재심 기회를 얻는다는 건 하늘의 별 따기죠."

"그것도 압니다."

"그럼 어쩌자는 거요?"

나는 담배를 베란다 난간 너머의 길바닥으로 던졌다. 그리고 자리에서 일어섰다. 추운 날 집까지 장거리 운전을 하려면 출발을 앞당길수록 시간도 덜 걸렸다. "나도 그걸 알았으면 좋겠소이다, 머기 씨. 하지만 몰라요. 오늘 밤 한 가지 확실한 건 두 번째 파이는 먹는 게 아니었다는 겁니다."

"똑똑한 양반한테 내가 충고 한마디 드리지." 그는 여전히 그 공허한 호전적 말투로 뇌까렸다. "당신은 평지풍파를 일으키고 있어."

"그건 내 잘못이 아니죠." 그렇게 대꾸하고 나는 집으로 출발했다.

집에는 자정이 지나서 늦게 도착했지만 아내는 자지 않고 나를 기다리고 있었다. 기다릴 거라고 짐작은 했어도 막상 아내 얼굴을 보니 마음이 푸근해졌다. 아내는 팔로 내 목을 껴안았다. 우리의 몸은 단단히 밀착되었다.

"어딜 갔다 이제 오시나." 아내는 말하면서 내 아랫도리를 만졌다. "이젠 이 양반도 아무렇지 않나 봐? 아주 씽씽하네."

"여부가 있겠습니까, 사모님." 나는 아내를 들어 안고 침실로 갔다. 우리는 달콤한 정사를 나누었다. 절정에 도달했을 때 그 방출과 해방의 희열감에 젖으면서 나는 흐느낌이 멎을 날 없던 존 커피의 눈을 떠올렸다. 그리고 멜린다 무어스의 말도 생각했다. '당신 꿈을 꿨어요. 꿈속에서 당신은 어둠 속을 헤맸고 저 역시 그랬어요.'

아내 위에 그대로 엎드린 채, 아내의 팔이 내 목을 감싸고 두 사람의 허벅다리가 포개진 상태에서 나는 흐느끼기 시작했다.

"여보!" 아내는 공포와 충격에 휩싸였다. 같이 사는 동안 아내 앞에서 내가 눈물을 보인 것은 한 손으로 헤아릴 정도였다. 나는 어지간한 일 앞에서는 눈물을 보이지 않는 남자였다. "여보, 왜 그래요?"

"난 알아야 할 걸 다 알았어." 나는 눈물을 삼키며 말했다. "사실은, 너무나 많이 알고 있어. 일주일 안에 난 존 커피를 처형해야 하지만, 데트릭 자매를 죽인 건 윌리엄 워턴이야. 와일드 빌이 그랬어."

다음 날, 들라크루아의 형 집행이 실패로 돌아간 뒤 우리 집에서 점심을 먹었던 한 무리의 교도관들이 다시 우리 집에 모여서 식사를 했다. 이번 작전 회의에는 한 사람이 더 참여했다. 나의 아내였다. 다른 사람들에게 사실을 털어놓으라고 나를 설득한 사람이 바로 아내였다. 처음에 나는 그럴 생각이 없었다. 우리 둘이 알고 있는 것만으로도 충분히 괴롭지 않은가? 나는 아내에게 그렇게 말했다.

"당신 생각은 분명하지 않아요. 아직도 충격이 크기 때문이겠죠. 당신 동료들도 최악의 사실은 다 알고 있어요. 존은 범죄를 저지르지 않았고 범행 현장에 있었을 뿐이라는 사실을. 아무튼 얘기하면 조금은 홀가분해질 거예요."

그러리라는 확신은 들지 않았지만 나는 아내의 말에 순순히 따랐다. 브루털과 딘, 해리한테 내가 아는 사실(증명할 수는 없었지만 내가 당연하다고 여기던 사실)을 털어놓으면 난리가 벌어질 거라고 예상했지만, 처음에는 다들 생각에 잠겨 침묵을 지켰다. 그러다가 재니스가 가져 온 과자에 딘이 약간 과하다 싶게 버터를 바르는 게 아닌가 여기고 있을 때, 딘이 입을 열었다.

"존이 범인을 보았을까요? 워턴이 소녀들을 죽이는 장면, 강간하는 장면을 보았을까요?"

"봤다면, 못 하게 말렸을 테지. 워턴을 보았는지는, 아마 도망가는 뒷모습을 봤을 거라고 생각하는데. 봤어도 곧 잊어버렸겠지."

"하기야. 존은 비범하지만, 그렇다고 똑똑한 건 아니거든요. 워턴이 철창 사이로 손을 내밀어 자기를 만졌을 때 비로소 워턴을 알아본 거라." 딘이 말했다.

브루털도 고개를 끄덕였다. "그래서 존이 그렇게 놀랐던 거고……. 충격이 컸잖아. 그 눈 봤어요?"

나는 끄덕거렸다. "퍼시를 앞세워 워턴한테 무기로 사용한 거라는 말은 집사람이 한 말이지만, 나도 그 생각이 줄곧 머리를 떠나지 않아. 존 커피가 왜 와일드 빌을 죽이려 들었을까? 퍼시라면, 또 모르지. 퍼시는 커피가 보는 앞에서 들라크루아의 쥐를 짓밟았으니까. 커피는 또 퍼시가 들라크루아를 산 채로 태웠다는 것도 알았지. 워턴? 워턴은 우리한테야 이 사람 저 사람 집적거렸지만, 내가 알기로 존 커피는 건드리지 않았어. 그린 마일에 같이 있는 동안 둘이 주고받은 말은 전부 합해야 쉰 마디도 안 넘을걸. 그나마도 대화의 절반은 그날 밤에 오고 갔잖아. 그 녀석이 왜 커피를 건드리겠나? 워턴은 퍼돔 군 출신이야. 그 산촌에 사는 백인들은 흑인이 일부러 찾아오지 않는 이상 검둥이라곤 구경도 못해보고 자라는 친구들이야. 그런데 왜 커피가 그런 행동을 했을까? 워턴의 손이 자기 몸에 닿았을 때 무슨 끔찍한 장면이나 느낌이 떠올랐기에 멜린다의 몸에서 꺼낸 독을 도로 뱉어 냈을까?"

"자기도 죽다 살아났지요." 브루털이 말했다.

"죽은 거나 다름없었지. 커피의 행동을 설명할 수 있는 끔찍한 기억을, 나는 데트릭 쌍둥이한테서 찾을 수밖에 없더라고. 그건 말도 안 된다, 억지로 끌어다 붙이는 거다, 터무니없는 일이다라는 생각을 안 한 건 아니야. 그런데 커티스 앤더슨이 워턴에 대해서 처음에 적어 준 쪽지 생각이 나더라고. 워턴이 사람들을 강도 살해하기 전까지 주 여기저기를 휩쓸고 다녔다는 내용이었지. 주 여기저기를 휩쓸고 다녔다, 그 말이 퍼뜩 떠올랐어. 그리고 처음 들어와서 딘의 목을 졸라 대던 기억도 났지. 그러다 보니 자연스럽게……."

"개." 딘이 말했다. 딘은 워턴이 쇠사슬을 감았던 목을 문지르고 있었다. 자기도 모르게 그런 행동이 나왔으리라. "그 개의 목이 어떻게 부러졌는가도."

"아무튼, 나는 워턴의 재판 기록을 보러 퍼돔 군으로 찾아갔어. 있는 기록은 녀석을 그린 마일로 오게 만든 살인 사건에 관한 자료뿐이거든. 막판의 기록이라 이 말이지. 나는 초창기를 알고 싶었어."

"말썽깨나 피웠지요?" 브루털이 물었다.

"암. 공공 기물 파괴, 좀도둑질, 건초에 불 지르기, 심지어는 친구 녀석하고 다이너마이트까지 훔쳐서 개울가에서 터뜨렸더구면. 일찍부터 옆길로 샜더라고. 열 살 때부터였으니까. 물론 내 관심은 그 시절이 아니었지만. 그때 보안관이 나타나서 무슨 용건으로 어디서 오셨느냐고 물었는데, 그게 재수가 좋았어. 얼른 둘러댔지. 감방을 수색하다가 워턴의 침상 밑에서 사진이 한 뭉

500

치 나왔는데 알몸의 어린 소녀 사진이 들어 있었다고 말이야. 테네시 지역에 미해결 사건이 두어 건 있다고 들었는데 혹시 워턴이 전에 어린아이들을 집적거린 과거가 있는지 알아보러 왔다고 말이야. 데트릭 자매 얘기는 절대 꺼내지 않았어. 보안관도 거기까지는 생각이 못 미쳤겠지만."

"당연하죠. 어떻게 생각이 미쳤겠어요. 어쨌든 해결된 사건인데." 해리가 말했다.

"워턴의 기록철에 아무것도 없는 것으로 보아 예감이 아무래도 빗나간 모양이라고 내가 말했지. 내 말은, 기록이야 많았지만, 그런 종류의 기록은 없었다는 뜻이지. 그러니까 캐틀릿이라는 그 보안관이 껄껄 웃으면서, 빌 워턴 같은 인간쓰레기가 저지른 짓이 모조리 재판 기록에 남아 있는 건 아니라며, 그깟 게 무슨 소용이냐, 죽은 사람 아니냐 하더구먼. 그저 호기심을 채우기 위해서지 딴 뜻은 없다고 하니까 그 사람 마음을 놓는 모양이더라고. 나를 자기 사무실로 데려가서 자리에 앉히더니 커피와 도넛을 권하면서 하는 말이, 16개월 전, 워턴이 열여덟 살도 아직 안 되었을 때, 퍼돔 군 남부 지역에 사는 한 남자가 헛간에서 자기 딸아이와 그 녀석이 함께 있는 걸 목격했다고 왔어. 엄밀하게 말해서 강간은 아니었어. 그 사람이 캐틀릿 보안관한테 한 말을 그대로 옮기면 '못된 손장난 이상은 아니었다'야. 미안해, 여보."

"괜찮아요." 아내는 그렇게 말했지만 얼굴은 파랗게 질려 있었다.

"계집아이가 몇 살이었는데요?" 브루털이 물었다.

"아홉 살."

브루털은 눈살을 찌푸렸다.

"도와줄 만한 기운 센 형제나 사촌이 있었다면 그 양반 당장 워턴을 쫓아갔겠지만, 주위에 그런 사람이 없었어. 할 수 없이 보안관을 찾아가서 워턴이 단단히 정신 차리게 좀 만들어 달라고만 했지. 그런 지저분한 사건은 가능하면 내놓고 말하고 싶어하지 않는 게 사람 심리 아니겠나. 그렇지 않아도 캐틀릿 보안관은 상당히 오래전부터 워턴의 비행을 처리해 왔더구먼. 워턴이 열다섯 살 때는 소년원에 한 8개월 보낸 적도 있었대. 보안관은 더 이상 참을 수 없다고 결론지었지. 부하 셋을 데리고 워턴네를 찾아가서 울고불고하는 워턴 부인을 무시하고, 윌리엄 '빌리 더 키드' 워턴 군에게 아직 달거리를 시작하기는커녕 그게 뭔지도 모르는 어린 계집아이를 데리고 건초 더미 위로 올라가는 여드름쟁이 망나니가 무슨 일을 당하게 되는지를 분명히 가르쳐 주었다는구먼. '우린 그 조무래기한테 단단히 경고했습니다.' 캐틀릿 보안관이 그러데. '머리에서 피가 나고 어깨가 빠지고 엉덩이가 홀라당 까질 때까지 말입니다.'"

브루털은 터져 나오는 웃음을 참지 못했다. "역시 시골 사람들이라니까. 아무도 흉내 못 내."

"줄잡아도 3개월 뒤에 워턴은 다시 사고를 치면서 놀자판으로 나가다가 결국 강도 짓으로 빠진 거야. 그러다 살인을 저질러 우리한테 온 거고."

"그러니까 전에도 나이 어린 소녀를 건드린 적이 있구나." 해리가 안경을 벗어 입김을 분 다음 문질렀다. "어려도 한참 어리네. 그래도 한 번 그런 걸 가지고 속단하긴 이르지 않나요?"

"그런 건 한 번으로 끝나지 않아요." 아내가 말하고는 입술을 꼭 다물었다. 워낙 단호하게 다물어서 입술이 거의 사라진 듯했다.

그 다음에 내가 들려준 것은 트라펑거스 군에 갔던 이야기였다. 로브 머기한테 나는 훨씬 솔직하게 털어놓았다. 부득이 그럴 수밖에 없었다. 지금까지도 나는 그가 데트릭 씨한테 어떻게 둘러댔는지 잘 모르고 있지만, 그날 간이식당에서 내 옆에 앉아 있던 머기의 정신 연령은 일곱 살 먹은 아이 같았다.

강도 살인 사건으로 워턴이 불량배로 나선 짧은 활동이 막을 내리기 약 한 달 전인 5월 중순 무렵 클라우스 데트릭은 헛간에 칠을 했다(바우저의 개집은 그 옆에 있었다). 그는 높은 발판 위에서 아들을 기어다니게 만들고 싶지 않았을뿐더러 어차피 아들은 학교에도 가야 했으므로 일꾼을 한 사람 고용했다. 그런대로 쓸 만한 친구였다. 아주 얌전했다. 일은 사흘에 걸쳐서 했다. 아니, 잠은 집에서 자지 않았다. 데트릭은 얌전하다고 해서 안심하고 믿을 만큼 어리석은 사람은 아니었다. 더구나 정체 모를 부랑자들이 길거리를 누비고 다니던 시절이었음에랴. 가정을 가진 남자는 조심할 수밖에 없었다. 어쨌든 그 일꾼은 재워 줄 필요가 없었다. 청년은 데트릭에게 읍내의 에바 프라이스 여인숙에 묵고 있다고 말했다. 테프턴에는 에바 프라이스라는 여자가 실제로 있었고 또 실제로 숙박업을 하고 있었지만, 그해 5월 그 여인숙에 묵은 손님 중에는 데트릭이 고용한 일꾼과 인상착의가 맞아떨어지는 사람이 없었다. 체크무늬 양복에 중절모 차림으로 견본이 들어 있는 상자를 들고 다니는 사람들, 한마디로 외판원이 대부분이었다. 데트릭 농장에서 돌아오는 길에 프라이스 여인숙에 들러서 확인을 했기 때문에 머기가 나에게 그런 이야기를 해 줄 수 있었다. 그는 당황하고 있었다.

"그렇지만⋯⋯." 그는 덧붙였다. "숲에서 잠을 자지 말란 법도 없지 않습니까, 에지쿰 선생. 나도 한두 번 그런 적이 있거든요."

일꾼은 데트릭의 집에서 잠은 안 잤어도 저녁은 식구들과 두 번 같이 먹었다. 그는 그 집 아들도 보았고, 두 딸 코라와 캐시도 보았으리라. 소녀들이 재잘거리는 소리도 들었으리라. 소녀들은 어서 여름이 오면 좋겠다고 잔뜩 기대에 부풀어 있었으리라. 소녀들의 몸이 아프지 않고 날씨도 좋으면 엄마가 집 밖 베란다에서 자는 걸 허락할 때가 있었으니까. 거기서 소녀들은 커다란 포장마차를 타고 대평원을 질주하는 서부 개척 시대의 여인으로 돌아가는 것이다.

식탁에 앉아서 통닭과 데트릭 부인이 구운 호밀 빵을 먹는 중에, 늑대 같은 눈을 감추고 이야기를 들으며 고개를 끄덕이고 미소도 약간 지으면서 그 모든 내용을 머리에 담고 있는 워턴의 모습이 눈앞에 떠올랐다.

"그런 마일에 처음 왔을 때 당신이 얘기했던 그 야만인 같지 않아요. 하나도 안 닮았어요." 아내가 의심스러운 듯이 말했다.

"인디애놀라 종합병원에서 그 친구를 안 보셔서 그래요. 거기서는 입을 헤벌쭉 벌리고 환자복 뒤로 맨엉덩이를 드러낸 채 멍청히 서 있었거든요. 옷도 우리가 입혀 줬죠. 마약중독자거나 팔푼이인 줄 알았다니까요. 그랬지, 딘?" 해리가 말했다.

딘은 고개를 끄덕였다.

"그 일꾼이 헛간 일을 마치고 떠난 다음 날, 커다란 수건으로 복면한 남자가 자비스에 있는 햄피 화물 운송 회사를 털었어. 70달러를 갖고 튀었지. 화물 운송 회사 직원이 행운의 징표로 가지고 다니던, 1892년도에 발행된 1달러짜리 은화도 빼앗아 갔다는군. 워턴이 붙잡혔을 때 그 은화를 가지고 있었어. 자비스는 테프턴에서 50킬로미터밖에 안 떨어져 있거든."

"그러니까 이 강도가……, 이 야만인이……, 사흘 동안 머물면서 클라우스 데트릭의 헛간 칠하는 일을 도왔다는 게 당신 생각이군요. 그 콩 좀 주실래요 하고 한 가족처럼 식탁에서 허물없이 대하면서." 아내가 말했다.

"그런 친구가 가장 무서운 건 도무지 예측 불허라는 겁니다." 브루털이 나섰다. "녀석은 데트릭 일가족을 몰살시키고 집안을 싹쓸이하자는 계획을 세웠는지도 모르죠. 그런데 결정적인 순간에 구름이 햇볕을 가렸다거나 뭐 그런 이유로 해서 마음이 바뀐 겁니다. 어쩌면 그저 심심풀이 삼아서 그런 짓을 저질렀는지도 모르고요. 하지만 두 소녀한테 눈독을 들이고 있다가 나중에 돌아오기로 마음먹은 것만은 분명합니다. 안 그래요, 선배?"

나는 고개를 끄덕였다. 물론 나도 같은 생각이었다. "그 녀석이 데트릭한테 밝힌 이름도 있지."

"뭔데?" 아내가 물었다.

"윌 보니."

"보니? 그게 왜……."

"빌리 더 키드의 본명이거든."

"아." 잠시 후 아내의 눈이 둥그레졌다. "아! 그럼 존 커피를 빼낼 수 있겠구나! 천만다행이야! 당신이 데트릭 씨한테 윌리엄 워턴의 사진 한 장만 보여 주면 돼요……. 경찰서에서 찍은 사진 정도면……."

브루털과 나는 불편한 시선을 나누었다. 딘은 약간 기대를 거는 듯도 했지만, 해리는 갑자기 자기 손톱에 굉장한 관심이 생겼는지 손만 뚫어지게 내려다보고 있었다.

"뭐가 잘못됐나요?" 재니스가 캐물었다. "왜들 그런 식으로 쳐다보죠? 그 머기라는 사람은 얼마든지……."

"로브 머기한테서는 나도 좋은 인상을 받았어요. 유능한 수사관이지. 하지만 그 사람은 트라핑거스 군에서 별로 힘을 못 써. 실권은 크리버스 보안관이 휘두르는데, 지옥에서 눈이라도 온다면 또 모를까 그 사람은 절대로 내가 알아낸 사실을 토대로 데트릭 사건을 재수사할 사람이 아니야."

"그렇지만……, 워턴이 거기에 있었고……. 데트릭이 사진을 알아볼 수 있다면, 그 사람들도 워턴이 거기에 있었다는 걸 알게 될 텐데……."

"5월에 거기 있었다고 해서 6월에 다시 돌아와서 소녀들을 죽였다고 단정 지을 수는 없지요." 브루털이 말했다. 가족 중에 누군가가 죽었다는 사실을 알릴 때 같은 낮고 조용한 목소리로. "클라우스 데트릭을 도와서 헛간에 칠을 하고 어디로 떠난 사람이 있다고 칩시다. 알고 보니 그 사람이 여기저기서 범죄를 저질렀어요. 그렇지만 5월에 테프턴에 머물렀던 사흘 동안은 그 사람한테 불리한 증거가 하나도 없습니다. 그럼 맞은편에는 누가 있느냐, 덩치 큰 검둥이가 있어요. 강둑에서, 죽은 소녀들의 알몸을 두 팔로 들고 태산처럼 서 있던 검둥이가 있다고요." 브루털은 고개를 설레설레 저었다.

"선배 말이 옳습니다, 형수님. 머기도 아마 의심을 하겠지요. 그런데 머기는 중요하지 않아요. 덮었던 뚜껑을 다시 열 수 있는 사람은 크리버스뿐인데, 크리버스는 해피 엔딩으로 끝났다 싶은 사건을 괜히 들쑤시려 들지 않을 겁니다. '같은 백인이라면 또 모를까, 그깟 검둥이 하나 가지고. 잘된 거야. 콜드마운틴에 가서 스테이크에다 생맥주나 들이켜고 그 녀석이 익는 걸 구경하다 오면 그걸로 끝인데, 뭐.' 속으로 이렇게 생각하겠지요."

이야기를 듣는 아내의 얼굴에 점점 공포가 스며들었다. 아내는 나에게 고개를 돌렸다. "머기는 알고 있잖아요, 여보. 당신 얼굴을 보면 알아요. 머기 부보안관은 자기가 엉뚱한 사람을 잡아들였다는 걸 알고 있어요. 보안관한테 맞설 수도 있겠죠?"

"맞서 봐야 잘리기밖에 더하나. 그래, 속으로는 그 사람도 범인이 워턴이란 걸 알고 있을 거라고 생각해. 그런데 머기 생각은 이렇지 않나 싶어. 크리버스가 은퇴하든가 과식으로 쓰러질 때까지 가만히 입 다물고 협조하자. 그때 가면 사정이 달라질 테니까. 잠자리에 들기 전에 그 친구, 아마 그런 생각을 할 거야. 한 가지 점에서는 머기도 크리버스하고 크게 다르지 않은 생각을 속으로 한다는 거지. '그래 봐야, 기껏 검둥이 아닌가. 우리가 백인을 죽이는 것도 아니잖냐고.'"

"그럼 이쪽에서 나서야겠네." 아내가 말했다. 추호의 망설임도 없는 단호한 목소리에 나는 간담이 서늘해졌다. "가서 우리가 알아낸 대로 털어놔야죠."

"어떻게 알아냈느냐고 물으면, 그땐 뭐라고 둘러대죠, 형수님?" 브루털이 여전히 낮은 목소리로 물었다. "우리가 소장님의 부인에게 기적을 만들기 위해 존 커피를 형무소 밖으로 빼낼 때 워턴이 존의 팔을 움켜잡았다고 말할까요?"

"아뇨……, 그건 물론 아니지만……." 재니스는 그쪽 방면의 얼음이 얼마나 얇게 얼었는지를 간파하고 스케이트 날을 다른 쪽으로 돌렸다. "그럼 거짓말을 하세요." 아내는 도전적으로 브루털을 쳐다보더니 다시 나를 보았다. 신문지에 구멍이라도 뚫을 만큼 눈에서는 불꽃이 튀었다.

"거짓말이라. 어떤 거짓말을 하지?" 내가 물었다.

"왜 처음에 퍼돔 군으로 갔다가 다시 트라핑거스로 가게 된 건지. 그 뚱뚱한 크리버스 보안관한테 가서 워턴이 데트릭 자매를 강간 살해했다고 당신한테 털어놓았다고 하세요. 자백했다고 하세요." 아내는 이글거리는 눈동자를 잠깐 브루털 쪽으로 돌렸다. "당신도 거드는 거예요, 브루터스. 자백을 하는 자리에 나도 있었고 분명히 그렇게 들었다고요. 맞아, 퍼시도 들었는지 모른다, 그래서 퍼시가 폭발한 건지도 모른다고 하세요. 워턴이 그 어린아이들한테 한 짓을 도저히 용서할 수가 없어서 총을 쏜 거라고요. 정신이 살짝 간 거죠. 자……, 어때요? 이래도 안 되나요?"

나와 브루털만이 아니었다. 해리와 딘도 두려운 눈길로 재니스를 바라보고 있었다.

"저희는 그렇게 보고를 올리지 않았답니다." 해리가 입을 열었다. 마치 어린아이를 앞에 놓고 말하는 것 같았다. "사람들은 대뜸 어째서 그걸 보고하지 않았느냐고 추궁할 겁니다. 죄수들이 과거의 범죄에 대해서 하는 말은 무조건 보고하도록 되어 있거든요. 본인의 범죄건 다른 사람의 범죄건."

"그렇다고 우리가 그걸 믿는다는 소리는 아니지만요." 브루털이 끼어들었다. "와일드 빌 워턴 같은 놈은 노상 거짓말만 해요. 자기가 저지른 범죄, 알고 지낸 거물급들, 같이 잔 여자들, 고등학교 때의 출중한 운동 실력, 심지어는 지독한 날씨까지도 죄다 지어내요."

"아무리……, 그렇지만……." 재니스의 표정이 구겨졌다. 내가 팔로 안으려 하니까 내 손을 거세게 뿌리쳤다. "그 사람은 거기 있었다고! 그 빌어먹을 헛간을 칠했어! 같이 식사를 했다니까!"

"그러니까 더 더욱 뻥을 칠 수도 있는 것 아닙니까? 그래 봐야 밑질 게 없거든. 당연히 자랑을 하죠. 전기의자에 두 번 앉는 건 아니지 않습니까." 브루털이 말했다.

"제가 핵심을 잘 짚고 있나 한번 보죠. 이 식탁에 모여 앉은 우리는 존 커피가 소녀들을 죽이지 않았고 그들의 목숨을 구하려고 애까지 썼다는 걸 알고 있어요. 머기 부보안관은 거기까지는 모르겠지만, 살인죄로 사형 선고를 받은 이 남자가 살인을 저지르지 않았다는 심증을 강하게 가지고 있고요. 그런데도……, 그런데도……, 여러분은 재심을 청구하지 못한다는 거네요. 재수사조차도 못한다는 소리네요."

"그래요. 말씀하신 대롭니다." 딘이 말하면서 안경을 열심히 닦았다.

아내는 고개를 숙이고 생각에 잠겼다. 브루털이 무언가 말을 하려고 했지만 나는 쉬잇 하며 손을 들어 입을 다물게 했다. 재니스가 존 커피를 살인 상자 밖으로 빼낼 수 있는 묘안을 생각해 낼 수 있으리라고는 보지 않았지만, 그렇다고 해서 그게 전혀 불가능하다는 생각도 들지 않았다. 내 아내라는 사람은 무지무지 똑똑한 여자였다. 게다가 무서우리만큼 단호한 구석도 있었다. 그 두 가지가 합쳐지면 산맥을 계곡으로 바꾸지 못하란 법도 없었다.

"좋아요." 드디어 아내가 입을 열었다. "그럼 여러분 힘으로 그 사람을 빼내는 수밖에요."

"형수님?" 해리는 깜짝 놀라는 얼굴이었다. 두려움도 섞여 있었다.

"할 수 있어요. 한 번 했잖아요. 또 못하란 법이 어디 있어요. 이번에는 다시 데리고 오지 않겠지만."

"아버지가 왜 형무소에 가 있는지 형수님께서 제 자식들한테 설명하고 싶으신 겁니까? 살인범의 탈옥을 도운 죄라고 말씀하실 건가요?" 딘이 물었다.

"형무소 같은 데는 안 가요, 딘. 계획을 짜내는 거예요. 영락없는 탈옥처럼 보이는 계획을."

"자기 운동화 끈 묶는 요령 하나 제대로 기억하지 못하는 친구의 머리에서 나온 계획처럼 보이도록 각별히 신경 써야 할 겁니다. 그래야 사람들이 믿거든요." 해리가 말했다.

아내는 미심쩍은 눈길로 해리를 바라보았다.

"소용없어요. 묘안을 짜낸다 하더라도 소용없다고요." 브루털이 말했다.

"왜요?" 아내는 금세 울음이라도 터뜨릴 것 같은 목소리로 따졌다. "도대체 왜 소용이 없느냐고요!"

"그 친구가 2미터 가까운 거인에다 머리가 벗겨진 흑인이고,

과연 제대로 얻어먹기나 하고 다닐까 걱정될 만큼 머리가 잘 안 돌아가기 때문이지요. 커피가 다시 체포되는 데 얼마나 시간이 걸릴 거라고 보십니까? 두 시간? 여섯 시간?"

"전에도 사람들 눈에 안 띄고 잘만 다녔어요." 아내가 말했다. 눈물이 주르륵 뺨을 타고 흘러내렸다. 재니스는 눈물을 손등으로 훔쳤다.

그 말은 사실이었다. 일전에 나는 남부에 사는 친구와 친척들에게 편지를 써서 존 커피의 인상착의와 맞아떨어지는 사람에 대한 글을 신문에서 본 적 있느냐고 물은 적이 있다. 하나같이 못 봤다는 반응이었다. 아내도 똑같은 편지를 썼다. 우리가 그때까지 수집한 유일한 목격 사례는 앨라배마의 머슬 숄이라는 도시에서 일어난 사건이었다. 1929년으로 기억하는데, 성가대가 합창을 하고 있던 교회를 회오리바람이 덮쳤다. 몸집이 아주 큰 흑인이 무너져 내린 돌더미 속에서 두 남자를 끌어안고 나왔다. 옆에서 보던 사람들은 처음에 두 남자가 죽은 줄로만 알았다. 그런데 알고 보니 둘 다 가벼운 타박상만 입었다. 한 목격자의 증언으로는 그건 기적이었다. 교회 목사에게 단 하루치 품을 팔았던 그 흑인은 사람들이 웅성거리는 동안 어디론가 사라졌다.

"맞습니다. 잘만 다녔지요." 브루털이 말했다. "하지만 그건 어디까지나 두 소녀를 강간 살해한 혐의를 받기 전의 일이라는 사실을 아셔야 합니다."

아내는 대답하지 않고 가만히 앉아 있었다. 그렇게 한 1분을 꼬박 앉아 있었을까, 그 다음에 아내가 보인 행동은 내가 갑자기 눈물을 흘려 아내를 충격으로 몰아넣었던 것만큼이나 나에게 충격이었다. 재니스는 손을 뻗더니 식탁 위에 놓여 있던 것들을 팔로 한꺼번에 쓸어 버렸다. 접시, 유리그릇, 컵, 은그릇, 야채가 든 사발, 스쿼시가 든 사발, 저민 햄이 든 큰 접시, 우유, 냉차가 든 주전자가 쓸려 나갔다. 모두 바닥에 떨어져 쨍그랑 소리가 났다.

"아이쿠!" 딘이 소리를 지르며 식탁 뒤로 몸이 쏠리는 바람에 하마터면 벌렁 나자빠질 뻔했다.

재니스는 딘을 무시했다. 아내의 시선이 향한 곳은 브루털과 나, 주로 나였다. "그 사람을 죽일 셈인가요? 이 겁쟁이들 같으니!" 아내가 힐난했다. "멜린다 무어스의 목숨을 구했고 어린 소녀들의 생명을 되살리려고 애썼던 사람을 죽일 셈인가요? 하긴, 이 세상에서 흑인 하나 줄어드는 거니까, 안 그래요? 그걸로 자위하는 거지. 검둥이가 하나 줄어들 뿐이니까."

아내는 일어서서 의자를 보더니 벽 쪽으로 걷어찼다. 의자는 벽에 부딪혔다가 쏟아진 스쿼시 위로 넘어졌다. 내가 손목을 잡자 아내는 기를 쓰고 뿌리쳤다.

"내 몸에 손대지 마요. 다음 주 이맘때면 당신은 살인자가 될 거야. 워턴이라는 그 인간하고 하나도 다를 게 없다고. 그러니 손대지 마요."

아내는 식당 밖으로 나가더니 2층으로 올라가는 계단에서 얼굴을 앞치마에 묻고 흐느끼기 시작했다. 우리 넷은 서로 얼굴만 바라보았다. 잠시 후 나는 일어서서 엉망이 된 바닥을 치우기 시작했다. 브루털이 처음에 함께했고 해리와 딘도 그 뒤를 따랐다. 어느 정도 정리가 되자 그들은 떠났다. 우리는 내내 아무 말도 나누지 않았다. 할 말도 사실은 남아 있지 않았다.

그날 밤 근무가 없었다. 나는 내 아담한 집의 거실에 앉아서 담배를 피우며, 라디오를 들으며, 땅에서 솟아오르는 어둠이 하늘을 삼키는 모습을 지켜보고 있었다. 나는 텔레비전에 대해서 나쁜 감정이 전혀 없다. 하지만 나머지 세계로부터 등을 돌려 흐리멍덩한 자기에게만 관심을 기울이도록 강요하는 방식은 마음에 들지 않는다. 그 한 가지 점에서는 적어도 라디오가 낫다.

재니스가 들어와서 내 의자 팔걸이 옆에 꿇어앉더니 손을 잡았다. 잠시 우리는 아무 말도 하지 않고 그저 그렇게 앉아서 「케이 카이저의 음악을 아는 강좌」를 들으면서 별이 뜨는 것을 보았다. 나는 괜찮았다.

"겁쟁이라고 해서 미안해요. 결혼한 이후로 지금까지 당신한테 내가 한 말 중에서 가장 후회스럽게 여기는 말이에요."

"전에 캠핑 가서 고린내 영감이라고 했던 건 어떻고?"

내 물음에 우리는 같이 웃었고 한두 번 입맞춤을 나누었다. 둘 사이는 다시 좋아졌다. 재니스는 그렇게 아름다웠고 나는 지금도 아내 꿈을 꾼다. 나는 늙었고 삶에도 지쳐 있지만, 지린내와 양배추 국물 냄새가 복도 구석구석에 배어 있는 이 외롭고 버림받은 동네에 있는 내 방으로 아내가 걸어 들어오는 꿈을 곧잘 꾼다. 꿈 속에서 파란 눈과 내가 좀처럼 손을 떼지 못하는 곱게 솟은 가슴을 가진 아내는 젊고 어여쁘다. 그리고 아내는 말한다. '그것 보세요, 여보, 난 버스 사고 때 없었어요. 당신이 착각한 거예요.' 지금도 나는 그 꿈을 꾼다. 그리고 어쩌다가 잠에서 깨어나서 그것이 꿈이었음을 알고, 운다. 젊었을 때는 좀처럼 우는 법이 없던 내가 운다.

"소장님도 알아요?" 아내가 한참 만에 물었다.

"커피가 결백하다는 거? 알 리가 없겠지."

"소장님이 힘을 쓸 수 있나요? 크리버스한테 영향력이 있을까요?"

"전혀."

아내는 예상했다는 듯 고개를 끄덕였다. "그럼 말씀드리지 마요. 어차피 힘을 못 쓴다면 절대로 하지 마요."

"그래."

아내는 고개를 들어 내 얼굴을 뚫어지게 바라보았다. "당신도 그날 밤에 아프다고 빠지면 안 돼요. 다른 분들도. 그럼 안 돼요."

"그래. 우리가 있어야 커피를 위해서 빨리 끝내 주지. 그 정도는 할 수 있어. 들라크루아 때하고는 다를 거야."

잠시, 다행히 아주 잠시, 나는 들라크루아의 얼굴을 덮은 검은 복면이 불에 타 없어지면서 젤리같이 덩어리져 익은 그의 눈이 드러나는 것을 보았다.

"당신은 어쩔 수가 없잖아요." 아내는 내 손을 잡더니 비단처럼 부드러운 뺨에 갖다 댔다. "가엾은 양반. 가엾은 우리 영감."

　나는 아무 말 하지 않았다. 그 순간처럼 어딘가에서 벗어나고 싶은 욕망이 강하게 치민 적은 그 전에도 없었고 그 후에도 없었다. 아내와 둘이서 여행용 손가방 하나만 달랑 들고 어딘가로 달려가고 싶었다.

　"가엾은 우리 영감." 아내는 같은 말을 되뇌더니 이렇게 말했다. "그이한테 말해요."

　"누구한테? 존?"

　"그래요. 그이한테 말해요. 원하는 걸 알아내세요."

　나는 잠시 생각하고 고개를 끄덕였다. 아내가 옳았다. 아내의 판단은 대부분 옳았다.

그·린·마·일·의·커·피 **7**

이틀 뒤인 18일에 빌 도지, 행크 비터먼과 뜨내기 간수 몇이서 샤워를 시키러 존 커피를 D동으로 데리고 간 사이에 우리는 예행 연습을 했다. 허풍선이에게 존의 역할을 맡길 수는 없었다. 말은 안 했지만 그것이 모독이라는 것을 우리는 모두 알고 있었다.

내가 그 역할을 맡았다.

"존 커피." 고철 스파크에 결박당한 채 앉아 있는 내 앞에서 브루털이 약간 떨면서 입을 열었다. "당신은 전기의자 사형 선고를 받았습니다. 당신과 동등한 사람들로 구성된 배심원의 유죄 평결을 거쳐……."

당신과 동등한 사람들이라고? 당치도 않은 소리. 내가 알기로 이 지구상에 존 커피 같은 사람은 없었다. 문득 커피가 내 사무실에서 밑으로 내려가는 계단 발치에서 고철 스파크를 우두커니 서서 쳐다보면서 했던 말이 떠올랐다. '아직도 그들이 남아 있어. 일부가 남아 있어. 울부짖는 소리가 들려.'

"풀어 줘. 어서 이 쇠를 벗겨 줘." 나는 거칠게 말했다.

동료들은 풀어 주었지만, 나는 한동안 그 자리에 얼어붙어 있

516

었다. 고철 스파크가 나를 놓아주지 않으려 하는 것 같았다.

그린 마일로 돌아가면서 브루털이 아주 낮게 말을 걸었다. 우리 뒤에서 전기의자를 정돈하고 있던 딘과 해리도 못 들을 정도였다. "이제까지 살아오면서 부끄러운 행동을 여러 번 했지만 지금처럼 지옥이 가까워 보인 적은 없었어요."

나는 농담인가 싶어 브루털의 얼굴을 유심히 쳐다보았지만, 농담이 아니었다. "무슨 소리야?"

"우린 지금 하느님이 주신 선물을 죽이는 데 골몰하고 있다는 뜻이지요. 전능하신 하느님 아버지 앞에 섰을 때 하느님께서 왜 그런 행동을 했느냐고 물으시면 뭐라고 대답하죠? 그게 내 직업이었다고? 내 직업?"

커피가 샤워를 마치고 돌아오고 뜨내기들이 떠나가자 나는 커피의 감방 문을 열고 안으로 들어가서 커피가 앉아 있는 침상 옆자리에 앉았다. 브루털은 책상에 붙어 있었다. 고개를 들었다가 내가 감방 안에 있는 것을 보았지만 아무 말 하지 않았다. 브루털은 내내 연필 끝에 침을 발라 가면서 엉망진창이 된 이름 모를 서류와 다시 씨름을 벌이고 있었다.

커피는 낯선 눈길로 나를 바라보았다. 핏발이 서고 눈물이 흐를 것만 같은 그 아련한 눈……. 하지만 일단 익숙해지면 눈물로 지새는 생활도 그리 나쁘지만은 않은 듯 그 눈에는 평화가 깃들어 있었다. 커피는 빙긋 웃었다. 저녁 목욕을 마친 아기처럼 그의 몸에서는 상큼하고 깨끗한 아이보리 비누 냄새가 났다.

"오셨군요." 그는 팔을 뻗어서 내 양손을 자기 손으로 꼭 잡았다. 꾸미지 않은 그 행동이 너무나 자연스러웠다.

"잘 있었나, 존." 목구멍에 작은 덩어리 같은 것이 걸려 나는 삼키려고 애썼다. "짐작했겠지만 결국 그날이 오고야 말았어. 며칠 안 남았네."

커피는 내 손을 잡은 채 아무 말 하지 않았다. 돌이켜 보면, 그때 벌써 나한테 슬슬 무슨 일인가 일어나고 있었지만 나는 정신적으로나, 감정적으로나 내 일에 너무 골몰해 있어서 알아차리지 못했다.

"그날 저녁에 특별히 먹고 싶은 요리라도 있나? 무슨 음식이든지 준비할 수 있거든. 원한다면 맥주라도 갖다 줄 수 있어. 커피잔에다 채워서 가져오면 그만이거든."

"술은 별로고요."

"그럼 먹고 싶은 음식이라도?"

시원하게 벗겨진 고동색 이마 밑으로 커피의 눈썹에 주름이 생겼다. 이윽고 주름이 펴지면서 커피가 웃었다. "미트 로프가 좋을 것 같아요."

"미트 로프 좋지. 고깃국물이랑 으깬 감자를 곁들여서." 팔을 베고 잔 다음에 드는 느낌처럼 팔이 아렸다. 팔만이 아니라 몸 전체에 그런 느낌이 왔다. 내 몸 안에서 느껴졌다. "또 뭘 준비할까?"

"모르겠습니다. 아무 거나요. 오크라도 좋고, 난 까다롭지 않으니까."

"좋아." 나는 재니스 에지콤 여사의 복숭아 칵테일도 후식으로 준비하는 게 좋겠다고 속으로 생각했다. "그럼 목회자는 어떻게 하겠나? 다음 주에 자네 옆에서 같이 기도해 줄 사람 말이야. 나도 많이 봐서 아는데 기도를 하면 마음이 차분해져. 슈스터 목사한테 연락할 수 있는데, 왜 그 들라크루아 때 왔던……."

"목회자는 필요 없고요. 교도관님은 나한테 잘해 줬어요. 교도관님이 기도를 해 줘도 좋겠는데. 그게 좋네요. 같이 무릎을 맞대고 기도하는 거니까."

"내가! 이보게, 난⋯⋯."

커피는 내 손을 지그시 눌렀다. 그 느낌이 강해졌다.

"할 수 있어요. 그렇죠?"

"그렇겠지." 나도 모르게 그런 말이 나왔다. 내 목소리는 메아리
처럼 울렸다. "부득이하다면 할 수 있겠지."

그 느낌은 내 안에서 더욱 강해졌다. 커피가 내 요도염을 고쳐
주었을 때와 비슷한 느낌이었지만, 다른 점도 있었다. 이번에는
내 몸에 탈이 난 데가 없기도 했지만 커피가 자기 행동을 까맣게
모르고 있다는 점도 달랐다. 불현듯 나는 공포에 휩싸였다. 숨이
막힐 것만 같아 어서 빠져나오고 싶었다. 한번도 빛이 가 닿지 않
았던 내 몸 안에서 빛이 흐르고 있었다. 머리만 그런 것이 아니었
다. 빛은 나의 온몸으로 흘렀다.

"교도관님하고 하월 씨하고 모두들 나한테 잘해 주셨습니다.
걱정이 있다는 거 잘 압니다. 그런 걱정일랑은 이제 하지 마세요.
나는 떠나기를 바라는 사람이니까."

나는 말을 하려고 했지만 할 수 없었다. 하지만 그는 할 수 있
었다. 그가 다음에 한 말은 내가 그의 입에서 들어 본 이야기 중
에서 가장 길었다.

"괴로움을 느끼고 듣는 데 난 지칠 대로 지쳤어요. 비에 젖은
새처럼 외롭게 떠돌아다니는 데도 지쳤고요. 같이 다니면서 우리
가 어디서 왔다가 어디로 가는지, 왜 가는지를 나한테 말해 줄 길
동무 하나 없었어요. 서로에게 비열한 짓을 일삼는 사람들 모습
을 보는 데도 지쳤고요. 내 머릿속에 꼭 유리 조각이 들어 있는

느낌이에요. 돕고는 싶었지만 결국 도움이 못 된 적도 한두 번이 아니었고, 이젠 지쳤어요. 어둠 속에서 지내는 데도 지쳤어요. 괴로움이 많습니다. 사방에 깔려 있어요. 괴로움을 끝낼 수만 있다면 그러고 싶은데, 내 능력으론 벅차네요."

'그만.' 나는 그 말을 하려고 애썼다. '그만, 내 손 놔주게, 안 그러면 난 익사할 거야. 익사하든가, 폭발하든가.'

"폭발은 안 할 겁니다." 커피가 내 생각을 읽고 웃으며 말했지만……, 손은 놓아주었다.

나는 허리를 숙인 채 가쁜 숨을 몰아쉬었다. 시멘트 바닥에 난 모든 틈새, 모든 홈, 모든 돌비늘의 섬광이 똑똑히 눈에 들어왔다. 나는 고개를 들어 벽을 보았다. 그리고 1924년, 1926년, 1931년 안에 적힌 이름들을 보았다. 그 이름들은 씻겨져 내렸고 그 이름을 쓴 사람들도, 말하자면 씻겨져 내렸지만, 이 어두운 유리의 세계에서 완전히 지워 낼 수 있는 것은 아무것도 없는 모양이었다. 겹겹이 포개진 그 이름들이 이제 내 앞에서 모습을 드러냈다. 그 이름들을 보고 있노라니 죽은 사람이 말을 하고 노래를 부르고 용서해 달라고 애원하는 것만 같았다. 눈구멍을 찢어 대는 내 눈알의 고동을 느꼈다. 내 심장 박동도 들었다. 구석구석으로 전달되는 편지처럼 피가 내 온몸에 뚫려 있는 길로 솨아 쇄도해 들어오는 느낌이었다.

멀리서 기적 소리가 들렸다. 프라이스포드로 3시 50분에 떠나는 기차인가 싶었지만, 확실하지는 않았다. 한번도 들어 본 적 없는 소리였다. 콜드마운틴 쪽에서 나는 소리도 분명히 아니었다. 주 형무소까지 가장 가까이 오는 열차도 동쪽으로 15킬로미터 떨어진 곳에서는 멈추었다. 형무소에서 그런 소리가 났을 리 만무하다고 여러분은 말할지 모르고, 1932년 11월 이전까지만 하더라도 나 역시 그렇게 생각했을 것이다. 하지만 나는 그날 분명히 그 소리를 들었다.

어딘가에서 전구가 터지는 소리가 폭탄처럼 크게 들렸다.

"날 어떻게 한 건가? 존, 날 어떻게 한 거냐고?" 내가 속삭였다.

"죄송합니다. 미처 생각을 못 했어요. 정말 못 했어요. 곧 괜찮아질 겁니다." 커피가 조용히 말했다.

나는 일어나서 감방 문으로 걸어갔다. 꿈속을 걷고 있는 기분이었다. 문 앞에 다가서자 커피가 말했다. "왜 비명을 안 질렀나 그게 궁금하실 겁니다. 그거 하나가 딱 안 풀리는 거죠? 베란다에 있는 동안 왜 두 소녀가 비명을 안 질렀을까."

나는 돌아서서 커피를 바라보았다. 그의 눈에 나타난 불그스름한 기운, 그의 얼굴에 난 땀구멍 하나하나를 모조리 볼 수 있었다……. 그의 상처도, 스펀지가 물을 빨아들이듯 다른 사람들로부터 빨아들인 괴로움도 감지할 수 있었다. 그가 말했던 어둠도 볼 수 있었고, 그 순간에 커피에 대한 연민과 크나큰 안도감을 동시에 느꼈다. 그래, 우리가 할 일은 끔찍한 일이고 누구도 그걸 막지는 못하지만……, 커피는 우리에게 고마움을 느끼고 있는 것이다.

"그 나쁜 놈이 나를 붙잡았을 때 깨달았죠. 그 일을 저지른 게 그놈이란 걸 그때 알았어요. 그날 놈을 봤거든요. 여자 애들을 바닥에 떨어뜨리고 도망가는 걸 나무 사이로 봤지만……."

"잊어버렸군." 내가 말했다.

"맞습니다. 그놈이 나를 만질 때까지는 잊어버렸어요."

"왜 비명을 지르지 않았지? 피가 날 정도로 맞았고 바로 2층에는 부모님이 계셨는데 왜 비명을 안 질렀나?"

커피는 고뇌에 젖은 눈으로 나를 바라보았다. "놈은 동생한테 이렇게 말했습니다. '떠들면 너 대신 언니를 죽인다.' 언니한테도 똑같은 말을 한 거지요. 아시겠어요?"

"그래."

그 광경이 눈에 선했다. 어둠이 깃든 데트릭네 베란다. 워턴이 시체를 먹는 귀신처럼 자매를 굽어본다. 한 아이가 울먹거렸을 테고, 워턴에게 얻어맞은 아이 코에서 피가 흘렀다. 바닥에 남은 핏자국은 주로 그때 생겼으리라.

"그놈은 사랑하는 자매를 죽였어요. 자매는 서로를 아꼈는데. 이해가 가세요?"

나는 할 말을 잊은 채 고개만 끄덕였다.

커피가 미소 지었다. 다시 눈물이 흘렀지만 커피는 미소를 거두지 않았다. "그런 일은 널리고 널렸어요. 날마다 벌어져요, 온 세상에서." 그러고는 드러누워 얼굴을 벽으로 돌렸다.

나는 복도로 나와서 감방 문을 잠그고 당직 책상이 있는 곳으로 걸어갔다. 아직도 꿈속을 걷는 느낌이었다. 브루털의 생각이 내 귀에 들리는 것을 문득 깨달았다. 겨우 들릴까 말까 한 속삭임으로, 'receive'의 철자를 놓고서 하는 고민이었다. 'i 다음에 e가 오지만 c가 앞에 있을 때는 예외다. 그래, 염병할, 들어 본 것 같다.' 그러더니 고개를 들고 미소를 지으려다가 나를 보고는 정색을 했다. "선배? 괜찮아요?" 그가 물었다.

"그럼." 나는 커피가 한 말을 브루털에게도 전했다. 물론 다는 아니었다. 커피의 손이 닿았을 때 내 몸에 생긴 변화는 말하지 않았다(그 부분에 대해서는 재니스한테도 이야기하지 않았다. 일레인 코널리가 그 사실을 처음 아는 사람이 될 것이다, 물론 내가 준 원고를 다 읽고 나서 지금 쓰는 이 원고도 읽고 싶어한다면). 그래도 커피가 세상을 떠나고 싶어한다는 얘기는 그대로 전했다. 그 말에 브루털도 안도하는 듯싶었지만 내가 자기 마음의 부담을 덜어 주느라고 지어냈는지도 모른다고 의심한다는 것을 감지했다(들었다?). 이윽고 나는 브루털이 그 말을 믿기로 결심하는 것을 느꼈다. 그래야 그 시간이 왔을 때 조금이라도 마음이 가벼워지리라는 단순한 이유로.

"선배, 그 염증이 다시 도진 겁니까? 얼굴이 벌게요."

"아니, 괜찮아." 괜찮지는 않았지만, 나는 커피의 말대로 곧 괜찮아질 거라고 믿었다. 그 찌릿찌릿한 느낌이 조금 가라앉는 듯했다.

"그래도, 방에 가서 편히 누워 조금이라도 쉬는 게 좋을 것 같은데."

다른 거라면 몰라도 나는 그때 누워서 쉴 기분이 전혀 아니었다. 그때 내 몸 상태에 하도 어울리지 않는 발상이어서 하마터면 웃을 뻔했다. 그때 내가 하고 싶었던 일은 나 혼자서 작은 집을 짓고 나서 지붕을 얹고 뒤뜰의 흙을 파서 나무를 심는 일이었다. 그것도 하루 만에 뚝딱 해치울 자신이 있었다.

'그런 일은 널리고 널렸어요.' 커피의 말이 떠올랐다. '날마다 벌어져요. 온 세상에서. 어둠. 온 세상에 깃든.'

"그보다는 사무국에나 들러 봐야겠어. 알아볼 게 몇 가지 있거든."

"그러시든가요."

나는 입구로 걸어가서 문을 열다 말고 뒤를 돌아보았다. "자네 생각이 맞아. r, e, c, e, i, v, e야. i 다음에 e가 오지만 c가 앞에 있을 때는 예외다. 대체로 그렇지만, 예외 없는 규칙은 없는 법이거든."

입을 벌리고 망연자실해 있는 브루털의 모습은 보지 않아도 훤했기 때문에 나는 뒤도 안 돌아보고 그대로 나갔다.

그날 근무 시간 내내 나는 5분 이상 한 자리에 앉아 있지 못하고 뻔질나게 돌아다녔다. 사무국에 갔다가, 다시 빈 운동장을 이리저리 휘젓고 다녔다. 망루에 있던 교도관들은 내가 미친 줄 알았으리라. 퇴근 시간이 가까워서는 다소 진정이 되었고, 머릿속에서 나뭇잎처럼 살랑거리던 소리도 어지간히 수그러들었다.

하지만 그날 아침 집으로 돌아가는 도중 그 느낌이 다시 강해졌다. 요도염이 다시 도졌을 때처럼 나는 도로변에 부득이 차를 세울 수밖에 없었다. 차에서 내려 800미터를 뛰었다. 머리를 숙이고 팔을 힘차게 내저었다. 목구멍을 가르며 들락날락하는 숨은 마치 겨드랑이에 머물러 있었던 것처럼 후끈거렸다. 그제야 서서히 감각이 정상으로 돌아오는 것 같았다. 나는 차를 세워 둔 곳까지 절반가량은 속보로 걷다가 나머지는 천천히 걸어갔다. 차가운 공기로 입김을 내뿜었다. 집에 도착하자 나는 아내에게 존 커피는 마음의 준비가 되어 있더라고, 세상을 뜨고 싶어하더라고 말해 주었다. 아내는 고개를 끄덕이면서 안도의 빛을 보였다. 정말로 안도한 거냐고? 글쎄. 여섯 시간 전, 아니 세 시간 전만 같았어도 분명히 알 수 있었겠지만, 그때는 알 수 없었다. 잘된 일이었다. 커피는 지쳤다고 거듭 되뇌지 않았던가 말이다. 그 심정을 이제는 나도 이해할 수 있었다. 커피 같은 능력을 가지고 있었더라면 누구나 마찬가지 심정이었으리라. 누구나 휴식과 평화를 갈망했으리라.

왜 얼굴이 달아올랐고 왜 땀 냄새가 나느냐고 아내가 물었을 때 나는 집에 오다가 차를 세우고 잠시 뛰었다고, 아주 열심히 뛰었다고 말했다. 전에도 말한 것 같은데(지금까지 써 온 분량이 하도 길어서 이제는 되돌아가서 확인하기도 벅차다), 나는 아내에게 좀처럼 거짓말을 하지 않는 사람이었다. 그 정도만 밝히고 달리기를 한 까닭은 말하지 않았다.

그리고 아내도 묻지 않았다.

존 커피가 그린 마일을 걸어가야 하던 날 밤은 비바람이 몰아
치지 않았다. 30년대 그 지역에 해마다 그맘때면 찾아오는 정도의
추위야 있었을 테고, 수확이 끝나고 지쳐 버린 밭으로 수많은 별
들이 흘러 넘쳤다. 울타리 말뚝에서 반짝거리는 서리는 7월의 마
른 옥수수 줄기에 올라앉은 다이아몬드처럼 휘황찬란했다.

이날 브루터스 하월은 바깥을 맡았다. 모자를 씌우고, 시간이
되었을 때 반 헤이에게 스위치를 돌리라는 신호를 보내는 것이
그의 임무였다. 빌 도지는 반 헤이와 함께 있었다. 11월 20일 밤
11시 20분경에, 딘과 해리, 나는 유일한 사형수가 있는 감방으로
갔다. 존 커피는 깍지 낀 두 손을 무릎 사이에 두고 침상 끝에 앉
아 있었다. 파란 죄수복 목깃에 미트 로프 고깃국물이 약간 묻어
있었다. 커피는 철창 사이로 우리를 쳐다보았다. 우리 생각보다
훨씬 평온해 보였다. 내 손은 차가웠고 관자놀이도 욱신거렸다.
우리가 적어도 일을 할 수 있었던 것은 커피가 죽기를 원한다는
사실을 알았기 때문이었지만, 다른 사람이 저지른 죄로 커피를
감전사시켜야 한다는 사실은 쉽사리 용납할 수 없었다.

나는 그날 저녁 7시쯤 핼 무어스를 마지막으로 보았다. 그는 사무실에서 외투 단추를 채우고 있었다. 얼굴은 창백했고, 손이 몹시 떨려서 단추를 채우는 데 아주 애를 먹고 있었다. 어린아이한테 하듯 그의 손가락을 밀어내고 내 손으로 단추를 채워 주고픈 충동을 강하게 느꼈다. 지난주에 아내와 집으로 찾아가서 본 멜린다의 안색이 존 커피가 처형되던 날 저녁에 본 소장의 안색보다 좋아 보였다는 사실은 아이러니가 아닐 수 없었다.

"나는 참관하지 못하겠어." 소장은 말했다. "커티스가 가기로 했네. 커피는 자네하고 브루털이 잘 배려하리라 믿겠어."

"그럼요, 최선을 다할 겁니다. 퍼시 소식은 없나요?"

정상으로 돌아왔다던가요가 물론 질문의 본뜻이었다. 어느 방에선가 의사 같은 사람을 앞에 두고 앉아서, 우리가 어떻게 자기를 구속복에 우겨넣고 마치 문제라도 되는 것처럼, 또는 퍼시의 표현을 빌리자면 굼패처럼, 구금실에 처넣었는지를 떠들어 대고 있다던가요? 그리고 사람들은 그 말을 믿는다던가요?

하지만 소장이 전하는 말로 퍼시는 여전히 그 상태였다. 통 말이 없었고, 누가 보더라도 이 세상 사람 같지 않았다. 아직은 인디애놀라에 있지만(소장은 '평가받는' 단계라고 했는데 그 표현을 옮기면서도 얼떨떨한 표정이었다), 상태가 전혀 호전되지 않을 경우 조만간 다른 곳으로 옮겨질 가능성이 컸다.

"커피는 잘 견디고 있나?" 소장이 물었다. 마지막 단추를 채우는 데 겨우 성공했다.

나는 고개를 끄덕였다. "좋습니다."

소장도 고개를 끄덕이더니 문으로 걸어갔다. 지치고 늙어 보였다. "한 사람이 그렇게 선하면서 어쩌면 그렇게 또 악할 수가 있다지? 우리 집사람 병을 고쳐 준 사람이 어떻게 어린 소녀들을 죽일 수 있지? 자넨 이해가 가나?"

나는 이해가 안 간다고 대답했다. 하느님의 섭리는 오묘한 것이고, 우리 인간에게는 선과 악이 공존하므로 이유를 묻는다고 해결될 성질의 문제가 아니라고 말했다. 쿵짝쿵짝, 시끌벅적. 내가 소장에게 말한 내용은 대부분 전능하신 주 예수를 찬양하라던 교회에서 들은 것이었다. 소장은 내내 고개를 끄덕였고 약간 나아진 것처럼 보였다. 고개를 끄덕일 만한 여유가 있었더냐고? 물론이었다. 나아 보이는 것도 사실이었다. 얼굴에는 수심이 가득했다. 소장은 심란해했고 나는 그 점을 추호도 의심하지 않았다. 하지만 이번에 눈물은 흐르지 않았다. 집에 돌아가면 건강을 되찾은 아내가, 반려자가 기다리고 있었기 때문이다. 존 커피 덕분에 여자는 건강해졌고, 존 커피의 사형 집행서에 서명한 남자는 그 여자를 보러 떠날 수 있었다. 그는 다음에 벌어질 일을 볼 필요가 없었다. 그날 밤 존 커피가 지역 병원 지하실의 시체 안치대에 누워서 무정한 시간이 새벽을 향해 말없이 움직이는 동안 싸늘히 식어 갈 때, 소장은 아내의 온기를 느끼며 단잠을 이룰 수 있는 것이다. 그런 생각을 하니까 소장이 미웠다. 그런 느낌은 살짝 들었을 뿐이고 나는 곧 그 감정을 이겨냈지만, 아무튼 미운 건 미운 거였다. 솔직한 감정이었다.

내가 감방으로 들어서자 딘과 해리도 뒤를 따랐다. 둘 다 창백하고 풀이 죽어 있었다.

"준비 됐나, 존?" 내가 물었다.

그는 고개를 끄덕였다. "예, 그럭저럭."

"좋아. 나가기 전에 몇 마디 좀 들어 줘야겠어."

"얼마든지 하세요."

"존 커피, 사법부의 관리로서……." 나는 죽 문장을 읊었다. 내 말이 끝나자 해리 터월리거가 옆으로 걸어 나와 손을 내밀었다. 커피는 잠시 놀란 표정을 짓더니 웃으며 악수했다. 여느 때보다 더 창백해진 딘도 손을 내밀었다.

"당신은 이런 일을 당하면 안 되는데, 미안합니다." 딘이 갈라진 소리로 말했다.

"괜찮아요. 어렵지만, 금방 괜찮아질 겁니다."

커피가 일어서자 멜린다가 준 성 크리스토포루스 메달이 허공에서 흔들거렸다.

"존, 이건 내가 가지고 있어야겠네. 다시 얹어 줄 수 있어. 그 일이……, 끝나고. 원한다면. 지금은 내가 보관해야겠어."

그것은 은이었다. 잭 반 헤이가 전기 스위치를 돌렸을 때 은이 커피의 피부에 닿아 있으면 피부로 녹아들 수도 있었다. 설령 그런 일이 안 생긴다 해도 커피의 가슴팍에 전기 도금이 된 것처럼 시키면 메달이 일종의 복제 사진처럼 남을 것이다. 전에도 그런 경우를 본 적이 있다. 그린 마일에서 일하며 나는 볼 것 못 볼 것 다 보았다. 버거울 정도로 많이 보았다. 지금에서야 그걸 깨닫는다.

커피는 목걸이를 머리 위로 벗더니 내 손에 놓았다. 나는 메달을 주머니에 넣고 커피에게 감방 밖으로 걸어 나오라고 했다. 머리를 만져 보고 모자가 착 달라붙겠는지, 전기가 잘 통하겠는지 확인할 필요는 없었다. 커피의 머리는 내 손바닥처럼 부드러웠다.

"아까 오후에 잠이 들었다가 꿈을 꿨습니다, 교도관님. 들라크루아의 쥐를 봤지요." 커피가 말했다.

"그래?" 나는 커피의 왼쪽에 섰다. 해리는 오른쪽에 섰고, 딘은 뒤로 갔다. 우리는 그린 마일을 걷기 시작했다. 내가 죄수와 함께 그린 마일을 걸은 것은 그때가 마지막이었다.

"그렇다니까요. 꿈에서 그 녀석이 하월 교도관님께서 말한 마우스빌이란 데 가 있더라고요. 아이들도 있었는데, 쥐가 묘기를 부리니까 신나게 웃던데요! 참!" 커피는 그 생각을 하면서 자기도 모르게 웃다가 다시 진지한 표정으로 돌아갔다. "금발 소녀들도 거기 있었지요. 역시 웃었고요. 내가 팔로 안아 보았더니 머리에서 피도 안 나오고 괜찮더라고요. 딸랑 씨가 굴리는 실패를 보고 다 같이 얼마나 웃었던지. 숨이 다 넘어가는 줄 알았어요."

"그랬어?" 나는 도저히 못 밀고 나가겠다는 생각을 하고 있었다. 정말로 사람이 할 짓이 아니었다. 내 입에서 울음이나 비명이 터져 나올 것만 같은 생각이 들었다. 아니면 비통함에 심장이 터져 버리든가. 차라리 그게 속 편할 텐데.

우리는 내 방으로 들어갔다. 존은 잠시 두리번거리더니 말도 안 했는데 먼저 털썩 주저앉아 무릎을 꿇었다. 그 뒤에서 해리는 고뇌에 젖은 눈으로 나를 쳐다보았다. 딘의 얼굴은 백지장처럼 하얘졌다.

나는 커피 옆에 무릎을 꿇으면서 상황이 우습게 반전되고 있다고 생각했다. 마지막 여행을 무사히 마칠 수 있도록 그 많은 죄수들을 도왔던 내가 이번에는 거꾸로 도움의 손길을 필요로 하고 있는 것이다. 아무튼 그때는 그런 생각이 들었다.

"무슨 기도를 하죠, 교도관님?" 커피가 물었다.

"용기." 생각도 하지 않았는데 대답이 나왔다. 나는 눈을 감고 기도를 시작했다. "만군의 주님, 우리가 시작한 것을 마무리할 수 있게 도우소서. 마시는 커피와 발음은 같지만 철자는 다른 이 사람 존 커피를 부디 천국으로 맞이하시어 평화를 주소서. 그가 온 당히 가야 할 길로 우리가 배웅할 수 있도록 도와주시고 아무 사고가 없도록 하여 주소서. 아멘."

나는 눈을 뜨고 해리와 딘을 쳐다보았다. 둘 다 표정이 약간 밝아진 듯했다. 어쩌면 잠시 호흡을 가다듬고 있었는지도 모른다. 내 기도 때문이었을 리는 없다.

내가 일어서려고 하자 커피가 팔을 잡았다. 그는 수줍음과 기대가 섞인 표정으로 나를 바라보았다.

"어렸을 때 누구한텐가 배운 기도가 생각나거든요. 그건 할 수 있을 것 같은데, 해도 되나요?"

"어서 해요. 시간은 얼마든지 있으니까." 딘이 말했다.

커피는 눈을 감고 집중하면서 양미간을 모았다. 나는 이제 저를 잠들게 하소서라든가, 주기도문의 변형판을 예상했지만 둘 다 아니었다. 존 커피의 입에서 나온 기도는 내가 한번도 들어 본 적이 없었고 그 뒤로도 두 번 다시 못 들은 내용이었다. 감정이나 표현 방식을 딱히 꼬집어서 이상하다고 말할 수 있는 것도 아니었다. 꼭 감은 눈앞으로 두 손을 모으고 존 커피는 입을 열었다. "온유하고 포근하신 아기 예수여, 고아인 저를 위해 기도하소서. 저의 힘이 되어 주시고, 벗이 되어 주시고, 마지막까지 함께하여 주소서. 아멘." 그는 눈을 뜨고 몸을 일으키면서 나를 유심히 쳐다보았다.

나는 팔로 눈을 훔쳤다. 커피의 기도를 들으면서 나는 들라크루아를 생각하고 있었다. 들라크루아도 마지막 순간에 가서 한 번 더 기도를 하고 싶어했다. '천주의 성모 마리아여, 이제 와 우리 죽을 때에 우리 죄인을 위하여 비소서.'

"미안하이."

"무슨 말씀." 커피는 내 팔을 꼭 잡고 웃었다. 그러고는, 그의 도움을 받아야 일어설 수 있을 것 같았는데, 아니나 다를까 그는 나를 일으켜 세웠다.

10

증인은 많지 않았다. 모두 열네 명가량이었으니까 들라크루아의 형을 집행할 때 헛간에 온 사람의 절반이었다. 호머 크리버스도 평소와 다름없이 육중한 체구를 의자에 간신히 우겨넣은 채 그 자리에 있었지만 머기 부보안관의 모습은 보이지 않았다. 무어스 소장처럼 그도 이번에는 빠지기로 마음먹은 모양이었다.

맨 앞줄에 앉은 나이 든 부부를 처음에는 못 알아보았다. 11월도 셋째 주로 접어들었으니까 그동안 신문 기사에서 수없이 본 얼굴이었는데도 말이다. 그런데 고철 스파크가 기다리고 있는 단상으로 우리가 다가섰을 때 여자가 욕을 퍼부었다.

"천천히 뒈져라, 이 개 같은 놈아!"

그제야 나는 그들이 데트릭 부부임을 알았다. 클라우스와 마저리였다. 아직 마흔 줄로 들어서지도 않았는데 팍삭 늙어 버린 사람들을 무슨 수로 알아보겠는가 말이다.

커피는 여자가 내지른 소리와 크리버스 보안관의 험악한 반응에 놀라 어깨를 움츠렸다. 몇 안 되는 방청인들 앞쪽에서 방어 임무를 맡고 있던 행크 비터먼은 클라우스 데트릭한테서 잠시도 눈을 떼지 않았다. 내가 그러라고 지시했지만, 그날 밤 데트릭이 커피 쪽으로 움직일 눈치는 전혀 보이지 않았다. 그는 어디 다른 행성에 가 있는 사람처럼 보였다.

고철 스파크 옆에 서 있던 브루털은 우리가 단 위로 올라서자 나를 향해 손가락을 까딱 기울였다. 권총을 옆구리에 찬 브루털이 커피의 손목을 잡고 전기의자가 있는 곳으로 인도했다. 난생처음 이성과 춤을 추게 된 소년이 짝의 손을 잡고 무대로 나갈 때처럼 조심스럽게.

"괜찮은가?" 브루털이 낮은 소리로 물었다.

"예, 교도관님, 그런데……." 커피의 눈동자가 좌우로 움직였다. 그 표정과 음성에서 나는 처음으로 두려움을 감지했다. "사람들이 너무 많은 게 싫거든요. 너무 많네요. 느낌이 와요. 아파요. 벌한테 쏘인 것처럼 아파요."

"그럼, 우리가 자네를 생각하는 마음을 느껴 봐." 브루털이 여전히 낮은 음성으로 속삭였다. "우린 자네를 싫어하지 않아. 느낄 수 있지?"

"예, 교도관님." 하지만 커피의 음성은 더욱 떨렸고, 눈에는 다시 조금씩 눈물이 맺히기 시작했다.

"저놈을 두 번 죽여라!" 마저리 데트릭이 별안간 악을 썼다. 듣기 거북한 앙칼진 목소리가 뺨을 후려갈기는 것 같았다. 커피는 움찔하면서 신음을 토했다. "어린아이를 욕보이고 살해한 저런 놈은 두 번 죽어도 싸!" 눈을 뜬 채로 꿈결을 헤매는 것처럼 보이던 클라우스가 아내를 자기 어깨 쪽으로 잡아끌었다. 여자는 오열을 터뜨리기 시작했다.

해리 터월리거까지 우는 모습을 지켜보자니 참으로 낭패스러
웠다. 해리가 등을 돌리고 서 있었으므로 아직까지는 방청인들이
그의 눈물을 보지 못했지만 해리는 분명히 울고 있었다. 그러나
어쩌겠는가? 밀어붙이는 수밖에 더 있겠는가?

브루털과 나는 커피를 돌려세웠다. 한쪽 어깨를 브루털이 누르
자 거인은 앉았다. 커피는 고철 스파크의 널찍한 떡갈나무 팔걸
이를 움켜잡았다. 눈동자를 좌우로 움직이고, 혀를 내밀어 입술
한 귀퉁이를 적셨다가 다른 귀퉁이를 적셨다.

해리와 나는 무릎을 꿇었다. 이틀 전 우리는 작업장의 모범수
하나를 불러서 의자의 발목 죔쇠를 임시로 확대하는 용접 작업을
시켰다. 존 커피의 발목은 웬만한 사람의 장딴지만큼 굵었으니
그럴 수밖에 없었다. 그런데도 나는 새로 손본 죔쇠가 여전히 작
다고 판명되어서 커피를 부득이 감방으로 되돌려 보내고 그 당시
작업장의 우두머리였던 샘 브로더릭을 불러다가 다시 수선해야
하는 사태가 발생할지도 모른다는 악몽에 줄곧 시달렸다. 젖 먹
던 힘까지 다 짜서 마지막으로 아주 세게 밀었더니 그제야 내 쪽
의 죔쇠가 채워졌다. 커피가 다리를 움찔하면서 헐떡거렸다. 살
이 죔쇠에 낀 모양이었다.

"미안하네." 나는 나직이 속삭이고 해리 쪽을 보았다. 해리는
이미 수월하게 죔쇠를 채운 뒤였지만(새로 손본 그쪽 죔쇠가 약간
컸거나 커피의 오른쪽 종아리가 약간 가늘었거나 둘 중 하나였으리
라), 불안한 눈빛으로 작업 결과를 응시하고 있었다. 나는 이유를
알 수 있을 것 같았다. 수선한 죔쇠의 모양은 아주 꼴불견이어서
턱이 악어 입처럼 벌어져 있었던 것이다.

"괜찮겠지." 내 말이 해리에게 먹혀들기를……. 사실이기를 바라면서 나는 그렇게 말했다. "얼굴 좀 닦게, 해리."

그는 팔뚝으로 문질러서 뺨에 흐르던 눈물과 이마에 솟은 땀방울을 닦아냈다. 우리는 돌아섰다. 옆자리에 앉은 사람(폭이 좁고 얇은 넥타이에 구식 양복을 입은 걸로 보아 검사가 아니었나 싶다) 한테 조금 지나치다 싶게 큰 소리로 주절거리던 호머 크리버스가 말을 뚝 그쳤다. 시간이 다 된 것이다.

브루털은 커피의 한쪽 손목에 쬠쇠를 채웠고, 딘이 다른 쪽을 채웠다. 딘의 어깨 너머로 평소처럼 사람들 눈에 띄지 않게 검은 가방을 발 사이에 두고 벽에 기대어 서 있는 의사가 보였다. 요즘이야 의사들이 그런 일을 도맡아 하면서 가령 정맥 주사를 놓는다든가 하지만, 그때는 죽으나 사나 필요할 때만 의사를 불러야 했다. 당시만 하더라도 사람들은 의사의 직분과 누가 뭐래도 환자에게 해악을 끼치지 않겠다는 그 특별한 선서가 뒤집힐 수 없다는 것에 대해 요즘 사람들보다 분명한 생각을 가지고 있었던 것 같다.

딘이 브루털에게 고개를 끄덕였다. 브루털은 존 커피 같은 부류에게는 결코 울릴 까닭이 없는 전화기를 힐끔 돌아보는 듯했다. 그러고는 잭 반 헤이에게 통보했다. "1번으로!"

낡은 냉장고가 돌아갈 때처럼 웅 소리가 났다. 전등이 약간 밝아졌다. 윤곽이 더 날카로워진 우리의 검은 그림자가 벽을 타고 올라가 전기의자의 그림자 주위를 대머리수리처럼 맴도는 것 같았다. 커피는 숨을 훅 들이쉬었다. 손등 끝이 하얘졌다.

"이젠 좀 괴롭냐?" 데트릭 부인은 남편의 어깨를 밀어내면서 악을 썼지만 말이 매끄럽게 이어지지 않았다. "그래야지! 죽도록 고생해야지!"

남편이 아내를 붙들었다. 남편의 콧구멍 한쪽에서 피가 흘렀다. 가느다란 핏줄기가 협궤 철도처럼 좁은 그의 수염으로 들어가고 있었다. 이듬해 3월에 신문을 보다가 그가 뇌졸중으로 죽었다는 사실을 알았을 때 나만큼 놀라지 않은 사람도 없었으리라.

브루털이 걸어 나오면서 커피의 시야를 가로막았다. 그는 커피의 어깨를 만지면서 말을 걸었다. 그것은 원칙에서 벗어난 행동이었다. 증인 중에서 커티스 앤더슨만이 그 사실을 알고 있었지만 그는 그걸 짚고 넘어갈 사람이 아니었다. 이 짓에서 하루빨리 벗어나고 싶어하는 사람처럼 보였으니까. 그것은 그의 간절한 소망이었다. 커티스는 진주만 공습 이후 육군에 입대했지만 외국으로 파견되지는 않았다. 그는 포트 브래그에서 트럭 사고로 죽었다.

커피는 브루털의 손 밑에서 안정을 찾아 가고 있었다. 브루털이 한 이야기를 그리 많이 알아듣지 못했을 거라고 생각하지만, 그래도 커피는 자기 어깨에 닿은 브루털의 손에서 위안을 얻고 있었다. 브루털은 그로부터 약 25년 뒤 심장마비로 죽었다(생선 샌드위치를 먹으면서 텔레비전에서 방영하는 레슬링을 보다가 죽었다고 누이는 전했다). 좋은 사람이었다. 내 친구. 우리 중에서 가장 나았는지도 모른다. 한 인간이 죽고 싶어하면서도 죽음 앞에서 두려움을 느끼는 모순을 받아들일 줄 아는 사람이었다.

"존 커피, 당신은 전기의자 사형 선고를 받았습니다. 당신과 동등한 사람들로 구성된 배심원의 유죄 평결을 거쳐 우리 주의 명망 있는 판사가 형을 언도하였습니다. 우리 주의 시민들에게 하느님의 가호가 깃들기를. 형을 집행하기 전에 하고 싶은 말이 있습니까?"

커피는 입술을 다시 적시더니 또렷이 말했다. 세 단어였다. "죽을 죄를 지었습니다."

"죽어야지!" 죽은 소녀들의 엄마가 외쳤다. "너 같은 악마는 죽어야 돼! 백번 죽어도 싸다고!"

커피의 시선이 나에게로 돌아왔다. 그 눈에서 내가 본 것은 체념도, 천국에 대한 희망도, 조금씩 깃드는 평온함도 아니었다. 그것을 보았다고 여러분한테 말할 수 있다면 얼마나 좋을까. 그것을 보았다고 나 자신한테 말할 수 있다면 얼마나 좋을까. 내가 본 것은 공포와 비탄, 미비함과 몰이해였다. 그것은 덫에 걸려 두려움에 휩싸인 동물의 눈이었다. 나는 워턴이 베란다에서 어떻게 집안 식구들을 깨우지 않고 코라와 캐시를 휘어잡았는지 커피가 들려준 이야기를 떠올렸다. '그놈은 사랑하는 자매를 죽였어요. 그런 일은 널리고 널렸어요. 날마다 벌어져요, 온 세상에서.'

의자 등에 달린 놋쇠 고리에서 브루털이 새 복면을 들어 올렸는데, 그것을 본 순간 커피는 당장에 그 용도를 눈치 채고 겁에 질려 눈을 둥그렇게 떴다. 커피는 나를 쳐다보았다. 반질반질한 둥근 머리 위로 굵은 땀방울이 솟았다.

"부탁입니다, 교도관님, 내 머리에 그걸 씌우지 마세요. 제발 나를 어둠 속에 두지 마세요. 어둠 속에 들어가게 하지 마세요. 난 어둠이 무서워요." 커피는 신음처럼 나직이 속삭였다.

브루털은 두 눈을 치켜뜨고 복면을 들고는 그 자리에 얼어붙은 채 나를 바라보았다. 그의 눈은 내가 나서야 하며, 자기는 내 결정에 무조건 따르겠다고 말하고 있었다. 나는 최대한으로 빨리, 최대한으로 지혜로운 판단을 내리려고 애썼지만 생각처럼 쉽지 않았다. 머리가 다시 지끈거렸다. 복면은 관행이지 철칙은 아니었다. 실은 방청인들의 눈을 배려하여 씌우기로 한 것이 복면이었다. 그런데 이번만큼은 방청인을 고려할 필요가 없겠다는 생각이 불쑥 들었다. 복면을 쓴 채로 죽음을 맞이해야 할 만큼 커피가 씻지 못할 죄를 저지른 것은 절대로 아니니까 말이다. 사람들은 그걸 몰랐지만 우리는 알았다. 그래서 나는 커피의 마지막 부탁을 들어주기로 결심했다. 마저리 데트릭도 쌍수를 들어 내 결정을 반겼으리라.

"알겠네, 존." 나는 속삭였다.

브루털은 복면을 도로 걸어 놓았다. 우리 뒤에서 호머 크리버스가 우묵 팬 그릇이 깨지는 듯한 목소리로 분연히 들고 나섰다.

"어이! 복면을 다시 씌워! 우리더러 눈깔 튀어나오는 걸 보란 소린가?"

"조용히 하시지요." 나는 돌아보지도 않고 말했다. "이건 형 집행입니다. 당신 소관이 아니에요."

"뚱땡이, 지가 잡기는 했나." 해리가 중얼거렸다. 해리는 1982년, 여든을 거의 채우고 죽었다. 노인으로. 물론 나만큼 장수하지는 않았지만, 어디 나 같은 사람이 흔한가. 장암 종류로 죽은 것으로 알고 있다.

브루털은 허리를 숙여 양동이에서 둥근 스펀지를 들어 올렸다. 손가락으로 스펀지를 눌렀다가 손가락 끝에 혀를 갖다 댔지만 구태여 그럴 필요도 없었다. 추한 고동색의 스펀지에서 물방울이 뚝뚝 떨어지는 것을 내 눈으로 보았다. 브루털은 모자에 그것을 쑤셔 넣은 다음 모자를 커피의 머리에 씌웠다. 브루털의 얼굴이 창백해진 것을 나는 그때 처음 보았다. 밀가루 반죽처럼 하얀 안색은 당장이라도 쓰러질 사람의 얼굴 같았다. 하늘이 내린 선물을 우리가 죽이는 데 골몰해 있기 때문에 난생 처음 지옥이 코앞에 다가온 듯한 느낌이라던 브루털의 말이 생각났다. 나는 갑자기 토하고 싶었다. 억지로 참기는 했지만 진땀깨나 흘려야 했다. 스펀지에 스며 있던 물이 커피의 얼굴 측면을 타고 흘러내렸다.

딘 스탠턴이 이번에는 최대한으로 길이를 늘인 가죽 끈으로 커피의 가슴팍을 동여매고 나에게 보여 주었다. 그날 밤의 여행에서 우리는 아이들을 걱정하여 기를 쓰고 딘을 보호하려고 노력했지만, 넉 달도 못 되어 그가 불귀의 객이 될 줄은 아무도 몰랐다. 존 커피를 보낸 뒤 딘은 자원하여 고철 스파크를 떠나 C동으로 옮겨 갔는데, 거기서 죄수 하나가 꼬챙이로 그의 목을 찔러 생명의 피가 더러운 바닥으로 뿜어 나왔다. 나는 이유를 모른다. 아무도 이유를 모를 거라고 생각한다. 지금 와서 되돌아봐도 고철 스파크는 괴팍하기 이를 데 없고, 말할 수 없이 어리석은 동네였다. 상황이 가장 좋을 때도 우리는 부풀어 오른 유리처럼 늘 살얼음판을 걷는 느낌이었다. 가스와 전기로 서로를 죽이는 건 피도 눈물도 없는 탓이었을까? 아둔함 탓이었다. 공포 때문이었다.

브루털은 가죽 끈을 확인하고 뒤로 물러섰다. 나는 그가 입을 열기를 기다렸지만 그는 가만히 있었다. 뒷짐을 지고 열중쉬어 자세로 서 있는 브루털의 모습을 보면서 나는 그가 입을 열지 않으리라는 것을 직감했다. 아마 열 수가 없었으리라. 나라고 자신 있을 리는 만무했지만, 눈물을 글썽거리는 커피의 공포에 젖은 얼굴을 보면서 내가 나설 수밖에 없음을 깨달았다. 그 일로 영원히 저주를 받는다 하더라도 내가 나서야 했다.

"2번으로." 자신의 목소리라고는 느껴지지 않는 속사포처럼 빠르고 탁한 음성으로 내가 말했다.

모자가 윙윙거렸다. 커다란 손가락 여덟 개와 굵은 엄지 두 개가 의자의 널찍한 떡갈나무 팔걸이 끝에서 튀어나와 열 방향으로 제각각 갈라졌고, 손가락 끝이 하나같이 덜덜 떨렸다. 커피의 거대한 무릎은 운동의 제약을 받는 피스톤처럼 상하로 진동했지만 발목 쬠쇠가 잘 버텨 주었다. 위에서는, 천장에 매달려 있는 전구 세 개가 퍽! 퍽! 퍽! 터졌다. 마저리 데트릭은 그 소리에 비명을 지르며 남편의 품에서 의식을 잃었다. 그 여자는 18년 뒤 멤피스에서 죽었다. 해리가 사망 소식을 나에게 전했다. 시내 전차에 치여 죽었다고 한다.

가죽 끈이 끊어질 듯 커피의 몸이 맹렬히 앞으로 튀어나왔다. 한순간 그의 눈이 나와 마주쳤다. 커피의 눈은 깨어 있었다. 이 세상의 벼랑 끝에서 우리의 손에 밀려 떨어지면서 커피가 마지막으로 본 것은 나였다. 이윽고 커피는 의자 등에 축 늘어졌다. 모자는 약간 비스듬히 기울어졌고 시커먼 안개 같은 연기가 모자 밑에서 스며 나왔다. 하지만 전체적으로 빨리 끝난 셈이었다. 감전사를 지지하는 사람들의 주장처럼 고통이 없었는지는 의심스럽지만(아무리 열렬한 전기 집행 옹호론자도 개인적으로 고통의 존재 유무를 확인해 볼 생각은 추호도 없으리라), 아무튼 빠르게는 끝났다. 손은 다시 낭창낭창해졌고, 손톱 밑의 파르스름하던 달무늬도 이제는 가지처럼 진한 보라색으로 변했다. 뺨에서 덩굴손처럼 피어오르는 연기는 스펀지에서 스며 나온 소금물과……, 커피가 흘린 눈물로 아직 촉촉했다.

　존 커피가 흘린 마지막 눈물이었다.

집에 도착할 때까지는 괜찮았다. 어느새 먼동이 텄고 새들이 울어 댔다. 나는 싸구려 자동차를 주차시키고 차에서 내려 뒷계단으로 걸어 올라갔다. 두 번째로 격한 슬픔이 나를 휩쓸고 지나간 것은 그때였다. 커피가 어둠을 얼마나 무서워했는가 생각한 것이 화근이었다. 처음 우리가 만났을 때 커피가 나에게 밤에도 불을 켜 달라고 부탁하던 일이 기억나면서 다리에서 힘이 쭉 빠져나갔다. 나는 계단에 주저앉아 턱을 무릎 위에 얹고 울었다. 반드시 존 커피만을 생각하며 운 것 같지는 않다. 나는 우리 모두의 처지를 생각하면서 울었다.

재니스가 밖으로 나와서 내 옆에 앉았다. 아내는 팔로 내 어깨를 감쌌다.

"그이의 고통을 덜어 주기 위해서 당신은 나름대로 최선을 다했죠?"

나는 고개를 끄덕였다.

"그이는 가고 싶어했고요."

고개를 끄덕였다.

"집으로 들어가요." 아내가 말하면서 나를 일으켜 세웠다. 함께 기도를 마친 뒤 존 커피가 나를 일으켜 세우던 모습이 떠올랐다. "들어가서 커피 한 잔 마셔요."

나는 그렇게 했다. 첫 아침이 지나갔고, 첫 오후가 지나갔으며, 첫 교대 근무가 다시 지나갔다. 원하든 원하지 않든 시간은 모든 것을 빨아들인다. 시간은 모두 것을 빨아들이고 모든 것을 앗아가서, 결국 남는 것은 어둠이다. 우리는 그 어둠 속에서 사람들을 찾아내지만, 거기서 다시 사람들을 잃기도 한다. 주 형무소가 아직 콜드마운틴에 있던 1932년에 그 일이 벌어졌다는 사실 외에 내가 아는 것은 이것이 전부다.

물론 전기의자도 있었다.

그날 오후 2시 15분경 나의 친구 일레인 코널리가 일광욕실로 찾아왔다. 나는 마지막 원고를 가지런히 쌓아 놓고 앉아 있었다. 일레인의 얼굴은 창백했고 눈 밑이 번질거렸다. 아마 운 모양이었다.

나는, 바라보고 있었다. 하염없이. 창 밖으로 펼쳐진 언덕 너머 동쪽을 바라보고 있었다. 오른손 손목 끝이 잔잔하게 아려 왔다. 껍질이 벗겨진 듯 공허했다. 참담하면서도 동시에 황홀한 느낌이었다고나 할까.

일레인의 눈을 정면으로 쳐다볼 수가 없었다. 그 눈에서 미움과 경멸을 만날까 봐 두려웠다. 그런데 아니었다. 슬픔과 놀라움은 물론 깃들어 있었다. 그러나 그 눈에 미움, 경멸, 불신은 없었다.

"나머지도 읽고 싶습니까?" 욱신거리는 손으로 얇은 원고 뭉치를 톡톡 치면서 내가 물었다. "이겁니다. 난 괜찮으니까, 안 읽고 싶다고 해도……."

"제가 원하고 안 원하고 하는 문제가 아니죠. 결말이 궁금해서 도저히 견딜 수가 없거든요. 물론 당신이 그이를 집행했으리라는 짐작은 가지만, 보통 사람들의 삶에 하느님의 섭리가 개입하는 건 과장되어 있다고 전 보거든요. 원고를 받기 전에 하나 묻고 싶은 게⋯⋯."

일레인은 말을 멈추었다. 어떻게 말을 이으면 좋을지 자신이 없는 모양이었다. 나는 기다렸다. 도울 수 있는 일이 따로 있다. 그럴 땐 기다리는 게 상책이었다.

"폴, 이 글을 보면 당신은 1932년에 장성한 자식이 둘 있는 걸로 되어 있어요. 하나도 아니고 둘이나. 당신이 열두 살, 재니스가 열한 살 때 결혼한 게 아니고서야 어떻게 그런 일이⋯⋯."

나는 빙긋 웃었다. "우린 일찍 결혼했습니다. 산촌에서는 그렇게들 해요. 우리 어머니도 그러셨고. 물론 그렇게 일찍 한 건 아니죠."

"그럼 몇 살이세요? 전 당신이 여든 초반으로 저랑 엇비슷한 연배거나 아니면 그보다 더 젊을지 모른다고만 생각해 왔는데, 이 글을 보면⋯⋯."

"존 커피가 그린 마일을 걸었을 때 내 나이 마흔이었습니다. 난 1892년에 태어났어요. 그럼, 백네 살이 되나요."

일레인은 할 말을 잊은 채 멍하니 나를 쳐다보았다.

나는 감방에서 존 커피가 나를 만지던 기억을 떠올리면서 원고를 내밀었다. '폭발은 안 할 겁니다.' 커피는 내 속마음을 읽고 그렇게 말했다⋯⋯. 나는 터지지는 않았지만⋯⋯, 그래도, 무언가가 나한테 일어났다. 아주 오래 지속되는 무언가가.

"나머지를 읽어 보세요. 내가 드릴 말씀은 그 안에 다 들어 있으니."

"그래야지요." 일레인은 거의 속삭이듯이 말했다. "솔직히 말씀드려서, 읽기가 두려워요……. 하지만 읽어야죠. 어디 계실 건데요?"

나는 일어서서 기지개를 폈다. 척추에서 우두둑 소리가 났다. 한 가지 분명한 사실은 일광욕실에서는 더 이상 버틸 수가 없다는 거였다.

"크로켓 코스에 나가 있지요. 당신한테 보여 줄 게 또 있으니까. 그쪽 방향이거든."

"그건……, 무서운 건가요?"

그 겁먹은 표정에서 나는, 사람들이 여름에는 밀짚모자를 쓰고 겨울에는 너구리 외투를 걸치던 시절로 되돌아간 어린 소녀의 모습을 보았다.

"아니오." 나는 웃으며 말했다. "무섭지 않습니다."

"알았어요." 일레인은 원고를 받았다. "원고는 제 방으로 가져가겠어요. 그럼 크로켓 코스에서 보는 걸로 해요……." 일레인은 원고를 펄럭펄럭 넘기며 분량을 가늠했다. "4시? 그럼 되겠어요?"

"아주 좋죠." 나는 지나치게 호기심이 많은 브래드 돌런을 생각하며 말했다. 그때면 돌런도 퇴근한 뒤였다.

일레인은 손을 뻗어 내 팔을 가볍게 쥔 다음 방을 나갔다. 나는 한동안 그 자리에 서서 책상을 내려다보았다. 그날 아침 일레인이 음식을 담아 온 쟁반 말고는 아무것도 남아 있지 않았다. 내가 휘갈겨 쓴 종이들도 마침내 사라진 것이다. 하지만 마무리했다는 실감이 잘 들지 않았다……. 여러분도 아시다시피, 이 글은 내가 존 커피의 형 집행에 관한 기록을 써서 마지막 원고를 일레인에게 준 다음에 쓴 것이므로, 사실 이야기가 마무리된 것은 아니었다. 그때도 왜 나한테 그런 느낌이 들었는지 조금은 짐작이 가는 이유가 있었다.

앨라배마.

나는 쟁반에 마지막으로 남아 있던 차가운 토스트 조각을 슬쩍 집어 들고 아래층으로 내려가 크로켓 코스로 나갔다. 그리고 양지 바른 곳에 앉아, 2인조 여섯 쌍과 굼뜨지만 즐거워 보이는 4인조 한 집단이 나무망치를 휘두르며 지나가는 모습을 지켜보면서, 감회에 젖어서 따뜻한 햇살 아래 내 몸을 맡겼다.

2시 45분경이 되자 3시에서 11시까지 근무하는 조가 드문드문 나타나기 시작했고, 정각 3시가 되자 낮 근무조는 퇴근했다. 대부분 무리를 지어서 떠났지만 브래드 돌런은 혼자서 걸어가는 눈치였다. 보기에 과히 나쁘지 않은 광경이었다. 세상이 아주 썩은 건 아닌가 보다 싶었다. 유머집 하나가 뒷주머니 밖으로 비어져 나와 있었다. 주차장까지 가려면 크로켓 코스 옆으로 지나가야 했으므로 그는 나를 보았지만 손을 흔들지도 인상을 찌푸리지도 않았다. 나에게는 고마운 일이었다. 그는 범퍼에 '내가 본 하느님의 이름은 뉴트'라는 스티커가 붙어 있는 낡은 시보레에 올라탔다. 그러고는 싸구려 엔진 오일의 가느다란 흔적을 남기고 이곳이 아닌 어딘가로 떠났다.

4시 무렵 약속한 대로 일레인이 나타났다. 눈치로 보아 약간 더운 모양이었다. 일레인은 두 팔로 나를 감싸더니 꼭 끌어안았다.

"가엾은 존 커피. 가엾은 폴 에지콤."

'가엾은 양반.' 아내의 목소리가 귀에 쟁쟁했다. '가엾은 우리

영감.'

일레인은 다시 울기 시작했다. 늦은 오후의 햇살을 받으며 나는 크로켓 코스에서 그녀를 붙들었다. 우리의 그림자는 마치 춤을 추는 듯했다. 그 당시 우리가 라디오에서 즐겨 듣던 '가장 무도회'에 온 기분이었다.

이윽고 일레인은 마음을 추스르고 나에게서 몸을 뺐다. 블라우스 주머니에서 휴지를 꺼내 눈물을 닦았다. "소장 부인은 어떻게 됐나요, 폴? 멜린다 말이에요."

"현대의 기적이라고 떠들어 댔지요. 적어도 인디애놀라의 의사들은 말입니다." 나는 일레인의 팔을 잡으며 말했다. 우리는 직원 주차장에서 숲으로 이어지는 길을 향해 걸어갔다. 조지아 파인스와 젊은이들의 세계를 가르는 담벼락 옆에 서 있는 오두막으로 걸어갔다. "그 여자는 뇌종양이 아니라 심장마비로 죽었어요. 10년인가 11년을 더 살고. 43년이었을 겁니다. 소장은 진주만 침공이 있었을 무렵 뇌졸중으로 죽었고요. 내 기억이 맞다면 진주만 침공이 시작된 그날인지도 몰라요. 부인이 2년 더 산 셈이지요. 아이러니 아닙니까."

"재니스는?"

"오늘은 내 마음의 준비가 안 되어 있습니다. 다음 기회에 말씀드리지요."

"약속하시는 거죠?"

"약속합니다."

나는 그 약속을 못 지키고 말았다. 우리가 함께 숲으로 간 지 석 달 만에(혹이 튀어나오고 통통 부풀어 오른 손가락 걱정만 하지 않았어도 나는 그녀의 손을 꼭 잡았을 것이다) 일레인 코널리는 침대에서 조용히 눈을 감았다. 멜린다 무어스처럼 사인은 심장마비였다. 일레인을 발견한 직원은 고통 없이 갑자기 죽음을 맞이한 듯 평화로운 얼굴이었다고 전했다. 그의 말이 사실이었기를 바란다. 나는 일레인을 사랑했다. 그리워하고 있다. 일레인과 재니스와 브루털, 모두가 그립다.

우리는 오솔길을 걷다가 담벼락 옆에 붙은 두 번째 오두막에 이르렀다. 그 집은 소나무 숲 그늘 안쪽에 들어앉아 있었다. 푹 꺼진 지붕과 덧문이 달린 창으로 나무 그림자가 어른거렸다. 나는 집 쪽으로 나아갔다. 일레인은 무서운지 머뭇거리기만 했다.

"괜찮습니다. 정말이라니까. 들어와요."

문에는 빗장이 달려 있지 않았다. 한때는 있었지만 떨어져 나갔다. 그래서 나는 마분지를 네모나게 접어서 문을 닫아거는 데 썼다. 문을 열고 오두막 안으로 들어갔다. 안이 캄캄했으므로 문은 최대한 활짝 열어 두었다.

"폴, 뭐죠? 아, 아!" 두 번째 '아'는 비명에 가까웠다.

한쪽 벽으로 밀어 둔 책상이 하나 있었다. 책상 위에는 전등과 고동색 종이봉투가 있었다. 더러운 바닥에는 조지아 파인스의 음료수, 캔디 자판기를 관리하는 구내 매점 사람한테서 내가 구한 해버탬파 시가 갑이 놓여 있었다. 내가 특별히 부탁한 물건이었다. 그가 다니는 회사에서는 담배도 팔았으므로 시가 갑 하나 구하는 것은 어려운 일이 아니었다. 전에도 말했을 테지만 내가 콜드마운틴에 근무하던 시절에는 값진 물건이었으므로 내가 사례를 하려고 하자 그는 웃으면서 됐다고 했다.

시가 갑 너머로 이쪽을 엿보는 또랑또랑한 두 개의 방울 같은 눈이 있었다.

"딸랑 씨를 소개합니다." 나는 낮은 목소리로 말했다. "이리 오렴. 착하지, 어서 와, 이분한테 인사드려야지."

나는 아팠지만 그럭저럭 견딜 만했으므로 쪼그리고 앉아 손을 내밀었다. 처음에 나는 쥐가 상자를 넘어서 올 수 있을 거라고 생각하지 않았다. 그런데 결정적인 돌진 한 번으로 딸랑 씨는 상자를 거뜬히 넘었다. 쥐는 옆으로 떨어지더니 자세를 바로잡고 나에게 왔다. 뒷다리 하나를 절뚝절뚝 절면서 달려왔다. 퍼시한테 입은 상처가 나이를 먹으면서 다시 도진 것이다. 많이 늙어 있었다. 머리끝과 꼬리 끝을 빼고 딸랑 씨의 털은 이제 온통 잿빛이었다.

쥐는 내 손바닥으로 뛰어올랐다. 내가 손을 들어 올리자 딸랑 씨는 귀를 뒤로 젖히고 작고 까만 눈동자를 반짝거리면서 고개를 쭉 내밀어 킁킁거리며 내 숨결을 맡았다.

"그럴 리 없어요." 일레인은 눈을 치켜뜨면서 나를 쳐다보았다. "폴, 그럴 리……, 그럴 리 없어요!"

"잘 봐요, 그러고 나서 얘기해요."

나는 책상 위의 종이 봉지에서 내 손으로 색칠한 실패를 꺼냈다. 크레욜라 크레용이 아니라 1932년에는 꿈도 못 꾸었던 발명품 '매직 마커'로 칠한 것이었다. 하지만 효과는 차이 없었다. 들라크루아가 칠한 실패 못지않게 밝은 색상이었다. 아니, 밝기는 더 밝았다. '무슈 에 마담! 비앵브뉘 오 시르크 드무지!(신사 숙녀 여러분! 쥐 서커스 공연에 오신 것을 환영합니다!)'

나는 다시 쪼그리고 앉았다. 딸랑 씨는 내 손바닥에서 내려갔다. 늙었지만 여전히 놀이라면 사족을 못 썼다. 내가 봉지에서 실패를 꺼낸 뒤로 딸랑 씨는 오직 실패만 바라보았다. 고르지 않고 우툴두툴한 오두막 바닥에다 실패를 굴리자 쥐는 기다렸다는 듯이 그리로 달려갔다. 예전처럼 날쌔지는 않았다. 절뚝거리는 모습은 보기에도 안쓰러웠다. 하지만 딸랑 씨가 왜 빨라야 하고 흔들림 없이 걸어야 한단 말인가? 앞에서도 말했지만 딸랑 씨는 늙은 쥐였다. 사람으로 치면 천 살까지 살았다는 구약의 족장 므두셀라와 다를 바 없었다. 딸랑 씨의 나이는 예순넷은 족히 되었으리라.

쥐는 맞은편 벽에 부딪혔다 튕겨 나온 실패에 도달했다. 실패를 빙글 돌아가다가 옆으로 쓰러졌다. 일레인이 달려 나가려고 했지만 내가 붙들어 세웠다. 잠시 후 딸랑 씨는 다시 일어났다. 천천히, 아주 천천히, 실패를 코로 밀면서 내 쪽으로 왔다. 처음 이곳에 왔을 때만 하더라도 아주 먼 길을 오느라 탈진했는지 방금 전과 같은 자세로 부엌으로 올라가는 계단에 쓰러져 있었다. 딸랑 씨는 아득한 그 옛날 그린 마일 시절처럼 앞발로 실패를 밀고 갈 수 있었다. 지금은 기운이 달렸다. 하체가 무게를 받쳐 주지 못했다. 그렇지만 코만은 녹슬지 않았다. 실패 이쪽 끝을 밀었다가 저쪽 끝을 밀면서 방향을 잘 잡아 나갔다. 내 앞에 온 딸랑 씨의, 깃털처럼 가벼운 몸을 나는 한 손으로 집어 들고 다른 손으로는 실패를 들었다. 초롱초롱한 눈은 실패에서 잠시도 떠나지 않았다.

"그만하세요, 폴." 일레인이 더듬거리며 말했다. "딱해서 못 보겠어요."

일레인의 심정은 충분히 이해가 갔지만, 내 생각에 그건 어디까지나 기우에 지나지 않았다. 딸랑 씨는 쫓아가서 실패를 가져오는 놀이를 정말로 좋아했다. 오랜 세월이 흘렀는데도 예전처럼 좋아했다. 그런 열정이 남아 있다는 것은 함께 늙어 가는 처지에 참으로 부러운 일이었다.

"봉지에 박하사탕도 들어 있어요. 캐나다 제품이죠. 내밀면 자꾸 냄새를 맡는 것으로 봐서 아직도 좋아하긴 하는 것 같은데 소화 능력이 약해져서 사탕을 먹는 건 무립니다. 그 대신 토스트를 갖다 주지요."

나는 다시 쪼그리고 앉아서 일광욕실에서 가져온 토스트 조각을 살짝 뜯어내 바닥에 놓았다. 딸랑 씨는 냄새를 맡더니 두발로 그것을 집어 들고 먹기 시작했다. 꼬리가 몸을 사뿟이 감았다. 다 먹고 나자 기대에 찬 모습으로 위를 쳐다보았다.

"늙은이라고 왕성한 식욕이 없는 줄 알았다가는 큰코다칠 때가 있거든요. 당신이 줘 봐요." 나는 일레인에게 토스트를 건네며 말했다.

일레인은 또 한 조각을 뜯어내 바닥에 떨어뜨렸다. 딸랑 씨가 다가와서 냄새를 맡은 다음 일레인을 쳐다보았다……. 그러더니 빵 조각을 집어서 먹기 시작했다.

"봤지요? 당신이 뜨내기가 아니란 걸 이 친구도 아는 겁니다."

"어디서 왔을까요?"

"그거야 모르죠. 어느 날 새벽 산책을 나왔는데 여기 부엌으로 올라가는 계단에 쓰러져 있는 겁니다. 누군지 당장에 알아보았지만, 혹시 몰라서 세탁실 광주리에서 실패를 가져왔어요. 시가 갑도 얻었습니다. 말랑말랑한 걸 어디서 구해다가 안에다 댔지요. 얘도 우리나 같아요. 허구한 날 삭신이 쑤셔 대는 겁니다. 그래도 살아 보겠다는 열정은 아직 남아 있어요. 아직도 실패를 좋아하고, 옛날 고래 적에 같은 건물에서 지내던 친구가 찾아오는 걸 좋아하거든요. 존 커피의 이야기를 난 60년 동안 가슴에 묻고 지냈습니다. 60년이 넘죠. 그걸 지금에야 말하는 겁니다. 저 녀석이 그래서 온 게 아닌가 싶기도 해요. 시간이 얼마 남지 않았으니까 서둘러야 한다는 사실을 깨닫게 하려고요. 저나 나나 멀지 않았으니까……. 거기 갈 날이."

"거기라뇨?"

"알면서."

나는 말없이 딸랑 씨를 잠시 지켜보았다. 그러다가, 왜 그랬는지 나도 모르겠는데, 일레인이 내키지 않아했는데도 실패를 다시 던졌다. 딸랑 씨가 실패를 쫓아가는 것은 노인들이 꾸물거리면서 조심스럽게 섹스하는 것과 어떤 면에서는 일맥상통한다고 느꼈기 때문인지도 모른다. 여러분은 아직 젊으니까 그런 모습을 역겨워하며 자기는 늙어도 그 점에서는 예외일 거라고 생각할지 모르지만, 노인도 그것을 하고 싶어한다.

딸랑 씨는 굴러가는 실패를 또 따라갔다. 아프기야 했겠지만, 오래전부터 알아 온 뿌리칠 수 없는 쾌락(적어도 내가 보기에는)을 만끽하면서.

"부레풀 창문." 달려가는 쥐를 바라보면서 일레인이 뇌까렸다.

"부레풀 창문." 나도 웃으면서 말했다.

"존 커피는 똑같은 식으로 당신하고 쥐를 만졌어요. 그 사람은 그때 당신 병만 고쳐 준 게 아니라 당신의……, 저항력?"

"아주 적절한 표현 같은데요."

"흰개미가 파먹어 들어간 나무처럼 언젠가는 우리를 쓰러뜨리고야 마는 그것들한테 저항력을 갖게 했어요. 당신하고……, 저쪽. 딸랑 씨. 손으로 딸랑 씨를 보듬었을 때."

"맞아요. 뭔지는 몰라도 적어도 내 생각에는 존 커피를 통해 나타난 힘이 그렇게 해 주었지만, 이제 그 힘도 기력이 떨어졌어요. 흰개미가 우리 껍질까지 뚫고 나왔습니다. 보통 사람보다는 좀 오래 걸렸겠지만 아무튼 다 왔어요. 사람이 쥐보다는 오래 사니까 아마 몇 년은 내가 더 살겠지만 딸랑 씨는 오늘내일합니다."

실패에 다다른 딸랑 씨는 절뚝거리며 그 주위를 돌더니 옆으로 픽 쓰러져 가쁜 숨을 토하다가(잿빛 털가죽이 잔물결처럼 호흡을 따라 오르락내리락거렸다) 다시 일어나서 코로 용감하게 실패를 밀면서 돌아오기 시작했다. 털가죽은 잿빛으로 변했고 걸음걸이도 불안했지만, 석유 방울 같은 눈동자는 여전히 초롱초롱했다.

"당신은 딸랑 씨가, 당신이 글을 쓰기를 원했다고 생각하는군요. 그런가요, 폴?"

"딸랑 씨가 아니라, 그 힘이……."

"아이고, 폴리! 일레인 코널리까지!" 열린 문으로 떠들썩한 소리가 들어왔다. 소름 끼치도록 빈정거리는 목소리였다. "그림 좋은데! 대체 둘이서 무슨 수작을 하는 거야?"

나는 돌아서서, 문가에 서 있는 브래드 돌런의 모습을 보고 조금도 놀라지 않았다. 상대방을 멋지게 속여 넘겼다고 생각하는 사람만이 지을 수 있는 표정으로 돌런은 이죽거리고 있었다. 근무 시간이 끝난 다음 어디까지 차를 몰다가 왔을까? 끽해야 랭글러 술집까지 가서 맥주 한두 잔 마시고 음란한 춤이나 즐기다가 왔으리라.

"나가. 당장 사라져." 일레인이 싸늘히 내뱉었다.

"누굴 나가라는 거야, 이 쭈그렁 할망구가." 돌런은 여전히 싱글거리며 말했다. "저 위에서는 나한테 그런 식으로 말할 수 있을지 모르지만, 여긴 거기가 아니야. 여긴 댁들이 오면 안 되는 데야. 출입금지 구역이라 이 말씀이야. 오붓한 사랑의 보금자리라도 만드셨나, 폴리? 그래서 들락거린 거야? 노인을 위한 일종의 플레이보이 아지트로군……." 오두막의 터줏대감을 본 그의 눈이 휘둥그레졌다. "뭐야 이건?"

나는 돌아보지 않았다. 하나는 사태를 파악했기 때문이고, 또 하나는 과거가 돌연 현재 위로 겹쳐지면서 끔찍한 이미지로, 3차원의 구체적 현실로 나타났기 때문이다. 문간에 버티고 서 있는 것은 브래드 돌런이 아니라 퍼시 웨트모어였다. 조금 있으면 그는 오두막 안으로 돌진해 들어와 이제는 달아날 기력조차 없는 딸랑 씨를 구두로 뭉개 놓을 것이다. 이번에는 죽음의 언저리에서 목숨을 구해 줄 존 커피도 없었다. 앨라배마에서 비가 오던 날 내가 그토록 간절히 원했음에도 존 커피의 도움을 얻을 수 없었던 것처럼.

나는 벌떡 일어섰다. 이번에는 관절도 근육도 욱신거리지 않았다. 그리고 돌런에게 덤벼들었다. "건드리지 마!" 나는 고함을 질렀다. "건드리지 마, 퍼시, 건드리는 날에는 내가……."

"퍼시가 누구야?" 돌런은 반문하면서 나를 왝 밀쳤고, 하마터면 나는 뒤로 나동그라질 뻔했다. 무척 아팠을 텐데도 일레인은 나를 잡아서 부축해 주었다. "한두 번 붙든 사이가 아닌 것 같은데. 바지에 오줌이나 지리지 마라. 저런 쥐새끼한테는 손 안 대. 뭐 하러 그러나. 벌써 뒈졌는데."

나는 딸랑 씨가 가끔 그랬던 것처럼 숨을 고르기 위해 옆으로 그냥 누워 있으려니 여기고 돌아보았다. 옆으로 누워 있었던 건 사실이었지만, 털가죽에서 잔물결 같은 움직임이 그쳐 있었다. 나는 잠시 뒤면 잔물결을 볼 수 있을 거라고 확신하려고 애썼지만 일레인이 통곡하기 시작했다. 일레인은 아픈 허리를 숙여 쥐를 들어 올렸다. 그런 마일에서 처음 보았을 때 마치 동료나……, 친구를 만난 것처럼 겁도 없이 당직 책상으로 쪼르르 달려왔던 쥐를. 쥐는 일레인의 손에 축 늘어져 있었다. 초점을 잃은 눈동자는 움직이지 않았다. 죽은 것이다.

돌런은 언제 치과를 갔는지 모를 더러운 이를 드러내며 기분 나쁘게 웃었다. "아이고, 이를 어째! 가족처럼 아끼던 애완동물이라도 잃었우? 조촐한 장례식이라도 치르시려우, 조화랑 준비해서……."

"닥쳐!" 일레인이 소리를 버럭 질렀다. 너무 크고 강해서 돌런은 한 발짝 물러났고 웃음도 걷혔다. "여기서 나가! 안 나가면 여기서 단 하루도 못 버틸 줄 알아! 단 한 시간도! 두고 봐!"

"구호소에서 빵 한 조각 못 얻어먹을 거다." 내가 말했지만 하도 낮은 목소리여서 두 사람은 못 들었다. 나는 이 세상에서 제일 작은 곰가죽 깔개처럼 일레인의 손바닥에 누워 있는 딸랑 씨한테서 도저히 눈을 뗄 수 없었다.

엄밀히 따져서 오두막은 조지아 파인스 재소자들의 출입이 허용된 구역이 아니었다. 나도 그 정도는 알았다. 돌런은 물러서지 않고 해 볼 테면 해 보라고 덤빌까 하다가 그만두었다. 속은 퍼시처럼 겁쟁이였던 것이다. 아마 돌런은 손자가 거물급 인사라고 한 일레인의 말을 확인해 보고 그것이 사실임을 알았을 것이다. 무엇보다도 호기심이 충족되었고 궁금증이 가셨다. 별의별 억측을 다했는데, 알고 보니 수수께끼라는 게 대단치도 않은 일이었다. 늙은이가 키우던 쥐 한 마리가 오두막에 있었던 모양이다. 그런데 그것이 색칠한 실패를 밀고 가다가 심장마비인지 뭔지로 꼴까닥한 것이다.

"별일을 가지고 다 흥분하네. 두 분 다 말이우. 강아지라도 먹었나, 원."

"나가. 꺼져, 이 무식한 작자야. 추잡하고 삐뚤어진 소갈머리로 어딜 나서." 일레인이 쏘아붙였다.

돌런의 얼굴이 서서히 달아올랐다. 고등학생 때 여드름이 났던 자리가 검붉게 변했다. 보아하니 한두 군데가 아니었다.

"가긴 가겠는데, 내일 여기 한번 와 보슈……, 폴리……. 문에 새 자물쇠가 채워져 있을 테니까. 혼자 잘난 줄 아는 저 할머니가 나한테 아무리 욕을 바가지로 퍼부어도 여긴 댁들이 올 수 없는 데라고. 바닥 좀 봐! 마루판이 죄다 뒤틀리고 문드러졌잖아! 이런 델 다니다간 그 앙상한 다리가 불쏘시개처럼 뚝 부러진다고. 죽은 쥐는 가져가든지 알아서 하고 어서 사라지슈. 사랑의 오두막은 오늘로 폐쇄다."

돌런은 돌아서서 뚜벅뚜벅 걸어 나갔다. 최소한 비겼다고 생각하는 사람처럼 보였다. 나는 그가 사라지기를 기다렸다가 일레인한테서 딸랑 씨를 조심스럽게 넘겨받았다. 박하사탕이 들어 있던 봉지에 내 시선이 닿은 순간, 아니나 다를까 눈물이 솟기 시작했다. 왜 그런지, 요즘은 작은 일에도 눈물이 난다.

"친구를 묻으려고 하는데 좀 도와주겠소?" 브래드 돌런의 발소리가 아련히 멀어졌을 때 나는 일레인에게 물었다.

"그래요." 일레인은 팔로 내 허리를 감싸고 내 어깨에 머리를 기댔다. 뒤틀린 손가락으로 일레인은 움직임이 사라진 딸랑 씨의 옆구리를 쓰다듬었다. "진심으로 돕고 싶어요."

우리는 정원사의 오두막에서 흙손을 빌려 들라크루아의 쥐를 묻었다. 오후의 그림자가 나무 사이로 길게 늘어지고 있었다. 매장을 마친 뒤 우리는 가서 저녁을 먹고 다시 우리의 남은 생활로 돌아갔다. 나도 모르게 들라크루아 생각이 났다. 벗겨진 머리는 불빛 아래 반짝거리고 두 손을 마주 잡은 채 내 사무실의 녹색 카펫에 무릎을 꿇고 있던 들라크루아. 딸랑 씨를 잘 보살펴 달라고, 나쁜 놈이 괴롭히지 않게 해 달라고 우리에게 애원하던 들라크루아. 그러나 나쁜 놈은 결국 우리 모두를 해치고야 말지 않는가.

"폴?" 일레인이 말을 걸었다. 그녀의 목소리는 다정했지만 지쳐 있었다. 흙손으로 땅을 파서 쥐 한 마리에게 편히 쉴 자리를 마련해 주는 것도 우리처럼 늙은 연인에게는 이만저만 기운 빠지는 일이 아니었다. "괜찮아요?"

나의 팔은 일레인의 허리를 감싸고 있었다. 나는 허리를 꼭 안았다. "그럼요."

"보세요. 저녁노을이 예쁠 거 같네요. 밖에서 지켜볼까요?"

"그럽시다."

우리는 서로의 허리를 감싼 채 잔디에 앉아서 한동안 지는 해를 바라보았다. 처음에는 화사한 빛깔이 하늘을 물들였지만, 그 빛깔은 잿빛으로 바뀌었다.

'생트 마리, 메르 드 되, 프리에 푸르 무아, 프리에 푸르 누, 포브흐 페쇠르, 멩트닝 에 아 뢰르 드 노트르 모르(천주의 성모 마리아여, 이제 와 우리 죽을 때에, 우리 죄인을 위하여 비소서).'

아멘.

1956년.

비가 내리던 앨라배마.

예쁘장한 셋째 손녀 테사가 플로리다 대학을 졸업하게 되었다. 우리는 그레이하운드 버스를 타고 갔다. 그 당시 내 나이가 예순 넷이었으니, 아직 애송이였다. 재니스는 쉰아홉이었고 여전히 아름다웠다. 적어도 나에게는 아름다웠다. 우리는 내내 좌석에 기대어 앉아 있었고, 아내는 이 중요한 행사를 기록에 남길 수 있게 진작 새 카메라를 장만했어야 한다며 유난을 떨었다. 나는 플로리다에 도착한 다음에도 하루 여유가 있으니 정 그렇다면 돈 걱정은 하지 말고 새 카메라를 사자고 했다. 그러면서 속으로는, 아내가 저렇게 유난을 떠는 건 여행도 지루하거니와 읽으려고 산 책이 마음에 들지 않기 때문일 거라고 생각했다. 아내가 산 책은 페리 메이슨이었다. 바로 그 순간부터 내 기억은 햇빛에 노출된 필름처럼 모두 하얗게 변했다.

여러분은 그 사고를 기억하는가? 신문 기사로 본 분들도 있겠지만, 모르는 사람이 대부분일 것이다. 하지만 그 사건으로 한때

미국 전역이 떠들썩한 적이 있었다. 아내가 고물 카메라에 대해서 불평을 늘어놓고 있을 때 우리는 비바람이 몰아치는 버밍햄 외곽에 있었다. 그 순간 타이어가 터졌다. 버스는 젖은 포장도로에서 비스듬히 춤을 추면서 비료를 운반하던 트럭에 옆구리를 받혔다. 트럭은 시속 100킬로미터가 넘는 속도로 버스를 교량 받침대로 밀어붙였고, 버스는 콘크리트에 충돌하면서 두 동강이 났다. 비에 젖어 번질거리는 두 덩어리는 반대 방향으로 빙그르르 돌았는데, 그중 경유 탱크가 들어 있던 쪽이 폭발하는 바람에 검붉은 불덩이가 비구름이 잔뜩 낀 잿빛 하늘로 솟아올랐다. 조금 전까지도 아내는 낡은 카메라에 대해서 불평을 털어놓고 있었는데 바로 다음 순간에 나는 지하도 맞은편에 쓰러져서 비를 맞으며 누군가의 가방에서 튀어나온 파란 나일론 팬티를 바라보고 있었다. 팬티에는 검은 실로 수요일이라는 글자가 새겨져 있었다. 열린 가방들이 주위에 수두룩했다. 시체도, 시체의 일부도 수없이 널려 있었다. 그 버스에는 모두 일흔세 명이 타고 있었는데 생존자는 단 네 명이었다. 나는 그 생존자 중 하나였고, 유일한 경상자였다.

나는 일어서서 열린 가방들과 엉망진창이 된 시체들 사이로 비틀비틀 걸으면서 아내 이름을 부르며 울부짖었다. 자명종 하나를 걷어찬 기억이 나고 운동화를 발에 신은 열세 살쯤 먹어 보이는 소년의 시체를 본 기억도 난다. 소년의 얼굴은 절반밖에 남아 있지 않았다. 얼굴을 때리는 세찬 빗발을 의식하면서 나는 지하도로 들어갔다. 비는 한동안 사라졌다. 지하도 맞은편으로 나오자 다시 굵은 빗줄기가 내 뺨과 이마를 강타했다. 아내는 벌렁 뒤집

흰 비료 운반 트럭의 거덜 난 운전석 옆에 쓰러져 있었다. 빨간 드레스를 보고 아내라는 것을 알 수 있었다. 그 드레스는 아내가 두 번째로 아끼던 옷이었다. 가장 좋아하는 옷은 졸업식 당일에 입으려고 물론 아껴 두었다.

아내는 죽은 게 아니었다. 차라리 즉사했더라면 아내를 위해서가 아니라 나를 위해서 좋지 않았을까 하는 생각을 지금도 가끔 한다. 그래야 내가 아내를 더 빨리, 더 자연스럽게 놓아줄 수 있었을 것만 같은 생각이 드는 것이다. 어쩌면 내가 말장난을 하고 있는지도 모른다. 한 가지 분명한 것은 나는 아내를 진정으로 떠나보낸 적이 없다는 사실이다.

아내는 사시나무처럼 부들부들 떨고 있었다. 구두 한 짝이 벗겨져 나간 발이 떨리는 것이 내 눈에 보였다. 눈은 뜨고 있었지만 초점이 없었다. 왼쪽 눈에는 피가 흥건히 고여 있었다. 매캐한 연기가 피어오르는 빗속에 무릎을 꿇으면서 내 머리에 떠오른 유일한 생각은, 발이 떨리는 것은 아내의 몸에 전기가 흐르고 있다는 뜻이란 사실이었다. 아내는 감전당했고 나는 늦기 전에 어서 스위치를 되돌려야 했다.

"사람 살려!" 나는 고함을 질렀다. "누가 좀 도와줘요!"

아무도 돕지 않았다. 아무도 오지 않았다. 우박처럼 퍼붓는 거센 빗줄기에 아직 검었던 내 머리카락은 머리에 착 달라붙었다. 나는 아내를 팔로 안고 있었지만 아무도 오지 않았다. 초점을 잃은 아내의 눈은 멍하게 나를 올려다보았고 강한 충격을 받은 뒷머리에서는 홍수처럼 피가 콸콸 쏟아졌다. 반사적으로 경련을 일으키던 아내의 손 옆에는 '그레이'라는 글씨가 새겨진 크롬 철판 조각이 있었다. 그 옆에는 갈색 양복을 입은 사업가의 신체 일부가 나뒹굴고 있었다.

"사람 살려!" 나는 다시 고함을 지르면서 지하도 쪽으로 돌아섰다. 그때 지하도 그늘에 서 있는 존 커피의 모습을 나는 보았다. 그늘이어서 잘 보이지는 않았지만 대머리에 긴 팔을 늘어뜨리고 있는 그 거대한 몸집을 보았다. "존!" 나는 크게 불렀다. "존, 제발 도와주게! 집사람을 살려 줘!"

빗물이 내 눈으로 들어왔다. 눈을 끔벅여서 빗물을 털어 내자 커피는 온데간데없었다. 그림자를 존 커피로 착각한 것일 테지만…… 단순히 그림자라고 볼 수는 없었다. 나는 확신한다. 커피는 거기 있었다. 유령이었을지는 모르지만 아무튼 그 자리에 있었다. 얼굴을 때리던 빗줄기가 하염없이 흐르는 그의 눈물과 뒤섞이는 것을 나는 보았다.

매캐한 연기를 내뿜으며 경유가 타오르는 비료 수송 트럭 앞에서 아내는 내 팔에 안긴 채 숨을 거두었다. 아내는 끝내 정신을 차리지 못했다. 눈동자가 맑아지고 입술을 움직여 사랑한다는 마지막 말을 남기는 순간은 끝내 오지 않았다. 추위에 떠는 것처럼 몸이 굳어지더니 아내는 그대로 가 버렸다. 나는 그때 오랫동안 까맣게 잊고 지내던 멜린다 무어스를 생각했다. 인디애놀라 종합병원의 모든 의사들이 죽을 거라고 믿었던 병상의 멜린다를. 건강을 되찾은 뒤 호기심에 찬 밝은 눈빛으로 존 커피를 편안히 바라보던 멜린다 무어스를. '당신 꿈을 꿨어요. 꿈속에서 당신은 어둠 속을 헤맸고 저 역시 그랬어요. 그러다가 우린 만났지요.' 라고 말하던 멜린다를.

나는 엉망이 된 아내의 머리를 고속도로 바닥에 누이고 일어섰다(왼손 옆을 약간 벴을 뿐 다른 데는 이상이 없었으므로 일어서는 데는 문제 없었다). 그리고 지하도 그늘을 향해서 소리 질렀다.

"존! 존! 커피! 어디에 있는 거야!"

털에 피칠갑을 한 곰 인형, 렌즈 하나가 산산조각 난 철테 안경, 분홍빛 손가락에 석류석 반지를 낀 잘려 나간 손을 발로 차면서 나는 그늘을 향해 걸어갔다. "소장 부인은 살려 냈으면서 왜 우리 집사람은 놔두는 거야? 재니스는 왜 안 되느냐고! 왜 안 되는 거야!"

대답이 없었다. 아내의 시선은 내 뒤 길바닥에 놓여 있는데, 경유와 살이 타는 냄새만 났고 잿빛 하늘에서 쉴 새 없이 퍼붓는 빗줄기가 시멘트를 두드리는 소리만 들렸다. 그때나 지금이나 아무런 대답이 없었다. 그러나 1932년 존 커피가 살려 준 것은 멜린다 무어스만도 아니었고 들라크루아의 쥐만도 아니었다. 실패를 가지고 멋진 묘기를 부렸고 들라크루아가 나타나기 한참 전부터……, 아니 존 커피가 나타나기 한참 전부터 들라크루아를 찾았던 것처럼 보였던 그 쥐 말이다.

커피는 나도 살려 주었다. 오랜 세월이 흐른 뒤 앨라배마에서 억수처럼 퍼붓는 비를 맞으며, 쏟아져 나온 짐과 죽은 시체들 사이에 서서 지하도의 그늘에 있지 않은 사람을 찾으면서, 나는 끔찍한 사실을 깨달았다. 그것은 구원과 저주가 한 치도 다르지 않을 때가 있다는 사실이었다.

커피의 침상에 나란히 앉아 있던 그날, 11월 18일, 19일, 22일에 나는 구원인지 저주인지 모를 것이 나한테 들어오는 것을 느겼다. 커피한테서 나온 것이 내 안으로 들어왔다. 커피가 줄곧 지니고 있던 그 야릇한 힘은 우리의 사랑과 희망과 선의로는 도저히 설명이 안 되는 방식으로, 우리가 마주 잡은 손을 타고 들어왔다. 처음에는 저리는 듯한 느낌으로 시작되더니 이윽고 밀물 같은 거대함으로 와 닿았다. 그런 경험은 그 전에도 그 후에도 한번도 해 본 적이 없었다. 그날 이후로 나는 폐렴이나 독감은 물론, 기관지염 한번 앓지 않았다. 요도염도 재발하지 않았거니와 하다못해 벤 자리에도 염증이 생긴 적이 없었다. 감기에는 몇 번 걸렸지만 육칠 년에 한 번씩 어쩌다가 걸린 정도였고, 감기에 잘 안 걸리는 사람은 중병에 곧잘 걸리곤 하지만 나한테는 그런 일도 생기지 않았다. 그 끔찍한 사고가 일어났던 1956년에 단 한 번 담석이 빠져나간 적은 있었다. 지금까지 이 글을 읽은 사람 중에도 의아하게 여길 분이 있을지 모르지만, 담석이 빠져나갈 때의 통증이 한편으로는 나에게 안도감을 주었다. 그것은 24년 전 내가 요도염으로 고생한 이후 처음으로 겪는 심각한 통증이었다. 내 친구들, 나와 엇비슷한 연배로 내가 좋아하던 사람들을 하나둘 습격하여 지금은 내 곁에서 그들을 깡그리 앗아간 뇌졸중, 암, 심장마비, 간 질환, 고혈압은 나하고 상관 없었다. 운전자가 사슴이나 너구리를 피하려고 도로에서 커브를 틀듯 그것들은 나를 피해 지나갔다. 내가 당했던 가장 큰 사고에서도 겨우 손을 살짝 긁혔을 뿐이다. 1932년 존 커피는 나에게 생명의 예방주사를 놓아 준 것이다. 생명의 전기 자극을 가했다고도 말할 수 있을지 모르겠다. 나도 언젠가는 죽을 것이다. 내가 혹시 가졌을지 모르는 영생의 환상은 딸랑 씨가 죽는 것을 보면서 깨졌다. 그러나 죽음이 나를 찾아오기 전에 내가 먼저 죽음을 갈망할 것이다. 솔직히 말하면, 나는 벌써 죽음을 갈망하고 있다. 일레인 코널리가 죽은 뒤로 그 욕망은 더욱 강해졌다. 더 이상은 말하지 않으련다.

나는 검버섯이 핀 떨리는 손으로 내가 써 온 원고를 들추어 보면서, 사람을 고양시키고 거룩하게 만드는 그런 책들에서 찾을 수 있는 의미를 과연 여기에서 발견할 수 있을지 의문에 젖는다. 나는 어린 시절 전능하신 주 예수를 찬양하던 교회 예배에서 듣던 우렁찬 확신의 말을 떠올리면서, 하느님의 눈은 참새 한 마리도 놓치지 않으며 그분은 아무리 미물일지라도 당신이 창조한 생명을 주시한다고 강조하던 설교자들의 말을 회상한다. 딸랑 씨와, 우리가 들보에서 발견한 자잘한 나뭇조각을 생각하면 그 말이 옳다. 그러나 자기 나름의 맹목적인 방식으로 좋은 일만 하려고 애쓰던 존 커피를 바로 그 하느님이 희생시킨 것이다. 구약의 모든 선지자가 아무런 힘도 없는 양을 잔인하게 희생시켰던 것처럼……. 자기 아들을 정말로 희생시키려고 했던 아브라함처럼. 서로 사랑하던 데트릭 자매를 워턴이 죽였던 것처럼, 그런 일은 도처에서 날마다 벌어진다던 존 커피의 말을 나는 생각한다. 그런 일이 일어난다면 그것은 하느님이 그것을 방치하기 때문이며, 우리가 '이해하지 못할 일'이라고 말하면 하느님은 '알 바 아니다.'라고 대답한다.

유일하게 선한 감정이라고 해야 악의에 찬 호기심밖에 없는 못된 인간에게 정신이 팔려 돌아서 있는 동안 내 뒤에서 죽어 가던 딸랑 씨를 생각한다. 쏟아지는 비를 맞으며 무릎을 꿇은 내 옆에서 바르르 떨면서 눈을 감던 재니스를 생각한다.

"그만." 나는 그날 존 커피의 감방에서 그렇게 말했다. "내 손 좀 놔주게. 안 그러면 난 익사할 거야. 익사하든가, 폭발하든가."

"폭발은 안 할 겁니다." 커피는 내 생각을 읽고 웃으며 말했다. 끔찍한 것은 그때도, 그 후에도 나는 폭발하지 않았다는 것이다.

나에게도 노인성 질환은 하나 있다. 나는 불면증에 시달린다. 늦은 밤 나는 침대에 누워 이곳에 사는 노인들이 말년을 향해 더욱 깊숙이 빠져 들어가면서 내뱉는 축축한 절망의 기침 소리를 듣는다. 어떤 때는 초인종 소리, 복도에서 신발 끄는 소리, 재빗 여사가 틀어 놓은 소형 텔레비전의 심야 뉴스 소리도 듣는다. 여기 누운 채로 창문에 달이 나타나면 그것을 바라본다. 여기 누운 채로 나는 브루털을, 딘을 생각한다. 심지어는 '그렇다, 검둥아, 꼴리는 대로 생각해라.' 하던 윌리엄 워턴의 말이 생각날 때도 있다. '보세요, 에지콤 교도관님, 딸랑 씨한테 새로운 묘기를 가르쳤어요.' 하던 들라크루아의 말도 생각한다. 일광욕실 문 앞에 서서 브래드 돌런한테 나를 건드리지 말라고 호통치던 일레인도 생각한다. 어떤 때는 선잠이 들었다가 비 오는 지하도를 보고 그 그늘 밑에 우두커니 서 있는 존 커피의 모습도 본다. 그 꿈속에서 내가 본 것은 절대로 착시 현상이 아니다. 나의 거인은 어김없이 그 자리에 서서 나를 지켜보고 있는 것이다. 나는 여기 누워서 기다린다. 나는 재니스를 생각한다. 내가 어떻게 그 사람을 잃었고 그 사람이 어떻게 내 손가락 사이로 피를 흘리며 달아났는가를 생각하면서 기다린다. 누구에게나 죽음은 갚아야 할 빚이다. 예외가 없다는 것을 나는 안다. 하지만, 어떨 때는, 후, 그린 마일이 너무도 길기만 하다.

작가 후기

연재소설을 또 쓰고 싶은 생각은 없지만(한 번만 걷어차이면 될 일을 평론가들한테 여섯 번이나 엉덩이를 걷어차이기 싫어서라도) 나로서는 두고두고 잊혀지지 않을 소중한 경험이었다. 지금 나는 『그린 마일』 2부가 출간되기 전날 이 후기를 쓰고 있는데, 현재로는 적어도 판매 부수 면에서는 이 연재 실험이 성공을 거두는 듯하다. 그 점, 애독자 여러분에게 감사드린다. 조금 색다른 것이 우리 모두에게 조금씩 와 닿지 않았나 싶다. 해묵은 이야기의 세계에 새로운 수법으로 접근하자. 이것이 아무튼 나한테는 효과가 있었다.*

나는 서둘러 써 내려갔다. 연재라는 형식이 서두를 것을 나에게 요구했기 때문이다. 그래서 지치기도 했을뿐더러 적지 않은 시대착오의 오류가 생겼다. E동의 교도관과 죄수들이 라디오로 '앨런의 십팔번'을 듣는 대목이 나오지만, 프레드 앨런이 1932년에 방송 활동을 하고 있었는지는 의심스럽다. 카이 케이저가 진

---

*『그린 마일』은 원래 1996년 3월부터 한 달에 한 권씩 연작 소설 형식으로 출간되었다가 나중에 합본판이 나왔다. ── 옮긴이

행한 「음악을 아는 강좌」에 대해서도 같은 지적을 할 수 있다. 평계를 대자는 것은 아니지만, 이제 막 지평선 아래로 꺼진 시절을 연구하기가 중세나 십자군 시대보다 더 어렵다고 느낄 때가 있다. 그린 마일에 나타난 쥐를 증기선 윌리라고 부른 브루털의 호칭이 타당하다는 점은 확인할 수 있었다. 그 디즈니 만화는 나온지 벌써 4년 가까이 됐다. 하지만 포파이와 올리브가 주인공으로 나오는 포르노 만화는 시대와 동떨어진 창안물이 아닐까 하는 의구심을 버릴 수가 없다. 『그린 마일』을 한 권으로 묶어 내놓기로 마음먹는다면 그때 가서 이런 것들을 수정할 수도 있겠지만……, 나는 실수를 그대로 둘 것 같다. 하기야, 위대한 셰익스피어마저도 기계식 시계가 발명되려면 아직 까마득히 멀었는데도 『줄리어스 시저』에 타종 시계를 등장시키는 시대착오의 오류를 범하지 않았던가.

『그린 마일』을 한 권으로 묶는 데는 또 다른 어려움이 있다는 결론에 나는 도달했다. 연재로 발간될 당시의 내용을 그대로 실을 수 없다는 것도 그런 어려움 중 하나다. 나는 찰스 디킨스를 전범으로 삼았으므로 디킨스가 새로운 일화의 초두에서 독자들의 기억을 어떻게 환기시켰는가 여러 사람에게 물었다. 내가 즐겨 읽던 《새터데이 이브닝 포스트》의 연재소설처럼 매회 앞부분에 줄거리가 요약되어 있는 형태를 예상했지만, 디킨스는 그런 투박한 작가는 아니었다. 그는 줄거리를 실제 이야기 속에 짜 넣었다.

묘안을 짜내느라 고심하던 나에게 어느 날 아내가 서커스 쥐 딸랑 씨의 이야기를 내가 매듭짓지 않았노라고 지적했다(나의 아내는 잔소리가 심한 편은 아니지만 다소 냉정하게 자기 주장을 펼 때가 간혹 있다). 나는 아내의 말이 옳다고 생각했다. 그리고 딸랑 씨를 노년을 맞이한 폴 에지콤의 비밀로 만들면 상당히 괜찮은 '앞 이 야기'를 만들 수 있겠다는 데 착안하기 시작했다. (쓰다 보니까 「프라이드 그린 토마토」의 영화판에서 차용한 형식과 약간 비슷해졌 다.) 아닌 게 아니라, 폴의 앞 이야기에 실린 모든 내용, 다시 말 해서 조지아 파인스 양로원에서 그가 생활하는 이야기는 내 마음 에 들었다. 특히 그곳에 근무하던 돌런과 퍼시 웨트모어가 폴의 마음속에서 얽혀 든 방식이 괜찮아 보였다. 그것은 내가 미리 구 상하거나 의도한 바가 아니었다. 가장 큰 행운을 누리는 소설이 그렇듯이 그것은 한가롭게 거닐다가 제자리로 걸어 들어왔다.

당초 '연재 스릴러'라는 착상을 나에게 제시한 랠프 비치낸자 에게 고마움을 전하며, 처음에는 기겁했지만 뒤에서 도와준 바이 킹 펭귄, 시그넷의 친구들에게도 감사한다(모든 작가는 미쳤다는 걸 그들도 모르지는 않았던 것이다). 또 지렁이가 기어가는 듯한 악필로 가득 찬 내 속기 공책을 정서하면서 불평 한마디 하지 않 았던…… 아니, 거의 하지 않았던 마샤 드필로포에게도 고마움 을 전한다.

특히 아내 태비사에게 감사한다. 아내는 그 이야기를 읽고 마 음에 든다고 했다. 작가는 거의 예외 없이 어떤 이상의 독자를 마 음에 두고서 글을 쓴다고 보는데, 내 경우는 아내가 그 이상의 독 자다. 우리는 서로가 쓰는 글에 대해 상반된 견해를 가질 때가 많 지만(하긴 슈퍼마켓에서 같이 물건을 살 때도 우리는 의견 통일을 보지 못할 때가 많다), 아내가 좋다고 말할 때는 대체로 맞다. 아 내는 녹록지 않아서 내가 속이거나 감추려 들면 여지없이 그것을 간파한다.

그리고 애독자 여러분에게도 감사를 드린다.『그린 마일』을 한 권으로 묶는 데 좋은 견해가 있으신 분은 아무쪼록 연락 주시기를 부탁드린다.

— 1996년 4월 뉴욕 시에서,

스티븐 킹

스티븐 킹을 어떻게 읽을 것인가?

대중 문학과 본격 문학의 경계에 서 있는 작가

스티븐 킹(Stephen King, 1947~)은 흔히 공포 소설의 대가로 알려져 있고, 그래서 '호러 킹'이라고 불린다. 그러나 그가 사실은 찰스 브록든 브라운(Charles Brockden Brown)과 에드거 앨런 포(Edgar Allan Poe)로부터 시작되는 미국 고딕 소설의 면면한 전통 위에 서 있으며, 대중 작가이지만 동시에 본격 작가로서도 손색없는 진지하고 중후한 주제 의식을 가진 소설가라는 사실은 잘 알려져 있지 않다. 그런 의미에서 스티븐 킹은 대중 소설과 고급 소설 사이의 경계를 해체하는 포스트모던 시대의 대표적 작가라고 할 수 있을 것이다.

과연 2003년에 타계한 비평가 레슬리 피들러(Leslie A. Fiedler)는 스티븐 킹을 "심리적 공포의 근원을 탐색하는 작가이자 포의 진정한 후계자"라고 불렀으며, 2002년 미국의 어느 고급 서평지는 스티븐 킹이야말로 "토머스 하디, T. S. 엘리엇, J. R. R. 톨킨, 그리고 셰익스피어의 전통을 잇는 작가"라고 평했다. 스티븐 킹은 또 몇 년 전, 그해의 최우수 단편에 주는 '오 헨리 상(O. Henry Award)'을 수상했으며, 2003년에는 미국에서 가장 권위 있는 문학상으로 평가받는 '전미 도서상(National Book Award)' 재단이 '미국 문단에 탁월한 공헌을 한 공로'로 그에게 영예의 메달을 수여했다. 그리고 이로써 사실상 대중 작가 · 본격 작가 논쟁에 종지부를 찍었다. 이제 스티븐 킹은 그 상을 수상한 선배 작가들인 아서 밀러, 솔 벨로, 존 업다이크, 필립 로스, 토니 모리슨 등과 어깨를 나란히 하는 본격 작가가 되었다.

물론 여전히 스티븐 킹을 본격 작가로 인정하려 하지 않는 고급 문화주의자들과 보수주의자들은 있다. 그 대표적인 사람으로 헤럴드 블룸(Harold Bloom)이 있는데, 그는 스티븐 킹의 작품에서 "아무런 문학적 가치나 미학적 성취나 독창적 지성의 흔적을 찾을 수 없다."라고 말한다. 만일 그게 사실이라면 블룸은 시대의 변화를 잘 모르고 있거나, 비평가로서의 안목이나 감식안이 전혀 없는 셈이 된다. 그러나 사실은 그런 이유에서라기보다는, 보수주의자 블룸이 보기에 서구의 정전이나 고급 문화나 순수 문학을 인정하지 않고 문화적 · 문학적 다양성과 대중성을 추구하는 현재의 변화가 못마땅하고, 바로 그러한 맥락에서 스티븐 킹을 폄하한다고 생각하는 편이 더 정확할 것이다. 실제, 서구 정전주의자인 블룸은 얼마 전 《뉴스위크》와 가진 인터뷰에서 "오늘날 문학 연구는 문화 비평이라는 놀랄 만한 쓰레기에 장악되었다."고 개탄한 적이 있었다.

『예술의 사회사(The Social History of Art)』의 저자인 아르놀트 하우저(Arnold Hauser) 또한 "진지하고 까다로운 고급 예술은 불안을 야기시키고 충격과 고통을 주는 반면, 대중 예술은 불안을 진정시키고 삶 속에서 부딪히는 고통스러운 문제들을 피하게 해 주며, 적극적인 자세와 긴장, 비판 및 자기반성을 자극하는 대신 소극적인 자세의 자기도취에 빠져들도록 부추긴다."라고 말하고 있다. 그러나 이러한 시각은 예술이란 지고하고 순수해야만 한다고 보았던 모더니즘적 사고와 크게 다르지 않다는 점에서 이미 상당 부분 그 유효성을 상실한 주장이라고 할 수 있다. 오늘날 문학 이론은 예술이 과연 왜 불안을 야기시키고 충격과 고통을 주어야만 하는지에 대해 근본적인 의문을 제기하며, 예술이란 그와 반대로 인간에게 위로와 격려를 주어야 한다고 생각하기 때문이다(이청준 역시, 문학의 역할이란 어두운 밤 산길에서 만난 나그네에게 위로와 격려를 주는 것과도 같다고 말한다).

또 대중 예술은 적극적 비판과 자기반성 대신 소극적인 자기도취에 빠져들도록 부추긴다는 견해도(아도르노와 호르크하이머 같은 프랑크푸르트학파 역시 대중문화를 '대중 기만(mass deception)'이라고 표현했다) 사실은 대중을 무시하는 다분히 모더니즘적 시각에서 비롯된 단순화의 오류라고 할 수 있다. 오늘날 대중은 예전과 달리 비교적 높은 지적 수준에 올라 있으며 충분한 자기 비판력도 갖추고 있기 때문이다. 영국 학자 앤터니 이스트호프(Antony Easthope) 역시 『문학 연구에서 문화 연구로(*Literary into Cultural Studies*)』라는 저서에서, 고급 문학과 대중 문학의 경계란 사실 얼마나 임의적인가를 잘 보여 주고 있다. 스티븐 킹은 바로 그 경계선상에 위치해 있는 주목할 만한 작가이다.

스티븐 킹의 문학 세계 ── 공포 소설들

스티븐 킹을 논하면서 가장 기본이 되는 것은, 그의 소설이 단순한 공포 소설이 아니라 사실은 포의 괴기 소설들처럼 진지하고 예술적인 주제를 탐색하고 있으며, 심지어는 순수(고급) 문학처럼 "불안을 야기시키고 충격과 고통을 주며, 적극적인 자세와 긴장, 비판 및 자기반성"까지도 자극한다는 점이다. 그리고 그 과정에서 그는 인간 심리의 원초적 두려움을 건드린다. 그리고 때로는 공포와는 별 상관 없는 것처럼 보이는 진지한 본격 소설이나, 독자와 저자의 관계 및 글쓰기 문제를 성찰한 순수 소설을 쓰기도 한다. 바로 그 점이 고등학교 영어 교사(미국의 영어 교사는 곧 영문학 교사를 의미한다) 출신의 스티븐 킹과 삼류 공포 소설 작가의 차이점이며, 그를 '미국 문단에 크게 공헌한 작가'로 인정받게 해 준 이유일 것이다.

브라이언 드 팔마 감독이 당시로서는 신인 배우였던 시시 스페이식과 존 트라볼타를 기용해 영화로 제작함으로써 더욱 화제가 된 스티븐 킹의 첫 장편 소설 『캐리(*Carrie*)』(1974)는 자신을 놀리는 학교 친구들과, 광신적이고 가학적인 어머니 사이에서 심리적 괴로움을 겪는 극도로 내성적인 백인 소녀 캐리 화이트의 이야기다. 캐리는 소심하고 착하지만 자신을 학대하는 어머니와, 자신을 '기형(畸形)'으로 취급해 조롱하는 급우들을 향해 은밀한 증오심을 키워 나간다. 그녀는 첫 생리를 겪으며 텔레파시적 염력을 갖게 되는데, 그녀의 그러한 능력은 그녀가 분노하면 할수록 더욱 강해진다.

캐리가 다니는 유원 고교는 히치콕 감독의 「사이코」에 나오는 음산한 베이츠 모텔을 연상시킨다. 캐리를 놀리던 학생들이 선생님에게 혼이 난 후, 착한 급우인 수지 스넬은 캐리를 동정해 자신의 남자 친구로 하여금 캐리를 졸업 무도회에 데리고 가게 하지만, 앙심을 품은 나쁜 급우인 크리스 하겐슨은 그 무도회에서 캐리에게 공개 망신을 주려고 음모를 꾸민다. 크리스는 남자 친구를 꼬드겨 졸업 무도회의 무대에서 캐리의 머리 위로 돼지 피가 쏟아지도록 장치하고, 이윽고 돼지 피를 뒤집어쓴 캐리는 격분해 자신의 강력한 염력으로 무도장의 사람들을 무차별 살해한다.

『캐리』는 미국의 비인간적이고 왜곡된 청교도주의적 전통(어머니)과, 그 반대편에 서 있는 천박하고 타락한 물질주의(학교 급우들)가 정상적으로 성장할 수도 있었을 사람을 어떻게 비정상적이고 파괴적으로 만드는가 극명하게 보여 주는 강력한 사회 비판 소설이다. 킹이 보는 그 두 그룹은 모두 비인간적이고 가학적이어서, 그 둘 사이에 위치한 사람의 인간성을 철저하게 왜곡하고 파괴한다. 캐리는 바로 그러한 사회적 상황의 산물이며, 그런 의미에서 미국 사회의 어두운 면이 산출해 낸 부정적 결과의 한 상징이라고 할 수 있다.

물론 미국이 만들어 낸 그러한 산물들은 프랑켄슈타인의 괴물처럼 자신의 창조자들에게 처절한 복수를 감행하고, 그러한 기형아를 만들어 낸 사회는 자신들의 잘못에 응분의 처벌을 받게 된다. 그래서 이 소설의 결말은 파괴적이고 암울하고 처절하기까지 하다. 캐리는 바로 우리가 만들어 낸 부정적 산물이며, 스티븐 킹이 현대 사회에 던지는 엄숙한 경고장이기 때문이다.

스티븐 킹이 그 다음 해인 1975년에 출간한 『세일럼스 롯 (Salem's Lot)』은 일견 뉴잉글랜드의 한 마을에 출몰하는 흔한 흡혈귀 이야기처럼 보인다. 그러나 이 소설 또한 인간 교류가 단절된 현대 사회에 대한 저자의 심오한 성찰과 강력한 사회 비판으로 읽을 수 있다. 그리고 이 소설에는 앞으로 스티븐 킹이 즐겨 소설의 배경으로 사용하게 될 주요 모티프가 등장한다. 즉 사람들이 서로 단절된 채 살고 있는, 그래서 악의 힘이 파고 들어갈 여지가 있는 뉴잉글랜드 시골의 어느 조그만 마을, 그리고 드디어 고개를 들기 시작하는 악에 대항해 싸우며 다시 한번 인간 교류의 회복을 시도하는 이성적이고 선량한 사람들이 바로 그것이다.

그래서 이 소설에는 각기 다른 문제점들과 감추어진 비밀과 드러나지 않은 악(惡)을 가슴에 품은 채 살고 있는 사람들이 등장하며, 마을 전체의 분위기 또한 그러한 특성을 잘 드러내고 있다. 홀연 이 마을에 나타나 사람들의 피를 빨고 파멸시키는 흡혈귀는 그런 상황이 만들어 낸 필연적인 결과인지도 모른다. 그래서 이 소설 속의 흡혈귀는 이미 신앙을 잃어버린 신부의 십자가를 전혀 두려워하지 않는다. 흡혈귀의 흡혈은 왜곡된 인간 교류의 상징이다. 진정한 교류는 남의 피를 빨아먹음으로써 자신의 생명을 유지하는 것이 아니라, 자신의 피를 남에게 나누어 줌으로써 남을 살리는 것일 것이다.

1983년에 저자 스티븐 킹은 다음과 같이 말했다. "『세일럼스 롯』에서 진짜 무서운 것은 흡혈귀들이 아니라 대낮의 텅 빈 마을입니다. 옷장에 뭔가가 숨어 있고, 침대 밑이나 트레일러들의 콘크리트 더미 속에 시체들이 들어 있는 마을 말입니다. 내가 그 소설을 쓰고 있는 동안, 텔레비전에서는 워터게이트 사건 청문회가 계속되고 있었지요. 하워드 베이커는 이렇게 말하곤 했지요. '내 알고 싶은 건 당신이 무엇을 알고 있었고, 언제 알았느냐는 것이오.' 그 말은 강박관념처럼 나를 사로잡았고 내 마음속에 오랫동안 남아 있었습니다. 이 소설을 쓰는 동안 저는 내내 감추어진 비밀과 백일하에 드러난 비밀에 대해 생각하고 있었습니다." 그렇다면 『세일럼스 롯』은 워터게이트로 상징되는 추하고 어두운 비밀을 간직한 마을, 그 사악한 힘이 모습을 드러내는 과정, 그리고 그러한 악을 지켜보고 싸우는 사람들(화자인 작가를 포함해서)에 대한 통렬한 사회 비판 소설이라고 할 수도 있을 것이다.

『세일럼스 롯』은 텔레비전 영화(토비 후퍼 감독, 1979년)로도 제작되었는데, 원작의 음산하고 암울한 분위기를 최대한 살려, 시청자들로 하여금 뼛속 깊은 고독과 단절과 두려움을 경험하게 해 주었다. 정작 무서운 것은 흡혈귀가 아니라, 흡혈귀를 불러들인 마을 사람들의 완벽한 단절과 어두운 비밀이라는 저자의 말은 『세일럼스 롯』이 단순한 공포 소설이 아니라, 중후한 예술적 주제를 가진 뛰어난 문학 작품이라는 사실을 잘 증명하고 있다.

스티븐 킹이 1977년에 쓰고 스탠리 큐브릭 감독이 잭 니콜슨을 기용해 영화로 만든 『샤이닝(The Shining)』도 역시 고립되고 단절된 상황이 어떻게 인간을 악하게 변화시키는지를 성찰한 탁월한 소설이다. 버몬트 주의 교사이자 작가인 잭 토런스는 가족과 함께 겨울 동안 오버룩 호텔의 관리인 노릇을 하기로 하고 호텔에 도착한다. 눈 때문에 접근이 불가능해 겨울에는 폐쇄되는 이 호텔은 완벽하게 고립되고 단절된 상황의 상징이며, 그 속에서 겨울을 지내는 잭과 그 가족은 점점 더 교류를 잃어 간다. 그런 상황과 인간 관계 속에서 사악한 유령과 악의 힘이 출몰하는 것은 너무나 당연하다.

호텔의 유령들에게 홀려 점점 더 미쳐 가던 잭은 이윽고 아내 웬디와 아들 대니를 살해하려고 날뛰기 시작한다. 이 소설에서 진정으로 무섭고 두려운 것은 사랑하는 남편이자 아버지가 가족을 살해하려는 미친 살인자로 변해 가는 과정이다. 사실 이 세상에서 가장 무서운 것은 자신과 제일 가까운 가족이나 연인이 갑자기 전혀 다른 사람이 되어 자기를 해치려고 할 때일 것이다. 믿었던 사람에 대한 불신과 배신감이야말로 인간에게는 어쩌면 가장 무섭고 두려운 것일지도 모른다. 그런 의미에서 『샤이닝』은 고립되고 단절되어 가는 현대인의 문제점을 예리하게 지적한 뛰어난 초자연적 심리 스릴러라고 할 수 있다.

스티븐 킹을 유명하게 해 준 또 하나의 공포 소설이 바로 『펫 공동묘지(Pet Sematary)』(1983)이다. 학교 교사인 루이스 크리드는 가족과 함께 어느 한적한 시골 마을로 이사 온다. 그 마을에는 죽은 생명체를 묻으면 다시 살아난다는 인디언 공동묘지가 있다. 아들의 고양이가 트럭에 치여 죽자 루이스는 고양이를 인디언 공동묘지에 묻는다. 그러나 다시 살아 돌아온 예전과 똑같은 고양이가 아니라 전혀 다른 사악한 존재라는 사실이 드러난다. 그러다가 자신의 어린 아들도 트럭에 치여 죽자, 비탄에 빠진 크리드는 이웃이 경고함에도 아들의 시체를 '펫 공동묘지'에 묻는다. 이윽고 어느 날 밤 죽은 아들이 다시 살아 돌아온다. 그러나 돌아온 것은 이미 예전의 아들이 아니었고, 영혼이 없는 살인자였다.

메리 램버트 감독이 만든 동명 영화 역시 아들을 잃은 아버지의 비통한 심정과 아들을 다시 살려내고 싶은 부모의 간절한 마음을 잘 묘사하고 있으며, 그 결과로 발생하는 섬뜩한 공포를 생생하게 표출해 내고 있다. 그래서 이 영화에는 "때로는 죽는 것이 더 낫다"라는 광고 카피가 씌어져 있다. 『펫 공동묘지』에서도 스티븐 킹은 다시 한번, 이 세상에서 가장 두려운 것이 바로 가족 사이의 불신과 단절이라는 주제를 제시하고 있다.

스티븐 킹의 문학 세계——본격 소설들

스티븐 킹의 소설 중에는 전혀 무섭지 않으면서도 작품성이 높은 것들도 있는데, 그런 작품들은 대개 좀더 차원 높은 심리적 두려움을 다루고 있다. 예컨대 『미저리(Misery)』(1987)는 독자들과 비평가들에 대한 작가들의 은밀한 두려움을 그린 소설이다. 어느 날 눈길에 미끄러져 교통사고를 당한 연애 소설 작가 폴 셸던(이 이름은 유명한 대중 작가 시드니 셸던을 연상시킨다)은 전직 간호사이자 열렬한 독자인 애니 윌크스에게 구조된 후 그녀의 외딴 집에 포로가 되어 갇힌다. 폴 셸던은 그동안 미저리 채스틴이라는 여주인공이 등장하는 일련의 연애 소설을 써 왔으나, 이제는 좀더 진지한 소설을 써 보기 위해 미저리가 죽는 것으로 처리하고, 대신 자전적인 소설을 쓰려고 한다.

그러나 미저리와 자신을 동일시하며 살아온 애니는 미저리가 죽는 설정에 반발해, 폴이 쓴 자전적 소설 원고를 불태우도록 강요하며 그를 자신의 집에 감금한다. 열렬했던 독자 애니는 이제 작가 폴에게 악몽 같은 비평가가 된 것이다. 편집증 환자인 애니가 얼마든지 살인할 수 있다는 사실을 알게 된 폴은 자기가 미저리(미저리는 주인공 이름이면서 동시에 '고통' 또는 '비참'이라는 의미의 보통명사이기도 하다)를 다시 살려내는 순간, 애니가 자신을 죽이리라는 사실을 깨닫게 된다. 저자가 살아 있으면 언젠가는 미저리를 죽일 수도 있기 때문이다.

그런 의미에서 소설 『미저리』는 작가와 독자의 문제, 대중 소설과 순수 소설의 문제, 그리고 글쓰기의 문제에 심층적으로 성찰한 뛰어난 작품이다. 우선 작가는(특히 대중 작가)는 독자들을 늘 의식해야 하기 때문에 독자들로부터 결코 자유롭지 못하다. 특히 작가가 변신을 꾀하거나 실수로 균형을 잃어 사고가 발생하면, 그 작가는 곧 독자들의 감시와 비난과 위협을 받게 된다. 그런 의미에서 폴 셸던이 당하는 교통사고와, 간호를 빙자한 작가의 감금은 대단히 상징적이다.

또 대중 작가가 진지한 문학을 산출하게 위해 대중 문학을 포기하고 새로운 시도를 꾀하는 경우에도, 저자는 즉시 독자들의 비난의 대상이 되며, 독자들은 저자에게 소설을 어떻게 쓸 것인지 까지 지시한다. 애니 역시 폴에게 자신이 원하는 대로 소설을 다시 쓸 것을 명령한다. 이러한 상황은 궁극적으로 작가 스티븐 킹이 보는 이 시대의 글쓰기 풍경이자 작가들이 처해 있는 난처한 딜레마이며, 대중 문학과 순수 문학의 경계에 있는 스티븐 킹의 자기 성찰이기도 하다.

결국 폴은 애니의 폭력과 감시에서 벗어나 악몽의 세계로부터 다시 현실로 돌아온다. 그러나 독자의 집에 감금되어 겪은 악몽 같은 '미저리' 때문에 아마도 그는 그리 쉽게 여주인공 미저리를 죽이지는 못할 것이다. 그래서 진지한 소설 쓰기나 자전적 소설 쓰기를 포기하고, 여전히 대중 소설 작가로 남게 되는지도 모른다. 폴은 애니의 집에 감금되어 있는 동안 비로소 작가의 상황과 글쓰기의 의미에 대해 성찰할 수 있는 기회를 갖게 된다. 저자의 죽음이 선언되고, 독자의 중요성이 부상하는 이 시대에『미저리』는 저자와 독자·비평가의 관계, 그리고 대중 문학과 순수 문학의 관계를 성찰한 훌륭한 문학 작품이라고 할 수 있다. 제임스 칸과 캐시 베이츠가 각기 폴 셸던과 애니 윌크스 역을 맡은 영화 「미저리」역시 원작을 잘 살렸으며, 애니 역을 맡았던 캐시 베이츠는 아카데미 여우주연상을 수상했다.

『사계(*Different Seasons*)』(1982)에 실려 있는 중편「리타 헤이워스와 쇼생크 탈출(*Rita Hayworth and the Shawshank Redemption*)」또한 특이한 형태의 심리적 공포를 다루고 있다. 이 소설에 나타나는 공포는 '체제에 길듦의 공포'이다. 예컨대 쇼생크 감옥에서 50년을 보낸 브룩스는 가석방되기보다는 감옥에 남아 있기를 원하며, 막상 가석방된 후에는 사회에 적응하지 못하고 오히려 교도소 생활을 그리워하다가 끝내 자살하고 만다. 모순적이게도, 그에게는 자유로운 바깥세상보다는 오십여 년을 살아온 교도소가 훨씬 더 자유롭고 의미 있는 곳으로 느껴졌던 것이다. 바깥세상에 대한 브룩스의 그와 같은 두려움은 사실 소름 끼치는 체제 적응의 결과이다. 그것은 인간을 순응시키는 모든 체제의 가공할 만한 힘을 은유적으로 보여 준다는 점에서 진정한 공포가 된다.

　회계사 앤디 듀프레인은 아내와 정부 살해 혐의로 체포되어 종신형을 선고받고 쇼생크 감옥에 수감된다. 거기에서 그는 역시 종신형으로 복역 중인 레드라는 흑인 죄수와 친구가 된다. 앤디는 자신의 특기를 살려 교도소장의 뇌물 돈 세탁을 해 줌으로써 간수들의 신임을 얻기도 하고, 상급 기관에 끈질긴 청원을 넣어 교도소에 도서관을 만들기도 한다. 그는 또 죄수들에게 모차르트 음악(「피가로의 결혼」)을 들려줌으로써 삶의 의욕을 불어넣어 준다.

　앤디는 19년 동안 감옥에서 살면서 자신의 방에 매 시대를 대표하는 여자 배우의 사진을 붙여 놓는다. 처음에는 리타 헤이워스의 사진을, 나중에는 마릴린 먼로의 사진을, 그리고 다시 라켈 웰치의 사진을 벽에 붙여 놓는다. 자신의 무죄가 입증될 기회가 있는데도 돈 세탁의 증거 인멸을 위해 자기를 영원히 가두어 두려는 교도소장의 음모를 눈치 채자, 그는 어느 날 홀연 교도소에서 사라진다. 교도소장이 여자 배우의 사진을 찢어 내자 그 벽 속으로 굴이 뚫려 있다. 지난 19년 동안 앤디는 자유를 포기하지 않고 내내 굴을 팠으며, 그동안 구멍 뚫린 벽을 여배우들의 사진으로 막아 놓았던 것이다. 그런 의미에서, 자신의 감방 벽에 붙여 놓은 여자 배우의 사진은 그에게 희망의 상징이었다.

　앤디는 교도소장이 불법으로 세탁한 돈을 모두 가로채 중남미로 가서, 나중에 가석방된 레드와 만나 새로운 삶을 시작한다. 앤디는 닫힌 곳에서 탈출함으로써, 자신에게 내려진 종신형과 체제 순응을 거부하고 자유의 세계로 걸어 나간다. 그런 의미에서 이 작품의 진정한 주인공은 종신 복역수 레드이며, 앤디는 자유를 향해 그의 눈을 뜨게 해주는 텍스트의 역할을 하고 있다고 볼 수 있다.

『돌로레스 클레이본(*Dolores Claiborne*)』은 스티븐 킹이 1992년에 발표한 소설이다.

뉴잉글랜드의 어느 섬 마을에서 베라 도노반이라고 하는 돈 많은 과부가 사고로 사망한다. 사고 현장의 유일한 목격자이자 용의자인 돌로레스 클레이본은 오랫동안 베라의 수발을 들던 하녀로서 이미 과거에도 자신의 남편을 죽였다는 의심을 받은 적이 있는 인물이었다. 돌로레스는 자신의 무죄를 입증하기 위해 29년 동안 함구하고 있던 비밀들을 털어놓는다. 과거, 돌로레스의 어린 시절, 멋모르고 결혼한 남자는 무능하고 무지한 술주정뱅이로서, 상습적으로 아내를 구타했음은 물론, 돌로레스가 평생 하녀 일을 해서 모은 돈 3,000달러를 가로챘으며, 심지어는 막 고등학교에 입학한 자신의 딸까지도 성추행하는 파렴치한이었다. 과부인 베라 도노반은 그 사실을 알자, 자기도 그랬다는 암시를 주며 그런 남자는 죽여야 한다고 돌로레스를 부추긴다. 드디어 분노한 돌로레스는 일식이 일어나던 날, 자신을 폭행하러 쫓아오는 남편을 마른 우물로 유인해 빠뜨려 죽인다.

만일 태양이 남성의 상징이라면, 해가 가려지는 일식은 여성의 순간일 것이다. 바로 그 여성의 순간에 그녀는 불행과 악의 화신인 남편을 제거한다. 돌로레스가 딸의 이름을 그리스 신화에 등장하는 달의 여신인 셀리나라고 지은 이유도 사실은 바로 그런 맥락에서일 것이다.

돌로레스가 과연 남편을 살해한 것인지에 대해서는 물론 법적인 논란이 있을 수 있다. 그러나 돌로레스의 인고의 목적과 희망은 오직 딸 셀리나에게 대학 교육을 시키고 그 섬으로 상징되는 속박의 생활에서 빠져나가게 해 주는 것뿐이었다. 딸 셀레나가 남성의 폭력적 억압에 짓눌려 온 자신의 전철을 밟지 않도록 해 주는 것, 그것만이 돌로레스가 원하는 유일한 것이었다. 그리고 그것을 위해서라면 그녀는 자신의 목숨까지도 바칠 준비가 되어 있었다. 자신의 딸만은 자신과 같은 불행한 생활에서 벗어나게 해 주려고 했고, 그러기 위해 폭군 같은 아버지를 제거한 어머니의 마음을 딸인 셀리나가 비로소 이해했음을 암시하는 에필로그로 작품은 끝맺음을 한다.

주인공이 과거로부터 부름을 받고 다시 옛날로 되돌아가서 현재 자신을 괴롭히고 있는 문제의 근원과 대면해 그것을 극복하고 다시 현재로 돌아오는 것은 미국 문학의 고전적인 장치다. 예컨대 에드거 앨런 포의 『어셔 가의 몰락』에서도 주인공은 옛 친구의 편지를 받고 과거로 돌아갔다가 현재로 다시 되돌아온다. 또 허만 멜빌의 『모비 딕』의 주인공 이슈미얼도 삶의 원초적 근원인 바다로 돌아갔다가 거대한 흰 고래와 대면한 후 살아남아 다시 육지로 돌아온다. 그리고 토머스 핀천의 『제49호 품목의 경매』에서도 여주인공 에디파 마스는 어느 날 과거로부터 날아온 편지를 받고 모험을 떠나 놀라운 사실을 발견하게 된다. 과거로 돌아가 겪는 경험은 물론 그들의 삶을 바꾸어 놓는다.

스티븐 킹의 소설에서도 과거는 언제나 현재의 근원이 되고, 당면 문제의 열쇠와 해답이 묻혀 있는 곳이다. 셀리나 역시 바쁜 도시 생활 중 연락을 받고 과거로 돌아간다. 그런 의미에서 보면

『돌로레스 클레이본』의 진정한 주인공은 셀리나라고 할 수 있을 것이다.

　스티븐 킹이 쓴 마흔 편의 장편 소설은 그동안 모두 35개국에서 33개 언어로 번역되었으며, 약 70개의 영화나 텔레비전 영화 및 미니 시리즈로 제작되었다. 그는 공포 소설의 기법을 빌려 인간의 심층 심리를 통한 사회 비판을 훌륭하게 수행해 왔다. 그래서 전미 도서상 위원회 의장인 닐 볼드윈은 "스티븐 킹의 소설은 미국 문학의 위대한 전통 위에 서 있으며 그의 작품에는 심오한 도덕적 진실이 들어 있다."는 찬사를 보내고 있다. 판타지 소설과 과학 소설과 공포 소설의 양식을 빌려 소설의 새로운 영역을 개척해 온 스티븐 킹은 문학을 위협한다는 영상 매체에까지 강력한 영향력을 행사함으로써, 소설이 죽어 가는 이 시대에 소설의 르네상스를 주도해 나가고 있다.

　스티븐 킹의 소설들은 무서우면서도 재미있다. 그의 소설들은 언제나 인간 심층의 어두운 면을 탐색하며, 무의식 속에 감추어진 비밀과 두려움의 근원을 드러내기 때문에 강렬한 호소력으로 독자들을 사로잡는다. 그러면서도 그의 소설들은 모두 진지하고 무거운 예술적 주제를 갖고 있다. 바로 그것이 그가 말초적인 공포심만을 자극하는 아류 공포 소설 작가들과 다른 점이다. 그는 공포로 가득 찬 오늘날의 현실 세계를 가장 예리하게 통찰하고 잘 묘사하는 천재적인 작가이다.

　미국 흑인 작가 리처드 라이트(Richard Wright)는 소설 『미국의 아들(*Native Son*)』의 서문에서 "오늘날 포가 살아 있다면 호러

(horror)를 만들어 낼 필요가 없었을 것이다. 호러가 그를 만들어 냈을 것이기 때문이다."라는 유명한 말을 했다. 그렇다면 스티븐 킹은 오늘날 끔찍한 우리 현실의 공포가 만들어 낸 현대의 '포'인 지도 모른다.

───김성곤, 서울대학교 영문과 교수 · 한국현대영미소설학회 회장

옮긴이 | 이희재

1961년 서울에서 태어났다. 서울대학교 심리학과를 졸업했고 성균관대학교 독문학과 대학원을 수료했다. 현재 전문 번역가로 활동 중이며, 우리말로 옮긴 책으로는 『마음의 진화』, 『문명의 충돌』, 『소유의 종말』 등이 있다.

스티븐 킹 걸작선 6

그린 마일

1판 1쇄 펴냄 2004년 1월 30일
1판 9쇄 펴냄 2023년 10월 26일

지은이 | 스티븐 킹
옮긴이 | 이희재
발행인 | 박근섭
편집인 | 김준혁
펴낸곳 | 황금가지

출판등록 | 2009. 10. 8 (제2009-000273호)
주소 | 06027 서울 강남구 도산대로 1길 62 강남출판문화센터 5층
전화 | 영업부 515-2000 편집부 3446-8774 팩시밀리 515-2007
홈페이지 | www.goldenbough.co.kr

도서 파본 등의 이유로 반송이 필요할 경우에는 구매처에서 교환하시고
출판사 교환이 필요할 경우에는 아래 주소로 반송 사유를 적어 도서와 함께 보내주세요.
06027 서울 강남구 도산대로 1길 62 강남출판문화센터 6층 민음인 마케팅부

© ㈜민음인, 2004. Printed in Seoul, Korea

ISBN 978-89-8273-806-7 04840
ISBN 978-89-8273-800-5 04840(세트)

㈜민음인은 민음사 출판 그룹의 자회사입니다.
황금가지는 ㈜민음인의 픽션 전문 출간 브랜드입니다.